Schaafssturm

Roman
von Pit Ferman

In der Schwarzwaldgemeinde Hohenterzen werden kurz nacheinander zwei Morde verübt. Die Ermittlungen des jungen Kriminalkommissars Melzer verlaufen bald im Sande. Erst als sich der pensionierte Kommissar Edgar Schaaf auf Bitten der Tochter eines der Mordopfer um die Fälle kümmert, eröffnen sich bald neue Konstellationen. Ins Visier Edgar Schaafs und der Polizei gerät ein gewisser *Chato,* dessen Spur die Ermittler schließlich nach Rovinj an der kroatischen Küste führt. Dort bekommen Melanie Köninger und Edgar Schaaf die Wucht des adriatischen Sturmwindes **Bora** bei einer dramatischen Aktion hautnah zu spüren.

Für Carlo

Impressum

Twentysix – Der Selfpublishing-Verlag
**Eine Kooperation zwischen der Verlagsgruppe Random House und
BoD – Books on Demand**

Copyright: 2016 © Pit Ferman

Herstellung und Verlag
BoD – Books ond Demand, Norderstedt

ISBN 9783740713454

Kapitel 1

September 2021
Gengenbach

So, wie der vergangene Winter ein Winter gewesen war, kalt und lang andauernd, mit viel Eis und Schnee und mit einer das Leben lähmenden Präsenz, war auch ab Anfang Juni der Sommer über das Land hereingebrochen und hatte mit Temperaturen jenseits aller bis dahin gemessenen Werte Natur, Menschen und Tiere über annähernd drei Monate in die Knie gezwungen. Täglich fast konstante Messwerte bis über die vierzig Grad nahmen großen Einfluss auf die Infrastruktur und die Öffentlichkeit. Wald- und Flächenbrände hielten die Feuerwehren der Region im Dauereinsatz. Idiotische Pyromanen, die es zum Leidwesen aller gab, erschwerten durch ihre Zündeleien zudem die Arbeit der Floriansjünger. Löschwasser war Mangelware, weil Flüsse und Bäche ausgetrocknet waren. Die Fischbestände waren allesamt vernichtet, teils wegen erhöhter Temperaturen in Teichen und Seen, teils wegen Fehlens an Wasser überhaupt. Die *Dreisam*, die durch Freiburg fließt, führte überhaupt kein Wasser mehr. Die Seen und Talsperren des Landes bildeten lediglich noch stinkende Tümpel. Der Verbrauch von Wasser durch die Menschen wurde mittels Verordnungen drastisch eingeschränkt und gipfelte darin, dass Frischwasser für die Haushalte nur noch morgens zwischen fünf und sieben Uhr und abends während zweier Stunden von neunzehn bis einundzwanzig Uhr geliefert wurde. Dadurch gab es Engpässe in der Versorgung, weil das Netz schlichtweg überlastet wurde und das System zusammenbrach. In etlichen Wohnungen der Bevölkerung stank es bestialisch nach Fäkalien, weil die Spülungen der Toiletten versagten. Wasser für die Besprengung öffentlicher Grünflächen oder privater Gärten stand ab Ende Juli unter Strafe nicht mehr zur Verfügung. Das Waschen von Autos wurde mit hohen Bußgeldern belegt.

Die Ernten erlitten erhebliche Einbußen. Die Felder und Wiesen verdorrten und die Wälder trockneten aus. Brände waren die Folge. Landwirte mit Großtierhaltung verzweifelten, weil das Gebrüll der durstigen Tiere sie Tag und Nacht verfolgte; erste Notschlachtungen mussten vorgenommen werden.

Die Asphaltdecken der Straßen weichten auf und wurden zu regelrechten Gefahrenquellen, weil die Fahrzeuge wie auf Schmierseife unterwegs waren. Die Schienen der Eisenbahnen verbogen sich unter der Hitzeeinwirkung und ein fahrplanmäßiger Betrieb war nicht mehr möglich.

Seltene Hitzegewitter verursachten durch ihre Heftigkeit mehr Schaden als dass sie Segen waren. Die während weniger Minuten niedergehenden Regenmassen strömten über den beinharten Boden hinweg, ohne in das Erdreich eindringen zu können. Stürme entwurzelten Bäume, deckten Dächer ab, verwüsteten Gärten, Felder und Wälder. In den schwülen Nächten kühlte sich die Luft nur unmerklich ab. Die meisten Menschen litten unter Schlaflosigkeit oder fielen, nach etlichen unruhigen und schweißtreibenden Stunden, in einen komaähnlichen Erschöpfungszustand.

Häufig brach die Stromversorgung zusammen. Der Verbrauch an elektrischer Energie für Ventilatoren, Kühlaggregate, Klimaanlagen und Luftbefeuchter sprengte jede bis dahin geführte Statistik. Die wenigen Kernkraftwerke, die es noch gab, waren wegen Kühlungsproblemen auf Halblast heruntergefahren oder gänzlich vom Netz genommen, und die Kapazitäten der aufstrebenden Energieträger aus erneuerbaren Quellen reichten bei weitem nicht aus, um den Grundbedarf aller Interessensgruppen zu decken. Rasch hatte man seitens der Regierung noch vor den anstehenden Neuwahlen ein Notstandsbedarfsgesetz durchgeboxt, welches eine Prioritätengarantie für die Belieferung von Strom an alle wichtigen Institutionen wie Krankenhäuser, Exekutivbehörden wie Polizei und Zoll, Wasser- und Abwasserwerke, Flughäfen und Bahnhöfe und natürlich Feuerwehren bedeutete. Die Privathaushalte blieben dabei auf der Strecke. Ankauf von Energie aus dem Ausland war nicht möglich, weil die umliegenden Staaten unter den gleichen Problemen litten.

Die Flussschifffahrt war wegen zu niedriger Wasserstände eingestellt. Die Schulen blieben geschlossen.

Erst Ende August sanken die Temperaturen auf erträgliche Maße, brachten sanfte, langandauernde Landregen Abkühlung und ließen die geschundene Erde mit allem, was darauf existierte, langsam aufatmen.

Nach vielen lästigen politischen Querelen war im August des Jahres eine neue Bundestagswahl vollzogen worden. Mit ihrem im letzten Jahr so unerwartet verstorbenen Bundeskanzler Jarno Overmann fehlte der Regierungspartei FDP die absolute Führungsperson, und es stellte sich im Verlaufe des vergangenen Herbstes sowie Winters immer mehr heraus, dass die Partei hauptsächlich nur durch ihren Vorsitzenden handlungsfähig gewesen war. Was sich an Scharmützeln und Ränkespielen nach der Beerdigung Overmanns abspielte, widerspiegelte das Bild der Partei mit ihrer inneren Zerrissenheit aufs Allerdeutlichste. Mit Intrigen untereinander, mit Beschuldigungen gegenseitig, mit Entgleisungen Einzelner und mit einer Schlammschlacht sondergleichen verdarb sich die Regierungspartei noch vor Jahreswechsel alle Chancen auf eine erfolgreiche Wiederwahl.

Der Neuwahltermin lag über mehrere Monate völlig offen, was den oppositionellen Parteien SPD, Linke, CDU, ohne dass sie groß in Erscheinung zu treten brauchten, nur recht sein konnte, denn die Selbstzerfleischung der FDP spülte ihnen, je länger sie dauerte, Stimmen, ohne sich selbst profilieren zu müssen, förmlich zu.

Gewinner des desolaten Zustandes der deutschen Demokratie jedoch waren die Köche an der rechten Seite des Ofens, wo sie geduldig und niemals schlafend dem Untergang der großen Volksparteien mit klammheimlicher Freude zusahen. Zudem sagten mehrere demoskopische Institute eine Wahlbeteiligung der Bevölkerung von unter vierzig Prozent voraus, was es den ultrarechten Bewegungen des Landes geradezu erleichterte, mit einer zweistelligen Prozentzahl in den Bundestag einziehen zu können.

Die Zeit der Bier saufenden und Parolen grölenden Glatzköpfe war vorbei. Man hatte aus früheren Niederlagen gelernt und bediente sich nun einer viel effizienteren Methode, nämlich der Wolf-im-Schafspelz-Variante. Aus pöbelnden Schlägern hatte man in Kaderschulungen hilfsbereite und freundliche Zeitgenossen geschneidert. Aus angstmacherischen Demonstrationen hatte man populistische Unterhaltungsfestivals gestaltet, indem man unter anderem die Branche der Volksmusik geschickt als Medium zu nutzen wusste. Aus verunsichernden Zukunftsbildern hatte man eine neue Vision von Patriotismus entwickelt und es fertig gebracht, diese den Menschen im Land zu suggerieren. Bevorzugte Zielgruppe waren die Bürger der 50 + - Gesellschaft. Aufmerksam hatte man den demografischen Wandel in Deutschland verfolgt. Zu ihren Zwecken waren Menschen in Pflege- und Altenheimen nicht länger unwertes Leben, wie man es früher propagiert hatte, sondern Basis einer breiten Mehrheit im Staat. Daneben hatten sich die nationalistischen Verführer ein weiteres Tummelfeld für die Verbreitung ihrer menschenverachtenden Doktrinen ausgespäht, und das war, von der Perfidie und den Auswirkungen her, das weitaus gefährlichere. Es betraf die Kindertagesstätten und die Kindergärten. Dort, wo sich wegen einbrechender oder fehlender wirtschaftlicher Mittel kirchliche und staatliche Organisationen als Betreiber zurückzogen, übernahmen als private Vereine getarnte und deklarierte Ableger der rechtsgerichteten Mutterpartei DFA, der es an Geld nie zu mangeln schien, die Trägerschaft. Somit war der verbrecherischen Infiltration der Gesellschaft bereits an den Wurzeln Tür und Tor geöffnet, und der überforderte Rechtsstaat sah machtlos zu.

Vor Jahren noch abgeschmettert wegen der Nähe zur „braunen Suppe", stellte man nicht immer, aber immer öfter fest, dass die Bevölkerung ein Interesse daran hatte, die Marke *Deutschland* erhalten zu wollen und nicht den internationalen Multis kampflos zur Verfügung zu stellen. Kreative und kluge Köpfe befassten sich mit Ergebnissen der Globalisierung und den Folgen für die Deutschen. Und gerade von dort aus, wo die vermeintlich fähigsten Hirne saßen, schmierte man Butter auf die Brote der Verführer, die jene, rhetorisch geschult, dem Volk zum Fressen darreichten.

Tatsächlich gab es nicht einen Konzern in Deutschland mehr, der definitiv deutsch war. Chinesische, russische und arabische Milliardengelder waren das Schmieröl für die Betriebe, aber auch deren Guillotine. Einheimische Manager wurden per Bonuszahlungen zunächst geködert und in schwindelnde Höhen katapultiert, dann der Korruption bezichtigt und entmachtet und schließlich in die Wüste geschickt. Firmen wurden nach gewinnbringenden und verlustreichen Sparten auf den Schreibtischen der Manager seziert. Menschen wurden dort entlassen, wo es mit unrentablen Gesellschaftszweigen nichts zu verdienen gab. Lukrative Anteile vernetzte man mit anderen Konzernen zu Gross-Molochen. *German-Air* zum Beispiel bediente als Mutter-Konzern den gesamten europäischen Luftraum. Nationale Fluggesellschaften gab es seit 2015 nicht mehr. Billig-Flieger wie einst *Bell-Air, Try t´ Fly* oder *Take-Off* waren alle bankrott gegangen. *German-Air* aber gehörte nur noch zu neunundvierzig Prozent den Deutschen. Die restlichen einundfünfzig Prozent, und damit die bestimmende Anteilsmehrheit, teilten sich zum Beispiel die russische Ölfirma *SOB* sowie ein Konglomerat aus arabischen Scheichtümern zu unbekannten Anteilen.

Dieser Tendenz entgegensteuernd, hatte die rechtsgerichtete Partei DFA einen feinfühlig dosierten, aber dennoch bundesweit massiven Wahlkampf geführt. Nicht ohne Erfolg, ließ sie bei der entscheidenden Bundestagswahl doch die Volkspartei CDU hinter sich. Gleichrangig mit SPD und FDP um die fünfundzwanzig Prozent Stimmenanteil gelegen, zeichneten sich spannende Koalitionsgespräche ab. Die Betroffenheit indes der meisten Bürger war nach der Wahl groß. Irgendwie war man sich allgemein sicher, just dieses Szenario nicht gewollt zu haben, konnte sich aber das Zustandekommen nicht erklären. Man hatte allerdings nur noch von ungefähr eine Ahnung davon, wozu die „braune Suppe" einst fähig gewesen war. Zu lange wohl schon waren die Bilder von Konzentrationslagern aus den Hirnen verbannt. Die Mahner früherer Jahre waren allesamt gestorben. Alle, die keine braune Farbe an ihrer Weste trugen, harrten auf ein Wunder, wie einst die Leute vor zweitausend Jahren in Palästina: auf den Messias. Overmann, ihr Prophet, war tot. Wann und wie würde der Heilsbringer kommen? Vermutlich würde man ihn heute zwar nicht mehr kreuzigen, dafür aber kurzerhand in eine Irrenanstalt stecken.

*

Edgar Schaaf hängte das letzte Fenster in die Scharniere und prüfte durch mehrmaliges Öffnen und Schließen des Fensterflügels und durch wiederholtes Betätigen des Fenstergriffes die Funktionalität des Schließmechanismus. Könnte nicht besser sein, sagte er zu sich selbst, trat vier Schritte bis in die Mitte des Türmchenzimmers zurück und betrachtete sein Gesamtwerk.

Das Türmchenzimmer in Melanie Köningers Haus, das jetzt auch sein Haus geworden war, seit er im Januar des Jahres bei ihr eingezogen war, lag exponiert, wie in einer Viktorianischen Villa, hoch über dem Haupthaus und barg unter sich eine Wendeltreppe, über die man, neben der Haupttreppe, in die anderen Stockwerke gelangen konnte, inklusive Keller und Dachspeicher.

Achteckig im Grundriss, hatte es neben der Eingangstüre sieben Fenster. Nach oben abgeschlossen war das Zimmer mit einem spitzen Dach, das von dicken Balken getragen wurde und bis in dieses Jahr unisoliert gewesen war. Der Fußboden war aus einfachen Holzdielen verlegt.

Seit Anfang Juli hatte Edgar Schaaf fast täglich, bis auf die Wochenendtage, an und in dem Zimmer gearbeitet. Begonnen hatte er mit der Isolierung des Daches. Zwischen die spitz zulaufenden Dachbalken hatte er Isoliermaterial zugeschnitten und passgenau eingesetzt. Anschließend hatte er das Dach mit warmem, honigfarbenem Holzverbund vertäfelt. Eine Arbeit, die er liebte, ging es dabei doch um Präzision, Geschick und Vorstellungsvermögen. Er mochte die Arbeit mit Metermaß und Bleistift, mit Lineal und Säge. Am Geruch des Holzes konnte er sich ergötzen und er wünschte sich, wieder jung zu sein, um den Beruf eines Schreiners erlernen zu können.

Danach hatte er den Dielenboden abgeschliffen und in Eigenarbeit versiegelt. Endlich hatte er sich der Wände angenommen und auch dort zentimetergenau Rigipsplatten mit Dämmschutz eingepasst, was für ihn eine reine Geduldssache war, denn in siebenfacher Ausfertigung um die Fenster herum akribisch und genau zu arbeiten, erforderte Disziplin, Fleiß und Durchhaltevermögen. Mit Gipsmasse hatte er die Fugen zugespachtelt. Zum Schluss hatte er die Fenster und deren Rahmen abgeschliffen und mit einer grauen, beinahe ins violett reichenden Farbe bestrichen. Das letzte Fenster hatte er eben eingehängt. Tapezieren würde er nächste Woche mit Raufaser, und dann würden Melanies Talente gefragt sein, die sich um Farbe der Tapeten, um Ausstattung der Wände mit Bildern und um die Möblierung kümmern wollte.

Er hatte der Hitze Tribut zollen müssen. Er hatte jeweils nur von acht bis zwölf Uhr gearbeitet. Danach war jegliche körperliche Betätigung eine Tortur gewesen. Einmal hatte er versucht, nach siebzehn Uhr oben in dem Türmchen zu werkeln, aber nach wenigen Minuten war er einer Ohnmacht nahe gewesen, weil sich in dem lichtdurchfluteten Raum die Hitze multiplizierte.

Selbst zum Motorradfahren war es ihm während der Nachmittagsstunden zu heiß. Die Sonne kochte ihm unter dem Helm den Schädel weich und in der Lederjacke wäre er innert kürzester Zeit gar gewesen. Ohne seine Lederjacke aber wäre für ihn ein auch nur kurzer Ausritt unvorstellbar gewesen. Er hielt die immer mehr um sich greifende Mode, einen kurzen Trip in Shorts, Sandalen und T-Shirt zu unternehmen, für puren Unsinn und Effekthascherei. Es mochte *cool* aussehen, mal eben mit einer schweren Maschine halbnackt um den Block zu donnern, war in seinen Augen aber verantwortungslos nicht nur sich selbst, sondern auch anderen Verkehrsteilnehmern gegenüber. Er fand seine eigene Praxis, meist in Jeans zu fahren, schon riskant genug. Der kleinste Ausrutscher würde ihn seiner Haut vom Knöchel bis zum Gesäß schmerzhaft entledigen. Nur abends oder Sonntagmorgens holte er seine geliebte Harley aus der Remise hinter dem Haus und drehte eine Runde, um sich vom Tag oder von der Arbeit erholen zu können. Melanie Köninger, die ab und zu auf dem Sozius mitfuhr, genoss dann genau wie er den lauen Wind und die Abendstimmung, beziehungsweise sonntags die Morgenluft.

10

Im Oktober würden sie heiraten. Das Aufgebot war bestellt und hing seit einer knappen Woche am Rathaus der historischen Stadt für die Öffentlichkeit aus. Es war das inoffiziell meistgehandelte Thema der Stadt.

Es würde die Hochzeit des Jahres werden. Melanie Köninger war eine Person des gesellschaftlichen Lebens der Kleinstadt Gengenbach. Durch ihr Geschäft *Aquarelle und Poesie* in bester Lage der Fußgängerzone war sie nicht nur den Einheimischen bekannt, sondern verfügte über die Stadtgrenzen hinaus über viele Kontakte zu Künstlern und Kunstinteressierten. Sie war beliebt und geschätzt als Geschäftsfrau, aber auch als Mensch und soziale Person.

Um Edgar Schaafs Person rankten sich, hauptsächlich über die Klatschmäuler des Ortes, mittlerweile die heldenhaftesten Geschichten, erst recht, seit er wegen seiner Schussverletzung von Lanzarote zur Nachbehandlung der Wunde eine Arztpraxis in der Innenstadt aufgesucht hatte. Wäre er auf einem Esel in die Stadt geritten, hätte der Zuspruch der Bevölkerung kaum größer sein können. Hätte er eine Autogrammstunde auf dem Rathausplatz inszeniert, es wäre zu einem Volksauflauf gekommen.

Melanies Laden profitierte von der Geschichte immens. Kunden, überwiegend weiblicher Art, stürmten förmlich das Geschäft, um die Frau sehen zu können, für welche sich ein Mann in die Schusslinie einer Gewehrkugel geworfen hatte. Melanie selbst stand dazu: Ja, sie war die Frau, und dabei empfand sie den Rummel um sich und um ihren Edgar nicht belästigend, sondern nur natürlich. Warum? Weil sie stolz war auf ihn und auf sich selbst.

Melanie, keine unansehnliche Person von jeher, wurde von Tag zu Tag schöner und ausgeglichener. Die bevorstehende Heirat beflügelte sie und ihr Strahlen kam aus ihrem tiefsten Innern, und es übertrug sich auf ihre Arbeit mit den Gemälden und der Poesie. Sie hatte eine glückliche Hand bei der Auswahl der Künstler und ihre eigene Harmonie förderte die Geschicke des ganzen Geschäftes.

Es steht eine kleine Kapelle außerhalb von Gengenbach, der Heiligen Barbara gewidmet. Sie war erst in jüngster Zeit von einer Interessenvereinigung errichtet worden, nachdem man zufällig ganz in der Nähe davon auf Überreste eines Bergwerk-Stollens gestoßen war, in dem man bis ins neunzehnte Jahrhundert nach Flussspat für die Glasindustrie gegraben hatte. Dort in der Kapelle würden sie sich standesamtlich das Ja-Wort geben. Weil neben der Kapelle ein entsprechend großer und flacher Platz liegt, hatten sie von der Gemeinde die Erlaubnis erhalten, darauf ein gemietetes Zelt für die anschließende Feier im Freundeskreis aufzustellen.

Wie sehr sie sich liebten. Sie und Edgar schliefen kaum noch in getrennten Zimmern. Meist lagen sie in Melanies breitem Bett und waren sich zärtlich zugetan. Nur während der Arbeit waren sie voneinander getrennt. Edgar hatte sich vollständig bei ihr eingerichtet und sie liebte seine Gegenwart über alles. Er war ihr Fels, an den sie sich lehnen konnte und der dennoch einen so weichen und sensiblen Kern hatte, dass sie selbst ihn zu schützen wünschte. Er war ihr starker Baum in der Mitte des Lebens, an dessen festem Stamm sie Vertrauen und Zuflucht fand, in dessen Schatten sie Entspannung und Zuversicht schöpfte, und der doch so feinfühlig war, einem leichten Vogel ein zerbrechliches Nest gewähren zu können und sich unter den Winden des Lebens beugen konnte und somit leidens- und lebensfähig war.

Ein Fest sollte es werden, und darum saßen sie während vieler Abendstunden beisammen und entwickelten und verwarfen Pläne. Sie waren auf die Suche nach passenden Örtlichkeiten zum einen für das Festmahl gegangen, zum anderen für das Foto-Shooting. Sie bestellten und reservierten Übernachtungsmöglichkeiten für ihre Gäste und sie diskutierten die Einzelheiten des Festmenus. Sie gingen auf die Suche nach einer Pferdekutsche oder, alternativ, einem schicken Oldtimer-Auto. Sie rückten bei diesen Gelegenheiten enger zusammen und mit Feuereifer malten sie großzügig an ihrem Hochzeitsgemälde, das so bunt und warm werden sollte wie ein sonnendurchfluteter Oktobertag.

Juli 2021
Hohenterzen

Die private Klinik *An den Bächen* sah, von der Straße aus gesehen, nicht wie eine psychiatrische Klinik, sondern, nicht zuletzt wegen der direkten Nachbarschaft zum Hotel *Lärchenhof*, eher wie ein Sanatorium aus. Ein Haus für Leute, die Erholung suchten von welcher Art Stress auch immer. Aber es war dennoch eine Klinik für psychisch beschädigte Menschen, und die Geschäftsleitung konnte sich über mangelnde Buchungen nicht beklagen.

Im Internet sowie in führenden Fachzeitschriften wurde das Haus vorgestellt wie die Eier legende Wollmilchsau. Für jedes nur denkbare psychische Gebrechen, ob Burnout-Syndrom, Stress in allen Varianten, Depressionen in allen Facetten, Mobbing, Erschöpfung, allgemeiner Unpässlichkeit, Desorientierung, bot die Klinik die Idealbehandlung in einem hotelähnlichen Rahmen mit entsprechender Versorgung an.

Frau von Drach, geschäftsführende Teilhaberin des Hauses, legte großen Wert auf Schätzung ihrer Einrichtung nicht nur gegenüber der Öffentlichkeit, sondern auch innerhalb des Betriebes, weswegen sie einen strengen Verhaltensplan in Bezug auf die äußeren Bewegungen der Patienten und eine noch strengere Hausordnung für die hausinternen Abläufe aufgestellt hatte. Da das Haus ständig ausgebucht war, konnte sie sich des Verdachts, dass Erfolg Recht behalten würde, nicht entziehen und sie sah deswegen überhaupt keinen Anlass, an ihrer Vorschriftenregelung irgendwas ändern zu müssen. Im Gegenteil: Die Leute schienen dankbar dafür zu sein, mittels strenger Regeln an die Hand genommen zu werden und sich verlässlich auf die Maßnahmen einlassen zu können. Die Patienten, glaubte sie, würden sich nach Vorschriften, die sie annähernd ihres eigenen Willens entbanden, förmlich sehnen. Wurden diese gelockert, fühlten sie sich eines gewissen Halts, einer erhofften Fürsorge unangenehm beraubt. Die Rahmenbedingungen, die durch die Hausordnung abgesteckt waren, gaben ihnen geregelte Abläufe vor, innerhalb derer sie sich aufgehoben, betreut und sicher fühlen konnten. Dass einzelne Bestimmungen denen eines Gefängnisses nicht unähnlich waren, störte die allerwenigsten der Patienten. Im Gegenteil unterwarfen sich viele der eingewiesenen Leute einer eigenen, härteren Disziplin als von Haus aus gefordert und viele begrüßten eine Verlängerung des Aufenthaltes und waren sogar zu einem höheren Eigenanteil an den Kosten bereit. Viele waren zum wiederholten Mal Gast der Anstalt oder gaben an, bald wieder die Einrichtungen für sich in Anspruch nehmen zu wollen. Diese Klienten waren für Frau von Drach die liebsten und sie versäumte es so gut wie nie, bei ihren häufigen Ansprachen im Gemeinschaftsraum des Hauses durch ihre Worte wie mit einem Zeigestock wohlklingend auf diese Leute hinzuweisen.

Ginge es nach Frau von Drach, wäre die Welt mit den darin lebenden Menschen ein Paradies. In schönschwärmerischen Worten begrüßte sie jeden Neuankömmling persönlich und gab ihm eine Gratisübersicht von ihrem universellen Lebensverständnis. Rosarot band sie, ohne blauäugig zu sein, jedes Individuum in ihre Bilder mit ein, gab ihm einen Platz und drückte ihm

13

ihren Stempel auf. Viele, um nicht zu sagen die meisten, ließen sich von den Ausführungen Frau von Drachs einlullen und fügten sich widerstandslos in die Gepflogenheiten vor Ort, glücklich darüber, jedweder Verantwortung enthoben zu sein und durch Aufgabe ihrer selbst sich in dem Schoß des Hauses wohl zu fühlen. Gib dich auf, lass dich sinken, folge dem dir vorgegebenen Rhythmus, dein Seelenheil ist dir gewiss. Den wirklich Kranken mochte das durchaus eine Hilfe und Stütze sein, eine Hoffnung in der dunklen Kammer ihrer selbst.

Nicht allen Patienten allerdings kamen die strengen Hausgebräuche unter dem Dach der Anstalt *An den Bächen* entgegen. So gab es eine nicht zu unterschätzende Anzahl an Patienten, die kalkulierende, wohlorganisierte Krankheitstouristen waren. Diese verfügten über jahrelange Erfahrung und ließen sich gezielt von Klinik zu Klinik, von Sanatorium zu Sanatorium verschreiben. Es waren sogenannte professionelle Klinikaufenthalter. Sie waren bewandert in der Kenntnis über alle Häuser und es gab einen regen Meinungs- und Wissensaustausch über Qualität, Situation, Standard der einschlägigen Kliniken des Landes. Man kannte sich untereinander, verabredete sich untereinander und pflegte, meist per Internet-Chat, einen regen Meinungsaustausch, wobei es in der Regel nur darum ging, sich über die negativen Seiten der Kliniken auszulassen und diese Ansichten, oft als hämischen Kommentar zu den entsprechenden Häusern, im Internet geschäftsschädigend anzuprangern.

Frau von Drachs Regularien kamen dieser Art von Patienten nicht zupass, weswegen man unverhohlen und demonstrativ gegen den Strom schwamm und auch verbal kein gutes Haar an der Einrichtung und deren Gepflogenheiten ließ.

Frau von Drach wusste natürlich, dass es querdenkerische und uneinsichtige Subjekte unter ihrem Regime gab. Diese zu erkennen und zu erfassen und von ihrer Philosophie zu überzeugen, war eines der wichtigsten Ziele Frau von Drachs Tag für Tag.

10. Juli 2021
Hohenterzen

Sie klappte den Laptop zu und lehnte sich, langsam entspannend, in ihrem Rattan-Sessel zurück. Für eine Weile schloss sie die Augen und atmete bewusst und konzentriert ein paar Mal tief ein und aus. Die Luft strömte wie flüssiges Glas an ihrem Gaumen vorbei. Sie tastete mit der linken Hand nach dem Becher, den sie, mit Eistee gefüllt, während der Arbeit neben dem Computer stehen gehabt hatte, aber als sie ihn mit den Fingern berührte und dabei die Augen wieder aufschlug, stellte sie fest, dass er leer war. Enttäuscht ließ sie die Hand in ihren Schoß fallen.

Sie blieb weiterhin sitzen und legte den Kopf in den Nacken. Sie richtete ihre Augen zur Decke über dem Freisitz hinter dem Haus. Ihr Blick blieb jedoch nicht an der Decke haften, sondern glitt durch diese hindurch zu einem imaginären Punkt in der Ferne, den nur sie allein sah.

Sie hatte die Halbjahresbilanz erstellt. Januar bis Juni. Und sie war gut. Sehr gut sogar. Wie hätte es auch anders sein können? Das Haus hatte fünfunddreißig Betten und seit Anfang des Jahres bis Ende des vergangenen Monats hatte es nicht einen einzigen Tag gegeben, an welchem auch nur ein Bett nicht belegt gewesen war. Sehr gut.

Kurz überschlug sie die Brutto-Zahlen noch mal im Kopf. Pro Bett rechnete sie etwa dreihundertfünfzig Euro am Tag. Bei hundertachtzig Tagen und fünfunddreißig Betten machte das über zweikommazwei Millionen Euro brutto an Einnahmen. Noch einmal: Sehr gut.

Es war Samstagabend. Sie blickte auf die Armbanduhr und stellte fest, dass es kurz vor einundzwanzig Uhr war. Noch war es taghell und die Hitze war fast unerträglich. Sie nahm den leeren Becher und den Computer, betrat durch eine Glastür den Wohnraum des Hauses und schloss hinter sich ab. Den PC legte sie auf einen einfachen Schreibtisch aus Nussbaumholz. Als sie intuitiv an das hochbrisante Geheimnis dachte, welches sich seit einem Tag in einer der Schreibtischschubladen befand, zuckte sie unwillkürlich zusammen, und trotz der plagenden Hitze erschauerte sie unter einer Gänsehaut. Darüber würde sie heute Abend unbedingt zu sprechen haben. Einer plötzlichen inneren Eingebung folgend, nahm sie den Umschlag mit dem mysteriösen Inhalt aus der Schublade und deponierte ihn in ihrem geheimen Wandtresor. Für den Augenblick aber drängte sie die Gedanken daran zurück. Zu peinlich, zu delikat, zu gefährlich war die Bombe, die man ihr unerwartet untergejubelt hatte.

Im Frühling vor zwei Jahren hatte sie dieses Haus von einem älteren Ehepaar, welches sich dazu entschlossen hatte, den gemeinsamen Lebensabend in einem betreuten Senioren-Wohnheim zu verbringen, erworben. Sie hatte es gegen die Einwände ihres Ehemannes gekauft, hatte ihm nach zähen, fruchtlosen Diskussionen mit einem „Ich will es. Basta!" den Mund verschlossen. Sie war es leid gewesen, jedes Wochenende die weite Strecke mit dem Auto in das Haus ihres Mannes am Tegernsee zu fahren.

Es war nicht groß und hatte nur eineinhalb Stockwerke, verfügte aber über alle Annehmlichkeiten, die sie für sich erhofft hatte. Es hatte einen kleinen Keller mit Waschküche; im Erdgeschoss einen großen Wohnraum mit offener Küche, Bad, Gäste-WC und ein kleines Schlafzimmer; im Obergeschoss zwei Schlafräume und ein Badezimmer. Mehr brauchte sie nicht und mehr hatte sie nicht gewollt. Der schließlich ausschlaggebende Aspekt war: Das Haus lag nur wenig mehr als einen Steinwurf von ihrer Klinik entfernt.

Weil sie selbst noch ihrem Beruf als Psychiaterin nachging, war es für sie von beträchtlichem Wert, die Nächte nicht mehr unter dem Dach der Klinik verbringen zu müssen.

In der Küche stellte sie zwei Flaschen Riesling in den Kühlschrank und schaute bei dieser Gelegenheit nach der mit Frischhaltefolie bedeckten Salatschüssel. Sie hatte am Nachmittag eingekauft und den Salat mit Geflügelfleisch, Garnelen, Walnüssen und verschiedenen Gemüsen selbst zubereitet. Das Baguette würde sie erst schneiden, wenn der Tisch gedeckt sein würde. Zum Brot wollte sie einige leichte Aufstriche reichen. Aber noch hatte sie Zeit. Der erwartete Besuch hatte sich erst auf zweiundzwanzig Uhr angekündigt.

Sie ging in das Badezimmer und zog sich aus. Während der Zeit der rationierten Wasserabgabe hatte sie meistens auf das Duschen verzichtet, füllte aber regelmäßig zwei Plastikeimer mit Wasser, die sie in der Badewanne stehen ließ. Sie tauchte ein Frotteehandtuch in einen der Eimer, wrang es aus und rieb sich mit dem feuchten Tuch von Kopf bis Fuß ab. Anschließend salbte sie sich ebenfalls von Kopf bis Fuß mit einer Erfrischungscréme ein. Soweit fertig, betrachtete sie sich im wandhohen Spiegel. Es gefiel ihr gut, was sie sah. Sie hatte lange, schlanke Beine und das Gewebe an den Schenkeln und am Po war fest. Ihr Bauch war trotz

16

zweier Schwangerschaften glatt und es waren keine Dehnungsstreifen zurück geblieben. Ihre kleinen Brüste trotzten dank ihres geringen Gewichts und dank ihrer regelmäßigen Schwimmbadbesuche der Erdanziehungskraft. Mit ihren achtundvierzig Jahren konnte sie am Hals keine Falten feststellen. Ihr Gesichtsteint war zart und seidig. Ihr Problemkind, sonst wäre es ja zu perfekt gewesen, waren die Haare. Nie, solange sie zurückdenken konnte, waren sie anders als strähnig gewesen, dazu ascheblond und zunehmend dünner werdend. An beiden Schläfen entdeckte sie Ansätze von grau. Weil an diesem Abend aber daran nichts zu ändern war, kämmte sie ihre Kurzhaarfrisur nur durch.

Sie begab sich vom Badezimmer in das kleine Schlafzimmer im Erdgeschoss. Dort zog sie aus der Schublade einer Kommode den Hauch von einem Slip und legte ihn an. Aus dem kleinen Kleiderschrank wählte sie ein luftiges, gemustertes Sommerkleid, das man nur über den Schultern mit einer Schleife zu binden brauchte. An die Füße zog sie leichte Riemensandaletten. Zurück im Bad schminkte sie sich bescheiden mit einem blassen Lippenstift und kümmerte sich oberflächlich um die Konturen ihrer Augen. Zum Abschluss sprühte sie sich einen sinnlichen Duft in die Halsbeuge, legte effektvoll einen feinen, hautfarbenen Seidenschal um den Hals und schmückte sich mit einer schlichten Halskette aus Gold.

Wieder ein Blick auf die Uhr. Sie hatte noch Zeit für eine Zigarette und ein Glas Sekt, von dem sie noch eine angebrochene Flasche im Kühlschrank stehen hatte. Sie hob eben das Glas an den Mund, als die Türglocke schnarrte. Dabei fiel ihr ein, dass sie sich schon längst für einen anderen Klingelton hatte entscheiden wollen, weil ihr dieser vorkam als würde ein Kind mit einem Holzstock über einen Gartenzaun ratschen. Irritiert schaute sie wieder auf die Uhr. Nanu, war er zu früh?

Sie ging in den Flur und sah durch die strukturierte Glasscheibe nur einen Körperumriss, ohne jemanden zu erkennen. Das Sektglas in der Hand und die Zigarette im Mund öffnete sie in Erwartung des Besuches die Haustür und brauchte drei Sekunden um zu begreifen, dass es jemand anderer war.

„Du?"

*

13. Juli 2021
Zunächst maß man seitens der Patienten der Tatsache, dass Frau von Drach am Montagmorgen nicht zur gewohnten Zeit zum Frühstück erschien, keine

besondere Bedeutung zu. Zwar war es völlig außergewöhnlich, weil noch nie vorgekommen, und man hatte sich an die Gegenwart Frau von Drachs und an ihre Händeschütteltour schon gewöhnt wie an das Amen in der Kirche, wollte ihr aber durchaus einmal ein verlängertes Wochenende gönnen. Schließlich hatte sie Familie.

Dennoch war sie Gesprächsstoff Nummer eins unter den Leuten, die sich im Speisesaal der Klinik befanden und trafen. Stets war es wie ein Ritual zum Wochenbeginn gewesen: Frau von Drach war anwesend und begrüßte jeden Einzelnen per Handschlag und mit ein paar salbungsvollen Worten. Auch Frau Käshammer, die gute Seele der Küche, war ob des Fehlens Frau von Drachs überrascht und konnte zur Aufklärung dieser Angelegenheit nichts beitragen. Sie hatte keine Abmeldung bekommen und der Teller und die Tasse an Frau von Drachs Platz blieben unberührt.

Auch während der ersten Stunden des Vormittags, in deren Verlauf die Therapien für die Patienten liefen sowie zur Mittagszeit blieb Frau von Drach dem Klinikbetrieb fern.

Man fragte bei Frau Rühe an der Rezeption des Hauses nach, ob sie über eine angemeldete Abwesenheit Frau von Drachs informiert sei, aber Frau Rühe hatte weder einen Schimmer von der Situation noch eine Erklärung parat, und schon gar keine Nachricht von Frau von Drach. Alle daraufhin regelmäßigen Anrufversuche sowohl auf ihren Festnetzanschluss in der nahe gelegenen Wohnung als auch auf das Mobiltelefon blieben erfolglos.

Als auch zur Abendbrotzeit noch keine Spur von Frau von Drach gefunden worden war, nahmen die Spekulationen im Haus überhand. Es bildeten sich drei Lager heraus: Das der Optimisten, das der Pessimisten und das der Gleichgültigen.

Die Optimisten wähnten Frau von Drach im Kreise ihrer Familie oder bei einem Seminar und sie erwarteten die Chefin des Hauses irgendwann in den nächsten Tagen zurück. Dass es keinerlei Hinweise diesbezüglich gab, auch nicht bei den Verwaltungsangestellten des Hauses, lag bestimmt an einem Missverständnis und würde sich im Nachhinein aufklären.

Die Pessimisten argwöhnten eine Krankheit oder einen Unfall, weswegen es Frau von Drach bisher nicht gelungen war, die Klinik zu verständigen. Den Gleichgültigen war es Wurst. Sie wollten sich ja nicht um das Schicksal von Frau von Drach kümmern, sondern um ihr eigenes, und deswegen war ihnen der geregelte Ablauf der Therapien im Haus wichtiger als ein nichterhaltener Handschlag der Chefin am Montagmorgen.

Als auch am Dienstagmorgen von Frau von Drach jedes Lebenszeichen fehlte, rottete man sich unter den Patienten, egal welchen Lagers, zusammen. Allgemein war bekannt, dass Frau von Drach nur einen Steinwurf von der Klinik entfernt ihre Wohnung bzw. ihr Haus hatte. Die anberaumten Therapien wurden abgesagt und man stellte eine Delegation von fünf Leuten zusammen, die zu Frau von Drachs Haus gehen sollte.

Die Gruppe marschierte los und stellte als erstes fest, dass der nagelneue Audi A 12, mit dem Frau von Drach zu fahren pflegte, vor dem Einfamilienhaus der von Drachs stand. Alle Rollläden am Haus waren geöffnet. Aus dem Briefkasten neben der Gartentür ragten einige Briefe. Die Haustür war verschlossen und auf die Klingelzeichen der Türglocke öffnete niemand.

Wieder zurück in der Klinik, belagerten sie Frau Rühes Rezeption und verlangten von ihr, dass sie unverzüglich mit Herrn von Drach telefonischen Kontakt aufnehmen solle. Man wusste, dass sich dieser aus geschäftlichen Gründen zurzeit in Italien am Lago Maggiore aufhielt, wo er sich ein für eine Klinik geeignetes Objekt anschauen wollte. Herr von Drach war jedoch über sein Mobiltelefon nicht erreichbar, woran immer das auch liegen mochte, und das Hotel, in dem er zur Übernachtung logieren würde, kannte man in Hohenterzen nicht. Frau Rühe instruierte zu guter Letzt das Stammhaus der von Drachs, die Klinik „Seeblick" in Tegernsee, man möge von dort aus Kontakt mit dem Ehemann Frau von Drachs aufnehmen und erbat sich eine Rückmeldung.

Es war Herr Egner, der das Heft daraufhin in die Hand nahm. Egner hielt sich seit ziemlich genau vier Wochen in der Klinik auf. Er war wegen des plötzlichen Todes seiner Frau im April dieses Jahres schwer traumatisiert und erhoffte sich, mit Unterstützung seines Therapeuten, den Verlust seiner Ehefrau in kleinen Schritten verstehen und verarbeiten zu können. Er ließ Frau Rühe die Polizei in Hohenterzen anrufen. Er erklärte, dass er die Rechnung von eventuellen Schäden an Haustür oder Fenstern dann übernehmen werde, wenn sich das Eindringen in die Wohnung als unverhältnismäßig oder unnötig herausstellen sollte. Nach einer halben Stunde traf ein Streifenwagen des Polizeipostens Hohenterzen vor dem Haus Frau von Drachs ein, wo sich mittlerweile eine stattliche Anzahl von Personen aus der Klinik versammelt hatte.

Polizeihauptmeister Franz Hirt stieg ächzend aus dem Polizeifahrzeug aus. Er war einundsechzig Jahre alt und hatte erhebliche Probleme mit den Bandscheiben. Das jahrelange Sitzen einesteils auf dem Drehsessel seines

19

Schreibtisches im Büro, andernteils hinter dem Lenkrad des Streifenwagens, einhergehend mit Vermeidung jeglicher Art von gesunder Bewegung, hatte zu einer chronischen Schieflage seiner Beckenwirbel geführt. Seit fast dreißig Jahren war er Leiter des Polizeipostens Hohenterzen, zu dem neben ihm noch zwei weitere, jüngere Beamte gehörten, die aber momentan wegen einer anderen Angelegenheit außerhalb des Ortes zu tun hatten. Wildunfälle zu bearbeiten sowie die Meldezettel der Hotels und Pensionen zu kontrollieren, während der Sommersaison Frostschäden des Winters auf den Straßen der Gemeinde zu melden, waren die Aufgaben, mit denen er hauptsächlich beschäftigt war. Raub, Diebstahl, Einbruch oder andere Schwerverbrechen kannte er nur aus dem Fernsehen. Er wohnte mit seiner schwer zuckerkranken Frau Ursula in einem kleinen Einfamilienhaus am Rande der Ortschaft.

Hirt stellte sich der wartenden Menschenmenge vor und erfuhr von Herrn Egner, der sich als Wortführer der wartenden Schar zu erkennen gab, die Gründe für die Besorgnis um Frau von Drach. Nach kurzer Abwägung von Rechtmäßigkeit und Zweckmäßigkeit, auch nachdem er selbst einen Rundgang um das Gebäude unternommen hatte, entfernte ein von Hirt klugerweise gleich mitgebrachter Mechaniker daraufhin mittels einer Bohrmaschine nicht gerade vorsichtig das Schloss aus der Haustür. Hirt hieß alle anderen Personen vor der Tür zu warten und betrat das Gebäude.

Nach einer Minute kam er käsebleich zurück, wählte bebend an seinem Mobiltelefon eine Kurzwahltaste und sprach dann mehrere Sätze hinein. Herr Egner, der unmittelbar daneben stand, hörte aber aus der Vielzahl der gepresst gesprochenen Sätze nur ein Wort heraus: Todesfall.

Polizeihauptmeister Hirt schickte alle anwesenden Personen, ob sie aus der Klinik waren oder nicht, sofort beiseite und wies sie an, den Eingangsbereich zu dem Haus freizuhalten. Aus dem Streifenwagen holte er ein rot-weiß gestreiftes Plastikband und sperrte, indem er das Band um das ganze Grundstück spannte, das Areal ab. In spätestens dreißig Minuten würden die Kripo-Leute aus Neustadt im Schwarzwald hier sein. Dann erlaubte er sich, nach mehr als fünfzehn Jahren Abstinenz, eine Zigarette, die er von einer der herumstehenden Personen erbettelte. So etwas hatte er in Hohenterzen noch nicht erlebt, zumal es da ja noch ein Ereignis gab, von dem die wenigsten Leute hier wussten.

20

Juli 2021
Cannobio/Lago Maggiore/Italien

Das Hotel *Alessandro* liegt in direkter Nähe zum kleinen Jachthafen der Gemeinde, nur durch die Uferstraße von See und Hafenanlagen getrennt. Über einen gekrümmten Kiesweg fährt man unter Palmen von der Straße aus zum Haupteingang, vor dem ein aus Beton gegossenes Reiterstandbild Alexanders des Großen die Blicke auf sich zieht. Neben dessen insgesamt vier Metern Höhe erscheint das Fünfundvierzig-Zimmer-Haus verhältnismäßig klein. Das Hotel, im Jugendstil um die Jahrhundertwende vor dem ersten großen Krieg entstanden, verfügt nur über zwei Stockwerke, wird aber ohne Großinvestoren seit Bestehen als Familienbetrieb geführt. Allen Übernahmeversuchen großer Konzerne hat man über Jahrzehnte erfolgreich widerstehen können, wenn es gelegentlich auch schmerzhaft war, zu viel Geld „nein" zu sagen. Der Familienrat hatte aber jeweils, und so sieht man es heute noch, richtig entschieden. Natürlich sah man sich genötigt, das Hotel durch massiven Einsatz monetärer Mittel an aktuelle Standards anzupassen. Elektrischer Strom war zu den Anfängen des Jahrhunderts durchaus noch keine Verständlichkeit gewesen. Fließendes Wasser, heiß oder kalt, auf den Zimmern suchte man damals selbst in den großen Städten noch vergebens. Es geschah, dass man in manchen Bereichen sogar Vorreiter war, besonders was die Gäste als „nachhaltige Bindung durch persönliche Zuwendung" erfahren durften. Durch persönliches Engagement der Hotelleitung, durch die Anteilnahme am Leben der Gäste, entstand über Generationen hinweg ein Geflecht von Dankbarkeit, Willkommenheit und Verbundenheit. Freundschaft sogar.

13. Juli 2021
Alexander von Drach stand im Badezimmer der kleinen Suite im Hotel Alessandro und betrachtete sich im Spiegel. Es war Dienstag und er hoffte, im Laufe des Nachmittages endlich jene Menschen zu treffen, die Geld brauchten: Sein Geld.
    Er würde nach dem Mittagessen mit seiner Sekretärin ein zum Verkauf ausgeschriebenes Gebäude besichtigen, von dem er sich erhoffte, es zu seiner nächsten Privatklinik aus- und umbauen zu können.
    Seit Wochen und Monaten hatte er im Internet recherchiert und sich nach geeigneten Objekten erkundigt. Um die Suche zu vereinfachen, hatte er

einen Katalog mit Kriterien erstellt, aus denen ein Gerüst von Mindestanforderungen erkennbar war. Als er seine Schablone eines Tages mit einem neu ins Netz gestellten Angebot verglich und seine Hauptmerkmale gedeckt fand, druckte er die Offerte aus. Und als er entdeckte, dass sich das beschriebene Anwesen in einem Ort befand, den er persönlich kannte, konnte er einen kleinen Freudenschrei nicht unterdrücken.

Um die Hüften hatte er ein weißes Badetuch geschlungen, seine Brust und den Bauch mit Rasierschaum bedeckt, weil er die unvorteilhafte Körperbehaarung loswerden wollte. Er überlegte, warum er nicht gleich eine Ganzkörperrasur vornehmen sollte, aber er scheute sich davor, Hand an die Schamhaare zu legen, weiß der Teufel auch warum.

Trotz seiner zweiundsiebzig Jahre war seine Gesichtshaut glatt und straff. Seit drei Jahren ließ er sich von einem Visagisten die Augenbrauenhaare entfernen und rasierte sich alle zwei Tage die Kopfhaare mit einem Nassrasierer ab. Es hatte sich unter den Männern zur Mode entwickelt: Man rasierte sich den Kopf. Wer sein Haupthaar lang trug, in Locken oder in geraden Strähnen, galt als Außenseiter, als Asozialer.

Alexander von Drach war ein Sport-Freak. Sogar während der Betrachtung seiner selbst tänzelte er von einem Bein auf das andere. Seine Gestalt war hager, wenn nicht sogar knöchern. Unter dem Waschbecken standen seine Laufschuhe. Dort, wo sonst das hoteleigene Handtuch hängen sollte, wartete das atmungsaktive Shirt. Auf dem Klodeckel lagen die Shorts bereit.

Er öffnete das Fenster des Badezimmers und blickte auf die Rückseite der Hotelanlage. Er stellte fest, dass alles wie früher war. Es gab eine Rasenfläche mit Sonnenschirmen und kleinen Tischchen für die Gäste. Den Nachmittagskaffee nahm man seit Urzeiten hinter dem Haus unter den Schirmen ein, und zwar Gäste, Personal und Inhaber gemeinsam. Damals schon hatten ihn seine Eltern an den Lago Maggiore mitgenommen, lange bevor der Italien-Boom der Deutschen überhaupt begonnen hatte. Jährlich im Oktober waren sie nach Cannobio gefahren. Zuerst noch mit der Bahn, Jahre später mit dem eigenen Auto. Hinter dem Hotel war stets Gemüse angebaut worden. Viel Platz dafür gab es nicht, denn das Gelände stieg rasch sehr steil an. Bis in die siebziger Jahre des vorherigen Jahrhunderts hatte man versucht, künstliche Terrassen auf dem abfallenden Land zu errichten, um mehr Anbaufläche gewinnen zu können. Die Terrassenmauern waren aus lose zusammengesetzten Bruchsteinen gebildet, ohne Fundament, ohne Verankerung. Das erste große Unwetter jeder Saison schwemmte dann aber die mühevoll aufgesetzten Steine und den Humusboden vor die Hintertür des Hauptgebäudes, woraufhin man irgendwann eingesehen hatte, die Sache mit dem Geländegewinn zu vergessen. Auch später hatte man nie wieder an Terrassen gedacht. Jetzt windet sich eine betonunterstützte und mit stählernen, tief ins Gestein reichenden Ankern gesicherte Serpentinenstraße dort in die Höhe, wo man einst mit harter körperlicher Arbeit versucht hatte, ein paar Tomatensträucher anzubauen.

Mit Margarethe war er hier gewesen, seiner jetzigen Frau. Nirgendwo anders, immer nur hier. Ausgenommen die beiden letzten Jahre, in denen er sie nicht mehr hatte überreden können, ihn zu begleiten. Sie hätte zu viel Arbeit und so viel zu tun, waren ihre Einwände, und irgendwie konnte er sie sogar verstehen. Das Führen einer Klinik war Schwerstarbeit, und zudem hatte sie sich im Frühling 2019 das kleine Haus in Kliniknähe in Hohenterzen gekauft. Vielleicht, hatte er schon oft gegrübelt, war es ein Fehler gewesen, ihr in jener Hinsicht nachzugeben. Er erinnerte sich noch deutlich an die heftigen Streitgespräche mit ihr und dass er schließlich ratlos die Waffen gestreckt hatte.

Vorher wäre er niemals auf die Idee gekommen, dass sie sich beide in ihrer Ehe hätten verändern haben können. Seit jenem Zeitpunkt aber konnte er eine gewisse Entfremdung nicht mehr verhehlen. Der Zeichen waren zu viele. Hatten sie früher wenigstens, trotz einer riesigen Flut von Arbeit, noch gemeinsame Wochenenden, sahen sie sich jetzt kaum noch. Ihr Eheleben fand hauptsächlich übers Telefon statt.

Sie hatte sich nie über die Ferien in Cannobio beklagt, warum auch. Die Gegend, die Landschaft, der See, die Luft und die Atmosphäre hatten sie berührt, und nicht zuletzt wegen dieses besonderen Ambientes hatte sie Kraft und Inspiration gefunden, mit neugewonnenem Elan in Deutschland ein eigenes Gesundheitshaus zu führen. Dem Mangel an Managementerfahrung war sie anfangs mit einem erheblichen Arbeitspensum begegnet. Als er und sie gemeinsam das Haus *An den Bächen* in Hohenterzen erworben hatten, das war im Jahr 2013, brachte sie sich mit vollem Herzen darin ein. In langen Stunden, während derer er als ihr Mann seinen eigenen Acker in Bayern am Tegernsee pflügte, entwarf sie ihr System und ihre Philosophie für eine eigene Klinik. Er hatte sie gewähren und sich austoben lassen und beschränkte sich klugerweise darauf, nur in seinem Stammhaus im Allgäu aktiv zu sein.

Die Klinik am Tegernsee verfügte über nur vierundzwanzig Einzelzimmer, in welchen er Patienten beiderlei Geschlechts recht unkonventionell

23

unterbringen konnte. Wenn man pro Patient ein Vorsteuer-Einnahmevolumen von mindestens achttausend Euro per Monat ansetzte und dabei alle Kosten für Anwendungen, Therapien, Kuren noch nicht berücksichtigte, weil diese von den Krankenkassen separat abgerechnet wurden, ergab dies zum Schluss ein nicht unbescheidenes Einkommen. Er lag mit diesem Rechenexempel bundesweit an der Spitze der inoffiziellen „Championsleague". Die Klinik in Hohenterzen rangierte dabei mit ihrer Kosteneffizienz in einer der unteren Ligen. Weniger als zwanzig Zimmer sollten es aber nicht sein. Personal war teuer, ob es als Ärzte, Pfleger, Therapeuten, Masseure oder Küchenpersonal angestellt war. Masse an Patienten brachte Geld. Das Haus sollte immer ausgebucht sein. Alexander von Drach war aber auch davon überzeugt, dass Qualität Einnahmen brachte, weswegen er stets darauf bedacht war, ein gesundes Verhältnis zwischen beiden Einnahmesäulen, erstens: Belegungszustand, zweitens: Qualität, herstellen zu können.

Klinik, Haus und Geld hatte er von seiner ersten Ehefrau geerbt. Sie entstammte einer alteingesessenen Ärztefamilie aus München. Die Ehe hatte nur kurz gedauert. Nach fünf Jahren war seine Frau bei einem tragischen Verkehrsunfall ums Leben gekommen. Der gemeinsame Sohn Justus aus dieser Ehe verblieb von da an bei den Großeltern in München. Alexander von Drach sah seinen Sohn lange Zeit nur noch an wenigen Wochenenden, zu denen er jeweils eingeladen wurde. Die Begegnungen zwischen ihm und seinem Sohn wurden von Mal zu Mal klinischer, steriler. Seine Schwiegereltern bekam er so gut wie gar nicht zu Gesicht. Man brachte ihm eisiges Schweigen entgegen. Später, als Justus schulberechtigt war, bekam er ihn überhaupt nicht mehr zu sehen, denn man schickte ihn, mit seinem Einverständnis, auf ein Internat in der Schweiz. Der Kontakt riss ab. Nur durch ein kurzes Telefonat hatte er von Justus erfahren, dass dieser das Abitur in Lausanne in der Schweiz bestanden habe und er die Absicht hegen würde, sich für ein Studium der Soziologie an der Universität Göttingen einzuschreiben. Natürlich steckte der Wunsch nach Anerkennung hinter der Nachricht mit der gleichzeitigen Hoffnung auf eine nicht zu dürftige Belohnung, die zu gewähren Alexander gern bereit war. Vor zwei Jahren war das gewesen, und seither hatte er nur noch durch einen weiteren, ebenso kurzen Anruf erfahren, dass Justus wirklich in Göttingen angekommen war. Dass er tatsächlich einen Sohn hatte, stellte er monatlich anhand seiner Kontoauszüge fest, denn natürlich wurde sein Unterhaltsgeld gerne und regelmäßig genommen. Alexander grämte das nicht weiter, sondern sah

24

darin sogar einen Vorteil, war er doch auf diese Weise einer engeren Fürsorgepflicht entbunden, was seinen Interessen, die es zweifellos gab, sehr zustatten kam, denn er konnte sich ungeachtet aller Familienbande in Arbeit vergraben und nach und nach aus einer maroden Klinikanlage am Tegernsee eine blühende Insel für nervenkranke Menschen gestalten.

Dort, und drei Jahre nach dem Unfalltod seiner Frau, hatte er Margarethe, seine jetzige Ehefrau, kennen gelernt. Sie trat, nachdem er ihre Bewerbung um eine freie Stelle als Psychiaterin gutgeheißen hatte, gerade ihren ersten Arbeitstag in der Klinik an, als sie sich ihm auch persönlich vorstellte. Er empfand sie als attraktive Frau mit blendenden Zeugnissen und einem sehr hohen Berufskodex. Bald spannen sich erste Bande zwischen den beiden. Als Margarethe schwanger wurde, entschieden sie sich, sehr zum Missfallen seiner Noch-Schwiegereltern, zur Heirat. Die Vermählung fand 2002 im kleinsten Rahmen und nur mit zwei Trauzeugen standesamtlich in München statt. Nur wenige Wochen nach der Hochzeit kam ihre gemeinsame Tochter Regina zur Welt.

Ihm, Alexander, war das eigentliche Metier, Arzt zu sein, schon lange nicht mehr ausreichend genug. Er verstand sich zwar immer noch als Arzt in erster Linie, aber er sah auch, dass er selbst und im Gegensatz zu seiner Frau mit der Berufung allein und dem Eid des Hippokrates nicht mehr glücklich werden würde. Auf lange Sicht wollte er sich als Manager eines erweiterten Netzwerkes von Nervenkliniken sehen. Die Umstände, die Zeiten, die Hintergründe und die Rahmenbedingungen waren perfekt. 2010 wurde im Rahmen der EU die Lebensarbeitszeit für Männer von fünfundsechzig Jahre auf siebenundsechzig Jahre erhöht. Es folgte eine kurzzeitige Korrektur und Reduzierung des Renteneintrittsalters auf dreiundsechzig Jahre zu Beginn der Legislaturperiode 2013. Bereits 2016, unter letztmaliger Regierung von Kanzlerin Merkel, wurde diese Zahl aber radikal auf neunundsechzig Jahre hochgeschraubt. Wegen einer Staublunge zum Beispiel wurde schon lange kein Arbeitnehmer mehr frühzeitig in Rente geschickt. Es gab entsprechende Berufe nicht mehr. Die heutigen Ausfallkriterien lagen in der Psyche der Menschen. Depressionen waren die am häufigsten auftretenden Krankheiten, hervorgerufen durch Stress am Arbeitsplatz, drohende Armut, Verlust von sozialen Bindungen zum einen im familiären sowie im gesellschaftlichen Bereich, und allgemeiner Verlust von menschlichen Werten wie Respekt, Achtung und Toleranz im anderen. Kirchliche Feiertage genoss man als Freizeitwert, ohne sich deren Bedeutungen überhaupt bewusst zu werden.

Weihnacht war deswegen, weil man Geschenke bekam. Seelischen Halt in einer Kirche oder einer Religion fanden lediglich noch die ganz Alten.

Eine Armee von Arbeitslosen wurde von Seiten des Staates mühsam verwaltet, ohne Aussicht darauf, die Zahl mit auch noch so obskuren Beschäftigungsprogrammen vermindern zu können, geschweige denn jemanden in Lohn und Brot zu bringen. Im Lande verbreitete sich ein gefährliches Virus, dem man mit Angst und Schrecken entgegensah und dem man mit Ablenkungen primitivster Art, wie einst die Cäsaren Roms dem Volk mit Brot und Spielen, erfolgreich hoffte entgegentreten zu können. Das Virus nannte sich *Revolution*. Die Spiele der Neuzeit waren zwar nicht mehr „Gladiatorenkämpfe im Colosseum", sondern hießen Television, Internet, Party, Drogen, Voyeurismus, Prostitution und Exhibition.

Alexander von Drach war nicht blind und wusste schon zu unterscheiden zwischen den Menschen, die unverschuldet ohne Arbeit auskommen mussten und sich verzweifelt gegen die drohende Armut wehrten und solchen, die weite Wege um die Job-Center machten, um ihr Schmarotzerdasein weiterhin pflegen zu können. Er scherte beileibe nicht alle über einen Kamm. Gleichwohl schraubte sich dazu passend, und davon waren sowohl Menschen der ersten Kategorie als auch der zweiten Kategorie betroffen, eine allgemeine Verdummung der Bevölkerung wie eine unendliche Spirale in unbekannte Höhen, und wer einen einzigen Satz ohne Stottern hersagen konnte, landete als Fernsehstar auf den Bühnen der Fernsehsender, die sich mit dümmlichen Folgen geistloser und exhibitionistischer Produktionen einander selbst übertrafen. Komischerweise war dieser Markt ein stark expandierendes Geschäft, denn der Blödheit der Konsumenten als auch der Produzenten schienen keine Grenzen gesetzt. Dass diesen Ergüssen nach einem fulminanten Aufstieg, wie bei einer Silvesterrakete, ein kurzes, strahlendes Feuer folgen würde, war Alexander von Drach nicht unbekannt. Er wusste allerdings auch, dass nach dem Verglühen des letzten Funkens sich nur schwarze Nacht in den Köpfen ausbreiten würde und Dunkelheit und Abgründe in den Seelen. Mit der anschließenden Rat- und Hilflosigkeit rechnete er tausendfach, weswegen ihm zwei Kliniken nicht genug waren. Er setzte auf Zukunft. Leere Kopfhülsen wurden massenhaft produziert. Mit diesen Hohlkörpern wollte er Geld verdienen. Deswegen war er hier.

Gemüse entdeckte Alexander von Drach auch jetzt noch hinter dem Hotel, auf begrenztem Terrain. Er war nicht überrascht, als er daneben umzäuntes Gelände sah, auf dem einige Hühner pickten. Ein weißhaariger, schlanker

Mann in weißem Hemd bewegte sich auf das Gehege zu, eine Plastikschüssel in der Hand, in der Hühnerfutter sein mochte. Alexander erkannte Danilo, den Chef des Hotels. Mit Danilo war er wohl schon seit seiner Kindheit bekannt. Bekannt oder befreundet? Für den Augenblick getraute er sich nicht, sich diesbezüglich festzulegen.

Alexander wandte den Blick ab und stieg unter die Dusche, nachdem er den Nassrasierer mit den letzten Brusthaaren im Waschbecken abgespült hatte.

Er und seine Sekretärin waren am Samstagmorgen in Tegernsee am Tegernsee in Richtung Cannobio aufgebrochen, allerdings nicht gemeinsam. Sieglinde, die Sekretärin, lehnte es kategorisch ab, mit ihrem Chef Auto zu fahren, wenn dieser selbst am Steuer saß. Hintergrund dafür war vor einiger Zeit eine nächtliche Heimfahrt nach einem Kongress in Füssen im Allgäu, bei der er, leicht angeheitert, ohne Rücksicht auf Verkehrsregeln oder -vorschriften, ihr durch seine Raserei ein für alle Mal den Zahn gezogen hatte. Er hatte sich an ihrer Angst geweidet, während sie neben ihm auf dem Beifahrersitz tausend Tode gestorben war. Darum zog sie es vor, mit der Bahn zu reisen, auch wenn sie dabei in München, Zürich und Bellinzona umsteigen musste.

Er war wenige Minuten später mit seiner großen BMW-Limousine, ihrer beider Gepäck im Kofferraum, losgefahren. In Cannobio waren sie wieder im Hotel Alessandro zusammengetroffen.

Um nach der lauwarmen Dusche, auch in Norditalien suchte man kühles, erfrischendes Leitungswasser in diesem Jahrhundertsommer vergebens, seinen Kreislauf etwas in Fahrt zu bringen, rubbelte er den Körper intensiv und bis zur Schmerzgrenze mit dem Handtuch ab. Wenigstens war der Wasserverbrauch hier, im Gegensatz zu Deutschland, noch nicht streng rationiert. Er hatte keine Mühe, in dem kleinen Badezimmer, wo Duschwanne und Waschbecken eng beieinander lagen, seine Kniebeugen, fünfzig an der Zahl, zu verrichten. Für Liegestützen fehlte ihm aber an diesem Ort wirklich der Platz.

Er streifte sich das Shirt über, stieg in die Shorts, band sich die Laufschuhe und dachte ein letztes Mal an den Grund seines Hierseins. Spätestens morgen würde sich entscheiden, ob er, mit Hilfe seiner Bank, am Lago Maggiore eine Klinik würde eröffnen können. Dann öffnete er die Tür des Badezimmers und trat hinaus in das Schlafzimmer der Suite. Sieglindes nackter Arsch ragte wie ein schneebedeckter Vulkan mit lavaroten Kratern aus den Decken des Bettes hervor.

13. Juli 2021
Hohenterzen

Aus einem inneren Impuls heraus schaute Franz Hirt hinüber zum Hotel *Lärchenhof*, und er spürte eine merkwürdige, doch kurze Unsicherheit, die er allerdings nicht zu deuten vermochte. Es war nämlich noch keine ganze Woche her, seit der Besitzer und Geschäftsführer des Hotels *Lärchenhof*, das dem jetzigen Tatorthaus schräg gegenüber stand, morgens bei ihm auf dem Revier erschienen war. Donnerstag war es gewesen, und ein Wetter wie heute. Der Besitzer des Hotels hieß Horst Mayer. Sie kannten sich von den wöchentlichen Bowlingabenden, die immer mittwochs stattfanden. Wegen seiner lädierten Bandscheibe betätigte sich Hirt meistens nur als Zuschauer, aber er ließ sich die Abende und das Treffen mit Gleichgesinnten aus Gründen der Geselligkeit selten entgehen.

Horst Mayer war gekommen, um ihm das Verschwinden einer seiner Angestellten anzuzeigen. Auf die Frage, warum er es ihm denn nicht am vorigen Abend bereits erzählt hätte, winkte Mayer nur mit der Hand ab und meinte, dass er Hirt ja auch seinen verdienten Feierabend gönnen wollte.

Das Zimmermädchen, um das es ging, war am Dienstag der gleichen Woche zum ersten Mal nicht zur Arbeit erschienen. Nichts Besonderes an sich, wie auch Hirt meinte, aber sie fehlte auch am Mittwoch. Dieses Verhalten, erklärte Mayer, sei für die junge Frau völlig untypisch.

Sie hatte sich während ihrer dreijährigen Tätigkeit in dem Hotel noch keinen einzigen Tag krank gemeldet oder um einen zusätzlichen freien Tag neben den gewohnten Dienstplanzyklen gebeten. Es war eher so, dass man sie von der Geschäftsleitung aus zwangsweise, sowohl zu ihrem als auch zum Schutz der übrigen Mitarbeiter oder Mitarbeiterinnen, besonders aber zum Schutz der Gäste, aus dem Dienst entfernen musste, wenn sie einmal unter Erkältung, Grippe oder Fieber litt. Eigenmächtiges Fernbleiben von der

Arbeit, ohne die Geschäftsleitung zu informieren, gab es in ihrem Fall nicht, weshalb sich Mayer Sorgen um die Frau machte.

Mayer hatte in einer Mappe den Arbeitsvertrag zwischen seinem Hotel und der Frau mitgebracht, dem ein Foto beigeheftet war. Es zeigte eine junge, blonde Frau mit offenem, freundlich blickenden Gesicht und straff zurückgekämmten Haaren. Ihr Name war Jordanka Simerenko.

Der Hotelbesitzer erzählte Hirt die Lebensgeschichte der jungen Frau, wie er sie selbst von ihr gehört hatte. Ob sie auch so mit der Wirklichkeit übereinstimmte, wusste er freilich nicht zu sagen, berief sich aber auf seine Menschenkenntnis und fügte, mit den Fingerknöcheln auf Hirts Schreibtisch pochend, hinzu, dass ihm die Frau als sehr vertrauenserweckend erschien.

Jordanka Simerenko wurde im Jahr 2000 in Weißrussland in der Hauptstadt Minsk geboren. Beide Eltern waren Dozenten an der Universität von Minsk, gehörten also zur gebildeten Oberschicht mit gutem Einkommen. Allerdings beteiligten sie sich auch am zunehmenden Volksgroll gegen die allmächtig regierende Partei und zählten lange Zeit zur Spitze der intellektuellen Opposition. Nach der Wiederwahl des autoritären Präsidenten Lukaschenko im Jahr 2010, die gemäß unabhängigen Wahlbeobachtern aus ganz Europa nur durch massiven Wahlbetrug und Einschüchterung der Wähler zustande gekommen war, wurden Jordankas Eltern in einer geheimen Nacht- und Nebelaktion von Lukaschenkos Geheimdienst verhaftet und nie wieder gesehen. Das zehnjährige Mädchen wurde in ein staatliches Waisenhaus verbracht, wo es bis zum achtzehnten Geburtstag blieb. Mit einem vom Geheimdienst verfügten Visum durfte Jordanka 2018 Weißrussland verlassen, mit der Auflage, niemals mehr Einreise nach Weißrussland zu beantragen.

Im gleichen Jahr kam sie nach Hohenterzen, wo sie Glück hatte und im Hotel *Lärchenhof* bei Horst Mayer eine Anstellung im Zimmerservice erhielt. Mayer war es auch, der ihr ein Jahr später eine Einzimmerwohnung in Hohenterzen besorgte, sodass sie nicht länger im Hotel in einem provisorisch hergerichteten Raum übernachten musste. Und nun war Jordanka verschwunden.

Franz Hirt hatte sich die wichtigsten Daten aus Mayers Schilderung notiert und vom Arbeitsvertrag sowie vom Foto Kopien gemacht. Zusammen mit Mayer war er zur Adresse der jungen Frau gefahren, einer einfachen Einlieger-Kellerwohnung. Der Vermieter gab sich loyal und hilfsbereit und hatte die Wohnung mittels eines Zweitschlüssels geöffnet. Wie erwartet war Jordanka nicht zu Hause, es schien aber auch nichts in der Wohnung zu

29

fehlen, das darauf schließen ließe, dass Jordanka die Wohnung geplant wegen einer Reise oder sonstiger längerer Abwesenheit verlassen hätte. Im Badezimmer war alles vorhanden, was man im Badezimmer einer jungen Frau zu finden gedachte. Der Kleiderschrank enthielt Kleidung und Wäsche in dem Umfang, der durchaus als normal galt. Im Hausflur fanden sie in einer Nische hinter einem Vorhang Reisekoffer und Sporttasche. Die Einrichtung der Wohnung war billig oder preiswert, je nachdem, wie man es sehen wollte, und an elektrischen und elektronischen Geräten war all das vorhanden, das man landläufig als „Must-have-Kultur" betrachtete, nur eben von Markenherstellern der dritten Liga.

Hirt entnahm einer Haarbürste, die im Badezimmer auf einer Ablage unter dem Spiegel lag, einige blonde Haare und steckte sie in eine verschließbare Spurensicherungsfolie. Man konnte ja nie wissen.

Ferner verfügte Jordanka im Hotel *Lärchenhof* über einen Spind, der im Umkleideraum für das weibliche Personal stand. Nach dessen Öffnung gab es auch dort keinen Hinweis auf ein vorsätzliches Fernbleiben. Arbeitsschürze und Arbeitsschuhe befanden sich wohlaufgeräumt ebenso darin wie ein kleines Etui mit Schminkutensilien und Erfrischungstüchern, sowie ein Plastikbehälter mit Schokolade. Mayer entnahm dem Spind diverse Schlüssel in Verwahrung, darunter einen Generalschlüssel für die Gästezimmer.

Hirt hatte die ernste und berechtigte Sorge hinter Mayers Aktivität verstanden und richtig eingeschätzt. Mit langen Beschwichtigungsbeteuerungen, Hinhaltetaktiken und Verharmlosungsversuchen hatte er sowieso nichts am Hut, weshalb er zusammen mit Mayer die Vermisstenmeldung im Falle der Jordanka Simerenko auf den Weg gebracht hatte. Jede Polizeidienststelle wurde über das Verschwinden der Person informiert und zudem wurde die Meldung in eine zentrale Vermisstendatei aufgenommen, die automatisch Abgleiche mit allen als nichtidentifizierbar gemeldeten Personen, lebend oder tot, durchführte.

Mayer hatte sich nach Erledigung der Arbeit herzlich bei Hirt bedankt und geäußert, dass er nicht nur aus Pflichtgefühl, sondern hauptsächlich als Mensch gehandelt habe. Hirt seinerseits gab mit einem <Kopf-hoch-Augenzwinkern> und einem kräftigen Handschlag auf den Oberarm Mayers der Hoffnung Ausdruck, dass sich alles zum Besten wenden wolle.

Heute nun, keine fünfzig Meter vom Arbeitsplatz der als vermisst gemeldeten Jordanka entfernt, von der es immer noch kein Lebenszeichen gab, stand Polizeihauptmeister Franz Hirt auf der schattenlosen Straße und war sehr aufgeregt. Wie das Leben doch manchmal spielt. Da passiert monatelang, jahrelang nichts, und dann gleich zwei Fälle auf einen Schlag.

Er schwitzte. Das lag natürlich am Wetter, denn der Morgen war schon beinahe vorüber und die Mittagszeit näherte sich. Der Planet, wie man im badischen Vokabular manchmal die Sonne nannte, stand senkrecht am Himmel. Die Hitzeperiode schien kein Ende zu nehmen. Kein Wölkchen befleckte den Himmel.

Franz Hirt schwitzte aber auch wegen dieser einmaligen Sache hier: Eine Tote im Haus. Das war, es sei erlaubt, doch nun wirklich eine Aufregung wert. Wie erwähnt, gab es kein schattiges Plätzchen an der Straße vor dem Haus. Beiseite gehen durfte er nicht, denn er wartete auf die Kollegen von der Kripo aus Neustadt (Schwarzwald). Wo sie nur blieben?

Die Gruppe von Leuten, die er bei seiner Ankunft vor dem Haus vorgefunden hatte, war inzwischen durch Zulauf aus dem Klinikgebäude um einiges größer geworden. Er fühlte sich beobachtet, ein Umstand, der ihm noch mehr Schweiß aus den Poren trieb. Ursula, seine Frau, würde sich nicht darüber freuen, wieder ein durchgeschwitztes, stinkendes Hemd waschen zu müssen. Die Hitze machte ihr, zuckerkrank wie sie war, sehr zu schaffen. Praktisch konnte sie das Haus für Besorgungen nicht verlassen. Die meiste Zeit verbrachte sie, auf einem Liegestuhl ausgestreckt, im Schatten dreier Fichten, die im Garten hinter dem Haus standen. Da sie beide keine Verwandtschaft in der Nähe von Hohenterzen um Fürsorge oder Unterstützung bitten konnten und ihre beiden Kinder längst aus dem Haus waren und eigene Familien gegründet hatten, pflegten sie schon seit einigen Jahren den Modus, sich stündlich anzurufen. Daran und dass es Zeit war, sich bei seiner Frau zu melden, dachte Hirt gerade, als sein Mobiltelefon klingelte. Mit einem Blick auf das Display stellte er jedoch fest, dass es nicht die Nummer seiner Frau, sondern ein polizeiinterner Anschluss war.

Es war einer der Kollegen von der Kripo in Neustadt, der lapidar und kurz angebunden erklärte, dass sich ihre Ankunft wegen eines unüberholbaren Schwertransportes um unbestimmte Zeit verzögern würde. Er, also Hirt, solle sich bis dahin um die ersten Maßnahmen am Tatort kümmern.

Erste Maßnahmen. Tatort. Er schnaubte durch die Nase. Lackaffe. Und wieso Tatort? Woher wollte der Lümmel wissen, ob es ein Tatort oder ein Unfallort war, hm?

Hirt wusste von diesem Schwertransport. Seine beiden jungen Kollegen vom Polizeiposten Hohenterzen sollten diesen, sobald er die Gemarkung Hohenterzens erreichen würde, als Geleitschutz übernehmen. Irgendein

31

riesiges Teil für eine der neuen Windkraftanlagen, hatte es in der Dienstanweisung von vorgestern geheißen.

Schwerfällig und ächzend wie ein überladener Ochsenkarren drehte er sich um und musterte die Leute. Er schätzte die Anzahl auf fünfzehn. Dann holte er aus dem Streifenwagen einen Schreibblock und ging bedächtig auf die Gruppe zu.

„Alle mal herhören", rief er den umher stehenden Leuten zu und umfasste alle mit einem Blick und einer ausholenden Armbewegung. „Ich notiere mir jetzt von jedem der Anwesenden Name und Adresse. Wer von Ihnen Patient oder Beschäftigter der Klinik ist, soll das bitte dazu sagen. Später werde ich mich an die Rezeption der Klinik wenden und mir dort von Frau Rühe alle nötigen Unterlagen zu den Personen geben lassen. Also sprich Namen, Adressen, voraussichtliche Aufenthaltsdauer und wie lange die Betreffenden schon hier sind. Keine Angst, die Angaben werden natürlich streng vertraulich behandelt. Meine Kollegen von der Kripo und ich werden Ihnen dann ein paar Fragen stellen müssen. Keiner der Patienten oder der Beschäftigten verlässt bis auf Widerruf die Klinik oder das Klinikgelände. Haben das alle verstanden? Gut, dann fangen wir mal an. Sie waren vorhin der Sprecher der Gruppe. Wie ist Ihr Name?"

„Egner. Mein Name ist Egner. Xaver Egner. Ich bin hier Patient."

„Danke, Herr Egner, Sie können dann gehen. Wie gesagt, halten Sie sich zur Verfügung."

Franz Hirt brauchte einige Minuten, bis er von allen umstehenden Personen Name und Adresse notiert hatte. Danach bat er den Mechaniker, der gespanntgelangweilt noch in der Nähe des Streifenwagens lauerte, das aufgebrochene Schloss der Eingangstür wenigstens so weit wieder instand zu setzen, dass man die Tür mit einem Schlüssel, den man sicher im Haus finden würde, abschließen konnte.

Von seinem Streifenwagen aus, der in der prallen Sonne vor Hitze glühte, rief er über Funk seine beiden jungen Kollegen und wies sie an, nach Beendigung des Geleitschutzes und Übergabe des Schwertransports an die Kollegen für die nächste Etappe, sofort zur Klinik *An den Bächen* zu kommen, um dort bei der Befragung der Leute zu helfen. Dann nahm er sich endlich Zeit, seine Frau zu Hause anzurufen um ihr mitzuteilen, dass er heute nicht zum Mittagessen kommen könne. Er erklärte ihr die Umstände und drückte gerade in dem Moment auf die Ende-Taste, als er einen nagelneuen, silbergrauen Mercedes Elektro der M-Klasse die Straße heraufkommen sah. Der Wagen hielt direkt hinter seinem Streifenwagen.

Noch ehe jemand aus dem Luxusauto ausgestiegen war, schwappte eine gelbe Welle des Neides durch Hirts massigen Körper. Die von der Kripo hatten stets die beste und aktuellste Ausrüstung, egal, was es auch sei. Das fing bei den Diensthandys an, ging über die Büroausstattung mit neuesten Computern weiter und endete bei den Dienstwagen. Sein alter VW-Sharan-Streifenwagen von anno Tobak hatte schon mehr als dreihunderttausend Kilometer auf dem Buckel und sah aus, als hätte er damals schon Dienst getan, als das Land Baden noch Autonomieabsichten verfolgte.

Zwei junge, schlanke Männer in hellen, leichten Sommeranzügen stiegen, beide teure Sonnenbrillen auf der Nase, gleichzeitig aus dem Wagen, kamen locker auf ihn zu und reichten ihm, ohne ihn beim Namen zu nennen, die Hand. Er kannte die beiden natürlich. Wer so lange im Geschäft war wie er, kannte schließlich Gott und die Welt. Es war ja nie zu vermeiden, dass die Kripo auch bei ihm auf dem Posten mal vorbeischaute, und wenn es nur darum ging, auf dem Wege irgendwelcher Ermittlungen, über die sie ja kaum mit Kollegen der niedereren Gehaltsgruppen sprachen, zu einem billigen Kaffee zu kommen. Franz Hirts Meinung über die Kollegen in Zivil war in Stein gemeißelt: Lackaffen.

Bei dem Kriminalkommissariat Neustadt (Schw.) handelte es sich um eine Außenstelle des Polizeipräsidiums Freiburg im Breisgau. Von Montag bis Freitag waren während der normalen Geschäftszeiten ständig zwei Kommissare vor Ort. In den Abend- und Nachtstunden sowie an den Wochenendtagen bestand ein gleitender Bereitschaftsdienst.

Dadurch anfallende Mehrleistungen oder Überstunden konnten wahlweise als Urlaub abgefeiert oder als Sonderzahlungen vergütet werden, weshalb die beiden Dienstposten in Neustadt (Schw.) noch recht begehrt waren. Es war, kriminalstatistisch gesehen, eine ruhige Gegend. Knifflige, schwierige Fälle, wie zum Beispiel Wirtschaftsdelikte, Internet-Verbrechen oder Drogenhandel, wurden von den extra eingerichteten Spezialabteilungen des Präsidiums bearbeitet und die Kommissare aus Neustadt (Schw.) leisteten dabei höchstens Botendienste und einfache Hilfsdienste wie Observierungen und Befragungen. Dagegen fielen klassische Freveltaten wie Diebstahl, Raub, Einbruch, Körperverletzung und Mord in die Zuständigkeit der Außenstelle, sofern sie in ihrem Zuständigkeitsbereich begangen wurden.

Es waren stets junge Kriminalkommissare, die, kaum das Jurastudium beendet und aus der Polizeischule entlassen, sich ihre ersten Sporen verdienen durften. Ihnen wurde der Dienst durch optimale Ausrüstungen und kulante Bedingungen schmackhaft gemacht. Jens Melzer sechsundzwanzig Jahre alt, Kriminaloberkommissar, und Ludger Ernst, fünfundzwanzig Jahre und Kriminalkommissar, waren sich ihrer exponierten Stellung durchaus bewusst und neigten, wenigstens was den Jüngeren der beiden betraf, deswegen ein bisschen zur Arroganz.

Der Anruf des Polizisten Hirt hatte sie um genau dreiviertel elf erreicht. Die Nachricht von einer toten, weiblichen Person hatte sie, trotz einer ständig aufgesetzten Coolness, doch elektrisiert, ohne dass sie das jemals gegenüber anderen zugegeben hätten. Sie waren in *ihren* M-Klasse Mercedes gestiegen und mit gemächlichem Tempo aus der Stadt gefahren. Wer einmal tot ist, dachten sie unisono, braucht keine Eile mehr. Darum war es ihnen gar nicht mal so unangenehm, dass sie zwischen Titisee und Hohenterzen auf der Bundesstraße hinter einem überdimensionalen Schwerlasttransporter her zuckeln mussten.

Als sie schließlich mit Hilfe des GPS-Gerätes am angegebenen Ort ankamen, sahen sie eine Gruppe von vielleicht fünfzehn bis zwanzig Personen vor einem kleinen Haus auf der Straße stehen. Sie hielten hinter dem alten Streifenwagen an, stiegen aus und begrüßten den anwesenden Polizisten zurückhaltend mit Handschlag. Sie wollten schon absichtlich eine gewisse Distanz zwischen sich und das biedere Fußvolk legen.

„Wo geht's lang?", fragte Jens Melzer und schob seine Sonnenbrille auf die Stirn.

Franz Hirt ging ihnen über den gepflasterten Fußweg, der an einem lilablühenden Hibiskusstrauch vorbeiführte, bis zur Haustür voraus, öffnete diese, trat zurück, um die zwei Kriminaler vorbeizulassen und zeigte ihnen den Weg ins Erdgeschoss.

„Drinnen, im Wohnzimmer", sagte er nur und blieb unter der offenen Tür stehen.

Jens Melzer und Ludger Ernst gingen geradeaus und sofort schlug ihnen tagealte, abgestandene Luft auf die Brust. Die Temperatur im Haus lag nur unwesentlich unter der Außentemperatur. Was aber die gefühlten Werte gegenüber den tatsächlichen multiplizierte, war die Kombination aus Stickigkeit und Gestank, Gestank nach Urin und einsetzender Verwesung. Den beiden Männern brach sofort der Schweiß aus und Ludger Ernst musste einen plötzlichen Brechreiz unterdrücken. Beide zogen gleichzeitig Taschentücher hervor und bedeckten damit Mund und Nase. Nach wenigen Metern sahen sie eine Frau leblos am Boden neben einem Couchtisch aus Glas liegen. Auf Anhieb konnten sie keine Spuren irgendeiner Gewaltan-

34

wendung an der Person erkennen. Erst als sie sich über den Körper am Boden beugten, sahen sie bereits dunkelblau angelaufene Würgemale am Hals. Die Frau lag da wie aufgebahrt. Sie war leicht, aber vollständig bekleidet. Die Beine waren geschlossen, die Arme lagen links und rechts des Körpers angelegt, die Handflächen nach unten. Der Kopf war zur Seite Richtung Garten gedreht. Wasserhelle Augen starrten in die Ewigkeit. Der Mund war leicht geöffnet.

Melzer und Ernst richteten sich gleichzeitig wieder auf und blickten sich in dem Wohnzimmer um. Fast über den ganzen Boden lagen Gegenstände verstreut, die wohl der oder die Täter aus offenstehenden Schubladen gerissen oder von den Regalen geworfen hatte(n); Bücher, Fotoalben, Bilderrahmen, Ziergegenstände und einiges andere mehr. Sie kontrollierten routinemäßig die anderen Räume des Hauses. Auch dort lag aus den vorhandenen Schubladen entrissener Inhalt, hauptsächlich Wäsche und Kleidungszubehör, verstreut auf Böden und Betten.

„Sieht nach einem klaren Fall aus", sagte Ludger Ernst zu seinem Kollegen. „Einbruch. Der oder die Täter wurde(n) auf frischer Tat ertappt. Darum der Mord."

Jens Melzer nickte mit dem Kopf. „Schätze, dass du Recht hast. Damit werden wir bald fertig sein. Aber die Herren von der KTU vom Präsidium und den Onkel Doktor werden wir doch verständigen müssen. Machst du das? Dann kümmere ich mich mal um den Kollegen Hirt und verklickere ihm, was er alles zu tun hat. Okay?"

„Wird gemacht. Und dann nix wie heim."

Während also Ludger Ernst das Telefon ans Ohr drückte und dem Polizeipräsidium in Freiburg (Brsg.) sein Begehren erklärte, sprach Jens Melzer mit Franz Hirt. Der nickte nur verstehend mit dem Kopf. Als Jens Melzer alles gesagt hatte, was er hatte sagen wollen, traute Franz Hirt sich doch einen Einwand vorzubringen.

„Die Frau ist die Leiterin der Klinik, die du dort drüben siehst." Er deutete bei diesen Worten in die Richtung, in welcher die Klinik lag. Sein Arm blieb ausgestreckt, als er weitersprach. „Dort sind momentan um die dreißig Patienten untergebracht. Zudem gibt es einige Ärzte, Krankenschwestern und Küchen- und Reinigungspersonal. Des Weiteren wird es über das Wochenende mehrere Zu- und Abgänge bei den Patienten gegeben haben. Alte gehen, Neue kommen, wenn du verstehst was ich meine. Ich hab meine beiden Kollegen von der Streife zur Unterstützung schon herbestellt. Aber auch zu dritt werden wir die Befragung aller Leute nicht so schnell

35

durchziehen können, wie du es dir vielleicht vorgestellt hast. Du und dein Kollege werdet uns schon helfen müssen. Gell?"

Jens Melzer trat aus der Tür und blinzelte im grellen Licht, als er Hirts Zeigefinger nach die Klinik erkannte. „Verdammte Scheiße", knirschte er zwischen den Zähnen hervor.

2021

Er hatte sämtliche Netze auf den Kai geworfen.

Der Fang war schlecht gewesen. Nur zwei Körbe voller kleiner Fische.

Er stand neben dem beinahe mannshohen Netzhaufen und betrachtete sein Boot. Schwer dümpelte es an der Hafenmauer. Es war das letzte, vollständig aus Holz gebaute Boot im Hafen. Er war der letzte Fischer. Alle anderen Fischerboote hatten einen Rumpf aus gebackenem Kunststoff und verdienten die Bezeichnung Fischerboote längst nicht mehr. Sie waren sämtlich zu Ausflugsbooten umgebaut worden, mit denen man während der Saison die Touristen hinaus an die von Land aus unzugänglichen Sandbuchten oder auf die dem Festland vorgelagerten kleinen Inseln zum Baden fuhr. Alle für den Fischfang notwendigen Aufbauten waren entfernt und durch Sitzplätze auf Deck ersetzt worden. Zum Schutz gegen die Sonne waren buntgestreifte Persenninge zeltdach-ähnlich über die Länge der Boote gespannt. Kunststoffboote waren vom Gewicht her leichter und auch einfacher zu pflegen, sogar bequemer zu reparieren. Ähnlich wie man einen Fahrradschlauch flickt, klebte man nur ein Stück Glasfaser auf die defekte Stelle und tränkte sie mit reichlich Acrylharz. Nach einigen Minuten der Aushärtung schmirgelte man die betroffene Stelle etwas ab und bestrich sie neu in der Farbe des Bootes.

Holzboote waren sehr viel komplizierter zu warten. Holz verband sich nicht mit Kunststoff. Holz war witterungsanfällig. Holz war empfindlich. Holz hatte, im Gegensatz zu Kunststoff, die Eigenart, auf weite Länge zu reißen oder sich zu spalten. Hauptsache dafür war die Maserung des Holzes. Grundsatz für alle Holzbootsbauer weltweit war darum, sich möglichst Kernholz zu besorgen. Je kerniger das Holz, desto enger die Maserung. Je enger die Maserung, desto härter war es und umso langlebiger das Boot.

Sein Boot hatte er von seinem Vater. Und der wiederum hatte es von seinem Vater.

Er hatte sich nie irgendwelche Gedanken um das Alter des Bootes gemacht. Es war da und es vollbrachte seinen Dienst, wie es von alters her sein musste. So wie ein Ackergaul dafür da war, die ihm bestimmte Arbeit zu verrichten.

Die Farbe blätterte nicht ab, sie löste sich mit den Jahren in Nichts auf, wie ein Parfum auf der Haut einer schönen Frau. Die Reling, einst purpurrot, war jetzt grau. Altes, nie verwesendes, steinhartes Holz. Jeder Versuch, einen Nagel in dieses hinein zu treiben, musste scheitern. Der

Rahmen an der Tür zum Steuerhaus war abgegriffen. Die Fenster hatten schon seit vielen Jahren kein Glas mehr.

Das Boot lag im Hafen und schlug regelmäßig, wie die Wellen ihren Schwall mit sich brachten, an alten Autoreifen an, die zum Schutz zwischen Boot und Kaimauer angebracht waren. Das Boot schrie nach einem neuen Anstrich.

Er hörte das, hatte aber kein Geld.

Nein! Er hatte Geld, wollte solche Rufe aber nicht hören.

Er hatte sich gegen den Trend gestellt, war gegen den Strom geschwommen.

Als nach dem Ende des schrecklichen Bürgerkrieges in den neunziger Jahren des letzten Jahrhunderts und nach dem Zerfall des jugoslawischen Vielvölkerstaates die Tourismuswelle über das Land geschwappt kam, hatten sich die allermeisten der ehemaligen Fischerkollegen auf das Tourismusgeschäft eingelassen. Wer wollte es ihnen verübeln? Die Einnahmen aus dem Boots-Shuttle-Betrieb vom Hafen auf die Inseln und zurück während der Saison von April bis Oktober bedeuteten ein beständiges und sicheres Einkommen. So verdiente ein Bootsführer durch die Touristen weit mehr als ein Fischer mit seinen wenigen Fischen, die er zudem mühsam fangen musste. Während der Fischer sich mit dem Boot bei Wind und Wetter des Nachts aufs Meer wagen musste, verrichteten die Touristenschiffer ihr Geschäft während des Tages, und wenn schlechtes Wetter herrschte, blieben sie im Hafen, weil auch kein Tourist bei Mistwetter ans Baden dachte. Zudem reichten die Einnahmen aus der Saison aus, um damit überwintern zu können. Es blieb sogar was übrig für Investitionen, indem alter Wohnraum im Ort zu kleinen Hotels, zu Pensionen, zu Ferienwohnungen umgebaut wurde.

Wer Fischer geblieben war wie er, wurde mitleidig belächelt und als Ewiggestriger verhöhnt. Fische für die Restaurants wurden auf Bestellung mit dem Kühltransporter just in time auf der Straße geliefert. Kein Koch verließ sich mehr auf die zufälligen und unzuverlässigen Fangergebnisse eines kleinen Fischerbootes. Im Übrigen machte dem Fischer ein anderes Phänomen zu schaffen. Der Klimawandel. Der Meeresspiegel war innerhalb von zwanzig Jahren um einen halben Meter gestiegen. War er früher noch von der Kaimauer auf sein Boot hinunter gesprungen, genügte ihm heute ein Schritt hinüber aufs Deck. Das war aber nicht das Entscheidende. Viel gravierender war, dass sich das Wasser in Küstennähe immer mehr erwärmt hatte. Messungen im Sommer hatten stellenweise bis an die dreißig Grad ergeben. In solch einer seichwarmen Brühe hielt sich kein Fisch gerne auf, weil warmes Wasser weniger Sauerstoff bindet. Auch für die Fortpflanzung der Fische waren zu hohe Temperaturen schädlich. Das Resultat war, dass sich die Fische aufs offene Meer zurückzogen, wo das Wasser durch Wind und Wellengang kühler und besser mit Sauerstoff gesättigt war. Um also überhaupt an das Objekt seiner Begierde heranzukommen, musste der Fischer den Fischen folgen. Die Anfahrtswege waren länger, die effektive Fangzeit war kürzer, der Seegang war gefährlich höher, und der Rückweg dauerte länger. Dass er dabei noch Gefahr lief, seine Netze zu verlieren, weil zum Beispiel ein großer Fisch-Trawler einfach über sie hinweg fuhr, was nicht selten geschah, verschlimmerte für ihn die Situation ungemein. Trotz allem war er seinem Beruf treu geblieben. Das Handwerk hatte er von seinem Vater gelernt. Von ihm hatte er auch das kleine Haus direkt am Hafen geerbt und das Restaurant, das im Erdgeschoss des Hauses lag. Früher reichten die Fische von der Menge her aus, sowohl das Restaurant als auch den Markt zu beliefern. Den Markt gab es heute nicht mehr. Was er heute fing, wurde ausschließlich in der Restaurantküche, die seine Schwester führte, zu schmackhaften Menüs verarbeitet. Gelegentlich verkaufte sie einige Fische an ältere Nachbarn.

Zum Leben reichte der Verdienst aus dem Restaurant nicht aus, weswegen er täglich am Nachmittag ein paar Stunden in der Autowerkstatt seines Schwagers arbeitete, bevor er abends wieder mit dem Boot zum Fischen fuhr.

Im Hafenbecken selbst war das Wasser, von oben gesehen, grünschwarz. Weiter draußen, Richtung offener See, öffnete sich das Farbenpaneel zu helleren Tönen: Bleigrau, graublau, hellblau, blaugrün, hellgrün und lichthell. Dahinter gab es nur noch Ferne und Glaube. Oder Nichtglaube. Er hatte sich aus Feigheit noch nicht entschieden.

Sein Blick strich über das Boot hinaus in die Ferne. Im Dunst, der über dem Wasser lag, ahnte er mehr als er sah, die kleine Insel, auf der alles begann.

Er drehte sich zu dem Haufen aus Netzen um. In dem Wust entdeckte er einen schwarzen Punkt. Er begann, die Netzgeflechte zu entwirren, bis er einen Seeigel in den Händen hielt.

„Vielleicht warst du es?", murmelte er, eine erkaltete Zigarette zwischen den Lippen, im Dialekt der Küstenregion.

Er richtete sich auf und schaute hinüber zu dem kleinen Restaurant. Seine Mutter saß wie jeden Morgen auf einem Stuhl neben der Tür und wartete auf die Rückkehr des Fischerbootes in den Hafen. Bald würde sie aufstehen und zu Bett gehen.

Die Sonne war noch nicht sehr hoch über den Horizont gestiegen. Er war noch nicht müde.

Er warf den Seeigel aufs Deck. Dann machte er die Leinen los, startete den alten Dieselmotor, stieß das Boot mit einer Stange von der Kaimauer ab und tuckerte aus dem Hafenbecken hinaus auf See, gefolgt von den Blicken der Mutter und dem Kopfschütteln der anderen Männer im Hafen.

05. Juli 2021
Endingen am Kaiserstuhl

Montag war Ruhetag.

Die Kneipe war geschlossen.

Für Johann Müller bedeutete das aber nicht, dass er nichts zu tun hatte.

Er war ein Hüne von einem Mann und trotz seiner ein Meter fünfundneunzig Größe und einem Kampfgewicht von hundertzwanzig Kilo war kein Gramm Fett auf seinen Rippen. Jonnys blonde Haare waren der Biker-Mode angepasst und er trug sie, entgegen des allgemeinen Glatzkopftrends, lang bis auf den Rücken. Die kräftigen Unterarme waren mit verschiedenen Tätowierungen verziert.

Er hatte alle Fenster geöffnet und die Stühle auf die Tische gestellt. Mit Eimer und Putzlappen wischte er den Gastraum feucht auf. Er erledigte das, seit der Sommer so heiß war, am liebsten am frühen Vormittag.

Im Hintergrund röhrte die alte Wurlitzer-Jukebox. Er hatte einen Titel der *Kinks* gewählt: „Lola". Als diese Platte ein Hit gewesen war, war er noch gar nicht geboren. Das Licht der Welt hatte er 1985 in Endingen erblickt.

Kneipe samt Inventar mit Schankerlaubnis, Grundstück und Nebengebäude hatte er 2014 im Alter von neunundzwanzig Jahren von der Gemeinde günstig ersteigert. Der ehemalige Besitzer war verstorben und hatte das Anwesen, da keine Hinterbliebenen vorhanden waren, dem Dorf überlassen. Johann Müller hatte es als Chance gesehen, selbstständig zu werden. Als gelernter Sanitär-Installateur, der er war, hatte er zwar null Ahnung vom Führen eines Geschäftes gehabt, was ihn aber nicht daran hinderte, mit Elan an die Sache heranzugehen. Er hatte auf der Volkshochschule Kurse besucht, um nicht völlig bar jeden Wissens über Buchhaltung dazustehen. Bei der Gelegenheit hatte er, als Nebeneffekt, seine Lebensgefährtin Rita kennen gelernt, die eine eigene Modeboutique in Breisach leitete.

Eigentlich war das Grundstück die Minigolfbahn von Endingen. Eineinhalb Kilometer außerhalb des Dorfkerns in einem bewaldeten Seitental, nur über einen sandigen Weg zu erreichen, war es ein abgelegenes Refugium und darum ideal für nicht immer ganz lärmfreie Aktivitäten.

Es stand als Bedingung im Kaufvertrag, die Minigolfanlage für die Öffentlichkeit, in Beamtendeutsch *betriebsbereit* zu halten. Gottseidank war das keine Last für ihn, denn all seine Kumpels waren Kinder des Glücks und schrien förmlich nach Kurzweil. Dass dazu das Ambiente stimmen musste, war ihm klar, aber dafür sorgten seine Freunde von selbst. So wachten sie zum Beispiel peinlich genau über den Zustand des Rasens zwischen den einzelnen Bahnen und auch über die Beschaffenheit der Bahnen selbst. Mochten sie sonst auch gerne mal „Fünfe" gerade sein lassen – beim Spiel sollte Chancengleichheit für alle herrschen. Sie betrachteten es als sichtbaren Beitrag zu ihrem Verständnis von Fairness im Sport. Und es war ihr Dankeschön für ihn, der ihnen mit der Kneipe und mit dem Verein eine Perspektive, eine Anlaufstelle, ein Zuhause gab.

Der Verein war der Motorrad-Club der *Borderliners*. Johann war der Präsident. Die Kneipe war das Vereinsheim.

Hinter dem Haus, vor dem Lieferanteneingang zur Küche und zum Lager, stand ein knallroter Ford-Pickup. Auf der Ladefläche lagerten unter einer Abdeckplane etwa dreißig Getränkekisten. Bier, Mineralwasser, Saft. Er war am frühen Morgen beim Getränkehändler gewesen. Normalerweise zapfte er Bier vom Fass von der Brauerei, mit der er einen Vertrag eingegangen war. Manche seiner Leute bevorzugten aber ein anderes Gebräu aus der Flasche. Das Haus lag zwar im Schatten der Bäume, aber über kurz oder lang würde es für die Getränke unter der Plane zu warm werden.

Er schaute auf die Armbanduhr. Muss es wohl selber machen, dachte er, und warf sein langes Haar mit einer Kopfbewegung auf den Rücken. Um elf Uhr hatte „er" hier sein wollen. Er erinnerte sich noch an die beinahe peinlichen Versicherungen, die er von sich gegeben hatte: Ich komme, ich komme, garantiert, Jonny.

Jonny war sein Nickname.

Seit er denken konnte. Sogar seine Mutter hatte ihn stets Jonny genannt.

Sein Vater nicht. Der hatte Johann zu ihm gesagt. So, wie es in seinem Ausweis stand.

Sein Vater war ein besserwisserischer Idiot gewesen. Das schloss er aus den Erzählungen seiner Mutter.

Vater war gestorben, als Jonny dreizehn Jahre alt war. Es war der Krebs. Lungenkrebs. Seine Mutter meinte, dass er zu viel der Pestizide eingeatmet hatte, die damals in unkontrollierten Mengen in die Reben gespritzt wurden. Sein Vater handelte mit den Giften und stellte sich oft den Weinbauern als Experte vor.

Als es Zweifel am Usus der Giftspritzerei gab, konterte er mit den Zahlen der Erträge der Weinwirtschaft; als es Beweise von der Schädlichkeit der eingesetzten Mittel gab, vermutete er dahinter einen Angriff auf seine persönliche Integrität. Das Geschäft brach zusammen und er war unflexibel genug, seine Fehleinschätzungen zu erkennen. Den Untergang seiner Überzeugung konnte oder wollte er nicht hinnehmen. Dann war der Krebs gekommen und mit ihm die Resignation und der Hader an der ganzen Welt. Alle anderen hatten Schuld an seinem Unglück, nur er nicht.

Komischerweise hatte er überhaupt keine Erinnerung an seinen Vater, bis auf die, dass er „Johann" zu ihm gesagt hatte.

„Rolli" erschien, als er die Spielgeräte im Lokal umsorgte und auf Funktionalität prüfte. Den Billardtisch, der in der einen Hälfte des Gastraumes stand, rollte er mit einer Fusselbürste ab. Er kontrollierte die Anzahl der Kugeln und sorgte für neue Kreide zum Präparieren der Queues.

Den Fußball-Daddel-Tisch reinigte er mit einem feuchten Tuch und schmierte die Spielstangen mit etwas Silikonöl ein.

Am Darts-Spiel klebte er einen neuen Folienstreifen auf den Boden, um den Mindestabstand zur Zielscheibe zu markieren.

Beim Armdrückertisch polierte er die beiden in die Tischoberfläche eingelassenen Metallglocken mit einem weichen Tuch. Zur Kontrolle klopfte er beide Glocken kurz an: Es klingelte, wie es sein sollte.

„Mann, wo steckst du? Ich warte schon auf dich."

„Mein Fahrrad ist kaputt. Reifen platt. Ich musste zu Fuß gehen. Tut mir leid."

„Okay. Lad´ doch gleich mal den Wagen ab. Du weißt ja wohin."

Rolli, eigentlich Rolf Hofstetter, schluckte.

Es war so, wie es immer war. Er musste immer die schwersten Arbeiten verrichten. Für die dreckigsten Aufgaben rief man seinen Namen. Rolli.

Er hatte seit dem Schulabschluss noch nie irgendwo eine Lehre oder ein Praktikum in Anspruch genommen. Er hielt sich mit Gelegenheitsjobs über Wasser. Bei Johann, also bei Jonny, war er gelandet, weil er einmal hinter der Theke ausgeholfen hatte, als ein befreundeter Motorrad-Club aus dem Elsass zu Gast war. „Herbie", der offizielle Barkeeper, konnte wegen eines schweren Motorradunfalls, bei dem er ein Bein verloren hatte, die Arbeit nicht mehr verrichten. Das Schleppen von Getränkekisten oder der flinke, flexible Job an der Theke waren Herbie nicht mehr zuzumuten. Jonny hatte Herbie daraufhin gefragt, ob er damit einverstanden sei, wenn Rolli an seine Stelle treten würde, und Herbie hatte Rolli auf die Schulter geklopft und gesagt, dass er „eingestellt" sei, denn er hätte seine Sache gut gemacht. Herbie übernahm dafür die Aufsicht in der Motorradwerkstatt.

Rolli hatte langes braunes Haar und wirkte durch seinen Vollbart älter und respektvoller als er wirklich war, nämlich achtundzwanzig Jahre. Seine Körpergröße ließ keine fragwürdigen Diskussionen zu. Oft genug sorgte er allein durch sein Auftreten für Ruhe im Stall, wenn genug Zunder vorhanden war, um angezündet zu werden.

Rolli hatte endlich eine Position, auf die er lange gewartet hatte. Er hatte endlich einen Fuß in der Tür des Clubs, zu dem er gehören wollte. Er konnte halt leider noch nicht zu einem *Member* aufsteigen, wie man Mitglieder eines Motorrad-Clubs nannte, aber selbst das würde ihm, dessen war er sicher, eines Tages noch gelingen. Mit allen war er zwar per du, aber richtig akzeptiert wurde er noch längst nicht von jedem. Gerade unter den Intellektuellen des Clubs gab es einige bornierte Arschlöcher. Ihm schien, dass mit zunehmendem Alter und mit wachsender sozialer Absicherung eine spürbare Überheblichkeit einherging. Er hasste diese Pseudo-Rocker, diese Hobby-Biker. Sie tauschten Woche für Woche samstags ihre spießbürgerliche Krawattenuniform gegen die Lederkluft, als gingen sie zum Fasching. Sie rasierten sich ab Freitag nicht mehr und trugen geile Sonnenbrillen auf der Nase. Samstags mutierte ihr Beamtengang zu einem breitbeinigen Machoschritt. Ihre arschkriecherische Dienstsprache änderte sich in einen gestelzt wirkenden Kumpel-Slang. Aus unter der Woche arroganten Ignoranten wurden samstags schulterklopfende, joviale Brüder. Und natürlich ritten diese scheinheiligen Typen die teuersten und dicksten Harleys.

Sein Defizit war, dass er, von seiner körperlichen Ausstrahlung einmal abgesehen, absolut nichts vorzuweisen hatte, das ihm mehr Ansehen unter den Kumpels eingebracht hätte. Er hatte kein Geld, er hatte keinen Job, er hatte keine Freundin, er hatte kein Auto, er hatte kein Motorrad. Er hatte nichts und, in den Augen der anderen war er nichts. Keiner erwies ihm den in Biker-Kreisen so oft benutzten wie auch unnötig strapazierten und falsch interpretierten Begriff „Respekt".

Jonny zahlte ihm als geringes Entgelt zehn Euro pro Stunde für die Arbeit, die er leistete, aber das reichte ihm natürlich nie zur Bestreitung des eigenen Unterhalts. Ständig litt er unter Geldmangel. Zwar wohnte er in Endingen gratis bei seinem Vater, konnte aber von diesem kein Geld erwarten, denn der lebte, seit er frühzeitig krankheitsbedingt seinen Job als Krankenpfleger hatte aufgeben müssen, selbst von einer geringen Betriebsrente. Mit der monatlichen Stütze vom Sozialamt kam Rolli aber gerademal so über die Runden. Für die Erfüllung gewöhnlicher Wünsche jedoch war es zu wenig, was ihm stets ein Stachel im Fleisch war, denn er war absolut nicht wunschlos. Gut, er brauchte keine eigene Bude. Mit den Wohnverhältnissen zu Hause kam er zurecht. Er bewohnte zwei Zimmer in Vaters ehemaligem Elternhaus. Er hatte einen separaten Eingang und sein Dad ließ ihn im Großen und Ganzen in Ruhe. Den Bedarf an Klamotten hielt er seit Jahren klein. Wenn er doch einmal etwas brauchte, dann versorgte er sich auf Flohmärkten der näheren Umgebung.

Es kümmerte ihn wenig, ob er eine Markenjeans am Arsch trug oder ein No-Name-Produkt. Was er wollte, war zuerst der Führerschein. Und danach wollte er ein eigenes Motorrad. Es musste gar nicht neu sein, aber ein großes Bike sollte es schon werden.

Seit Wochen brütete er über einer Idee, die zunächst als Blitzgedanke in seinem Kopf aufgetaucht war. Dann war der Gedanke immer öfter erschienen und zuletzt, nachdem er sich nicht mehr verdrängen ließ, zu der Idee geworden: Ich will zu Geld kommen.

Bis zum sechsten Lebensjahr hatte er bei seiner Mutter in Freiburg gewohnt. Danach, so hatte er später von Vater in immer gleichen und wiederkehrenden Worten erklärt gekriegt, war es zwischen den beiden zu einem Arrangement gekommen, das wegen der neuen beruflichen Ausrichtung der Mutter notwendig geworden war. Sie würde nicht nur den Wohnort, sondern auch den Berufsort wechseln. Weil Rolfs Einschulung bevorstand, hatten sie sich unter Berücksichtigung der Vor- und Nachteile und unter Abwägung der Für und Wider dafür entschieden, ihn vorerst in Endingen beim Vater unterzubringen. Man hatte beschlossen, über die weitere Vorgehensweise später miteinander zu verhandeln.

Dass aus der angedachten temporären Abmachung dann ein Dauerzustand wurde, verdankte Rolli zum einen sich selber, zum anderen Vaters Freundin. Diese hatte an ihm einen Narren gefressen und er liebte die Frau, die fast wie die Jungfrau zum Kind gekommen war, heiß und innig. Rolli wollte gar nicht mehr aus Endingen weg. Er ging dort zur Schule, er hatte dort seine Kameraden und er hatte Gitte, Vaters Freundin. Seine Mutter war einverstanden und überwies monatlich ein Unterhaltsgeld für ihn. Seinem Vater war es recht.

Aufgewachsen im Kaiserstuhl mit den kleinen Weindörfern, kannte sich Rolli entsprechend gut in der Gegend aus. Er wusste fast alles über die drei wichtigsten Dinge der Welt: Er wusste, wo die Kneipen waren; er wusste, wo die schönsten Frauen wohnten, und er wusste, wo es Geld gab. Für die

45

ersten beiden Dinge hatte er momentan keinen Sinn. Der würde wieder kommen, wenn er sich dem Letzteren gewidmet hatte.

In seinen Überlegungen spielte Stefan Springmann eine bedeutende Rolle. Stefan war nur ein Jahr älter als er und seit zwei Jahren sein Spezi. Vom Aussehen her hätten sie Brüder sein können. Stefan war wie er groß und muskulös und trug ebenfalls eine Rockermähne und einen Vollbart. Und so wie sie sich äußerlich ähnlich sahen, teilten sie gemeinsam die Begeisterung fürs Motorradfahren. Stefan hatte einen Beruf und eine Arbeitsstelle. Er war Flugzeugtechniker und wartete als solcher auf dem Großflughafen Lahr im Schwarzwald die zum turnusmäßigen Check anstehenden Flugzeuge.

Der Flughafen Lahr im Schwarzwald hatte in den Jahren 2014 bis 2019 eine rasante Entwicklung erfahren. Sie war Folge der Schließung des Strasbourger Flughafens als auch des Flughafens Karlsruhe/Baden-Baden. Wenn es wahr wurde, dass auch der Euroairport Basel/Mulhouse vor dem Ende stand, dann tendierte der Lahrer Flughafen zum Monopolträger in einem riesigen Einzugsgebiet, das neben der Südwestecke Deutschlands auch die halbe Schweiz und den gesamten Osten Frankreichs bediente.

Grund hierfür waren radikale Richtlinien des EU-Parlaments aus dem Jahre 2013, was die Flugsicherheit betraf.

Nicht immer waren Entscheidungen der EU-Bürokratiker, besonders wenn sie Eingriffe in das öffentliche Leben oder Beschneidungen nationaler Legislativen zur Folge hatten, wohlgelitten. Die mutige Herangehensweise an das Problem Flugsicherheit und die kluge Vermittlung der erforderlichen Einschnitte und deren probate Auswirkungen wurden aber quer durch alle Interessengruppen als Meilenstein betrachtet. Man sah sich sogar als Vorreiter für ähnliche Projekte europaweit. Die Idee folgte zwingenden Bedürfnissen. Die Flugsicherungen stießen an die Grenzen ihrer Leistungsfähigkeit. Der Ruf nach Entzerrung und Ausdünnung der Lufträume war immer lauter geworden. Zentralisierung hieß darum das Zauberwort. Wenn man bedachte, dass allein im Oberrheingraben vier zivile Verkehrsflughäfen und ein militärischer Flugplatz lagen, plus der Frankfurter Großflughafen „Fraport" und der ehemaligen Billig-Flughafen und jetzt Fracht-Flughafen Frankfurt/Hahn nur einige Kilometer nordwestlich davon, dann konnte man vielleicht auch als Laie ahnen, dass man beim Angebot von notwendigen Lufträumen für die Flieger kurz vor einem Infarkt stand.

Per Computersimulation waren, bevor die Gesetzgebung lief, verschiedene Modelle erstellt und von Fachleuten ausgewertet worden. Diese Beispiele, die im weiteren Verlauf auch die Maßnahmen zur Auflösung bestehender, beziehungsweise Einrichtung zu erneuernder Infrastrukturen beinhalteten, dienten als Vorlage des zu schaffenden Regelwerks. Ausgenommen blieb bis auf Weiteres der Flughafen Basel/Mulhouse. Das lag daran, dass die Schweiz, Miteigentümer und Mitbetreiber des Euroairport, nicht Mitglied der EU und somit europäischer Gesetzgebung nicht unterworfen war. Wirtschaftlich gesehen sollte sich im Laufe der Jahre aber zeigen, dass der Betrieb des Euroairport in der Nähe des neuen Großflughafens Lahr/Schwarzwald nicht mehr kostendeckend, nicht mehr rentabel war.

Die Flughäfen Strasbourg und Karlsruhe/Baden-Baden aber wurden aufgelöst. Firmen, die an den genannten Orten ansässig waren, wurden mit logistischer und finanzieller Hilfe entweder beim Umzug nach Lahr/Schwarzwald unterstützt, oder, wenn das nicht möglich war, großzügig entschädigt. Der Großflughafen Lahr im Schwarzwald wurde gegründet. Von Beginn an war es ein stetig wachsender Konzern, der für viele Menschen eine gesicherte Existenz darstellte. Um den neuen Großflughafen herum schossen neue Industriezweige wie Pilze aus dem Boden.

Stefan fuhr eine wunderschöne Harley Davidson FLSTS Heritage Springer, und zwar nicht das Original-Modell, sondern die „Revival-Version". Harley hatte aufgrund sehr starker Nachfrage ab 2015 die alten Serien als „Revivals" neu in ihr Marketingkonzept aufgenommen, die bei den Nostalgikern unter den Bikern reißenden Absatz fanden.

Kennengelernt hatten sich Rolli und Stefan an einem Open-Air-Festival vor zwei Jahren in Villingen. Rolli war mit der Bahn angereist und traf Stefan zufällig in der Warteschlange vor dem Bierausschank. Während ihres Gesprächs stellten sie fest, dass beide aus dem Kaiserstuhl stammten. Stefan wohnte in Ihringen am Kaiserstuhl und bot Rolli die Heimfahrt auf dem Sozius an. Stefan war es auch, der Rolli zum ersten Mal zu Jonnys Motorrad-Club *Borderliners* mitnahm und ihn dort dem Präsident als *Friend* empfahl. Stefan konnte sich das erlauben, denn er war *Member* des Clubs.

Da sie feststellten, dass sie in manchen Dingen gemeinsame Ansichten hatten und die gleichen Interessen teilten, spannten sie an den Wochenenden immer öfter zusammen. Beide standen sie auf Heavy-Metal, auf schlanke, langhaarige Frauen und auf Bier. Anders als Rolli jedoch war Stefan immer gut bei Kasse. Das nervte zum einen den Rolli, weil es bei ihm nicht so war, und nervte den Stefan, weil er Rolli laufend beim Schnorren erwischte.

Rolli nahm sich vor, während er die Getränkekisten von Jonnys Pickup in den Lagerraum hinter der Theke schleppte, beim nächsten Treffen mit Stefan über seine Idee zu reden.

Jawohl, mit Reden muss man beginnen, sagte er sich und fragte Jonny, der gerade mit jemandem telefonierte, ob er sich ein Bier nehmen könne. Er deutete Jonnys Handgewedel als Zustimmung und öffnete eine Flasche. Und als er trank, rann mit dem Bier auch Zuversicht in seinen Bauch.

14. Juli 2021
Hohenterzen/Neustadt (Schw.)

Ziemlich verschlafen begannen die Kommissare Jens Melzer und Ludger Ernst am Mittwochmorgen, dem Tag nach der Entdeckung der Leiche in Hohenterzen, den Dienst in Neustadt (Schw.) Es war kurz nach acht Uhr und der Himmel war bleigrau. Keine Wolke in Sicht, soweit man sehen konnte.

Ludger Ernst hatte von unterwegs belegte Brötchen mitgebracht. Jens Melzer kümmerte sich um die Kaffeemaschine, indem er Kaffeepulver nachfüllte und aus einer Mineralwasserflasche den Tankinhalt auffrischte.

Ihr Kommissariat verfügte über zwei Räume, die direkt über dem Neustädter Polizeirevier lagen. Der eine Raum war ihr gemeinsamer Arbeitsplatz, mit zwei Schreibtischen, zwei Regalen, zwei Computern mit Drucker und Scanner, zwei drahtlosen Telefongeräten, einem Kopierer, einer Kaffeemaschine und einem mickrigen Ficus Benjamina, der sich trotz aller Missachtung hartnäckig weigerte, einzugehen. An einer der drei fensterlosen Wände hing eine große Detail-Landkarte der Region Hochschwarzwald. Der zweite Raum war nur spärlich mit einem ausladenden Holztisch, sechs Holzstühlen und einem Beamer für Computerdarstellungen in Wandgröße möbliert. Dieser Raum wurde für Besprechungen und für Vernehmungen genutzt.

Melzer hatte alle Fenster geöffnet, um für etwas Durchlüftung in den Räumen zu sorgen, bevor die zu erwartende Hitze sie bei lebendigem Leib kochte. Er war ein gutaussehender Mann von ein Meter fünfundachtzig Größe mit blonden, kurzen Haaren. Er hielt nichts von der Mode der

48

Komplettrasur. Vielen Männerschädeln, empfand er, verlieh eine Vollglatze den Ausdruck von Brutalität. In seiner Freizeit hielt er sich im Fitness-Studio fit. Dort hatte er die Möglichkeit, sich nach Bedarf eine Sauerstoffdusche zu gönnen. Von Sportarten wie Jogging oder Fahrradfahren wurde in diesem Sommer ohnehin abgeraten. Der Ozongehalt in der Luft war permanent zu hoch.

Melzer war unverheiratet und pflegte nur sporadische Freundschaften mit dem schönen Geschlecht, war aber einem Flirt nie abgeneigt. Worauf er Wert legte, war eine gut sortierte Garderobe. Für Maßgeschneidertes, ob Hemden oder Anzüge, war sein Salär noch zu klein. Dafür verwendete er mehr Sorgfalt beim Kauf der Kleidung von der Stange. Er wohnte in Neustadt (Schw.) am Ortsrand in einer kleinen Einzimmerwohnung, die vom Polizeipräsidium Freiburg angemietet war. Er hätte die Möglichkeit gehabt, sich eine eigene, auf seine Bedürfnisse zugeschnittene Wohnung zu suchen, aber er war nicht anspruchsvoll und betrachtete die Zeit in Neustadt (Schw.) sowieso nur als vorübergehendes Intermezzo oder als Sprungbrett für höhere Ziele. Er bezahlte für die gestellte Wohnung darum gern einen geringen Abschlag, der bei der monatlichen Gehaltsabrechnung gleich einbehalten wurde. Einen Freundeskreis aufzubauen hielt er für vergebliche Müh, denn er wollte, wie gesagt, auf Dauer nicht hier bleiben und beschränkte sich deswegen auf die unverbindlichen Bekanntschaften, die er im Fitness-Studio machte.

Ludger Ernst war mit ein Meter achtzig nicht ganz so groß wie sein Kollege, aber gleichfalls sportlich und durchtrainiert. An Stilsicherheit, was unter anderem auch Mode betraf, hatte er ein klares Defizit. Sinn für schönes Ambiente fehlte ihm genauso, wie er keinen Blick für harmonische Proportionen hatte oder für gelungene Farbkombinationen und er nicht Kitsch von Kunst zu unterscheiden vermochte. In Sachen Outfit richtete er sich deshalb bevorzugt nach Jens Melzer und war damit gut beraten. Er hatte sich in Neustadt (Schw.) bei einer gleichaltrigen Studentin in einer Zweizimmerwohnung vis-à-vis des Bahnhofs eingemietet. Sie teilten die Kosten für Miete und Lebensunterhalt und darüber hinaus ihr gemeinsames Interesse für Volleyball und das Bett.

Die junge Frau, Zoe mit Namen, hatte sich an der Uni Freiburg (Brsg.) für das Fach Wirtschaftswissenschaft eingeschrieben. Sie pendelte täglich mit dem Zug zwischen Neustadt (Schw.) und Freiburg (Brsg.) hin und her. Sie war eine zierliche, kleine Person und strotzte förmlich vor Energie. Sie scheute sich nicht davor, Zoff vom Zaun zu brechen, und das kam in der

49

Beziehung zwischen ihm und ihr recht häufig vor. Der Grund für ihre Auseinandersetzungen war stets der gleiche: Er drückte sich vor jeder Mitarbeit im Haushalt.

Während sie sich, nachdem sie aus Freiburg (Brsg.) zu Hause angekommen war, um Einkäufe, um die Küche, um die Wäsche und um Ordnung im Allgemeinen kümmerte, lag er, sofern überhaupt zu Hause, nur faul und untätig auf dem Sofa herum und zappte sich durch die TV-Sender. Oft kam er allerdings spät am Abend in die Wohnung und entschuldigte sein Ausbleiben mit „wichtigen Ermittlungen". Sie konterte meist mit der Frage, seit wann es bei der Polizei üblich sei, bei den so wichtigen Ermittlungen Bier zu trinken, und schnupperte demonstrativ nach seiner Alkoholfahne. Sie glaubte, dass er das hasste, und er wusste, dass sie es hasste. Jeder von den beiden ahnte, dass ihre Beziehung so nicht länger weitergehen durfte.

Dass sie im Prinzip nicht zusammenpassten, lag auf der Hand. Mehr oder weniger war nur der wirtschaftliche Aspekt der Kitt, der sie aneinander kleben ließ.

Zweimal die Woche, dienstags und donnerstags, gingen sie abends ins Volleyball-Training. Er spielte zwar in den Liga-Spielen nicht mit, engagierte sich an den Trainings-Sequenzen dafür bis zur Erschöpfung. Zoe war, trotz ihrer für diese Sportart nicht gerade prädestinierten Körpergröße, eine der agilsten und besten Spielerinnen der Damen-Mannschaft und hatte mit dem Club im vergangenen Jahr den Aufstieg in die zweite Liga geschafft.

Die Samstagvormittage hatten sie auf ihre Anregung hin, bis der gnadenlose Sommer gekommen war, für gemeinsames Jogging vorgesehen. Seit ein paar Wochen war daran aber nicht zu denken, und ob sie das frühere Ritual wieder aufleben lassen würden, stand, mit Hinsicht auf ihr unterschiedliches Partnerschaftsverständnis, in den Sternen.

Gut, Ludger Ernst würde sich auf Zoe nicht in dem Sinne zubewegen, indem er Bereitschaft entwickeln und zum Beispiel im Haushalt mit Hand anlegen würde. Sein Bewegungszugeständnis sah er mit seinen Leistungen im Bett zur Genüge abgedeckt. Natürlich nervte ihn ihre die ständige Nörgelei, aber es drang nicht weiter in ihn hinein als ein Tischtennisball in eine Stahlplatte.

*

Der gestrige Tag steckte Melzer und Ernst noch in den Knochen. Sie waren erst gegen achtzehn Uhr von Hohenterzen nach Neustadt (Schw.) zurückgekehrt. Damit war der Arbeitstag aber noch lange nicht zu Ende gewesen. Ihr ersehnter, früher Feierabend war zum Teufel gegangen. Die Tatsache, dass sie in einem Fall mit einer toten Person ermittelten, hatte die beiden Kommissare emotional nicht so sehr beschäftigt wie die Aussicht auf einen verdorbenen Feierabend. Noch hatten sie in ihrer kurzen Dienstzeit nicht so viele Leichen gesehen, dass ihnen der Dienst und die ständige Konfrontation mit dem Tod an die Nieren gegangen wäre, wie es den meisten altgedienten Polizisten erging. Das würde sich im Laufe der Jahre allerdings ändern und dann würden auch ihnen die Gesichter der Toten bis in die Träume hinein folgen.

Die Leute von der KTU waren erst kurz vor halb zwei am Tatort erschienen. Man muss ja auch mal was essen dürfen, hatte einer von ihnen bissig geantwortet.

Es war ein kleiner, kahlköpfiger Mann mit einer riesigen Hakennase und einem langen, schrumpeligen Hals. Melzer hatte ihn zwar noch nie selbst gesehen, aber von ihm gehört. Es musste sich um Wasserfeind handeln, der in Kollegenkreisen wegen seines Aussehens und seines Hobbys, nämlich Gleitschirmfliegen, *Condor* genannt wurde.

Herbert Wasserfeind, der Leiter der drei Mann starken Truppe, hatte dafür vorausblickend den diensthabenden Arzt vom gerichtsmedizinischen Institut mitgebracht. Nach erster kurzer Übersicht wurde dem Arzt dann gestattet, sich mit dem Leichnam zu befassen.

Auch den Arzt kannte Melzer nicht persönlich. Der hielt es selber nicht für notwendig, sich mit Namen vorzustellen, sondern hatte sich rotgesichtig und schwitzend, eine schwarze Instrumententasche tragend, an ihm vorbei gedrückt. Melzer fühlte sich ein bisschen wie nicht ganz für voll genommen. Der Arzt mochte um die fünfzig Jahre alt sein. Für die Körpergröße von ein Meter siebzig war er eindeutig zu dick. Sein Haar war eine farbliche Fehlleistung aus weiß und schwarz und mischte sich zu einem hässlichen Grau. Die Unansehnlichkeit wurde dadurch noch verstärkt, dass es in fettigen Strähnen ins Gesicht hing. Die Oberlippe zierte ein unvorteilhafter Schnauzbart. Melzer fiel dazu spontan das Wort „Pornobalken" ein und er musste breit grinsen, wodurch sich seine Stimmung etwas besserte. Spießige, dunkelblaue Gabardinehosen, gehalten von schmutziggelben Hosenträgern, und ein weißes Hemd mit bis zu den Ellenbogen aufgerollten langen

Ärmeln, vervollständigten das Bild eines auf den ersten Blick unsympathischen Menschen.

Fast zur gleichen Zeit wie der Arzt und die KTU war der zuständige Staatsanwalt eingetroffen, ein wuchtiger, schwergewichtiger Mann namens Ruprecht Herzig, der in einem schwarzen, wollenen Anzug steckte und doch nicht eine Spur zu schwitzen schien. Den nun kannte Melzer von früheren Kontakten her. Herzig hatte eine Kopfform wie eine Bowlingkugel und unterstrich diesen Eindruck mit der rasierten und polierten Glatze. Mit ihm konnte Melzer umgehen. Der Mann verstand sein Geschäft, und seine Anweisungen waren stets durchdacht und unmissverständlich. Melzer hatte bei ihm durchaus das Gefühl, dass er sich in die Problematik der Polizeiarbeit hineinversetzen konnte.

Herzig ließ sich von Melzer die Situation im Haus der Getöteten erklären und fragte, als Melzer ihm die Verbindung zur Klinik *An den Bächen* erläutert hatte, welche Maßnahmen bisher getroffen worden seien.

„Mein Kollege Ernst befindet sich momentan in der Klinik. Drei uniformierte Beamte des Polizeipostens Hohenterzen sind mit dabei. Sie nehmen von allen Anwesenden Name und Adresse auf, beziehungsweise vergleichen sie mit der Liste, die wir von der Rezeption bekommen haben." Melzer schielte dabei in Richtung des Arztes, der immer noch über der Leiche kniete.

„Um wie viel Leute handelt es sich denn in der Klinik? Ich meine, mit welcher Zahl ist da zu rechnen?" Herzig stellte die Frage, als sei er wirklich an dem Fall interessiert.

„Wir hatten ja etwas Zeit, bevor die Kollegen von der KTU hier eintrafen", antwortete Melzer rasch und warf dabei einen Blick in ein kleines Notizbuch. „Augenblicklich sind es fünfunddreißig Patienten. Das Haus ist ausgebucht. Aber es kommt ja noch einiges an Personal dazu, nicht wahr? Anwesend sind heute drei Ärzte, zwei Therapeuten, ein Bademeister, vier Leute von der Küche, drei vom Reinigungspersonal und die Dame von der Rezeption, Frau Melitta Rühe. Sie, die Frau Rühe, hat uns sämtliche Personalien zur Verfügung gestellt. Übrigens auch die Namen und Adressen der Patienten, die übers Wochenende an- oder abgereist sind, sowie die Angaben zu dem Personal, das heute nicht im Haus ist. Deswegen würde mich interessieren, was der Herr Doktor bereits bezüglich der Todesart und des Todeszeitpunktes sagen kann."

„Jaja, das ist ja immer das Erste, was ihr wissen wollt", schnaubte der Doktor, der wohl mitgehört hatte, aus seiner kauernden Stellung heraus.

„Todeszeitpunkt. Und bitte auf die Minute genau, hähä. Das habt ihr Jungspunde doch alles bloß aus dem Fernsehen. Dort fragen die Kommissare den Doc auch immer als erstes nach dem Todeszeitpunkt. An was anderes denkt ihr nicht."

Herzig, der den Arzt zu kennen schien, drehte sich zu diesem um und meinte beruhigend: „Maul nicht rum, Albert, das ist halt mal so. Ob die Kollegen Kommissare jung oder alt sind, ist ganz egal. Die Frage müssen sie halt stellen, ob es dir lieb ist oder nicht. Sie ist ja manchmal wirklich von Relevanz. Aber du sagst uns schon, wenn du was weißt, hm?"

„Du musst ihnen auch noch helfen, Ruprecht. Aber lassen wir das. Gebt mir noch fünf Minuten, dann kann ich hoffentlich etwas sagen, das euch gefällt."

„Lass dir Zeit, Albert", beschwichtigte der Anwalt und wandte sich kopfschüttelnd ab.

„Was für eine Luft hier", atmete er schwer. Er versuchte, Herbert Wasserfeind im Wohnzimmer zu entdecken, weil aber alle drei KTU-Beamten in ihren weißen Overalls und den Kopfhauben nahezu gleich aussahen, rief er der Einfachheit halber aufs Geradewohl in den Raum: „Kann man denn hier nicht mal ein Fenster aufmachen? Man kriegt ja kaum noch Luft."

Eine der vermummten Gestalten drehte sich um, und es war Wasserfeind. „Nein, das muss so bleiben, bis wir fertig sind. Tut mir leid."

„Habt ihr denn schon was?", fragte Herzig schnell, bevor sich der Techniker wieder abwenden konnte.

„Ja, wie es aussieht, haben wir einige, kann auch sagen viele Fingerabdrücke in diesem Bereich. Die anderen Zimmer nehmen wir uns später vor."

„Okay, macht weiter", erwiderte Herzig und zog Melzer am Ellbogen hinaus in den Flur unter die Tür. „Wahnsinnig, diese Luft. Da kann einem ja schlecht werden. Hören Sie zu. Ich will, dass ihr von allen Patienten und vom Personal, von den Anwesenden und den Abgereisten, die Fingerabdrücke nehmt. Ihr habt ja die Adressen. Ich weiß, dass das umständlich wird, besonders bei den Leuten, welche die Klinik bereits verlassen haben. Aber ihr wisst ja wie das geht, nicht wahr? Internet, mail, facebook, usw., brauch ich Ihnen ja nicht beizubringen. Von allen, haben Sie verstanden?"

Melzer sah seinen Feierabend auf galoppierenden Hufen entschwinden. Er nickte stumm mit dem Kopf.

„Wie sieht es aus mit Angehörigen? Mann? Kinder? Eltern? Geschwister? Nehmt das unter die Lupe. Hat jemand aus der Klinik was gesehen oder

53

bemerkt? Oder von den Nachbarn? Oft sitzen alte Leute ja Tag und Nacht am Fenster, verstehen Sie, was ich meine?"

Melzer verstand, was er meinte.

„Wir wissen, dass die Frau von Drach verheiratet ist – ähm, war. Ihr Ehemann wird bereits gesucht. Er soll sich geschäftlich in Norditalien aufhalten. Wenn er auftaucht, bestelle ich ihn natürlich hierher. Es gibt eine gemeinsame Tochter. Wir werden sie so schnell wie möglich verständigen. Bekannt ist auch, dass es einen Sohn aus erster Ehe des Ehemannes gibt. Seine Adresse ist uns bekannt. Die Eltern der Toten wohnen in Bad Krozingen. Namen und Adresse kennen wir bereits. Frau Rühe von der Rezeption hatte alle Angaben. Die Verständigung der Eltern werden wir so bald als möglich selber übernehmen. Tja, sieht nach einer Menge Arbeit aus. Wir könnten Verstärkung gebrauchen."

„Ich werde sehen, was ich wegen Verstärkung in die Wege leiten kann. Entscheiden muss natürlich das Präsidium, ob ihr noch Leute kriegt. Ansonsten will ich über alle Schritte und Ergebnisse Bescheid wissen. Ist das klar? Es gibt keine geheimen oder krummen Touren bei mir. Sagen Sie das auch Ihrem Kollegen. Sie haben meine Telefonnummer? Bestens."

Herzig sprach fast im Stakkato und flüchtete, eine letzte Nase voll Gestank mitnehmend, in die Hitze.

Melzer fühlte sich wie erschlagen. Das konnte ja heiter werden. Er wagte sich wieder hinein in die dicke Luft. Er sah, dass der Arzt sich erhoben hatte und irgendwelche Instrumente in der schwarzen Ledertasche verstaute. Er fing an zu reden, ohne Melzer anzusehen und ohne dass Melzer gefragt hatte.

„Todesursache höchstwahrscheinlich Erdrosseln mit einem Tuch oder einem weichen Gewebe. Das war einfach, ich meine, nicht das Erdrosseln war einfach, sondern es war einfach, es zu diagnostizieren. Höchstwahrscheinlich. Fünfundneunzig Prozent. Beim Todeszeitpunkt wird es schwieriger. Ich sage mal vorsichtig zwischen sechzehn und vierundzwanzig Uhr des vergangenen Samstags. Bei der Hitze dauert es länger, bis die Leichenstarre eintritt. Die Ausbildung von Leichen-flecken wird ebenfalls verfälscht. Dafür setzt die Verwesung früher ein als bei gemäßigten Temperaturen. Weiteres, junger Mann", und damit schloss er die Ledertasche und drehte sich zu Melzer um, „Weiteres wird die Obduktion zeigen. Mageninhalt, Blutbild, toxische Untersuchungen, et cetera, et cetera. Ihr könnt über den Leichnam verfügen. Man hört sich, und Auf Wiedersehen."

Melzer blieb nur noch übrig, einen Schritt beiseite zu treten und Dr. wie? - Ja Kruzitürken, er wusste noch nicht einmal den Namen des Arztes! - den Doktor vorbei zu lassen.

„Sie Idiot", dachte er gehässig.

Draußen vor dem Haus war inzwischen ein Krankentransporter der Malteser vorgefahren. Zwei Männer in Uniformhemden mit dem typischen Kreuz am Ärmel betraten mit einer geschlossenen Aluminiumbahre das Haus und luden den Körper der toten Frau in die Box. Sie würden die Leiche in der Pathologie der Uni-Klinik Freiburg abliefern.

Melzer hatte sich wieder ins Haus begeben und fand sich plötzlich allein im Wohnzimmer wieder. Dort, wo die Leiche gelegen war, konnte er jetzt nur noch anhand des mit Kreide nachgezeichneten Umrisses die ehemalige Lage der Toten ausmachen. Melzer sah keinen der Leute von der KTU. Wo steckten die nur?

„Herr Wasserfeind?"

„Ja, hier im Schlafzimmer", schallte es von dort. Melzer bewegte sich zu der entsprechenden Wohnungstür und blieb dort stehen.

„Machen Sie Ihre Arbeit in der Klinik", rief Wasserfeind in dem kleinen Schlafzimmer im Erdgeschoss. „Wenn wir hier fertig sind, schließen wir das Haus ab und bringen Ihnen den Schlüssel. Ich gebe Ihnen dann noch mehr von den Fingerabdruckbögen. Morgen früh um elf Uhr machen wir eine Video-Konferenz. Da erfahrt ihr, was wir herausgefunden haben. Okay?"

Jetzt erst sah Wasserfeind, dass Melzer gar nicht so weit weg stand, um rufen zu müssen. „Herrgott, sagen Sie doch, dass Sie unter der Tür stehen und lassen Sie mich nicht so rumbrüllen. Das ist schließlich kein Honiglecken hier."

Melzer beschwichtigte den Mann. Der Verdacht in ihm, dass er von den arrivierten Leuten des Fachs ob seiner Jugend nicht ganz für voll genommen wurde, bekam neue Nahrung. Oder lag es an der Hitze, die allen arbeitenden Menschen zusetzte, dass der Umgangston barscher als sonst üblich war?

„Sorry, hab mich nicht bemerkbar gemacht. Geht klar mit dem Schlüssel und der Konferenz. Ich bring später, wenn ihr weg seid, ein Siegel an der Tür an. Bis nachher also." Dann verließ er das Haus, um den Kollegen in der Klinik zu helfen. Fingerabdrücke. Er fluchte leise, aber erst als die Worte seinen Mund verlassen hatten, fiel ihm ein, dass er bereits zum zweiten Mal an diesem Tag „Verdammte Scheiße" gesagt hatte.

*

Melzer goss zwei Tassen Kaffee ein und stellte eine davon auf Ludger Ernsts Schreibtisch. Er biss herzhaft in eine der Wurstsemmeln und setzte sich auf seinen Bürostuhl. Bis zur sogenannten Video-Konferenz hatten sie noch mehr als zweieinhalb Stunden Zeit. Diese Konferenzen wurden ja längst nicht mehr per Video-Technik geführt, sondern über Webcams in digitaler Online-Funktion abgehalten. Der Name Video war, allen Neuerungen zum Trotz, bis heute geblieben.

Vor ihm lag die Liste mit den Namen und Adressen aus der Klinik, die sie gestern von Frau Rühe erhalten hatten. Sie umfasste insgesamt neunundvierzig verschiedene Personen. Von all diesen hatten die Kollegen von der uniformierten Polizei Hohenterzen, Ludger Ernst und er gestern Fingerabdrücke genommen. Ferner hatten sie neunundvierzig mal die Frage gestellt, ob sie zum Tod von Frau von Drach irgendwelche Angaben machen konnten. Keine der befragten Personen aber hatte etwas Außergewöhnliches gesehen oder bemerkt, bis auf die Tatsache, dass Frau von Drach montags und dienstags nicht wie gewöhnlich erschienen sei.

Auf einer weiteren Liste standen vier Namen und Adressen von Patienten, die in der Zeit von Freitag bis Sonntag der vergangenen Woche das Haus wegen Beendigung ihrer Therapien verlassen hatten, und zwei Namen von Leuten des Personals, die übers Wochenende frei gehabt hatten.

Ein drittes Blatt enthielt die Namen und Anschriften der Angehörigen Frau von Drachs.

Melzer stellte fest, dass neben dem Ehemann und der gemeinsamen Tochter und dem Sohn Herrn von Drachs aus erster Ehe der Name und Adresse der Eltern auf der Liste standen. Die Eltern hießen Grether und wohnten gar nicht mal so weit weg in Bad Krozingen. Der Sohn war in Göttingen zu erreichen. Die Tochter stand mit einer Adresse in Gengenbach notiert. Namen von weiteren Geschwistern waren Fehlanzeige, ergo gab es keine.

Melzer schob Ernst die Seite mit den Patienten und des Personals über den Tisch, die nicht in der Klinik hatten angetroffen werden können.

„Such´ zu den sechs Adressen doch mal die zuständigen Polizeidienststellen heraus. Wenn du sie hast, dann bitte sie um Amtshilfe. Sie sollen zu den Leuten hinfahren und die Fingerabdrücke nehmen. Sie sollen auch die üblichen Fragen stellen, na, du weißt schon. Ob sie was gesehen oder gehört haben oder ob ihnen was aufgefallen sei, und so weiter. Also mach dich dran. Ich mach das mit den Angehörigen."

Nachdem sie gestern Abend endlich in ihrem Büro in Neustadt (Schw.) angekommen waren, sanken sie zuerst hundemüde in die Schreibtischsessel. Der lange Tag, die Befragungen der Personen in der Klinik, das Abnehmen der Fingerabdrücke, die Hitze - das alles war für die jungen Beamten in diesen Ausmaßen total neu. Angesichts des Berges von Arbeit drohten sie Gefahr zu laufen, den Überblick zu verlieren. Ernst hatte gestöhnt: „Ich kann nicht mehr", und alle Viere von sich gestreckt. Melzer war es dann zugefallen, den Riemen noch einmal auf die Kurbel zu werfen und mit der Arbeit, die als nächstes anstand, zu beginnen. So legte er jedes Blatt der Fingerabdrucksbögen, auf denen Name und Adresse der zuzuordnenden Person standen, einzeln auf einen der Scanner und mailte diese an die KTU nach Freiburg.

„Deine Ruhe möchte ich haben und deine Energie", nörgelte Ernst und war träge aufgestanden, um dem Kollegen zu helfen. Erst als sie um halb neun Uhr mit allen Blättern fertig waren und dann noch einen Ordner mit der Aufschrift <von Drach> angelegt hatten, verließen sie das Büro und gingen, jeder für sich, nach Hause.

Gerade als Melzer den Telefonhörer in die Hand nahm, um die Polizei in Göttingen über den Fall zu informieren mit der Bitte, dort den Sohn Herrn von Drachs aufzusuchen und ihm die traurige Nachricht vom Tode seiner Stiefmutter zu überbringen, klopfte es kurz und energisch an die Bürotür. Gleich darauf, keine Aufforderung abwartend, öffnete sich die Tür und ein junger Mann und eine junge Frau wirbelten herein.

„Guten Morgen", riefen die beiden unbeschwert wie aus einem Mund. „Wir sind die Verstärkung."

Sie stellten sich als Linda Germann und Henner Schloderer vor. Beide waren dreiundzwanzig Jahre alt und arbeiteten zurzeit, während der Semesterferien, als Kriminalassistenten beim Präsidium in Freiburg (Brsg.). Mit anderen Worten: Sie waren Praktikanten.

Henner Schloderer war ein spindeldürrer, lang aufgeschossener, schlaksiger Kerl. Alles an ihm zog sich in die Länge. Die Finger, die Nase, die Ohren. Sein ganzer Körper folgte einer ausgedehnten vertikalen Richtung. Nur der breite, schmallippige Mund schien, wie der letzte Versuch einer natürlichen Barriere, der endlosen, himmelragenden Figur

Einhalt gebieten zu wollen. Vergeblich. Henner war ein Meter achtundneunzig hoch und hatte eine Zweimillimeter-Frisur. Er würde im September das vorletzte Jura-Seminar des für den Polizeidienst erforderlichen Studiengangs in Tübingen beginnen. Er trug ein weites, weißes Leinenhemd offen über verwaschenen Jeans. Seine Füße steckten in einfachen Riemensandalen, aus denen lange Zehen lugten.

Linda war eine Schönheit. Daran gab es überhaupt keinen Zweifel. Betrat sie einen Raum, richteten sich alle Blicke automatisch auf ihre aparte Erscheinung: Die der Männer mit neugierigem Interesse, die der Frauen mit aufkeimendem Neid. Sie war ein Meter siebzig groß und schlank. Das dunkelblonde Haar hatte sie mit einem Haarreif nach hinten gezwungen, sodass es ihr lockig in den Nacken fiel. Ausdrucksvolle, blaue Augen bestimmten ihr Gesicht. Über locker sitzenden Khakihosen hatte sie eine luftige, an Hippiezeiten erinnernde Bluse mit weiten offenen Ärmeln angezogen. Auch sie stand, wie Henner, vor dem vorletzten Semester, bevor sie sich an einem Polizeipräsidium als Kommissarin bewerben konnte. Sie bemerkte, dass die zwei Kommissare sie offenen Mundes anstarrten.

„Guten Morgen", sagte sie darum nochmal. „Wir sind die Verstärkung. Henner und Linda."

Melzer, der sich zuerst wieder gefangen hatte, legte den Telefonhörer zurück, räusperte sich vernehmlich und grüßte ebenfalls. Er erhob sich vom Stuhl, stellte Ludger Ernst als Kollegen und dann sich selbst vor.

„Wie seid ihr denn hierhergekommen?", fragte er dann die zwei Neulinge, ohne dabei den Blick von Linda reißen zu können.

„Wir haben einen alten Sechser-BMW gekriegt", entgegnete Henner, der immer noch nicht richtig wahrgenommen wurde. „Steht unten im Hof", fügte er überflüssigerweise hinzu.

„Okay", meinte Melzer. „Gut, dass ihr hier seid. Wir können echt Verstärkung gebrauchen. Holt euch aus dem Nebenraum bitte Stühle. Ich bin übrigens dafür, dass wir uns hier duzen. Mein Kollege dort heißt Ludger, ich bin Jens. Wie sollen wir euch nennen? Alles klar: Henner und Linda. Hört zu, wir haben um elf Uhr eine Video-Konferenz. Nehmt euch doch bitte mal den Ordner dort vor und seht ihn euch an. Ihr werdet eine Menge Namen finden. Vielleicht kommt euch zufällig jemand bekannt vor. Nehmt dann auch die Listen, die Ludger und ich haben. Nach der Konferenz werden wir uns dann aufteilen. Da wir jetzt zu viert sind, will ich unsere anfänglich geplante Vorgehensweise ändern. Ludger, hörst du zu? Wir werden zu den Leuten hinfahren, die wir gestern in der Klinik nicht erreichen konnten. Die

Adressen liegen ja alle nicht allzu weit von hier entfernt. Zudem werden wir die Grethers, die Eltern des Opfers, in Bad Krozingen besuchen, was schon längst hätte geschehen müssen. Ich denke, Henner fährt mit Ludger, und Linda fährt mit mir. Bis dahin erarbeiten wir einen Fragebogen, in den wir das schreiben, was für uns wichtig sein wird. Also auf geht's."

Ludger Ernst, der gedankenverloren in Lindas Gesicht versunken war, wachte plötzlich auf und drehte sich überrascht zu Melzer um.

„Wie war das eben? Henner fährt mit mir?" Seine Augen formten sich zu schmalen Schlitzen.

„Genau. Du fährst mit Henner in dessen Auto." Melzer blickte den Kollegen an, als würde er noch die Frage <hast du daran eventuell etwas auszusetzen?> stellen. Das Klingeln des Telefons rettete ihn aber vor weiteren provokativen Gesten.

„Kriminalpolizei Neustadt im Schwarzwald. Jens Melzer am Apparat."

Es rauschte stark in der Leitung und Melzer musste den Anrufer darum bitten, sich noch einmal zu wiederholen. Erst beim zweiten Mal verstand er die Stimme.

„Guten Morgen. Mein Name ist Alexander von Drach!"

13. Juli 2021
Cannobio/Lago Maggiore/Italien

Alexander von Drach und seine Sekretärin Sieglinde hatten gerade ein wunderbares, leichtes Abendmahl beendet. Der Kellner hatte soeben den Tisch mit den Tellern abgeräumt und ihnen zum Abschluss eine Käseplatte serviert. Zur Eröffnung war ihnen Tomatensalat mit Mozzarella und Basilikum gereicht worden. Als Zwischengedeck folgten handgemachte Spaghetti alio et olio, und als Hauptgang hatten sie sich Saltimbocca Romana mit Saisongemüse empfehlen lassen. Alexander von Drach, der nicht das erste Mal in dem kleinen Restaurant zu Gast war, hatte dazu eine Karaffe des guten roten Hausweins bestellt.

Sie saßen am äußersten Tisch auf der Freiterrasse, nur einen Meter über dem See. Die Zuflüsse aus den Gletscherbächen auf der Alpensüdseite glichen die Wasserverluste des Sees durch Verdunstung in etwa aus. Es gab überhaupt nicht mehr als vier Tische, und außer ihnen war nur ein weiterer Tisch mit Gästen besetzt. Als die Sonne im Westen hinter den Bergen der Alpenausläufer untergegangen war, hatte der Kellner die Sonnenschirme geschlossen, sodass sie einen herrlichen Blick auf den lilafarbenen Himmel genießen konnten. Eine sanfte Brise, die über das Wasser wehte, vertrieb endlich die bleischwere Nachmittagsluft. Sieglinde spürte den Hauch des Windes wie eine zarte Berührung auf ihren nackten Schultern. Es roch angenehm nach wildem Thymian und nach Pinien, von denen einige in unmittelbarer Nähe der Terrasse standen. Sieglinde nahm ihr Glas Wein in die Hand und richtete die Augen auf Alexander.

„Also, Alex, stoßen wir an auf diesen wunderschönen Abend, auf diesen tollen Tag und auf deinen Erfolg. Denn das war es heute ja wohl, nicht wahr?"

Alexander nahm ebenfalls sein Glas und ließ es an dem ihm entgegengestreckten Glas erklingen.

„Danke, danke", lächelte er sie stolz an. „Es war ein wirklich guter Tag heute und ein wunderbarer Abend, da hast du Recht. Aber ob es ein erfolgreicher Tag war, das wird sich erst morgen entscheiden. Leider." Alexander trank einen kleinen Schluck. Dieser Rotwein, das wusste er von früher, schmeckte am besten, wenn er kühl getrunken wurde.

„Sei nicht so pessimistisch. Besser konnte es doch gar nicht laufen. Die Zusage für das Haus hast du doch praktisch schon schriftlich, auch wenn noch die Unterschrift fehlt. Naja, da war dieser blöde Affe aus Frankreich, dieser rotgesichtige Kugelblitz, der der Immobilienagentin förmlich in den Ausschnitt gekrochen ist, hast du ja gesehen. Der hat doch gegen dich und dein Charisma keine Chance."

Alexander freute sich über Sieglindes Ansichtsweise. In gewisser Beziehung konnte er nachvollziehen, was sie gemeint hatte. Der kleine Franzose war wirklich eine Nervensäge gewesen. Darauf aber, und das wusste er, kam es nicht an. Nur wer die besseren Karten und die besseren Konzepte vorweisen konnte, würde letztendlich den Zuschlag erhalten. Und natürlich derjenige, der den passenden Finanzierungsplan parat hatte. Mittwochvormittag, also morgen, würde es sich entscheiden. Die Bewerber würden einzeln bei Signora Cuzzucoli, so hieß die Vertreterin der Immobilienfirma, vorsprechen und ihre Offerten unterbreiten.

Alexander hatte seine Hausaufgaben gemacht, da konnte ihm keiner ans Bein pinkeln. Seine Planung für eine neue Klinik war seriös. Die notwendigen Investitionen würden einheimischen Architekten und Baufirmen gediegene Aufträge sichern. Die Finanzierung wurde von seiner Hausbank befürwortet. Bei ihm war alles soweit in trockenen Tüchern. Was also sollte ihn nervös machen? Er dachte nur widerstrebend an die immer weiter um sich greifende Praxis, nach der geldschwere Konzerne oder superreiche Bonzen ihre Finger nach jeder Art von Vermögen ausstreckten und bereit waren, mit ungerechtfertigt überhöhten Summen jeden anderen Interessenten aus dem Weg zu boxen. Solchen Raffzähnen ging es weder um Visionen noch um Nutzung. Ihnen ging es entweder um Besitz, oder um den Gewinn, den sie aus dem Besitz durch Aufteilung oder Spekulation schlagen konnten. Alexander hoffte, dass der kleine Franzose nicht zu den Spekulanten gehörte. Andere Interessenten hatte Alexander am heutigen Tag bei der Präsentation des begehrten Anwesens nicht zu Gesicht bekommen.

Sieglinde hatte darauf bestanden, mit dem Taxi zur Immobilie zu fahren. Sie wollte Alexanders Ortskenntnissen nicht uneingeschränkt trauen. Sie hatte zu viel Horror davor, bei dieser brutalen Hitze suchend durch die Stadt zu fahren, obwohl sein BMW natürlich über eine Klimaanlage verfügte. Als Alexander ihr, nachdem er mittags von seiner Joggingrunde zurückgekommen war, offeriert hatte, dass sie im Anschluss an die Besichtigung gleich zu Abend essen gehen würden, war sie im Geiste bereits bei seiner Vorliebe für alkoholische Getränke gelandet und hatte vorbeugend auf einem Taxi bestanden. Da konnte er strampeln, wie er wollte. Sie wusste genau, dass sie ihn in dieser Beziehung im Griff hatte, genauso wie am Morgen, als er, aus dem Badezimmer kommend, kopfüber und ohne Umwege in ihre Mausefalle gestolpert war. Dass er hinterher allerdings noch genug Energie zum Joggen hatte aufwenden können, war selbst für sie ein kleines Wunder. Immerhin war Alexander nicht mehr der Jüngsten einer.

Sieglinde wusste ihre Reize durchaus einzusetzen. Das hatte sie bereits an ihrem ersten Arbeitstag vor etwas mehr als zwei Jahren erfolgreich inszeniert. Nicht gerade eine *Twiggy* von Figur, hatte sie ihrem Chef zuerst an seinem Schreibtisch nicht nur einen tiefen Einblick in ihre pralle Herzregion gewährt, sondern hatte sich im Minirock, als sie sein Büro verließ, so elegant steifbeinig nach einem tollpatschig hinuntergefallenen Kugelschreiber gebückt, dass selbst dem hartgesottensten aller Männer unmöglich die Tatsache hatte entgehen können, dass sie unter dem Röckchen keinen Slip trug. Alles Weitere war für sie ein Kinderspiel gewesen. Ein Selbstläufer, wie sie es zu nennen pflegte.

Hellhörig wie sie war, registrierte sie wie ein Seismograf die schleichenden Veränderungen in Alexanders Eheleben. Ebenso hartnäckig spann sie ihr feines Garn und machte sich erst durch geschäftlich geschickte Strategie für ihn so gut wie unersetzlich. Sie überwachte alle Daten, Zahlen und Termine. Ohne ihre Passwörter waren sämtliche Computerdaten für jedermann unzugänglich. Dann sorgte sie dafür, dass er auch gefühlsmäßig, wobei sie eigentlich präzise auf die sexuellen Gefühle zielte, all das geboten bekam, woran er selbst nicht mal in seinen schlüpfrigsten Träumen zu denken gewagt hätte. Sie machte das gern, und weil er ihre Angebote freudig annahm, empfand sie auf die Dauer selber Spaß daran. Manchmal überraschte er sie sogar mit eigenen Choreografien. Sie war einundvierzig Jahre und seit ihrer Geburt unverheiratet. Selbst die Gefahr, dass ihre Bombe eines Tages explodieren könnte, indem Alexanders Ehefrau ihre Absichten aufdecken würde, schreckte Sieglinde nicht ab. Sie würde es auf eine Kraftprobe ankommen lassen. Sie hatte Zeit und sie hatte Geduld. Und sie hatte eine nicht zu unterschätzende Macht.

Das Taxi war auf fünfzehn Uhr dreißig bestellt und pünktlich erschienen. Alexander hatte auf dem Rücksitz die Mappe mit den Unterlagen hervor geholt. Er studierte ein letztes Mal die ausgedruckten Internetseiten. Die Fotos waren freilich wenig aussagekräftig, waren bestimmt durchweg nur die schönfärberischsten Perspektiven zum Druck verwendet worden. Ihn kümmerten mehr die Zahlen. Es handelte sich bei dem Objekt, das sie aufsuchen würden, um ein vollunterkellertes Haus. Die Außenmaße betrugen sechzig Meter Länge, sechzehn Meter Breite. Es hatte über dem Erdgeschoss zwei Stockwerke. Im jetzigen Zustand wies das Gebäude sechzig Zimmer auf, alle mit den gleichen Abmessungen. Jeweils an den Stirnseiten befanden sich die Haupteingänge und die Treppenhäuser. Das Haus hatte ein Flachdach. Errichtet worden war das Gebäude 1962. Ursprünglich waren darin die Büros der italienischen Zollbehörde und der Grenzpolizei untergebracht. Der Angebotspreis betrug zwei Komma zwei Millionen Euro.

Zu dem Gebäude gehörte ein viertausendachthundert qm großes Grundstück, das auf der rechten Seite der Verbindungsstraße von Cannobio nach Cannero Riviera lag. Vom Grundstück führte eine betonierte Fußgänger- und Radfahrerbrücke über die Straße zu einem beliebten öffentlichen Park am Ufer des Lago Maggiore.

Sofort, als sie aus dem Taxi gestiegen waren, hatte die unbarmherzige Hitze auf sie eingeprügelt. Sieglinde bedauerte Alexander sehr, der sich anlässlich der Besichtigung in einen leichten Sommeranzug geworfen hatte. Vielleicht, hatte er gesagt, macht die Krawatte den entscheidenden Punkt. Anstatt mehrerer Personen, die er von der Verkäuferseite gewähnt hatte anzutreffen, hatte sie allein Frau Cuzzucoli in Empfang genommen. Sie, Vollblut-Italienerin, schien die Temperaturen nahezu verächtlich zu ignorieren. Neben ihr hüpfte bereits ein kleiner Mann, der ihnen eine schweißige Hand zum Gruß reichte und sich mit Monsieur Duvalier vorstellte. Er sollte Frau Cuzzucoli bis zur Verabschiedung nicht mehr von der Seite weichen. Alexander erinnerte sich angesichts seiner an einen alten Gaunertrick. Ob die Geschichte stimmen mochte, konnte er nicht sagen, aber er hatte gehört, dass manchmal, um einen potentiellen Käufer in Zugzwang zu bringen, vom Eigentümer ein Scheinkäufer engagiert wurde, der zum einen den Preis in die Höhe treiben und zum anderen die Entscheidungsfrist verkürzen sollte. War dieser ominöse französische Hüpfzwerg ein solcher?

Einerlei, Alexander besichtigte mit Sieglinde das Anwesen und das Gebäude. Er erkannte das für seine Zwecke erforderliche Potential darin und fühlte sich und damit auch seine Kriterienauswahl bestätigt. Auf jeden Fall war wenigstens der Weg hierher nicht umsonst gewesen. Dort, wo andere lediglich einen leeren, dunklen Keller gesehen hätten, konnte sich Alexander bereits eine leuchtende Badelandschaft vorstellen. Dort, wo anscheinend triste Zweckmäßigkeit erbaut worden war, sah er schon einladende Zimmer für zukünftige Gäste. Im zubetonierten zugehörigen Außengelände sah Alexander bald blühende Blumenbeete und grüne Rasenflächen.

Die Besichtigung hatte alles in allem fast zwei Stunden lang gedauert. Sie hatten sich danach freundlich für den heutigen Tag von der reizenden Frau Cuzzucoli verabschiedet und für den morgigen Tag erneut verabredet. Auch Monsieur Duvalier entboten sie korrekt den Tagesgruß.

Alexander hatte dem Kellner ein Zeichen gegeben, einen letzten kleinen Krug des Hausweines zu bringen. Sieglinde hielt sich beim Trinken aber vorsichtig zurück. Die Zikaden hatten mit ihrem Konzert begonnen. Sieglinde schlug nach Alexanders letztem Schluck vor, zu Fuß ins Hotel zurückzugehen. Alexander, inzwischen weinselig, hatte nichts dagegen, hakte sich bei seiner Begleiterin unter und ließ sich gemütlich und glücklich den Weg zeigen. Hoffentlich fängt er nicht noch an zu singen, dachte Sieglinde, und musste bei dem Gedanken lächeln. Es war gerade kurz nach zehn Uhr geworden, als sie unter dem Standbild Alexanders des Großen hindurch auf den Haupteingang zustrebten. Die Treppe zum Eingang war beleuchtet, und im Lichtkegel der Lampe stand Danilo, der Besitzer des Hotels.

„Danilo, alter Knabe", rief Alexander gut gelaunt. „Warum bist du nicht im Bett? Wartest du etwa auf uns?"

„Ja, ich habe auf euch gewartet. Kann ich dich kurz alleine sprechen, Alessandro?"

„Alleine sprechen? Alleine sprechen? Du kannst hier sprechen, mein Freund. Wir haben keine Geheimnisse voreinander", tönte Alexander, immer noch viel zu laut.

Sieglinde mischte sich ein. „Was ist passiert, Danilo. Es ist doch was passiert, oder nicht?"

„Ja, es ist etwas passiert. Dein Büro in Tegernsee hat heute Nachmittag angerufen. Du warst gerade gegangen. Sie haben dich nicht übers Handy erreicht. Kann ich wirklich offen sprechen?"

„Raus mit der Sprache, verflixt nochmal. Was ist denn los?" Alexander hatte sich jetzt von Sieglinde gelöst und war auf Danilo zugegangen.

„Deine Frau, Alessandro. Deine Frau Margarethe. Es tut mir Leid. Deine Frau, sie ist tot."

Alexander war, ehe ihn jemand hätte auffangen können, einfach umgefallen.

14. Juli 2021
Neustadt (Schw.)

„Seid ihr alle da?" Auf dem Computerdisplay erschien *Condor* Wasserfeinds Kopf. „Guten Morgen erstmal."

Jens Melzer hatte den Laptop fünf Minuten vor elf Uhr auf Konferenzfunktion eingerichtet.

Die Assistenten hatten die bisher vorhandenen Unterlagen durchgesehen, aber keine weiterbringenden Erkenntnisse beisteuern können. Ihnen waren alle Namen unbekannt, was ja auch vorhersehbar war.

Hauptereignis des frühen Vormittags war das Gespräch mit Alexander von Drach gewesen. Der Mann hatte einen sehr gefassten Eindruck auf Melzer gemacht. Er ließ sogar eine Entschuldigung verlauten, dass er nicht früher zu erreichen gewesen sei. Seit vergangenem Samstag, schilderte er, befände er sich mit seiner Sekretärin aus geschäftlichen Gründen in Norditalien. Er hätte nicht bemerkt, dass der Akku seines Mobiltelefons leer gewesen war und er somit nicht direkt hatte verständigt werden können. Erst spät am Dienstagabend, nachdem er nach einem wichtigen Termins wieder ins Hotel zurückgekehrt war, hatte ihn der Hotelbesitzer vom Tod seiner Frau unterrichtet.

„Was ist denn passiert, und wann ist denn was passiert?"

Jens Melzer hatte Herrn von Drach zunächst sein Beileid ausgesprochen und ihn daraufhin über die Umstände und die Sachlage in Kenntnis gesetzt.

„Was wir wissen, ist, dass es am späten Samstagnachmittag oder am Samstagabend geschehen sein musste. Die Untersuchungen sind in vollem Gang. Dass es ein Mord war, ist eindeutig. Wir haben durch die KTU die im Haus vorhandenen Spuren sichern lassen. Von Seiten der Klinik liegen uns alle Namen und Adressen von den Leuten vor, die zum Zeitpunkt der Tat in der Klinik waren oder zum dienstfreien Personal gehörten. Leider ist es unumgänglich, Herr von Drach, dass Sie unverzüglich hierher nach Neustadt oder nach Hohenterzen kommen. Sie müssen uns bei der Begehung des Tatorts, also des Hauses behilflich sein. Nur Sie können uns sagen, ob irgendwelche Gegenstände aus dem Haus entfernt wurden. Vielleicht war es ein Raubmord. Überlegen Sie bitte, ob sich Wertgegenstände wie Schmuck, Gemälde, andere Kunstobjekte oder höhere Geldbeträge im Haus befunden hatten. Sie müssen weiterhin die Tote, die sich im gerichtsmedizinischen Institut in Freiburg befindet, identifizieren."

„Was ist denn, bittschön, die KTU?"

„Entschuldigen Sie. Ich dachte, Sie als Arzt wüssten das. Es handelt sich um die Kriminaltechnische Untersuchung."

„Aha, nein, das kannte ich bisher nicht. Passt auch nicht eben zu meinem Genre. Gibt es vielleicht irgendeinen Hinweis auf einen Täter oder haben Sie bereits einen Verdacht?" Von Drach klang neugierig interessiert.

„Nein", bedauerte Melzer. „Wir haben noch überhaupt kein Bild vom persönlichen Umfeld oder über das berufliche Wirken Ihrer Frau. Wir bauen darauf, dass Sie uns, wenn Sie bei uns eintreffen, einige Fragen beantworten können. Damit meine ich, ob Ihre Frau eventuell Feinde oder Neider hatte. Ob es ein Motiv für diese schreckliche Tat geben könnte. Ich nehme an, dass Sie ein bisschen Licht ins Dunkel bringen können. Wann, meinen Sie, dürfen wir Sie heute hier erwarten?"

Melzer hörte ein leises Fluchen durch das Telefon.

„Es tut mir Leid, Ihnen das sagen zu müssen, aber ich komme hier vor Mittag nicht weg. Ich befinde mich sozusagen auf direktem Weg zu einer Vertragsunterzeichnung. Diesen Termin kann ich unmöglich verschieben. Es ist schließlich der Grund meines Hierseins. Wenn danach alles gut läuft, ich meine verkehrsmäßig, kann ich so gegen vier oder fünf Uhr in Hohenterzen sein. Früher geht's nicht."

Melzer versicherte von Drach, dass er sich um die angegebene Zeit vor dem Haus seiner Frau in Hohenterzen befinden werde, drückte noch einmal sein Beileid aus und beendete das Gespräch.

Ludger Ernst hatte mittlerweile mit den Kollegen der Kripo in Offenburg gesprochen. Sie würden die gemeinsame Tochter der von Drachs, Regina, verständigen und sie zur Kontaktaufnahme in nächster Zeit bitten. Mit den Kollegen der Kripo in Göttingen war er in Bezug auf Justus von Drach, dem Studenten, auf gleiche Weise verfahren.

Linda war die Aufgabe zugefallen, sich telefonisch mit den vier Patienten in Verbindung zu setzen, die bis spätestens Sonntag die Klinik verlassen hatten, um ihnen die Ankunft der Polizei wegen einer Befragung und wegen Abnahme der Fingerabdrücke zu avisieren. Sie hatte drei der Personen erreicht. Bei der vierten Person sprach sie auf den Anrufbeantworter und hinterließ Name, Grund und Telefonnummer.

Das Kopfbild des Gerichtsarztes wurde neben dem Abbild Wasserfeinds auf dem Monitor sichtbar. „Ich bin bereit", sagte er mürrisch, eine seiner fettigen Haarsträhnen aus dem Gesicht streichend. „Wer fängt an?"

„Das mach´ ich", ergriff Wasserfeind die Gelegenheit und er sah aus, als würde er sich aus großer Höhe auf am Boden liegendes Aas stürzen. „Wir haben keine Spuren der Gewaltanwendung an Türen oder Fenstern finden können. Das bedeutet, dass die Frau dem Täter oder der Täterin die Tür selbst aufgemacht hat. Ob sie die Person gekannt hat oder nicht, konnten wir natürlich nicht feststellen. Im Wohnzimmer gab es an den umherliegenden Gegenständen mindestens immer zwei brauchbare Fingerabdrücke. Nie weniger, selten mehr, nie mehr als vier. An den Möbeln haben wir so gut wie nichts gefunden, am Schreibtisch nur die von Frau von Drach. In der Küche nur die von der Toten. Findet ihr in Neustadt doch bitte heraus, ob regelmäßig in der Wohnung geputzt wurde, ich meine, ob es eine Putzfrau gab. Im Schlafzimmer waren nur die Abdrücke von der von Drach. Im Bett fanden wir Haare unterschiedlicher Struktur. Im Badezimmer nur die

66

Abdrücke von der von Drach. Im Spiegelschrank aber gab es eine Herrenkollektion: Zahnbürste, Zahnpasta, Rasierwasser, Deodorant. Darauf wurden Fingerabdrücke gesichert. Vermutlich die des Herrn von Drach. Bei den Haaren wird es wohl ebenso sein.

In einem der Betten im Obergeschoss entdeckten wir zwei lange, braune Haare. Wem sie gehören, wissen wir nicht. Am gleichen Ort einige gekräuselte Haare. Bart- oder Schamhaare.

Im Obergeschoss fanden wir Abdrücke von drei verschiedenen Personen. Es dauert noch eine Weile, bis wir alle von euch gemailten Fingerabdrücke mit den gesicherten am Tatort abgeglichen haben. Bis jetzt hatten wir keine einzige Übereinstimmung. Sieht also nicht rosig aus.

Interessant für euch könnte wahrscheinlich das Handy der Toten werden. Die Nummern der zuletzt gewählten Verbindungen und der letzten Anrufer sende ich euch auf einer Liste, inklusive Telefon. Das war's. Nein, stopp. Im Kühlschrank befand sich fixfertig zubereitetes Essen. Ich meine fertig zum Servieren, zum Verzehr. Die Frau muss Besuch erwartet haben."

„Mensch Wasserfeind, das ist doch immerhin eine Menge", beeilte sich Melzer das lobend zu erwähnen. „Habt ihr an der Kleidung der Toten vielleicht Faserspuren gefunden, die nicht dorthin gehören?"

„Nein, nichts. Die Kleidung ist sauber", raunte der Techniker. „Mehr haben wir nicht, und wir haben auch nichts vergessen, wenn du das mit deiner Frage meinst."

Melzer hörte die Geringschätzung aus dem Monitor förmlich auf die Schreibtischfläche vor sich plumpsen. Trotzdem hatte er noch eine Frage. „Habt ihr in den Schub …"

„Jetzt hör mal zu, du Grünschnabel", unterbrach ihn Wasserfeind schroff. „ Ich mache diesen Job nun schon länger als du alt bist. Wenn ich sage, dass wir nichts vergessen haben, dann ist das für dich so gut wie der Segen des Papstes." Und blendete sich aus.

Bevor Melzer auch nur geschluckt hatte, lederte der Arzt los.

„Eindeutige Todesursache Erdrosseln mit einem weichen Tuch oder Schal. Die Todeszeit kann ich etwas genauer eingrenzen als gestern, lehne mich aber nicht zu weit aus dem Fenster: Wahrscheinlich trat der Tod zwischen zwanzig Uhr und vierundzwanzig Uhr ein. Genaueres ist wegen bekannter Gründe nicht möglich. Es hat keine Vergewaltigung stattgefunden; die Vagina weißt weder Spuren von Gewaltanwendung noch von Sperma auf. Nur geringe Mengen von Alkohol im Blut. Könnte ein Glas Sekt gewesen sein. Keine verwertbaren Geweberückstände unter den Fingernägeln. Vielleicht hat sie sich nicht gewehrt. Das müsst ihr herausfinden. Was sie zuletzt gegessen hat, unterschlage ich der Einfachheit halber. Es ist nicht todesrelevant. Den Bericht sende ich euch per Mail. Und Tschüss."

Jens Melzer schaltete die Konferenzfunktion aus. Das normale Computerbild erschien wieder auf dem Display. Wie erstarrt blieb er sitzen. Was war das denn? Die Kollegen um ihn herum schauten ihn ebenfalls entgeistert, ja eingeschüchtert an. Wie ein Feuerwerkskörper raste der Zorn bis unter Melzers Schädeldecke. Sein Gesicht wurde heiß und flammend rot. Wie er es hasste, dermaßen gedemütigt zu werden. Was war nur mit den Alten los? Hatten sie Angst vor der beruflichen Zukunft, nur weil junger Nachwuchs in ihre Fußstapfen trat? Glaubten sie, man würde ihre Selbstherrlichkeit untergraben? Fürchteten sie sich davor, ihre Entscheidungskompetenz teilen zu müssen? Spürten sie eventuell, dass der Sockel zu bröckeln begann, auf den sie sich im Verlaufe vieler Tages- und Nachtschichten gehievt hatten? Waren sie so etwas wie Gralshüter eines geheimen Wissens, das nur Auserwählten zugänglich sein durfte? Warum versuchten sie so verbissen, ja fast versessen, ihr Können, ihre Fähigkeiten zu verbergen? Wieso gierten sie dann so sehr danach, ihre Arbeit und ihre Erfolge in berechnender Bescheidenheit in den Fachmedien und in den Gazetten veröffentlicht zu sehen? Warum waren sie so eitel? Melzer konnte es einfach nicht verstehen. Wie wohl wäre ihm gewesen, wenn er seine Bewunderung für erfolgreiche kriminalistische Polizeiarbeit an adäquater Stelle würde anbringen können. Wenn ihn ein Mentor, ein erfahrener Kommissar unter die Fittiche nehmen könnte. Einer, der ihn gewähren und arbeiten ließe und ihn am Schatz seiner Erfahrungen würde teilhaben lassen. Der ihn förderte und forderte.

Er erinnerte sich an einen Lehrer aus der Polizeischule. Löffler war sein Name gewesen. Der hatte einmal fast hinterlistig die Klasse gefragt: <Es gibt ein geflügeltes Wort: Unwissenheit schützt vor Strafe nicht! Stimmt das?> Die ganze Klasse hatte <ja> gebrüllt. Noch lauter aber brüllte Löffler zurück: <Falsch, und noch mal falsch! Unwissenheit kann vor Strafe schützen!> Dann brachte er sein Paradebeispiel von der jungen Frau, die glaubte, durch das Trinken von Kamillentee ihre Schwangerschaft abbrechen zu können. Abtreibung also. <Die Frau kann nicht bestraft werden. Unwissenheit kann vor Strafe schützen. Schreiben Sie sich das hinter die Ohren!> So einen Mann hätte er gebraucht. Nicht, dass er sich allein gelassen fühlte, aber es wäre von immensem Wert für ihn gewesen, von einem Meister mit Erfahrung gelegentlich Hilfestellung zu erhalten und dabei zu lernen, Wesentliches und Unwesentliches voneinander zu unterscheiden und zu erkennen, in welchem Stadium von Ermittlungen Unwesentliches wieder zu Wesentlichem wurde.

Neid war Melzer fremd. Er gönnte jedem den durch Leistung erbrachten Erfolg, sei es beim Sport oder im Beruf. Dieses verachtende und selbstbeweihräuchernde Gehabe der borniertten Kollegenarschlöcher aus Freiburg jedoch ging ihm gewaltig an die Nieren.

Melzer schluckte und schielte verstohlen zu Linda Germann, die sekundenschnell genau seine Stimmung mitbekommen hatte. Sie war auch die erste, die ihre Sprache wieder fand.

„Sowas nennt man eine Lehrstunde polizeilicher Ermittlungsarbeit."

Sie schnappte den Autoschlüssel des Dienst-Mercedes aus einer Plastikablage auf dem Schreibtisch und schwenkte ihn aufmunternd vor Melzers Nase. „Komm, auf die Beine, wir haben doch noch was zu tun, oder?"

„Hast recht", stöhnte Melzer, stand mühsam auf und grinste.

11. Juli 2021
Hohenterzen

Es passte Roman Teichmann überhaupt nicht in den Kram, dass *sie* auf dem Treffpunkt mitten im Ort bestanden hatte. Sie hatte sich halt mal wieder durchsetzen müssen. Und ausgerechnet auch noch zu dieser Zeit. Gleich würde die Kirche aus sein und viele Einwohner, die er kannte und viele Kurgäste, die er betreute, würden ihn hier an der Kreuzung stehen sehen. Mit seinem Trekking-Fahrrad. Mit dem Picknickkorb auf dem Gepäckträger.

Dort, wo die Birkensteger Straße und die Kirchgasse zusammentrafen, stand neben dem Gehweg eine von der Kurverwaltung Hohenterzen aufgestellte Informationstafel, die eine Luftaufnahme des Ortes zeigte und auf der man die Lage aller öffentlichen Einrichtungen und der meisten Hotels ablesen konnte. Dahinter versuchte er sich so unauffällig wie möglich zu verstecken. Der Ärger und die Unzufriedenheit, die er beide verspürte, dehnten die effektive Wartezeit in gefühlte, doppelte Länge. Mist aber auch.

Sie hatten sich schon vergangenen Mittwoch, nach der abendlichen Tennisstunde, für den heutigen Sonntag verabredet. Sie hatte gesagt, sie wüsste einen schönen Platz ganz in der Nähe, den man sehr gut mit dem Fahrrad erreichen könnte und der an einem kleinen See im Schatten läge. Er hatte ihren Vorschlag aufgenommen und ihr versprochen, alles für ein gemütliches Picknick einzukaufen.

Für elf Uhr waren sie verabredet, und gleich war es elf Uhr. Es war sonst nicht eine ausgeprägte Tugend von Roman, pünktlich zu einem Termin zu erscheinen. Er war ein notorischer Zuspätkommer, und sie wusste das, hatte sie wegen ihm doch schon einige Male warten müssen. Heute aber war er überpünktlich, und das lag an seiner Nervosität, die ihn seit gestern Abend quälte.

Sie hatte ihn, nachdem sie den Picknickausflug für Sonntag vereinbart hatten, für den Abend vorher zum Essen eingeladen. Nicht vor zehn Uhr, hatte er geschmeichelt gemeint, denn er hatte zu seinem Leidwesen zwei Tennisstunden gebucht, die er nicht verschieben konnte. Es handelte sich um zwei Damen, Gäste des kurverwaltungseigenen Hotels, bei dem er sommers als Tennislehrer, Animateur und sportlicher Leiter für Mountainbike-Touren, winters als Skilehrer engagiert war. Ihr wäre es ohnehin lieber, hatte sie erleichtert geklungen, wenn die Sonne schon untergegangen sei, und hatte zehn Uhr abends akzeptiert. Aber auch nicht später, hatte sie ahnungsvoll hinzugefügt. So weit, so gut.

Er war gestern Abend, Samstag, kurz nach zehn Uhr also vor ihrer Haustür gestanden, eine Flasche Champagner in der Hand, hatte geklingelt, und niemand hatte ihm geöffnet. Er hatte noch mehrmals geklingelt, war um das Haus herum in den Garten gegangen, hatte gegen die Terrassentür geklopft, hatte versucht durch die Scheibe in die Wohnung zu blicken - aber niemand war da. Die Jalousien im Erdgeschoss waren alle geöffnet, es brannte nirgendwo Licht in einem der Räume, ihr neuer Audi A 12 parkte vor dem Haus an der Straße.

Nachdenklich war Roman mit der Flasche Champagner dann zu sich nach Hause gegangen. Von dort aus hatte er sie noch ein paar Mal telefonisch zu erreichen versucht, doch sie hatte sich nicht gemeldet. Auch am Sonntagmorgen vernahm er nicht einen Pieps von ihr.

Er hörte die Kirchenuhr elf Uhr schlagen, und er sah weit und breit niemanden mit einem Fahrrad fahren, der so aussah wie sie. Das beruhigte ihn nicht im Mindesten.

Wo, verflixt, steckte Margarete?

Für Roman Teichmann war indes die Tatsache, dass er sich nun bereits schon das zweite Mal wie bestellt und nicht abgeholt fühlte, bei weitem nicht der einzige Anlass, um nervös zu sein. Ganz allmählich schwante ihm, dass es mit seinen Plänen vielleicht doch nicht so einfach lief, wie er es sich anfangs vorgestellt hatte.

Noch im April lag der Schnee im Ort Hohenterzen über einen halben Meter hoch. Auf dem nahe gelegenen Feldberg, wo die Kurverwaltung eine eigene Skipiste unterhielt, übertrafen die Schneemassen alle bislang gemessenen Werte. An den steilen Nordhängen des markanten Schwarzwaldberges herrschte höchste Lawinengefahr. Die Bergwacht, ständig präsent, unterband rigoros jeden Versuch von Skifahrern oder Snowboardern, sich abseits der befestigten Pisten zu bewegen. Zu frisch und zu deutlich waren die Erinnerungen an die Katastrophe aus dem Winter im Jahr 2018, als eine von einem leichtsinnigen Lehrer geführte Schulklasse über den Abgründen, die zum Feldseekessel abstürzen, von einer Lawine erfasst und mitgerissen worden waren. Vierzehn Kinder und der Lehrer waren von den Schneemassen verschüttet worden und nur fünf von ihnen konnten noch lebend geborgen werden.

Der folgende Strafprozess beherrschte wochenlang die Medien. Der Organisation der Bergwacht hatte kein Fehlverhalten nachgewiesen werden können. Der schuldige Lehrer war bei dem Unglück selbst ums Leben gekommen und dessen Versicherung lehnte jedwede Verantwortung wegen grob fahrlässigen Verhaltens des Lehrers ab. Den Hinterbliebenen der Opfer sprach man lediglich das Bedauern aus. Von Seiten der Landesbehörden war keinerlei Wiedergutmachungsleistung zu erwarten gewesen. Dank einer Benefizveranstaltung einer überregionalen Zeitung konnten Spendengelder in Höhe von dreihundertfünfzigtausend Euro verteilt werden.

Auch Roman Teichmann dachte an die Katastrophe von damals, obwohl er zu jener Zeit noch nicht in Hohenterzen gearbeitet hatte. Allerdings aus recht eigennützigen Gründen. Manchmal wünschte er sich nämlich wenigstens eine kleine Lawine, die allzu begriffsstutzige Teilnehmerinnen seines Skikurses bitteschön unter sich begraben und nie wieder erscheinen lassen sollte. Er war ja auch nur ein Mensch.

Was sich bei ihm im Durchschnitt zu den Skikursen anmeldete, rangierte, wenn man sportliche Maßstäbe anlegen wollte, unter der Sparte <Ungeeignet>. Meistens waren es hüftsteife, ältere Damen mit Übergewicht, die in etwa über so viel Bewegungstalent verfügten wie einer der riesigen Braunkohlebagger aus seiner Heimatregion Cottbus. Die Arbeit mit den Ladies machte ungefähr gleich viel Spaß wie der Versuch, einer Herde Flusspferde das Ballett Schwanensee beibringen zu wollen. Ihr Gekicher und das Gegacker untereinander verlangten von ihm stärkste Nervenstränge, und wie ein Mantra murmelte er ständig vor sich hin: <Sie haben Geld, sie haben Geld, sie haben viel Geld.> Gleichwohl wäre es ihm niemals in den Sinn gekommen, sich seinen Kundinnen anders als in scheinbar bester Laune zu zeigen. Seine Kurse waren die bestbesuchten am ganzen Berg. Nirgendwo wurde so herzlich gelacht und gequietscht.

Roman Teichmann war ausgesucht freundlich und höflich. Nie war er sich zu schade, einer gestürzten oder unpässlichen Kundin mit Rat und Tat Hilfe zu leisten.

Er hatte sich bereits in seinem zweiten Arbeitsjahr bei der Kurverwaltung einen Namen gemacht und war, für die örtlichen Verhältnisse, eine Institution.

Man vermeldete im zweiten Jahr nach Beginn seines Angestelltenverhältnisses bei den Hotelbuchungen ansteigende Zahlen, sowohl was die Sommersaison als auch die Wintersaison betraf, was gleichbedeutend mit mehr Einnahmen war. Klugerweise hatte man beim Management erkannt, durch welche Urheberschaft der positive Trend begünstigt wurde und stattete Roman Teichmann mit allerlei allerdings ziemlich fragwürdigen, ja seltsamen Vergünstigungen aus. So erhielt er zum Beispiel einen für ihn nutzlosen Skilift-Pass. Als diplomierter Skilehrer hatte er sowieso ein Generalabonnement für alle Lifte. Oder er hatte ein Gutscheinheft für Gratisgetränke zum Verzehr auf dem hoteleigenen Sportgelände. Als Angestelltem standen ihm vertraglich ohnehin die Menge an Erfrischungen zu, die er zur Ausübung seiner Tätigkeiten benötigte. Dass er seine Wäsche in der Hotelwäscherei mit fünf Prozent Rabatt reinigen lassen durfte, ignorierte er großzügig. Nur beim Gehalt hielt man sich merkwürdigerweise und kontraproduktiv bedeckt, anstatt ihm eine kleine Umsatzgewinnbeteiligung zu offerieren.

Der Sonntag im April zeigte sich von seiner besten Seite. Von einem azurfarbenen, wolkenfreien Himmel stach unablässig und penetrant eine nur stecknadelkopfgroße Sonne. Teichmann war erfahren genug, um die Gefahren gerade dieser anscheinend geringen Bestrahlung einschätzen zu können.

Er war seit zehn Uhr auf den Skiern und hatte bis zum Mittag zwei Kurse geleitet. Die Klientel glich sich im ersten wie im zweiten Kurs. Er hätte die Kunden beliebig austauschen können, ohne dass es einen Unterschied in der Qualität gegeben hätte. Er hatte sich mit der Zeit an die Umstände gewöhnt und sich bei einem Lehrgang im vergangenen Herbst speziell auf solcherart Begegnungen und Bedingungen vorbereitet. Zwei Dinge hatte er sich besonders gemerkt: Lächeln. Lächle jeden bewusst an und schenke ihm/ihr deine ungeteilte Aufmerksamkeit. Loben. Lobe ausgiebig und überschwänglich. Lob öffnet alle Tore. Rhetorisch nicht gerade auf den Mund gefallen und auch sonst recht schlagfertig, zeigte er sich jeder denkbaren Situation gewachsen. Bald spürte er, dass es wirkte, das Lächeln. Es machte ihm nicht nur den Umgang mit den Kunden leichter, sondern den Kunden auch den Umgang mit ihm. Seine Auslastung nahm praktisch von Tag zu Tag zu, seine Kurse waren von Montag bis Sonntag ausgebucht. Weil er nicht immer sieben Tage in der Woche arbeiten konnte und auch mal einen freien Tag für sich in Anspruch nahm, herrschte, sobald er wieder an den Hängen des Feldbergs den Dienst aufnahm, jeweils ein großes Hallo des Wiedersehens. Er war zwar nicht der <König von Mallorca>, zu dem sich ein gewisser Schlagerstar Jürgen Drews vor zwanzig Jahren krönen ließ, aber er avancierte zum <König des Feldbergs>.

Keinem Flirt abgeneigt, gehörten die Damenriegen seiner Kurse nicht unbedingt zu seiner Zielgruppe, was ihn trotzdem nicht hinderte, seinen natürlichen Charme wirken zu lassen. Damen waren es nun mal in weiter Überzahl. Er lächelte, er lobte, er machte Späße, er war stets zur Stelle und für alle Fragen offen. Ihm war stets bewusst, dass er den Zuspruch, den seine Skischule erhielt, zum großen Teil allein seinem Aussehen schuldete. Er war hoch gewachsen, er war schlank, er war braungebrannt, und er glich dem Schauspieler früherer Jahre Antonio Banderas wie ein Ei dem anderen.

Ständig führte er reichlich Sonnencréme mit sich. Er wurde nie müde, seine Kundinnen auf die schädliche Wirkung der Sonnenstrahlen aufmerksam zu machen. Er hofierte alle und nötigte denjenigen, die ohne erforderlichen Schutz zum Kurs erschienen waren, seine Vorräte auf. Sein Engagement blieb nicht ohne Echo. Einige der Kundinnen drängten zuerst ein passables Trinkgeld, und anschließend sich selbst auf. Während Teichmann bei Ersterem nicht abgeneigt war, lehnte er Zweites zwar freundlich, aber grundsätzlich ab.

Für gewöhnlich ließ seine Konzentration nach dem Mittagessen ein bisschen nach.

Nein, keine der Kundinnen würde es merken, hatte es nie bemerkt, er fühlte sich nur eine Idee weniger wach. Er schob diesen Zustand auf das Glas Bier, das er fast schon rituell zu den obligatorischen Älplermakkaroni in der Skihütte zu trinken pflegte.

Gerade war er dabei, die Dreizehn-Uhr-Gruppe zu begrüßen und zog die Tube mit dem Sonnenblocker aus der Tasche, als die Dame, die als letzte in der Reihe am Berg stand, einen spitzen Schrei ausstieß. Sie war aus unnachvollziehbaren Gründen ins Rutschen gekommen, dann in Rücklage geraten und hatte endlich stocksteif und mit ausgebreiteten Armen Fahrt in Richtung Talstation aufgenommen, welche sie, dermaßen unterwegs, in kurzer Zeit erreichen würde, wenn sie nicht durch irgendwen daran gehindert würde.

Wie gesagt, Teichmann war nur eine kleine Idee weniger wach als sonst, aber er registrierte die fatale Situation deswegen ein bisschen zu spät. So weit, soviel stand fest, hätte die unglückselige Dame niemals geraten dürfen.

Dann aber reagierte Teichmann richtig und blitzschnell. Mit langen Skatingschritten und kraftvollen Skistockschüben schnellte er der Entfleuchten hinterher und glaubte sie beinahe erreicht zu haben, als er in den Augenwinkeln plötzlich einen Schatten auftauchen sah. Um in dem Schatten einen seine Fahrbahn kreuzenden Snowboarder erkennen zu können, reichte die Zeit nicht mehr aus. Er spürte nur noch einen gewaltigen Schlag gegen seinen Körper, und dann spürte er nichts mehr.

So trafen sich Margarete und er buchstäblich zum ersten Mal.

Abends, er war nach Feierabend gleich in seine schicke Zwei-Zimmer-Wohnung gegangen und hatte den Vorfall vom Nachmittag schon beinahe vergessen, klingelte sein Computer-Netztelefon. „Teichmann."

„Guten Abend, Herr Teichmann. Von Drach am Apparat. Ich nehme an, Sie können sich noch an mich erinnern. Ich bin die Frau, die Sie heute über den Haufen gefahren hat. Ich wollte Ihnen nur noch einmal versichern, wie leid es mir tut, was heute Nachmittag passiert ist. Wie geht es Ihnen denn jetzt? Sie waren ja doch ziemlich benommen."

„Ach so. Vielen Dank der Nachfrage, aber es geht mir wieder sehr gut. Ich kann schon einiges verkraften, sodass Sie sich keine Sorgen zu machen brauchen. Darf ich fragen, wie Sie überhaupt an meinen Namen und an die Telefonnummer gekommen sind?"

„Das war nun wirklich nicht schwer. Sie scheinen ja bekannt zu sein wie ein bunter Hund, um es salopp zu sagen. Der Wirt von der Skihütte und die Kurverwaltung haben mich rasch auf die richtige Spur gebracht. Tja, ich weiß nicht recht, wie ich es sagen soll und es entspricht sonst auch nicht meiner Art, aber ich würde den heftigen Zusammenstoß gerne wieder gutmachen. Natürlich kann ich eventuelle Schmerzen oder blaue Flecken, die Sie haben, nicht heilen, aber ich habe mir vorgestellt, ob ich Sie vielleicht zu einem Abendessen irgendwo einladen darf?"

„--?"

„Ähm, hallo, Herr Teichmann?"

„Ja, entschuldigen Sie, dass ich gerade etwas sprachlos bin, aber war das eben eine Frage?"

„Ja, eine Frage und eine Einladung. Na, wie sieht's aus?"

Zwei Abende später waren sie sich zum ersten Mal gegenüber gesessen. Im besten Restaurant von Hohenterzen, dem *Falken*, hatte sie einen Tisch für zwei reserviert. Er erfasste relativ schnell, dass Margarete sehr gebildet war und wusste auf Anhieb, dass er ihr intellektuell nie würde das Wasser reichen können. Er fand ihre Erscheinung sehr apart. Es stellte sich während ihrer Gespräche heraus, dass sie zwar zehn Jahre älter war als er, aber er erkannte auch mit erfahrenem Blick, dass sie außerordentlichen Wert auf Körperpflege legen musste, die an ihren Haaren jedoch auf irgendeine unverständliche Weise vorbeizugehen schien. Die waren nämlich glanzlos, ascheblond und dünn. Dafür leuchteten ihre Augen in einem sagenhaft hellen Blau. Die Frau gefiel ihm.

Er merkte, wie sie es geschickt verstand, den Gesprächsstoff nie versiegen zu lassen. Zielstrebig steuerte sie von einem Thema zum nächsten; leicht und locker plätscherten die Worte und langsam wechselten die Bilder, glitten von der Unverfänglichkeit in private, vertraute Sphären. Aus Geplauder wurden Gespräche, und immer, stellte er fest, hing sie wie gebannt an seinen Lippen.

Sie erzählte ihm, wer sie war und was sie beruflich tat. Dass sie Eigentümerin der Klinik *An den Bächen* war, von der er natürlich schon gehört hatte, und dass sie mit einem Mann verheiratet war, den sie wegen der Arbeit viel zu selten sehen würde.

Er erläuterte ihr seinen Werdegang. Vom Sportstudium an der Sporthochschule Köln, von seinen Jahren als schlechtbezahlter Sportlehrer an mehreren Gymnasien, und von seiner Karriere als Animateur, Tennislehrer und Skilehrer bei der hiesigen Kurverwaltung.

„Wissen Sie, Herr Teichmann", sagte sie, während das letzte Glas Rotwein zur Neige ging, „dieser Abend hat mir sehr gut getan. Ich sage das nicht nur aus purer Freundlichkeit, sondern weil es so ist. Es ist etwas anderes, ob ich mit meiner besten Freundin über Gott und die Welt quatsche oder den letzten Dorftratsch durchhechele, oder ob ich mit einem Mann spreche. Ich habe Ihnen ja erzählt, dass ich verheiratet bin und dass wir eigentlich nur noch eine Telefonehe führen. Da tut es gut, ab und zu jemand anderen zu hören. Ohne allzu direkt sein zu wollen, habe ich unseren Zusammenprall vor zwei Tagen als kleines Omen wahrgenommen. Doch, schütteln Sie nicht den Kopf, so ist es. Ich hatte gedacht, dass das ein Zeichen ist. Frauen wollen das manchmal so sehen, und ich will mich, trotz meines Berufes, davon nicht ausnehmen. Nein, ich will es genauso wie andere Frauen auch genießen. Ich wollte diesen Abend mit Ihnen. Darum habe ich, selbst auf die Gefahr hin, dass Sie mich hätten abblitzen lassen können, Sie angerufen. Und zugegeben, Sie sind ein attraktiver Mann. Welche Frau wäre nicht gerne in solch charmanter Gesellschaft? Was ich will, ist: Ich bin viel beschäftigt. Die Arbeit türmt sich über mir auf. Aber in meiner karg bemessenen Freizeit könnte ich mir ein bisschen mehr Unterhaltung vorstellen. Würden Sie sich gelegentlich mit mir treffen wollen? So, jetzt ist es raus. Und nun lade ich Sie zu mir nach Hause ein. Dort trinken wir noch einen guten Cognac."

Roman Teichmann war nicht dumm. Er wusste, dass sie es genauso meinte, wie sie es gesagt hatte. Und dass sie es auch genauso wollte. Und er war schlau genug, mit der nötigen Zurückhaltung auf ihr Anliegen einzugehen. Er begleitete Margarete bis zu ihrem Haus und trank dort mit ihr auch den versprochenen guten Cognac. Dann aber bedankte er sich seinerseits artig für den wundervollen Abend, küsste ihr die Hand und wünschte ihr eine Gute Nacht.

Eine halbe Stunde später war er zu Hause. Er hatte gedämpftes Licht in seinem Wohnzimmer, in dem sein Computer stand. Er saß vor dem Computer und wartete. Nach weiteren fünf Minuten klingelte das Computer-Netztelefon. <Ich wusste es>, sagte er leise zu sich selbst.

„Teichmann."

„Sind Sie noch wach?" Ihre Stimme klang brüchig.

„Ja, ich bin noch wach. Ich kann nicht einschlafen. Der Abend hat mich zu sehr berührt."

„Mir geht es genauso. Darf ich Ihnen eine Frage stellen?"
„Nein, fragen Sie nicht."
„Warum nicht?"
„Weil ich die Frage schon weiß."
„Darf ich sie aus Ihrem Munde hören?"
„Nur, wenn Sie darauf bestehen."
„Ja, ich bestehe darauf."
„Okay. Sie wollten fragen, ob ich Sie nicht für unverschämt halte. Ich meine damit Ihre Einladung zu Ihnen nach Hause." Er hörte einen tiefen Atemzug durch das Telefon.

„Ja, seltsam. Genau das hatte ich fragen wollen. Was haben Sie sich denn dabei gedacht?"

Teichmann überlegte genau drei Sekunden lang. Dann antwortete er:

„Ich habe daran gedacht, wie mutig Sie sind. Ich habe gedacht, dass Sie sehr einsam sein müssen. Und ich habe gedacht, dass Sie eine Frau mit Niveau sind. Sie haben zwar eine klassische Situation herbeigeführt, wenn Sie verstehen was ich meine, aber Sie haben sie nicht genutzt. Sie werden denken, dass auch ich sie nicht genutzt habe, und das ist richtig. Es ist gut so. Es war schön, und ich danke Ihnen für Ihr Vertrauen."

„Ich verstehe", sprach sie leise. „Danke für Ihre Aufrichtigkeit. Gute Nacht, Herr Teichmann."

„Gute Nacht."

Als die Kirchturmuhr halb zwölf schlug, drehte Roman Teichmann das Fahrrad um und saß auf. Er machte sich auf den Heimweg. Das Warten in der prallen Sonne war nicht gerade angenehm.

Er würde nicht an Margaretes Haus vorbeifahren. Er wusste auch so, dass der Audi A 12 vor dem Haus stehen würde, dass die Jalousien geöffnet sein würden und dass ihn niemand an der Haustür empfangen würde. Gut, er würde den Sonntagnachmittag schon anderweitig zu verbringen wissen. Das war nicht das Problem. Sein Problem war ein völlig anderes und er schätzte es überhaupt nicht, zur Untätigkeit verdammt zu sein.

14. Juli 2021
Hohenterzen

Jens Melzer schaute auf die Armbanduhr. Sechzehn Uhr zehn.

Seit dem Jahr 2018, dem gleichen Jahr, in dem Russland Vollmitglied der EU geworden war, galt in Deutschland für das Sommerhalbjahr wieder die Normalzeit. Russland seinerseits hingegen hatte ab dem Jahr 2011 durch eine Verfügung seines damaligen Staatspräsidenten Medwedew ganzjährig die Regelung der Sommerzeit eingeführt.

Die Hitze war erbarmungslos. Über dem Asphalt waberte die Luft wie flüssige Gelatine.

Er hatte das Elektro-Mercedes-Cabrio etwas abseits des Hauses Frau von Drachs im Schatten eines Ahornbaumes geparkt. Direkt vor ihrem Haus gab es keinen Schatten. Er wartete mit Linda Germann seit zehn Minuten auf die Ankunft des Herrn von Drach. Dieser hatte sich just um dreizehn Uhr telefonisch aus Cannobio gemeldet und erklärt, dass er sich nun auf den Weg nach Hohenterzen machen würde, als Linda und er bei dessen Schwiegereltern mit Namen Grether in Bad Krozingen im Wohnzimmer saßen.

Melzer hatte im Verlaufe seiner Polizeikarriere erst ein Mal die traurige Pflicht gehabt, einem Hinterbliebenen die Nachricht vom Tod eines Angehörigen zu überbringen, und er war nicht erpicht darauf, sich in diesem Fall in die erste Reihe zu drängeln. Damals vor einem Jahr war es ein Selbstmord einer Schülerin gewesen und ihm graute noch heute davor, wenn er sich an das lähmende Schweigen der Eltern erinnerte, das lauter war als die lautesten Schreie. Und die vorwurfsvollen Blicke, die ihm galten, als sei er der Mitschuld angeklagt. Tatsächlich hatte er diese schwere Last in seinen Rucksack gepackt und sich erst ein halbes Jahr später von dem Gewicht der Verantwortung lösen können. Nun aber war sie wieder da, wie ein Gespenst mit einer widerlichen Fratze, das ihn höhnisch angrinste. Er ahnte, dass er diese Geister nie mehr loswerden würde.

Weil auf ihr Läuten an der Haustür niemand reagierte, waren Linda und er um das Haus herum gegangen und fanden das alte Ehepaar friedlich schlummernd im Schatten einer ausladenden Markise auf einer extrabreiten Gartenliege vor. Auf sein vernehmliches Räuspern waren die beiden erwacht und richteten sich erstaunt und befremdet auf.

Schließlich war es dann Linda gewesen, die subtil und taktvoll die richtigen Worte gefunden hatte. Sie war es auch, die Melzer an der Hand

78

diskret etwas zur Seite dirigiert hatte, um den Eltern von Margarethe von Drach die Möglichkeit zu geben, sich im Hause der Situation entsprechend umzukleiden und sich, soweit den Umständen entsprechend möglich, zu fassen.

Das Verhältnis zwischen den Eltern und der Tochter war nach Aussagen der Mutter ein gutes, auch wenn sie sich mehr Besuche von ihrer Tochter gewünscht hätte. Obwohl die Entfernung zwischen Hohenterzen und Bad Krozingen nicht einmal fünfzig Kilometer betrug, sahen sich Eltern und Tochter höchstens viermal im Jahr. Früher, erzählte Frau Grether bedauernd, während des Studiums ihrer Tochter, war es auch vorgekommen, dass sie Margarete über ein Jahr nicht zu Gesicht bekommen hatten. Sie arbeitete damals zu viel und arbeitet auch heute zu viel, hatte die Mutter entschuldigend dazu gemeint.

Der Vater war über die ganze Dauer von Lindas und Melzers Aufenthalt stumm geblieben. Er hatte ständig nur auf einen Punkt auf dem Teppich im Wohnzimmer gestarrt, in das sie, nachdem die Eltern sich für einige Minuten ins Haus zurückgezogen hatten, gebeten worden waren.

Die Eltern hatten keine Ahnung, wer ein Interesse am Tod ihrer Tochter haben könnte. Sie hatte keine Feinde, wenigstens waren ihnen keine bekannt. Die Mutter hatte gesagt, dass Margarete von der Berufsauffassung und von ihrem ethischen Standpunkt her durchaus mit <Mutter Teresa> zu vergleichen war. Linda, die das Gespräch geführt und die Fragen gestellt hatte, hatte dazu verständnisvoll mit dem Kopf genickt. Sie teilte dem Ehepaar auch mit, dass, wenn der Leichnam von der Staatsanwaltschaft freigegeben werde, sie ihnen sofort Bescheid sagen würde. Auf die Frage nach weiteren Angehörigen, gab die Mutter den Ehemann der Tochter an sowie deren Tochter Regina und Sohn Justus aus Alexander von Drachs erster Ehe. Alle, sicherte Linda zu, seien mittlerweile vom Ableben Margarethe von Drachs verständigt worden.

„Danke", murmelte Jens Melzer. Gedankenverloren betrachtete er irgendein Bild im Rückspiegel des Autos. „Danke, dass du mir diese schwere Aufgabe abgenommen hast. Ich hätte das nicht so gut gekonnt wie du."

„Das hat mit Können nichts zu tun", antwortete Linda Germann ruhig und rückte ihre Sonnenbrille auf der Nase zurecht. „Das hat mit Menschlichkeit und Verständnis zu tun, und das hast du doch auch beides, nehme ich an. Und Einfühlungsvermögen ist wohl auch kein Fremdwort für dich, sonst hättest du doch nicht diesen Beruf."

79

„Möglich, aber trotzdem. Ich zolle dir vollen Respekt, Linda. Von dir könnten alle <Alten Hasen> echt was lernen. Überhaupt finde ich, dass gerade auf diesen Aspekt auf der Polizeischule viel zu wenig eingegangen wird. Wenigstens war das zu meiner Zeit noch so und ich nehme nicht an, dass sich daran im Verlaufe der letzten drei Jahre etwas geändert hat."

„Da magst du recht haben, Jens, und ich bin der Ansicht, dass man alle Kollegen regelmäßig einer Art moralischer Gesinnungsprüfung unterziehen müsste. Wenn ich nur sehe, welche Kanaillen zum Teil sich zum Polizeidienst bewerben - da stellt sich mir der Kragen auf. Und wenn ich dann feststelle, dass es viel zu viele davon geschafft haben, naja, dann sehe ich für die Zukunft schwarz."

„Oha, meinst du denn damit jemand besonderen?"

„Also an diesem *Condor* Wasserfeind zum Beispiel ist nichts mehr zu retten. Der wurde schon vor vielen Jahren verhunzt und keiner ist ihm je in die Bresche gefahren. Deinem Kollegen Ludger allerdings sieht man schon aus weiter Entfernung an, dass er, entschuldige, ein Arschloch ist."

„Aber du kennst ihn doch überhaupt nicht, Linda", drehte sich Melzer überrascht zu ihr um.

„Natürlich kenne ich ihn nicht so, wie man <Kennen> im Allgemeinen versteht", ereiferte sie sich. „Ich könnte keinen einzigen, handfesten Nachweis, nicht einen fundierten Beweis für meine Einschätzung erbringen. Aber ein einziger Blick hat mir heute Morgen genügt, um ihn, glaub ich, richtig einzuordnen. Es mag seine Körpersprache sein oder seine Art zu schauen -, wie gesagt, ich weiß es nicht. Ich für meinen Teil halte ihn auf jeden Fall für einen Idiot, für einen Scheißkerl, für einen Schnösel und für einen Typen, auf den man aufpassen muss. Und wenn er noch so gut aussähe, käme er für mich privat als Partner nie in Frage. Und wenn er mein Partner im Beruf wäre, würde ich schleunigst um meine Versetzung bitten. So, jetzt habe ich mich aber ziemlich weit aus dem Fenster gelehnt."

Melzer staunte ungläubig. Diese junge Lady schien nicht nur das Herz auf dem rechten Fleck zu haben, sondern auch mit einer gesunden Portion Selbstbewusstsein ausgestattet zu sein. Im Prinzip hatte er sich ähnliche Gedanken auch schon gemacht, wäre aber nie darauf gekommen, sie so präzise in Worten auszusprechen. Er hatte seinem Kollegen Ludger bisher einfach viel Vorschusskredit gegeben. Obwohl Ludger nur ein Jahr jünger war als er selbst, sah er ihm gerade diesen Altersunterschied nach. Er hatte gehofft und hoffte noch immer, dass Ludger die absolut notwendige Seriosität ihres Berufes erkennen und zu seiner eigenen Berufsauffassung machen würde. Jetzt, da Linda, diese schöne junge Frau, mit ihrer nüchternen Charakteranalyse Ludger dermaßen klar fokussiert hatte, überfiel ihn das Bedürfnis, sich irgendwo festhalten zu wollen. War es möglich, dass seine Lebensachse schief gelagert war und sich gerade in diesem Moment, in einem Cabrio unter einem Ahornbaum bei glühender Hitze, gerade richtete? Fast meinte er, seine Augen nach unten richten zu müssen, um ungläubig zu konstatieren, dass auf dem hellen Sitzleder des Nobelautos eine feine Schicht abgebröckelten Rostes lag; Rost als Indiz für seine oxidierten Gedanken.

„Sag mir, Linda, warum habe ich das Gefühl, so etwas schon einmal gehört zu haben?"

„Das ist nicht schwer", lächelte die junge Kollegin. „Du hast einfach die Gabe, auf deine innere Stimme zu hören. Das ist alles."

„Das ist alles", wiederholte Melzer stoisch und zündete sich eine Zigarette an. „Vielleicht ändert er sich ja noch. Er hat noch viele Jahre vor sich. Ludger, meine ich."

„Ich glaube kaum. So etwas hat man, oder man hat es nicht. Meistens sind es schwere Schicksalsschläge, die solche Menschen ändern können, aber dann werden sie entweder verbittert oder demütig. Nicht gerade Dinge, die man anderen wünscht."

In diesem Augenblick rauschte eine große, neue BMW-Limousine mit getönten Scheiben und Tegernseer Autonummer an ihnen vorbei.

„Das ist er", sagte Melzer erleichtert. „Auf geht's, Linda."

Sie gingen Seite an Seite auf das von Drachsche Haus zu, vor dem noch immer der Audi A 12 stand. Der BMW hatte hinter dem Wagen am Straßenrand angehalten. Der Fahrer stieg gerade aus, als Melzer und Linda bei dem Fahrzeug ankamen.

„Guten Tag, Jens Melzer ist mein Name. Das ist meine Kollegin Linda Germann. Kriminalpolizei Neustadt (Schw.) Sie sind Herr von Drach?"

Vor ihnen stand ein asketisch wirkender, glatzköpfiger Mann in einem leichten, beigen Sommeranzug. Nicht ein Schweißtropfen stand dem Mann auf der Stirn. Die Klimaanlage des BMW musste hervorragend sein. Dennoch wirkte er müde. Wäre die Sonnenbrille auf seiner Nase eine Nickelbrille gewesen, wäre ein optischer Vergleich mit Mahatma Gandhi nicht die schlechteste Idee gewesen.

„Alexander von Drach. Guten Tag, Frau Germann, Herr Melzer. Es tut mir leid, dass mich die Umstände zu dieser verspäteten Ankunft zwangen. Wie kann ich Ihnen helfen? Deswegen soll ich ja hier sein, nicht wahr?"

81

„Herzliches Beileid erstmal, Herr von Drach. Ja, das ist richtig. Erlauben Sie, dass wir gleich zur Sache kommen. Ihre Frau ist im Haus tot aufgefunden worden. Unsere Beamten von der Spurensicherung haben das Haus, die Wohnung, bereits gestern untersucht. Was wir natürlich nicht konnten, war eine Inventaraufnahme. Dabei wäre Ihre Hilfe unerlässlich. Fühlen Sie sich in der Lage, das Haus zu betreten?"

Melzer war inzwischen mit Linda und Herrn von Drach im Gefolge an der Haustür angekommen.

„Natürlich. Obwohl ich gestehen muss, dass ich nicht sehr oft hier zu Besuch war. Es war die Idee meiner Frau gewesen, dieses Haus zu kaufen. Ich war dagegen, müssen Sie wissen. Aber, nun, es war ihr Wille. Ja, ich bin bereit."

Melzer brach das Polizeisiegel an der Haustür auf und betrat mit Herrn von Drach die Wohnung. Alles war so hinterlassen worden, wie die Polizei die Wohnung gestern vorgefunden hatte.

Melzer zeigte Herrn von Drach die Stelle, wo seine Frau gelegen hatte. Sichtlich schockiert blieb dieser davor stehen und rang erkennbar um Fassung.

„Entschuldigen Sie", stöhnte von Drach dann. „Es ist alles sehr überraschend gekommen. Ich meine, meine Frau ist ja nicht an einer Krankheit gestorben, oder? Dann hätte man ja mit so etwas rechnen können, wenn es sich um eine schwere Krankheit gehandelt hätte, obwohl ..." Was von Drach mit <obwohl> meinte, blieb offen. „Aber Mord? Wer tut denn so etwas?"

„Lassen Sie sich Zeit", sprach Linda ruhig und schaute sich selbst im Wohnzimmer um. Es war ihr erster Tatort.

„Sie sagten mir, meine Frau sei erdrosselt worden. Stimmt das?"

„Unser Gerichtsmediziner sagt es so, ja. Wir wissen allerdings nicht, was der Täter oder die Täterin als Werkzeug verwendet hat."

„Täterin?" Von Drach drehte sich verwundert um. „Sie halten es für möglich, dass eine Frau meine Frau umgebracht hat?"

„Wir müssen alle Möglichkeiten in Betracht ziehen, Herr von Drach", erwiderte Jens Melzer.

„Ach so. Ja gut. Also ich habe mich nie dafür interessiert, was meine Frau in den Schränken und Schubladen gehabt hat. Kunstwerke, teure Bilder oder Statuen hat sie nie besessen. Wir haben nur einige Gemälde in der Klinik für unsere Patienten aufgehängt, aber da ist nichts darunter, weswegen sich ein Einbruch oder gar ein Mord lohnen würde."

„Schauen Sie sich bitte trotzdem um. Gehen Sie ruhig durch alle Räume. Versuchen Sie sich zu erinnern. Jedes Detail kann wichtig für uns sein." Linda sagte es in ruhiger Tonart zu ihm, und von Drach nickte.

Melzer und Linda ließen von Drach alleine durch das Haus gehen. Rascher als erwartet stand er bald wieder vor ihnen.

„Mir fällt nichts auf. Im Badezimmer ist Herrenkram. Das Zeug gehört nicht mir. Ich verwende andere Produkte. Ich weiß auch nicht, woher sie es hat. Sonst aber sehe ich nichts."

„Bitte denken Sie nach, Herr von Drach", bat Linda eindringlich.

„Sie hat immer ein Mobil-Telefon gehabt. Das weiß ich. Und einen Computer."

„Das Telefon ist bei den Kollegen von der KTU, der ..."

„Sie haben es mir heute Morgen gesagt, wer das ist, danke," fuhr von Drach unwirsch dazwischen.

„Einen Computer haben wir nicht gefunden. Ich nehme an, Sie sprechen von einem Laptop?"

„Ja natürlich, es gibt ja fast nichts anderes mehr." Herr von Drach wurde allmählich ungeduldig.

„Haben Sie den elektronischen Schlüssel für den Audi?", wollte Melzer noch wissen.

„Wenn nicht, müssen wir ihn von einem Mechaniker öffnen lassen. Wir sollten wenigstens einen Blick in das Auto werfen können."

„Nein, ich habe keinen Schlüssel. Aber der muss doch irgendwo im Haus oder in ihrer Handtasche sein, meinen Sie nicht?"

„Nun, wir haben noch auf Sie gewartet", antwortete Melzer blödsinnig, dem sofort siedendheiß eingefallen war, dass er und Ludger bisher versäumt hatten, die Handtasche des Opfers zu durchsuchen. Ausgerechnet jetzt blickte ihn Linda mit hochgezogenen Augenbrauen an.

„Wo waren Sie übrigens, Herr von Drach, am vergangenen Samstagabend zwischen zwanzig und vierundzwanzig Uhr?" Er versuchte mit dieser Frage schnell von seinem Lapsus abzulenken.

„Was meinen Sie denn damit?" Von Drach fuhr wie von der Tarantel gestochen herum. „Halten Sie mich eventuell für den Mörder meiner eigenen Frau?"

„In diesem Zeitraum ist Ihre Frau ermordet worden, Herr von Drach. Es ist nur eine Routinefrage, die wir allen in Frage kommenden Personen stellen müssen. Aus diesem Grund werden wir auch Ihre Fingerabdrücke nehmen müssen, um die hier im Haus gefundenen Abdrücke zuordnen zu können."

83

„Ich war in Cannobio im Hotel. Da können Sie sowohl meine Sekretärin als auch den Hotelbesitzer fragen."

„Wo ist eigentlich Ihre Sekretärin? Ist sie nicht mit Ihnen gefahren?"

„Sie ist mit dem Zug nach Tegernsee unterwegs. Sie fährt nie mit mir." Von Drach gestikulierte um Verständnis ringend mit den Händen, als müsste er sich für den Eigensinn der Sekretärin entschuldigen.

„Gut, wir werden sie dann noch befragen. Ist Ihnen noch etwas aufgefallen? Etwas, das fehlt?"

Fehlen tut einiges, dachte Herr von Drach. Zum Beispiel fehlen meine Spermaflecken auf dem Betttuch als Beweis, dass ich noch imstande bin, meine eigene Frau zu vögeln. Es fehlen die Bierflaschen im Kühlschrank, nach denen ich Lust habe. Es fehlt mein Rasierwasser, anstelle dessen ein anderes im Spiegelschrank des Badezimmers steht. Es fehlt eine Fotografie von uns, die mich mit meiner Frau in Eintracht zusammen darstellt. Es fehlen zwei Jahre, in denen meine Frau nicht mehr mit mir zusammen gelebt hat. Es fehlt überhaupt alles, das darauf hindeuten würde, dass es mich gibt.

„Nein", blaffte Herr von Drach zurück. „Suchen Sie nach dem Computer. Können wir jetzt nach Freiburg fahren? Ich möchte meine Frau identifizieren. Das ist ja wohl auch noch wichtig, oder?"

„Ja, das ist auch noch wichtig. Und noch einmal unser aufrichtiges Beileid, Herr von Drach. Wichtig wird auch noch sein, dass wir Sie hier erreichen können. Wie können wir mit Ihnen Kontakt aufnehmen, falls es erforderlich sein sollte?"

„Das weiß ich jetzt noch nicht. Ich muss ja hier einige Geschäfte regeln. Das wird mich wohl diese Woche in Anspruch nehmen. Wahrscheinlich werde ich in der Klinik ein Zimmer beziehen. Sie verstehen, was ich andeute?"

Melzer verstand. Herr von Drach drückte damit aus, dass er nicht in dem Haus wohnen konnte, in dem seine Frau ermordet worden war. Er versiegelte erneut die Haustür und bat Herrn von Drach, ihm auf dem Weg nach Freiburg einfach hinterherzufahren.

2021

Der Wind kam aus Süd-Südwest.

Das dickbauchige Boot schlug mit dem Bug heftig in die anrollende Dünung. Steif stand er hinter dem Steuerrad. Er hatte in jahrelanger Erfahrung gelernt, die Bewegungen des Bootes bei jedem Seegang mit dem <Inneren Arsch>, wie er es nannte, abzureiten.

Die östliche Sonne hatte sich hinter einen diffusen Hochnebel verzogen. Der Himmel sah aus wie ein Gemälde des Künstlers Winfried Skrobek aus dessen Zyklus Ausflug. Man sah das Licht nicht, doch man ahnte es, und weil man es ahnte, war es da.

Er zündete sich eine filterlose Zigarette an. Er fuhr nicht nach Seezeichen, von denen es jede Menge gab, sondern nach Zeit. Er hatte die Zeit im Gefühl, im Blut. Er hätte es nicht erklären können, wenn man ihn gefragt hätte. Er wusste nur, wann es Zeit war, den Kurs zu ändern. Er war noch nie falsch gefahren.

Er fuhr jetzt im Windschatten der größeren Insel, einer Zwillingsinsel. Zwei identisch große Inseln, die nur durch einen schmalen Streifen Sand miteinander verbunden waren. Bald würde diese Sandbank vom steigenden Meeresspiegel verschlungen sein. Für die Touristen waren es die Badeinseln schlechthin. Die Wellen schlugen weniger hoch. Maskin. Er zerkaute den Namen der Inseln zwischen den Zähnen.

Aber er wollte weiter zur nächsten Insel. Sturag. Die war etwas kleiner, etwas abgelegener.

Nun, es kam darauf an, aus welcher Richtung man kam. Vom Hafen aus gesehen war es die entferntere Insel.

Die Durchfahrt zwischen beiden Inseln war nicht leicht. Es gab Untiefen. Felsen, die in die Fahrrinne ragten. Er aber wusste um die gefährlichen Stellen. Sein Vater hatte sie ihm gezeigt. Vater.

Es gab einen einfacheren Weg. Der führte um die größeren Inseln Maskin herum, sodass sie backbords lagen. Der Weg war sehr viel weiter. Diesen Weg nahmen die Touristenboote. Diesen Weg nahmen diejenigen, die keine Seefahrer waren. Er nicht. Er ließ die Inseln steuerbords. Sein Boot hatte einen geringen Tiefgang.

Die Insel war nur von der dem Meer zugewandten Seite anzulaufen. An der Ostseite war das Ufer zu flach. Es war nicht mehr als ein Steinhaufen im Meer. Ein Steinhaufen mit einem großen und einem kleinen Strand.

Er beobachtete die Möwen. Sie standen in der Luft, den Schnabel nach Süden gerichtet. Der Wind war gleich geblieben, hatte sich nicht verändert. Er nahm an Fahrt zurück. Er näherte sich den charakteristischen Felsen, an denen die Touristenboote anzulegen pflegten; den Felsen, die aussahen wie die gekrümmten Rücken von Walen, wenn sie sich anschickten, in die Tiefen des Meeres zu tauchen. Es gab keine Wale hier, aber er hatte Bilder von ihnen im Kino gesehen.

Er wartete die entscheidende Welle ab, die ihn automatisch an die Poller tragen würde. Er hielt nichts vom nervenden Heulen der Motoren, von hohen Schraubendrehzahlen, mit deren Gewalt sich die anderen gegen die Natur zu stemmen versuchten. Die anderen. Er nicht. Er kannte das Wasser, den Rhythmus des Meeres, den Schlag der Wogen. Er wusste, dass das Meer ihn kannte, ihn schätzte und ihn unterstützte. Das Meer war sein Partner. Sie lebten mit- und voneinander. Er verstand die Sprache der See. Oft fand er mehr allein seinem Gehör als seinen Augen vertrauend den richtigen Kurs. Er hörte die tausend verschiedenen Töne aus Wasser und Wind und es war für ihn eine vertraute Welt.

Er sprang vom Boot auf den gemauerten Anleger hinunter, den Seeigel vorsichtig in einer Hand. Das Boot lag sicher vertäut an den beiden Pollern. Die Saison hatte noch nicht begonnen. Er würde durch seine Anwesenheit kein anderes Boot mit Touristen blockieren. In zwei Wochen würde es anders aussehen. Dann würden sich die Touristenboote hier im Zehn-Minuten-Rhythmus drängen und die Menschen an den Strand baggern.

Der größere Strand war etwa fünfzig Meter lang. Er war umgeben von kugelartigen Felsbrocken. Er stapfte über den feinen Sand auf die andere Seite, wo eine steile Felsbarriere den Strand begrenzte und ins Wasser ragte. Kletterte man auf diese natürliche Barriere, blickte man dahinter auf einen kleinen, nur etwa zehn Meter breiten Strand hinab. Jenseits dieses Fleckens gab es ein Labyrinth aus vielen mächtigen Felsen, zwischen denen sich manchmal verliebte Paare zu intimen Schäferstündchen zu treffen pflegten oder wo sich Einsamkeit Suchende manchmal von den Touristenmassen zurückzogen.

Er hob den Seeigel vor sein Gesicht und sagte leise zu ihm: „Erzähl."

*

86

2019

Die Nacht war so gut wie vorüber. Er wusste das nicht, weil er auf die Uhr geschaut hatte, sondern weil sein Gefühl es ihm sagte. So viele Stunden war er jetzt schon draußen <auf Fisch>.

Alle sagten, dass er verrückt sei. Wie kannst du nachts alleine raus fahren aufs Meer und deine Netze auslegen, wo doch jeder vernünftige Mensch weiß, dass dazu mindestens zwei Mann notwendig sind, sagten sie. Wie stellst du das überhaupt an?, fragten sie. Du hast doch nicht vier Hände und du hast auch nicht die Kraft für Zwei. Auch wenn du eine Motorwinde an Bord hast. Das mag zwar eine Hilfe sein, aber ein Ersatz für einen zweiten Mann ist sie nicht. Eine Hand fürs Boot. Denk dran. Eine Hand fürs Boot. Beschwörungsformeln für die Hand fürs Boot. Fängst du dann mit nur einer Hand die Fische? Naja, viel bringst du ja sowieso nicht mehr mit. Aber verrückt bist du, lass dir das gesagt sein, sagten sie. Verrückt bist du. Mach's doch wie die anderen. Mach's endlich wie die anderen. Hör auf unseren Rat. Die anderen haben's gut, sagten sie.

Im Osten über dem Balkan färbte sich der Himmel von nachtblau in dunkelviolett. Der Kamm über dem karstigen Gebirge glühte aber bereits rot wie die Wangen eines jungen Mädchens, das seine ersten Küsse preisgegeben hatte. Darüber schwoll der Horizont fahlgelb wie ein Steppenbrand auf. Davor hingen grauschwarze Wolken, Reste eines Sommergewitters, das in der Nacht über die Küste hereingebrochen war.

Das letzte Netz war eingeholt. Heute hatte er wenigstens keinen Verlust wegen eines dieser verhassten Fisch-Trawlers zu reklamieren. Er war erschöpft. Alles auf Deck lag durcheinander. Netze, Körbe, Leinen. Er hörte den Dieselmotor im Leerlauf stampfen.

Das Gewitter hatte ihm nichts ausgemacht. Er war einfach im Steuerhaus geblieben und hatte dem Naturschauspiel zugeschaut. Das ist besser als jedes Kino, hatte er dabei gedacht. So muss es damals im biblischen Sodom und Gomorrha ausgesehen haben, als Gott die Städte mit Schwefel und Feuer vernichtete.

Er hatte sich gewünscht, dass das Gewitter früher gekommen wäre. Erfahrungsgemäß waren die Netze nach einem Gewitter voller. Das mochte an dem höheren Sauerstoffgehalt des Wassers nahe der Oberfläche liegen. So aber war nur sein letztes Netz einigermaßen gefüllt.

Er würde zwölf volle Körbe mit Fisch abliefern können. Heute ist Markt. Der letzte Markttag überhaupt im Hafen. Danach würde es keinen Fischmarkt mehr geben. Ende.

Die Männer hatten ja Recht. Lange würde er das so nicht mehr machen können. Er spürte selbst, dass er sich übernahm. Und besser würde es nicht werden. Wenn da nur nicht sein verdammter Stolz wäre.

Er schob den Regler mit der rechten Hand nach vorne und hörte zufrieden, wie der Motor darauf reagierte, als wüsste der selbst, dass er den Befehl für die Heimfahrt bekommen hätte.

Er drehte den Bug des Bootes nach Norden. In zwei Stunden, schätzte er, würde er in den Hafen einlaufen.

Er kam nahezu ohne Schlaf aus. Viele Tätigkeiten konnte er in einem fast tranceartigen Zustand verrichten. So wie jetzt. Nicht er steuerte das Boot, sondern umgekehrt. Er liebte diese Phase seines Seins. Da waren das Brummen des Motors, das Rauschen des Wassers am Rumpf, die auf- und ab- und seitwärtigen Bewegungen des Bootes, der Wind, der Himmel, und ein Ziel. Auf alles konnte er sich verlassen. Seine Mutter würde am Hafen vor dem Restaurant sitzen und auf ihn warten. Er würde immer ankommen. Immer. Nicht wie sein Vater. Der war einmal nicht mehr in den Hafen eingelaufen. Ein Mal und für immer das letzte Mal. Vater.

*

Es war eine Nacht wie heute gewesen. Er konnte sich noch genau daran erinnern. Vater hatte ihn nicht mit hinaus genommen, wie er es schon oft getan hatte. Er hatte abends zu ihm gesagt, dass er für diese Nacht zu Hause bleiben müsse. Als er trotzig dagegen protestiert hatte, war sein Vater zornig geworden, ja laut und wütend sogar. Mit barschem Ton hatte er ihm dann befohlen, auf sein Zimmer im ersten Stock zu gehen. <Du bleibst hier>, hatte er unmissverständlich gesagt.

Die ganze Nacht hatte er nicht geschlafen. Er war auf einem harten Stuhl am offenen Fenster gesessen und hatte hinaus aufs Meer gestarrt. Als ein Gewitter aufgezogen kam und sich dann stundenlang über dem Meer und der Küste austobte, hatte er dem grandiosen Schauspiel der Natur mit Ehrfurcht zugesehen und stundenlang leise für seinen Vater auf dessen Boot gebetet, so wie Mutter es ihn gelehrt hatte.

Wenn er sich aus seinem Zimmerfenster vorbeugte und nach unten schaute, konnte er die Fußspitzen seiner Mutter sehen. Sie saß jede Nacht, egal bei welchem Wetter, auf einem Stuhl in der Eingangstür ihres Restaurants, den Blick hinaus gerichtet aufs Meer und wartete, ebenfalls betend, auf die Rückkehr ihres Mannes, seines Vaters.

Die Nacht und das Gewitter waren vorübergegangen. Er hatte noch nie eine so lange Nacht erlebt. Als im Osten die Sonne ihre Strahlen über die Berge sandte, kehrten die ersten Fischerboote in den Hafen zurück. Damals gab es noch keine Touristenboote. Alle Männer waren noch Fischer.

Ein Boot kam nicht zurück.

Er war aus seinem Zimmer zu seiner Mutter gelaufen. <Wo ist Vater?>

Ihre Augen waren feucht. Ihr Blick ging starr geradeaus in die Ferne. Wusste sie etwas?

Er war zu den Fischerbooten im Hafen gerannt, zu den Männern, zu den Fischern. <Wo ist Vater?>

Die Männer kauten auf ihren erkalteten Zigaretten, sahen ihn kurz mit müden, leeren und zusammengekniffenen Augen an, drehten sich dann um, drehten ihm den Rücken zu, nahmen irgendetwas linkisch in die Hände, um sich zu beschäftigen, um nicht reden zu müssen, um dem fragenden Jungen nicht antworten zu müssen.

Er rannte zum nächsten Boot. <Wo ist mein Vater>?

Die Männer luden Fische an den Kai, putzten das Deck ihres Bootes, ordneten die Netze, aber sie taten alles schweigend und stumm. Kein Lachen, keine Freude über den guten Fang, keine Vorfreude auf einen dampfend heißen Kaffee und einen scharfen Schnaps dazu, keine Freude auf Familie. Dagegen Verlegenheit.

Panik erfasste ihn, als er in den verschlossenen Gesichtern der Fischer nach einem Zeichen suchte, das er würde deuten können.

Weiter rannte er, jetzt nicht mehr spürend, wie sein Atem raste, sein Puls flog. Er stieß einen Stapel leerer Fischkörbe um. Er merkte es nicht. Zum nächsten Boot.

Er schrie während des Laufens <Vater, Vater, wo ist mein Vater?>

Die Männer sprangen auf den Kai, warfen rasch ihre Jacken über eine Schulter und bemühten sich, schnell von hier wegzukommen. Sie gingen einfach davon, ohne einen Blick zurückzuwerfen, strebten den engen Gassen zu, worin sie verschwinden würden, wo sie niemand waren, wo man sie nicht sehen konnte. Nach Hause würden sie kommen und sie würden ihre Frau nicht sehen, ihre Kinder nicht erkennen. Sie würden sich, angezogen wie sie waren, rücklings auf ihr Bett fallen lassen und steif und stumm die Zimmerdecke über sich betrachten. Ihre Frauen würden sofort wissen, dass etwas geschehen war und was geschehen war, ohne dass sie von ihren Männern auch nur ein Wort zu hören bekommen hätten.

Dort sah er noch einen der Männer mit der Jacke über der Schulter davongehen. Er rannte ihm hinterher, erreichte ihn, warf sich an ihn und krallte sich an den Arm, der nicht unter der Jacke steckte. <Wo ist mein Vater? Was ist mit ihm passiert? Sag's mir. Sag's mir!>

Der Mann blieb stehen und schüttelte ihn grob ab, drehte sich um zum Weitergehen.

Jetzt schrie er den Mann an. <Sag mir, wo mein Vater ist. Sag's mir, sag's mir, sag's mir!!>

Der Fischer drehte sich um. Er schaute an ihm vorbei, an ihm, dem Jungen, dem Sohn seines Vaters. Schaute seitlich an ihm vorbei. <Geh' nach Hause>, sagte er tonlos zu ihm. <Geh' nach Hause zu deiner Mutter. Frag' sie. Sie weiß es.>

Dann ging der Fischer weiter seines Wegs.

Damals hatte er nicht verstehen können, warum der Mann an ihm vorbeigeschaut hatte, anstatt ihm in die Augen zu sehen. Heute wusste er, was es war. Heute wusste er, dass es Scham war.

Zwei Tage später saß er allein auf der Kaimauer, als ein weißes Motorboot in den Hafen gelaufen kam. Es hatte ein Fischerboot im Schlepptau. Er erkannte es sofort als das Boot seines Vaters. Einer der Fischer aus dem Ort, der auf dem Kai gerade Leinen sortierte, ruderte dann mit einem kleinen Beiboot den Ankommenden entgegen und nahm Vaters Boot in Empfang. Gemeinsam mit einem der Besatzungsmitglieder des weißen Schiffes - da er eine Uniform trug, schätzte er, dass er der Wasserschutzpolizei angehörte -, brachte er Vaters herrenloses Boot an dessen üblichen Anleger in der Ecke des Alten Hafens, neben dem Pier zum offenen Meer, und machte es an den Pollern fest. Auf den ersten Blick sah es unversehrt aus. Langsam kamen die anderen Fischer von ihren eigenen Booten herbei und versammelten sich am Kai vor Vaters Boot. Der Polizist jedoch ging über den Platz vor dem Haus und betrat das Restaurant. Rasch lief auch er hinüber und sah Mutter an einem der Tische sitzen, während der

90

Polizist vor ihr stand und, die Uniformmütze in den Händen, leise mit Mutter sprach.

Er erklärte ihr, wo sie auf Vaters Boot gestoßen waren. Weit weg von den Fischgründen, wo all die anderen Boote während der Sturmnacht ihre Netze ausgeworfen hatten. Dass niemand mehr an Bord vorgefunden worden war. Weder von Vater noch von seinem Helfer, einem älteren Fischer aus der Nachbarschaft, der kein eigenes Boot mehr führen konnte, hatte es eine Spur gegeben. Sie rechnen damit, dass beide bei dem Sturm über Bord gespült und ertrunken waren. Dass sie tot waren. Dass sein Vater tot war.

*

Wie lange war das jetzt schon her? Wie alt war er damals gewesen? Fünfzehn Jahre? Sechzehn Jahre? Im Februar war er zweiundvierzig Jahre alt geworden. Er war jetzt zu müde zum Rechnen.

Es gab einige Leuchttürme oder Leuchtfeuer in diesem Gebiet. Für ihn waren es nie bindende Signale gewesen. Er sah sie, und er sah sie nicht. Für ihn hatten sie keine Bedeutung.

Es war eine einzige Sekunde, in der er einen winzigen Lichtpunkt sah. Dann war er wieder weg. Nach wieder einer Sekunde sah er wieder einen Lichtpunkt. Er täuschte sich nicht. Er wusste auch gleich, dass es kein Zeichen von einem Leuchtturm auf dem Festland war, sondern mitten im Meer sein musste.

Er drosselte die Geschwindigkeit eher unterbewusst und starrte steuerbords aus dem glaslosen Fenster. Jetzt wieder. Ein winziger Lichtpunkt.

Er beobachtete die See um das Boot. Die Wellen waren zwar hoch, aber es zeigten sich keine Schaumkronen mehr auf deren Spitzen. Es war beinahe windstill. Er drehte den Bug in Richtung auf das Licht. Dann wusste er, wo er war. Die kleine Insel lag wie der schwarze Schatten eines riesigen Saurierrückens vor ihm. Er wusste, dass es hier keine Seeungeheuer gab. Die einsetzende Dämmerung wurde immer heller.

Als er näher kam, konnte er erkennen, wie jemand dort stand und mit hoch erhobener Hand ein Licht schwenkte.

Er war schon ein paar Mal auf der kleinen Insel gewesen. Als er noch jung war. Damals war er mit einem Ruderboot hierhergekommen. Um zu

91

rauchen. Hier hatte er seine erste Zigarette geraucht, auch seinen ersten Rausch gehabt.

Um zu lieben, wenn man den ersten empfangenen und gegebenen Kuss als Liebe bezeichnen wollte. Ein gleichaltriges Mädchen war es gewesen. Sie waren in die gleiche Schulklasse gegangen und hatten sich mit anderen aus der Klasse zu einer Geburtstagsfeier hier auf der Insel getroffen. Obwohl er sich bei jenem ersten Kuss eher tollpatschig und hölzern angestellt hatte, war er in seiner Erinnerung fest verankert.

Später, als er mit Vater auf dessen Boot mit zum Fischen fuhr, war er nicht mehr auf die Insel gekommen. Es gab eine Art ungeschriebenes Gesetz, wonach Fischer sich nicht mit solchen Vergnügungen auf einer Insel abgaben. Und später, als das mit den Touristen losging, hatte er nicht mehr gewollt.

Als er sein Boot gefühlvoll an die Poller gelegt hatte, hielt er Ausschau, ohne etwas entdecken zu können. Er rief laut „Hallo."

Als er keine Antwort bekam, lief er über den Strand bis zum anderen Ende, stieg auf den Felsenkamm hinauf und rief wieder.

Unter sich, am Fuße der Barriere auf der anderen Seite, hörte er eine kraftlose schwache Stimme: „Hier."

Er stieg hinab.

Vor ihm saß eine schöne Frau im Sand, den Rücken an den Fels gelehnt, das Gesicht von ersten Strahlen der Morgensonne beschienen, erschöpft, zitternd und müde, aber lächelnd. Er hatte noch nie ein gewaltigeres Bild gesehen, noch nie ein stärkeres Zärtlichkeitsempfinden in sich verspürt als in der Zeit, die es brauchte, vom Felsen aus auf sie zuzugehen und sie zu erreichen.

Er kniete vor ihr nieder, nahm ihre Hand, worin sie ein Gasfeuerzeug umklammert hielt.

„Guten Morgen", sagte er auf Englisch. „Zimmerservice. Was hätten Sie gern: Kaffee oder Tee?"

Sie trug lediglich eine dünne, kurzärmlige Bluse über ihrem Bikini. Um die Schultern hatte sie ein Badetuch geschlungen, um sich vor der Kälte zu schützen. Die Beine, die sie eng an den Körper gezogen hatte, waren nackt.

„Gottseidank haben Sie mein Signal gesehen." Ihre Wangen zitterten unkontrolliert und die Zähne schlugen klappernd aufeinander, als sie ihn englisch anredete.

„Was ist denn mit Ihnen passiert?", fragte er besorgt.

Sie zeigte mit dem Finger auf ihren linken Fuß. Er sah sofort, dass die Zehen, die Fußballen und der Fußrücken dick geschwollen waren.

„Gebrochen?"

Sie schüttelte den Kopf. „Seeigel."

Er zog hörbar scharf die Luft ein und schaute ihr in die Augen. Sie glänzten fiebrig. Dann befühlte er mit der Rückseite seiner Finger ihre Stirn. Sie war heiß.

„Hm, hm", brummelte er in sich hinein. Und noch mal: „Hm, hm."

Er stand kurz auf und schaute sich um, als würde er nach Hilfe oder nach einem Weg suchen. „Sie müssen hier weg", sagte er dann. „Schnell weg. Ich nehme an, Sie können nicht selber gehen, oder?"

„Ich kann mit dem Fuß nicht auftreten. Ich kann nur hüpfen", stöhnte sie.

„Hm, hm", brummte er wieder. „Über die Felsen können Sie nicht hüpfen. Ich werde Sie tragen müssen. Trauen Sie sich das zu?"

„Die Frage ist wohl eher, ob Sie sich das zutrauen. Ich bin schließlich kein Leichtgewicht."

„Darüber machen Sie sich mal keine Sorgen. Ich bin schwere Arbeit gewohnt. Sie sind aber keine Engländerin, wie ich meine, oder?"

„Nein, ich bin aus Deutschland."

„Oh", wechselte er seinerseits selbstständig zur deutschen Sprache. „Einer meiner Cousins wohnt in Deutschland. Den besuche ich gelegentlich. Wir unterhalten uns dann besser auf Deutsch."

„Einverstanden", meinte sie, „obwohl Ihr Englisch wirklich gut ist."

Er griff ihr daraufhin unter die Schultern und unter die Kniekehlen und hob sie hoch. Zehn Minuten später hatte er sie samt einer kleinen Badetasche, die sie auf der Insel dabei hatte, an Bord des Fischerbootes getragen und sie im Steuerhaus auf einer Sitzbank abgeladen. Es war gegen halb neun Uhr, als er sein Boot im Hafen an der Anlegestelle festzurrte und, mit ihr auf den Armen, seiner Mutter, die vor dem Restaurant auf seine Rückkehr gewartet hatte, festen Schrittes entgegen ging.

„Guten Morgen, Mutter", begrüßte er lächelnd die alte Frau. „Schau mal, was ich für einen Fisch gefangen habe."

Mutter war von ihrem Stuhl aufgestanden und zur Seite getreten, um dem Sohn mit seiner Fracht den Weg ins Haus frei zu machen. Als er, ächzend unter der Last aber stolz in der Haltung, an ihr vorbei ging, vollführte sie eine traditionelle, aber der Situation unangemessen seltsame Geste: Sie bekreuzigte sich. Drei Mal.

*

2021

Er suchte eine Stelle am Strand in der Nähe der Felsen, wo die Brandung weniger Sand abgelagert hatte. Dort setzte er den Seeigel sachte ins Wasser. Er hoffte, dass ihm die Stunden, die er nicht im Wasser zugebracht hatte, keinen Schaden zugefügt hatten. Eine Welle rollte heran und überspülte die Stelle. Er blieb stehen und beobachtete, wie die nächste Woge anschwoll und ans Ufer drängte. Sie würde höher sein als die vorangegangenen und würde ihm die Schuhe füllen, sogar bis zu den Knien steigen, aber das störte ihn nicht. Das war für einen Fischer alltäglich. Er wettete mit sich selbst, dass es in einer bestimmten Regelmäßigkeit die siebte Welle war und wartete den nächsten Zyklus ab. Im Fünf-Sekunden-Takt warfen sich die kleinen Wellen an den Strand. Er zählte leise mit. Dann kam die Siebte, und sie war wieder anders. Höher. Er liebte die Zwiesprache mit dem Meer und wurde darin bestätigt, dass er sich auf dessen Gesetze verlassen konnte. Bevor er sich zum Gehen umdrehte, suchte er nochmal nach dem Seeigel. Er war nicht mehr da.

Er richtete sich auf und seine Augen schweiften über die See. Er wollte noch nicht fort von hier. Drüben sah er sein Boot an den Pollern dümpeln.

Er ging zu der Stelle am Felsen, wo sie im Sand gesessen hatte, wo er sie zum ersten Mal gesehen hatte. Er setzte sich hin und lehnte den Rücken gegen den Stein. Fast genau zwei Jahre war das jetzt her. Ja, fast genau zwei Jahre.

Er nestelte eine Zigarette aus der Brusttasche des Hemdes und zündete sie an. Daran erinnerte er sich noch. Dass sie ihn auch nach einer Zigarette gefragt hatte, nach der stürmischen Nacht, nach der kalten Nacht.

Er blies den Rauch in den Wind. Eine große Sehnsucht erfasste ihn. Nach ihr.

<Ich werde Dich holen>, murmelte er auf Deutsch. Dann stand er auf, klopfte den Sand von der Hose, überkletterte die Felsbarriere und stapfte zurück zu seinem Boot. Und noch einmal murmelte er leise: <Ich werde Dich zu mir holen.>

07. Juli 2021
Endingen am Kaiserstuhl

Rolli wusste, dass Jonny im Ort war. Jonny hatte einen Termin beim Bürgermeister. Es ging um ein Problem, mit dem Jonny schon lange schwanger ging. Es betraf den Weg zwischen Endingen und dem Minigolf-platz, besser gesagt, und dem Vereinsheim des Motorrad-Clubs. Der Weg war sandig. Gut befestigt, aber sandig. Den Leuten, die Minigolf spielen wollten, war es völlig wurst, wie der Weg beschaffen war. Nicht aber Jonny und den Mitgliedern seines Clubs *Borderliners*.

Solange das Wetter trocken und schön war, ging auch den Bikern der Weg nicht auf den Sack. War es aber nass und feucht, dann fing regelmäßig das große Gejammer an. Wenn die Kerls auf ihren gepflegten und hochglanzge-wienerten Harleys bei Nässe am Vereinsheim eintrafen, sahen die Maschinen aus wie Sau. Dreckspritzer von vorne bis hinten und von unten bis oben. Wenn sie die Chromteile dann notdürftig wieder gereinigt hatten, wuchs ihnen das gleiche Schicksal beim Rückweg. Jonny wollte beim Bürgermeister endlich durchsetzen, dass der Weg asphaltiert wurde. Bei der letzten Sitzung hatten sich die *Members* sogar dazu bereit erklärt, sich nicht unmaßgeblich an den Kosten beteiligen zu wollen. Es gab ja durchaus den einen oder anderen unter ihnen, für den Geld nicht so eine bedeutende Rolle spielte. Mit diesem Argument im Handgepäck weilte Jonny also beim Bürgermeister, der nur mittwochvormittags Sprechstunden für die Bürger abhielt.

Rolli war das recht. Er kümmerte sich während Jonnys Abwesenheit um die Kneipe. Noch war nichts los. Die ersten Gäste würden erst später eintrudeln. Er war allein. Die Wurlitzer-Jukebox plärrte in voller Lautstärke den AC/DC-Titel *Highway to Hell*.

Rolli hatte nicht nur den Schlüssel zur Motorrad-Werkstatt, die als Anbau neben der Kneipe stand, sondern er hatte irgendwie auch gute Laune, und das kam nicht von ungefähr. Er glaubte, einen Horizont vor sich zu sehen, der immer näher kam. Der Streifen, den er dort erkennen konnte, hatte eine eindeutig silberne Farbe.

Gestern Nachmittag, es waren nur ein paar Gäste in der Kneipe, denn die Members gingen fast alle einem Beruf nach, hatten sich Jonny, Herbie und der *Road-Captain* Manni zu einem Gespräch getroffen, bei dem es um Herbie und dessen versehrte Knochen ging. Rolli war hinter der Theke gestanden und hatte Gläser gespült und war nahe genug dran, um das Gespräch mitverfolgen zu können. Jonny versicherte Herbie vollmundig, dass er sich um seinen Status als Member keine Sorgen zu machen bräuchte. <Du bist und bleibst einer von uns, obwohl du mit deinem kaputten Bein selber kein Bike mehr fahren kannst>, hatte er ihm gesagt und ihm dabei auf die Schulter geklopft. Manni hatte zustimmend gegrunzt. <Dennoch>, fuhr Jonny fort, <haben wir ein Problem, beziehungsweise wird es ein Problem werden, wenn wir deinen Antrag ohne Zustimmung der anderen *Members* über deren Kopf weg beschließen.> Diesmal grunzten Herbie und Manni gleichzeitig. Rolli spitzte die Ohren und tat sehr beschäftigt. <Du weißt, wie die Biker im Allgemeinen auf die Trike-Fahrer zu sprechen sind.> Jonny schaute dabei angewidert in sein Bierglas. Er hatte das Unwort ausgesprochen: <Trike>. Das Wort, das ein echter Biker scheute wie der Teufel das Weihwasser. Es gab nämlich ein ungeschriebenes Gesetz unter den Bikern, nach dem es einem Ehrverlust gleich kam, einen Trike-Fahrer auch nur zu begrüßen. Trike-Fahrer waren Falschgeld in den Augen der Biker. Wer Trike fuhr, war entweder zu doof für den Biker-Schein oder zu ängstlich, um sich auf zwei Räder zu wagen. Trike-Fahrer wurden wie Kinder mit Stützrädern behandelt: Man sollte sie nicht auf die Straße lassen. Besonders schief angesehen wurden jene Trike-Fahrer, welche sich in ihrer Verirrung in Nieten-Lederjacken kleideten.

Herbie selbst war sich der Brisanz und Außerordentlichkeit seines Antrages bewusst und schüttelte wissend und beinahe resignierend traurig den Kopf. Das Fahren an sich mit einem Motorrad, das wusste Herbie, hätte ihm wahrscheinlich keine Probleme bereitet. Mit dem Fahren allein jedoch war es noch lange nicht getan. Dass er mit seiner Beinprothese gerade dann ein Handicap haben würde, wenn es am erforderlichsten war, nämlich beim

96

Rangieren, beim Langsamfahren, beim Anhalten, beim Absteigen, konnte er vernünftigerweise nicht ableugnen. Aber er konnte es sich einfach nicht vorstellen, als Sozius hinter einem anderen Biker zu sitzen und passiv am Fahren teilzunehmen, anstatt selber am Gasgriff zu drehen und die Richtung nach eigenem Gutdünken zu bestimmen. Auch die Testfahrt mit einem Motorrad, bei dem bei Erreichen der Schrittgeschwindigkeit sich automatisch Stützräder auf die Straße senken, hatte ihm nicht behagt, wozu er sich aber keinesfalls äußern wollte. Die Beweggründe behielt er für sich.

<Dein Antrag kommt auf die Tagesordnung für die nächste Sitzung. Das ist morgen in einer Woche. Meine Stimme hast du und Manni ist wohl auch dafür, oder, Manni?>

Manni grunzte. Und dann sagte Jonny etwas, bei dem Rolli das Glas, das er gerade polierte, aus den Händen rutschte und am Boden zersplitterte. <Danke, dass du dem Club deine lädierte Maschine spendierst. Mal sehen, ob wir das gute Stück wieder hinbekommen. „Mensch, Rolli, pass doch auf".>

Herbies alte Maschine, die, mit der er den Unfall gebaut hatte, war eine schwarze 1800 Suzuki <Intruder> aus dem Jahre 2009. Die Vordergabel hatte es vollständig abgerissen und der Lenkerkopf war gestaucht. Vermutlich war auch der Rahmen verzogen. Die Auspuffanlage an der rechten Seite war bei dem Unfall ebenfalls schwer beschädigt worden. Der Verein würde also, für den Fall, dass Herbie mit dem Segen des Clubs zukünftig tatsächlich mit einem Trike unterwegs sein würde, ein Motorrad ohne Fahrer besitzen. Der Fahrer dieser ledigen Maschine werden zu können, hatte Rolli von gestern an keine Ruhe mehr gelassen und er hatte es darum heute Morgen kaum erwarten können, dass Jonny in den Pickup steigen und zum Bürgermeister fahren würde.

In die Werkstatt gelangte man ausschließlich durch das breite, zweiflügelige Garagentor. Es gab keinen anderen Eingang. Rolli wusste, dass dort ständig Jonnys Harley <Fat Boy> und Ritas Harley <Softail Night Train> standen. Er hatte Herbies Maschine zwar früher schon gesehen, aber noch nie nach dem Unfall.

Im Schein des Deckenlichts gewahrte er zunächst die beiden Bikes von Jonny und Rita. Vorsichtig bewegte er sich zwischen den aufgebockten Motorrädern hindurch und ließ genießerisch die Fingerspitzen über die Sättel gleiten. Dahinter erkannte er dann den Torso von Herbies <Susie>. Die Auspuffanlage war inzwischen abgeschraubt worden und lag vor dem Motorblock. Die Vorderradgabel lehnte dahinter an einer Holzpalette. Aber auch dermaßen ramponiert stellte der Rumpf mit dem dicken Hinterreifen ein gewaltiges Monstrum dar. Er sah sich damit bereits an der Seite von Jonny und allen anderen über die Straßen donnern. Mit diesem Gerät unter dem Hintern würde er nicht mehr nur der belächelte Rolli sein. Nein. Damit würde endgültig Schluss sein. Er würde ein Gleicher sein unter Gleichen, und vielleicht sogar ein bisschen mehr. Und wenn dann noch eine Tussi hinter ihm sitzen und ihre Arme um seinen Oberkörper schlingen würde, dann würde er der König sein. The King.

Er dachte, dass er das Motorrad sicher zu einem günstigen Preis würde kaufen können, wenn er sich eifrig an den Reparaturarbeiten beteiligen würde. Heute noch würde er mit Stefan reden, denn Zahltag, so hatte er geplant, sollte schon diese Woche sein. Um genauer zu sein: am Freitag.

Er würde, so hatte er vor, Stefan gegenüber gar nicht viele Einzelheiten über sein Vorhaben preisgeben. Wozu auch? Im Geiste hatte er die Diskussionen mit ihm alle durchgespielt und war zu dem Ergebnis gekommen, dass Stefan, weil der immer Recht haben musste, ihm sonst bloß die Tour vermasseln würde. Wenn er ihn aber hübsch darum bat, mit ihm eine kleine Spritztour zu unternehmen, bei der er unterwegs einmal absteigen wollte um etwas zu erledigen, konnte Stefan schon gar nicht skeptisch werden. Darum war er recht optimistisch, dass Stefan ihm keinen Korb geben würde. Von seiner Seite aus hatte er alles getan, was zum Gelingen der Aktion beitragen sollte. Er hatte schon länger einen eigenen Motorradhelm mit abgedunkeltem Visier. Er hatte sich über die örtlichen Verhältnisse informiert. Und was am wichtigsten war: Er hatte seine Skrupel überwunden und das Gewissen betäubt und wartete jetzt mit gespannten Nerven auf das Einsetzen des Lampenfiebers vor seinem Auftritt.

Seit gestern Abend hatte er sogar eine *Kontonummer*, wie er es mehr zynisch als rechtfertigend ausdrückte. Ihre Entdeckung war eigentlich die Initialzündung gewesen, die seinen verzweifelten Gedanken eine Struktur verliehen hatten. Sie begann vorne mit einer dicken Null, die einen Durchmesser von exakt neun Millimeter hatte. Die folgenden Zahlen waren an der linken Seite des metallisch schimmernden Gehäuses eingeprägt. Außerdem verfügte die *Kontonummer* über einen sechsstelligen Sicherheitscode, den man nicht unterschätzen durfte: Wahlweise konnte man nämlich, ähnlich wie beim Lotto die Zusatzzahl, entweder die Beschleunigung oder die Höhe der Auszahlung durch einfaches Zeigen der sechs Patronen fassenden Trommel, soweit man dafür denn die Nerven hatte, herbeiführen. Dass der Griff der *Kontonummer* mit edlem Teakholz verkleidet war, konnte nur die Optik verschönern, nahm der Gefährlichkeit des Revolvers jedoch keine Nuance. Auch das Wissen darüber, dass der Abzug mit einem Abzugsgewicht von tausenddreihundertfünfzig Gramm für eine Aggressionswaffe einen eher hohen Wert darstellte, schwächte den bösartigen Gedanken zum Einsatz der Knarre keineswegs ab. Dieses Instrument der Überzeugung in der Hand, durfte es keine Fragen, wie auch immer, geben.

Sein Vater hatte den Revolver vor drei Jahren über den Schützenverein, in welchem er Mitglied ist, bei Smith & Wesson für ziemlich genau achthundert Euro erworben, als sie als Neuheit frisch auf den Markt gekommen war. Dafür, dass Vater seine Sorgfaltspflicht verletzt und die *Kontonummer* nebst Munition unverschlossen in seinem Schreibtisch aufbewahrte, konnte er nun wirklich nichts. Dass er sie in der Absicht, damit nämlich Geld „abheben" zu gehen, an sich genommen hatte, allerdings schon.

*

09. Juli 2021
Die Luft direkt vorne am Rheinufer war keineswegs kühler als sonst irgendwo im Land an diesem Tag. Kein Windhauch wehte durch die flache Rheinebene, und so kochte auch die Ortschaft Sasbach am Rhein in der glühenden Nachmittagshitze vor sich hin. Wann würde diese Hitzekatastrophe endlich ein Ende nehmen?

Der Fährverkehr über den Rhein war seit Wochen eingestellt. Die Fähre lag auf dem Trockenen. Die Autobrücke war wegen Renovierungsarbeiten gesperrt. Die Berufspendler aus dem Elsass waren gezwungen, den Umweg über Breisach zu nehmen.

Stefan Springmann saß auf seinem Motorrad und wartete.

In der Nähe der Kirche hatten sie auf einem öffentlichen Parkplatz im spärlichen Schatten einer Pappel angehalten. Rolli hatte ihn darum gebeten. <Ich muss rasch was erledigen>, hatte er kurz zu ihm gesagt und war mit schnellen Schritten über den Platz gestiefelt und zwischen zwei Häusern verschwunden, den Helm noch immer auf dem Kopf. Und, ach so. <Lass den Motor laufen>, hatte er noch gemeint.

Der Motor der Harley blubberte vor sich hin, er hatte die behandschuhten Hände vor sich auf dem Tank liegen. Der Parkplatz war außer einem alten Bauwagen leer.

Sasbach am Rhein. Die Uhr am Kirchturm zeigt fünf Minuten vor vier.

09. Juli.
Freitag.

Rolli war es gewesen, der ihn vor zwei Tagen zu dieser Tour animiert hatte.

War es mittwochs? Rolli als Barkeeper und dann er mit den Fragen konfrontiert, was er am Freitag vorhabe? Ob er „frei" habe? Ob sie eine gemeinsame Biker-Tour unternehmen könnten? Spritztour, Stefan, du verstehst?

<Hätt' ich doch nur keine Zusage gegeben.>

Stefan zog einen Handschuh aus und zündete sich eine Zigarette an, auch wenn ihm die Kippe bei dieser Hitze nicht schmecken wollte. Er verstand selber nicht und schüttelte darüber den Kopf, warum er sich von Schnorrer-Rolli immer wieder breitklopfen ließ.

<Ich habe meinen Job. Ich liebe meinen Job. Sowas krieg ich nie wieder. Aber kann ich einen Kumpel hängen lassen? Ist er ein Kumpel? Rolli? Ein Kumpel?

Wie heiß es ist. Verdammt, ich steh hier rum, meine Birne kocht unter dem Helm, mein Körper brennt unter der Lederjacke ...>

Es wurde immer heißer. Stefan stellte den Motor ab und klappte mit dem linken Bein den Seitenständer aus. Ein Reisebus mit abgedunkelten Scheiben bog auf den Parkplatz ein.   <Vielleicht eine dieser unseligen Butterfahrten, mit denen leichtgläubige Rentner um ihr mühsam Erspartes gebracht wurden.> Vis-à-vis des Platzes sah er ein Restaurant.

<Ich bleibe nicht hier>, dachte er, die Maschine zwischen den Beinen. <Ich muss...Ich sehe mich mal um.> Stefan war im Begriff, abzusitzen.

<Da rennt einer auf mich zu. Er sieht aus wie Rolli. Nein, es ist Rolli.

Er rennt, er rennt, von Teufeln gehetzt, nein, er stürmt, er hetzt, ...Er zeigt auf das Motorrad, zeigt auf mich, zeigt auf irgendwohin ...wirft sich hinter mich auf mein Motorrad.

Er zeigt auf die Straße, er fuchtelt in alle Richtungen, er schreit für Tempo, er brüllt wegen Brüllens, er packt mich, er schlägt mir auf den Rücken, weg, weg, weg von hier, nach dort ...

Ich drehe den Zündschlüssel, aber der Motor springt nicht an. Warum denn nicht, verdammt, was ist denn jetzt los? Drehe wieder den Schlüssel und nichts passiert. Seitenständer. Natürlich, der blöde Seitenständer. Klappe ihn ein, drehe am Schlüssel, und da ist es. Erster Gang. Scheiße, mein Handschuh fliegt weg, aber Rolli tobt und schreit fort, fort, fort ...

Ich fahre nach dort ... und weiß überhaupt nicht, wo dort ist, aber Rolli ist es nicht weit genug von hier, nicht weit genug von der Erde und nicht weit genug überhaupt.>

Zweiter Gang. Die Maschine bringt enorme Gewalt auf den Gummi.

„Was ist passiert?" Stefan schreit über die Schulter.

„Fahr, fahr ..." Seine Stimme ist ein Kreischen.

Dritter Gang.

„Was ist ..."

„Fahr, fahr, verdammt, fahr zu ...!"

Zwanzig Minuten später biegt Stefan von der Landstraße auf einen kleinen Parkplatz unter Bäumen ab und stoppt den Motor. Er bockt die Maschine auf den Seitenständer, steigt ab und zieht den Helm ab. Das lange Haar klebt ihm am Kopf; Schweiß rinnt in seinen Bart.

„Ich will jetzt wissen, was passiert ist. Wo warst du in Sasbach und was ist passiert? Jetzt. Red' schon."

Rolli öffnet das Visier des Helms und starrt seitwärts in die Büsche.

„Rolli, sag ..."

„Nix ist passiert, Mann. Scheiße ist passiert, eine verfluchte Scheiße ist passiert", faucht Rolli ihn an.

„Du hast mich doch hoffentlich nicht irgendwo hinein geritten, oder was?"

„Ach Stefan, halt's Maul. Mit dir hat das doch gar nichts zu tun. Tu mir bitte nur noch einen Gefallen und bring mich einfach hier weg."

„Ich dachte, wir sind Kumpel, Rolli. Oder sind wir das nicht mehr?" Stefan versucht, in Rollis Augen zu schauen.

„Stefan, das hat alles echt nichts mit dir zu tun. Lass uns später darüber reden oder lies morgen am besten die Zeitung, okay? Aber jetzt will ich und kann ich nicht darüber reden. Alles, was ich von dir noch will, ist, dass du mich hier wegbringst. Geht das denn nicht in deinen Schädel?" Die letzten Worte presst er förmlich zwischen den Zähnen hervor und beugt seinen Kopf provozierend zu Stefans Gesicht, sodass sich beinahe beider Nasen berühren.

Jetzt antwortet auch Stefan mit mühsam beherrschter Stimme: „Ich weiß nicht, was mit dir los ist. Du fährst mit mir auf meiner Maschine. Wenn du was ausgefressen hast, stecke ich automatisch mit drin. Ist dir das klar? Und wehe, ich komme wegen dir in die Bredouille - dann wirst du mich kennen lernen. Geht das in deinen Schädel?"

Beide stieren sich sekundenlang in die Augen, als würden sie jetzt die Kräfte messen. Dann ist es Stefan, der den Bann bricht.

101

„Wo willst du denn überhaupt hin?"

Auch Rolli entspannt sich allmählich.

„Fahr' mich nach Hohenterzen."

„Hohenterzen? Warum gerade dorthin?"

„Da wohnt meine Mutter", murmelt Rolli mit verhaltener Stimme.

„Ich wusste gar nicht, dass du eine Mutter hast", wundert sich Stefan.

„Das", erwidert Rolli noch leiser als zuvor, „das wusste ich lange Zeit auch nicht mehr."

14./15. Juli 2021
Hohenterzen

Er spürte, wie ihm der Schweiß zwischen die Pobacken rann.

Es war Nacht, die Nacht von Mittwoch auf Donnerstag.

Er stand vor der Terrassentür ihres Hauses und fluchte auf sich selbst. Er hatte bei der Durchsicht seiner Kleider nichts anderes Schwarzes zum Anziehen gefunden als den Rollkragenpulli. Und das bei dieser Hitze. Es schien ihm, als hätte die Temperatur abends immer mehr zugenommen. Vielleicht war er einfach nur übernervös. Und dann dieser Pullover. Der Kragen klebte ihm am Hals. Die Hände waren schweißfeucht und es bereitete ihm eine zeitraubende Qual, die dünnen Gummihandschuhe überzuziehen.

Er sah das Polizeisiegel im Schein der Taschenlampe. Das gleiche Siegel hatte er auch an der Haustür vorgefunden, aber dort wollte er sowieso nicht ins Haus.

Er wog die kurze Eisenstange in der Hand. Ein Stoß musste genügen.

Wie ein Lauffeuer war es gestern Abend durch Hohenterzen gegangen. Frau von Drach. Tot. Mord. Er hatte es in seiner Stammkneipe erfahren, während der Übertragung eines Fußballspiels. Er hatte sofort gewusst, dass man früher oder später auf ihn stoßen würde, wobei er unter *man* die Polizei verstand und es ihm, wenn er wählen dürfte, „später" am liebsten sein würde. Allein, er hatte diese Wahl nicht.

Die Hoffnung, gänzlich unbehelligt davon zu kommen, hatte er sich erst gar nicht gemacht. Zu eindeutig mussten die Zeugnisse seiner Verbindung zu Margarete sein und die Polizei wäre wirklich mit Blindheit beschlagen, sollte sie diese Hinweise nicht finden. Er dachte zum Beispiel an Fingerabdrücke, an die Körperpflege-Utensilien im Badezimmer, an seine Telefonnummer auf ihrem Handy. Nichts davon störte sein Empfinden wirklich. Schließlich war es kein echtes Geheimnis mehr gewesen, dass er ihr Lover war, auch wenn sie stets darum bemüht waren, sich in der Öffentlichkeit bedeckt zu halten. Deswegen würde er den Aufwand, den er im Augenblick bereit war zu treiben, nicht auf sich nehmen. Es war etwas anderes, das ihn trieb, und er maß der Tatsache, dass die Polizei bislang noch nicht auf seiner Fußmatte gestanden hatte dem Umstand zu, dass sie nicht das gefunden hatte, was er heute Nacht vorhatte zu suchen.

*

Es war die schiere Geldgier gewesen.

Keine Woche war vergangen, als sie ihn nach dem ersten Treffen wieder angerufen und ihn zu sich nach Hause eingeladen hatte. Artig war er abends um neun Uhr mit einem Blumenstrauß und einer Flasche teuren Champagners erschienen und war sich des Zwecks dieses Treffens voll bewusst. Sie hatte ein leichtes Spargelmenü zubereitet. Rasch stellte er fest, dass sie dem Essen kaum Beachtung schenkte, dafür aber mehr dem Riesling zusprach, den sie zum Mahl gereicht hatte. Als später das Geschirr versorgt war und er in der Küche den Champagner öffnete, hatte sie von hinten ihre Arme um ihn geschlungen. Er hatte das Zittern ihrer Arme und das Beben ihres Körpers gespürt. Wortlos hatte er sich umgedreht, hatte sie hochgehoben und in das Schlafzimmer getragen. Dort hatte er ihr die Kleider vom Leib gerissen und sie gevögelt, bis sie darum gebeten hatte, aufzuhören. Er hatte den Champagner aus der Küche geholt und gemeinsam hatten sie aus der Flasche getrunken. Dann fickte er sie wieder und sie schrie ihren Schmerz und ihre Lust heraus, und als sie wieder darum bat, dass er aufhören möge, hatte er nicht aufgehört, sondern sie weiter gevögelt, auch gegen ihren Willen. Als ihr Fleisch endlich tiefrot war und er Tränen in ihren Augen entdeckt hatte und sie willenlos wie ein Stück Fleisch unter ihm lag, hatte er aufgehört.

Danach hatten sie sich regelmäßig getroffen, und immer waren sie im Bett gelandet. Bald erhielt er ein erstes Geschenk: Es war eine goldene Halskette.

Dann folgte eine Armbanduhr Marke *Rolex*. Nicht die Allerteuerste, aber immerhin *Rolex*. Dann ein Wochenende mit ihr in London, was völlig überflüssig war, denn sie sahen von der Stadt überhaupt nichts, weil er sie während des Aufenthalts in dem teuren Hotel zwei Tage lang so gevögelt hatte, dass sie kaum noch richtig gehen konnte. Ein Brillant-Ohrstecker war sein Lohn für ausgezeichnete Leistungen gewesen.

Er, unbescheiden wie er war, konnte diesen Sachgeschenken nicht richtig etwas abgewinnen. Es wäre ihm wirklich lieber gewesen, sie hätte ihm, nach erlebtem Sex, ein paar Geldscheine in die Hose gesteckt. Für ihn war Geld der Schlüssel zum Glück. Geld, mit dem man prahlen konnte. Geld, das man ausgeben konnte.

Dass Margarete Zugang zu diesem Geld haben musste, war ihm recht schnell klar geworden. Er fing allmählich an, in ihr die Kuh zu sehen, in der er neben der angenehmen Seite des Fickens auch eine wirtschaftliche Komponente vermuten durfte. Fortan sah er in ihr nicht länger das Bild einer schönen Frau, sondern real und plastisch das Euter einer Kuh, das er melken konnte und aus dem mehr und mehr Geldscheine flossen, je öfter und leidenschaftlicher er mit seinem Schwanz in sie hineinstieß.

<Hoenes ist so ein Arsch. War es immer gewesen.> Das waren die Sätze, die alles ins Rollen gebracht hatten.

Ausgangspunkt war die Übertragung des Pokalendspiels im Juni zwischen FC Bayern München und TSG Hoffenheim in Berlin gewesen. München hatte gewonnen und dessen Präsident Hoenes hatte im Interview gegen die Konkurrenz gestichelt. Die Fußball-Bundesliga hatte im Jahr 2017 ein neues Gesicht erhalten. Es spielten nicht mehr achtzehn Vereine um die Meisterschaft sondern zwanzig, und die Winterpause war um vierzehn Tage verlängert worden. Durch diesen Eingriff verschob sich das Pokalfinale praktisch um einen Monat.

<Hoenes ist echt ein Arsch.> Der Typ, der das sagte, saß neben Roman Teichmann im *Häusle*, wie die Kneipe in Hohenterzen hieß. Dort hing ein riesiger TV-Bildschirm von zwei Metern Querschnitt an der Wand.

Ralf Großbauer hieß der Typ. Er sah aus wie Jesus nach der Kreuzigung.

Roman zahlte ihm ein Bier. Er kannte Großbauer flüchtig und war einmal auf einen Drink bei ihm in dessen Wohnung gewesen. Sie kamen ins Gespräch.

Ralf war Fotograf. Kein Studio, kein Engagement, kein Geschäft, kein Geld.

<Kein Geld> war das Thema, das im Mittelpunkt stand.

Letztlich war es Ralf zugefallen, den entscheidenden Ball zu spielen.

„Du bist doch mit dieser Psycho-Tussi zusammen, oder?" Ralf saute mit einem Finger in einer Bierlache auf dem Tresen herum.

„Wir sind nicht zusammen. Die Frau ist verheiratet."

„Natürlich ist sie das. Aber du fickst sie doch, oder?" Irgendwie krochen die Worte wie langgezogener Kaugummi aus Ralfs Mund.

„Das geht dich nichts an."

„Vielleicht doch. Gerade weil sie verheiratet ist." Er grinste schäbig.

„Wie meinst du das?"

„Naja, vielleicht bleibt sie gerne verheiratet. Oder will sie sich scheiden lassen?" Ralfs Stimme bekam plötzlich einen lauernden Unterton.

„Blödsinn."

„Ich kann mir vorstellen, dass sie das auch so sieht. Dass es Blödsinn wäre, verstehst du?"

„Nicht die Bohne."

„Schau: Sie hat Geld. Sie hat einen Mann. Sie ist reich." Ralf zählte es an seinen dürren Fingern ab.

„Worauf willst du hinaus?"

„Ganz einfach: Geld?"

„Geld?"

„ ...!" Ralf nickte, als würde er sich darüber freuen, dass bei seinem Gesprächspartner endlich der Groschen gefallen ist.

„Du spinnst. Komm trink' aus und verschwinde von hier."

„Pass' mal auf ..." Ralf legte Roman eine Hand auf den Unterarm.

Er hatte aufgepasst und er hatte nicht „nein" gesagt.

Zwei Tage später hatten sie sich wieder getroffen.

„Es ist idiotensicher", hatte Ralf gesagt. „Ich drück' auf den Auslöser, wenn sie deinen Schwanz im Mund hat oder wenn du sie vögelst. Achte nur drauf, dass genug Licht brennt. Alles andere kannst du mir überlassen."

Roman hatte drei Wochen später, es war Donnerstag der achte Juli, die Fotos gesehen.

Fünf Tage vorher, so war der Fahrplan abgesprochen, hatte Roman für das Fotoshooting agiert. Er war sich vorgekommen wie ein Pornodarsteller, der auf die Stimme eines unsichtbaren Regisseurs hörte. Dass er unter den

Vorgaben überhaupt einen Ständer hatte bekommen können, wunderte ihn selbst auch noch Tage danach.

Ralf hatte vollendete Tatsachen geschaffen. Margaretes Gesicht war, neben der sexuellen Ausrichtung, sehr gut zu erkennen. Leider auch seins. Eine Serie von Bildern war aus Richtung Terrasse aufgenommen, als Margarethe im Wohnzimmer vor ihm auf den Knien kauerte. Eine andere war durch die Lücken der Jalousie zum Schlafzimmer geschossen, die sie und ihn beim Geschlechtsverkehr zeigte. Mehr Stoff für eine kleine Erpressung brauchte es nicht.

Er und Ralf hatten sich auf einen Betrag von hunderttausend Euro geeinigt. Es sollte genug sein, um sich von dem Profit ein paar Bedürfnisse erfüllen zu können, aber es sollte nicht zu viel sein, um dem Opfer eine Geldbeschaffung nicht unmöglich zu machen. <Du musst die Menge Milch akzeptieren, zu der deine Kuh fähig ist.>

Das Wort <Kuh> löste in Roman Teichmann regelmäßig die gleiche Reaktion aus: Er sah Margarethe nackt vor sich und bekam postwendend einen Ständer in der Hose.

„Morgen werfe ich es in ihren Briefkasten", hatte Ralf voller Vorfreude gegrinst.

„Morgen" war Freitag gewesen.

Dann war es Freitag geworden. Es folgte der Samstag, an dem er abends um zehn Uhr wie ein Pennäler umsonst vor ihrer Haustür gestanden hatte. Der Sonntag, an dem er wie eine Schießbudenfigur auf ihr Erscheinen gewartet hatte und der Montag, den er verbracht hatte wie ein Tiger in seinem Käfig. Tage ohne ein Lebenszeichen von Margarethe. Nächte voller Unvermögen, sein schlechtes Gewissen zu besänftigen. Und dann der Dienstagabend. Frau von Drach. Margarete. Tot. Mord.

*

Eine kurze Ausholbewegung, ein kräftiger Stoß.

Heißa, oh verflixt und Gott im Himmel, war das laut. Und viel zu stark. Das Eisen rutschte ihm aus der Hand. Es landete durch das Loch im Glas im Wohnzimmer, verursachte auf den Keramikfliesen einen Heidenlärm, als würde der Koch eines Rindertrecks wie verrückt auf ein Stück Eisenbahnschiene schlagen, um die Cowboys zum Abendessen rufen. Wie zur Salzsäule erstarrt blieb er stehen, lauschte dem Lärm nach und beobachtete argwöhnisch die benachbarten Häuser, soweit er sie sehen konnte. Kein Licht flammte irgendwo auf. Nur ein kleines Loch klaffte neben dem Türriegel, doch es war weit genug, eine Hand durchstrecken zu können. Er griff hinein, entriegelte mit dem Türgriff und drückte dann die Tür nach innen auf. Glas knirschte unter den Sohlen seiner Turnschuhe, als er durch die offene Tür das Haus betrat. Im Schein der Taschenlampe sah er die Unordnung im Wohnzimmer. Wie sollte er hier etwas finden?

Seine Verzweiflung wuchs im gleichen Maße, wie er die Kontrolle verlor. Er trampelte über die Gegenstände, die verstreut auf dem Fußboden lagen. Jetzt, wo es zum Nachdenken definitiv zu spät war, versuchte er sich vorzustellen, wo sie ein Geheimnis, eine Provokation versteckt haben würde. Im Schein der Taschenlampe tauchte der Schreibtisch auf. Er öffnete die Schublade. Er sah darin nur irgendwelche Papiere und wühlte darin herum, konnte aber nirgendwo kompromittierende Fotos entdecken. Auch in den Schubladen der Schlafzimmerkommode fand er nicht das, was er suchte. Er fühlte sich mittlerweile wie ein Depp im schwarzen Rollkragenpulli, gegart im eigenen Saft.

Hatte Ralf, dieser Idiot, den Brief überhaupt eingeworfen? Tjaha, halt mal. Ist es nicht so, dass sich Ralf seit Freitag komischerweise überhaupt nicht mehr bei ihm gemeldet hatte? Oder doch? Roman Teichmann setzte sich aufs Bett und dachte nach. Ja, kam er endlich zu dem Schluss: Er hatte seit Freitag von Ralf weder etwas gehört noch gesehen. Vielleicht, keimte Hoffnung ihn ihm auf, kann ich in dem Haus nichts finden, weil nichts da ist.

Er verließ das Haus auf gleichem Weg, wie er es betreten hatte. Er entfernte sich ungesehen von dem Grundstück. Die Eisenstange hatte er mitgenommen und sie unterwegs in ein Gebüsch am Straßenrand geworfen. Es war nicht weit bis zu Ralfs Bude.

Ralf Großbauer wohnte in einer winzigen Einliegerwohnung im Souterrain eines Einfamilienhauses. Man gelangte über eine Treppe zum Eingang. Als Roman Teichmann sich dem Anwesen näherte, sah er kein Licht im Untergeschoss. Das musste nicht unbedingt etwas bedeuten, war es jetzt doch immerhin nach zwölf Uhr nachts. Auch dass er die Eingangstür unverschlossen vorfand, irritierte ihn nicht besonders. Ralf war halt schon irgendwie ein Hallodri. Als er Ralf dann aber leibhaftig sah, vergaß er all seinen Ärger mit dem Rollkragenpulli. Ralf lag nämlich seelenruhig auf dem Rücken in der Mitte des Zimmers und lächelte. Dass das Lächeln wächsern war und trotz der Hitze wie eingefroren wirkte, merkte er zuerst nicht. Erst als er die Lache von geronnenem Blut unter Ralfs Oberkörper mit dem süßlichen Gestank, der ihm bereits beim Betreten der Wohnung entgegen geschlagen war, in Verbindung brachte, schaltete Romans Kopf richtig. Dieser Mann zu seinen Füßen war tot. Und ja, der Kälteschauer, der ihn von den Haarwurzeln bis zu den Zehen durchstreifte, war berechtigt. Fast wünschte er sich die schmierige Hitze zurück. Unwillkürlich schaute er sich um, ohne jemanden gewahr zu werden.

Zwei Tatsachen wurden ihm rasch hintereinander wie mit Leuchtkugeln ins Bewusstsein geschossen.

Erstens: Der Erpresserbrief blieb verschwunden.

Zweitens: Er selbst schwebte in höchster Gefahr.

Er musste fliehen. Und zwar nach vorne.

Ob es für ihn im Nachhinein eine gute oder schlechte Idee sein würde, konnte er zum gegebenen Zeitpunkt natürlich nicht sagen, trotzdem fischte er sein Handy aus der Hosentasche, wählte mit fahrigen Fingern eine Nummer, wartete, bis die Rufumleitung den passenden Anschluss gefunden hatte und vernahm dann eine schlaftrunkene Stimme: „Polizei Hohenterzen, Hirt?"

August 2021
Hohenterzen

„Es tut mir leid, dass ich erst jetzt zu Ihnen komme."

Eine junge Frau hatte Jens Melzer gegenüber Platz genommen, die er zwar seit Wochen erwartet, sich *so* aber nicht vorgestellt hatte. Bislang hatte er sie nur auf Fotos gesehen, die Polizeihauptmeister Franz Hirt bei der Beerdigung Frau von Drachs auf sein Bitten hin von den Leuten auf dem Friedhof diskret geschossen hatte. Darauf waren zwar Gesichter zu erkennen, Gestalten und Figuren aber durch die schwarze Trauerkleidung verfälscht. Linda Germann und Melzer selbst waren aus dienstlichen Gründen verhindert gewesen, an der Bestattung teilzunehmen.

Vor ihm saß Regina von Drach.

Schräg zu seiner rechten Seite lümmelte Linda Germann auf Ludger Ernsts ehemaligem Bürostuhl. Der anhaltende Sommer ließ diese Frau von Tag zu

108

Tag blühender erscheinen. Die Hitze konnte ihrer Schönheit offenbar nichts anhaben. Sie erschien im Gegenteil jeden Morgen taufrisch und gut gelaunt im Büro, als hätte sie die Nacht in feuchtkühlen Handtüchern verbracht. Affektiertes Benehmen und Effekthascherei waren ihr zutiefst zuwider, was ihre Erscheinung umso angenehmer werden ließ. Sie baute auf Natürlichkeit. Gelegentlich erlaubte sie sich, gespielt burschikos aufzutreten und erleichterte sich damit den Zugang zu Menschen, die sonst den Umgang mit ihr gemieden hätten, weil sie Schönheit mit Unantastbarkeit gleichstellten. Nie aber nutzte sie das Wissen um ihr Aussehen aus, noch trug sie es demonstrativ oder plakativ zur Schau. Ihr Status war ihr sehr bewusst und sie akzeptierte selbstverständlich die Verteilung der Kompetenzen im Beruf. Das machte es ihr einfach, innerhalb eines Teams zu bestehen.

Ludger Ernst, der Mann, den sie einst kritisiert hatte und der Berufspartner von Jens Melzer gewesen war, hatte es nicht verstanden, ein Teamplayer zu sein. Bald, nachdem Henner Schloderer und Linda als Verstärkung zur Truppe gestoßen waren, war bei Ludger so etwas wie Unzufriedenheit zum Vorschein getreten. Er kam mit der ihm zugedachten Rolle nicht länger zurecht. Deutlich spürte er, dass der Leitwolf ein anderer war, und das zeigte er schnell durch eine gewisse Unlust, unter der alle litten.

Dass Jens Melzer quasi das Steuer an sich gerissen hatte, vergällte sein Blut je länger desto mehr mit dem Gift des Neides. Er spielte die beleidigte Leberwurst und sah ständig mit einem Gesicht wie <Sieben-Tage-Regenwetter> aus der Wäsche. Und natürlich lachte ihm mit dem unschuldigen Henner an der Seite nicht die gleiche Sonne, die Jens Melzer durch Linda auf sich scheinen ließ. Es war gekränkte Eitelkeit, die Ludger Ernst dann auch mit zu Zoe nach Hause nahm. Nach einer Reihe hässlicher Auseinandersetzungen hatte seine Freundin Zoe ihn Ende Juli verdientermaßen vor die Tür gesetzt. Den letzten Joker falsch ausgespielt, quittierte Ludger, seines Fehlverhaltens uneinsichtig, voller Zorn den Dienst bei der Polizei auf eigenen Wunsch. Er hatte vor, nach einer kurzen Auszeit sich für ein fachbezogenes Jurastudium einzuschreiben. Ihr Praktikanten-Partner Henner war, ziemlich um den gleichen Zeitraum, ebenso in die bequem-juristischen Niederungen abgetaucht, die manche von Lindas Kollegen bevorzugten, und war vorerst als Volontär bei der Rechtsabteilung einer überregionalen Zeitung untergekommen.

Linda war nicht so und sie dachte nicht so. Den Ball, den sie selbst unter Höchstbelastung oder gar in angeschlagenem Zustand nicht mehr spielen konnte, gab es nicht. Zumindest ließ sie es sich nicht anmerken. Sie wollte lieber bei der exekutiven Truppe bleiben. Sie war stark.

Die Frau, die Jens Melzer jetzt gegenüber saß, war höchstens neunzehn Jahre alt. Sie schaute ihn entschuldigend an.

„Es geht nicht darum, wann Sie kommen, sondern dass Sie kommen." Melzer ergriff damit die Initiative des Gesprächs.

Sie war ein Meter achtundsiebzig groß und kräftig, trug ihr braunes Haar kurz und praktisch geschnitten. Das Gesicht zeigte energische Züge und war wegen der drückenden Hitze gerötet. Auf der Oberlippe und auf der Stirn glänzte Schweiß.

„Sind Sie mit dem Auto da oder mit dem Zug?" Melzer versuchte, Lockerheit zu vermitteln.

„Oh, ich habe vor zwei Jahren den Führerschein gemacht. Sie wissen ja, dass man seit ein paar Jahren schon mit sechzehn den Führerschein machen darf. Ich bin mit meinem kleinen Elektroauto da."

Jens Melzer nickte abwesend. Er wirkte auf eine unbestimmte Weise müde. Linda Germann würde sagen, Melzer sei frustriert.

Die Dringlichkeit für Regina von Drachs Erscheinen war seit zwei, drei Wochen nicht mehr direkt gegeben. Im Prinzip ging es bei der Einvernahme von Regina von Drach nur noch darum, die Akte mit den gesammelten Ermittlungsergebnissen zum Mordfall ihrer Mutter zu komplettieren. Melzer würde der jungen Frau den Katalog mit den Routinefragen stellen, die er allen anderen in den Fall involvierten Personen auch gestellt hatte. Alibi, persönliches Verhältnis zu der Toten, Feinde, Motiv, und so weiter. Er ließ sie die Namen der Personen nennen, die sie auf den ihr vorgelegten Fotos erkannte und jene ausschließen, die sie nicht kannte, wobei die Zahl der Unbekannten weitaus höher war als die der bekannten Personen. Und so war es wirklich nur eine Affäre einiger Minuten, bis Regina von Drach verwundert aufschaute und dann perplex die Frage stellte, ob es *das* denn war.

„Tja, das war's", nickte Melzer resigniert. Und im Grunde hatte sie genau die Frage gestellt, die er sich seit Tagen immer wieder selbst stellte: <War's das?>

Er wusste es nicht, konnte die Frage nicht abschließend für sich beantworten.

Als damals, nur einen Tag, nachdem die Mordermittlungen begonnen hatten, in das von Drachsche Haus eingebrochen worden war, hatte er sich

110

erhofft, einem nervös gewordenen Täter auf die Schliche kommen zu können. Er hatte zahllose Stunden ausschließlich damit zugebracht, Motive zu konstruieren und zu erfinden, wobei nicht ein einziges davon nachweisbar gewesen wäre, um sie hernach zu verwerfen. Als in der gleichen Nacht der Mord an dem arbeitslosen Fotograf Ralf Großbauer entdeckt und gemeldet wurde, spürte er zum ersten Mal, dass damit eine neue Phase eingeläutet worden war, die für ihn eine Schuhnummer zu groß sein könnte. Eingestanden hätte er seine Befürchtungen zwar keinem und verschwieg, passend dazu, stoisch die schlaflosen Nächte, in denen er grübelnd und schwitzend in den Bettlaken lag. Nur Linda Germann war es, die seine Depression richtig zu deuten vermocht hatte. Sie hatte es ihm praktisch an der Nase angesehen und war demonstrativ, als Ludger und Henner die Fahnen gestrichen hatten, mutig und treu an seiner Seite geblieben. Er hatte das sehr geschätzt. Und manchmal, wenn auch er keine Kraft, keine Energie mehr zu haben glaubte, war sie es, die ihn mit einem aufmunternden < dann mal ran an die Buletten, Chef> aus der Lethargie gerissen hatte. Als er angenommen hatte, es würde auf Grund der beiden Morde etwa eine Sonderkommission eingerichtet oder zumindest eine Personalverstärkung genehmigt werden, und keines von beiden bewilligt worden war, fühlte er sich von seinem Stammhaus in Freiburg und vom zuständigen Staatsanwalt Ruprecht Herzig schon sehr im Stich gelassen.

So war ihm die Anwesenheit Lindas sehr angenehm. Er empfand sie, vielleicht im Gegensatz zu Ludger Ernst, nicht als Bedrohung im beruflichen und nicht als erstrebenswerte Beute im privaten Sinne, sondern schlicht als das, was sie war, nämlich eine unersetzliche Hilfe.

Die Arbeit mit ihr tat ihm gut. Die Abgänge von Ludger Ernst und Henner Schloderer waren zwar schmerzlich, doch arbeitete er mit einem motivierten Kollegen einige Male effektiver als mit Leuten, die sich wie ein Bremsklotz verhielten. Kein Weg war Linda zu weit und keine Überstunde zu lang. Er respektierte ihre Ansichten. Sie besprachen gemeinsam ihre Taktiken und Pläne. Er wusste, dass sie wusste, dass er auch nach Feierabend gerne mit ihr zusammen gewesen wäre, aber nicht, um sie sich als Feder wie eine Trophäe an seinen Hut stecken, sondern nur, um sich von ihrer Ruhe anstecken zu lassen und entspannen zu können. Weiter als bis zu einem Bier in der Bahnhofskneipe am Tresen waren sie hingegen nicht gekommen. Sie schien ihm das zu danken, dass er sie als Berufspartner gleichwertig und als Frau ritterlich und fair behandelte. Sie war der Grund, warum er trotz allem Freude an der Arbeit hatte. In ihrer Nähe fühlte er sich wohl.

111

Es war nicht so, dass er nichts an Ergebnissen vorzuweisen gehabt hätte. Da war immerhin ein Hauptverdächtiger, ein gewisser Roman Teichmann, der sich selbst als Zeuge bei der Polizei gemeldet hatte. Teichmann gab zu, mit der ermordeten Frau von Drach ein intimes Verhältnis gepflegt zu haben. Er gab zu, am Tatabend am Haus der Ermordeten gewesen zu sein, ihm aber nicht geöffnet worden war. Er gab zu, diverse, hochkarätige Geschenke von der Verstorbenen erhalten zu haben. Nachgewiesen wurden seine Fingerabdrücke im Haus. Aber er stritt die Tat zu jeder Zeit vehement ab, kein Alibi hin oder her. Nach einer kurzen Zeit als <vorläufig Festgenommener> zur Abklärung aller ihn betreffenden offenen Fragen wurde Teichmann nur dank des Umstandes auf freiem Fuß gesetzt, dass es außer seinen noch weitere Fingerabdrücke in dem Haus gab, die keiner Person zugeordnet werden konnten. Ein anderer Täter war durchaus im Bereich des Möglichen. Staatsanwalt Herzig war der gleichen Ansicht. Melzers gedachtes Motiv für Teichmann war Habgier.

Und nein, mit dem Einbruch in das Haus in der Nacht von Mittwoch auf Donnerstag hatte er, Teichmann, nichts zu tun. Das mochte stimmen oder auch nicht, Tatsache war, dass es dazu keine definitiv zuweisbaren kriminaltechnischen Erkenntnisse gab. Wenn *Condor* Wasserfeind nichts gefunden hatte, dann gab es nichts zu finden.

Auch der Ehemann der Ermordeten hätte ein Motiv haben können. Eifersucht. Nachweislich jedoch hatte Alexander von Drach für den Mord an seiner Frau ein Alibi, wie seine Sekretärin bestätigte. Cannobio. Sohn Justus und Tochter Regina waren allein aus geografischen Gründen weit weg vom Schuss und hatten beide je sowohl ein Alibi als auch so gut wie monatelang, was Regina betraf, oder jahrelang, was Justus anging, keinen Kontakt zum Opfer vorzuweisen gehabt. Feinde schien Frau von Drach zählbar nicht gehabt zu haben.

In diesem Segment suchte die Polizei blind nach der Stecknadel im Heuhaufen, den irgendein Witzbold in einen Tunnel geschafft zu haben schien. Zu unzähligen Patienten hatte Frau von Drach über Jahre hinweg Kontakt gepflegt. Es war gut vorstellbar, dass nicht mit jedem Einzelnen bestes Einvernehmen geherrscht haben mochte. Um aus der in den Jahren entstandenen riesigen Anzahl von Menschen den Mörder mit Vorsatz filtern zu können, waren etliche Fahrten über Land notwendig gewesen und viele Einzelbefragungen vorgenommen worden. Hilfsersuchen an andere

Polizeidienststellen waren gestellt und nach Eingang der Berichte ausgewertet worden. Alle mit dem gleichen Resultat: Nichts. Aus dem Kreise der Kollegen Frau von Drachs gab es keine Steilvorlagen, die für Melzer gut genug gewesen wären, sie in Tore umzumünzen, wobei ihm ein einziges Tor genügt hätte. Im zur Tatzeit aktuellen Kollegium der Klinik fand er keine Neider. Im Gegenteil: Das Arbeitsklima unter der Leitung der Chefin Frau von Drach muss optimal gewesen sein. Auch von extern, sprich anderen Kliniken, hörte man nur das Allerbeste.

Der Mordfall an Ralf Großbauer war noch dubioser. Die Todeszeit war vom Gerichtsmediziner auf Freitag den neunten Juli zwischen neunzehn und dreiundzwanzig Uhr bestimmt worden, also fast genau vierundzwanzig Stunden vor dem Verbrechen an Frau von Drach. Großbauer war in Hohenterzen ein durchaus bekannter Mann, aber niemand schien etwas Fundiertes über den Fotograf zu wissen. Weder wusste man, wo der Mann herkam, noch ob er Familie oder andere Hinterbliebene hatte. Dass dem Wirt der Kneipe „Häusle" eine Stange Schulden auf dem Bierdeckel übrig blieb, konnte als Mordmotiv nicht herhalten.

Zu finden gab es in der Wohnung von Großbauer umso mehr. Es waren Fingerabdrücke en masse und Fussel und Haare und Kippen genug für zehn unlösbare Fälle gesichert worden. Unter ihnen wieder Fingerabdrücke von Teichmann, was dieser gar nicht abzustreiten gedachte, besuchte er angeblich das Opfer Großbauer doch hin und wieder, auch des Nachts, auf ein Bier, wie er bereitwillig angab. Dass Teichmann zufällig jener Mensch war, der Ralf Großbauer tot aufgefunden hatte? Mitten in der Nacht? Es war diesem Kerl von Seiten Melzers nichts Handfestes anzuhängen. Ein durchgeführter Schmauchspurentest an ihm war negativ ausgefallen.

Der Schuss, der Großbauer getötet hatte, musste aus allernächster Nähe abgegeben worden sein, wenn nicht sogar aufgesetzt. Die Ballistiker der KTU konnten aus dem Geschoss nur das verwendete Kaliber bestimmen, hatten ohne Tatwaffe aber keine Chance, Herkunft und Besitz zu Ungunsten von wem auch immer zu beweisen.

Trotzdem musste gerade Großbauer auf geheimnisvolle Weise jemandem so sehr im Weg gestanden haben, dass er hatte beseitigt werden müssen, und zwar für immer.

In der kleinen Ein-Zimmer-Wohnung von Großbauer hatte es keinerlei Hinweise auf irgendwelche kriminellen oder gefährlichen Verwicklungen gegeben. Ein alter Drucker war, neben einem Uralt-Fernseher, das einzige

113

halbwegs moderne Gerät <in dem Schweinestall>, wie *Condor* Wasserfeind die Behausung Großbauers abschätzig genannt hatte. Dass zu dem Drucker ein entsprechender Computer hätte vorhanden sein müssen, war nur eine Frage der Logik, aber genauso wenig zu finden wie das für einen Fotografen typische Arbeitsgerät: irgendeine Kamera. Keine Kamera bei einem Fotografen? Nicht eine? Gut, Reichtümer hatte Großbauer nie besessen und der Tenor der Klientel, die mit ihm je zu tun gehabt hatte, lautete unisono: Ein harmloser Zeitgenosse. Drollig.

Sollte man die beiden Fälle jeweils separat behandeln oder sollte man soweit gehen, nach einer Verbindung zwischen den zwei Morden zu suchen? Kaum vorstellbar, dass der kauzige Fotograf etwas mit der elitären Frau von Drach zu tun gehabt haben könnte. Und wenn doch? Lag der Schlüssel bei Teichmann? War der Täter ein Mann oder eine Frau? Oder gab es mehrere Täter?

Melzer war mit seinem Latein am Ende. Er hatte keine Ahnung, wo er einen Hebel *neu* ansetzen sollte. Auch Linda Germann hatte keine Intuition, wie man die festgefahrenen Ermittlungen beleben konnte. Staatsanwalt Herzig fluchte zwar wie ein Rohrspatz, wusste indes an der Arbeit der Beamten nichts auszusetzen. Die erkennbaren Büsche waren alle abgeklopft und kein Hase war erschienen. Die Fahnenstange war zu Ende.

Regina von Drach hatte sich erhoben. Sie reichte Jens Melzer die Hand und bedankte sich bei ihm für seine Arbeit.

Linda Germann hatte sich gleichzeitig von ihrem Sitz erhoben. Sie begleitete die junge Frau aus dem Büro und trat hinter ihr auf den Vorplatz zum Kommissariat.

„Zeigen Sie mir doch bitte mal Ihr Elektroauto. Ich hab' so eins noch nie gesehen."

Für Linda war das aber nur ein Vorwand. Ihr war die junge Frau sympathisch und sie wollte nicht, dass sie so unverrichteter Dinge und ohne Kenntnis der Sachlage über den Tod ihrer Mutter nach Hause fuhr. Während sie also um das kleine Elektrofahrzeug herum wandelten, erklärte Linda in ruhigen Worten den Stand der Dinge. Regina von Drach nickte einige Male verstehend mit dem Kopf. Linda sagte dann zum Schluss: „Melzer ist ein guter Polizist, das können Sie mir glauben. Ich kenne ihn zwar erst kurz, aber dafür schon recht gut. Er hat ein gutes Herz. Was ein Polizist tun kann, hat er getan. Aber, und das stimmt allerdings auch, er ist kein besonders guter Detektiv. Verstehen Sie, was ich damit sagen will?"

„Ich glaube schon", erwiderte Regina von Drach nachdenklich. Und dann wiederholte sie sich noch einmal. „Ich glaube schon."

„Also fahren Sie gut. Wo wohnen Sie gleich nochmal?"

„In Gengenbach. Ich wohne in Gengenbach."

2021

„Wann willst du endlich schlafen?", hatte seine Mutter ihn gefragt, als er an ihr vorbei das Haus betrat. „Oder willst du heute nicht bei deinem Schwager zur Arbeit?"

Die Uhr ging auf zwölf Uhr zu.

Er verzichtete auf eine Antwort und stieg stattdessen die schmale Treppe in den ersten Stock hinauf, wo er seit ewigen Zeiten sein Zimmer hatte. Er wählte frische Kleidung aus und spülte dann unter der Dusche seine Müdigkeit ab. Wenig später verließ er das Haus wieder und sagte Mutter im Vorbeigehen nur, dass er kurz weg sei. Zuerst ging er einige Meter an der dem Hafen zugewandten Häuserfront entlang und bog dann in eine Seitenstraße ab, die bald so steil anstieg, dass das Gefälle nur mit Stufen auszugleichen war. Seine Schwester Sophia wohnte in der Altstadt in einer engen Gasse unter der Kathedrale. Solange keine Touristensaison war, öffnete Sophia das Restaurant erst abends.

Er fand sie in der Küche der Altbauwohnung bei der Zubereitung eines Salates. Ihr Mann verlangte mittags nichts anderes als einen Salat. Das Hauptmenü nahm die Familie traditionsgemäß abends gemeinsam mit Mutter im Restaurant ein.

„Ah, du bist es. Kommst gerade rechtzeitig. Du isst doch mit uns mit, oder?" Sophia schenkte ihm nur ein kurzes Lächeln und fuhr fort, mit beiden Händen den Salat zu mischen.

Er zog einen Stuhl heran, setzte sich und schaute ihr zu. Er bewunderte es, mit welcher Sicherheit und Selbstverständlichkeit sie nicht nur den Salat, sondern auch ihr Leben im Griff hatte. Sie war zwar die Jüngere von ihnen, aber auch die Reifere. Er wusste, dass, wenn er zu ihr kam, er immer willkommen war. In allen Fragen des Lebens, bei allen Entscheidungen und bei allen Rätseln war es immer so gewesen, dass er Rat bei ihr eingeholt hatte. Nie hatte sie ihn brüskiert oder abgelehnt, nie seine Probleme oder Sorgen nicht ernst genommen. So war sie es gewesen, die ihm, als er noch jung und ungeduldig nach seinem Ich, seinem Profil suchte, in langen Sitzungen das Wunder der Liebe zwischen Mann und Frau eröffnet hatte, obwohl sie selbst mit gerade zwanzig wohl noch nicht über einen reichen Erfahrungsschatz verfügen durfte. Heute noch wurde er rot, wenn er an die erste ihrer geheimen Lektionen dachte. Sie war es, die ihm den Rücken gestärkt hatte, wenn er nach seinen ersten selbstverantwortlichen Fahrten aus den Fischgründen zurück in den Hafen

116

gelaufen kam und den Spott der anderen Fischer schlucken musste, weil seine Fangquote lächerlich ausgefallen war. Und sie war es, die ihm die Stange gehalten hatte, als er den Hohn, aber auch den Neid und die Häme der anderen Fischer zu spüren bekam, als er sich mit dem Goldfisch aus Deutschland glücklich im Hafen und in den Cafés der Altstadt präsentiert hatte. Goldfisch hatten sie sie genannt, die seine Liebe war, die seine Geliebte war und die für ihn seine Frau war.

2019
Der Arzt hatte ihr als erstes ein Antiseptikum verabreicht und dann sieben Stacheln aus der Fußsohle operiert. <Sie haben Glück gehabt>, war sein Kommentar. Aus Erfahrung handelnd, war er bereits mit einem Rollstuhl erschienen und transportierte damit die verletzte und erschöpfte Frau gleich bis zu ihrem Hotel.

Am nächsten Morgen, er stellte gerade seinen Fang aus dem Boot auf die Kaimauer, hörte er ein freundliches <Guten Morgen, mein Retter.>
Sie stand vor ihm in abgeschnittenen Jeans, einer über dem Bauchnabel verknoteten Bluse, ein Fuß in dicke Bandagen gehüllt, auf zwei Krücken gestützt.
„Oh, das ist eine Freude Sie zu sehen. Wie geht es Ihnen heute?" Er war angenehm überrascht, und da er noch in gebückter Haltung war und sie in der Sonne stand, dünkte sie ihn überirdisch schön.
„Ich wollte mich bei Ihnen bedanken. Ich hoffe, Sie haben eine Idee, wie ich mich erkenntlich zeigen kann." Ein leichter Wind spielte in ihren Haaren.
An ihrem Körper vorbei konnte er Mutter sehen, die, wie immer, auf dem Stuhl neben der Eingangstür zum Restaurant saß und das Geschehen, er würde jede Wette gewinnen, bestimmt mit Argusaugen beobachtete. Er richtete sich auf und entspannte die Schultern.
„Na, da dürfte uns doch sicherlich etwas Passendes einfallen", hatte er geantwortet und mit seinem Blick ihre Augen gesucht. „Wenn Sie sich einen Augenblick gedulden, können Sie gleich mit mir zum Frühstück kommen. Ich lade Sie ein. Sie haben doch hoffentlich noch nicht gefrühstückt?"
„Nur Kaffee."
„Okay, also nur einen Moment." Er ordnete, nicht ganz so sorgfältig wie sonst, die an Bord liegenden Netze, wischte mit einem Schrubber und

117

Wasser aus dem Hafenbecken das Deck sauber und stieg dann an Land. Er stellte die Fischkörbe auf einen kleinen Rollenwagen, vollführte eine galante, einladende Handbewegung und nebeneinander, er ziehend, sie humpelnd, überquerten sie den Platz, Mutters kritischen Blicken ausgesetzt.

Danach hatten sie sich täglich getroffen. Sie hatte es sich zur Gewohnheit gemacht, mit ihm zusammen das Frühstück einzunehmen. Mutters Gesicht aber öffnete sich nicht. Sie war nicht unfreundlich, aber sie brachte der Frau, mit der ihr Sohn seit Neuestem zu tun hatte, kein Lächeln entgegen. Sie registrierte mit feinem Gespür, dass ihr Sohn sich veränderte. Dass er lächelte, dass er strahlte, dass er summte, dass er liebte. Er wusste nicht, dass sie, bevor sie sich zu den kaum zählenswerten Stunden zum Schlafen niederlegte, in ihrem Zimmer unter dem Abbild der Gottesmutter Maria in der Ecke kniete und für ihn betete.
Als eines Nachts das hölzerne Boot im Hafen geblieben war, anstatt zu den Fischgründen zu fahren, und er erst am Mittag des nächsten Tages geistesabwesend wie ein Junkie nach Hause geschwebt kam, wusste sie als Mutter unmissverständlich sofort, was die Stunde geschlagen hatte. Sie war wortlos in ihr Zimmer gegangen und hatte gebetet. Aber am gleichen Abend blieb das Boot wieder im Hafen liegen und Sophia, die gute Tochter, musste zum ersten Mal in ihrem Leben Fisch fürs Restaurant bei einem der Tiefkühllaster kaufen. Und es ging weiter so. Mutter hatte viel zu beten in jenem Sommer, aber zu ihrem Sohn sagte sie nichts. Sie dachte, wenn er nicht das versteht, was ich mit meinen Blicken zu ihm sage, dann hat es keinen Sinn, überhaupt etwas zu sagen.

Nach einigen Tagen hatte ihn seine Schwester, der die Veränderungen in seinem Verhalten nicht verborgen geblieben waren, zu sich in die Küche des Restaurants gerufen. Vielleicht war es Mutter gewesen, die sie aus Sorge darum gebeten hatte, mal ein vernünftiges Wort mit ihm zu reden. Er wusste es nicht oder wollte es nicht wissen. „Geht es dir gut?" Sophia fragte es wie nebenbei. Wieder war er erst mittags aus dem Hotel nach Hause gekommen. „Weißt du", fuhr sie einfach fort, „weißt du, mir ist es egal, wo ich die Fische herkriege. Wenn du sie mir bringst, ist es gut, und wenn ich sie beim Tiefkühllaster kaufen muss, wird das Essen halt teurer. Wie gesagt, mir ist es egal. Und dir? Ist es dir auch egal?"

„Worauf willst du hinaus?" Dass das eine dumme Frage war, konnte er sich ja denken.

„Ob sie es Wert ist. Seit Tagen fährst du nicht mehr hinaus, sondern vergnügst dich in ihrem Bett. Das ist alles, was ich wissen will." Sophia blieb ganz gelassen.

„Du warst es, die mir vor einiger Zeit mal gesagt hat, dass ich wissen werde, wenn die Richtige vor mir steht. Weißt du noch?" Auch er bemühte sich um eine ruhige Fassung. „Und jetzt ist es soweit, Soph." Er nannte sie Soph, nicht Sophia.

Sophia nickte bedächtig und schicksalsschwer. „Gut, dann bist du entschuldigt. Dann mach es richtig, Bruderherz. Verstehst du? Richtig. Versteck dich nicht mit ihr in einem schummrigen Hotel, als würdet ihr Verbotenes oder Schmutziges tun. Und das tut ihr doch nicht, oder? Mach es richtig."

Das hatte er dann gemacht. Er hatte es <richtig> gemacht.

Er hatte sie vom Status einer Geliebten in den Status seiner Frau erhoben. Er hatte sie ausgeführt, er hatte sich mit ihr in der Stadt präsentiert, er hatte sie anlässlich seines Geburtstages offiziell seiner Mutter und seiner Schwester und seinen Kollegen vorgestellt. Er hatte jede Sekunde und Minute jener Tage in vollen Zügen genossen. Die <dummen> Sprüche seiner Kollegen, die ja eigentlich keine Kollegen mehr waren, weil sie nicht mehr fischten, hatte er wie Komplimente empfangen. Es ging ihm runter wie Öl. Ja, er hatte es <richtig> gemacht.

Und als ihr Urlaub zu Ende war, hatte er sein Boot wieder bestiegen und war hinaus gefahren zu den Fischen.

Im Winter war er mit der Eisenbahn über Österreich und München zu ihr nach Deutschland gefahren. Eine gefühlte Odyssee. Mutter hatte er erklärt, dass er seinen Cousin besuchen wolle. Das war nicht mal eine Lüge gewesen, sondern er hatte das nebenbei wirklich getan, denn ein Sohn von Vaters Bruder wohnte mit seiner Familie tatsächlich nicht allzu weit entfernt von ihr im schönen Wiesental in Deutschland. Hauptsächlich jedoch war er bei ihr in Hohenterzen. Und als der Sommer 2020 wieder ins Land gezogen kam, war auch sie wieder in die Stadt am Meer gereist, nach Rovinj an der Adria, der Stadt auf dem Fels. Sie war zu ihm gekommen und sie waren, wie ein Jahr zuvor, ein Paar, ein Paar. Es war Liebe. Die große Liebe. Das war doch alles so, oder?

Am Ende des Sommers fuhr sie wieder nach Deutschland zu ihrer Arbeit zurück.

Zwei Monate später war sie dann wieder zu ihm gekommen, und die Liebe war so groß und intensiv gewesen wie im Sommer. Nein, sie war sogar noch größer geworden. Ja, noch größer.

Damals hatten sie erste Fotos gegenseitig von sich geschossen und sich von Passanten als Paar ablichten lassen. Er erinnerte sich gut an jenen Herbst vor einem Jahr. Für gewöhnlich waren die Herbstmonate noch warm und lau. Aber was das Wetter betraf, war schon lange nichts mehr gewöhnlich. Mitten im November hatten sie langärmlige Hemden und Pullover getragen und lange Jeans.

Schuld war die Bora gewesen, jener kalte Adriawind, der die wenigen Touristen ärgerte. Die Bora, ein nordöstlicher Fallwind, der aus dem kühleren Festland oder mit kalten Luftströmungen aus dem Polargebiet kam und über Istrien und Dalmatien auf sommerwarmes Wasser der Adria stieß. Sie zählte zu den gefährlichsten und stärksten Winden der Welt, die kurzfristig sogar im Sommer, jedoch hauptsächlich und bis zu zwei Wochen andauernd im Winter mit zerstörerischen Böen die Täler des Karstgebirges durchraste und über die Küstenregionen herfiel. Bora.

Sie waren mittags mit dem Boot zu der kleinen Insel Sturag gefahren und waren die einzigen Menschen weit und breit. Essen und Trinken hatten sie mitgenommen. Abends hatten sie aus dürren Ästen ein Feuer entfacht, und während der Wind glühende Funken stiebend in den Himmel jagte, liebten sie sich nackt im Schein des Feuers auf einer Decke. Als die Flammen erloschen waren, kuschelten sie sich unter der Decke zusammen und liebten sich, bis ihnen der Schweiß über die nackte Haut lief. Und über das nahe Wasser heulte der kalte Wind der Bora.

Er hatte ihr die Kathedrale gezeigt, eine der schönsten in Kroatien, die hoch über den zwei Häfen thront, mit der heiligen Euphemia, die bei schönem Wetter über das Meer nach Venedig blickt und bei wolkigem Wetter auf Rovinj.

Wieder und wieder hatten sie sich geliebt.

So war es doch. So war es doch.

Und im gleichen Jahr, nach Weihnachten, waren er und Sophia mit einem Auto von Sophias Mann nach Deutschland gereist. Während Sophia bei ihrer beider Cousin und dessen Familie blieb, wohnte er bei Margarete in deren kleinem Haus in Hohenterzen, und nur einmal fuhr er mit Margarete von Hohenterzen aus über den Feldberg zu Besuch nach Schönau, um dort im Familienkreis Silvester zu feiern. Er erinnerte sich daran, wie gut es Margarete gefallen hatte und wie herzlich sie von seinem Cousin Branco und dessen Frau Dunja aufgenommen worden war.

So war es. War es nicht so?

2021

„Was soll ich tun? Was soll ich bloß tun, Soph?"

Er hockte auf dem Stuhl in der Küche, die Ellenbogen auf die Knie und den Kopf auf beide Fäuste gestützt.

Sophia wusste, was er meinte.

„Ist es so schlimm?"

„Es stimmt etwas nicht mit ihr. Wenn ich anrufe, wimmelt sie mich ab. Ständig sagt sie, sie hat so viel zu tun. Sie will nicht, dass ich zu ihr komme. Schon im Februar hat sie das gesagt. Sie hat auch diesen Sommer keinen Urlaub, sagt sie. Die Arbeit wächst ihr über den Kopf, sagt sie. Sie wird nicht hierher kommen. Ich kann nicht mehr schlafen. Ständig denke ich an sie. Die anderen machen bereits Späße mit mir. <Na, wo bleibt denn dein Goldfisch> und so. Ich liebe sie doch so sehr. Was soll ich nur tun, Soph?"

Sophia hatte sich zu ihm umgedreht. Sie trocknete die Hände an einem Küchentuch ab. Der Salat war fertig. Mitleidig betrachtete sie ihren älteren Bruder. Wie elendig er auf dem Stuhl saß. Sie sah, wie zentner-schwere Gewichte seinen Kopf nach unten drückten. Seine sonst so kraftvollen Schultern hatte er krampfhaft bis an die Ohren gehoben. Den breiten Rücken beugte die Last allen Unglücks. Die Augen wanderten suchend über den Boden. So hatte sie ihn noch nie gesehen. Ein Bild des Jammers.

„Bist du bereit? Bereit für alles?"

„Wie meinst du das <bereit für alles>?"

„So, wie ich es sage." Sie nahm seinen Kopf und drückte ihn gegen ihren Bauch. „Eine große Liebe wagt alles, mein Bruder, hörst du? Liebe wagt alles."

„Ich versteh' dich nicht", grummelte er in ihre Schürze.

„Dummkopf, der du bist." Sie wuschelte seine Haare. „In deinem Innersten weißt du es. Gib zu, dass du es weißt. Du musst hinfahren. Du musst zu ihr. Zeige dich. Bleib bei ihr, such dir dort Arbeit. Dort wird Arbeit noch gut bezahlt. Du kannst doch Autos reparieren. Mit der

Fischerei hier geht es sowieso zu Ende, das ist dir doch klar. Oder hol' sie hierher, wenn dir das lieber ist. Du kannst bei meinem Mann ganztags in der Werkstatt arbeiten. Das ist der einzige Weg. Dein einziger Weg. Alles, Bruder. Du musst alles wagen!"

Er hob den Kopf aus ihren Händen und schaute mit wässrigen Augen in ihr Gesicht.

„ Ja, du hast Recht. Ich weiß es im Grunde schon lange. Ich wollte nur von dir bestätigt haben, dass ich es richtig mache. Ich werde sie holen, Soph."

„Ja! Nochmal!"

„Ich werde sie holen! Ich werde sie holen!"

Sophia lächelte.

Kapitel 2

24. September 2021
Gengenbach

Das Porphyr-Pflaster in der Fußgängerzone von Gengenbach dampfte. Gegen sechzehn Uhr war ein heftiges Gewitter über die Ortenau hereingebrochen. Innerhalb einer viertel Stunde hatte sich der Himmel blauschwarz verfinstert und während zehn Minuten ergoss sich ein Wasserschwall über der Stadt, dass man nicht mehr von einer Straßenseite auf die andere sehen konnte. Das *Bächle*, das nach Freiburger Muster quer durch die Fußgängerzone plätschert, hatte das viele Wasser nicht mehr ableiten können und war übergelaufen. Zehn Minuten nasse Hölle, und danach schien wieder die Sonne vom blauen Himmel, als wäre nichts geschehen. Die Luft war schwülfeucht. Es war Freitag.

Melanie Köninger hantierte hinter der Ladentheke ihres Geschäftes *Aquarelle und Poesie*. Sie packte eine Lieferung mit Gedichten des Neo-Romantikers Walter Hardtwald aus, eine Sonder-Edition tuschegeschriebener Texte auf vierundsechzig Seiten.

Walter Hardtwald war 2017 der renommierte Jacob-Grimm-Preis für seine ersten fünf Lyrikbände verliehen worden. Es war ihm als erstem gelungen, Bilder und Begriffe aus modernster Industrie und Technik mittels Worten in Gewänder zu kleiden, die den sonst so nüchtern wie kalt wirkenden Alltagsgegenständen, ohne deren Gebrauch kein normaler Mensch mehr auskommen konnte, eine weichzeichnerische Patina verliehen.

Begleitet wurden die Werke von Grafiken und Gemälden seines kongenialen Freundes Stephen Marquart, der in Fachkreisen bereits als der neue Caspar David Friedrich gehandelt wurde. Er schaffte es, zwischen den Texten um Objekte einerseits und dem stillen Zuhörer und Betrachter andererseits mit dem Pinsel und den Farben vermittelnd Brücken zu schlagen, die von einer Ästhetik geheimnisvoll und verwunschen in eine andere Ästhetik übergingen, ohne den Blick auf das Wesentliche zu verstellen, und doch Raum für Fantasie und Ahnungen zu hinterlassen.

Worte und Bilder indes blieben, ungeachtet ihrer gemeinsamen harmonischen Aussagekraft, eigenständige Kunstwerke für sich allein.

Sie war nicht allein. Ein älteres Paar, der Freizeitkleidung nach vermutlich Touristen, besprach sich seit einigen Minuten an einem Tischchen im Licht des hinteren Schaufensters angeregt über den Kauf eines kleinen Gemäldes.

Melanie fühlte sich wohl. Die brütend heißen Tage des Sommers schienen endgültig vorbei zu sein. Der September hatte mildere Lüfte gebracht und die Stadt füllte sich wieder mit Menschen. Sie hatte die Hitze zu spüren bekommen. Während der Monate Juli und August war Kundschaft in ihrem Laden eine seltene Spezies. Die Leute hatten es vorgezogen, bei den quälenden Temperaturen zu Hause zu bleiben und hatten sich lethargisch in den Wohnungen und Hotelzimmern versteckt. Für einzelne Besucher hatte sie zwar gekühlte Säfte bereitgestellt gehabt, aber ein echter Anreiz war auch dieser Service nicht gerade gewesen. Die „Saure-Gurken-Zeit" nutzte sie dafür, die Auslage in den Schaufenstern und in den Vitrinen für den nahenden Herbst umzugestalten. Sie hatte Bestellungen getätigt und Kontakte vertieft sowie neue Künstler akquiriert, unter anderen eben Walter Hardtwald, dessen Gedichtbände sie geschäftig mit Preisen auszeichnete. Billig war er nicht gerade, aber Melanie glaubte, dass die handgeschriebenen und limitierten kleinen Bücher ihre Liebhaber finden würden.

Vor sechs Tagen hatte sie ihren zweiundsechzigsten Geburtstag gefeiert. In ihrem Geschäft, genauer gesagt im Büro hinter dem Verkaufsraum, hatte sie einen Tisch gedeckt und Kaffee und Kuchen für die Kundschaft bereit gehalten. Da es ein Samstag war, rechnete sie doch mit der einen oder anderen Stammkundin, mit dem(r) einen oder anderen Künstler/in. So war es auch gekommen und sie hatte in dem allgemeinen Trubel nicht nur gespürt, wie angenehm gut es ihr tat, leibhaftig unter den Freunden und Menschen zu sein, sondern auch wie sehr sie mit den ganzen Umständen, mit der Situation, mit der Phase ihres Lebens zufrieden war.

Edgar hatte ihr morgens beim Frühstück, Melanie empfand es etwas reserviert, zum Geburtstag gratuliert und ihr irgendwie geistesabwesend beim Transport der Kuchen und beim Herrichten des Büros im Laden geholfen, war sonst aber nicht intensiver auf ihren Feiertag eingegangen. Beinahe hatte sich ob seiner Zurückhaltung eine kleine Enttäuschung bei ihr einschleichen wollen, fand dann aber nicht ausreichend Nahrung, um weiter gedeihen zu können. Komisch fand sie es allerdings schon ein bisschen, dass nicht einmal eine Blume auf dem Frühstückstisch gestanden hatte. Sonst war doch gerade Edgar derjenige, der vor Einfallsreichtum bei solchen Anlässen sprühte. Oder war an ihr, der im Allgemeinen nicht der Hauch einer noch so kleinen Veränderung entging, irgendwas vorbei gegangen?

Abends hatte er sie aus der Stadt abgeholt und war mit ihr zu Fuß nach Hause gewandelt. Zum Abräumen, hatte er großzügig erwähnt, würden sie am Sonntag noch Zeit haben.

Als sie Haus und Garten erreicht hatten, wurden sie von Edgars Hund „Müller" und ihrer Hündin „Lydia" begrüßt. Auf dem Weg zur Haustür blieb Edgar plötzlich stehen und fragte Melanie anzüglich, ob ihr <nichts> auffallen würde.

„Was soll mir den auffallen, lieber Edgar?" Melanie schaute sich ahnungslos um. „Du hast den Rasen gestern gemäht. Das fällt mir auf."

„Stimmt, das hab ich", meinte er süffisant. „Fällt dir sonst noch etwas auf?"

Jetzt klingelten bei ihr langsam die Ohren. Melanie schaute sich um, aber sie sah nichts, was nicht gestern genauso gewesen wäre.

Edgar sagte: „Haus?"

Sie drehte sich frontal zum Haus, und dann sah sie es: Über dem runden Sandsteinbogen zum Kellereingang, den man über eine kurze Abwärtstreppe erreichte, hing ein rosenumranktes weißes Schild mit der schwarzen Aufschrift <Galerie>. Sie löste sich aus seinem Arm und ging direkt auf den Eingang zu. Edgar folgte ihr langsam.

„Galerie? Edgar, da steht Galerie." Sie zeigte mit einer Hand auf das Schild und griff mit der anderen nach ihm. „Galerie?"

„Ja, mein Schatz, Galerie. Komm, ich erkläre es dir nach dem Essen." Er zog sie leicht mit sich fort zum Wohnungseingang, grad so, als würde er ein Kind von dessen liebstem Spielzeug fortziehen. Rückwärts zu dem Schild schauend und vorwärts gehend, fast stolpernd, folgte sie ihm und fragte wieder: „Galerie?"

Edgar hatte gekocht und den Tisch festlich mit roten Rosen und Kerzen gedeckt. Er servierte in der Bratröhre gebackenes Rebhuhn mit glacierten Maroni und Schwarzwurzelgemüse, als Entree einen schlichten grünen Salat. Sie tranken dazu einen Durbacher Weißherbst. Melanie ließ ihn nicht aus den Augen. Auf einem Stuhl neben dem Esstisch lehnte ein großformatiges, flaches, in Geschenkpapier gehülltes Päckchen.

„Du machst mich wahnsinnig", brach es schließlich aus ihr heraus. „Das Essen schmeckt wunderbar. Wunderbar, Edgar. Die Qualität wird nur noch übertroffen von meiner Neugier. Sag mir endlich, was da mit <Galerie> gemeint ist."

„Na gut", gab er sich geschlagen und reichte ihr das flache Geschenk über den Tisch. „Mach es auf, mein Schatz. Lass dir aber nicht das Essen verderben."

„Es ist mir verdorben, wenn ich nicht sofort Klarheit bekomme."

Sie zog einen DIN A3-Umschlag aus der Verpackung und daraus einen Bogen Papier gleichen Formats. Darauf war eine Kohle-Zeichnung.

„Was ist das, Edgar? Mein Gott, was ist das? Das sieht ja interessant aus."

„Es ist dein Keller, Melanie."

„Mein Keller? Du meinst den Keller von diesem Haus? Das ist ja wohl nicht möglich. Ich würde doch unseren Keller wiedererkennen, oder meinst du nicht?" Sie blickte ihn halb entrüstet, halb verwundert an.

„Du würdest ihn erkennen, wenn du dir sämtliches Gerümpel und allen Sperrmüll dazu vorstellen würdest. Denk dir jetzt einfach nur den leeren Keller. Nichts ist mehr drin. Dann sieht er so aus wie auf dem Bild. Naja, fast. So gut kann ich nun auch wieder nicht mit dem Kohlestift umgehen. Ich habe mir lediglich erlaubt, an die Wände noch ein paar Bilder zu zeichnen." Edgar lächelte sie an.

„Echt?"

„Ganz in echt, mein Liebling. Der Keller ist fantastisch."

Dann erzählte er ihr, wie er auf die Idee mit der Galerie gekommen war.

Es hatte ihn einfach interessiert, wie es wohl in den Katakomben des Hauses aussehen würde. Eines Nachmittags im Sommer, um der Hitze zu entfliehen, hatte er das Interesse mit dem Wunsch und der Gelegenheit, einen kühlen Ort vorzufinden, verbunden. Er hatte die Kellertür geöffnet und war hinein gegangen. Sofort hatten ihn die Rundungen des Gewölbes begeistert. Ausgehend von zwei Stützpfeilern aus Granit in der Mitte des Raumes, schwang sich die Kellerdecke in mehreren Bögen zu den Außenmauern.

Breite Einlässe für die Kellerfenster leiteten in regelmäßigen Abständen das Tageslicht hinein. Der Boden bestand aus planebenen Sandsteinplatten. Natürlich hatte er das Gerümpel gesehen, den Schrott. Alte Regale und Pritschen verstellten die Wände. Verstaubte Bretter, Kisten und Körbe, blinde Scheiben, kaputte Möbel standen und lagen bunt durcheinander. Er fand beschädigte Eternit-Blumenkästen neben gesprungenen Blumentöpfen aus Ton, verbogene Dachrinnen und rostige Eisenrohre, feuchte Kartons, Dachziegel, Gartengeräte mit gebrochenen Stielen, spröde Autoreifen,

Gartenmöbel aus Plastik und vieles andere mehr. Trotzdem erkannte er auf den ersten Blick das Potenzial, welches in dem Gewölbekeller steckte und dachte ohne Umwege an eine Galerie. Anderen Männern wäre vielleicht zu allererst die Idee für einen privaten Partykeller gekommen, mit einer richtigen Theke und einem Bier-Zapfhahn darauf, was Edgar durchaus verstehen konnte. Ihm lag allerdings die Kunst und die Möglichkeit, ihr eine Plattform zu geben, näher am Herzen.

„Ich möchte dir eine Galerie schenken. Was hältst du davon?"

„Also ich bin einfach sprachlos." Melanie hatte vergessen zu kauen. „Auf was du alles kommst. Das wäre natürlich sensationell gut. Schon lange nervt mich das viel zu kleine Platzangebot für Ausstellungen in meinem Laden. Du kennst es ja, wie das ist. Jedes Mal räume ich dort um und verschiebe die Vitrinen, nur um genug Platz für eine neue Präsentation zu bekommen."

„Eben. Jetzt darfst du aber weiteressen." Edgar deutete auf ihren Teller. Melanie schob sich ein Stück Fleisch zwischen die Zähne und nuschelte, ganz gegen die feine Art, mit vollem Mund: „An ‚n Kellr hätt ch niemls gdach." Sie schluckte. „Pardon! An den Keller hätte ich niemals gedacht. Ehrlich gesagt, war ich seit mindestens drei Jahren nicht mehr unten. Edgar, du bist ein Genie."

„Übertreib‘ mal nicht gleich, meine Gute. Aber ich kann mir sehr gut vorstellen, was du mit dem ungenutzten Raum alles machen kannst."

Melanie war vom Tisch aufgestanden und, zu Tränen gerührt, an die Seite Edgars geeilt, beugte sich zu ihm und umarmte seine Schultern.

„Entschuldige, mein lieber Schatz. Entschuldige. Ich habe dir Unrecht getan. Heute Vormittag hatte ich gemeint, dir würde mein Geburtstag nicht viel bedeuten. Und jetzt stehe ich da und bin beschämt und überwältigt, weil du sehr wohl an mich gedacht hast. Das ist wirklich ein ganz wunderbares Geschenk, mein Schatz. Danke, danke, danke." Sie küsste ihn auf die Wange, auf die Stirn und dann auf den Mund. „Danke, Edgar. Es ist so…. es ist so….. ach, es ist einfach toll."

„Ach Liebling, wie könnte ich dich je vergessen. Seit wir uns kennen ist kein Tag, keine Stunde vergangen, ohne dass ich nicht mit Herz und Kopf bei dir gewesen wäre. Du bist mein Lebensquell und meine Inspiration. Ohne dich geschieht in meinem Leben nichts und nichts wird es geben, das mein Leben mit dir trüben kann." Edgar war bei diesen Worten ebenfalls aufgestanden und hatte Melanie in die Arme geschlossen. So blieben sie, eng umschlungen, für Minuten stehen und ließen sich in der aufbrandenden Woge ihrer Zuneigung versinken.

„Nächste Woche werde ich mit den Arbeiten beginnen", brachte Edgar sie wieder in die Realität zurück. „Das größte Problem wird sein, den gesamten Krempel irgendwo los zu werden. Aber ich werde das schon schaffen. Übrigens plane ich, eine kleine Bühne, ein Podium einzurichten. Du wirst zum Beispiel Lesungen veranstalten können oder Vorträge halten. Doch, Melanie, das wird eine gute Sache. Ich sehe es schon vor mir. Die Galerie wird ein Publikumsmagnet sein und du wirst mit deinem Wirken zu einer überregionalen Institution. Es wird für dich aber auch mehr Arbeit bedeuten."

War das wirklich schon sechs Tage her?

Sie dachte an ihren Edgar. Ein Lächeln breitete sich auf ihrem Gesicht aus.

Seit sie aus <La Palma> zurück waren, fühlte sie sich so leicht, dass sie meinte, sie würde schweben. Alles Schwere wich von ihr. Sie wurde getragen von einem großen Gefühl von Sicherheit. Sie empfand die Gegenwart als paradiesische Spanne auf ihrem Weg mit Edgar in ein himmlisches Glück. Gleich einer ätherischen Fee glitt sie tranceartig und fast körperlos durch die Zeit. Was zu tun war, gelang ihr mit Leichtigkeit und oft erledigten sich irgendwelche Dinge wie von selbst. Sie war von einer Aura umgeben, die jede Person, die ihr begegnete, augenblicklich beeindruckte und ein Lächeln auf deren Lippen zauberte.

Irgendwie wandte sich alles zum Guten, mochte sie in die Hand nehmen, was sie wollte. Wenn sie zum Beispiel nur daran dachte, wie sie Walter Hardtwald für ihr Geschäft hatte verpflichten können. Der war nämlich schon ein Schwergewicht unter Deutschlands Literaten und hätte ihr und ihrem kleinen Laden die arrogante, kalte Schulter zeigen können. Sie aber hatte das unverschämte Glück gehabt, ihn selbst anstatt sein Büro an die Strippe zu bekommen, und, sei es ihrem Geschick oder ihrem Charme zuzuschreiben, ohne viel Wenn-und-Aber hatte er nicht nur die Lieferung der handgeschriebenen Ausgabe versprochen, sondern ihr sogar eine Option für eine Lesung in ihrem Geschäft offengehalten. Und dann war Edgar mit der Idee für die Galerie gekommen. Wenn das keine Fügung war?

Fünf Wochen waren es noch bis zu ihrer Hochzeit am dreißigsten Oktober. Alles, woran zu denken gewesen war, hatten Edgar und sie in den letzten Tagen und Wochen besprochen und organisiert. Melanie verspürte, trotz allem, eine leicht nervöse Ungeduld. Sie fühlte sich in die Jahre zurück versetzt, in denen sie als Kind auf Weihnachten warten musste. Apropos warten: Melanie blickte auf die Uhr, die über der Tür zu ihrem Büro hing. Es war sechzehn Uhr fünfzehn. Sie wartete auf Bernadette Wolff, Kinderbuchautorin und -illustratorin, die sie im Januar dieses Jahres im Rahmen von Edgars Ermittlungen um den Mörder Bodo Schneider als Partnerin von Peter Seibelt in Weinbuch kennengelernt hatte. Sie hatte sich für den heutigen Tag auf sechzehn Uhr angekündigt, um mit Melanie über eine eventuelle Ausstellung ihrer Zeichnungen zu sprechen. Offensichtlich hatte sich Bernadette verspätet.

Das Touristen-Paar, anscheinend gerade einig geworden wegen des Gemäldes, das er nun wie ein Schutzschild vor seiner Brust hielt, näherte sich dem Verkaufstresen. Melanie legte ihre aktuelle Arbeit zur Seite und widmete sich der Kundschaft. Just als sie den Kauf eben dieses Bildes lobte, ertönte die Türglocke. Mit einem Seitenblick erfasste Melanie, dass es nicht die erwartete Bernadette Wolff war, sondern eine junge Frau, die sie noch nie in ihrem Geschäft gesehen hatte. Es dauerte etwa drei Minuten, bis Melanie das Gemälde verpackt, den Betrag kassiert und den Kunden einen schönen Tag gewünscht hatte. Dann widmete sie sich der jungen Frau, die nur oberflächlich interessiert die Auslagen in den Vitrinen betrachtete. Melanie schätzte sie auf um die zwanzig Jahre. Sie war gegen ein Meter achtzig groß und kräftig und trug das braune Haar kurz und praktisch geschnitten. Das Gesicht zeigte energische Züge.

„Guten Tag, was kann ich für Sie tun? Interessieren Sie sich für etwas Besonderes?"

„Guten Tag", antwortete die junge Frau und wandte sich zu Melanie um. „Nein, ich bin nicht wegen Ihres Geschäftes hier. Ich komme wegen eines Anliegens."

„Gut", reagierte Melanie freundlich und offen, „dann sprechen Sie ganz frank und frei." Melanie steuerte die junge Dame zu dem Tischchen am hinteren Schaufenster, wo sich vorhin das Paar mit dem Gemälde beraten hatte.

„Ich arbeite in dem Sanatorium", begann sie, „in dem Ihr Mann bis vor vier Jahren Geschäftsführer war. Ich selber habe ihn ja nicht mehr kennenlernen können, weil ich erst seit einem Jahr dort tätig bin, hörte aber durch Kollegen davon. Daher weiß ich Ihren Namen. Ich arbeite übrigens in der Pflegeabteilung. Sie fragen sich bestimmt, was mich an Ihrem Namen interessieren könnte. Es ist so, dass natürlich auch in unserem Betrieb über Ihr Abenteuer auf Lanzarote gesprochen wurde. Das war tagelang das Top-Thema Nummer Eins. Und es ist so, dass damit auch der Name Ihres

Mannes, ich meine Ihres jetzigen Mannes, Herrn Schaaf, seine Runde gemacht hat. Darum bin ich hier. Wegen Ihres Mannes. Wegen Herrn Schaaf."

„Das ist aber interessant." Melanies Neugier wuchs von Wort zu Wort. „Erzählen Sie weiter, bitte. Sie sind aber nicht zu mir gekommen, weil Sie Herrn Schaaf als Mann wollen."

„Nein, natürlich nicht. Ich habe mich vor Aufregung vielleicht falsch ausgedrückt. Es gibt da ein Problem", verriet die junge Frau und wirkte leicht verlegen. „Vor mehr als zwei Monaten ist meine Mutter ermordet worden. In Hohenterzen. Die Polizei hat, soweit ich informiert bin, ihr Möglichstes getan, um den oder die Täter zu finden. Bisher leider erfolglos. Und es sieht momentan nicht so aus, als würde sich in den Ermittlungen viel bewegen. Ich habe vorgestern mit dem zuständigen Staatsanwalt telefoniert, aber der hat mehr oder weniger nur meine Befürchtungen bestätigt, dass es im Todesfall meiner Mutter keine neuen Erkenntnisse gibt. Ich dachte nun, ob vielleicht ihr Mann, er ist doch ein Detektiv, oder nicht, also ob er vielleicht sich des Falles annehmen könnte? So, jetzt ist es raus."

Melanie war nicht zum Lachen zumute, aber sie lächelte. Dennoch blieb sie ernst. Vor ihr stand eine junge Frau, die gekommen war, weil sie ihre letzte Hoffnung in eben diesem Schritt sah, jemanden um Hilfe zu bitten, von dem sie bei der Arbeit gehört hatte. Diesen Schritt, die Entscheidung dazu, wollte Melanie unter keinen Umständen unterschätzen.

„Es tut mir Leid, was mit Ihrer Mutter geschehen ist. Mein Mann ist kein Detektiv. Er ist Kriminalkommissar im Ruhestand. Wie heißen Sie?" Melanie berührte den Arm der jungen Frau.

„Mein Name ist Regina von Drach. Können Sie mir helfen?" In Reginas Blick lag eine zertrümmerte Hoffnung.

„Ich weiß es nicht, ob ich Ihnen helfen kann." Melanie legte Anteilnahme in ihre Stimme. „Wo sind Sie zu Hause?"

„Ich wohne hier in Gengenbach, im Schwesternheim des Sanatoriums."

„Hören Sie, Regina. Kommen Sie heute Abend zu mir nach Hause. Ich beschreibe Ihnen, wo das ist. Mein Mann, ach, wir sind ja noch nicht verheiratet, also Edgar Schaaf, wird dann da sein. Er muss entscheiden, ob er, ob wir Ihnen helfen können. Geht es für Sie so um neunzehn Uhr?"

In Reginas Augen glomm ein kleiner Funke auf. Sie nickte Zustimmung.

„Na prima." Melanie signalisierte Vertrauen. „Dann kommen Sie um neunzehn Uhr. Haben Sie keine Angst."

Als Melanie Regina von Drach zur Ladentür begleitete, betrat gleichzeitig jene Person das Geschäft, auf die sie gewartet hatte. Eine kleine, schlanke, zierliche Frau mit märchenhaft großen Augen und einem wunderschönen Mund. Bernadette Wolff.

*

Es herrschte eine angenehme Abendstimmung im Haus mit dem Türmchen. Die Sonnenstrahlen fielen schräg durch Fenster und spendeten dem Wohnzimmer ideales Licht zum Betrachten der Bilder, die Bernadette und Melanie im ganzen Raum verteilt hatten.

„Weißt du was?", hatte Melanie vor einer dreiviertel Stunde zu Bernadette gesagt, bevor diese noch die Mappen mit den Zeichnungen hatte aus dem Auto holen können. „Wir schließen den Laden zu und fahren zu mir nach Hause. Dort haben wir Ruhe, dort haben wir Platz und Zeit, und Edgar wird sich sowieso freuen, dich zu sehen."

So hatten sie es gemacht. Sie waren von ihrem Geschäft zu Melanie nach Hause gefahren und hatten die Zeichnungen und Bilder im Wohnzimmer verteilt. Edgar hatte sich wirklich gefreut, nach über einem halben Jahr seine alte Schulfreundin wieder zu sehen. Bei der Gelegenheit hatte er sich nach Peter Seibelt erkundigt, bei dem Bernadette seit der Zeit im Februar und noch ein paar Wochen davor wohnte.

Bernadette war beeindruckt gewesen, als ihr Melanie von der geplanten Galerie erzählte. Und ihr blieb der Atem weg, als Melanie ihr den Vorschlag machte, die Galerie mit der Vernissage ihrer Werke zu eröffnen.

„Lehnst du dich da nicht ein bisschen zu weit aus dem Fenster? Ich meine, so großartig sind meine Bilder ja nun nicht gerade." Bernadette hegte gewisse Zweifel. „Wer mag sich schon Kinderbilder ansehen, geschweige denn kaufen?"

Melanie nahm sie in den Arm.

„Es kommt nicht darauf an, was es ist, sondern wie es ist", beschwichtigte sie die Freundin. „Deine Zeichnungen haben genau die Qualität, die gefragt ist. Du hast den richtigen Strich und verfügst über ein natürliches Proportionsvermögen. Zudem gefällt mir persönlich ungemein, wie du einzelne Bilder durch gezielten Einsatz mit dem Aquarell-Pinsel unterstützt. Du hebst damit das Sujet förmlich in das Auge des Betrachters. Staple also nicht tief. Außerdem kommst du mir nicht so billig weg. Ich wünsche mir für die Eröffnung, dass Peter dazu auf der Gitarre spielt."

Bernadettes Gesicht glühte vor Erregung ob des Lobes. Als Melanie aber Peters Gitarrenspiel angesprochen hatte, legte sie erschrocken die Hand an den Mund.

„Oh je, da verlangst du was. Er hat doch noch nie vor Publikum gespielt. Das wird er, soweit ich ihn kenne, rundum ablehnen."

Melanie grinste. „Lass das mal meine Sorge sein. Das werde ich ihm schon noch schmackhaft machen. Es dauert ja auch noch einige Wochen, bis die Galerie bezugsfertig ist. Gell, Edgar?"

„Dein Wort in Gottes Ohr", schielte Bernadette zu ihr. „Ich fühle mich sehr geschmeichelt durch dein Angebot. Bis dahin kann ich vielleicht noch das eine oder andere Bild schaffen. Was meinst du?"

„Klar. Du weißt nun, was wir vorhaben und wo wir Schwerpunkte setzen wollen. Meine Geschäftsphilosophie kennst du ja. Ich streue gerne, und zwar was die Formate als auch die Preise betrifft. So decken wir eine differenzierte Kundenvielfalt ab."

Edgar, der in der Küche werkelte, hatte Melanies Ruf wohl vernommen und war zu den beiden Frauen getreten.

„Dauern wird es halt schon noch bis zur Einweihung der Galerie. Es freut mich, Beni, dass du die erste Künstlerin sein wirst, die uns die Ehre gibt. Die Grobarbeiten gehen in der Regel schnell. Die Feinarbeiten brauchen länger, und einige Arbeiten, wie zum Beispiel die elektrische Versorgung oder die sanitären Anlagen, werde ich an externe Firmen geben müssen. Da traue ich mich selber nicht dran. Das Abendessen ist übrigens gleich fertig. Könnt ihr eure Fachsimpeleien dann mal unterbrechen? Ich decke nur noch rasch den Tisch."

„Ach Edgar." Melanie hielt ihn am Zipfel seines Sommerhemdes zurück. „Deck doch bitte für eine Person mehr. Ich hab dir ganz vergessen zu sagen, dass wir heute Abend noch Besuch bekommen. Es ist ja gleich neunzehn Uhr, da wollte eine junge Frau kommen, die ich eingeladen habe. Sie will dich sprechen."

„Kein Problem mit dem Gedeck. Zu essen ist genügend vorhanden. Aber wer will mit mir reden?"

„Wirst es ja sehen, Edgar. Wirst es ja sehen." Melanie streichelte ihm zärtlich die Wange.

Edgar hatte zwei Sorten Schinken aufgelegt, eine Schüssel mit Melonen-stückchen, kalte Hähnchenschenkel, Nudelsalat und selbst gebackenes Brot. Als Durstlöscher waren Mineralwasser und badischer Landwein aufgetischt.

*

Regina von Drach war sprachlos. Obwohl sie in dem Haus und für die anwesenden Leute eine völlig Fremde war, durfte sie sich einer Gastfreund-schaft erfreuen, wie sie ihr noch nie zuvor in ihrem Leben begegnet war.

Pünktlich um neunzehn Uhr hatte sie an der Tür des Hauses mit dem Türmchen geklingelt. Es hatte ihr die Frau geöffnet, die sie bereits am Nachmittag als Melanie Köninger im Laden „Aquarelle und Poesie" kennengelernt hatte. Im Gegensatz zu ihrem ersten Treffen war sie erheblich nervöser gewesen, ohne dass sie einen besonderen Grund dafür hätte nennen können. Vielleicht lag es daran, dass ihr die Einladung in Melanies Haus wie eine Art Audienz vorkam. Vielleicht waren es die drei Stunden Zeit mehr, die sie zur Verfügung hatte, um über ihr Anliegen wiederholt nachzudenken: Ob es zum Beispiel einen Sinn machte, sich damit nach außen zu wagen. Ob es zum Beispiel richtig war, Zweifel zu äußern. Ob sie berechtigt war, Unzufriedenheit zu deklamieren. Ob es ihr zustand, Wahrheit zu bekommen. Aber wie oft hatte sie schon nachgedacht und überlegt, gegrübelt und beschlossen, und genauso oft gehadert und verworfen, um immer noch nichts zu wissen über das Schicksal ihrer Mutter? Wie oft?

Melanie hatte sie an den Schultern ergriffen und ihr die Wangen geküsst. <Sei willkommen>, hatte sie gesagt, und die Augen und das Lächeln waren Einladung genug. Regina war augenblicklich von der natürlich dargestellten Schönheit dieser Frau eingenommen. Anders als am Nachmittag registrierte sie eine herzensgute Wärme, die ihr entgegen strömte. Melanie führte sie ins Haus und stellte ihr Bernadette vor, die unentschlossen mit einigen Zeichnungen im Wohnzimmer herumging. Und dann war Regina, ohne vorbereitet gewesen zu sein, als unabhängige Jurorin verpflichtet worden, ihre ungeschminkte Meinung zu Auswahl und Präsentation einer Ausstel-lung kundzutun, um deren Vorbereitung es wohl gehen sollte. Von Minute zu Minute war sie mehr und mehr im Dunstkreis des schöpferischen Prozesses aufgegangen, als endlich eine Stimme erklang:

„Kommt zum Essen, Mädels".

Dann hatte sie *ihn* gesehen. Den Mann, dessentwegen sie hier war. Ganz in schwarz war er gekleidet: Schwarze Jeans, schwarzes T-Shirt, schwarzes

133

Hemd. Weißer Vollbart und langes, weißes Haar, das zum Pferdeschwanz gebunden war.

Zuerst war sie wie gelähmt. Sein Anblick weckte in ihr ein Gefühl von direkt empfundener Autorität.

Unaufgeregt bewegten sich Melanie und Bernadette an den Tisch, und Regina war ihnen schüchtern gefolgt. Er wirkte schon sehr dominant auf sie, dieser Edgar Schaaf, aber als er sich zu ihnen gesellt hatte, verschwand die Unnahbarkeit in gleichem Tempo, wie die Hunde „Müller" und „Lydia", von ihm gebeten, sich zu einem anderen Liegeplatz als gerade unter dem Esstisch davon trollten.

Die Gespräche wurden zunächst allgemein gehalten und Regina schätzte es, dass durchaus beabsichtigt war, ihr einen lockeren Rahmen zu bieten. Erst als das Mahl vorüber und der Tisch abgeräumt war, wurde Zeit und Raum geschaffen für ihre spezielle Bitte.

Edgar Schaaf wusste sofort, sobald er den vollen Namen Reginas gehört hatte, um welchen Fall es sich handelte und es war für ihn keine Kunst zu erraten, weswegen Regina von Drach zu ihm gekommen war. Über den Mord an ihrer Mutter und den Stand der polizeilichen Bemühungen um eine Aufklärung desselben war lang und breit in den Zeitungen berichtet worden, nicht ohne auch heftige Kritik an der Polizei und den Fortschritten, besser gesagt, am Stillstand der Ermittlungen zu üben. Edgars privates Polizeiarchiv umfasste mehrere Seiten mit Zeitungsberichten darüber.

Er hatte einen Notizblock geholt und lauschte ihren Erzählungen und Beobachtungen, ihren Einschätzungen und Vermutungen. Er unterbrach ihren Redefluss nur gelegentlich mit Fragen, die, wie sie erwartet hatte, grundsätzlich logischer Art waren. Erst als sie geendet hatte, arbeitete er aus dem Stegreif einige zusätzliche Fragen ab. Was ihm vordringlich erschien, sprach er unumwunden aus:

„Wenn ich Sie richtig verstanden habe, Frau von Drach, handelt es sich um ein freistehendes Einfamilienhaus. Wer hat momentan Zugang zu dem Haus?"

„Mein Vater hat natürlich Zugang." Regina führte auf der Tischplatte eine imaginäre Strichliste. „Er hat sich aus geschäftlichen Gründen aber nur die erste Woche in Hohenterzen aufhalten können. Ich meine die erste Woche nach der Tat. Dann hat Frau Rühe einen Schlüssel für das Haus." Sie zeichnete einen zweiten, unsichtbaren Strich. „Frau Rühe führt das Sekretariat der Klinik *An den Bächen* und wurde von meinem Vater als kommissarische Verwalterin bestellt und eingewiesen, bis er einen neuen

Geschäftsführer eingesetzt hat. Das kann noch einige Zeit dauern. Tja, und dann hat er mir einen Schlüssel gegeben, weil ich von der Familie am nächsten dran wohne. Mein Vater hat wohl vor, mir, nach entsprechender Ausbildung, die Leitung der Klinik zu übertragen." Regina schluckte und fügte ohne besondere Überzeugung hinzu: „Wenn ich das überhaupt will."

„Was meinen Sie mit <geschäftlichen Gründen> Ihres Vaters?"

Regina wischte die unsichtbaren Striche auf der Tischplatte mit einer Handbewegung aus.

„Er leitet eine ähnliche Klinik in Tegernsee. Vielmehr: Dort ist das Stammhaus. Die Klinik in Hohenterzen kam erst später dazu und wurde von meiner Mutter übernommen. Wie ich gehört habe, mit Sicherheit weiß ich das nicht, plant mein Vater irgendwo in Italien eine neue Klinik aufzubauen. Inwieweit es sich dabei um ein Gerücht handelt oder ob es tatsächlich konkrete Ideen sind …? Da muss ich leider passen."

Edgar räusperte sich. „Ich muss, wenn ich überhaupt etwas zur Lösung all Ihrer Fragen beitragen kann, in die Wohnung beziehungsweise das Haus Ihrer Mutter. Das heißt, dass Sie mit mir einen Ortstermin haben werden. Wann das sein wird, werden wir noch im Einzelnen abklären. Ich nehme an, dass das Haus nicht mehr versiegelt ist. Waren Sie, Frau von Drach, seither wieder einmal dort?"

„Ja, im August. Auf dem Rückweg von der Vernehmung durch die Polizei in Neustadt konnte ich das Siegel entfernen und die Wohnung betreten. Ich hatte bisher aber noch keine Zeit gehabt, in dem Haus aufzuräumen. Ich habe, ehrlich gesagt, auch Angst, mich dort alleine aufzuhalten, wenn Sie wissen, was ich meine. Herr Schaaf, ich bitte Sie darum, von ihrem neutralen Standpunkt aus, die Hintergründe um den Tod meiner Mutter aufzuklären. Ein Honorar kann ich nicht zahlen. Ich appelliere also eher aus einer sentimentalen Regung heraus an Sie, mir zu helfen. Mag sein, dass ich naiv bin, Ihnen solch eine Bitte zu unterbreiten, aber irgendwie glaube ich, dass ich bei Ihnen nicht falsch liege."

„Zuerst freut es mich, dass Sie noch nicht aufgeräumt haben. Dieser Zustand soll, wenn es nicht zu viel verlangt ist, solange bleiben, bis ich es persönlich gesehen habe. Ferner schlage ich vor, dass wir nicht länger so geschwollen miteinander reden", hatte Edgar Schaaf insistiert. „Ich bin ein Mensch aus Fleisch und Blut und arbeite besser, wenn wir einen ungezwungenen Umgangston pflegen. Damit meine ich, dass wir *Du* zueinander sagen. Okay? Ich habe mir zwar einiges aufgeschrieben, aber wenn ich weitere

Fragen habe, werde ich mich wieder an dich wenden. Das ist normal. Habe ich überhaupt schon <ja> gesagt zu der ganzen Sache?"

Bernadette hatte schon lange ihre Hand in den Gesprächskreis gelegt. Jetzt ergriff sie das Wort: „Ihr redet von einer Klinik in Hohenterzen, *An den Bächen*. Nur zu eurer Information: Peter war ab Mitte Mai bis Ende Juni zu einer Entzugstherapie in dieser Klinik. Wenn ihr Informationen braucht über die Einrichtung, dann fragt Peter danach."

„Klasse, Beni! So hab' ich endlich mal wieder einen Anlass, die <Harley> zu bewegen. Oder was meinst du, Melanie?"

Melanie war in Gedanken bei einem anderen Thema.

„Wenn du darüber nur unsere Hochzeit nicht vergisst."

15. Juli 2021
Endingen am Kaiserstuhl

Das Clubhaus war zum Bersten voll. Fünfundvierzig *Members* und genau acht *Friends* hatten sich zur planmäßigen Halbjahresversammlung der *Borderliners* eingefunden. Mehr oder weniger ungezwungen wartete man nach der Pause, vor welcher die langweiligen Protokolle der Schriftführerin Rita und des Kassiers Wolfgang, kurz Wolfi genannt, abgesessen worden waren, auf die Fortsetzung des Abends mit den Punkten „Besonderheiten und Anträge" sowie „Kalender". Jeder hatte sich in der Pause mit frischen Getränken und Knabbereien versorgt oder hatte dem Laster „Rauchen" vor dem Vereinslokal auf dem Parkplatz gefrönt. Jonny, der Präsident, hatte das Rauchen im Gastraum als verantwortlicher Wirt verboten.

Obwohl alle Fenster geöffnet waren, hing ein unangenehmer Geruch von feuchtem Leder und Schweiß im Raum. Die stickige Luft war zum Schneiden. Die Biker-Jacken hingen über den Stuhllehnen und die Gesichter aller Anwesenden glänzten.

Vor dem Clubhaus standen vierzig Motorräder in Reih und Glied und stellten einen ungefähren Wert von über einer halben Million Euro dar.

Rolli, der hinter der Theke Schwerstarbeit verrichtete, troff der Schweiß aus dem Bart. Heute würde es für ihn endlich soweit sein. Er konnte es kaum erwarten.

Jonny läutete die Glocke. Das Zeichen zum Weitermachen. Im Grunde war Jonny dieses Vereinsgetue zuwider. Ja, er hasste Vereine sogar. Vereine sind was für Spießbürger, lautete stets sein Credo. Männergesangsverein. Turnverein. Musikverein. Sportverein. Alles für Schafe, die gerne einem Hammel hinterher laufen. Er sah aber auch ein, dass, um viele Interessen unter einen Hut zu bringen, gewisse Strukturen vonnöten waren, nach denen man gemeinsame Ziele verfolgen konnte. Dass sein Club vom Aufbau, von der Hierarchie her, nichts anderes war als ein simpler Verein wie zum Beispiel ein Kleintierzuchtverein auch, stimmte ihn traurig, egal wie martialisch sich die Mitglieder auch geben mochten. Deswegen war er zumindest froh darüber, dass er nicht 1. Vorstand gerufen wurde wie in anderen Vereinen, sondern, mit einem kleinen Hauch an Ehrerbietung, den Titel *Präsident* tragen konnte. Und er musste notgedrungenermaßen zugeben, dass sich die *Members* sowohl die Verantwortung als auch die Planungen, vor allem aber das Denken, nur allzu gerne abnehmen ließen. Jonny himself hatte bei der Gründung des Clubs einsam über die Bezeichnung der Clubmitglieder entschieden. So gab es unter seiner Führung zum Beispiel nicht den Rang eines *Prospects,* wie in anderen Clubs üblich. Seine Mitglieder nannten sich *Members,* und die Gäste oder die Anwärter auf eine Mitgliedschaft hießen schlicht *Friends.*

Das Gemurmel und Raunen im Lokal verstummte.

„*Members* und *Friends.* Wir kommen jetzt zu den wichtigsten Punkten des Abends. Sind alle mit Getränken versorgt? Denn die brauchen wir jetzt nämlich zum Anstoßen. Zuerst, um Rita und Wolfi danke zu sagen für ihre Arbeit. Sie kommt euch manchmal trocken vor, aber sie ist notwendig. Ihr könnt so mitverfolgen, wo eure Beiträge geblieben sind. Danke also Rita, danke Wolfi." Jonny nahm einen tiefen Schluck aus dem Bierglas. „Freunde", er klingelte nochmal, um die Stimmung wieder zu beruhigen, „Freunde, wir werden unsere asphaltierte Straße bekommen. Der …"

Applaus brandete auf und vereinzeltes Johlen war zu hören. „Der Bürgermeister, bitte hört mir doch zu, der Bürgermeister verspricht uns den Straßenbelag noch in diesem Herbst. Jawohl, noch in diesem Herbst. Darauf lasst uns anstoßen, Freunde!"

Jonny ließ geschickt zwei Minuten verstreichen, während derer die Anwesenden Gelegenheit hatten, die gute Nachricht aufzunehmen, bevor er wieder zur Klingel griff. „Zu verdanken habt ihr diesen Erfolg nicht zuletzt der finanziellen Unterstützung einiger unserer *Members*. Erlasst es mir jetzt, die Namen all derjenigen zu nennen, die so großzügig und uneigennützig Geld für die gute Sache gespendet haben. Jeder von euch erhält nachher eine Aufstellung, aus der Kosten und Spenden für die Straße zu ersehen sind. Die Namen der Spender sind darin genannt. Ich sage hiermit meinen allergrößten Dank an die Spender. Darauf lasst uns trinken."

Jonny genehmigte sich wieder einen Schluck und winkte Rolli, ein neues Bier für ihn zu zapfen.

„So, *Members* und *Friends*, das war der Punkt <Besonderes>. Wir kommen nun zu den <Anträgen>. Es gibt keine schriftlichen Anträge, sondern alle sind mündlich vorgetragen worden. Ihr alle kennt unseren Herbie. Jeder hat von seinem Unfall gehört. Herbie stellt den Antrag, dass er mit einem Trike als vollwertiges Mitglied in unserem Club bleiben kann. Er stellt dem Club dafür seine Unfallmaschine, die 1800er Suzuki <Intruder> zur Verfügung. Herbie wird als Werkstattmeister in unserer Garage verantwortlich sein. Hierzu gibt es ein demokratisches Abstimmungsverfahren. Wir stimmen ab per Handzeichen. Fünfundvierzig *Members* sind heute Abend anwesend. Wie ihr alle wisst, sind *Friends* nicht stimmberechtigt. Wenn dreiundzwanzig Handzeichen für ja stimmen, ist Herbies Antrag angenommen. Die Abstimmung erfolgt jetzt. Wer für Herbie als Trike-Fahrer ist, der hebt die Hand."

Viele Hände schossen in die Höhe. Manni, der *Road-Captain*, zählte.

„Manni, wie viele sind dafür? Neununddreißig? Damit ist der Antrag von Herbie angenommen. Herbie, sei bei uns als Trike-Fahrer willkommen. Du bleibst *Member*. Gratuliere. Ich hatte nichts anderes erwartet. Applaus für Herbie."

Zustimmendes Klatschen und Hoch-Rufe auf Herbie schwollen wie eine Brandungswelle an und verebbten wieder, leiser werdend, wie diese an einem Strand.

„Der nächste Antrag kommt von Rolli. Ihr kennt ihn als Mann hinter der Theke. Er hat den Job von Herbie sozusagen geerbt. Rolli hat Interesse an Herbies Unfallmaschine. Er bietet an, mit einiger tatkräftiger Unterstützung Herbies altes Bike reparieren zu wollen und es zu kaufen. Er ist bereit, sechstausend Euro dafür zu bezahlen. Er stellt allerdings eine Bedingung: Nämlich dass er, auch wenn er bis heute keinen Biker-Führerschein hat, von einem *Friend* zu einem *Member* aufsteigen kann. Auch hier gilt wieder die demokratische Abstimmung. Wer dafür ist, dass Rolli Herbies Maschine kaufen kann und dass er somit ein *Member* wird, hebt jetzt die Hand. Denkt dran, liebe Freunde, dass der Club jeden Euro gebrauchen kann. Manni, du zählst wieder, okay?"

Es waren weniger Hände, die nach oben gingen als bei der Abstimmung für Herbie.

„Manni? Hast du gezählt? Wie viel ja? Zweiundzwanzig."

Rolli, hinter dem Zapfhahn vor Anspannung regungslos, hatte fassungslos gesehen, dass Stefan nicht für ihn gestimmt hatte.

„Dann die Gegenfrage. Wer stimmt gegen Rollis Antrag? Jetzt die Hände hoch. Manni? Zweiundzwanzig. Wer enthält sich der Stimme? Aha, das sehe ich selbst, danke Manni. Einer enthält sich."

Stefan war derjenige, der sich der Stimme enthalten hatte. Rolli war wie vor den Kopf geschlagen. Ihm war plötzlich so kalt, dass er gedankenlos mit einer Hand nach seinem Bart griff in der Annahme, dort würde ein Eiszapfen hängen. Spinnt der Stefan, oder was? Soll denn alles umsonst gewesen sein? Der Plan, die Bank, der Revolver, der Schuss, die Flucht, der Besuch bei der Mutter? Rolli zapfte wie ferngesteuert ein frisches Bier und trug es an Stefans Platz, obwohl der noch ein halbes Bier vor sich stehen hatte.

„Was ist los mit dir, Stefan? Warum enthältst du dich der Stimme? Ich dachte, du wärst mein Freund?" Rolli stieß den Kumpel sachte in die Seite.

„Das hab ich auch gedacht, Rolli. Dass du mein Freund bist. Aber das hast du dir ja selber ganz gehörig vermasselt, oder findest du nicht auch?" Stefan blieb, wie seine Stimmabgabe deutlich gemacht hatte, ganz neutral. Rolli, ohnehin wie vom Schwert getroffen, entgleisten alle Gedanken und in seinem Kopf türmte sich ein größerer Schrotthaufen auf als es die begehrte Suzuki <Intruder> war. Steif und, soweit unter seinem Vollbart erkennbar, kreidebleich stapfte er hinter den Tresen zurück.

„*Members*, herhören." Jonny läutete seine Glocke. „Wir haben ein Patt. Unsere Satzung sieht für diesen Fall einen zweiten Wahlgang vor, und zwar in geheimer Abstimmung. Manni, bitte teile die Wahlzettel aus. Es genügt, wenn ihr ja oder nein auf den Zettel schreibt. Wer sich enthalten möchte, schreibt eine Null. Rita kommt in fünf Minuten vorbei und sammelt die Zettel ein. Für die Raucher unter uns eine Raucherpause, oder eine

Pinkelpause für die Nichtraucher. Wie ihr wollt. Rolli, hältst du deinen Antrag überhaupt aufrecht?"

Als hätte man einen Schalter betätigt, herrschte von einer zur anderen Sekunde eine lähmende Stille im Raum. Alle starrten unvermittelt auf Rolli, der wie in Beton gegossen sich regungslos am Tresen festhielt. Nach einer scheinbar unendlich dauernden Zeit nickte er knapp mit dem Kopf. Dann suchte sein Blick wieder Stefan. Der aber schaute konzentriert in sein Bierglas, als hätte ihm jemand hineingespuckt.

„Gut, Rolli. Dann also in fünf Minuten."

Fünf Minuten später schob sich Rita durch die Reihen und sammelte die gefalteten Zettel in einen Motorradhelm. Zusammen mit Manni zählte sie die abgegebenen Stimmen durch und flüsterte Jonny das Ergebnis ins Ohr. Der bat alle Anwesenden, wieder Platz zu nehmen.

„Das Ergebnis der geheimen Abstimmung. Abgegebene Stimmen fünfundvierzig. Davon mit ja vierundzwanzig Stimmen, mit nein zwanzig Stimmen, mit Enthaltung eine Stimme. Das Ergebnis ist somit offiziell. Rolli, du kannst Herbies Maschine kaufen, reparieren, und du wirst ab sofort zum *Member* der *Borderliners*. Gratuliere, Rolli. Die *Member*-Lederkutte kostet dich schlappe fünfundsiebzig Euro. Unser Club-Emblem für den Rücken auf deiner Kutte macht nochmal fünfzig Euro. Kannst du gleich bei Wolfi abdrücken. Damit bist du dabei. Du hast unser aller Respekt. Rolli, verhalte dich wie ein *Member*. Verhalte dich entsprechend. Was du in Zukunft in unserer Kluft tust und sagst, fällt auf unseren Club zurück. Hast du mich verstanden?"

Rollis Augen schwammen nach der wunderbaren Wendung zu seinen Gunsten in Tränen. Ergriffen rief er laut ins Lokal: „Danke an alle! Freibier für alle."

Rolli hatte es geschafft.

Stefan schüttelte, sarkastisch lächelnd, seine langen Haare.

„Der Besuch bei deiner Mutter scheint sich ja gelohnt zu haben. Du wirfst mit dem Geld ja nur so um dich."

Stefan hatte sich, nachdem Manni als *Road-Captain* unter Punkt „Kalender" die nächsten geplanten Events und Touren vorgestellt und Jonny die Sitzung für beendet erklärt hatte, zu Rolli an die Theke gestellt und half ihm bei der Ausgabe von Getränken. „Wie und wann bist du eigentlich wieder nach Hause gekommen?"

140

Rolli strahlte wie ein Hamster über beide Backen. Er nahm zwischendurch wohlgemeinte Glückwünsche entgegen und überhörte gehässige oder abwertende Kommentare geflissentlich.

„Ich habe in Hohenterzen übernachtet und bin am Samstag frühmorgens mit dem Zug heimgefahren. Ja, der Besuch bei meiner Mutter hat sich im wahrsten Sinne des Wortes ausgezahlt."

„Wie lange hast du sie denn nicht mehr gesehen gehabt? Das muss ja ewig her sein. Immerhin bist du ja auch schon achtundzwanzig Jahre alt."

„Das weiß ich gar nicht mal so genau." Rolli schüttelte wieder eine Hand. Die lederne Clubweste hatte er trotz der Hitze gleich angezogen. „So achtzehn bis zwanzig Jahre können es schon sein. Mutter war damals aus beruflichen Gründen nach Bayern gezogen, während ich bei meinem Vater aufwuchs, und sie war erst 2013, wie sie mir am vergangenen Freitag erzählt hat, wieder in den Schwarzwald gekommen. Sie und ihr Alter hatten eine Klinik gekauft, welche sie dann all die Jahre als Chefin führte. Ich glaub mein Vater hat es mir irgendwann gesteckt, wo sie überhaupt zu finden sei. Sie und er, also mein Vater, hatten sich damals, als ich sechs war, so abgesprochen. Ich kann mich noch schwach daran erinnern, dass ich sie in den ersten paar Jahren vielleicht zwei- bis dreimal gesehen habe. Danach aber nicht mehr. Aus die Maus. Aber es war okay so. Mir hat nichts gefehlt. Zudem hatte ich ja Gitte als Mutterersatz."

Stefan reichte zwei Flaschen Bier über die Theke und strich das Geld dafür ein.

„Aha", sagte er dann halblaut, sodass nur Rolli es hören konnte. „Und das ist dir nicht vorher eingefallen? Ich meine, dass du eine Mutter mit Geld hast?"

„Warum? Was soll das?" Rolli erkannte das Muster nicht, das sich hinter Stefans Frage verbarg. „Ich hab meine Mutter vorher ewig lang nicht gesehen. Hab ich dir doch eben erklärt."

„Ja eben. Fast zwanzig Jahre lang siehst du deine Mutter nicht. Und erst, nachdem du eine Bank überfallen, einen Menschen niedergeschossen und eine Freundschaft aufs Spiel gesetzt hast, erinnerst du dich plötzlich an sie. Meinst du nicht, dass du dir und mir eine Menge Ärger hättest ersparen können, wenn du vorher deinen Kopf zum Denken eingesetzt hättest? Wie, bitte sag's mir, geht es denn deinem Opfer?"

Rolli fuhr wie von der Schlange gebissen herum und zischte gereizt: „Ja zum Donnerwetter, brüll doch noch lauter! Sollen es denn alle hier hören?" Tatsächlich waren mit Stefan die Gäule durchgebrannt und seine Stimme

141

war in blindem Eifer unbeabsichtigt immer lauter geworden, sodass sich einzelne Köpfe im Lokal bereits nach ihnen umdrehten.

„Schrei doch noch lauter", quetschte Rolli zwischen den Zähnen hervor. „Es war ein Unfall. Oder glaubst du echt, dass ich auf einen Menschen schießen könnte? Zudem war es nur ein Streifschuss. In der Zeitung stand, dass der Mann wieder gesund ist."

„Nein, Rolli. Dein blöder Plan war ein Unfall. Wer so wie du denkt, der nimmt auch ein Unglück mit in Kauf. Und du hast mich hintergangen. Du hast mich belogen." Stefan nestelte aus seiner Gesäßtasche ein Blatt Papier hervor und knallte es vor Rolli auf den Tresen. „Schau dir das an. Schau dir das an. Weißt du, was das ist?"

Rolli klappte das Papier auf. Zwei Farbfotos waren darauf zu sehen. Ein Motorrad mit zwei Personen, einmal von vorne aufgenommen und einmal von hinten fotografiert. Er konnte das Kennzeichen des Motorrades lesen: FR-H 46258. Fünfstellige Nummernschilder gab es erst seit 2017, nachdem Jarno Overmann Angela Merkel als Bundeskanzler abgelöst hatte. Das war Stefans Motorrad. Es war ein Strafzettel wegen Geschwindigkeitsübertretung in Hohenterzen in einer dreißig Km/h-Zone. Datum: neunter Juli 2021. Zeit: siebzehn Uhr vierundvierzig. Verwarnungsgebühr über hundert Euro. Zahlbar innerhalb von drei Wochen.

„Sie haben uns geblitzt, Rolli, und wenn sie zwei und zwei zusammenzählen können, dann haben sie uns am Arsch. Ist dir das klar? Am Arsch, Rolli. Und warum stecke ich da mit drin, hm? Weil du mich verraten hast." Stefan schnaubte wütend durch die Nase. Er riss Rolli den Verwarnungsbescheid aus den Händen, knüllte ihn zusammen und stopfte ihn Rolli in die vordere Jeanstasche. „Du wirst diesen Strafzettel bezahlen, Rolli. Du hast ja jetzt Geld genug. Capito?"

„Aber Stefan", Rollis Stimme verkam zu einem Winseln. „Dieser Wisch beweist doch nur, dass wir in Hohenterzen waren. Betrachte es mal von der positiven Seite. Wir waren in Hohenterzen, nicht in Sasbach am Rhein. Wir hätten von überall herkommen können. Wir…"

„Wir?" Stefan trat nun so dicht zu Rolli, dass keine Zeitung mehr zwischen sie gepasst hätte. „Wir, mein lieber Rolli, das war einmal. Und eines sag ich dir noch. Sollte die Polizei jemals auf mich zukommen, dann werde ich dich ans Messer liefern. Sollte jemals mein Name durch deinen Mist in Misskredit gebracht werden, dann werde ich dich nicht decken. Bis dahin, lieber Rolli, wünsche ich dir alles Gute und ein sanftes Ruhekissen. Und wie sagt man so treffend?" Stefan öffnete die Tür zur Küche und zum Lager, um von dort durch den Hintereingang zu verschwinden, und rief über die Schulter: „Willkommen im Club."

29. Juli 2021
Hohenterzen

Wie lange war es jetzt her, dass Margarete tot aufgefunden worden war? Zwei Wochen? Seiner Einschätzung nach waren es eher zwei Monate. Verdammt beschissene zwei Monate. Und er könnte sich heute noch in den Arsch beißen, dass er in der Nacht, in der er Ralf Großbauer tot in dessen Wohnung aufgefunden, die Polizei verständigt hatte. Seither war er nämlich Mordverdächtiger Nr. 1. Und nicht nur das. Das Problem, die Angst, als nächster Opfer eines Verbrechens zu werden, hatte sich in keinster Weise reduziert. Dass er damit natürlich nicht bei der Polizei hausieren konnte, war ihm sonnenklar, denn solange die Schnüffler keine Ahnung von der Erpressung hatten, musste er wohl oder übel mit dieser eigenartigen Konstellation leben. Wohl oder übel?

Vom *Wohl* war ihm während der letzten vierzehn Tage nichts über den Weg gelaufen, vom *Übel* dafür umso mehr.

Die Polizei hatte ihn nach Strich und Faden mit Fragen gelöchert. Wie lange er Frau von Drach schon gekannt hätte; welche Art Beziehung sie gehabt hatten; welche Geschenke er wann und wofür von ihr angenommen hatte; wo er zur Tatzeit gewesen war; ob er Zeugen dafür hätte; ob er selbst einen Verdacht hegen würde; ob Margaretes Mann oder jemand anderer von ihrem Verhältnis gewusst haben könnte; ob er vorbestraft sei; wie sein Lebenswandel sei; größere Ausgaben; Bankverbindung; Verwandtschaft und Freunde; Neider und Feinde.

Wie er die Bekanntschaft von Ralf Großbauer gemacht habe; wieso er zu nachtschlafender Zeit ihn besuchen wollte; was sie gemeinsam verbinden würde; wiederholt: Wo er zur Tatzeit gewesen sei; Alibi; Zeugen; Motiv; ob er von Schwierigkeiten wisse, in die der Tote verstrickt gewesen sein könnte.

Sie hatten seine Fingerabdrücke genommen, eine Speichelprobe verlangt, ihm ein paar Haare ausgerupft und einen Schmauchspurentest durchgeführt.

Das alles hatte er stoisch ertragen und über sich ergehen lassen, denn es war nun mal Realität, dass er weder Margarete noch Ralf ermordet hatte. Seine Weste war in der Beziehung blütenweiß und er hatte zu keiner Zeit Anzeichen von fragebedingter Nervosität gezeigt.

Aber da war diese Ungewissheit. Dieses Nichtwissen. Diese Blindheit. Diese dunkle Bedrohung, die wie ein Damoklesschwert über ihm hing. Dieses Gefühl, dauernd unter Beobachtung zu stehen. Die Furcht, ständig verfolgt zu werden. Nicht, weil er aus Sicht der Bullen Mordverdächtiger war, sondern weil jemand anderer über Margarete, über Ralf und schließlich über ihn Bescheid wusste. Und der nicht nur vage Bescheid wusste, sondern so konkret Bescheid wusste, dass er damit den Tod zweier Menschen rechtfertigte, wenn man in diesem Fall überhaupt von Rechtfertigung sprechen konnte. Vor diesem Jemand, von dem Roman Teichmann ausging, dass er der wirkliche Mörder war, hatte er eine unkontrollierbare Angst. Und er hatte nicht die Spur einer Ahnung, wer dieser Jemand war und wie er, Roman, in diesen vernichtenden Strudel, in diese Spirale aus Gewalt und Tod hatte hineingerissen werden können.

Er war auf der Hut bei Tag und bei Nacht.

Die ersten zwei Tage, nachdem er als <vorläufig Festgenommener> wieder auf freiem Fuß und seine Gedankenmühle noch zu stark von den Verhören der Polizei beeindruckt war, hatte er sich noch getraut, selbst im Supermarkt von Hohenterzen einzukaufen. Allerdings gierte sein Unterbewusstsein damals schon nach mehr berauschenden Ablenkungsmitteln als nach gesunder und vernünftiger Nahrung.

Je länger er von den Fragen der Kriminaler indes Abstand gewinnen konnte, desto aufdringlicher, gegenwärtiger und furchteinflößender wurde das Rätsel um die wahren Hintergründe eines ungreifbaren Wahnsinns, vor dem er nicht weglaufen konnte, so verbissen er auch mit den Beinen strampelte.

Die praktizierte Vorsicht bei jedem Schritt, die vermutete Gefahr hinter jeder Ecke, der angenommene Feind hinter jeder Person, der argwöhnische Zweifel an jedem Geräusch und das wuchernde, krankhafte Misstrauen am höchsteigenen Urteilsvermögen zehrten an seiner Konzentrationsfähigkeit und zermürbten sein Sicherheitsempfinden. Die gefühlte, persönliche Schutzzone um ihn wurde durch bloße Vorstellungskraft zertrümmert und er empfand zunehmende Wehr- und Hilflosigkeit selbst innerhalb der vier Wände seiner Wohnung.

Darum fühlte er sich am Dienstag der folgenden Woche nicht mehr in der Verfassung, sich durch einen Einkauf im Supermarkt auf dem Präsentierteller zu zeigen, sondern er bestellte per e-Mail einige Fertiggerichte und eine erhebliche Menge an Alkoholika. Er meldete sich telefonisch krank, verbarrikadierte die Wohnung und verließ sie nur noch, um die Post aus dem Briefkasten zu holen. Die übrige Zeit verbrachte er paralysiert, meist auf dem Sofa liegend, in Dunkelheit, mit Alkohol bis unter die Hutkrempe zugedröhnt, vor dem Fernsehgerät, das Tag und Nacht flimmerte und dudelte. Wenn er kurzfristig Gefahr lief, klare Fragmente von Erinnerung in seinem versumpften Gedächtnis zu entdecken, bekämpfte er diese Attacken erfolgreich durch sofortiges Anheben des Alkoholspiegels. Nie so viel, dass ihm davon schlecht wurde; aber immer genug, um sicher außer Reichweite der Angst-Drachen zu sein. Er wusch sich nicht und rasierte sich nicht, worunter nicht nur sein Aussehen litt, sondern auch das eigensoziale Verhalten. Im Nu verwandelte sich die Wohnung in eine Abfallhalde: In der Küche türmten sich schmutziges Geschirr und Fertigmenüverpackungen, und überall lagen leere Flaschen und Zigarettenkippen. Es stank säuerlich nach ausgeschüttetem Bier, billigem Schnaps, kaltem Rauch und seinen körpereigenen Ausdünstungen.

Fortlaufen durfte er nicht. Die Polizei hatte ihn explizit unter der Auflage aus dem *Knast,* wie er die kurze vorläufige Festnahme nannte, entlassen, sich so lange in Hohenterzen zur Verfügung zu halten, bis die Ermittlungen abgeschlossen seien.

Genau nach einer Woche gingen seine Vorräte zu Ende. In einem einigermaßen wachen Zustand bestellte er wieder per e-Mail Nachschub, der ihm bis an die Haustür gebracht wurde. Er bezahlte die Ware bar.

Einen Tag, sagte er zu sich, einen Tag lang gehe ich noch auf die Flucht, und meinte damit das Trinken, um zu vergessen. Denn das war es für ihn: eine Flucht, eine körperlose Flucht.

Einen Tag noch.

Er wusste, dass er nicht für immer auf diese Art und Weise würde flüchten können. Es würde nämlich seiner Gesundheit nicht guttun und es würde sich nichts an seinen Problemen und Ängsten ändern. Dass er zurückkommen musste, war ihm klar. Aber er war noch nicht bereit. Noch nicht. Darum: ein Tag noch. Bitte.

Er trank den Schnaps aus der Flasche. Einen Moment später schon fühlte er, dass er sich vom Boden löste und dass er auf Schwingen empor getragen

145

wurde, dass er in einen Äther hinein schwebte und sich keiner seelischen Not mehr zu fürchten brauchte. Dass er leichter war als eine Feder, leichter sogar als Luft. Er war Geist. Er war Gedanke. Er war frei. Das war es, was er jetzt brauchte. Jetzt. Ein Tag noch.

Oder zwei?

Als er am dritten Tag seiner Freiheit erwachte, war es Donnerstag.

Die Landung musste er komplett verschlafen haben, aber er schätzte, dass es eine Bruchlandung gewesen war. Die Flügel waren schwer wie Blei. Der Kopf lag wie festgeschraubt auf der Couch und die Brust, in der er das schwerelose Schweben so sehr genossen hatte, wollte sich nicht dehnen. Der Mund war trocken, die Zunge ein tauber Knödel, und die Augen brannten, als schwämmen sie in Säure. In den Ohren rauschte pochend das Blut. Das ist der Preis für die Freiheit, dachte er. Man kriegt nichts umsonst. Das Böse nicht und das Gute erst recht nicht.

Als er zum ersten Mal nach zwei Wochen unter der Dusche stand, vermied er mit Abscheu, in den Spiegel zu schauen. Er fühlte mit der Hand im Gesicht, wie ihm der Bart gewachsen war. Als er in der Küche ein Fertigmenü im heißen Wasserbad erhitzt und die Folie von der Kunststoff-schale abgezogen hatte, war ihm urplötzlich schlecht geworden. Er konnte diesen Fertigfraß nicht mehr riechen. Alles roch und schmeckte irgendwie gleich. Er warf das Essen ungekostet in den Müll und öffnete stattdessen eine Dose Bier. Feuer, dachte er, bekämpft man mit Gegenfeuer. Das hatte er irgendwo gelesen. Dunkel erinnerte er sich an ein Buch von Nicholas Evans. Hieß es „Feuerspringer"? In der Tat fühlte er sich nach dem Bier besser. Er nahm sich vor, im Supermarkt ein Steak und Backofenfrites zu bestellen.

Er besah sich die Bescherung in der Wohnung. Es sah aus wie bei einem Messie. Wie sollte er denn all die leeren Flaschen aus der Bude entfernen? Ob der Service-Mann vom Supermarkt sie mitnahm? Noch immer waren die Jalousien vor den Fenstern geschlossen und der Fernseher lief nach wie vor. Er schaltete das Gerät ab und öffnete die Rollläden. Das helle Tageslicht blendete ihn. Er nahm sich noch ein Bier und setzte sich auf die Couch. Es musste sich etwas ändern. Er würde sich heute nicht betrinken. Biertrinken ist nicht betrinken. Biertrinken ist sich sammeln.

Er sammelte sich und kam wieder zu dem Schluss, dass sich etwas ändern müsse. Ihn ärgerte, dass er in Gedanken nicht weiter kam als bis zu diesem Punkt. Lag es daran, dass er noch nicht genug versammelt war?

Die Angst, sagte er laut zu sich, die Angst muss weg. Wenn die Angst keine Angst mehr verbreitet, ist eine wichtige Änderung eingetreten. Also weg mit der Angst. Aber wie? Oder ich muss weg. Er sprach immer noch laut zu sich selbst. Wenn ich weg bin, bleibt die Angst hier und ..., ja, genau, bleibt die Angst hier. Punkt. Auch das ist eine große Veränderung. Wir kommen der Sache langsam näher. Wenn nur die Scheiß-Polizei mitspielen würde. Warum lässt die mich nicht weg? Nicht schlecht übrigens die Idee mit dem „Sammeln", potztausend.

Er lehnte sich zurück und stierte mit glasigen Augen in die Zukunft. Das Rauschen in den Ohren erinnerte ihn jetzt ein bisschen an das Rauschen von Wellen. Könnte er nicht Urlaub machen? Sonne, Wind und Meer? Das Rauschen der Wellen? Dann wäre er erst mal hier weg, oder nicht? Irgendwo im Süden? Bier muss ich bestellen.

Roman fühlte sich absolut gut. Er hatte die Lösung. Bier und Wellen.

Er rief beim Supermarkt an und gab die Bestellung auf. Nach einer halben Stunde läutete es an der Tür. Es war der Service-Mann vom Supermarkt. Roman nahm die Ware in Empfang, gab dem Mann das Geld und ein Trinkgeld noch dazu. Anschließend trug er die Einkaufstaschen in die Küche. Er ging noch mal zurück und nach draußen vor das Haus zum Briefkasten. Viel Post bekam er nie, aber heute war ein Umschlag drin, ohne Empfängerangabe und ohne Absender. Er schloss die Haustür hinter sich und riss den Umschlag mit dem Zeigefinger auf. Er zog ein Blatt Papier heraus und kapierte zuerst überhaupt nicht, was er sah. Es dauerte drei Sekunden. Zuerst wurde Roman weiß im Gesicht, als zweites wurde ihm schwarz vor Augen, und drittens versagten die Knie ihren Dienst. Dann sackte er zu Boden. In der Hand hielt er das Blatt Papier. Darauf war ein Kopf abgebildet. Sein Kopf. In Farbe. In der Mitte der Stirn klaffte ein rundes Loch, dessen Rand mit einem Farbstift rot umrandet war. Roman Teichmann starb seinen ersten Tod.

09. Juli 2021
Hohenterzen

Es war genau achtzehn Uhr, als Rolli an der Haustür auf den Klingelknopf drückte.

Die Glocke machte ein furchtbares Geräusch, als würde ein Kind mit einem Stock an einem hölzernen Lattenzaun entlang ratschen. Er drehte sich um und betrachtete den kleinen Vorgarten und den Audi, der auf der Straße vor dem Haus parkte. Das Auto, notierte er in der Gehirnregion, die für die <Habenseite> zuständig war, ist teuer. Wo viel ist, wird noch mehr sein. Er grunzte zufrieden. Hier war er noch nie gewesen. Die Tür ging auf.

„Du solltest dir mal einen anderen Klingelton zulegen. Der ist ja grässlich. Hallo, übrigens."

Er sah nicht gerade aus wie frisch aus dem Ei gepellt. Die schwere Lederjacke hing über die linke Schulter, das feuchte Halstuch mit dem Palästinenser-Muster schlotterte in Brusthöhe, das lange Haar klebte ihm schweißnass am Schädel, der lange Bart verdeckte die untere Gesichtshälfte und die Augen lagen hinter seiner Sonnenbrille.

„Na, was ist? Erkennst du mich denn nicht?"

Sie stand einfach da und glotzte ihn an und er sah, dass es hinter ihrer Stirn arbeitete. Es bedurfte noch eines weiteren „Na?" und das Abnehmen der Sonnenbrille, bis sich ihre Gesichtszüge aufhellten und sich ihre Körperhaltung entspannte.

„Rolf? Rolf? Rolf! Ähm, das ist ja eine Überraschung. Grüß dich, mein Junge."

Wie eine Marionette hob Margarete die Arme, fasste ihn an den Schultern und drückte ihre Wange an seine behaarte Backe. „Das ist wirklich eine Überraschung", wiederholte sie, als sie wieder einen Schritt Abstand zwischen sich und ihn legte. „Ähm, willst du hereinkommen?"

„Deswegen bin ich eigentlich hier, wenn du nichts dagegen hast." Rolli strich mit der freien Hand durch die Haare und schüttelte sie wie ein Bündel nasser Schnüre. In der anderen Hand trug er den Helm.

„Wenn du vielleicht etwas zu trinken hättest? Ich komme vor Durst fast um."

Ihre auffällige Verlegenheit belustigte ihn. Sie bewegte sich abgehackt wie ein Roboter. Als sie vor ihm durch den Flur stakste, zeigte sie ihm den Weg ins Wohnzimmer. „Geh du mal vor, äh Rolf", verhaspelte sie sich, als hätte sie seinen Namen vergessen. „Ich komme gleich nach." Sie verschwand durch eine Tür, von der Rolli vermutete, dass dort ein Badezimmer sein musste.

Im Wohnzimmer drapierte er die Lederjacke vorsichtig über der Lehne eines Sessels. Der Smith & Wesson-Revolver steckte noch immer in der Innentasche. Helm und Schal legte er auf die Sitzfläche. Er besah sich das Zimmer mit offenem Küchenraum. Die Einrichtung und Ausstattung des Wohnzimmers stand etwas im Gegensatz zu dem hochwertigen Auto, das vor der Tür stand. Seine Werteskala verzeichnete ein starkes Gefälle zu Ungunsten des Interieurs. Vorhandene Regale schienen ihm billig zu sein und wertvolle Teppiche auf dem Fliesenboden waren Fehlanzeige. Aber, dachte sich Rolli, ich will ja auch keine Möbel oder Teppiche, sondern Cash.

„Gefällt es dir?" Margarete hatte, von ihm unbemerkt, das Wohnzimmer betreten. Sie hatte sich im Bad etwas frischgemacht und wirkte jetzt insgesamt gefasster.

„Bist du mit dem Motorrad hier und wenn ja, wo hast du es abgestellt?"

Rolli blieb einfach ruhig stehen und betrachtete die Frau vor sich, die seine Mutter war. Er bemerkte, wie ihr das unangenehm wurde und dass sich eine leichte Röte in ihrem Gesicht ausbreitete.

„Entschuldige, dass ich dich so fixiere, aber ich muss mir erst einmal richtig klar werden, dass du meine Mutter bist. Ich habe dich eine halbe Ewigkeit nicht mehr gesehen. Weißt du, wie lange es her ist?"

Ihr Blick geriet ins Wanken. Betroffenheit huschte über ihr Gesicht wie ein Eichhörnchen durch einen Baum. Sie atmete tief ein und sagte dann leise, dass sie es nicht genau sagen könne. Rolli spürte, dass er ihr Schuld suggerierte. Sollte er so weitermachen? Oder war das kontraproduktiv?

„Setz dich doch. Was willst du denn trinken? Es ist alles da."

Er entschied sich für Bier und setzte sich in einen freien Sessel.

„Erzähl", forderte sie ihn auf, während sie eine Bierflasche aus dem Kühlschrank holte. „Was machst du, wie geht's dir so?"

„Zuerst einmal soll ich dir schöne Grüße von Vater ausrichten." Was eine Lüge war. Robert Gabler, wie sein Vater hieß, wusste vom Treiben seines Sohnes überhaupt nichts.

„Er ist seit ein paar Jahren krankheitshalber in Frührente. Bandscheiben-vorfall. Das war für ihn als Krankenpfleger das berufliche Aus. Mir geht es soweit gut. Weil du nach dem Motorrad fragst: Ich bin auf einem Motorrad hergebracht worden, fahre aber mit dem Zug wieder zurück. Du kannst mir also ruhig noch ein Bier geben."

„Gleich", antwortete Margarete. „Was arbeitest du denn? Was hast du für einen Beruf?" Jetzt schien sie aufrichtig interessiert zu sein.

„Ich bin Barmann in einem Club", sagte er leicht aufmüpfig.

„In einem Nachtclub?" Die Fassungslosigkeit stand ihr auf die Stirn geschrieben.

„Nein. In einem Motorrad-Club." Rolli grinste sie an. Ob sie das verdauen wird?

„Aha, und sonst? Ich meine, was hast du gelernt?"

„Ich habe keinen Beruf. Ich habe keine Lehre abgeschlossen." Rolli sagte es ihr geradeheraus ins Gesicht. Sie starrte für eine Sekunde zurück, wollte etwas erwidern, schluckte die Worte hinunter und stand auf. Sie holte ihm eine weitere Flasche Bier aus dem Kühlschrank und schenkte sich aus einer Kristallflasche, die auf einem runden Serviertischchen neben dem Couchtisch stand, einen Whisky ein. Sie nahm einen Schluck, schenkte noch einmal nach und setzte sich ihm wieder gegenüber.

„Rolf", fragte sie dann präzise, „warum bist du hergekommen? Und erzähl mir keinen Stuss!"

Rolli hätte nicht gedacht, dass es so schnell ans Eingemachte gehen würde. Er war davon ausgegangen, dass sie sich durch das Austauschen von Plattitüden länger am Rande gesicherter Ufer aufhalten würden. Jetzt hatte sie ihn unmissverständlich dazu aufgefordert, die Karten auf den Tisch zu legen. Vielleicht, dachte er, liegt das Geschäftsleuten so im Blut, nicht lange um den heißen Brei herumzureden sondern rasch auf den Punkt zu kommen. Er veränderte die Sitzposition, um seinen Worten wenigstens optisch mehr Gewicht verleihen zu können; er breitete die Arme aus, um seiner Geschichte Generösität zu geben; verzog das Gesicht zu einer Grimasse, von der er annahm, es würde der Ausdruck von Bedeutung sein.

„Weißt du", setzte er zu einem Geschwafel an, „weißt du, schon immer habe ich mich gefragt, wie ..."

Er kam nicht soweit, um die Frage zu äußern, denn Margarete fuhr ihm scharf in die Parade.

„Rolf! Warum bist du hier?"

Seine Körpersprache änderte sich rapide. Er ließ die Luft ab und schnurrte wie ein Luftballon in sich zusammen. „Geld."

„Geld?" Ihre Frage war scharf wie Chili.

Rolli nickte mit dem Kopf. Diesmal war er es, der errötete. „Geld. Ich brauche Geld."

„Noch ein Bier?"

„Gib´ mir doch bitte auch einen Whisky zum Bier."

Sie holte ihm, nachdem er wieder nur genickt hatte, das dritte Bier und schenkte Whisky in ein Glas. Dann setzte sie sich an seine Seite. Jetzt war sie ganz Mutter. Sie legte eine Hand auf seine Schulter.

„Was ist los?"

Rolli gab sich einen Ruck. Für die Dauer einer halben Stunde legte er seine Lebensbeichte vor Margarete ab. Er erzählte von Robert, seinem Vater; von Gitte und wie gut er sich mit ihr verstand; von seiner Schul- und Jugendzeit in Endingen und von seinen aktuellen Träumen. Er wob geschickt, soweit er davon Kenntnis hatte, Teile aus Vaters Biografie mit ein und ließ nicht unerwähnt, dass es jener war, der ihr, seiner Mutter, vor Jahren quasi das Medizinstudium ermöglicht und finanziert hatte. Er versuchte, kleine Samenkörner aus moralgesättigtem Saatgut einzustreuen in der Hoffnung, sie würden bei ihr auf fruchtbaren Boden fallen und Kraft haben zu keimen, merkte aber bald, dass die Absicht zu durchsichtig angelegt war. Gleichwohl meinte er, auf Grund seiner Offenheit eine veränderte Atmosphäre geschaffen zu haben. Selbstredend verlor er über die Ereignisse der vergangenen drei Stunden mit dem missglückten Banküberfall als negativem Höhepunkt kein Wort.

Er atmete tief durch. „... und darum brauche ich mindestens zehntausend Euro." Sprach's, erhob endlich wieder das Haupt und schaute seiner Mutter ins Gesicht. Jetzt, das dachte er aber nur, jetzt folgt die Ziehung des Hauptgewinns.

Margarete hatte ihn reden lassen, ihn mit keinem Wort unterbrochen. Als er geendet hatte und sie anschaute, wusste sie, dass es nun an ihr lag, den Ball zu spielen.

Ihr war nicht entgangen, wie er mit versteckten Hinweisen probiert hatte, sie auf eine bestimmte Schiene zu stellen. Innerlich hatte sie gegrinst, war nach außen jedoch seriös geblieben. Natürlich hatte er in gewisser Beziehung recht. Sie hatte sich als Mutter im Sinne dieses Wortes Einiges vorzuwerfen. Dass sie ihren leiblichen Sohn tatsächlich zwanzig Jahre nicht mehr gesehen hatte, lag zum großen Teil an ihr. Daran gab es keinen Zweifel. Sie hatte ihre berufliche Karriere und ihre neue Familie in den Vordergrund gestellt. Sie war sogar so weit gegangen, dass sie Rolfs Existenz vor ihrer alten und vor ihrer neuen Familie verheimlicht hatte. Vater und Mutter in Bad Krozingen gegenüber kam ihr der Umstand gelegen, dass man ihr bis zum sechsten Monat der Schwangerschaft mit Rolf äußerlich nichts angesehen hatte. Während der nächsten vier Monate hatte sie es verstanden, die Eltern stets nur telefonisch über ihr persönliches Befinden zu informieren und zu beruhigen. Da sie sich im Anfangsstadium des Medizinstudiums befunden hatte, glaubten sie ihr die verwendeten Ausflüchte, wegen intensiven Lernens keine Zeit zu haben, unumwunden. Auch dass es von Freiburg (Brsg.), wo sie wohnte, nach Bad Krozingen entfernungsmäßig nur ein Purzelbaum war, hatte nie einen Zweifel geschürt. Als Rolf dann geboren war und sie, dank dessen Vater, ihr geregeltes Leben hatte wieder aufnehmen können, hatte sie die Eltern wie früher besucht, ohne jemals ein Wort über ihren Sohn verlauten zu lassen. Folgerichtig schien ihr Jahre später, dass weder ihr Mann Alexander noch ihre Tochter Regina davon wissen sollten, dass sie einen Sohn beziehungsweise einen Bruder hatten. Genauso wenig wusste Rolf, dass er eine Schwester hatte. Von Justus, Alexanders Sohn aus erster Ehe, ganz zu schweigen. Ein einziges Mal, als sie geglaubt hatte, den richtigen Zeitpunkt erwischt zu haben, hatte sie es, aus welchen Gründen auch immer, vermasselt und danach nie wieder den richtigen Moment für die Wahrheit gefunden, und als sie endlich reif und stark und situiert war, war es für Geständnisse dieser Art zu spät gewesen.

Eines Tages würde es, käme die Wahrheit ans Licht, ihr persönliches Waterloo werden. Das ahnte sie. Damit musste sie leben. Aber musste und sollte es heute beginnen?

Es waren nicht die subtilen Hinweise auf eine mögliche moralische Verpflichtung aus Rolfs Schilderung, die in ihr den Ausschlag zu einem Entschluss gegeben hatten. Aus wirtschaftlicher Sicht hatte sie über viele Jahre, genauer gesagt bis zu seinem achtzehnten Lebensjahr, regelmäßig Unterhalt an seinen Vater überwiesen und sich aus dieser Richtung nichts vorzuwerfen. Leider schützte sie das gezahlte Geld nicht vor dem Stachel der eigenen Unzufriedenheit. Dass sie selbst, als eine vehemente Verfechterin des konstruktiven Humanismus, den sie nicht nur ihren Patienten predigte sondern sich zum eigenen Lebensinhalt gemacht hatte, nachhaltig und posttraumatisch unter den Symptomen der Scham und der Peinlichkeit ihres ehemaligen Verhaltens litt, verfinsterte viele ihrer schlaflosen Nächte, trübte ihre glasklare Auffassung eines eigenbestimmten Lebens. Genau genommen war es die latente Gefahr der Entdeckung, die zwar schon immer bestand, die aber durch Rolfs unvermitteltes Erscheinen auf der Bildfläche zu einer ganz konkreten Bedrohung geworden war. Sie konnte nicht ermessen, was er alles wusste und wie viel er wusste. Sie musste erkennen, dass sie, bei der

Lage der Dinge, in seiner Hand war. Was könnte er alles sonst noch wollen außer profanem Geld?

Sie nahm sich vor, diesbezüglich in den nächsten Tagen mit Rolfs Vater, Robert Gabler, zu sprechen. Ja, das würde notwendig sein, um Rolfs plötzliches Auftauchen und seine Absichten zu verstehen. Robert Gabler. Sein Bild erschien vor ihren Augen.

Und noch ein schrecklicher Verdacht tauchte in ihr während seiner Erzählung auf: War es Rolf, der hinter dem anonymen Erpresserbrief steckte, den sie heute Nachmittag aus ihrem Briefkasten geholt hatte?

Ruckartig stand sie auf und ging zum Schreibtisch. Sie holte den Umschlag mit den Fotos und dem Schreiben hervor und hielt ihn ihrem Sohn demonstrativ unter die Nase.

„Ist dieser Mist von dir?" Ihre Stimme war brüchig wie ein trockener Zwieback.

Rolf öffnete den Umschlag und betrachtete fasziniert den Inhalt.

„Wow, was ist das denn? Ist das dein Ernst? Glaubst du wirklich, ich..."

Sie riss ihm den Brief aus der Hand.

„Vergiss es. Aber wie du siehst, gibt es noch andere Leute, die mein Geld wollen. Dagegen bist du mit deinen zehntausend Euro geradezu bescheiden."

Sie schnaubte zynisch durch die Nase. „Ich geb dir das Geld, Rolf. Aber versprich mir, dass du mit dem Zeug hier", sie wedelte mit dem ominösen Schreiben in der Luft herum, „nichts zu tun hast. Sonst sind wir für alle Zeit geschiedene Leute. Ist das klar?"

Rolf nickte. Er hörte nur noch wie aus weiter Ferne die Worte <ich geb dir das Geld, Rolf>. Alles andere war für ihn unwichtig.

Sie ging mit dem Brief zurück zum Schreibtisch und legte ihn wieder in eine Schublade. Dann beobachtete er, wie seine Mutter zu einem kleinen Regal an der Wand ging, das Regal zur Seite schob und einen Zahlencode in einen Wandtresor eintippte, der hinter dem Regal verborgen gewesen war. Zwei Minuten später, sie hatte den vorherigen Zustand wieder hergestellt und das Regal, das Teil eines Wohnwandkomplexes war, an die ursprüngliche Stelle geschoben, streckte sie ihm ein Bündel mit Scheinen entgegen.

„Hier sind zehntausend. Zähl nach, wenn du willst." Sie drückte ihm die Scheine in die Hand. „ Und jetzt lass uns etwas essen."

Rolf war aufgestanden. Das Geld in der Hand, machte er einen Schritt auf seine Mutter zu und streckte die Arme aus, um sie zu umarmen. Margarete aber lehnte, die Handflächen vor ihrer Brust nach vorne gerichtet, seine

Berührung ab und meinte: „Tut mir Leid, Rolf. Bitte jetzt keine Liebesbezeugungen. Ich bin ziemlich durcheinander, wenn du verstehst."

Rolf seinerseits nickte Verständnis heischend rasch nacheinander ein paarmal mit dem zottigen Kopf. „Klar, ich verstehe", beeilte er sich zu versichern und steckte die Geldscheine beinahe verschämt in die Hosentasche. „Essen wir was."

Beiden war entgangen, dass sie seit dem Moment, in welchem Margarete ihm das Geld überreicht hatte, durch die Glastür zum Garten heimlich von zwei interessierten Augen beobachtet wurden.

*

Mit der einfachen Verrichtung der Essenszubereitung legte sich ihr innerer Aufruhr allmählich. Als sie vis-à-vis am Tisch saßen, Brote schmierten und Wurst schnitten, unterhielten sie sich, bewusst schwierige Themen wie Politik oder Religion ausklammernd, über Belanglosigkeiten. Rolf konsumierte sein mittlerweile viertes Bier, während Margarete für sich ein Weinschorle gemixt hatte. Nach dem Essen sorgten sie gemeinsam für Ordnung in der Küche und setzten sich bald zum Rauchen nach draußen in die Rattansessel auf der Terrasse. Von einer Person, die sie von hier aus beobachtet hatte, ahnten sie nichts. Es ging gegen zweiundzwanzig Uhr. Die Abenddämmerung brach herein. Margaretes Stimmung hatte sich beruhigt. Sie war zu Rotwein übergegangen.

„Ich war damals gerade neunzehn Jahre alt", begann sie ohne Aufforderung. Sie spürte, wie leicht ihr die Worte über die Zunge rollten.

„Ich hatte das Abitur in der Tasche und ich wollte Medizin studieren. Mein Notendurchschnitt war sehr gut und ich brauchte mich um den Numerus clausus, den es damals noch gab, nicht zu scheren. Heute ist das anders. Heute wird jeder Idiot zum Medizinstudium zugelassen, weil man alle Ärzte ins Ausland weggeekelt hat und dringend Nachwuchs braucht." Sie trank einen kräftigen Schluck Wein und füllte das Glas sofort wieder auf. Die Wärme im Bauch fühlte sich angenehm an. „Mein Vater, genau genommen ist er ja mein Stiefvater, unterstützte mich. Er …"

„Mein Großvater? Ich habe nie daran gedacht, dass ich von deiner Seite her auch Großeltern haben könnte. Vielleicht besuch´ ich die mal bei Gelegenheit.", unterbrach Stefan und sah im Geiste eine weitere Geldquelle sich auftun.

154

„Sie wissen nichts von dir, Rolf", konterte Margarete kalt. „Robert, dein Vater, und ich haben ihnen deine Geburt verheimlicht. Was ich sagen wollte: Mein Vater besorgte mir eine kleine Wohnung in Freiburg. Nicht eine dieser horrend teuren Studentenbuden ohne Dusche und WC, nein, eine echte kleine Wohnung. Nach dem ersten Semester bekam ich eine Praktikantenstelle an der Uni-Klinik. Dort lernte ich Robert kennen, deinen Vater. Er war fünf Jahre älter als ich und arbeitete als Krankenpfleger auf der Intensiv-Station. Ich fand ihn ganz nett und er verliebte sich in mich. Drei Monate später war ich schwanger. Abtreibung kam für mich nicht in Frage, aber das Studium wollte ich auf keinen Fall abbrechen. Also handelten wir einen Deal aus: Ich sollte das Kind zur Welt bringen und wir würden uns gemeinsam darum kümmern. Robert konnte seine Schichten so planen und tauschen, dass er tagsüber fast immer zu Hause war. Meinen Eltern wollte ich nichts sagen, weil sie sich sonst das Kind praktisch unter den Nagel gerissen hätten und ich ständig zwischen Freiburg und Bad Krozingen gependelt wäre. Nein, die Lösung mit Robert war die beste.

Aber ich liebte ihn nicht, wollte ihn nicht heiraten, wie er es ständig von mir verlangte. Gut, im Prinzip finanzierte er unser Auskommen, mein Studium. Vater bezahlte ja nur die Miete der Wohnung. Das ging etwa sechs Jahre lang so. Dann war ich mit dem Studium fertig. Ich wollte weg aus Freiburg. Roberts Nähe wurde mir immer unerträglicher. Versteh mich nicht falsch. Er liebte mich aufrichtig, aber er bedrängte mich auch. Ich bewarb mich um eine Stelle als Psychiaterin in einer Klinik am Tegernsee. Dort lernte ich meinen jetzigen Mann kennen. Er heißt Alexander und ist der Besitzer der Klinik."

Margarete verschwendete keine Silbe daran, Rolf von ihrer Tochter, seiner Schwester zu erzählen. „Nach ein paar Jahren konnten wir uns gemeinsam den Kauf der Klinik in Hohenterzen leisten. Ich leite die Klinik von Anfang an. Tja, und dann habe ich mir vor zwei Jahren dieses Haus hier gekauft. Robert hatte sich damals dazu bereit erklärt, dich zu sich nach Endingen zu nehmen und für dich zu sorgen. Ich bezahlte für dich Unterhalt an Robert. Er hatte sich in der Zwischenzeit in eine andere Frau verliebt. Wie heißt sie noch? Danke, Rolf. Ja, Gitte. Und so war das Arrangement perfekt. Ich konnte mich voll und ganz der Arbeit in der Klinik widmen. Glaub mir, ein solches Haus zu leiten ist nicht ganz einfach."

Rolli hatte ungerührt zugehört. Er rührte mit einer kalten Zigarettenkippe im fast vollen Aschenbecher herum, als er sagte: „Ja, so oder so ähnlich hat es mir mein Vater auch erzählt. Ich hatte nie das Gefühl gehabt, dass es mir

155

an etwas fehlen würde. Es war so, wie es war. Für mich war Gitte meine *Mutter*. Ich will dich nicht verletzen, aber ich denke, sie hat ihre Aufgabe hervorragend gemacht. Als die Schule vorbei war, hatte ich einfach keinen Bock auf eine Lehre oder eine Ausbildung. Ich wäre auch nicht zu dir gekommen, wenn nicht ausgerechnet jetzt die Gelegenheit mit dem Motorrad gekommen wäre. Das ist mein Traum, weißt du, und mehr will ich eigentlich nicht. Ich war bislang zufrieden mit dem, was ich hab. Und ich werde jetzt, da ich mir das Motorrad leisten kann, nicht weniger zufrieden sein. Deswegen sag ich dir: Mach dir keine Vorwürfe von wegen Rabenmutter oder so. Ich bereue es nicht, dich heute besucht zu haben und ich fände es gut, wenn wir in Zukunft den Kontakt aufrecht erhalten könnten. Stoß mit mir an, Mutter." Er hielt ihr seine Bierflasche hin und sie ließ tatsächlich ihr Weinglas daran erklingen.

„Du kannst hier schlafen, wenn du willst. Oben kannst du dir ein Zimmer aussuchen."

„Danke, das ist gut. Ich glaub, ich spür den Alkohol."

„Tja, ich muss dann auch zu Bett. Morgen früh will ich in der Klinik nach dem Rechten sehen. Ich brauch noch einige Unterlagen für den Halbjahresabschluss. Gute Nacht, Rolf."

„Gute Nacht, und danke für das Geld."

Eine halbe Stunde später lag Rolli mit verschränkten Armen hinter dem Kopf in einem bequemen Bett. Bevor er seine Jeans über einen Stuhl geworfen hatte, war er mit der Hand in die Hosentasche gefahren und hatte das Geldbündel herausgeholt. Es waren zehntausend Euro. Er wusste, dass es ihm in Zukunft keine Schwierigkeiten mehr bereiten würde, kleine Träume erfüllt zu bekommen. Vielleicht würde er demnächst einmal Stefan daraufhin ansprechen, was er von einer gemeinsamen Biker-Tour auf der <Route 66> durch Amerika halten würde. Durch seinen dichten Bart war es kaum zu erkennen: Rolfs Lächeln.

Er fand am nächsten Morgen nur einen handgeschriebenen Zettel auf dem Tisch bei der Küche: <Bin in der Klinik. Wenn du gehst, ziehe bitte die Haustür zu. Falls du wieder mal kommen willst, rufe vorher an. Gruß, Mutter>.

Als er das Haus verließ, stand die Sonne bereits hoch am Himmel. Er stiefelte zum Bahnhof in Hohenterzen und schwitzte schon, bevor er in den klimatisierten Zugwagen stieg. Weil er in Freiburg (Brsg.) umsteigen musste und einige Minuten Zeit hatte, genehmigte er sich in der Bahnhofshalle ein kaltes Bier, das ihm erneut den Schweiß auf die Haut trieb. Die Weiterfahrt nach Endingen am Kaiserstuhl fand in einem unklimatisierten Schienenbus statt. In Riegel stieg er ein letztes Mal um. Vom Bahnhof in Endingen ging er direkt nach Hause. Er steckte den Schlüssel ins Schloss, betrat den kühlen Flur hinter der Tür und warf die Tür zu.

Zu keiner Zeit auf der ganzen Fahrt von Hohenterzen bis Endingen war ihm der Mann aufgefallen, der ihm wie ein Schatten gefolgt war und der nun außen neben der Haustür den Namen auf dem Türglockenschild las: Rolf Hofstetter.

01.Oktober 2021
Gengenbach/Weinbuch

Für den späten Nachmittag hatten die Wetterfrösche starke Gewitter vorhergesagt.

So zumindest stand es in der „Badischen Zeitung", die er am frühen Morgen, noch bevor er an die Zubereitung des Frühstücks dachte, gelesen hatte.

Der frühe Morgen war seine Zeit. War sie schon immer gewesen. Er brauchte sie für sich; für die Dusche, für seine Haare, für die Zeitung und für die Hunde. Es war eine Art stillschweigendes Übereinkommen zwischen Melanie und ihm, das sich ohne Absprache irgendwie automatisch eingerichtet hatte und den Bedürfnissen beider auf natürliche Weise entgegen kam. Melanie zum Beispiel liebte es, am Morgen langsam aufzuwachen und sich förmlich in den Tag hinein zu tasten. Dabei lauschte sie auf die Geräusche, die er trotz aller Rücksichtnahme als umtriebiger Geist verursachte. Sie liebte seine Stimme, wenn er leise mit den Hunden sprach; sie vernahm das Rascheln der Zeitungsseiten, wenn er diese umblätterte, und sie genoss den Duft des Kaffees, wenn dieser aus der Küche durch das Treppenhaus bis in ihr Schlafzimmer drang. Und wenn sie das Brutzeln der Frühstückseier in der Pfanne hörte, wusste sie, dass für sie die Zeit zum Aufstehen gekommen war.

Ihm war der Rhythmus, spät schlafen zu gehen und früh aufzustehen, in Fleisch und Blut übergegangen. In seiner aktiven Zeit als Kriminalhauptkommissar hatte es zum einen der Dienstplan mit sich gebracht, zum anderen hatte er festgestellt, dass seine Arbeitsleistung am höchsten war, wenn er allein im Büro die verwirrenden Fäden eines Kriminalfalles in ungestörter Ruhe auflösen konnte. Nach Eintritt in den Ruhestand ließ er seine biologische Uhr unverändert weiterticken und wusste, dass er sich keinen guten Dienst erweisen würde, wenn er daran mit Vorsatz etwas ändern sollte. Einzig sein Hund „Müller", eingefleischter Spätaufsteher an sich, schleppte sich sichtlich widerwillig zu den frühmorgentlichen Spaziergängen, was indes „Lydia", Melanies Hundedame, nicht interessierte. Sie brachte „Müller", sobald sie den Garten verlassen und durch eine kurze Passerelle zwischen benachbarten Häusern hindurch die Felder und Wiesen am Rande Gengenbachs erreichten, schnell auf Touren.

Nur sonntags blieben alle Bewohner des Hauses so lange wie möglich im Bett. Melanie musste nicht zur Arbeit und Edgar leistete sich den privilegierten Luxus, neben ihr die ersten gemeinsamen Stunden des Tages zu genießen, ohne dass er sich zwanghaft gegen den Strich gebürstet fühlte oder den Eindruck hatte, ihm wäre dadurch Zeit für sich allein verloren gegangen. Noch manchmal, nachdem er im Januar bei Melanie eingezogen war, kam es ihm wie ein kleines Wunder vor, dass er die zurückgelassene Junggesellenzeit nicht als herben Verlust bedauerte, sondern dass er glücklich und positiv den neuen Lebensabschnitt mit Melanie als Erfüllung seiner Träume annehmen durfte. Nein, er verstieg sich keineswegs in fragwürdige Superlative. Sein Glück, ihr Glück war ein Wunder.

Es war kurz vor sechs gewesen, als er mit „Müller" und „Lydia", den beiden Hunden, vom gewohnten Morgenspaziergang zum Haus mit dem Türmchen zurückgekehrt kam. Er ließ die Tiere im Garten von der Leine und schaute ihnen versonnen zu, wie sie durch das gefallene Laub rings ums Haus stöberten.

Neben dem Kellereingang, über dem noch immer das Schild mit der Aufschrift <Galerie> hing, stand seit einer Woche eine geräumige Schuttmulde. Sie sollte heute abgeholt werden, denn seit gestern Abend war sie voll. Der Keller war komplett ausgeräumt.

Der Hals war ihm geschwollen, als er bei der Bestellung der Mulde den Tarif erfahren hatte. Weil es jedoch alternativlos die einzige Möglichkeit für sein Vorhaben darstellte, hatte er dem Preis zähneknirschend zugestimmt.

Alles, was nicht aus verwertbarem Holz bestand, hatte er im Verlauf der Woche aus dem Keller geräumt und in die Mulde geworfen. Das Holz hatte er in handliche Stücke zersägt und an einer Seitenwand der Remise, in der seine Harley stand, unter das Dach gestapelt. Ab nächster Woche Dienstag würde er sich um die Kellerwände und um die Decke mit ihren Rundbögen kümmern. Den Montag hatte er für Regina von Drach in Hohenterzen reserviert.

In der Zeitung war nicht viel Neues gestanden.

Das Atommüll-Endlager Gorleben war endgültig und irreparabel und unwiderruflich abgesoffen. Er hatte nie verstehen können, dass man seitens der Politik entgegen aller Warnungen und Gutachten von Fachleuten den Ausbau genehmigt und vollendet hatte. Sehenden Auges war man in die schlimmste Umweltkatastrophe Deutschlands marschiert. Schon damals war Wasser in die Schächte eingedrungen und hatte Fässer mit hochradioaktivem Müll verrosten lassen. Alle Protestaktionen hatten die Verantwortlichen nicht umzustimmen vermögen und letztlich hatte Macht gegen Wissen die Oberhand behalten.

Die ICE-Flotte der Bahn, mittlerweile in der sechsten Generation, kam aus den Negativschlagzeilen nicht heraus. Neu konzipierte und angeblich, notabene, störungsunanfällige IC-XL-Zugeinheiten wurden erst seit dem Fahrplanwechsel des vergangenen Winters peu à peu von der Industrie an die Bahn ausgeliefert. Spektakulär, aber auf wundersame Weise für die Reisenden glimpflich, war ein bis dahin unvorstellbares Ereignis abgelaufen. Im Juli war an einem Wagen auf der Fahrt von München nach Leipzig bei Höchstgeschwindigkeit das Dach davon geflogen. Die Leute saßen plötzlich wie in einem Cabrio. Es hatte nicht einen Verletzten gegeben. Man hatte vom Eisenbahnbundesamt sofort alle Züge dieses Typs aus dem Verkehr gezogen, weil auch an anderen Wagen Risse in der Außenhaut bzw. der Karosserie festgestellt worden waren. Die kompletten Zugeinheiten wurden via Schiffstransport an den Hersteller, eine chinesische Firma in Shanghai, zurückgesandt.

Tja, und es würde zum späten Nachmittag gewittrig werden.

Edgar Schaaf rechnete damit, dass er zu dieser Zeit wieder aus Weinbuch zurück sein würde. Denn dort wollte er hin. Nach Weinbuch, zu Peter Seibelt, seinem Schulfreund, der im vergangenen und anfangs des jetzigen Jahres maßgeblich an der Aufklärung einer Mordserie beteiligt gewesen war.

Er hatte gestern Nachmittag bei ihm angerufen und gefragt, ob Peter ihm <helfen> könne.

159

<Komm so gegen zehn>, hatte dieser nur gesagt.

Niemals fuhr er mit der Harley auf der Autobahn, sondern ausschließlich auf der Landstraße. Das lag daran, dass er die Geschwindigkeit und den Dreck der Autobahn nicht mochte. Es bereitete ihm absolut kein Vergnügen, bei genötigten hundert km/h und mehr vom Wind gebeutelt zu werden. Er war ein Biker und kein Raser.

Er hatte es Melanie beim gestrigen Abendessen gesagt, dass er heute zu Peter Seibelt fahren würde, und vorhin beim Frühstück hatte sie ihn darum gebeten, für Bernadette ein Muster der Einladungskarten für die geplante Vernissage mitzunehmen.

„Die Druckerei hat ja schnell gearbeitet", meinte sie. „Apropos Druckerei: Versuch doch bitte bei der Gelegenheit auf Peter ein bisschen Druck auszuüben. Du weißt ja, wegen des Gitarrenspiels. Es wär halt schon toll, wenn die beiden, er und Bernadette, gemeinsam auftreten würden."

„Du schlägst ja ein Tempo ein, dass mir grad schwindlig wird." Edgar war fertig mit dem Frühstück und lehnte sich zurück. „Dabei ist die neue Galerie noch gar nicht fertig."

Melanie lächelte ihn selig an. „Die Vernissage ist doch erst im Dezember, mein Held. Das schaffst du schon."

Er mochte es gar nicht gern hören, dass sie ihn „Held" nannte. Sie spielte nur zu gern darauf an, dass er ihr das Leben gerettet hatte, als er sich im Mai des Frühjahres auf Lanzarote in den Schuss von Annelore Jacquemond geworfen hatte. Zudem, war er überzeugt, war er kein sogenannter „Held". Helden, dachte er, sind was für Kinderbücher.

„Ich versuche mein Bestes, mein Engel. Soll ich dich heute Abend dann aus dem Geschäft abholen? Ich lade dich zum Essen ein."

„Wenn du bis dahin zurück bist, ja, gern. Dann kann ich dir auch erzählen, was ich mir für das Türmchenzimmer ausgedacht habe. Sperr aber die Hunde im Haus ein, bevor du fährst. Und genieß es, mein Rocker." Melanie schickte ihm einen Kuss über den Tisch.

Als er losgefahren war, zeigte sich noch kein Wölkchen am Himmel. Es war gerade neun Uhr, als er am Schloss Ortenberg vorbei aus dem Kinzigtal fuhr. Eine seiner Eigenarten war, dass er den Motor gern etwas untertourig drehen ließ. Er vermeinte, dadurch mehr Gemütlichkeit zu bekommen und damit mehr Genuss, und zudem spürte er das Bollern des V-Motors als Vibration bis in die Eingeweide. Nie hätte er zugegeben, dass er damit einem

160

erotischen Empfinden unterlegen war, aber als nichts anderes konnte es definiert werden.

Er war die Strecke schon einmal gefahren. Letztes Jahr. An den Tag erinnerte er sich nicht mehr. Damals hatte er noch in seinem Reihenhaus in Offenburg nahe an der Kinzig gewohnt. Melanie hatte er erst später kennengelernt. Dafür konnte er sich genauestens an die Rückfahrt erinnern. Er war in dicksten Nebel geraten und hatte nur mit Mühe und Not nach Hause gefunden. Das sollte ihm heute nicht passieren.

Peter Seibelt wartete bereits am Gartentor auf ihn. Er hatte sich äußerlich nicht verändert. Sein weißes Haar war lang und lockig und er hatte es, wie Edgar, zu einem Pferdeschwanz gebunden. Der Vollbart wirkte gepflegt. Edgar sah aber sofort, dass Peters Augen anders waren. Nicht mehr trüb und wässrig und ausweichend wie noch vor einem halben Jahr. Nein, sie strahlten. Leuchteten fest und sicher.

„Schön, dass du da bist, Edgar. Du bist überpünktlich. Stell die Maschine in den Hof." Er hielt Edgar das Hofgatter auf.

Als sie im Wohnzimmer saßen, kam auch Bernadette zu ihnen. Edgar umarmte sie herzlich und richtete ihr Melanies Grüße aus. Er wühlte in seinem Rucksack herum und übergab ihr das Muster von Melanies Einladungskarte.

„Das wird eine tolle Ausstellung, Beni. Davon wird ganz Gengenbach und die Umgebung sprechen. Die Galerie wird bis dahin fertig sein. Ich hab schon damit angefangen."

„Hui, also ich bin jetzt schon aufgeregt. Ich hab ja sowas noch nie gemacht. Peter ja auch nicht. Gell, Peter?" Bernadette zwinkerte Peter allzu auffällig mit den Augen an.

„Nun mal halblang", blockte der ab. „Noch ist gar nichts entschieden. Und drängen lass ich mich schon zweimal nicht. Ich hab nämlich auch sowas noch nie gemacht, damit du's weißt."

Edgar musste lachen. „Nun streitet euch doch nicht wegen einer Sache, die noch in ferner Zukunft liegt. Deswegen bin ich hauptsächlich auch gar nicht da. Peter, vielleicht hat Beni es dir gegenüber schon erwähnt: Die Tochter der Leiterin der Klinik *An den Bächen* in Hohenterzen war bei mir und ...“

„Ja, Edgar, Beni hat mir davon erzählt. Entschuldige, wenn ich dich unterbreche. Eine schlimme Sache ist das mit dem Mord. Es war doch Mord? Ich war ja sechs Wochen zur Entziehung dort. Wie kann ich dir helfen?"

„Nun, am besten ist, wenn du einfach erzählst." Edgar machte es sich auf dem Sessel bequem und nahm seine Hände zur Untermalung der Worte zu Hilfe. „Wie du es gesehen hast. Was du für eine Meinung darüber gebildet hast. Vielleicht hast du Frau von Drach selbst kennengelernt und kannst was über sie sagen. Oder über die Belegschaft. Ob es Differenzen untereinander gab oder ob alles Harmonie war. Erzähl so, dass ich mir ein grobes Bild davon machen kann. Du verstehst, was ich meine?"

Beni hatte eine Flasche Mineralwasser und zwei Gläser auf den Tisch gestellt.

„Ich lass euch dann mal allein, wenn's recht ist."

„Ich versteh, was du meinst", erwiderte Peter. „Du weißt ja, dass ich zur Entziehung dort war. Es war meine Entscheidung, die Entziehung zu machen. Ich war das Bernadette schuldig. Natürlich auch meiner Gesundheit. Hauptsächlich aber Bernadette."

Peter sammelte sich einige Sekunden, bevor er leise zu sprechen begann: „Die ersten zwei Wochen waren die schlimmsten. Ich verbrachte mehr oder weniger die ganzen Tage und Nächte nur auf meinem Einzelzimmer und hatte den *Blues*. Nur zu den Mahlzeiten verließ ich das Zimmer. Ich nahm an keinen Aktivitäten und an keinen Anwendungen teil. Ich stand quasi unter Dauerschock. Erst mit Beginn der dritten Woche streckte ich allmählich meine Fühler aus und war bedingt aufnahmefähig. Langsam registrierte ich, dass um mich herum Leben herrschte."

Er berichtete, dass es unter der Belegschaft der Klinik keine feststellbaren Misstöne gab. Die Zusammenarbeit unter den Kollegen, ob als Ärzte, Therapeuten oder in der Küche, funktionierte vorbildlich. Unter den Patienten allerdings gab es schon eher Trouble. Er redete von Gruppenbildung und Gruppendynamik, von Mobbing und Intrigen, von Zusammenrottung und Ausgrenzung, von Alkohol und Drogen, von Krankheit und Tränen, von Hoffnungen und Enttäuschungen, von Schicksalen und kleinen Wundern. Er sprach über die Begegnung mit Frau von Drach und meinte, dass, wenn die Frau *das* leben würde was sie ihren Patienten einschenkte, sie einen Heiligenschein tragen müsste. Peter erklärte, wie ihr ständiger Kampf gegen Ignoranz und Dummheit einem Kampf gegen Windmühlen glich, sie aber trotz aller Rückschläge nie aufhörte, an das Gute im Menschen zu appellieren und die Welt als Garten Eden zu schildern. „Für mich persönlich und für meine besondere Situation war die Begegnung mit Frau von Drach die wichtigste meines späten Lebens. Bernadette ausgenommen. Sie, also Frau von Drach, war der Prophet, auf den ich lange gewartet hatte.

Bei den letzten Worten schaute Peter forschend in Edgars Augen. Sah er dort nicht einen Funken von Unglauben oder gar Belustigung? Nein, er hatte sich getäuscht.

Jetzt lag es an Edgar, sich drei Atemzüge lang zu sammeln und das Gehörte zu speichern. Es war nicht seine Art, Menschen nach ihren Vorlieben oder Ansichten zu verurteilen, wenn es nicht gerade kriminelle Gesinnungen waren. Er konnte sich sehr gut vorstellen, dass Peter in seiner labilen Verfassung, was er als Alkoholiker nun mal war, sich als Empfänger einer Gutwelt-Philosophie besonders eignete. Solange sie ihm nicht schadet, dachte er, ist dagegen nichts einzuwenden. Zudem, hoffte er, wird Bernadette selbst Prophetin genug sein, um ihm das gesunde Menschsein ohne Heiligenscheingefahr vorleben zu können, das Peter brauchte.

„Ist dir sonst etwas aufgefallen, Peter? Gab es böswillige Angriffe gegen Frau von Drach aus der Reihe der Patienten? Drohungen?"

„Nein, nicht offenkundig. Es gab vereinzelt abfällige Bemerkungen über sie. Sie war natürlich wegen ihrer rosaroten Weltsicht angreifbar. Die Diskrepanz zwischen der Verfassung einzelner und ihrer pauschalen Schönfärberei war manchmal zu krass. Sie durfte halt nicht einem Mann, der wegen des Verlusts seiner Frau in Behandlung war, ein Zukunftsbild aus blühenden Gärten mit aufreizenden Engeln und lieblichen Feen aufzeichnen. Das konnte der so nicht nachvollziehen. Ihr fehlte da ein bisschen das Feingefühl, ein wenig mehr Pietät. Aggressive Ausbrüche aber hat es nie gegeben, wenigstens nicht, solange ich dort war. Dafür wiederum bot sie zu kleine Angriffsflächen."

„Mensch, Peter, da hast du mir ja einiges zu erzählen gewusst. Es freut mich, dass du für dich ein positives Fazit hast ziehen können."

Bernadette war wieder zu ihnen gesessen. „Na, Beni, wie findest du's?"

Sie hatte Beine und Arme übergeschlagen. „Ich finde es stark von Peter. Überhaupt erst mal den Entschluss getroffen zu haben und dann auch die Größe zu haben anzuerkennen, dass Hilfe notwendig ist. Doch, das hat er toll gemacht."

„Nächste Woche, gleich am Montag", warf Edgar ein, „habe ich mit der Tochter von Frau von Drach einen Termin in deren Privathaus in Hohenterzen. Könntest du mir mal bei <Google-Earth> die örtlichen Verhältnisse erklären? Ich meine die Lage der Klinik und so und wie weit es von dort bis zum Haus der von Drach ist?"

„Das ist nicht weit", entgegnete Peter. „Komm mit."

Sie begaben sich ins Nebenzimmer, wo zwei Laptops standen. Eine Minute später lag die herangezoomte <Google-Earth-Ansicht> von Hohenterzen als Ausdruck vor ihnen. Das <Google-Earth-Street-View-Programm> funktionierte bislang ausschließlich in den urbanen Zonen großer Städte. In ländlichen Bereichen musste man sich mit den herkömmlichen Satellitenansichten begnügen oder einen anderen, kostenpflichtigen und teuren Anbieter erwerben.

Peter deutete die Lage der Klinik, des benachbarten Hotels *Lärchenhof* und des Privathauses Frau von Drachs. Edgar erkannte, dass alles ziemlich nahe beieinander liegen musste.

„Was ist? Hast du noch Lust auf eine kurze Biker-Tour? Wir sind ja hier fertig, oder nicht?" Peter schaute Edgar fragend an.

„Du, nimm's mir nicht übel, aber ich fahre lieber gleich zurück. Es sind Gewitter für heute Nachmittag gemeldet. Da will ich zu Hause sein. Auch wegen der Hunde. Aber wir sehen uns ja bald. Du brauchst doch bestimmt eine Sound-Probe in der neuen Galerie."

„Ihr lasst wohl nie locker, zum Teufel. Ich sagte doch, dass noch gar nichts entschieden ist."

Bernadette fasste ihren Peter unter und schnurrte in seinen Bart: „Nicht grummelig sein, mein Guter." Und zu Edgar sagte sie: „Schönen Gruß an Melanie. Sag ihr, es läuft alles nach Plan. Auch mit dem störrischen Ochsen an meiner Seite", und hielt Peter den Mund zu.

Über dem Schwarzwald türmten sich weiße Sahnewolken. Aus Richtung Westen wehte eine schwüle, pappige Luft. Edgar beobachtete das Szenario mit Respekt. Er ahnte, dass sich am Himmel eine feurige Suppe zusammenbraute. Es lastete eine erstickende Schwere auf dem Land. Der Fahrtwind vermochte nicht zu kühlen, sodass er unter dem Helm zu schwitzen begann.

Er erreichte kurz nach ein Uhr Gengenbach. Die Schuttmulde neben der zukünftigen Galerie war abgeholt worden. Rasch stellte er das Motorrad in die Remise, eilte ins Haus und zog sich behände um. Dann nahm er die Hunde an die Leine, die ungeduldig und aufgeregt auf ihn warteten und strebte mit ihnen nach draußen. Auf freiem Feld ließ er sie laufen. Erste, stumme Blitze zuckten durch die Wolkenberge. Irgendwie liebte er die Minuten vor dem Ausbruch eines Gewitters. Er spürte die eigene Machtlosigkeit angesichts des Naturereignisses und damit eingehend eine tröstende Demut.

Edgar zählte mit: einundzwanzig, zweiundzwanzig, dreiundzwanzig, ...Noch hörte er keinen Donner. Aber es würde nicht mehr lange dauern, bis sich das Zählen lohnte. Er hatte es sich als Kind angewöhnt: Wenn es nach drei Sekunden donnerte, wurde der Radiostecker aus der Steckdose gezogen und Kerzen wurden aufgestellt und angezündet. Und es wurde gebetet.

Heute betete er nicht mehr. Er hatte schon lange vergessen, zu wem er beten sollte.

Nach einer halben Stunde pfiff er die Hunde zurück und eilte nach Hause. Sogar die Tiere schienen von einer gewissen Beklemmung befallen.

Das Unwetter brach um vierzehn Uhr fünfzig los und wütete über eine Stunde mit einer sintflutartigen Gewalt. Es goss in Strömen und hagelte taubeneigroße Eiskörner. Gengenbach war in einer schwefelgelben Gischt gefangen und es gab hinterher manch einen, der beschwören wollte, dass es auch nach Schwefel gestunken hätte. Die Schäden für die Weinbauern waren unabsehbar. Die Weinlese, badisch kurz <Herbst> genannt, hatte erst vor ein paar Tagen begonnen und die meisten Trauben hingen noch an den Reben. Obstplantagen lagen vernichtet darnieder. Zahlreiche Dachziegel waren zerschmettert, übersäten die Straßen. Freistehende, nach alter Bauart an den Seiten offene Maisspeicher waren durch und durch mit Nässe durchtränkt. Abgeschwemmter, fruchtbarer Lößboden war erdrutschmäßig in die Ebene gespült worden und lag betonhart am Fuße der Hügel. Gärten und Gartenhütten waren zerstört. Die Feuerwehr pumpte im Akkord Keller aus.

Als das Schlimmste vorüber war, machte sich Edgar auf den Weg zu Melanies Geschäft in der Stadtmitte. Unterwegs traf er einen Bekannten, der aufgelöst von außerhalb des Ortes herkam und Edgar ein Zeichen machte zum Stehenbleiben. <Hör zu>, sagte der Mann atemlos. <Ich muss dir etwas sagen.>

Er sagte es Edgar, und Edgar sagte: <Verdammt>.

Dann bedankte er sich bei dem Bekannten und hastete weiter in die Stadt. Der Platz vor Melanies Laden war, wie meistens bei Starkregen, überschwemmt.

Melanie stand mit untergeschlagenen Armen in der geöffneten Ladentür und betrachtete fasziniert das Geschehen vor dem Geschäft. Sie flog Edgar geradezu in die Arme, als sie ihn sah. „Danke, mein Schatz, dass du gekommen bist. Danke. Es war furchtbar. Sowas habe ich noch nie gesehen. Vor allen Dingen nicht so lang. Ich dachte, dass es gar nie mehr aufhören will."

„Ja, das war schrecklich", bestätigte er und hielt sie fest. „Ich habe gerade eine schlechte Nachricht bekommen."

Sie erschrak und trat einen Schritt zurück. Entsetzt starrte sie ihn an. „Ist was mit dem Haus oder mit den Hunden?"

„Nein, damit ist alles in Ordnung", beruhigte er sie. „Es ist nur, ja wie soll ich es denn sagen, es ist…also unsere Hochzeit fällt ins Wasser."

„Was? Unsere Hochzeit?" Melanie war weiß geworden. Ihre Knie wurden bedenklich weich. Edgar spürte, dass er sie halten musste.   „Sag, was ist passiert?"

„Die Kapelle …"

„Die Kapelle?"

Edgar nickte. „Die Kapelle …"

„Mein Gott, Edgar, was ist mit unserer Kapelle!" Es hatte den Anschein, als versuche Melanie Edgar zu schütteln.

„Der Blitz!"

„Die Kapelle? Der Blitz? Mensch Edgar, red schon. Kapelle, Blitz?"

Edgar nahm sich zusammen. „Kapelle! Blitz! Kapelle abgebrannt!"

20. Juli 2021
Endingen am Kaiserstuhl

Robert Gabler stand im Büro seines Hauses am Fenster und schaute gedankenversunken hinaus auf die Straße. Er hatte die Vorhänge zurückgezogen, die sonst wegen der Sonnenstrahlen geschlossen waren. Es würde heute wieder sehr heiß werden. Ihn graute vor der Fahrt in den Schwarzwald. Beerdigung.

Es war dreiviertel zwölf und er wartete auf Gitte, um mit ihr das Mittagessen einzunehmen. Er hatte Tomatensalat mit Feta-Käse im Kühlschrank stehen und ein von gestern übriggebliebenes, kaltes Schnitzel in Streifen geschnitten.

„Was ist eigentlich los mit dir, Robert?", hatte sie gestern Abend gefragt, als sie gemeinsam das Geschirr vom Abendessen gespült hatten. „Seit Tagen schleichst du rum wie die Katz bei Regenwetter. Du redest kaum, du lachst nicht, du duckst dich förmlich und man könnte meinen, du hättest etwas ausgefressen."

Gitte war immer eine, die die Dinge beim Namen nannte. Er hatte ihr nie etwas verheimlichen können, ohne damit zu sagen, dass es je etwas zu verheimlichen gab. Nein, da gab es nichts. Er hatte keine Flecken auf der Weste. Okay, da war der Kauf des Revolvers vor drei Jahren. Den hatte er ohne ihr Wissen mehr oder weniger heimlich besorgt, weil er ihn wollte. Und obwohl er wusste, dass sie gegen Waffen im Allgemeinen und gegen Waffen zu Hause im Besonderen war, hatte er die <Smith & Wesson> bei sich im Schreibtisch aufbewahrt. Er sah das nicht als Vertrauensbruch an. Nein, es gab nichts, was er ihr hätte beichten können. Aber diese Frage gestern. Es war exakt die Frage, die er sich zu seinem Überdruss selbst immer wieder stellte: Was war eigentlich los?

Er drehte sich um und ging am Schreibtisch vorbei aus dem Zimmer, durch den Flur und zur Haustür hinaus. Linkerhand, sieben Meter weiter, war die Haustür zu Rolfs Wohnung. Er ging hinüber, drückte die Türklinke, aber die Tür war verschlossen. Rolf war nicht zu Hause. Er wunderte sich über seinen Sohn. Seit ein paar Tagen verließ er regelmäßig relativ früh das Haus und kam erst spät am Abend wieder zurück. Das war neu und trug nicht gerade zu seiner Beruhigung bei. Rolf.

Wieder zurück in seinem Teil des Hauses deckte er in der geräumigen Küche den Tisch für zwei Personen. Rolf hatte schon seit ewigen Zeiten nicht mehr am gemeinsamen Mittagessen teilgenommen. Bald aber würde Gitte erscheinen.

Gitte war Inhaberin eines eigenen Fußpflegestudios in Endingen, das recht gut zu laufen schien. Jedenfalls hatte sie noch nie eine Äußerung über schlechte Geschäfte gemacht. Und sie war fast penetrant ständig guter Laune. Immer ein Lächeln auf dem Gesicht, immer in Bewegung, immer eine Idee parat und nie um eine Antwort verlegen. Sie war vierundvierzig Jahre alt, mittelgroß, hatte eine sportliche Figur und naturblonde Haare.

Robert hatte sie nur drei Monate nach Rolfs Einschulung auf dem Weihnachtsmarkt von Breisach an einem Glühweinstand kennengelernt. Da war sie zweiundzwanzig Jahre alt gewesen und er einunddreißig. Sie war hinter dem Tresen gestanden und hatte für den Schifferverein Breisach den Ausschank gemanagt. Am nächsten Abend war er wieder vor dem Stand aufgetaucht, und sie hatte ihm ihre Telefonnummer gegeben, die er wie eine Jagdtrophäe zu Hause an eine Wand heftete. Eine Woche später war sie zum ersten Mal bei ihm daheim zu Besuch. Er hatte für sie zum Kaffee gedeckt.

167

Rolf hatte er kurzfristig bei einer befreundeten Nachbarin untergebracht, die ihm als alleinerziehendem Vater auch dann großzügig helfend zur Seite stand, wenn er aus beruflichen Gründen nicht selbst für seinen Sohn sorgen konnte.

Gitte selbstredend war nicht auf den Kopf gefallen. Zu offensichtlich waren die Anwesenheitsspuren eines Kindes, auch wenn im Vorfeld mit Sicherheit versucht worden war, gerade diese Spuren zu beseitigen. Sie amüsierte sich eine Zeit lang köstlich über sein Gebaren, bewusst männlich zu wirken. Irgendwann aber hatte sie die Faxen dann dicke und fragte ihn unumwunden: <Also, wo steckt es?> Sein erstes blauäugiges Manöver, <ähem, was meinst du mit „es"?>, hatte sie noch lächelnd hingenommen. Dann hatte sie die Gangart verschärft und gesagt: <Halte mich nicht für blöd, Robert. Du hast ein Kind. Also wo steckt es?> Er war wortlos aufgestanden, hängenden Kopfes zur Nachbarin geeilt und hatte Rolf abgeholt. <Das ist er. Rolf. Er ist sechs. Er ist mein Sohn.>

Und Gitte war sensationell großartig. Sie war zum Schrank gegangen, hatte einen weiteren Teller geholt und neben die beiden anderen gestellt. <So>, hatte sie zu Robert und zu Rolf gesagt, <wenn man uns in Zukunft sehen wird, wird man uns zu dritt sehen. Du, Rolf, kriegst natürlich keinen Kaffee, aber kalte Schokolade. Abgemacht?>

Robert hatte ihr, als Rolf zum Spielen in sein Zimmer ging, dann von Margarete Hofstetter, Rolfs Mutter, erzählt. Wie es mit ihnen begonnen hatte, wie sie die vergangenen sechs Jahre gelebt hatten, und welches Arrangement sie mit ihm bezüglich des gemeinsamen Sohnes getroffen hatte.

Gitte war nicht etwa, sich plötzlich eines vergessenen Termins erinnernd, peinlich berührt davon gegangen. Sie war auch nicht wie eine beleidigte Leberwurst erst ins Bad und dann, Türen knallend, aus dem Haus gestürmt. Sie war geblieben. Sie hatte ihm ihrerseits ihren Werdegang geschildert und ihm ihre grobe Lebensplanung anvertraut. <Noch>, erzählte sie, <noch arbeite ich als Friseurin in Breisach. Aber eine Bekannte führt hier in Endingen ein Kosmetikstudio. Du kennst es bestimmt. Sie will in zwei Jahren den Job an den Nagel hängen. Ihr Studio, ihr Geschäft kann ich übernehmen. Ich möchte dort eine Fußpflege-Praxis eröffnen. Nächstes Jahr bin ich mit der Ausbildung fertig. Und dann werde ich hier in Endingen sein. Zu dem Geschäft gehört aber auch eine kleine Wohnung, die ich übernehmen muss. Das Geld streckt mir mein Vater vor. Gut, nicht wahr?>

Er hatte sie gefragt, warum sie ihm das erzählen würde.

<Weißt du>, hatte sie spitzbübisch gelächelt, <du gefällst mir und dein Sohn gefällt mir. Warum sollte ich mit dir nicht auch ein Arrangement treffen?>

Seither waren zweiundzwanzig Jahre vergangen. Gitte war zu Rolf wie eine Mutter gewesen, und Rolf hatte sie auch wie eine solche gesehen. Nach seiner leiblichen Mutter hatte er nur anfangs noch, später aber nie wieder gefragt. Gitte hatte zwar die kleine Wohnung, die zu ihrer Praxis gehörte, eingerichtet, und gelegentlich schlief sie dort auch. Dann zum Beispiel, wenn Robert seinen Schützenclubabend hatte. Sie machte sich halt nichts aus Waffen und aus Schießen. Meistens aber lebten sie wie ein Paar gemeinsam in Roberts Haus. Als er vor acht Jahren wegen des Bandscheibenvorfalls in Frührente gehen musste, hatte Gitte mit ihrem Einkommen das finanzielle Loch ohne lange Diskussionen gestopft. Sie war so, wie sie eben war.

Dann hatte Robert in der Zeitung vom zehnten Juli die Nachricht von dem Banküberfall in Sasbach am Rhein gesehen und daneben das Foto, das von einer Video-Kamera in der Bankfiliale aufgenommen worden war. Und gestern hatte Gitte ihn gefragt: „Was ist eigentlich los mit dir, Robert?"

„Komm mit", hatte er zu ihr gesagt, und war vor ihr her in sein Büro gegangen. Er hatte die Zeitung nicht weggeworfen. Er nahm sie aus dem Schreibtisch, legte sie vor Gitte auf den Tisch und deutete stumm mit dem Finger drauf.

„Was soll das, Robert? Was willst du mir damit sagen?"

„Sieh dir das Bild an. Dann weißt du, was ich damit sagen will."

Gitte nahm die Zeitung in die Hände und starrte auf das Bild. Es sagte ihr nichts.

„Es ist Rolf, der da steht", sagte Robert schneidend.

„Du spinnst doch, Robert. Warum sollte das Rolf sein?"

Wortlos zog Robert eine Schublade des Schreibtisches auf und legte eine flache Holzkiste auf die Tischfläche. Er öffnete mit fahrigen Händen die Kiste und zeigte Ihr den Inhalt, der auf rotem Samt lag: den Revolver.

„Das", sagte er mit zittriger Stimme, „ist ein <Smith & Wesson-Revolver>. Und das auf dem Bild ist ebenfalls ein <Smith & Wesson-Revolver>. In der Bank ist ein Schuss gefallen, der den Angestellten verletzt hat. Und aus diesem Revolver auf dem Tisch ist ebenso geschossen worden, und zwar erst vor kurzer Zeit. Und es fehlt eine Patrone. Der Typ auf dem Foto trägt ein

169

gemustertes Halstuch. Rolfs Palästinenser-Halstuch. Der Mann auf dem Bild ist Rolf."

Gitte schluckte schwer. „Wie kommst du zu einem solchen Revolver und wieso hast du den zu Hause?"

„Weil es so ist." Er schrie es trotzig.

Gitte meinte, er hätte sie geschlagen. Das brauchte sie sich nicht gefallen zu lassen. Feuerröte flammte über ihr Gesicht. Unbewusst suchten ihre Füße einen besseren Stand.

„Du weißt ganz genau, dass…."

„Weil es so ist. Und pass auf. Es kommt noch mehr."

Er zog eine weitere Zeitung hervor und legte sie auf den Tisch. Es war die Freitagsausgabe von letzter Woche. „Lies, bitte."

Gitte las, und während sie mit den Augen den Text verschlang, sprach Robert weiter:

„Es ist Rolfs Mutter, die dort ermordet wurde. Rolfs Mutter, verstehst du? Und der Mann, dieser abgehalfterte Fotograf, wurde mit einer Neun-Millimeter-Patrone erschossen. Mein <Smith & Wesson> hat neun Millimeter. Rolf war in der Nacht von Freitag auf Samstag der vorletzten Woche nicht zu Hause. In dieser Nacht ist der Mann erschossen worden. Und wo Rolf von Samstag auf Sonntag war, als seine Mutter umgebracht wurde, weiß ich auch nicht. Und jetzt pass auf: Gestern Abend im Schützenverein erzählt mir ein Bekannter, der auch bei dem Motorrad-Club *Borderliners* Mitglied ist, wo Rolf die meiste Zeit herumhängt, dass Rolf ein defektes Motorrad für sechstausend Euro gekauft hat. Ich frage dich: Woher hat Rolf, der doch ständig knapp bei Kasse ist, plötzlich so viel Geld?"

Gitte hatte sich mit weichen Knien gesetzt. Eine Woge widersprüchlicher Gefühle schlug über ihrem Kopf zusammen. Robert murmelte: „Jetzt weißt du, was mich beschäftigt."

„Wir müssen mit ihm reden, Robert. Wir müssen unbedingt mit ihm reden."

„Ja, das müssen wir. Aber heute kann ich es nicht mehr. Weiß der Teufel auch, wann er nach Hause kommt. Die Beerdigung von Rolfs Mutter ist übrigens morgen Nachmittag. Da fahre ich hin. Ich habe es Rolf noch nicht gesagt. Er weiß von nichts. Zeitung liest er ja keine. Ich bin einfach zu stark besetzt von dieser ganzen Sache. Wenigstens heute Abend."

Gitte saß, die Hände vor dem Mund, vor dem Schreibtisch und schüttelte ganz langsam ihren Kopf. „Wir müssen mit ihm reden. Wir müssen mit ihm reden", murmelte sie vor sich hin.

170

Er hatte sich zur Beerdigung, trotz der Hitze, für den schwarzen Anzug entschieden. Sein Auto hatte Klimaanlage, da würde es schon gehen. Aber es war noch Zeit.

Er sah Gitte von der Straße her über den Hof kommen und ging in die Küche.

„Hast du ihn heute schon gesehen?", war ihre erste Frage. Robert verneinte stumm.

Dann hörten sie, dass ein Auto in den Hof gefahren war. Gleich darauf ertönte die Türglocke. Robert schaute auf die Uhr. Es war kurz vor zwölf. Wer konnte das um diese Zeit sein? Post? Einschreiben?

Er öffnete die Tür.

Zwei uniformierte Polizeibeamte standen vor der Tür. Scheiße, dachte Robert intuitiv. Jetzt ist alles zu spät. Jetzt ist es raus.

„Guten Tag. Polizeihauptmeister Horst Ehrlicher und Polizeiobermeisterin Nadja Uhlmann. Sind sie Herr Robert Gabler?"

„Ja, der bin ich", stotterte Robert und schluckte einen Kloß hinunter. „Kann ich Ihnen, ähm, helfen?"

„Nein, Herr Gabler. Wir haben eine traurige Nachricht für sie. Ihr Sohn ist schwer verletzt in die Uni-Klinik Freiburg eingeliefert worden. Er ist in der Werkstatt des Motorrad-Clubs niedergeschlagen und unter einer Hebebühne eingequetscht worden."

Robert hörte hinter sich ein polterndes Geräusch. Er drehte sich um. Gitte lag der Länge nach am Boden.

*Die Hände hinterm Kopf verschränkt, lag er nackt im Hotelzimmer auf
dem Bett und beobachtete den Propeller des Deckenventilators. Der rührte
in der heißen Luft wie eine Teigknetmaschine den Brotteig in einer
Bäckerei. Gleich nach der Ankunft und dem Einchecken hatte er sich
unter die Dusche gestellt und sich nass hingelegt; eine Methode, die er
auch zu Hause anwendete, wenn er sich rasch Kühlung verschaffen
wollte. Leider hielt der Effekt nur so lange an, wie der Körper feucht war.*

Er dachte an Mutter.

*Als er sich heute am frühen Morgen von ihr hatte verabschieden wollen,
war sie wortlos in ihr Zimmer hinaufgegangen und hatte weder auf sein
Klopfen noch auf sein Rufen geantwortet. Ratlos die Schultern zuckend,
war er wieder nach unten gestiegen.*

*Dann war Sophia gekommen und hatte gleichfalls versucht, mit Mutter
zu sprechen, aber auch sie war ohne Ergebnis aus dem ersten Stock
zurückgekehrt. <Sie weint>, hatte Sophia gesagt. <Ich hab ihr Schluchzen
gehört.>*

*Dann hatte er die Taschen in das Auto geladen, das er von seinem
Schwager, Sophias Mann, geliehen bekommen hatte. Es war ein älterer,
roter <Fiat Rondo>. Einer Wiederholung der Odyssee, die er bei der ersten
Fahrt nach Deutschland mit dem Zug erlebt hatte, wollte er so unbedingt
aus dem Weg gehen.*

*Sophia hatte ihn zum Abschied umarmt. <Viel Glück, Bruderherz>,
hatte sie ihm gewünscht. Er hatte nur genickt und <pass auf Mutter auf,
Soph> erwidert. Er hatte Tränen in ihren Augen gesehen.*

*Als er gestern Abend aus seinem Stamm-Café, wo er sich von den anderen
Bootsfahrern verabschiedet hatte, nach Hause gekommen war, war Mutter
noch vor dem Restaurant gesessen und hatte auf ihn gewartet. Es waren
nur drei Tische unter der Markise von Touristen besetzt. Das Geschäft
hielt sich in Grenzen.*

*„Was hast du vor, Junge?" Sie sprach es tonlos ohne ihn anzusehen.
„Du willst nach Deutschland. Du willst zu dieser Frau." Es klang wie ein
Vorwurf.*

*„Warum nennst du sie nicht bei ihrem Namen? Sie heißt Margarete,
Mutter. Du hast sie noch nie bei ihrem Namen genannt. Letztes Jahr nicht*

172

und vorletztes Jahr auch nicht. Sie hat bei dir am Tisch gesessen. Sie hat mit uns gegessen. Sie hat mit uns getrunken und sie hat mit uns geredet. Sie war wie ein Teil der Familie. Warum redest du von ihr als von <dieser Frau>?"

Die Touristengespräche verstummten in dem Maße, wie seine Worte lauter geworden waren.

Sie blickte noch immer geradeaus hinaus aufs Meer. „Ich kann diese Frau nicht bei ihrem Namen nennen. Sie ist mir fremd und sie war nie mein Gast. Sie gehört nicht zu uns."

„Wenn ich sie mit hierher bringe, wird sie eine von uns werden!"

Ein wissendes Lächeln huschte über das zerfurchte Gesicht der alten Frau.

„Junge, sie wird nicht mit dir kommen. Siehst du das nicht?"

„Dann werde ich dort in Deutschland bleiben wie mein Cousin!" Er versuchte Endgültigkeit auszudrücken, aber es gelang ihm nicht glaubwürdig.

„Dein Cousin hat eine kroatische Frau. Das ist ein Unterschied." Sie betonte das <kroatische>. Sie atmete schwer. Dann sprach sie in einer Art weiter, aus der er Empörung aber auch Niedertracht filtern konnte. „Du willst also deine Arbeit hier aufgeben? Das Vermächtnis deines Vaters leichtfertig zurücklassen?" Jetzt schaute sie ihn das erste Mal an.

Er spürte, dass sie ihn bei der Ehre packen wollte. Zorn kochte in ihm auf.

„Weißt du, was das Vermächtnis meines Vaters ist? Dass er nichts Besseres zu tun wusste als solange aufs Meer zu fahren, bis er endgültig draußen geblieben ist. Das ist das Vermächtnis meines Vaters. Willst du, dass ich das gleiche Schicksal mit ihm teile? Und auf wen, sag mir, willst du dann Nacht für Nacht warten?"

Er wusste gleich, dass er zu weit gegangen war. Deswegen entschuldigte er sich sofort.

„Tut mir leid, Mutter. Das wollte ich nicht sagen. Ich ... "

Sie war aufgestanden. Abscheu stand in ihrem Gesicht. Bevor sie sich abwandte, zischte sie orakelhaft: „Du wirst kein Glück haben."

Als die Ventilatorluftkühlung nicht mehr funktionierte, richtete er sich im Bett auf. Jetzt spürte er die vom ungewohnt langen Sitzen steifen Glieder. Er betrachtete sich im Spiegel der Garderobe. Der Oberkörper war bis zur Gürtellinie sonnenverbrannt. Trotz seiner erst zweiundvierzig Jahre zeichneten sich auf beiden Seiten des Mundes scharfe Falten ab. Auch auf der Stirn hatten sich tiefe Furchen eingegraben. Wind und Wetter hatten ihre Spuren hinterlassen. Auf der Oberlippe trug er einen dünnen Schnauzbart, der sich an den Mundwinkeln nach unten bog. Die Haare waren rabenschwarz und bolzengerade. Sie bedeckten die Ohren und fielen ihm im Nacken bis auf die Schultern. Er war ein Meter fünfundachtzig groß, schlank und muskulös. Dank seines Bartes und des tiefen Haaransatzes in der Stirn hatte er eine gewisse Ähnlichkeit mit dem längst verstorbenen US-Schauspieler Charles Bronson. Es war auch der Spitzname, den ihm seine Schifferkollegen verpasst hatten. Charles. Und auch sie hatte ihn so genannt, wenn sie unter sich waren. Charles. Sie. Margarete.

Er zog sich frische Unterwäsche an, die Jeans und ein weißes Leinenhemd. Er griff nach der Whiskyflasche, die er unterwegs besorgt hatte, schraubte den Deckel ab, schenkte das Zahnputzglas aus dem Bad halb voll und wälzte den ersten Schluck lange im Mund. Dann goss er nach, öffnete die Glastür zum Balkon und setzte sich dort auf einen billigen Stuhl aus grünem Plastik. Er zündete sich eine filterlose Zigarette an.

Die Aussicht auf Bellinzona oder gar auf den nahen Lago Maggiore war verbaut und er hatte entweder die Wahl, einem Tennismatch zuzuschauen, das auf der gegenüberliegenden Straßenseite auf einem roten Ascheplatz stattfand, oder den schwarzen Bergkamm zu betrachten, auf dem sich gegen die tiefstehende Sonne die Umrisse einzelner Palmen abzeichneten und ihn an die meist übertrieben kitschigen Kulissen chinesischer Schattentheater erinnerten. Die Illusion, gleich müsste ein scheppernder Gong als Zeichen zum Beginn des Schauspiels ertönen, lag nicht fern.

Die Eintönigkeit auf der Autobahn hätte ihn beinahe getötet. Ob es ein Sekundenschlaf gewesen oder ob er bereits seit Minuten wie in einem Tunnel gefahren war, hätte er hinterher nicht mehr zu klären vermocht. Auch wo seine Gedanken präzise sich aufgehalten hatten nicht. Er hatte eine Welt gesehen, in der es ihm gefallen hatte, weil es, um sich dort aufhalten zu können, keines Denkens bedurfte. Es gab keine physikalischen Gesetze, keine beweisbare Ordnung, und es gab keine Sehnsucht nach Recht und kein verbotenes Tun. Begriffe wie Soll und Haben existierten genauso wenig wie Neid und Hass. Weil man nach Hierarchien und Ranglisten vergeblich suchte, waren auch Ehrgeiz und Streben bloß Fremdwörter. Ein Nachweis für nervende Vergleiche nach dem Prinzip *höher als, schneller als, weiter als, konnte nicht erbracht werden, und somit war auch den Worten „mehr" und „weniger" die Berechtigung entzogen. Es war eine körperlose Welt, in die man nur durch Verzicht auf Anspruch, Besitz und Verlangen Einlass bekam. Ebenso beim Eingang ablegen musste man sämtliche erlittenen Verletzungen geistiger Art. Groll und Vergeltungsgelüste hatten dort nichts verloren. Es gab nichts, von dem man weggehen und nichts, auf das man zugehen konnte. Man erreichte es nur, wenn man alles, was war, vergessen, und auf alles, was sein wird, verzichten würde. Diese Welt, die er auf der Autobahn in der Po-Ebene Norditaliens sah, schien für ihn wie geschaffen. Grundsätzlich war er für all das offen und es wäre ihm wirklich am liebsten, wenn er jetzt sofort und ohne Handicap durch eine verborgene Tür dorthin gelangen könnte. All die Lasten, die er mit sich herumschleppte, hätte er augenblicklich gegen das vermutete Nirwana eingetauscht. Lasten, die ihn innerlich zerfraßen. Allen Erwartungen, die er selbst an sich und andere an ihn stellten, wäre er zu gern auf der Flucht in diese spezielle Welt entkommen. Den ganzen ihn plagenden Druck hätte er mit Freuden hinter sich gelassen, wenn ihm hundertprozentiges Seelenheil für immer und ewig sicher gewesen wäre.*

Die Hupe eines Achtundvierzig-Tonner-Sattelzuges war es schließlich, die ihm den glorreichen Einzug in das Paradies kräftig vermasselt hatte, kurz bevor er mit irrsinnig überhöhter Geschwindigkeit den Standstreifen in Richtung grüne Natur zu verlassen drohte. Nach einigen Augenblicken einer heftigen Panikattacke erfasste ihn, wieder völlig konzentriert, eine unrealistische Ruhe. Er stellte sich die Frage, ob es ihm hier und jetzt und unter den Umständen seiner Situation etwas ausmachen würde, zu sterben. Er dachte an die Mission, die ihn antrieb. Ja, sagte er, es ist eine Mission. Und nein, sagte er, es hätte ihm nichts ausgemacht.

Er hatte bei Triest die Grenze nach Italien überquert und war via Venedig, Padua, Verona und Mailand bis nach Bellinzona gefahren, wo er, nun in der Schweiz, nach einem Zimmer in einem günstigen Hotel gesucht hatte. Ein Taxifahrer am Bahnhof, den er der Einfachheit halber fragte, beschrieb ihm die Strecke zu dem außerhalb der Stadt gelegenen Haus, in welchem er jetzt war und das seinen Bedürfnissen entsprach. Auf dem Weg hierher hatte er in einem an der Straße gelegenen Supermarkt die Flasche Whisky gekauft. Eigentlich viel zu teuer, aber wenn, hatte er sich gesagt, sollte es mindestens ein <Chivas Regal> sein. Eine originalschotti-

175

sche Single-Malt-Destillation würde er hier ohnehin nicht gekriegt haben, hatte er auch nicht erwartet.

Morgen würde er nach Deutschland weiterfahren. So hatte er es vorgehabt. Sein Cousin, der Sohn des Bruders seines Vaters, wusste Bescheid.

Vom Balkon aus entdeckte er das Aushängeschild einer Trattoria und verspürte augenblicklich Hunger. Er wusste, wo er nachher hingehen würde. Jetzt allerdings blieb er noch sitzen. Er schenkte wieder vom Whisky nach, der ihm immer besser schmeckte. Die Wirkung kam schleichend wie eine Katze in der Nacht. Er liebte das.

Eigentlich war er ohne Plan losgefahren. Lange Zeit des Tages hatte er nur die Kilometer am Rande der Autobahn gezählt, und das war gerade genug, um zu empfinden, dass er auf dem Weg war. Ja, auf dem Weg. Zu ihr. Jetzt, der Monotonie des ersten Teils der Reise entronnen, fragte er sich, ob er tatsächlich bereit war, den zweiten Abschnitt in Angriff zu nehmen, wobei er mit „Abschnitt" nicht nur die reine Fahrstrecke meinte, sondern auch die ihn am Ziel erwartende Situation und die damit verbundenen Konsequenzen. Es war die Masterfrage. Wollte er sich dem stellen? Vielleicht, dachte er, wäre es besser, wenn ich nicht weiterfahren würde. Wenn ich feige wäre. Wenn ich hier umkehren würde. Wenn ich jetzt umkehre, dachte er, bleibt alles so, wie es war, nämlich gut und schön und rein. Oder, spann er die Gedanken fort, ich bleibe einfach hier. Hier auf der Hälfte des Weges. Hier bin ich neutral. Ex Orbit. Genau. Ich bin isoliert wie ein Raumschiff im All. Ich habe die Zukunft in der Hand. Den nächsten Schluck Whisky rollte er wieder lange im Mund. Er genoss das kurz aufflackernde Gefühl, unwissend und treuherzig und unschuldig wie ein neugeborenes Kind zu sein, geschützt vor dem Spott der Kollegen, fern der Prophezeiung seiner Mutter und bar jeden eigenen Zweifels.

In seiner Brust breitete sich Wärme aus und nichts wünschte er sehnlicher, als dass dieser Augenblick auf dem Balkon ewig fortwähren sollte und dass er durch sein bloßes Verharren an diesem Ort die bedrohlichen Drachen besänftigen könnte. Er schwor bei seinem Gott, dass er sofort nach Kroatien zurückkehren würde, wenn er jetzt ein Zeichen bekäme, dass mit Margarete alles in Ordnung ist. Er bot sogar sein Leben an. <Auf der Stelle will ich sterben>. Allein, es kam kein Zeichen. Es war ein Instinkt, der in dazu verleitete, jetzt aufzustehen. Vielleicht wollte sein Gott, dass er lebt. Komischerweise war er überhaupt

176

nicht davon überrascht. Er fand es nur schade, dass sein Opfer nicht angenommen wurde. Und es machte ihn traurig. Gleichzeitig mit der Traurigkeit traf ihn auch die Härte der Erkenntnis.

Denn jetzt in dieser Minute auf dem Balkon wusste er mit Sicherheit, dass dort in Deutschland überhaupt nichts war, das auf ihn wartete. Kein Friede, keine Ruhe, kein Glück und keine Margarete. Ihr Verhalten war zu deutlich gewesen. Dass er nichts von dem in ihr noch finden würde, was er in langen Nächten während der Arbeit auf dem Boot, draußen auf dem Meer, als Erinnerung wieder und wieder durchlebte. Dass es nichts mehr gab, weder Hoffnung, noch Glaube, noch Liebe, um ihm seinen Schmerz zu nehmen. Und zweifellos war es Schmerz, der in ihm wütete und der gleichzeitig mit der Eifersucht in sein Herz gesickert war. Zu lange hatte er ihn verdeckt. Schon viel zu lange. Umso intensiver hämmerte jetzt die Gewissheit in seinem Kopf, wie mit einem Schmiedehammer auf ein glühendes Stück Eisen und den Amboss, sodass die Funken in das Verlies seiner nachtschwarzen Gedanken stoben und unter seinem empörten Gemüt Feuer entfachten. Seine kühle Vernunft und der klare Verstand wehrten sich nur halbherzig und ohnmächtig gegen die sich immer weiter entfesselnde Hölle und streckten ihre untauglichen Waffen, als sie gewahr wurden, dass aus dem glühenden Eisen ein Schwert entstanden war.

Er spülte einen mächtigen Schluck Whisky in die Kehle. Er nickte mit dem Kopf, um es sich zu bestätigen, dass er all sein Glück und all seine Liebe verloren hatte. Dass er es wusste.

Er ging ins Zimmer. Er nahm eine seiner zwei Reisetaschen und räumte die Wäsche darin auf das Bett. Zuunterst in der Tasche sah er die Plastiktüte. Er holte sie heraus und griff hinein. Die Hand fühlte sich eiskalt an. Dann zog er sein <Schwert> heraus. Er hatte es von seinem Onkel geschenkt bekommen. Das <Schwert> war eine Beretta 92, die Vaters Bruder aus dem Kroatisch-Serbischen Unabhängigkeitskrieg in den neunziger Jahren des vergangenen Jahrhunderts mitgebracht hatte. Eine Neun-Millimeter-Pistole mit einem Magazin für fünfzehn Patronen.

Er wusste nun, dass er morgen nicht umkehren oder hierbleiben würde. Er wusste, dass er weiterfahren würde.

04. Oktober 2021
Gengenbach/Hohenterzen

Regina von Drachs Vorschlag war gewesen, gemeinsam in deren kleinem Elektroauto nach Hohenterzen zu fahren. Grundsätzlich hatte Edgar Schaaf gegen diese Idee keine Einwände gehabt, war sie doch sehr naheliegend. Zwei Personen aus dem gleichen Ort verabreden sich zu einem Termin an einem anderen Ort. Es wäre logisch gewesen, gemeinsam dorthin zu reisen. Die Fahrt hätte ihm die Möglichkeit gegeben, sich durch konsequenterweise ergebende Gespräche näher mit der Familiengeschichte befassen zu können und er war durchaus der Ansicht, dass das nicht unterschätzt werden sollte. Aber dann hatte er sich doch anders entschieden, weil er in Hohenterzen neben der Tatortbesichtigung noch etwas anderes vorhatte und er nicht wissen konnte, wie viel Zeit das in Anspruch nehmen würde. Außerdem war das Wetter für eine Motorrad-Tour wie geschaffen.

Er fuhr die Strecke das Kinzigtal hinauf, auf der Melanie mit ihrem verstorbenen Ehemann einst den Motorradunfall gehabt hatte, bei dem sie damals beinahe den ganzen linken Fuß verlor. Sie hatte Edgar bei einer ihrer gemeinsamen Ausfahrten die Kurve und die Stelle gezeigt.

Er würde die Straße über Hausach, Hornberg und Triberg Richtung Titisee nehmen. Von dort aus war es nach Hohenterzen nicht weit. Die Temperatur war mild und der herbstliche Blätterfall, Bikers Gift, noch nicht fortgeschritten genug, um eine Gefahr darzustellen. Dennoch hatte ihn Melanie bei ihrem Abschied heute früh darum gebeten, vorsichtig zu sein.
Melanie.

Sentimentalität war nun nicht unbedingt eine von Edgar Schaafs ausgeprägtesten Eigenschaften. Beileibe nicht. Doch besonders in letzter Zeit beschäftigte ihn die wie aus heiterem Himmel gleiche, wiederkehrende Frage, wie es möglich war, dass es so ein Glück für sie beide gab. Und ganz besonders für ihn.

Natürlich glaubte er Melanie, wenn sie ihm versicherte, dass sie glücklich sei, und, soviel er mit eigenen Antennen empfing, sie es allem Anschein nach wirklich war. Was er nicht wissen konnte, war, ob sie von den gleichen Kräften, den gleichen Gefühlen und der gleichen Gewissheit bewegt wurde, wie es mit ihm passierte. Ein ums andere Mal nämlich geschah es mit ihm, dass er in irgendeiner Tätigkeit unvermittelt innehielt, sich konzentrieren konnte, um sehr bewusst und sehr wach festzustellen, dass er sich mitten in einem Traum befand. Dass er Teilnehmer und Begünstigter an etwas sehr Großem war. Seine Versuche, diese Größe auszumessen oder mit einem Gewicht zu versehen, scheiterten genauso regelmäßig wie seine gelegentlichen Anläufe, die Ränder des Universums zu finden und sich das, was dahinter liegt, vorzustellen. Dem, was ihm mit Melanie widerfuhr, einen konkreten Namen zu geben, war ihm ebenso unmöglich wie Entfernungen, in Lichtjahren gemessen, mit seinem Verstand zu erfassen. Als Jugendlicher hatte er einst den Prototyp eines Ideals entwickelt, der auf ihn und sein späteres Denken sehr einschneidende Auswirkungen haben sollte. Ihm war, durch wen auch immer, ein exklusiver Blick auf das Geheimnis und die Funktionsweise des Himmels gestattet worden. Ob ihm dieser Blick nun aus Versehen oder als Auserwähltem erlaubt worden war, hatte er nicht weiter hinterfragt. Fakt war, dass es so war: Leben und Lieben als Mensch und mit Menschen im real existierenden Himmel.

Der Inhalt und die Botschaft des Traums waren so fern von allem Erreichbaren angesiedelt, dass er darüber regelrechte Betroffenheit verspürt hatte und er sich ungefragt und unvermittelt als Geheimnisträger fühlen musste. Mit dem Wissen über das Geheimnis überfielen ihn, als er sich in der ihn umgebenden normalen Welt umsah, Schrecken und Verzweiflung ob der exorbitanten Unterschiede zwischen dem, nach was der Mensch landläufig sich reckte und sehnte, und dem, was ihm im Himmel verborgen blieb. Hier die umkämpften Niederungen des gemeinen Lebens, dort die in Wirklichkeit erfüllten Träume. Auf der einen Seite der Trott und Müßiggang des Alltags, auf der anderen Seite die Liebe und ihre Schönheit.

Weil er sich keiner Blasphemie beschuldigen lassen und ebenso keines Gottes Prophet sein wollte, hatte er aus Gründen der Sicherheit sein Leben lang über das Geheimnis geschwiegen und sein Wissen über das Wunder des Himmels in der hintersten Ecke der Seele als Perle versteckt. Auch wenn er sich, wie jeder andere, wieder in die Reihe all derer einfügte, die nach vorgegebenen Zielen strebten und nach Erwartungen anderer ihr Leben ausrichteten und weiter als Schaf in der großen Herde getrieben wurden, merkte er sich das Versteck der Perle. Er rannte im Hamsterrad wie alle, und er drückte die Stechuhr wie alle. Und der Sand der Sanduhr rann unaufhörlich durch das Glas und es würde keiner kommen, der das Glas umdrehen würde, bevor das letzte Sandkorn den Weg nach unten genommen hatte. Er war, wie alle, einer der Stabhochspringer, die ohne besonderen Anreiz stets mit Leichtigkeit die Drei-Meter-Marke überspringen konnten. Einige wenige schafften mit sehr viel Training und Ehrgeiz auch die Sechs-Meter-Marke.

Jene waren die Stars unter allen. Keinem aber war je gelungen, ob ohne oder mit Training, die Zehn-Meter-Marke zu überspringen. Er aber hatte es gesehen, dass es ein lohnenswertes Ziel sein würde, über die unmögliche Höhe zu springen. Nur, die Dauer eines Lebens schien zu kurz, um das Unmögliche zu schaffen. Vielleicht brauchte es zwei Leben dazu. Das entzog sich seiner Kenntnis. Was er sich trotz aller Aussichtslosigkeit dennoch verbat in sein Leben einzudringen, war Resignation.

Als er Melanie kennengelernt hatte, meinte er festgestellt zu haben, wie planlos er bis dato existiert und wie banal er sein Leben ausgerichtet fand. Er und „Müller" als Duo im Rentendasein. Und sein Leben davor bei der Polizei? Er schüttelte das Haupt mit dem Motorradhelm. Um die Zehn-Meter-Marke hatte er sich schon ewig nicht mehr gekümmert. Bis sie kam. Melanie. Bis er sie klopfen gehört hatte: Die versteckte Perle im hintersten Winkel seiner Seele. Bis er es aufsteigen sah, das Wunder der Liebe mit Melanie. Sie war der Raum, in den er als Jugendlicher geschaut hatte. Sie war der Himmel, von dem er sein Leben lang heimlich gewusst hatte. Und er erkannte, dass dieser Himmel mit seinem lächerlichen Vergleich mit der Zehn-Meter-Marke so gut wie nichts gemein hatte. Weil es nämlich nichts zu bemessen und nichts zu bewerten gab. Er schämte sich über seine naiven Versuche, dass er dem Unbeschreibbaren mit Maß und Gewicht hatte zu Leibe rücken wollen, als Nachweis, dass es wirklich existierte. Melanie war sein Beweis. Sie in Fleisch und Blut. Und nicht eine abstrakte Idee, die es als geheime Wissenschaft zu studieren oder zu definieren galt. Nichts war mit einer Gleichung und nichts war mit einer Formel berechenbar. Nichts mit einer Lehre und nichts mit einer Philosophie erklärbar. Alle Weisheit blieb davor nichts weiter als ein Fragezeichen. Es gab keine Bedienungsanleitung und kein Verfalldatum. Er wusste nur so viel, dass, wenn man dazu ausersehen war; dass, wer dafür privilegiert war, es einfach nur zulassen musste. Kein Rang und kein Können waren Voraussetzung dafür, es zu erlangen. Kein Stand und keine Herkunft prädestinierten zum garantierten Erringen. Wer es nicht erkannte, verlor es sofort, und wer es nicht achtete, konnte es nie erkennen.

Jeden Abend, bevor der Schlaf ihn überkam, dachte er an das Geschenk, das als Melanie neben ihm lag. Und wenn er morgens als erstes die Augen öffnete und die geliebte Frau neben sich sah, dann wusste er, dass er ein Auserlesener war. Dass er geliebt wurde. Und dass es klug gewesen war, seinen Jugendtraum über all die Jahre seines Lebens zu behalten. Nichts Kindisches dabei zu empfinden und sich als Mann keiner Sentimentalität zu schämen. Dabei war es so einfach. Ohne sich zu verbiegen, ohne vor jemandem zu Kreuze zu kriechen, ohne sich zum Clown eines zerstreuungsheischenden Publikums zu machen oder zum angeblich heilsbringenden Prediger einer dubiosen Verkündigungslehre. Es hatte simpel und schlicht genügt, er selbst zu sein. Er, Edgar Schaaf, mit seinen liebenswerten Marotten, mit seinem Faible für ein Motorrad und der Zuneigung zu seinem Hund „Müller". Und natürlich Melanie. Sie hatte seinen offenen Kreis mit ihren Zugaben geschlossen. Das, so dachte er, als er auf der kurvenreichen Straße durch den Schwarzwald fuhr, wollte er so lange wie möglich mit Freude leben. Ja, leben.

Er erinnerte sich an einen kleinen Brief Melanies, den sie ihm an einem ihrer ersten gemeinsamen Tage abends aufs Kopfkissen gelegt hatte. Sie erzählte ihm darin Khalil Gibrans Geschichte von der Perle. <*Eine Auster sagte zu ihrer Nachbarin: „Ich empfinde einen großen Schmerz in meinem Innern. Etwas Schweres, Rundes verursacht mir große Pein." Die andere Auster erwiderte selbstgefällig: „Dank dem Himmel und der See, dass ich keine Schmerzen habe. Ich fühle mich innen und außen wohl." Ein Krebs, der vorbeikam, hörte die Unterhaltung der beiden Austern. Er wandte sich an diejenige, die keine Schmerzen empfand und sprach: „Dir geht es gut, und du fühlst dich wohl. Aber wisse: Der Schmerz, den deine Nachbarin erträgt, rührt von einer Perle her, die außerordentlich schön ist."*> Melanie hatte darunter geschrieben: <Auch du, Edgar, trägst eine Perle in dir. Wenn du ihr Vorhandensein akzeptierst, wirst du auch ihre Schönheit erkennen.> Es hatte ihm die Sprache verschlagen, als ihm bewusst worden war, wie sehr Melanie ihn erkannt hatte und wie tief sie mit seinem Wesen verwurzelt war.

Sie waren am Freitagabend letzter Woche, nachdem sich das Unwetter über Gengenbach ausgetobt hatte, nicht mehr zum Essen ausgegangen, sondern hatten sich zu Hause mit einigen rasch belegten Broten begnügt. Der Schock darüber, dass ihre Hochzeitskapelle abgebrannt war, saß zu tief. Melanie schob einen unglücklichen Frust vor sich her, und sogar tröstend gemeinte Worte Edgars vermochten ihre Stimmung nicht aufzuhellen. Als sie später, nach Sonnenuntergang, erschöpft bei einem Glas Rotwein aneinander gelehnt auf der Wohnzimmercouch kuschelten, begann Melanie müde zu sprechen: „Tagsüber wird das Licht über einen dem Sonnenstand folgenden Spiegel auf bewegliche Kristalle geleitet. Von dort strahlt es dann an die Wände. Das ist das Prinzip." Edgar hatte zuerst nicht verstanden, was

Melanie meinte. Erst als sie weitersprach merkte er, dass sie vom Türmchenzimmer redete. „Der Lichtfänger und die Kristalle, die man variieren kann, hängen zentral unter dem Giebel. Abends oder nachts ist alles ganz anders. An den Wänden werden hauchdünne Gewirke aus Glasfaser wie eine Tapete angebracht, die man tagsüber nicht sieht. Diese werden von einem speziellen Laser beschossen und lösen in den Glasfasern Reflexe oder Impulse aus, die sich dann, etwa wie bei einem Wetterleuchten, über das ganze Flies in verschiedenen Farben ausbreiten. Zu jeder Sekunde bilden sich neue Lichtmuster, egal, ob tags oder nachts. Das stelle ich mir als Effekt für das Türmchenzimmer vor."

Sie packte seinen Arm und schmiegte sich an ihn.

Während sie sprach, war Edgar immer gespannter geworden. Allein aus ihrer Schilderung konnte er sich das Projekt lebhaft vorstellen. Er sah Bilder vor seinen inneren Augen, wie sich an den Wänden über Prismen gebrochenes Licht zu allen Farben des Regenbogens vereinte, oder wie, als seien sie von Geisterhand entstanden, sich Lichtflecken ergossen, pulsierend und angetrieben von einem biologischen Motor oder durch die Energie eigener Gehirnströme.

„Und es kostet gar nicht viel. Hm, Hm."

Sie beugte sich nach vorne und zog ein Prospekt von der Ablagefläche unter dem Couchtisch hervor. <LightArts>. Edgar nahm ihn in die Hand. Die Beschreibung war nicht viel anders, als Melanie sie gegeben hatte. An einigen Skizzen wurde die Funktionsweise auch grafisch dargestellt.

„Sieht gut aus, Schatz. Woher hast du denn das?"

„Betriebsgeheimnis. Nein, Quatsch. Ein Maler, der bei mir mal ausgestellt hat, hat einen Freund, der die Dinger herstellt. Was meinst du dazu? Er hat versichert, dass man keine Angst zu haben braucht, eine flimmernde und flackernde Discobeleuchtung zu installieren. Es wird alles in sehr milden Farbtönen und sehr dezenten Sequenzen vonstattengehen. Wir können es bei dem Typ mal ansehen, wenn du Lust hast."

„Nur zu", nickte er beeindruckt mit dem Kopf. „Wann immer du willst."

„Ich wusste, dass dir das gefällt", schnurrte sie um seinen Bart. „Und weißt du was? Wir werden einen anderen Platz für unsere Hochzeit finden. Ich fang gleich morgen mal an, in der Gegend rumzufragen. Und du auch, gell?"

Er nahm sie in die Arme und küsste sie auf die Stirn. „Keine Angst, Liebste. Deine Hoffnung, du könntest mir noch entkommen, war verfrüht."

„Aber Edgar." Sie strahlte ihn aus lustigen Rehaugen an.

Er schaute auf die Armbanduhr und stellte fest, dass er gut in der Zeit lag. Regina von Drach wollte sich um halb elf mit ihm vor dem Haus ihrer Mutter in Hohenterzen treffen. Wahrscheinlich würde er früher dort eintreffen.

Natürlich hatte er in der Zeitung von den Morden in Hohenterzen gelesen. Wie hätte es ihm, dem peniblen Allesleser, auch entgehen können. Die Mutmaßungen der seriösen Journalisten hatte er für sich uninterpretiert gelassen, genauso wie er den wilden Spekulationen der Boulevard-Presse keine Beachtung geschenkt hatte. Den Vertretern der Schreibenden Zunft war ohnehin bald die Munition ausgegangen, was zum einen Teil an der unbefriedigenden Zusammenarbeit, sprich der kleindosierten Informationspraxis der Polizei lag, zum anderen an den ziemlich uninteressanten Familienverhältnissen der potentiellen Zielgruppe, worunter man die Trauerfamilie oder andere Hinterbliebene verstand. Allem Anschein nach waren die getätigten Geschäfte der Familie alle legaler Art. Versteckte Konten, geschmierte Politiker, bestochene Beamte – Fehlanzeige. Die Kliniken arbeiteten auf hohem Niveau, und diesen Eindruck konnten auch die wenigen kritischen Kommentare im Internet nicht trüben. Über die dahinterstehenden Personen gab es ebenso keine ausschlachtbaren Spuren. Kurz, das gesamte Umfeld war so skandalfrei, wie man es sich von entsprechend daran verdienenden Stellen nicht wünschte.

Gleichwohl hatte Edgar seit seiner Rückkehr aus La Palma damit begonnen, alle Zeitungsartikel mit kriminellem Hintergrund fein säuberlich auszuschneiden und zu sammeln. Indes wusste er deswegen zum jetzigen Zeitpunkt nicht mehr über die Fälle, als der breiten Öffentlichkeit an Nachrichten preisgegeben worden war.

Wie erwartet, stellte er die Harley eine Viertelstunde nach zehn vor dem von Drachschen Haus auf den Seitenständer. Während er den Helm absetzte und die Lederjacke öffnete, prüfte er mit einem Rundblick, ob die örtlichen Verhältnisse mit dem übereinstimmten, was er mit Peter Seibelt in <Google Earth> gesehen hatte. Das Gebäude-Ensemble von Klinik, Hotel *Lärchenhof* und dem Wohnhaus der Frau von Drach entsprach exakt den Luftaufnahmen. Er machte sich die Mühe, einige Schritte zu gehen, wobei er feststellte, dass man von jedem Gebäude aus guten Ausblick auf die jeweils beiden anderen Häuser hatte. Er zündete sich eine Zigarette an und schlenderte zu dem kleinen Raucherpavillon, der zwischen Klinik und Wohnhaus errichtet worden war. Als er das kleine E-Mobil Regina von Drachs in die Straße einbiegen sah, drückte er die Zigarette in einem Aschenbecher aus.

183

Bis auf die reparierte Verandaglastür hatten Regina von Drach und ihr Vater das Haus in dem gleichen Zustand belassen, wie es die Polizei bei ihrem letzten Besuch nach dem Einbruch vorgefunden hatte. Was am Boden verstreut herumgelegen hatte, lag auch heute nach wie vor genauso da. Regina von Drach beschrieb Edgar Schaaf die Lage der Räume, zeigte ihm, wo ihre Mutter tot gelegen war, und ließ ihn dann allein seine Runde durch das Haus beginnen.

Schaaf nahm sich Zeit. Er begann mit dem oberen Stockwerk. Konzentriert arbeitete er sich von Zimmer zu Zimmer, öffnete Schubladen und Türen, wo es welche gab und schaute hinein. Wenn er es für nötig oder interessant erachtete, blickte er zwischen Wäschestücke oder aufgehängte Kleider. Im Bad inspizierte er den Spiegelschrank genauestens. Als er das Gefühl bekam, hier keine Hinweise finden zu können, begab er sich ins Erdgeschoss. Dort fuhr er auf die gleiche Weise im Schlafzimmer fort, öffnete wieder Schubladen und Türen, blickte hinter Bilder und Spiegel, um es dann im unteren Badezimmer gleich zu tun.

Regina von Drach wartete auf ihn im Wohnzimmer. Sie hatte sich dort in einen Sessel gesetzt. Sie beobachtete ihn, wie er sehr langsam und sehr leise und fast mit geschlossenen Augen umher ging, als würde er mit den Ohren nach Spuren suchen. Einmal blieb er für annähernd fünf Minuten stehen, ohne sich zu bewegen. Regina meinte sogar, dass er nicht einmal atmen würde. Das war aber nicht so. Schaaf wusste nur, dass die Tat im Wohnzimmer geschehen war und dass, wenn sich etwas in dem Haus an Hinweisen befand, er sie hier finden würde. Die auf dem Boden liegenden Bücher und Alben schienen ihn kaum zu interessieren. Dann, als wäre er plötzlich erwacht, steuerte er zielstrebig auf den Schreibtisch zu, öffnete die Schubladen und nahm jeden einzelnen Gegenstand in die Hand. Er schloss die Schubladen wieder. Er ging auf die andere Seite des Raumes zu den Regalen der Wohnwand und nahm auch dort jedes Buch, jedes Dekorationsstück in die Hände. Die Bücher blätterte er durch. Weiter ging er in die offene Küche, suchte dort in den Schubladen und hinter den Türen nach etwas, von dem er noch nicht wusste, ob es relevant sein könnte. Er wollte die Dinge lediglich in sein Gedächtnis aufnehmen. Zum Schluss nahm er sich die Bücher und Alben auf dem Fußboden vor. Er blätterte jedes einzelne Stück durch und legte es danach wieder so an den Platz, wie es vorher gelegen hatte.

Er ließ sich von Regina den Keller zeigen. Auch dort ging er langsam von Raum zu Raum. Als sie wieder zurück im Wohnzimmer waren, wiederholte er seinen stummen, leisen Gang durch das Zimmer, die Augenlider fast geschlossenen. Reginas Blicke folgten dem großen schwarzgekleideten Mann mit dem silbernen Pferdeschwanz in höchster Anspannung von ihrem Sitzplatz aus, den sie wieder eingenommen hatte. Edgar Schaaf blieb in der Mitte des Zimmers stehen. Regina saß mit geöffnetem Mund da und starrte ihn fasziniert an. Sie registrierte, wie er fast unmerklich den Kopf schüttelte und dann tief einatmete. Endlich öffnete er seine Augen und schaute ihr direkt ins Gesicht.

„Ich bin mir nicht ganz sicher." Edgar strich mit einer Hand über seinen Bart. „Ich bin mir nicht ganz sicher. Als ich das erste Mal durch das Zimmer ging, da glaubte ich, es war etwas da. Für eine hundertstel Sekunde etwas da. Vorhanden. Zu spüren. Verstehst du? Oder für eine tausendstel Sekunde. Das ist egal. Aber dass etwas da war. In der Luft, in der Atmosphäre. Im Raum, in der Zeit. Ich hatte es ganz nah, und dann war es plötzlich weg. Irgendein Signal. Es war zu kurz. Als ich beim zweiten Mal durch das Zimmer ging, spürte ich nichts mehr. Leere. Schwärze. Vakuum."

„Suchst du nach etwas Bestimmtem?" Reginas Stimme zitterte vor Aufregung.

„Nichts, nach dem man greifen könnte. Vielleicht nach einem Gedanken, nach einer Idee. Vielleicht nach einem Wort oder einem Blick. Nach einer Tat, nach einer Angst. Oder was auch immer. Ich kann es dir leider nicht aufzeichnen." Sein Lächeln war wie eine Entschuldigung.

„Probier's noch ein weiteres Mal", schlug Regina vor. Sie schaute an Edgar auf wie ein Kind am Zauberer beim Schulfest.

Edgar schüttelte den Kopf. „Nein", erwiderte er, „das hat keinen Sinn mehr. Wenn es das zweite Mal nicht funktioniert …? Hm, wie soll ich es dir erklären? Die Fähigkeit ist weg. Es ist wie bei einem Maler. Er malt ein erstes Bild, und als solches ist es einmalig. Er versucht, dasselbe Bild nochmal zu malen. Es funktioniert nicht mehr. Er kann höchstens noch ein gleiches Bild malen. Es liegt am Maler, bzw. in unserem Fall liegt es an mir. Es gelingt mir heute nicht mehr. Aber das will nichts bedeuten. Manchmal, und das ist mir früher so passiert, erscheint es mir im Traum. Manchmal, wohlgemerkt. Nicht immer. Oder Tage, Wochen, Monate später. Manchmal. Nicht immer. Ich hoffe, du verstehst."

„Ich glaube schon, dass ich das nachvollziehen kann. Es tut allein schon gut, dich in diesem Haus zu wissen."

„Was empfindest du, wenn du in diesem Haus bist?" Schaaf hatte sich auf die Couch ihr vis-à-vis gesetzt.

„Ich war nicht oft hier. Insgesamt ist es mit heute das fünfte Mal, glaub ich. Wir haben uns, seit Mutter das Haus gekauft hat, nicht oft gesehen. Ich verbinde mit dem Haus nichts, das man unter Heimat oder Elternhaus verstehen würde, wenn du das meinst." Regina unterstrich die Worte mit einer wegwerfenden Handbewegung. Ihr Rundumblick, das Haus umfassend, wirkte gleichgültig.

„Was hattest oder hast du für ein Verhältnis zu deinen Eltern?"

„Ich hatte eine Wochenendfamilie. Bis vor zwei Jahren wenigstens." Er sah ihr an, dass ihre Gedanken in die Vergangenheit schweiften. Er sah es an ihrem Blick. „Ich wohnte ja bis vor zwei Jahren in Tegernsee. Vater war täglich da. Er leitete die Klinik im Ort. Mutter kam, seit sie die Klinik in Hohenterzen leitete, nur an den Wochenenden nach Hause. Ich begann meine Ausbildung in Gengenbach etwa zur gleichen Zeit, in der Mutter dieses Haus erwarb. Von da an sahen wir uns höchstens noch viermal im Jahr. Meistens an den Geburtstagen und zu Weihnachten und Ostern. Wir hatten jetzt kein gestörtes Verhältnis. Nein, das kann ich nicht behaupten. Aber auch kein besonders herzliches. Es war normal so, wie es war. Für mich war es okay."

„Und zwischen deinen Eltern? Gab es da Spannungen oder Streit? Du entschuldigst, wenn ich so indiskrete Fragen stelle." Edgar Schaaf neigte den Kopf ein bisschen zur Seite. Ein Zeichen seines gesteigerten Interesses.

„Das ist eine gute Frage. Ich hab sie mir selbst sehr oft in den letzten Monaten gestellt. Ich denke, wenn ich es richtig verstanden habe, dass sie ein Arrangement miteinander getroffen hatten. Stillschweigend oder ausdiskutiert, das weiß ich nicht. Für mich hatte es so den Anschein, dass sie nur noch rein geschäftlich und freundschaftlich miteinander verkehrten. Streiten hab ich sie nie gesehen oder gehört. Aber ich glaube, dass ihr Lebensmittelpunkt nicht mehr jeweils der andere war. Zudem glaube ich, dass mein Vater ein Verhältnis mit seiner Sekretärin hat. Von der Polizei weiß ich inzwischen, dass Mutter eine Affäre mit einem Mann gehabt haben soll, der wohl kurzzeitig als Tatverdächtiger angesehen worden war. Aber man hat ihn wieder entlassen müssen. Anscheinend hatten die Beweise gegen ihn nicht ausgereicht." Reginas Hände unterstützten die Worte.

„Stimmt, ich las davon in der Zeitung. War kein Ruhmesblatt für die Polizei. Ich werde da noch einmal nachhaken. Hast du noch Geschwister?"

„Ja, einen Halbbruder. Justus. Vaters Sohn aus erster Ehe. Er studiert in Göttingen. Von ihm weiß ich so gut wie nichts. Ich habe ihn in den letzten beiden Jahren nur zweimal gesehen. An Weihnachten in Tegernsee."

Edgar versuchte, seine Stimme ganz belanglos klingen zu lassen, als er die nächste Frage stellte: „Könntest du dir vorstellen, dass dein Vater etwas mit dem Tod deiner Mutter zu tun haben könnte?"

Regina von Drach schluckte, und auf ihrer Oberlippe tauchten ein paar Schweißperlen auf. „Warm hier, nicht wahr?" Sie schluckte abermals. „Du wirst dich wundern, Edgar, aber daran habe ich auch gedacht. Ich hab mir auch diese Frage gestellt. Aber die Antwort ist nein. Mein Vater ist einfach nicht der Typ für einen Mörder. Nicht aus Eifersucht und nicht aus Habgier. So gut glaube ich ihn zu kennen. Wogegen ich keine Mühe habe, Sieglinde eine solche Tat zuzutrauen. Doch um Himmels Willen, Edgar, ich will hier niemanden verdächtigen oder diskreditieren. Ich sage das nur, um auf Charakterunterschiede hinzuweisen. Aber wenn ich nur daran denke, wie sie sich in Tegernsee die Geschäftsführung unter den Nagel gerissen hat - Ich meine, natürlich hat mein Vater die Führung. Die Verantwortung. Aber ohne Sieglinde kann dort keiner mehr auch nur einen Radiergummi bestellen, wenn du weißt, was ich sagen will. Sie hat ..."

„Pardon, wenn ich dich unterbreche. Wer, bitte, ist Sieglinde?" Schaafs Augenbrauen sprachen mit und krümmten sich nach oben in die Stirn.

„... Sieglinde ist die Sekretärin. Hab ich wohl vergessen zu erwähnen. Sie hat die Hoheit über alles, was in der Klinik geschieht. Ohne sie läuft dort nichts. Und sie will noch mehr. Dass mein Vater noch eine weitere Klinik in Italien eröffnen will, ist garantiert auf ihrem Mist gewachsen. Und wenn ihr Mutters Klinik und Haus in Hohenterzen noch in den Schoß fallen würden? Mehr brauch ich wohl nicht zu sagen."

Edgars Erstaunen war echt. „Eine Klinik in Italien? Wann und wie und wo?"

„Na, grade an dem Wochenende, an dem Mutter ermordet wurde." Reginas Stimme war mit einem Hauch Empörung unterlegt. Sie hatte sich in Erzähllaune gebracht. „Das war es doch! Vater und die Dame sitzen in Italien in Cannobio und besichtigen passende Gebäude und unterzeichnen Verträge, während zur gleichen Zeit Mutter sozusagen aus dem Weg geräumt wird. Wenn das kein Zufall ist?"

„Aber das ist doch auch ein blendendes Alibi für die beiden, oder?"

Regina von Drach schnaubte durch die Nase, als sei sie angewidert. „Tja, das ist es eben. Ein blendendes Alibi."

187

„Regina, es erweckt fast den Anschein, dass du über das Alibi deines Vaters und der <Dame> nicht ganz glücklich bist? Ist da etwas, das ich wissen sollte?" Edgar Schaaf bot sein Vertrauen an wie ein Krämer auf dem Wochenmarkt.

„Nein, nein", wiegelte Regina schnell ab. „Ich will ehrlich zu dir sein. Ich kann diese Zicke von Sekretärin halt auf den Tod nicht ausstehen. Es ist eine rein persönliche Aversion."

„Na gut", lenkte Edgar Schaaf ein. „Kommen wir zur Beerdigung deiner Mutter. Wann war sie genau? Am zwanzigsten Juli? Ist dir dort irgendetwas merkwürdig vorgekommen? Waren Leute dabei, die du nicht gekannt hast oder Leute, die dir aufgefallen sind?"

„Ja, die Beerdigung war am zwanzigsten Juli nachmittags. Es waren sehr viele Menschen anwesend und die meisten habe ich nicht gekannt. Wahrscheinlich, weil Mutter halt sehr bekannt gewesen war. Bestimmt waren viele ehemalige Patienten unter den Trauergästen. Mit dem Aufzählen der Namen von bekannten Leuten, bin ich schnell fertig. Mein Vater, seine Sekretärin, Justus, mein Opa aus Bad Krozingen, Dr. Badener von der Klinik, Frau Rühe von der Klinik, Frau Käshammer von der Klinik-Küche und ich. Dann war noch ein Polizist da, der sich in Zivil vorgestellt und um Erlaubnis gebeten hatte, Fotos von der Beerdigung machen zu dürfen. Er hieß Hirt. Franz Hirt. Mehr kann ich darüber nicht sagen. Tut mir leid." Sie ließ ihre Hände müde auf die Oberschenkel fallen.

„Das braucht dir doch nicht leid zu tun, Regina. Was du mir gesagt hast, war mehr, als ich erwartet hatte. Ich habe dir zu danken. Dass du wegen mir den weiten Weg gemacht hast und dass du auf meine Fragen geantwortet hast. Bei diesem Franz Hirt möchte ich nachher noch vorbeischauen. Der hat vielleicht von den Fotos noch welche aufbewahrt." Schaaf erhob sich von der Couch und streckte Regina die Hand entgegen. „Ach bitte", sagte er dann noch, „gib mir doch, für den Fall dass ich noch Fragen an dich habe oder dir etwas einfällt, deine Telefonnummer. Du hast mir sehr geholfen. Danke nochmals."

„Wie wirst du denn weiter vorgehen, Edgar?" Reginas Frage klang drängend. „Ich will dir nicht gerade die Pistole auf die Brust setzen, aber versetz dich bitte mal in meine Lage. Von der Polizei krieg ich nämlich nichts zu hören, und jedes Mal wenn ich dort anrufe, erhalte ich die gleiche Auskunft: Keine neuen Erkenntnisse."

Edgar Schaaf schaute sie beruhigend an. „Nun, ich habe heute mit dieser Besichtigung begonnen. Wie gesagt, ich kann nichts versprechen. Was ich aber tun werde, ist, dich ständig über meinen Arbeitsstand zu informieren. Ich denke, du hast ein Recht dazu. Was ich als nächstes tun werde? Mein nächstes Ziel ist Herr Hirt von der hiesigen Polizei. Ich werde ihn darum bitten, mir Einsicht in die Ermittlungsakten zu geben, soweit es ihm erlaubt ist. Anschließend werde ich mich mit seinen Kollegen in Neustadt in Verbindung setzen. Und dann werde ich rauszufinden haben, wo und wie ich weitermachen kann. Sei versichert, dass ich mein Bestes geben werde, Regina." Mit den letzten Worten lächelte er sie breit an.

Regina geleitete ihn vor das Haus. Sie blieb im offenen Hauseingang stehen.

„Was meinst du? Kann ich jetzt das Haus aufräumen? Dann bleib ich nämlich noch eine Weile hier."

Schaaf, der bereits auf dem Weg zur Straße war, drehte sich wieder um. Ein Hibiskusstrauch stand neben dem gepflasterten Fußweg zwischen Hauswand und Gartenzaun. Die Blütezeit war vorbei, aber es hingen noch Blätter an den Zweigen. Geistesabwesend streckte er einen Arm nach einem der Zweige aus. „Meinetwegen ja. Was ich sehen musste, habe ich gesehen." Er zupfte ein trockenes Blatt vom Busch. „Du kannst aufräumen, wenn du das willst."

Es war wohl eine Bewegung aus einer Gewohnheit heraus gewesen. So nebenbei. Ein Reflex vielleicht. Aber er stutzte plötzlich. Er trat näher an den Busch heran und schaute angestrengt zwischen die Äste. Dann beugte er sich weiter nach vorne und griff mit dem Arm tief in das Gewirre von Ästen und Zweigen hinein. Nach fünf Sekunden stand er wieder auf dem Fußweg. In der Hand hielt er ein braungraues, verdorrtes Gebinde. Er drehte und wendete es. Es muss einmal ein Blumenstrauß gewesen sein. Aber welche Blumen? Er kannte sich nicht damit aus. Die Stängel waren mit einem Kunststoffband zu einem Strauß zusammengebunden. An einer dünnen, ehemals wohl roten Kordel hing ein verblasstes ovales Papieretikett. Den Aufdruck konnte er nicht lesen. Er war ausgebleicht oder ausgewaschen.

„Was waren denn die Lieblingsblumen deiner Mutter?" Die Frage kam aus dem Blauen.

„Ohjeh, da fragst du mich was. Ich glaube, es waren Gerbera. Aber frag besser meinen Vater danach."

„Mach ich", lächelte Schaaf. „Mach ich." Er schaute auf die Armbanduhr. Es war zwölf Uhr dreißig. Den verdorrten Strauß nahm er mit und trug ihn wie ein Junge am Muttertag steif vor sich her.

*

Das Polizeirevier von Hohenterzen liegt in der Ortsmitte in der Nähe des Bahnhofs. Es teilt sich das Erdgeschoss eines dreistöckigen Neubaus mit einem türkischen Reisebüro. An der Tür hing ein Schild. <Über die Mittagszeit geschlossen>. Darunter ein Hinweis, dass man sich im Notfall an die angegebene Telefonnummer wenden sollte.

Bevor Schaaf die angegebene Nummer auf seinem Mobil-Telefon wählte, rief er in Gengenbach bei Melanie an. Ihre Stimme klang ziemlich laut und aufgeregt. <Köninger! Bist du's, Edgar? Natürlich, ich hab ja deine Nummer gesehen. Alles okay bei dir?> Er bestätigte, dass alles in Ordnung mit ihm sei. <Wenn du nach Hause kommst, hab ich dir die tollste Sache zu erzählen, die du dir vorstellen kannst. Bist du noch dran?> Er bestätigte, dass er noch am Apparat sei. <Also wenn du nach Hause kommst. Du wirst staunen, mein Lieber. Tschüss, ich liebe dich. Bussi, Mmmh.> Automatisch drehte er sich um und schaute nach dem Himmel, ob er vielleicht einen angekündigten Sturm übersehen hätte, aber das Firmament strahlte ruhig und blau. Na, da bin ich aber gespannt, Melanie.

Dann wählte er die angegebene Nummer. Nach einigen Freizeichen meldete sich eine Stimme: <Polizei Hohenterzen, Hirt?>

Eine halbe Stunde später, während der Schaaf in der Empfangshalle des Bahnhofs einen Kaffee und ein Croissant zu sich genommen hatte, fuhr ein VW-Sharan-Streifenwagen am Polizeirevier vor und ein älterer, uniformierter Mann stieg schwerfällig aus dem Wagen. Noch bevor er die Tür des Reviers aufgeschlossen hatte, war Schaaf hinter ihn getreten und hatte sich bemerkbar gemacht. „Guten Tag, Herr Hirt." Der drehte sich behäbig um.

„Ach, Sie sind der Schaaf, wenn ich richtig vermute. Kommen Sie herein. Nur einen Augenblick noch, bis ich die Telefonumleitung abgeschaltet habe. Mittags bin ich immer zu Hause bei meiner Frau. Sie ist schwer zuckerkrank, wissen Sie? Meine zwei jüngeren Kollegen werden auch jeden Augenblick eintreffen. Sie essen immer im Kurhaus zu Mittag. Dort ist es am billigsten. Kommen Sie rein und nehmen Sie Platz. Also was kann ich für Sie tun, Herr Schaaf."

Edgar Schaaf stellte mit einem schnellen Rundumblick fest, dass das Revier oder der Posten zweckmäßig eingerichtet war und über alle technischen Hilfsmittel zu verfügen schien, die man als Polizist so braucht, auch wenn nicht jedes Ding auf dem allerneuesten Stand war. Er legte den verdorrten Blumenstrauß auf eine Art Theke, die den Besucherraum vom eigentlichen Arbeitsraum trennte.

„Sie können mir hoffentlich viel helfen, Herr Hirt", sagte er freundlich und stellte sich und sein Anliegen vor. Als dies geschehen war, deutete er auf den Blumenstrauß. „Als erstes bitte ich Sie darum, dieses Ding vorläufig in Verwahrung zu nehmen. Ob es als Beweismittel dienen kann, muss sich erst noch herausstellen. Ich habe es vor einer halben Stunde im Hibiskusstrauch bei Frau von Drachs Haus gefunden. Ich komme nachher darauf zurück. Und können wir nicht *du* zueinander sagen? Wir sind ja mehr oder weniger Kollegen."

Franz Hirt stimmte nur zu gern zu. Und wegen des Straußes war er förmlich von den Socken. „Das gönn ich ihnen, den Lackaffen. Die jungen Schnösel haben einfach keine Nase mehr für die Spurensuche. Da muss erst ein pensionierter Kriminaler von außerhalb auftauchen und ihnen zeigen, was Sache ist. Oh ja, das gönn ich ihnen. Obwohl, der eine ist mittlerweile ja ganz nett, und der andere Simpel hat gottseidank den Löffel abgegeben, meine, er hat gekündigt."

Schaaf verstand zwar nicht ganz, worüber sich der alte Haudegen so diebisch freute, aber er würde es schon noch rauskriegen. Vorerst war ihm wichtig, bei dem Beamten vor Ort das Eis gebrochen zu haben und nahm sich vor, weiterhin ganz ein jovialer Zeitgenosse zu sein.

„Wie gesagt, Franz, arbeite ich privat und ohne Bezahlung. Ich kann also gar nichts von dir verlangen. Trotzdem: Wenn ich auf ein Ergebnis kommen will, das es wert ist, es Regina von Drach mitzuteilen, bin ich auf Hilfe von allen Seiten angewiesen. Du bist meine erste Anlaufstelle in meinen Nachforschungen. Wenn du mir etwas erzählen kannst, höre ich gerne zu. Doch würde ich es vollkommen verstehen, wenn du, na sagen wir mal aus Gründen der Ermittlungsgefährdung, dich zurückhalten müsstest. Wie weit bist du in diesem Fall informiert? Du wirst sehen, dass ich dann noch viel weitergehende Fragen habe."

Franz Hirt hatte sich krachend auf den Drehstuhl hinter seinem Schreibtisch fallen lassen. Er beugte sich nach rechts und beförderte aus einem Fach des Schreibtisches eine Flasche mit einem klarflüssigen Inhalt und zwei kleine Gläser auf den Tisch. „Ich brauch das unbedingt nach dem Mittagessen. Zwetschgenschnaps. Du nimmst doch auch einen."

Er schenkte, ohne Edgars Antwort abzuwarten, einfach beide Gläser voll. Dann kippte er sein Glas in einem Zug in den Hals. „Aaaah, ja. Tja, was weiß ich über den Fall, oder besser gesagt, über die Fälle. Von den

Tatsachen her weiß ich bestimmt nicht mehr, als was in den Zeitungen gestanden hat. Aber das meinst du ja nicht, oder?"

Schaaf tat es ihm gleich. Er versenkte den Schnaps auf einen Rutsch in seinen Bauch.

„Nein, das meine ich nicht", beeilte er sich zu bestätigen und stieß fauchend den Atem aus. „Hoihoi, der hat es aber in sich, was?", und blickte vorwurfsvoll auf die Schnapsflasche. „Da gibt es doch bestimmt noch Figuren drum herum, auf welche du und die Kollegen ein Auge geworfen habt. Wie steht's denn damit?"

„Wenn du auf der Suche nach Personen und deren Alibi bist, kann ich dir nur den jetzigen Ermittlungsstand erklären, und der ist nicht zufriedenstellend. Wirst du gleich merken. Ach so, das Eine wollte ich noch vorausschicken: Ich glaube nicht, dass ich irgendwelche Geheimnisse preisgebe, die die Ermittlungen behindern oder verfälschen könnten. Das was an Erkenntnissen vorhanden ist, bildet im Grunde den abschließenden Stand. Unglaublich, aber wahr. Also der Reihe nach: Alexander von Drach war zur Tatzeit mit seiner Sekretärin in Nord-Italien. Die Sekretärin hat das untermauert. Der Stiefsohn war nachweislich in Göttingen. Die Tochter war in Gengenbach. Die betagten Eltern des Opfers waren in Bad Krozingen. So, das waren die nächsten Familienangehörigen. Von den Arbeitskollegen konnte keiner mit Motiv ermittelt werden, zudem verfügten alle über ein Alibi. Für die vielen Patienten gilt das Gleiche. Diejenigen, die gefunden und befragt worden waren, fallen als Täter oder Täterin alle aus. Spuren für einen Täter oder eine Täterin sind allerdings in der Wohnung Frau von Drachs nachweisbar. Das heißt, dass es dort Spuren gibt, zu denen keine passenden Personen ermittelt werden konnten. Deswegen ist der Haupttatverdächtige, ein gewisser Teichmann, auch auf freiem Fuß. Teichmann war der Geliebte Frau von Drachs. Das hat er auch unumwunden zugegeben, allerdings erst, nachdem er den toten Fotografen Großbauer gefunden hatte. Aber es sind halt noch Haare und Fingerabdrücke übrig, die nicht zu Teichmann passen." Hirt schwitzte.

„Und zu Großbauer haben wir praktisch überhaupt nichts. Weder Motiv noch eine Spur, wenn man von dem Projektil, mit dem er erschossen wurde, absieht."

„Also habt ihr keine Handhabe gegen Teichmann oder irgendwen sonst!" stellte Schaaf fest.

Hirt nickte nur und bedauerte die fatale Situation durch eine fast typisch italienisch anmutende Gebärde.

„Wer sind denn die Kollegen, welche die Fälle bearbeitet haben?"

„Na gut. Es sind zwar Lackaffen, die beiden. Jens Melzer und Ludger Ernst von der Kriminalzweigstelle Neustadt. Melzer ist noch im Dienst, Ernst hat gekündigt. Ihre Arbeit haben sie aber soweit ordentlich gemacht. Aber dann kommst du mit diesem Blumenstrauß, kaum dass du eine halbe Stunde in der Sache unterwegs bist. Das wird sie bestimmt wurmen, das kann ich dir sagen." Wieder diese klammheimliche Freude.

„Und von der Technik? Der Spusi?"

„Das war der Wasserfeind aus Freiburg", erklärte Hirt.

„Ach, der *Condor*? Der ist ja für Qualität bekannt. Der hatte ja einen legendären Ruf, als ich noch aktiv war", erinnerte sich Schaaf. „Ist er noch Gleitschirmflieger?"

„Gleitschirmflieger? Davon weiß ich nichts. Er kann halt auch nur untersuchen, was ihm vorgegeben wird oder was er selber findet. Daran hat es nicht gelegen." Hirt meinte damit, dass es nicht auf Wasserfeinds Konto ging, weshalb die Fälle bis jetzt nicht geklärt werden konnten.

„Ja, so wird es sein", stimmte Schaaf zu, obwohl er der pauschalen Beurteilung zu Wasserfeinds Arbeitsstil keinen Blankoschein ausgestellt hätte.

„Dieser Teichmann. Was ist das für ein Typ. Der sitzt doch sicher nicht in U-Haft, oder doch?"

„Wenn man so will, dann irgendwie schon. Das ist aber eine seltsame Geschichte." Hirt rutschte sich ereifernd in seinem Stuhl zurecht, als könnte er auf die Weise seine Geschichte besser verkaufen. „Er hatte zugegeben, die von Drach zu..., na, du weißt schon", grinste Hirt und machte mit den Händen obszöne Zeichen dazu. „Er hat auch nie geleugnet, am Tatabend am Haus des Opfers gewesen zu sein. Ihm sei aber nicht aufgemacht worden. Dann war er es, der den Fotografen nachts tot in dessen Wohnung gefunden hatte. Er hat mich noch vom Tatort angerufen. Wir haben ihn dann vorläufig festgenommen. Wie viele Tage er als Verdächtiger in U-Haft gesessen hatte, weiß ich nicht mehr genau. Nicht mehr als zwei, schätz' ich. Der Staatsan-walt, wie heißt er noch? Ruprecht Herzig. Der Staatsanwalt musste ihn dann leider wieder auf freien Fuß setzen. Sehr zum Leidwesen von Teichmann."

„Nanu, warum zum Leidwesen?", wunderte sich Edgar Schaaf.

„Ja Moment, pass auf. In der Arrestzelle war er doch am allersichersten. Am neunundzwanzigsten Juli rief Teichmann nämlich bei uns an. Wir sollten sofort zu ihm kommen. Als wir bei ihm waren, zeigte er uns ein Bild, auf dem sein Kopf abgebildet war. In der Stirn hatte es ein Loch, mit roter

Farbe umrandet. Mehr nicht. Teichmann erstattete Anzeige gegen Unbekannt und verlangte Polizeischutz für sich. Er hat eine höllische Angst vor ..." Hirt hob die Arme, als wollte er sich für sein Nichtwissen entschuldigen. „Riesige Angst. Seine Wohnung sah verheerend aus. Flaschen, Verpackungen, alles durcheinander. Er selbst nicht minder. Ungewaschen, unrasiert, dunkle Ringe unter den Augen. Er muss einen ziemlich hohen Alkoholkonsum haben. Wir hatten die Anzeige aufgenommen. Polizeischutz konnten wir ihm aber keinen versprechen. Woher auch das Personal nehmen? Wir haben ihm lediglich zugesichert, dass wir häufiger an seiner Wohnung vorbeifahren würden und uns täglich telefonisch bei ihm melden, um zu fragen, ob er noch lebt. Er war seit Wochen oder Monaten nicht mehr aus dem Haus. Wir machen das auch so. Fahren unsere Streife ständig bei ihm vorbei, und gegen Abend ruf ich ihn an. Auch am Wochenende. Dann telefonier ich von daheim."

„Aber kann diese Morddrohung an Teichmann nicht etwas mit dem Mord an Frau von Drach oder an dem Fotografen zu tun haben?" Schaaf hörte sehr konzentriert zu.

„Kann sein, kann aber auch nicht sein. Wir haben nichts in der Hand. Das Foto war ein ganz normaler Computerausdruck ohne sonstige Besonderheiten auf dem Papier, wie man es millionenfach kaufen kann. Du kannst nachher eine Kopie davon sehen. Die rote Farbe um das angedeutete Schussloch stammt von einem handelsüblichen Filzschreiber."

„Was ist das für ein Mensch, dieser Teichmann?" Er wiederholte die Frage von vorhin.

„Er ist Tennislehrer im Sommer und Skilehrer im Winter, angestellt bei der Kurverwaltung hier. Momentan arbeitet er nicht. Hat sich, laut Kurverwaltung, krank gemeldet. Die von der Kurverwaltung hatten ihm, als seine Abwesenheit zu lange dauerte, einen Psychologen ins Haus geschickt, der ihn auf unbestimmte Zeit aus dem Verkehr gezogen, sprich von der Arbeit freigestellt hatte. Es war ein Drama, bis er den Arzt zu sich in die Wohnung gelassen hatte. Unsere Streife mit den zwei jungen Beamten musste sich zuerst vor der Tür postieren. Dann durfte der Psychologe hinein. Was für ein Typ er ist? Sportler, gutaussehend, Frauenheld. Er hat es ja auch weidlich ausgenützt. Die Frau von Drach hat ihm ja allerhand geboten." Hirt demonstrierte mit Daumen und Zeigefinger die Geste für Pinkepinke.

„Wusste der Ehemann der Frau von Drach von dem Verhältnis zwischen den beiden? Das könnte doch ein Motiv für eine Morddrohung sein, oder nicht?"

Hirt blies die Backen auf und ließ die Luft dann zischend wieder ab. „Das könnte natürlich die Gretchenfrage zu allem sein. Ich weiß es nicht. Auch weiß ich nicht, ob die Kollegen aus Neustadt den Herrn von Drach das gefragt haben. Ich bedaure, Edgar."

Man sah Hirt das Bedauern an der Nase an.

„Kann man den Herrn Teichmann besuchen? Macht das Sinn?"

„Pass auf. Ich ruf ihn nachher mal an. Dann kann ich ihn ja fragen, ob er dich als Besuch wünscht. Aber mach dir keine Hoffnungen. Er verhält sich wirklich sehr speziell. Fast tut er mir leid."

Edgar Schaaf schielte zu dem Blumenstrauß. „Wenn du ihn schon anrufst, dann frag ihn doch bitte gleich, ob der Blumenstrauß von ihm stammen könnte. Du sagtest doch, dass er am Abend der Tat bei Frau von Drachs Haus war. Ferner kannst du feststellen, wo dieser unglückliche Strauß herstammt. Wie viel Blumenläden gibt es hier? Und natürlich wer Ihn gekauft hat und wann, falls wir Teichmann als Käufer ausschließen können. Könnte unter Umständen wichtig sein."

„Machen wir, Edgar. Das sollen meine jungen Hüpfer erledigen. Kann ich dir sonst noch helfen? Du hast ja angedeutet, dass du noch mehr Punkte abzustreichen hast." Hirt zeigte sich ehrlich bemüht und unterstützungswillig.

Edgars Mimik tendierte zu einem zweifelnden Ausdruck. „Ja, das wären wahrscheinlich Dinge, die doch eher der Diskretion unterliegen. Mich interessieren zum Beispiel die Auszüge aus dem Melderegister der Hotels und der Pensionen aus den Tagen vor, während und nach der Tat. Plus-Minus Handgelenk, du verstehst? Also wer in Hohenterzen übernachtet hat. Das wär das Eine. Zum anderen hätte ich gern für den gleichen Zeitraum alles, was hier und in der Gegend im Polizeibericht erschienen ist. Also ob jemand unberechtigterweise an einen Laternenpfahl gepinkelt hat oder ob jemandem ein Huhn gestohlen wurde, oder wer falsch geparkt hat oder wer seinen Nachbarn wegen Ruhestörung angezeigt hat. Alles, was in deinem Polizeibericht steht. Ich nehme an, du hast das alles gespeichert. Aber ob du es auch herausrücken darfst? Was mir am Allerwichtigsten erscheint, sind die Fotos, die du bei der Beerdigung gemacht hast." Jetzt lächelte Edgar sein breitestes Lächeln.

In dem Moment wurde die Tür zum Revier aufgerissen und zwei jungen Polizisten platzten lachend herein. „Oh, du hast Besuch?" Den Grund für ihre Belustigung behielten sie aber für sich. Franz Hirt stellte ihnen den

Besuch vor. Edgar Schaaf hatte sich von seinem Platz erhoben und schüttelte die Hände.

„Ich hab gleich einen Auftrag für euch", begann Hirt und streckte ihnen den Blumenstrauß entgegen. „Findet heraus, woher dieses welke Etwas stammt und fragt nach, wann wer es verkauft hat und wer es gekauft hat. Ab mit euch."

Derjenige, der den Strauß in Empfang genommen hatte, begutachtete das Bündel und meinte dann mit Überzeugung, dass er wisse, woher die Blumen stammen würden. „Die sind vom Laden an der Tankstelle vorne an der Bundesstraße. Die haben solche ovalen Etiketten. Ich hab erst letzte Woche selbst einen Strauß dort gekauft."

„Na bestens, Junge. Dann brauchen wir jetzt nur noch zu wissen, was das hier für Blumen waren, wer sie wann verkauft hat und an wen. Strengt euch an. Und kommt gleich wieder."

So wie sie hereingestürmt waren, verließen sie das Revier wieder. Laut und lachend.

Beneidenswert, diese jungen Leute.

Hirt wandte sich wieder Edgar Schaaf zu, nun in eindeutig konspirativer Absicht.

„Von den Fotos kannst du dort drüben", und zeigte mit ausgestrecktem Arm in die entsprechende Richtung, „Farbkopien machen. Gebe Gott, dass du darunter was findest. Ich werde gleich mit Herrn Teichmann telefonieren. In der Zeit kannst du dich an meinen Computer setzen und dir die Dinge ausdrucken, die du vorhin erwähnt hast. Melderegister, Polizeibericht. Endlich läuft mal was in dem Saftladen hier. Es ist ja nicht so, dass es bei dir in falsche Hände gerät. Zudem bin ich ein alter Hase im Geschäft. Mir wirft so schnell keiner mehr was vor, verstehst du? Und du lässt mir auf jeden Fall deine Telefonnummer und deine e-Mail-Adresse da. Zudem rufe ich in Neustadt bei Melzer an, ob er heute Nachmittag Zeit für dich hat. Du wolltest doch noch auf der Kriminalstelle vorbeifahren, stimmt's?"

Schaaf war über so viel Entgegenkommen begeistert. Derart aufgefordert, wurde er sofort emsig und nutzte die Gunst der Stunde. Er ließ sich von Hirt das Passwort geben und loggte sich in das Programm ein. In Sekundenschnelle steckte er Anfangsdatum und Enddatum der gewünschten Suchanfrage ab. Dann korrigierte er das Anfangsdatum um eine Woche früher, und schon spuckte der Drucker die Listen der angemeldeten Personen aller Hotels und Pensionen Hohenterzens aus. Genauso verfuhr er mit den

Polizeiberichten. Er war erleichtert, dass er sich hier auf dem Land anstatt in einer Großstadt befand, was sich auf den Umfang der erfassten Polizeiaktivitäten positiv auswirkte. In weniger als einer viertel Stunde lagen die Daten im Papierschacht des Druckers. Er begnügte sich mit einer Grobkontrolle, indem er stichprobenartig zwischen die Seiten schaute. „Bingo", rief er laut, um sich bei Hirt als wieder kommunikationsbereit zurück zu melden. „Das war's schon."

Hirt, der aus einem Nebenzimmer zurückkam und sich an einem Papierhandtuch die Hände abtrocknete, sprach gequält grinsend: „So wie ich vermutet hatte. Teichmann lässt keinen an sich ran, der nicht im Auftrag des Staatsanwalts geschickt wurde und ohne dass sein Anwalt dabei ist. Tut mir leid für dich. Aber so ist der Chaot nun mal drauf. Er behauptet übrigens, niemals Blumen für Frau von Drach mitgebracht zu haben."

„Macht nichts", erwiderte Schaaf ebenfalls lächelnd. „Ich hab ja jetzt etwas, womit ich spielen kann." Er hob das Bündel Papier demonstrativ in die Höhe. „Danke nochmal. Es bleibt alles in meinem Gewahrsam."

„Ist schon gut, Edgar. Eine Hand wäscht die andere. Wenn du mal Lust hast, kannst du mich und meine Frau mal besuchen. Ich geb dir unsere Adresse. Ah, da kommen ja unsere jungen Sputniks zurück. Bin gespannt, was sie rausgefunden haben." Hirt ging ihnen bis zur Eingangstür entgegen und hielt ihnen die Tür auf. „Und? Was rausgekriegt?"

„Also", begann der eine und holte Luft, als wäre er die ganze Strecke von der Bundesstraße bis hierher gerannt. „Bei den Blumen oder dem, was davon übrig geblieben ist, handelt es sich um Gerbera. Das Etikett stammt wirklich von dem Laden dort an der Tankstelle. Es kann schon möglich sein, dass der Verkauf zwei, drei oder gar vier Monate zurück liegt. Wer so einen Strauß verkauft hat, haben wir nicht rausgekriegt. Es sind heute aber auch nicht alle Verkäuferinnen da. Wir haben darum einen Zettel mit den notwendigen Angaben dort hinterlegt. Sie rufen an, wenn sich was Neues ergibt."

„Okay, ihr zwei. Danke und dann mal raus auf Streife." Hirt hielt ihnen wieder die Tür auf. Zu Schaaf sagte er: „Ich ruf noch schnell in Neustadt an. Warte noch so lange."

„Ich zieh derweil mal meine Kluft an und hole meine Maschine", sprach Schaaf und ging vor die Tür. Die Papiere steckte er in seinen ledernen Rucksack mit den sechs silbernen Schnallen. Er startete die Harley, wartete bis das Blubbern des Motors rund klang und fuhr dann gemächlich vor das Polizeirevier. In der Tür erschien Franz Hirt und streckte einen Daumen nach oben. „Melzer wartet auf dich. Wir hören voneinander."

Jetzt drehte Schaaf am Gasgriff. Der Motor donnerte auf und Schaaf bog um die nächste Ecke.

21. Juli 2021
Tegernsee

Sieglinde hasste es. Sie hasste es schon lange. Viel zu lange, ihrer Ansicht nach. Und doch war dann die Veränderung so plötzlich und unerwartet gekommen, dass sie quasi auf dem falschen Fuß erwischt worden war. Unvorbereitet.

Sie hatte auf lange Sicht spekuliert gehabt. Und jetzt sah alles auf einmal anders aus. Dennoch hatte sie es satt, ständig in ihrem billigen Appartement über den billigen Teppich von IKEA und zwischen den billigen Möbeln von IKEA zu gehen. Schon lange.

Sie hatte aber Langmut bewiesen. Geduld gehabt. Auch wenn alles um sie herum so billig war. Kraft hatte es sie gekostet. Und Verzicht. Ja, auch das. Verzicht.

Sie dachte auch an die Überwindung, die jedes Mal von ihr verlangt wurde, wenn es unausweichlich war, mit ihm Auto zu fahren. Gestern war es soweit gewesen. Als er ihr mehr oder weniger befohlen hatte, mit ihm im Auto zur Beerdigung seiner Frau zu fahren. Morgens hin, abends zurück. Dann aber hatte sie gedacht, dass es eventuell von Vorteil für sie sein könnte, wenn man sie bei einem so wichtigen und einschneidenden Ereignis an seiner Seite sehen würde.

Er war erst am Samstagabend vergangener Woche aus Hohenterzen nach Tegernsee zurückgekommen. Termine bei der Polizei und die Regelung des Geschäftsbetriebs der Klinik dort hatten seine Anwesenheit gefordert. Es musste ja trotz allem irgendwie weitergehen. Die Patienten wollten und mussten ja weiterhin behandelt werden.

Und schon am Dienstag waren sie dann zur Beerdigung gefahren. Die Staatsanwaltschaft hatte die Leiche überraschend schnell freigegeben. Noch

198

am Samstag hatte Alexander all die zur Beerdigung erforderlichen Formalitäten geregelt.

Sieglinde hatte ihre Rolle gut gespielt. Sie war stets bescheiden und diskret in seiner Nähe geblieben. Aber so, dass man sie nicht übersehen konnte. Das waren starke Signale gewesen. An den Sohn, den sie kaum kannte, und an die Tochter, die sie kaum kannte. Und umgekehrt. Sie selbst war für die beiden und im Prinzip für alle eine Unbekannte. Das Klinikpersonal von Hohenterzen eingeschlossen.

Margarete von Drach war für Sieglinde bei ihrem Antritt als Sekretärin an der Klinik in Tegernsee nichts weiter als die Frau ihres Chefs gewesen. Doch mit der Zeit war sie mehr geworden. In dem Maße, wie ihre eigenen Ziele und ihr Ehrgeiz wuchsen, veränderte sich Margaretes Status als Konkurrentin aus ihrer Sicht parallel laufend. Sie war immer mit ihr auf Augenhöhe, selbst als Margarete ständig in Hohenterzen und sie in Tegernsee war.

Als Mensch war ihr Margarete vollkommen gleichgültig. Sie mutierte für Sieglinde jedoch zur Rivalin und zum Hindernis, solange sich Alexander nicht von seiner Frau wegbewegen ließ. Ihr Bestreben war darum schon bald nach Antritt ihrer Stelle als Sekretärin gewesen, ihn auf ihre Seite zu ziehen. Ihn auf lange Sicht zur Trennung von seiner Frau zu treiben. Ihn von ihren eigenen Qualitäten zu überzeugen. Die Anzeichen, die sie dank ihres berechnenden, totalen Einsatzes als Echo registrierte, suggerierten ihr, dass sie sich auf dem richtigen Weg befand. Angst hatte sie keine vor dieser Margarete von Drach gehabt. Notfalls hätte sie sich mit ihr zum Kampf im Schlammbad eingelassen, ihr die Haare ausgerissen und ihr nach dem Sieg ins Ohr gepinkelt, wie es die Wikinger bei ihren unterlegenen Feinden praktiziert hatten. Und dass sie nicht verloren hätte, stand außer Frage. Doch sie vertraute auf andere Stärken: Sie war gut in ihrem Job. Sie hatte die Kontrolle. Und sie hatte ihren Körper.

Alles anders?

Ja, das war es. Alexander hatte nicht viele Argumente gebraucht, um sie zu dem Aufenthalt in Cannobio in Italien zu überreden. Für sie hätte es ein weiterer Baustein in ihrer Karriere werden sollen. Sie mit ihm allein in einer Suite eines Hotels. Sie betraut und vertraut mit den Geschäften des Chefs. Und sie als Ratgeberin und als moralische Institution, als Königmacherin. Sie, welche die Stimmung und die Laune beeinflusste durch ihre pure

Anwesenheit. Ihre Einsatzmöglichkeiten waren enorm, und sie wusste sie anzuwenden.

Dann war der Samstagabend gekommen. In Cannobio.

Sie hatte sich mit dem Taxi vom Bahnhof zum Hotel *Alessandro* bringen lassen. Um sechzehn Uhr war sie dort eingetroffen. Sie hatte es so gewollt, weil er es vorgezogen hatte, mit dem Auto zu fahren.

Aber dann kam er nicht.

Er kam am Abend nicht und er kam bis Mitternacht nicht.

Sie rief einige Male seine Handy-Nummer an, aber es war ausgeschaltet.

Sie hatte sich bei Danilo, dem Hotelchef gemeldet und gefragt, ob er etwas über Verkehrsbehinderungen auf der Autobahn Schweiz – Italien gehört hatte. Danilo hatte verneint. Ihre Sorgen wuchsen. Sorgen? Nein. Ihre Unruhe wuchs. Ja. Unruhe.

Die Uhr sprang von Samstag auf Sonntag.

Er war um ein Uhr noch nicht da. Sie legte sich angekleidet aufs Bett.

Er war um zwei Uhr nicht da. Sie setzte sich auf den Balkon und rauchte mehrere Zigaretten.

Um drei Uhr war er immer noch nicht da. Sie hatte bei der Polizei angerufen, aber dort war nichts von Unfällen bekannt gewesen.

Um vier Uhr fielen die Lichtkegel von Autoscheinwerfern in die Einfahrt zum Hotel. Es war sein BMW. Er war unversehrt.

<Wo warst du?>

Das war natürlich ihre Frage gewesen. Sie hatte getobt und geschrien. Ihre Angst und ihre Hilflosigkeit ihm gegenüber in den Raum geworfen. Sie hatte ihn gepackt und ihn geschüttelt. <Wo warst du?>

In Hohenterzen sei er gewesen. Bei seiner Frau. Bei ihr. Bei ihr.

Wie mit einem glühenden Schwert war es durch sie hindurch gefahren, als sich ihr brennend heiß die Frage in den Weg stellte, ob all ihr getriebener Aufwand vielleicht umsonst gewesen sein könnte. Bei ihr war er gewesen. Bei ihr.

<Wegen der Halbjahresbilanz. Es ist immerhin auch meine Klinik>, hatte er gesagt.

Halbjahresbilanz? Ja, stimmt. Das halbe Jahr war um, ein neues halbes Jahr hatte begonnen. Es könnte so sein. Wollte sie das glauben?

<Wie lange? Wann bist du dort weggefahren?>

<Gegen dreiundzwanzig Uhr>, hatte er gesagt. Konnte hinkommen, hatte sie gedacht. Ihr Hirn erbrachte Höchstleistung. Man braucht so lange von Hohenterzen nach Cannobio. Durch die ganze Schweiz. Es könnte sein.

Sie hatte sich dann wieder beruhigt. Hatte geweint. Ihre Tränen hatten sie beide versöhnt.

Die nächsten drei Tage waren gut gewesen.
Er hatte sich sehr um sie gekümmert. Hatte sie beruhigt. Hatte sie verwöhnt.
Dann war die Arbeit gekommen. Das, weswegen sie dort waren. Besichtigung eines Gebäudes, das als Klinik geeignet zu sein schien. Konzentration auf die Arbeit. Er war gut darin. Aber sie auch.
Das Abendessen, die Zuversicht.
Und dann dieser Schock. Dienstagabend. Danilo wartend auf der Treppe des Hotels *Alessandro*.
<Alessandro, deine Frau, sie ist tot.>

An Schlaf war danach natürlich nicht zu denken gewesen.
Danilo und sie begleiteten Alexander, nachdem er sich von dem Sturz soweit erholt hatte, gemeinsam in die Suite. Fünf Minuten später brachte Danilo eine Flasche Cognac, die Sieglinde ihn gebeten hatte aus der Bar des Hotels zu holen. Danilo hatte sich diskret entfernt. Sie erinnerte sich, dass sie dann nebeneinander auf dem Bett gesessen und von dem Cognac getrunken hatten. Er mehr als sie. Die Szenarien, die er sich ausmalte, schossen wie blind abgeschossene Pfeile durch das gedämpfte Licht des geräumigen Zimmers. Seine Gedanken trieben Wildwuchs und kein noch so abstruses Katastrophengemälde war ihm zu wild erschienen, wobei Sieglinde ungerührt feststellen musste, wie seelisch unbeteiligt sie an dem traurigen Spiel teilgenommen hatte. Und doch war es ihr gelungen, ihm genau die Portion an Betroffenheit und Mitgefühl entgegenzubringen, auf die es ihrer Auffassung nach aus Gründen der Pietät ankam. Gleichfalls erlaubte sie sich, aus Anstand eine gewisse Distanz zu wahren. Sie ließ ihn in seinem ehrlichen Schmerz ertrinken. Dass sie dabei rührend besorgt war, ihm ständig das Glas gefüllt zu halten, konnte ihr im Nachhinein wohl keiner mehr vorwerfen. Dass sie innerlich jedoch ihr Kühlaggregat auf die kälteste Stufe gestellt hatte, schon, - wenn denn jemand davon gewusst hätte.
<Deine Frau ist tot.>

Klar war auch sie überrascht. Sie war sich vorgekommen, als hätte sie Eintrittskarten für einen Opernbesuch in zwei Monaten gehabt, und plötzlich erschien heute das ganze Orchester mit Ensemble und spielte die Oper zu Hause in ihrer Wohnung.

Ob das eine gute Nachricht war? Sie hatte es nicht gewusst. Sie hatte reagiert.

Sie hatte begonnen, ihn auszuziehen. Er war wie ein kleines Kind gewesen. Männer, hatte sie gedacht, Männer können wie kleine Kinder sein. Sind Kinder. Sie brauchen eine Mutter. Sie war in jener Nacht seine Mutter gewesen. Hatte ihn ausgezogen und ihn aufs Bett gelegt. Bald danach war er doch irgendwie eingeschlafen. Schnarchend und nach Cognac stinkend.

Sie war wach geblieben. Wach geblieben, um nachzudenken. Sie konnte nicht anders.

Um sieben Uhr war er aufgewacht. Mürrisch. Hatte Kopfschmerzen. Wahnsinnige Kopfschmerzen.

Sie ließen sich das Frühstück auf dem Zimmer servieren. Danilo war selbst gekommen, um den Tisch zu decken. Er hatte seinen Freund Alessandro in die Arme genommen, hatte versucht, ihn zu trösten. Alexander weinte.

Eine Stunde später rief Alexander in Tegernsee an. Er fragte nach, was genau mit Margarete passiert war. Ermordet? Wann?

Er erzählte es ihr. Sagte, dass es samstags zwischen zwanzig und vierundzwanzig Uhr passiert sei. Ermordet.

Zuerst war sie im Glauben verblieben, dass sie einen Riesenfehler begangen hatte, als sie ihm geantwortet hatte: <Aber du bist doch bei ihr gewesen, hast du gesagt. Wegen der Halbjahresbilanz. Bis dreiundzwanzig Uhr.>

Ja, das hatte sie geglaubt. Ein Fehler.

Besonders wenn sie sich an den Blick erinnerte, den er ihr daraufhin zugeworfen hatte. So grausam, als würde er ihren Kopf mit einer Kettensäge abtrennen. So grausam. Und wie er ihr dann befohlen hatte, zu sagen, dass er gemeinsam mit ihr im Hotel eingetroffen sei. Gemeinsam mit ihr. Unbedingt, hörst du?

<Hörst du?>

Ihr Hirn hatte die Frage formuliert: <Hast du sie getötet?> Ihr Mund blieb aber verschlossen. Sie hoffte, dass er den Zug um ihre Mundwinkel nicht als diabolisches Grinsen auslegen konnte. Nicht jetzt. Sie wollte auf jeden Fall zuletzt lachen.

Die Polizei hatte später, als sie wieder in Tegernsee in der Klinik arbeitete und während er in Hohenterzen nach dem Rechten sah, bei ihr angerufen. Wo war Herr von Drach am Abend des zehnten Juli gewesen? Sie hatte der Polizei die Auskunft gegeben, die er ihr eingetrichtert hatte. <Wir waren in Cannobio. Wir beide. Im Hotel *Alessandro*.>

Und dann war ein Polizist in der Klinik erschienen, und hatte sie diese Aussage unterschreiben lassen. Mit ihrem Namen.

Sie hatte in seinem Namen gelogen. In seinem Namen.

Sie fragte sich, warum.

Hatte er nicht ihr gegenüber behauptet, dass er bis dreiundzwanzig Uhr an jenem Samstag in Hohenterzen bei seiner Frau gewesen war? Hatte er sie getötet? War er ein Mörder?

Lag es an ihr, ob er ein freier Mann bleiben oder ob er verhaftet werden würde? Hatte sie es in der Hand? Ihre Vorstellung malte ein genaues Bild von ihm. So wie sie ihn sah und so wie sie ihn kannte. Ihre Vorsehung malte dieses Bild aus. So wie es mit ihm und mit ihr weitergehen sollte und welche Rolle sie für ihn darin reserviert hatte. Beim besten Willen konnte sie darin nicht die Figur eines Mörders erkennen. Er? Alexander? Ein Mörder?

Sie schüttelte den Kopf. Niemals.

Aber ein Lügner. Ein Lügner. Ja, den sah sie in ihm.

So wie sie in Alexander diesen Lügner sah, diesen niederträchtigen Lump, so erkannte sie sich in einem neuen und anderen Licht. Sie würde nicht länger die Tippse vom Chef sein. Sie würde die Frontfrau sein. Die ganz vorne auf der Bühne. Die im Scheinwerferlicht. Billig war gestern. IKEA war Vergangenheit. Ihr wurde bewusst, dass die Zeiten des Verzichts für sie ein Ende haben würden.

So gesehen war es kein Fehler gewesen, ihn mit dem Gesicht in den Schlamassel zu stoßen, den er sich selbst eingebrockt hatte. Sie würde ihn in der Hand haben und er musste nach ihrer Pfeife tanzen, ob er wollte oder nicht. Sie spürte eine ungeheure Erleichterung in sich.

Nur einen Schönheitsfehler hatte die ganze Chose.

Wenn er, wie behauptet, am Samstag den zehnten Juli bis dreiundzwanzig Uhr bei seiner Frau in Hohenterzen gewesen war, dann war er höchstwahrscheinlich auch ihr Mörder. Das glaubte sie allerdings nicht. Er hatte das nur als plausible Ausrede für sie benutzt, um etwas anderes zu verstecken, weil das für sie, die dumme Sieglinde, am glaubhaftesten klang. Wenn er aber nicht seine Frau ermordet hatte und er nicht in Hohenterzen gewesen war --?

Wo, zum Teufel, war er dann?

04. Oktober 2021
Gengenbach

Es war kurz nach fünf Uhr nachmittags, als er durch das Hoftor auf das Grundstück einbog. Er sah Melanie auf der Haustreppe sitzen. Hatte sie sich etwa ausgeschlossen?

Vom hinteren Garten her kamen „Müller" und „Lydia" ums Haus gefegt. Er bremste vor der Treppe, stellte das Motorrad auf den Seitenständer und stieg von der Maschine. Noch ehe er den Helm abgesetzt hatte, kam ihm Melanie entgegengerannt und warf sich an seine Brust. Er las in ihrem Gesicht, dass sie vor Neuigkeiten schier platzte.

„Hoi, meine Liebe. Das ist ja ein toller Empfang. Mir bleibt ja grad die Luft weg. Du fällst mir um den Hals und die Hunde springen an mir hoch. Da bin ich aber mächtig gespannt, was du mir an Spannendem zu erzählen hast." Er drückte sie fest an sich und küsste sie zärtlich auf die Stirn. „Aber warum bist du überhaupt hier anstatt im Geschäft und sitzt wie ein Schulmädchen mutterseelenallein auf der Treppe?"

Er entließ sie aus seinen Armen und nestelte am Verschluss des Helmes herum.

„Ach Edgar, das hat alles seinen Grund." Melanie schien von innen heraus zu glühen.

„Weißt du was? Jetzt stellst du zuerst mal das Motorrad unter, dann ziehst du dich für einen Spaziergang um und dann werde ich dir meine Neuigkeit schonend beibringen."

„Oh", stutzte er. „Ist es so schlimm?"

„Positiv, Edgar. Nur positiv." Sie hüpfte neben ihm her, als würde sie <Himmel und Hölle> spielen, während er die schwere Harley ums Haus zur Remise schob. „Müller" und „Lydia" folgten den beiden als neutrale Beobachter.

Nach einer viertel Stunde spazierten Edgar und Melanie Arm in Arm durch die bekannte Passerelle aus dem Ort hinaus auf die Felder. Die Hunde waren ihnen schon dutzende Meter voraus. Dann konnte Schaaf sich nicht länger zurückhalten. „Also los jetzt, Melanie. Raus mit der Sprache. Warum bist zu Hause und nicht in deinem Laden? Ich kann mir nicht vorstellen, dass die Geschäfte so schlecht gehen sollten. Oder meine ich <gut gehen sollten>? Verflixt, ich weiß es nicht. Spann mich halt nicht so lange auf die Folter."

Melanie lachte. Ihr Gang hatte immer noch etwas Federndes an sich, das einem Springen näher kam als der Gang, dessen er sich bediente. „Also, pass auf. Ich war im Geschäft …"

*

Sie hatte am Morgen von einem älteren Mann, den sie um die achtzig Jahre schätzte, ein in dunkelgraues Wachspapier eingeschlagenes Paket erhalten, das zusätzlich von einer groben Sisalschnur zusammengehalten wurde. Er hatte eine speckige Lederjacke getragen und eine abgegriffene Schiebermütze auf dem Kopf gehabt. Sein Gesicht war breit und fleischig und das Tragen des Pakets musste ihm erhebliche Mühe bereitet haben, denn er schnaufte röchelnd, als er es vor ihrem Tresen abgestellt und mit dem Finger darauf gedeutet hatte. „Guten Morgen, Frau Köninger." Er stützte sich mit beiden Händen auf dem Tresen ab. „Mein Name ist Georg Fischer. Entschuldigen Sie den frühen Überfall." Er räusperte sich geräuschvoll und wischte Schleim von der Zunge in ein kariertes Schnupftuch. „Ich habe eine Bitte an Sie. In dem Paket sind siebzehn Gemälde, die meine Frau gemalt hat. Siebzehn Gemälde, ja. Ich bitte Sie darum, dass Sie sich die Bilder einmal anschauen wollen. Meine Frau hat sie gemalt. Als sie noch gelebt hat. Jetzt lebt sie nicht mehr. Ich habe ihr, wissen Sie, immer gesagt, sie soll die Bilder an eine Ausstellung geben, aber sie hat das nie gewollt. Sie hat es nie gewollt. Jetzt ist sie gestorben. Schon ein paar Monate her. Wir haben in Ringsheim gewohnt. Da wohne ich noch. In Ringsheim, ja. Ob Sie sich die Bilder mal anschauen wollen. Und ob Sie mir dann sagen wollen, was ich mit ihnen anfangen soll. Ich bitte Sie. Siebzehn sind es. Ja." Der Mann war wieder etwas zu Kräften gekommen, hatte die Mütze abgenommen und drehte sie mit beiden Händen vor dem Bauch. Melanie erkannte in seinen Augen, dass es sich bei seinen Worten wirklich um eine Bitte handelte und nicht um ein gerochenes krummes Geschäft. Sie war um den Kassentresen herumgekommen und hatte das Bündel in Augenschein genommen.

„Na, Herr Fischer, das ist ja wirklich ein voluminöses Paket. Wie viele Bilder, haben Sie gesagt?"

„Siebzehn."

„Ja, richtig. Wenn Sie mir helfen, das Paket in den hinteren Raum zu tragen, dann können wir es gemeinsam öffnen, oder?"

„Frau Köninger, es ist so: Ich hab noch einen Termin beim Arzt ..."

„Herr Fischer." Melanie wollte sich von seinem Einwand nicht beirren lassen. „In fünf Minuten sind wir fertig. Dann habe ich einen schnellen Blick darauf geworfen. Nur um zu sehen, was es ist, verstehen Sie? Ob Ölgemälde oder Aquarelle oder so, gell? Später nehme ich mir dann schon mehr Zeit dafür." Sie hatte ihn in den hinteren Raum des Geschäfts gesteuert und mit einer Schere behände und erfahren das Paket von Schnur und Papier befreit. Was ans Licht geholt wurde, waren wunderschöne Aquarelle. Landschaftsbilder von einer Landschaft, die es, das wusste sie, so schon lange nicht mehr gab. Ansichten vom Taubergießen. Es waren nicht nur die verschiedenen Motive, welche sie beeindruckten, sondern mehr noch die Qualität der Ausführungen, wie sie mit geschultem Blick selbst auf die Schnelle festgestellt hatte. Hier war eine Meisterin am Werk gewesen. Sie hatte scharf die Luft zwischen den Zähnen eingesogen und Herrn Fischer dann erläutert, dass es sich bei den Bildern unbedingt um Kunst handele, mit der sie sich intensiver auseinandersetzen müsste.

„Ihre Frau, Herr Fischer, war eine Künstlerin. Soviel steht fest. Geben Sie mir bitte ein paar Tage. Dann kann ich Ihnen Auskunft darüber geben, was Sie mit den Bildern machen können oder sollten."

Als würde er in einer Kirche den Segen des Pfarrers entgegennehmen, hatte Herr Fischer gelauscht. Sie hatten sich daraufhin auf Mittwoch nächster Woche zu einem weiteren Gespräch vereinbart. Herr Fischer hatte sich zigfach bedankt und sich überschwänglich verabschiedet.

Noch während sie im rückwärtigen Raum die Bilder nach ihrer Größe sortiert und ringsum an den Wände aufgestellt hatte, hörte sie, dass ein weiterer Kunde den Verkaufs- und Ausstellungsraum betreten haben musste. In Gedanken noch bei den wunderbaren Gemälden, betrat sie den Laden bis zum Kassentresen, konnte aber auf den ersten Blick niemanden entdecken.

Nanu?

Sie ging um den Tresen herum. Hinter einer Vitrine stand eine kleine Person. Ein Mädchen, mutmaßte Melanie. „Guten Morgen. Was kann ich für dich tun?"

Als die kleine Person hinter der Vitrine hervortrat, blieb Melanie die Spucke weg. Vor ihr stand eine kleine, zierliche Frau mittleren Alters. Alles an ihr war rot. Die kleinen Schuhe waren rot, der Trenchcoat war rot, die Handtasche war rot und die Haare waren rot. Aus dem kleinen, sommersprossenübersäten Gesicht blickten ihr große, grüne Augen entgegen. „Pardon", stotterte Melanie. „Ich habe....."

„Macht nichts", erwiderte die kleine Frau freundlich lächelnd. Im Einvernehmen mit der Statur klang ihre Stimme wie die eines kleinen Mädchens, hoch und zwitschernd. Der Ausdruck der Augen zeugte dagegen von einem anderen Kaliber.

„Ich bin das gewohnt und es passiert mir ziemlich oft. Mein Name ist Tamara Brassova."

Tamara Brassova? Melanies Gedanken schlugen Salti. Tamara Brassova? War das nicht der Name der Frau, über die sich vor Jahren das halbe Land das Maul zerrissen hatte? Die Frau, die sich mit ihren Milliarden alles leisten konnte? Diese Russin? Diese Tamara Brassova?

„Genau, Frau Köninger", flötete die kleine Frau belustigt weiter, ohne dass Melanie auch nur einen Piep von sich gegeben hatte. „Ich bin genau die, für die Sie mich offensichtlich zu halten scheinen."

Sie war endgültig zu Melanie getreten und streckte ihr eine schmale Hand entgegen. „Guten Tag. Es freut mich, dass ich endlich die Frau einmal kennenlerne, von der ich schon so viel gehört habe."

„Guten Tag, Frau Brassova." Melanie hatte sich wieder gefangen. „Das beruht bestimmt auf einem Missverständnis. Es ist wohl eher umgekehrt der Fall. Ich schätz es sehr, Ihre Bekanntschaft machen zu können."

„Nun gut. Bevor wir mit gegenseitigen Beteuerungen die Zeit vertrödeln, Frau Köninger, schlage ich vor, dass ich auf den Punkt komme."

Melanie stand stocksteif. War das jetzt Kino oder was?

„Ich habe von Ihrem Unglück gehört."

„Von meinem ..?" Melanie kontrollierte, ob ihr der Mund offenstand. Aber dem war nicht so.

„Unglück, ja. Das ist doch ein Unglück für Sie. Dass Ihre Hochzeitskapelle abgebrannt ist?"

Die Frage kam fast schnippisch über den kleinen Mund. Was wollte diese Frau von ihr?

„Ja, aber ..."

„Betrachten wir's mal so:" Frau Brassova hatte Melanie den Rücken zugedreht. Melanie konnte von oben auf den Scheitel ihrer roten Pagenkopffrisur sehen. Sie empfand es als eine Geste grenzenlosen Vertrauens.

207

„Drehen wir Ihr Unglück um in Glück. Feiern Sie Ihre Hochzeit doch bei mir zu Hause."

„Bei Ihnen zu Hause?" Noch immer stand Frau Brassova mit dem Rücken zu ihr, hielt jetzt ein kleines Aquarell, welches einen Bauerngarten darstellte, in den Händen. Sie stellte das Bildchen wieder zurück, drehte sich um und schenkte Melanie ein sündhaft kostspieliges Lächeln, denn in einem ihrer Schneidezähne funkelte ein dicker Brillant.

„Ja, bei mir zu Hause. Auf Schloss Ortenberg."

*

„Müller" und „Lydia" konnten kaum genug vom Stöbern im gefallenen Laub bekommen. Ihre Nasen saugten Billionen an Molekülen von gefallen Nüssen, Birnen, Äpfeln und Maiskolben ein. Edgar und Melanie hatten dort auf einer Sitzbank Platz genommen, wo das flache Kinzigtal in die Hügel überging.

„Stell dir vor, Edgar. Schloss Ortenberg." Melanie schüttelte seine Hand.

„Das ist wirklich eine fast unglaubliche Geschichte." Er hatte genauso atemlos zugehört, wie sie es erzählt hatte. „Einfach unglaublich. Und warum, meinst du, will sie das für uns tun?"

„Sie hat gesagt, dass sie gar nicht so weltfremd ist, wie ihr angedichtet wird. Sie weiß über alles, was im Land und in den Gemeinden passiert, Bescheid. Sie hat ihre Zuträger, wie sie es nannte. Andere würden sagen, sie hat ihre Spitzel. Wie es halt bei Russen so üblich ist. Sie will das Bild verändern, das die Leute von ihr haben. Sie will auf die Leute zugehen. Sie meinte, dass es ein prächtiger Anlass wäre, mit einer Hochzeit auf ihrem Schloss zu beginnen. Na, was meinst du?"

Edgar setzte sich bequemer hin und legte seinen Arm um Melanies Oberkörper.

„Wir werden es uns morgen mal anschauen. Hast du nicht gesagt, dass wir morgen vorbeischauen können?"

„Ja, Edgar."

„Gut. Morgen also."

„Mensch, Edgar."

„Hier steht, dass das Schloss Ortenberg im dreizehnten Jahrhundert zum ersten Mal urkundlich erwähnt wurde."

Melanie und Edgar waren von ihrem Spaziergang zurück.

Edgar hatte einen Bildband über das Kinzigtal auf dem Wohnzimmertisch liegen. Melanie saß mit untergeschlagenen Beinen neben ihm auf dem Sofa und spielte mit den Fingern an seinem weißen Pferdeschwanz herum. Sie hatten eine Flasche Rotwein geöffnet. „Müller" und „Lydia" lagen glücklich auf der anderen Seite des Tisches.

„Es liegt am Eingang des Kinzigtales oberhalb des gleichnamigen Ortes inmitten von Reben. Nachdem es 1678 von den Franzosen zerstört wurde, lag es hundertsechzig Jahre im Dornröschenschlaf. Von 1838 – 1843 ist es von einem reichen Kaufmann in der heutigen Form in englischem Stil wiederhergestellt worden. Bis ins Jahr 2016 war darin eine Jugendherberge untergebracht. Danach wurde es an einen Privatinvestor verkauft. Keine Namen." Edgar klappte das Buch zu und lehnte sich zurück. „Aber das wussten wir alles ja schon, nicht wahr?"

„Haben wir eigentlich auch ein Nachschlagewerk, in dem etwas übers <Taubergießen> drin steht?"

„Warum fragst du?"

„Nun, ich hab heute Vormittag von einem alten Herrn eine Sammlung Aquarelle erhalten, die er mir zur Begutachtung dagelassen hat. Sämtlich Motive aus dem <Taubergießen>. Das ist doch dieses grandiose Natur-schutzgebiet aus Altrheinarmen und Auwäldern zwischen den Orten Kappel und Rust, beziehungsweise war. Das haben sie vor nicht allzu langer Zeit doch alles mit ihren Planierraupen und Baggern für das riesige Hochwasser-rückhaltebecken platt gemacht. Erinnerst du dich?"

„Ja, ich erinnere mich. War ein Skandal. Komischerweise hat es aber nie eine Demonstration gegen die Zerstörung gegeben. Wo doch sonst wegen jedem Wurm oder jeder Fliege die <Grünen> und der BUND und die Greenpeace-Aktivisten auf die Straße gehen. Wahrscheinlich lag es mit dem Ausbau des Großflughafens Lahr in Konkurrenz. Was ich nie verstanden habe: Südlich des Kaiserstuhls, praktisch von Basel bis nach Breisach, existierte doch schon ein gewaltiges Becken. Warum musste ausgerechnet innert kürzester Distanz noch ein weiteres durchgesetzt werden. Das <Taubergießen> als solches war doch von Natur aus bereits ein enormer Wasserspeicher. Und drüben, auf der anderen Rheinseite, im Elsass, ist nichts. Kein Rückhaltebecken. Null. Naja, die Franzosen bekommen ja auch keine nassen Füße, wenn in Köln der Rhein über die Ufer tritt. Ich schau morgen mal im Internet nach. Ich hab mit meinen Kollegen von der Polizei Offenburg übrigens mal eine Bootsfahrt dort unternommen. War sagenhaft.

Wir fühlten uns wie an den Amazonas versetzt. Das war, glaub ich, noch in den neunziger Jahren."

Melanie trank einen Schluck Wein. „Schenkst du mir bitte nochmal nach? Wenn mich meine Spürnase nicht trügt, hab´ ich heute Morgen eine Künstlerin nationaler Bedeutung entdeckt. Die siebzehn Aquarelle, die ich grob überschaut habe, sind von höchstem künstlerischem Wert. Das wär vielleicht was für eine zweite Ausstellung in unserer neuen Galerie. Kommst du mit den Arbeiten, so wie du es dir vorgestellt hast, gut voran?"

Edgar fuhr sich müde über den Bart. „Absolut", gähnte er dazu. „Spätestens Mitte bis Ende November sollen Elektriker und Klempner fertig sein. Sobald die Drecksarbeiten vorüber sind, kann ich mit dem Bau der kleinen Bühne beginnen. Und ich denke, dass ich auch die Fenster von einem Handwerker bearbeiten lasse. Oder was meinst du dazu? Morgen ist übrigens Besichtigungstermin durch die Handwerker."

„Wie du meinst. Aber verschlingt das nicht zu viel Geld?"

„Du sollst dich bei einem Geschenk nicht nach dem Wert erkundigen, Liebes. Ich wollte eher so eine Art Bestätigung von dir einholen, weil ich mir wegen der Fenster nicht ganz sicher bin. Der Arbeitsaufwand könnte nämlich ziemlich hoch sein. Aber ich hab dir ja noch gar nicht von meinem Tag im Schwarzwald erzählt. Dass ich in Hohenterzen war, wusstest du ja. Nun, von dort aus …"

*

Jens Melzer hatte Edgar Schaaf bereits erwartet. Er begrüßte ihn wie einen alten Kollegen. Er stellte ihm die junge Praktikantin Linda Germann vor, und Edgar Schaaf war sehr angetan. Nachdem man einige Höflichkeitsfloskeln ausgetauscht hatte, wollte Schaaf die Zügel in die Hand nehmen. Das tat er, und er wollte nicht den Eindruck erwecken, als Bittsteller gekommen zu sein.

„Franz Hirt hat ja angerufen und dir gesagt, aus welchen Gründen ich komme. Der Hintergrund ist die Bitte von Regina von Drach, der Tochter des Opfers, an mich, ich möge mich unabhängig ... Kurz und gut, sie bittet mich darum, mich um die Rätsel des Todes ihrer Mutter zu kümmern. Und ein Rätsel ist es ja, da wirst du mir zustimmen, oder?"

Melzer seufzte: „So ist es leider."

„Hör zu. Ich bin nicht der Staatsanwalt. Ich bin Edgar Schaaf, ein Privatmann. Das sollst du immer wissen. Es ist nicht meine Art, Fakten, die ich ermittle, für mich zu behalten. Ich gebe Informationen weiter, wenn ich welche habe. Umgekehrt bin ich aber auch auf Informationen angewiesen, die zum Beispiel du hast. Information ist alles in diesem Job.

Meine Information an dich ist jetzt die, dass ich im Hibiskusstrauch neben der Eingangstür von Frau von Drachs Haus einen verwelkten Blumenstrauß gefunden habe. Gerbera. Wir wissen, in welchem Blumengeschäft die Blumen verkauft worden waren. Franz Hirt lässt abklären, wer sie verkauft hat und an wen sie verkauft worden sind.

Meine Frage an dich oder an euch, wenn ich Frau Germann mit hinzuzähle, ist, ob Alexander von Drach vor dem Verbrechen Kenntnis gehabt hatte vom Verhältnis seiner Frau mit dem Verdächtigen Roman Teichmann. Wenn ja, dann hat er ein beträchtliches Motiv. Die andere Frage ist, ob das Alibi Alexander von Drachs überprüft worden ist. So, genug geredet von meiner Seite. Jetzt seid ihr an der Reihe." Schaaf lächelte die beiden jungen Polizisten breit an.

„Tja, Edgar." Melzer staunte darüber, wie es Schaaf schnellstens gelungen war, die Lethargie, die sich in dem Büro breitgemacht hatte, zu vertreiben. Dieser alte Mann war in ihr Büro eingefallen wie ein Wirbelwind. „Das mit dem Blumenstrauß ist tatsächlich eine ganz neue, heiße Spur. Wenn da was dran wäre, dann könnten wir den Fall, der irgendwie festgefahren ist, vielleicht doch noch lösen. Natürlich stellen wir alle Informationen, die wir haben, zur Verfügung. Danke, dass du an uns überhaupt gedacht hast. Wir hoffen auf eine erbauliche Zusammenarbeit. Für das Alibi des Herrn von Drach liegt uns die schriftliche Bestätigung der Sekretärin Sieglinde Borchers vor. Sie waren beide am Abend der Tat in ihrem Hotel in Italien. Hab vergessen, wie der Ort heißt. Irgendwas Italienisches halt. Steht aber in den Akten. Des Weiteren …"

Schaaf hatte die Hand erhoben als Zeichen eines Einwandes. „Jens, ich weiß nicht, wie du arbeitest. Ist mir sonst auch egal. In diesem Fall aber möchte ich nicht in <irgendwas Italienischem> anrufen, sondern im konkret genannten Ort, im konkret genannten Hotel. Verstehst du? Das soll keine Missbilligung sein, keine Rüge. Aber ich kann als Privatmann nicht auf <irgendwas> zurückgreifen. Ich habe keine Akten zur Verfügung, in denen ich nachlesen kann. Ich brauche Information. Darum bitte: Reden wir über Genaues. Okay? Entschuldige, ich hatte dich unterbrochen. Du weiter."

Melzer benötigte fünf Sekunden, bis er begriff, dass das eben zwar kein Angriff auf seine Person, aber ein elegant gesetzter Treffer war, der ihm jedoch die Möglichkeit bot, unter Wahrung seines Status und ohne Verlust des Gesichts den Ring zu verlassen. <Alter Fuchs>, dachte er und warf kurz einen Seitenblick zu Linda, die mit den Lippen lautlos das Wort <Touché> formte, ihr Lächeln indes sonnig auf ihn scheinen ließ. Faktisch erkannte er in Schaafs Interpellation nur die Äußerung eines Wunsches nach Präzision. Linda Germann war hernach aufgestanden und brachte die Akte „von Drach" an den Tisch.

„Cannobio. Der Ort heißt Cannobio. Das Hotel heißt *Alessandro*." Melzer warf einen Blick zu Schaaf, als wolle er sich versichern, dass dieser ihn rein akustisch verstanden hatte. „Ob Alexander von Drach von einem außerehelichen Verhältnis seiner Frau vor dem Mord an ihr informiert war, wissen wir nicht. Nach ihrem Tod wusste er es, denn wir haben es ihm selbst gesagt."

„Danke, Jens. War nicht so gemeint, gell?" Edgar Schaaf produzierte sein gewinnendes Lächeln. Fast tat er ihm leid, der junge Melzer. Er wusste aus eigener Erfahrung, wie schwer es war, gerade in diesem Beruf als allein verantwortlicher Ermittler an alles zu denken, nichts zu vergessen und dennoch ein eigenes Profil zu entwickeln.

„Ihr habt also die Aussage von Sieglinde Borchers schriftlich, dass Alexander von Drach und sie gleichzeitig zusammen am Abend, an dem der Mord an Frau von Drach geschah, im Hotel waren. Hab ich das richtig verstanden?"

Melzer und Germann nickten zustimmend.

„Habt ihr das auch vom Hotel in Cannobio bestätigt? Vom Hotel *Alessandro*?"

Melzer und Germann blickten sich verwundert an. Dann schüttelten sie gemeinsam den Kopf, was Schaaf als „Nein" interpretierte.

„Dann wisst Ihr jetzt, was ihr zu tun habt?"

Melzer und Germann befleißigten sich, artig zuzustimmen.

*

„....ich hab sie dann noch gefragt, ob ich das für sie übernehmen solle, aber sie haben beide unisono <nein> gesagt. Nette Leute. Und dann bin ich hierher gefahren. Zu dir, mein Schatz."

„Komm mal her zu mir, Liebling." Melanie streckte ihre Hand nach ihm aus. Edgar kuschelte sich bereitwillig an ihre Schulter.

„Hast du mal wieder den wilden, bösen Löwen gespielt? Hm?" murmelte sie ihm ins Ohr.

Edgar schnurrte genüsslich wie ein verliebter Kater.

„Du, Katerchen, dein Kätzchen ist müde. Gehen wir noch eine Runde mausen?"

Das Schnurren steigerte sich zu einer Vibration. Ob es nun gefährlich war oder nicht, den Leu zu wecken, sei dahingestellt. Verwegen hob der Kater ein Augenlid und betrachtete hungrig seine Beute.

Kapitel 3

04. Oktober 2021
Rovinj (Kroatien)/Schönau (Schw.)

Als die Anzeige <Fasten your seatbelts> von einem dezenten Gong begleitet aufleuchtete, erwachte Sophia aus ihren Tagträumen. Sie war, gleich nachdem das Flugzeug von der Startbahn in Zagreb abgehoben hatte, von einer bleiernen Schwere des Körpers und einer willkommenen mentalen Erschöpfung befallen worden. Der ersehnte Schlaf hatte sich zwar leider nicht eingestellt, aber sie war doch über die ungestörte Ruhe während des Fluges froh. Sie hatte Glück gehabt. Der Flieger war nicht voll besetzt und sie hatte einen Fensterplatz für sich allein und konnte ihre Beine bequem auf dem freien Sitz neben sich ausstrecken. Die Flugbegleiter hatten sie rücksichtsvoll mit ihrem Service verschont.

Es war der Zeitpunkt, den sie bei einer Flugreise am meisten liebte: Wenn die Triebwerke abrupt gedrosselt wurden und jener kurze Moment der Schwerelosigkeit eintrat, des freien Falls, der so lange dauerte, bis sich die Geschwindigkeit des für Sekunden antrieblosen Flugzeuges wieder an die Schubleistung der gebremsten Düsen angepasst hatte. Sie verglich es mit dem Pfeil, der, von der Sehne des Bogens geschnellt, in unbeeinflusster Bahn ins Ziel flog. Sie beneidete die Astronauten, deren Kapsel genau die berechnet notwendige Geschwindigkeit hatte, um sie in ständiger Schwerelosigkeit in ihrem Raumfahrzeug um die Erde fallen zu lassen. Das Kribbeln, das sich, im Unterleib beginnend, in Sophias Körper ausbreitete, war ihrer Meinung nach nur durch einen Orgasmus zu toppen. Sarkastisch belächelte sie die gemachten Erfahrungen, dass sowohl das eine als auch das andere Kribbeln vergänglich war. Nichtsdestotrotz gönnte sie sich die Freiheit, beides zu genießen.

Sophia schätzte, dass die Landung am Großflughafen Lahr in ungefähr einer halben Stunde erfolgen würde. Ihr Cousin Branco hatte ihr versichert, sie dort mit seinem Auto abzuholen. Branco war der Sohn des Bruders ihres Vaters.

„Sophia, du musst mit ihm reden", hatte Branco sie vor zwei Wochen eindringlich beschworen, als sie abends miteinander telefoniert hatten. „Auf dich wird er hören", hatte er gefleht. „Du bist seine Schwester."

Tja, das war sie nun mal. Seine Schwester. Jünger als er, aber die Schwester. Daran war nichts zu ändern. Manchmal fragte sie sich indes, ob sie nicht längst noch mehr als nur die Schwester für ihn war und ob sie nicht selbst einen erheblich großen Anteil daran hatte, dass es so war. Dass sie viel mehr für ihn war. Immer gewesen war.

Er war jetzt zweiundvierzig Jahre alt und sie neununddreißig, also längst mitten im Leben angekommen und etabliert und eingerichtet, wenigstens soweit es sie selbst betraf. Und er? Sophia wusste es nicht. Als ihr Vater damals nicht wieder von der Arbeit auf dem Meer zurückgekommen war, war sie zu jung gewesen, um den Verlust in seinem vollen Ausmaß begreifen zu können. Ihr Vater hatte sie geliebt. Dessen war sie sich sicher und sie konnte sich ausschließlich an glückliche Momente erinnern, wenn sie an die Zeit zurück dachte, als sie noch eine Familie gewesen waren. Sie war sein <kleiner Engel>, wie er sie immer gerufen hatte. Auf ihren Bruder aber war er stolz gewesen, und sie hatte nie ermessen können, was der Tod des Vaters für den Bruder bedeutet hatte. Wie gesagt, sie war zu jung. Erst später, als sie achtzehn Jahre alt war, als sie zwanzig war, zweiundzwanzig, als sie intuitiv erkannte, dass die Familie wieder eine Führung brauchte, um zu funktionieren, um zu bestehen, da kümmerte sie sich auch um ihren Bruder, der das brachliegende Handwerk ihres Vaters wieder aufgenommen hatte und wie dieser als Fischer aufs Meer gefahren war. Sie spürte seine verlassene und haltlose Seele und ahnte, dass es außer ihr niemanden gab, der ihn auf das Leben außerhalb seines Bootes vorbereiten konnte. Sie ahnte, dass es ihre Aufgabe war und dass sie es nicht seinen Kollegen in der Kneipe oder im Hafen überlassen durfte. Auf Mutter hatte sie nicht setzen können. Die war für die Restzeit ihres Lebens in Schmerz und Trauer gefangen und starb jeden Tag einsam auf ihrem Stuhl, auf ein Wunder wartend, ein winziges Stück mehr.

Sie eröffneten gemeinsam das Restaurant. Es war Sophias Idee gewesen, und nachdem Mutter nichts dagegen eingewendet hatte, investierten sie anteilsgleich in eine neue Küche und Gastraumausstattung. Natürlich stellte die Eröffnung ein großes Ereignis für Schwester und Bruder nach außen dar. Es war nicht nur für beide der Schritt aus Vaters Schatten in eine eigene Verantwortlichkeit, zu einer anderen Definition ihrer selbst, sondern auch eine Botschaft an den Hafen und an die Stadt. Seht her! Wir sind da! Wir sind nicht nur die hinterbliebenen Kinder unseres Vaters, sondern wir sind wir! Sophia registrierte nebenbei, und das war neben dem wirtschaftlichen Erfolg ihr Hauptanliegen, wie in kleinen Schritten ihr Bruder sich ihr anvertraute, sich ihr näherte. Sie verabreichte ihm in kleinen Dosierungen ihr soziales Verständnis vom Leben im Allgemeinen und vom Zusammenleben der Menschen im Besonderen. Sie nahm wahr, wie er begehrlich ihren Ratschlägen folgte und sich an ihr ein Vorbild nahm. Dafür schenkte sie ihm jederzeit ihr Ohr, war seine Zuhörerin, seine Beraterin und sein Kummerkasten. Zuletzt war es blindes und bedingungsloses Vertrauen in allen Bereichen, das sie miteinander verband.

Sie erinnerte sich einer Zeit mit ihm, in der er plötzlich unzugänglich geworden war. Tagelang war er ihr aus dem Weg gegangen, hatte sich nach der Arbeit ohne für sie ersichtlichen Grund in seinem Zimmer eingeschlossen. Ihrem direkten Augenkontakt wich er aus als hätte sie den <bösen Blick>. Auf ihre vorsichtigen Nachfragen hatte er barsch und patzig reagiert. Eines Morgens war sie unbeabsichtigt Zeugin einer Szene im Hafen geworden, als sie zufällig aus einer Seitengasse der Altstadt auf die Mole kam. Eine Gruppe älterer Fischer stand zusammen und ihr Bruder dabei. Plötzlich ertönte ein höhnisches Gelächter aus der Versammlung und ihr Bruder verließ mit hochrotem Kopf den Platz und eilte nach Hause. Schnurstracks war sie zu den Männern geeilt, war zwischen sie gefahren und hatte gebieterisch gefragt, was denn so lustig sei an ihrem Gerede. <Nichts für junge Frauen>, hatte einer gesagt und dreckig dazu gegrinst. <Männergespräche>, hatte er noch schmierig erwähnt. Selber rot werdend und wütend war sie dann nach Hause gestürmt. Als sie in den ersten Stock des Hauses gestiegen war, fand sie das Zimmer ihres Bruders verschlossen. Auf ihr Klopfen hin rief er wütend, sie solle ihn in Ruhe lassen.

Am nächsten Tag hatte sie ihn abgepasst. Sie schnappte ihn wortlos bei der Hand, zerrte ihn in ihr Zimmer und schloss von innen die Tür hinter ihnen zu. <He, was soll das?> Dann hatte sie begonnen, sich vor ihm zu entkleiden. <Was machst du da, Soph?> <Ich werde dir zeigen, worüber die anderen reden>, hatte sie geantwortet und sich dabei weiter ausgezogen, bis sie nackt war. Ihr Bruder hatte sie mit offenem Mund angestarrt. Sein Kopf glühte. Sie hatte sich auf das Bett gelegt. <Komm her und schau mich an. Schau mich an.> Er war neben das Bett getreten und glotzte auf sie hinunter. <Fass mich an. Nimm deine Hand und fass mich an.> Sie hatte ihm die Hosen geöffnet und sein anschwellendes Glied in die Hand genommen.

<Und in Zukunft schaust du mir wieder in die Augen, wenn ich mit dir rede.>Unbeholfen, fast widerwillig hatte er sie gestreichelt und dabei peinlich und ziemlich rührend vermieden, ihren Brüsten zu nahe zu kommen. Sie hatte schnell registriert, dass er vor lauter Hemmungen wie gelähmt war. Sie hieß ihn darum endlich, sich auf sie zu legen, und mit sicherem Gespür lenkte sie ihn so, dass er in sie eindringen konnte.

<Aber Soph, du bist meine Schwester--->, hatte er erregt gestammelt. <Grad weil ich deine Schwester bin, verstehst du?>

Sie hatte nie erfahren, ob er das so verstanden hatte, aber es war ihr nicht so wichtig gewesen. Wichtig war ihr, dass er Es, das Sexuelle, als etwas Normales und Schönes erlebte und empfand. Dass es nichts mit den schmutzigen Prahlereien seiner Kollegen im Hafen zu tun hatte. Sie hatte aber auch dafür gesorgt, dass ihre Anwendung eine nachhaltige und keine einmalige Erfahrung für ihn gewesen war. Nur einmal an einer Blume riechen zu dürfen hielt sie für umsonst verwendete Mühe, weshalb sie ihn auch danach, auch wenn sie selbst gerade erst das zweiundzwanzigste Lebensjahr vollendet hatte, an ihrem Erfahrungsschatz teilnehmen ließ. Sie nutzte dabei reichlich egoistisch den nicht zu verachtenden Nebenaspekt, selbst sagen und verlangen und ausreizen zu können, was ihr am sexuellen Spiel am meisten Genuss bereitete.

Als sie mit fünfundzwanzig ihren jetzigen Mann kennengelernt hatte, beendete sie die Unterrichtsstunden für ihren Bruder und entließ ihn, derart praktisch ausgebildet, um ihn seine eigenen Erfahrungen bei anderen Frauen sammeln zu lassen. Immer jedoch hatten sie seither ein inniges Verhältnis miteinander gepflegt, wenn auch auf einer anderen Begegnungsebene. Und immer noch kam er mit seinen Problemen zu ihr und sie konnte sich nicht erinnern, ihn jemals abgewiesen zu haben.

Sophia nahm ein Bonbon in den Mund, um den Druck auf die Trommelfelle ihrer Ohren weg zu lutschen. Die Maschine verlor jetzt immer mehr an Höhe. Wenn sie aus dem Fenster schaute, konnte sie bereits Landschaftsdetails unter sich erkennen. Sie war jetzt bereits seit sieben Stunden auf den Beinen.

Sie lächelte müde. Vielleicht, weil es eine Vorahnung davon war, dass ihr das Lächeln die nächste Zeit nicht mehr auf dem Gesicht erscheinen würde.

„Du musst kommen, Sophia!" Sie vernahm Brancos Stimme im Kopf, als würde er neben ihr sitzen und mit ihr sprechen. Es hatte wie ein Flehen geklungen; wie das inbrünstige Rufen nach einer Heilsbringerin; wie ein Gebet an die Gottesmutter: „Du musst kommen!"

Die Landung verlief glatt, und weil es ein EU-Inlandsflug war, gab es auch keine Probleme bei den deutschen Grenzorganen.

Sie erkannte ihren Cousin sofort. Die äußerliche Ähnlichkeit mit ihrem Bruder verblüffte sie immer wieder aufs Neue. Wie er trug er einen Schnauzbart und die Haare schulterlang. Auch die Statur stimmte in etwa überein. Dann war es mit Ähnlichkeiten aber auch schon vorbei. Branco hatte sich seit ihrem letzten Besuch kaum verändert. In seinen Haaren zeigten sich einige erste Silberfäden und über dem Hosenbund wölbte sich ein leichter Bauchansatz. In seinem Allrad-Fahrzeug fuhren sie über Freiburg, Bad Krozingen und das Münstertal über den Belchen-Pass ins Kleine Wiesental und von dort Richtung Schönau, wo Branco mit seiner Familie ein geräumiges Einfamilienhaus in einer ruhigen Seitenstraße bewohnte. Branco war als junger Mann noch vor dem kroatischen Unabhängigkeitskrieg mit seiner Frau nach Deutschland ausgewandert. Ihre beiden Kinder, ein Junge, Djerko, und ein Mädchen, Janina, waren in Deutschland zur Welt gekommen. Mittlerweile hatten sich beide Kinder beruflich nach Basel orientiert, wo sie in der chemischen Industrie tätig waren, und kamen nur noch sporadisch als Wochenendbesucher nach Hause.

Nachdem Sophia und ihr Cousin während der ersten Kilometer ihrer Fahrt lediglich allgemeine Neuigkeiten ausgetauscht hatten, entstand zwischen ihnen ein befangenes Schweigen, als würde ein tiefer See mit dünnem Eis sie trennen und sie daran hindern, den nächsten Schritt zu wagen, das nächste Wort zu sprechen. Sophia schaute aus dem Autofenster und ließ die herbstbunte Landschaft an ihren Augen vorbeiziehen, wie einen Film in einer fremden Sprache ohne Untertitel. Sie war diese Strecke noch nie gefahren. Branco neben ihr hatte eine filterlose Zigarette angesteckt.

„Und Dino?" Sie hatte die Frage wie nebensächlich auf das zerbrechliche Eis geworfen und lauschte, wie es über die Tiefe des Sees aufs andere Ufer zu schlittere. Das Eis brach nicht. Branco puhlte ein Tabakkrümel von seiner Zunge und schnippte es mit dem Zeigefinger aus dem geöffneten Fenster.

„Dino!" Er nickte mit dem Kopf. „Ja, Dino. Gut, dass du da bist, Sophia." Er schaute stur nach vorne auf die Straße, die sich jetzt in vielen engen Kurven den Berg hochwand.

„Ich weiß nicht, was mit ihm los ist." In einer Kurve wehte die Zugluft den Zigarettenrauch in Brancos Augen. Er blinzelte.

„Manchmal kommt er mir vor, als würde er mich oder Dunja gar nicht erkennen. Oft sitzt er da, ob beim Frühstück oder beim Mittagessen, und starrt mit leerem Blick irgendwo hin. Sagt nichts, hört nichts, antwortet nicht. Stiert bloß geradeaus, verstehst du? Auch wenn die Kinder da sind. Früher war doch Janina sein Augenstern, weißt du noch? Die beiden haben doch immer Spaß gemacht. Und jetzt? Er sieht sie nicht einmal.

Und abends verschwindet er und kommt erst spät in der Nacht wieder heim. Oder wenn er mal dableibt, dann verschwindet er früh in sein Zimmer, schließt ab und fertig. Dann, ganz besonders am Anfang war das so, bleibt er wieder für mehrere Tage weg. Er sagt nicht, wohin er geht und er sagt nicht, wann er wieder kommt. Ich hab mal auf seinen Tachometer im Auto geschaut: Mehr als hundert Kilometer ist er nicht gefahren. Weit weg kann er also nicht gewesen sein. Maximal fünfzig hin, fünfzig zurück.

Und dann das, was in den Zeitungen stand. Seine Freundin war doch mit ihm hier bei uns zu Besuch. Erinnerst du dich? Natürlich, du warst doch mit dabei, letztes Jahr. Plötzlich seh´ ich ihr Bild in der Zeitung. Ermordet. Unbekannter Täter. Kaum, dass dein Bruder bei uns aufgetaucht war. Und einen Tag vorher ein anderer Mord. Ein Mann in Hohenterzen, also im gleichen Ort, wo Dinos Freundin wohnte. Täter unbekannt. Die Polizei hat keine Spur. Eine oder zwei Wochen später: versuchter Mord an einem Mann vom Kaiserstuhl. Keine Spur von einem Täter.

Zuerst geschieht jahrelang nicht mal ein Hühnerfurz, und kaum ist dein Bruder da, wimmelt es von Leichen. Entschuldige, Sophia, da stimmt einfach etwas nicht. Und wie gesagt, so wie er sich verhält, uns gegenüber ...?"

„Hast du ihn schon einmal darauf angesprochen?"

„Tsss. Angesprochen?" Branco verzog sarkastisch den Mund. „Du bist gut, Sophia. Ich werde mich hüten, ihn anzusprechen. Er ist uns wirklich unheimlich. Ich meine, bei mir hält es sich ja noch in Grenzen und ich sag's ja nicht gerne, aber Dunja hat Angst vor ihm. Und das darf ja wohl nicht sein, oder?"

Sophia nickte mit dem Kopf. Ja, das durfte nicht wahr sein. Sie legte Branco eine Hand auf dessen Arm. Er warf nur einen schnellen Blick zu ihr. „Noch einmal. Danke, dass du gekommen bist."

Sie fuhren noch eine halbe Stunde schweigend weiter. Als sie in die Einfahrt zu Brancos Grundstück abbogen, trat Dunja, Brancos Frau, aus dem Haus und wartete, bis Sophia ausgestiegen war. Dann kam sie näher und umarmte Sophia herzlich.

„Sei willkommen, Sophia", sagte sie mit warmer Stimme. „Wir haben so auf dich gewartet."

Sophia war müde und fragte, nachdem die ersten Höflichkeitsfloskeln bedient worden waren, ob niemand beleidigt wäre, wenn sie sich nach der langen Reise ein bisschen hinlegen würde um sich erholen zu können.

Sie richtete sich in dem gleichen Zimmer ein, das sie bei ihrem letzten Besuch im Winter bereits benutzt hatte. Sie zog ihre Schuhe aus und legte sich vollständig bekleidet auf das Bett. Innerhalb weniger Minuten war sie eingeschlafen.

Sie erwachte an einem Geräusch und brauchte eine Weile bis sie wusste, wo sie überhaupt war. Plötzlich drang Lichtschein von außen durch die Vorhänge. Sie stand auf, schob mit einer Hand den Vorhang etwas zur Seite und schaute durch das Fenster nach draußen. Dort stand ein Auto mit laufendem Motor und eingeschalteten Scheinwerfern. Dann gingen der Motor und das Licht aus. Sie erkannte das Auto sofort wieder. Es war das Auto ihres Mannes. Ein Fiat Rondo. Und sie erkannte den Mann, der aus dem Auto stieg, ebenfalls sofort. Ihr Bruder war gekommen. Dino.

Juli - Oktober 2021
Freiburg im Breisgau/Uniklinik

Rolli hatte es sich einfach gemacht.
Als er des Zerrens und Reißens, des Malträtierens und Folterns seines Körpers leid gewesen war, hatte er sich aus dem Staub gemacht. Davonge-schlichen. Französische Verabschiedung. Sie, die ihn quälten, hatten ausgesehen wie rotäugige, weiße Krähen in grünen Kittelschürzen. Aus ihren halb geöffneten Schnäbeln, mit denen sie auf ihn einhackten, war sowieso nur ein Krächzen gekommen, das ärgerlich klang. Vielleicht war es auch ein wütendes Fauchen gewesen. Er wusste es nicht so genau. In seine weit aufgerissenen Augen war blendend grelles Licht gepumpt worden, was ihm

äußerst unangenehm vorgekommen war. Schließlich hatte er zum Schutz kurzerhand die Jalousien hinter seinen Augen heruntergelassen. Die Purpurnen. Die Dunkelvioletten. Und obwohl er noch mitbekommen hatte, dass die weißen Krähen <bleib hier, bleib hier> gekrächzt und daraufhin noch aufgeregter an ihm herumgerissen und wie wild durcheinandergeschrien hatten und noch irrer umher gehüpft waren, - war er einfach gegangen. Ja, gegangen.

Aber er war ein Idiot gewesen. Denn jetzt saß er da, nach tausendjähriger Reise, an der Peripherie der äußersten aller Galaxien und hatte den Rand des Universums, den er gehofft hatte zu erreichen, wohl um weitere tausend Jahre verpasst. Oder um millionen Jahre. Wer hätte das auch wissen können?

Er war sehr müde und ihn fror erbärmlich. Nur ab und zu veränderte er seine Position, seinen Standort, um wenige Lichtsekunden.

Er war auf seiner Reise an Galaxien vorbeigekommen, die hinter dunkelgrauen Nebeln verborgen lagen. Er war über Sternenstraßen gepilgert, die in unermesslichen Spiralen endeten. Er war in Schwarze Löcher getaucht, deren Gravitation so unglaublich stark war, dass selbst alles Licht gekrümmt und in den gefräßigen Schlund gerissen wurde, und auf deren anderer Seite war er wundersam wieder ausgespien worden, ohne zu Schaden gekommen zu sein. Nichts hatte ihn wirklich überrascht, denn so hatte er es sich als Junge schon immer vorgestellt: Dass er als Astronaut durchs All fliegen und all die fernen Wunder und Rätsel bestaunen könnte, die kein Sterblicher je zu sehen bekommen, je lösen würde. Nur dass die Distanzen so riesig waren, hatte ihn auf die Dauer peinlich gestört, hatte er mächtig unterschätzt.

Sein Traum war einst gewesen, mit einem Motorrad auf der historischen <Route 66> in den USA von Chicago nach Los Angeles zu fahren. Dann hatte er einen Routenplaner über diese Strecke in die Hände bekommen und hatte feststellen müssen, dass es sich bei Tagesetappen auf dieser Tour teilweise um Entfernungen bis zu 300 Meilen oder mehr handelte. Meilen, keine Kilometer, wohlgemerkt. Solche Gewaltritte hatte er sich dann doch nicht zumuten wollen und hatte seinen Traum von der <Route 66> ad acta gelegt.

Und jetzt war er also am letzten Stern vorbei, und vor ihm lag nichts als Finsternis, Dunkelheit und Schwärze. Es gab nichts, das es zu sehen oder zu finden gab. Er war allein auf weiter Flur. So allein, wie ein einzelner Mensch nur sein konnte. Der Mann im Mond befand sich, verglichen mit ihm, in einem vollen Fußballstadion. Nicht einmal Gott würde sich in diese Ödnis verirren.

Aber er, Rolli himself, war dort. Mit der Erkenntnis kam die Enttäuschung, und mit der Enttäuschung kam die Mutlosigkeit. Rolli gab sich geschlagen und streckte die Waffen. Er verlor die Orientierung und er verlor das Gefühl für Zeit. Die Antwort auf die Frage, ob auch die Zeit, ähnlich dem Licht, durch all die verschiedenen Schwerkraftfelder der Galaxien, Sterne und Schwarzen Löcher gekrümmt, gebeugt, verändert oder gar ausgesetzt wurde, interessierte ihn an dieser Stelle nicht mehr. Er kam sich vor wie ein Fisch in der Wüste. Fatalerweise schlich sich auf leisen Sohlen begleitend die verführerische Idee ein, dass ihm sein desaströser Zustand gefallen könnte. Ja, dass es ihm auf irgendeine Art sogar willkommen sei, in diesem Nirgendwo, das weder Himmel noch Hölle war, zu bleiben, wenn es denn nur jemand gäbe, der ihn in seiner Lage bedauerte. Sein Pech, dass dort draußen sonst keiner war. Was Rolli nicht wusste, war, dass er dank seiner charakterlich veranlagten Sturheit gar nicht fähig war, sein Scheitern zu erkennen. Er war schon immer so gewesen. Hab´ ich keine Ausbildung? Egal. Hab´ ich keinen Job? Scheiß drauf. Immer schon. Er lebte von der Hand in den Mund und Gleichgültigkeit gegenüber seiner Zukunft war schon immer sein Credo gewesen. Er war ein Luftikus und hatte sowohl früher als auch zuletzt darauf vertraut, dass er als geborener „Lucky Loser" es schon irgendwie schaffen würde, wobei er in dem Wörtchen *es* großzügig sein ganzes Leben verpackte. Letztlich war er es selbst gewesen, der sich in diese Lage gebracht hatte, und in seinem Persönlichkeitsbild gab es Begriffe wie Versager oder Verlierer einfach nicht. Wozu sollte er seinen Folterknechten entkommen sein, wenn nicht um Ruhe zu finden? Und definitiv gab es augenblicklich nichts, das ihm Schmerzen bereitet hätte. So gesehen konnte er doch richtig zufrieden sein. Wenn er noch einen Gedanken zu denken gehabt hätte, würde er womöglich Gitte gegolten haben, aber er hatte diesen Gedanken nicht. Es wunderte ihn bloß, dass, wer keine Gedanken mehr hat, doch lebendig sein kann. Er nahm sich vor, über das und alles andere erst einmal tausend Jahre lang zu schlafen, wie es seiner Art einer Entscheidungsfindung entsprach.

Begonnen hatte die Musik unwirklich leise mit einem einzelnen, hochfrequenten Ton, der stetig an Lautstärke zunahm. Es klang wie der auf Touren laufende Bohrer eines Zahnarztes, der sich unweigerlich der Mundhöhle näherte. Rechtzeitig aber, bevor er sich zu einer nervtötenden Qual entwickeln konnte, gesellte sich ein weiterer, tieferer Ton dazu, der dem ersten die Schärfe nahm und einen Spannungsbogen aufbaute. Unmerklich entstand eine vollkommene Harmonie, und vibrierende Bässe schufen die Basis für ein allmählich anschwellendes Orgelgebrause. Wie ein Sturmwind hob und senkte sich das Getöse, wurde hektisch und rasend, immer auf und ab, schneller und schneller, wobei sich die Harmonien auflösten in schmerzende Dissonanzen. Weitere Register wurden gezogen, bis es schließlich eine unüberschaubare Masse an Tönen ergab, die einen rauschenden Brei aus Disharmonien bildeten, aus dem einzelne Partien geschleudert wurden wie Asche aus einem Vulkan, wie Eruptionen auf der Sonne, wie Peitschenhiebe auf nackte Haut. In einem letzten, teuflischen Anlauf steigerte sich die Lautstärke zu einem ohrenbetäubenden Krach, zu dem sich parallel alle Töne in die schrillsten Höhen schwangen, dort für die Dauer einer Folterung verweilten und sich austobten, um gemeinsam in einem grandiosen Furioso wie ein kreischender Düsenjet in die unhörbaren Frequenzbereiche der Tiefe abzustürzen. Zurück blieb einsam und glänzend der erste aller Töne, der sich plötzlich klar, rein und silberhell zeigte und mit dem Sirren eines Zahnbohrers nicht weiter assoziiert werden durfte. Leicht und erhaben schwebte er über allem Desaster, verlor nur so viel an Kraft, dass er als ständiger Begleiter wohl gelitten sein konnte und jederzeit zur Verfügung stehen würde, sobald man ihn rief.

Genaugenommen war es dieser unscheinbare Ton, der Rolli, ohne dass dieser davon auch nur im Geringsten Kenntnis nehmen konnte, den entscheidenden Impuls zum Wiedererwachen gab.

Hatte er wirklich geschlafen? Er konnte es nicht sagen. Er hatte keine Ahnung, was es heißt, zu erwachen. Er wusste nicht, wovon. Er war durchdrungen von beißender Kälte und fror doch nicht mehr wie zuvor, vor dem Schlaf, weil er selbst die Kälte war. Während er angeblich geschlafen hatte, musste er noch weiter in die unbekannte Unendlichkeit abgedriftet sein, denn wo er vorher war, befand er sich nicht mehr. Alles um ihn war fremd. Nein. Um ihm fremd zu sein, brauchte er Vergleiche mit Bekanntem, aber da gab es nichts Bekanntes. Wiedererkennungswert Null. Und zudem hatte er es satt, ständig zu vergleichen oder verglichen zu werden. Dass es aber so gar nichts und überhaupt nichts um ihn herum gab, an das er sich hätte halten oder klammern können, stimmte ihn so tief traurig wie die Unendlichkeit weit war.

Seine Isolation war bedenklich und kam der Endgültigkeit sehr nahe. So nahe, dass er schließlich bereit war, auf Knien, mit demütig gesenktem

Haupt und mit ausgebreiteten Armen seinen Geist für immer aufzugeben. Alles in ihm war Apathie. Vakuum war sein Zustand und in absoluter Leere befand sich seine Seele. Er selbst hatte weder Form noch Dimension und alles, was er noch war, entwich wie flüchtiges Gas ins Nichts. Nach all der Zeit, die er nicht mehr zu messen vermochte, war er nachtblind geworden und die Stille an seinem Ort war erschreckend und undurchdringlich. Wäre er in einem Tunnel oder in einer Röhre, würde er irgendwann einen Eingang oder Ausgang finden. Befände er sich in einem Schacht, wüsste er, dass dieser endlich wäre. In der Situation des freien Falls würde er mit angespannten Muskeln auf den Aufprall warten. Hier konnte er nichts. Weder suchen noch finden. Nicht einmal Warten war ihm geblieben, denn Warten würde das Vorhandensein von Zeit voraussetzen, und selbst die hatte sich aus dem Staub gemacht.

Ihm kam der Verdacht, dass er der wahre <Prince of Darkness> sei.

Und als er eben geneigt war, den Geist für immer aufzugeben, fragte er sich aus eher lapidarem Anlass, weshalb er dies in knieender Haltung, mit gebeugtem Haupt und ausgebreiteten Armen tun wollte, wozu er doch merkwürdigerweise gar nicht im Stande war. Soweit er sich erinnerte, hatte er alles Körperliche, alles Leibliche bei seiner Flucht vor Tausenden von Jahren auf einem hässlichen und unbequemen Tisch zurückgelassen. Dass es, um den Geist aufzugeben, die falsche Frage zum falschen Zeitpunkt am falschen Ort war, merkte er an der Reaktion unmittelbar danach. Er selbst hatte das Ende eingeleitet. Dass das Ende aber mit so starken Schmerzen verbunden sein sollte, hatte er sich im Traum nicht vorgestellt. Er fühlte sich gepackt und weggerissen. In rasender Geschwindigkeit durchmaß er alle Stationen seiner Bewusstlosigkeit. Er wurde in einen hell erleuchteten Raum geworfen, in welchem er einen leblosen Körper auf einem Bett liegen sah. In dessen Körper führten Schläuche und Kabel, und andere Schläuche und Kabel ragten aus ihm heraus, verbunden mit Geräten und Maschinen, die zischten und piepten. Der Kopf des Körpers war mit weißen Binden umwickelt. Eine weiße Krähe mit einer grünen Kittelschürze drehte an Knöpfen der Apparate, und eine andere Krähe stand daneben und hielt eine Hand des Körpers. Dann wurde er abermals von Kräften und Mächten gepackt und mit Gewalt in diesen leblosen Körper hinein gestopft, und als er nach einigem Ringen drinnen angekommen war, spürte er die Schmerzen, vor denen er damals vor langer Zeit Reißaus genommen hatte. Bei jedem Atemzug, den er nicht mal selber bestimmen konnte, hob und senkte sich sein Brustkasten automatisch, ob er wollte oder nicht, und die Schmerzen jagten wie Schockwellen in seinen Kopf, der sich anfühlte wie in einen Schraubstock gespannt. Verdammt wollte er sein, wenn er das gewollt hatte. Das, so war er überzeugt, war nicht der Deal gewesen, wie er ihn sich gewünscht hatte. Er wurde das komische Gefühl nicht los, einem enormen Beschiss aufgesessen zu sein. Er verstand überhaupt nichts mehr.

Rolli benötigte ein paar Minuten, bis er mit der Frequenz der regelmäßig wiederkehrenden Schmerzwellen klar kam. Es war, so meinte er, eine Sache der Konzentration. Er stellte fest, dass eine gewisse Schmerzgrenze nicht überschritten wurde, sodass er keine Angst zu haben brauchte. Zahnschmerzen, konstatierte er, hatte er schon weitaus schlimmere erlebt. Die Nacht in seinem Kopf hatte einer diffusen, schummrigen Beleuchtung Platz gemacht. Sie war dem gedämpften Rotlicht in einem der einschlägigen Etablissements, das er gelegentlich besucht hatte, nicht unähnlich. Er war neugierig, was passieren würde, wenn er versuchte, die Jalousien zu öffnen. Die Purpurnen. Die Dunkelvioletten. Nur für einen Moment vielleicht.

Der Lichteinfall war brutal. Er war geblendet, als hätte er zu lange in die Flamme eines Schweißbrenners geschaut. Er kniff die Augen auch sofort wieder zusammen. Mist aber auch. Doch er hatte im Gegenlicht für die Zeit einer halben Sekunde die Silhouette eines Menschen gesehen, die er unter Milliarden von Menschen wiedererkannt hätte und erkennen würde. Die er von Kindesbeinen an eingesaugt hatte wie ein Baby die Muttermilch. Die ihm ein beruhigendes Gefühl von Nestwärme versprach. Er hatte die Silhouette von Gitte gesehen. Er spürte, dass seine Hand von einer anderen Hand gehalten wurde und dass es Gittes Hand sein musste. Und darum lächelte er.

04. Oktober 2021
Tegernsee

Linda Germann hatte es bisher keine Sekunde bereut, der Bitte des Polizeipräsidiums Freiburg (Brsg.) um Verlängerung ihres Praktikums bei der Kriminalaußenstelle Neustadt (Schw.) zu entsprechen und ihr Jurastudium vorläufig für eine unbefristete Zeit auszusetzen. Man hatte ihr für den Fall, dass sie nach dem Studium in den Polizeidienst übertreten wolle, praktisch eine Übernahmegarantie gegeben und ihr auch zugesichert, nach dem Praktikum ohne Nachteile das Jurastudium fortsetzen zu können. Das und die Aussicht auf eine feste Arbeitsstelle hatten sie letztlich dazu bewogen, weiter an der Seite von Jens Melzer als dessen Assistentin zu arbeiten.

Es war der Besuch des Privatmannes Edgar Schaaf von vor zwei Tagen gewesen, der nicht nur sie, sondern auch Jens Melzer nachhaltig beeinflusst hatte. Es war ja nicht so, dass außer dem Mordfall Margarete von Drach keine andere Arbeit vorhanden gewesen wäre. Das Verbrechen schläft nie, und so stapelten sich auf ihren Schreibtischen Fälle von Diebstahl, Einbruch und Raub, wodurch die Akte Margarete von Drach mittlerweile ermittlungs-technisch zuunterst lag, weil sich einfach keine neuen Spuren aufgetan hatten und ihnen beiden leider keine vielversprechende, frische Angriffsposi-tion eingefallen war. Bis Edgar Schaaf unverhofft aufgetaucht, nein, aufgetreten war, auch wenn das sie beide in ein etwas peinliches Licht gerückt hatte. Mit den Fakten des Falles Margarete von Drach scheinbar bestens vertraut, hatte Schaaf ihnen innert weniger Minuten Hinweise präsentiert, die für die Entwicklung der Ermittlungen von entscheidender Bedeutung sein konnten. Hinweise, die derart konkret waren, dass sie sich selbstredend an den ersten Platz der Ermittlungsliste stellten und förmlich nach Verfolgung schrien, aber auch Spuren, aus derer akribischer und fürsorglicher Pflege sich eine völlig andere Richtung in der Schlussfolgerung eröffnen konnte. Linda hatte ein nicht näher definierbares Gefühl von Vertrauen in diesen Herrn Schaaf verspürt und ein nicht zu unterschätzendes Maß an Zuversicht, was speziell den Fall Margarete von Drach betraf, gewonnen. Kaum dass der weißhaarige alte Mann mit seinem Pferde-schwanz das Büro betreten hatte, war ihr die klare Gewissheit gekommen, dass dieser Mann wusste, wie man mit dem Feuer umgeht. Und im Verhalten von Jens Melzer bestätigte sich ebenfalls ihr Eindruck, dass dieser von der natürlichen Autorität Edgar Schaafs sehr angetan war. So schlau war Jens Melzer schon, dass er zwischen Schmidtchen und Schmidt zu unterscheiden wusste und er als Lenker eines Dreirades auch begriff, wenn ein Bus neben ihm stand.

Die schwere Gewitterfront, die noch vor zwei Tagen über den Südwesten Deutschlands gezogen war und gebietsweise verheerende Schäden angerichtet hatte, war im Nachhinein doch auch für die Reinigung der Atmosphäre verantwortlich. Von der Biskaya im Westen Frankreichs bis zum Ural in Russland spannte sich ein weiter, tiefblauer Himmel. Die Fernsicht war sensationell und durch keinen Dunst getrübt. Sie hatten sich für die Fahrt von Neustadt (Schw.) nach Tegernsee für Melzers Dienstwagen entschieden und waren schon kurz nach acht Uhr aufgebrochen. Sie hatten reichlich Zeit eingeplant, und weil sie auf der neuen Bodensee-Allgäu-Autobahn ohne nennenswerte Hindernisse zügig voran kamen, unterwegs in einem Café nahe Friedrichshafen mit Ausblick über den Bodensee ein zweites Frühstück eingenommen. Die Gipfel der Vorarlberger und der Appenzeller Alpen schienen zum Greifen nah. Waren ihre Gespräche bis dahin rein privater Natur gewesen, wechselten sie auf der Weiterfahrt via Lindau langsam in den dienstlichen Bereich.

„Was für ein Gefühl hast du?" Linda saß auf dem Beifahrersitz des M-Klasse-Mercedes-Cabrio und ließ ihren rechten Arm lässig aus dem Wagen baumeln. Jens Melzer steuerte das teure, batteriebetriebene Gefährt souverän mit beiden Händen am Lenkrad.

„Wenn es so ausgeht, wie ich es nicht glaube, dann werden wir heute den Von-Drach-Fall aufklären."

Linda rückte ihre Sonnenbrille, die sie in die Haare geschoben hatte, zurecht und dachte einige Sekunden nach. Dann meinte sie: „Du glaubst also nicht, dass Herr von Drach seine Frau umgebracht hat?"

„Oh, nichts würde ich lieber glauben als das", beeilte sich Jens zu versichern. „Der Fall ist bereits zu lange ungelöst. Stell dir vor, wir lösen heute den Fall. Das wär der Knaller. Ich glaube allerdings nicht, dass es so kommt. Der Arzt ist doch clever. Der killt doch nicht seine eigene Frau, verstehst du?"

Linda schüttelte das lange Haar im Fahrtwind.

„Aber es hängt doch eigentlich nur an einem dünnen Faden. Es könnte ja sein. Könnte. Ein einziges falsches Wort, und wir haben den Täter."

„Möglich ist es natürlich." Melzer beobachtete intensiv den Verkehr. „Er hat ja nicht umsonst seine Sekretärin geheißen, für ihn zu lügen. Von daher ist es möglich. Aber ich glaube nicht, dass es so einfach ist."

„Warten wir's halt ab", seufzte Linda, des Sitzens müde. „Wie lange brauchen wir noch? Was schätzt du?"

„Ich denke, dass wir gegen halb eins, eins dort sein werden. Wenigstens laut GPS."

Alexander von Drach wusste in der gleichen Sekunde, in der er von der beabsichtigten getrennten Anhörung Sieglindes und ihm erfuhr, was die Stunde geschlagen hatte. Die beiden jungen Kriminalpolizisten aus Neustadt (Schw.) hatten es ihm rotzfrech grinsend schon bei der Begrüßung in Aussicht gestellt. Noch war er nicht so senil, dass er nicht eins und eins zusammenzählen konnte. Gestern noch, als sie ihren Besuch für heute angekündigt hatten, war von einer getrennten Vernehmung nicht die Rede gewesen. Diese Stinker von der Polizei hatten ihr Kommen fadenscheinig mit sogenannten <Neuen Erkenntnissen> begründet. Und jetzt saßen sie schon seit einer viertel Stunde mit Sieglinde allein in deren Büro.

Gestern Mittag hatte ihn sein Freund Danilo aus Cannobio benachrichtigt. Schon als er dessen weinerliche Stimme durch den Äther vernommen hatte, war ihm Schlimmes geschwant, und so ist es dann auch gekommen. Danilo schilderte unter -zigfachen Beteuerungen und unter nervend werdenden Entschuldigungen, wie er mehr oder weniger dazu gezwungen worden war, der Polizei aus Deutschland über seine, Alexanders, tatsächliche Ankunftszeit im Hotel Alessandro am elften Juli Auskunft zu geben. Zum Schluss war es an ihm gelegen, Danilos Ergebenheitsschwüren sanft ein Ende zu setzen und ihn tröstend seiner Loyalität zu versichern. Guter, alter Danilo. Was hätte er auch anderes tun sollen?

Alexander fuhr sich mit einer Hand über den kahlen Schädel. Es war sein Versäumnis gewesen, Danilo nicht rechtzeitig über den Grund seines späteren Eintreffens in Kenntnis gesetzt zu haben. Wobei, alles musste der alte Knabe nun auch nicht wissen, Freundschaft hin oder her. Und so wie Sieglinde die Kröte mit der Notlüge, er sei bei seiner Frau Margarete gewesen, geschluckt hatte, hätte auch Danilo sie geschluckt. Warum, zum Teufel, hatte Margarete ausgerechnet in jener Nacht beschlossen, zu sterben oder wie auch immer, verdammt nochmal. Jetzt saß er in der Klemme und die Scheiße floss bergauf.

Er sah es deutlich vor sich: Wenn Sieglinde den Polizisten erzählen sollte, er hätte ihr erklärt, dass er am zehnten Juli bis dreiundzwanzig Uhr bei seiner Frau in Hohenterzen gewesen sei, dann wäre er in den Augen der Schnüffler des Mordes Tatverdächtiger Nummer eins. Er hoffte, dass sie das nicht sagen würde, obwohl sich an seiner Gesamtsituation nicht viel ändern würde, Danilo sei Dank. Sie wird allein mit ihrer bei der ersten Anhörung im Juli geäußerten falschen Zeugenaussage zu kämpfen haben. Und ob nun mit oder ohne Sieglindes Geständnis hätte er für die Tatzeit kein Alibi, und das war die Krux in dem ganzen Dilemma, denn er konnte ja nicht der Polizei oder auch Sieglinde zuliebe einen Mord gestehen, den er nicht begangen hatte. Wie er es drehte oder wendete, er würde sich genötigt sehen, zum einen der Polizei die Wahrheit zu sagen und zum anderen Sieglinde gegenüber eine Beichte abzulegen. Ja, so simpel war das und anders ging es nicht. Wie ihn das ankotzte.

Diese Sieglinde. Als ob ihm nicht schon längst aufgefallen wäre, auf was das raffinierte Weibsstück es abgesehen hatte. Ein teuflisches Grinsen verzerrte seine asketischen Gesichtszüge. Ha, dieses Weibsbild. Er schlug mit der Faust in die offene Hand. Ha! Und dann lachte Alexander von Drach. Er lachte schallend, dass man es draußen auf dem Flur vor seinem Büro hörte und auch nebenan im Sieglindes Büro.

Im Prinzip war sie genau wie er. Nichts, was sie tat, geschah ohne Kalkül. Er musste ihr zugestehen, dass es der Klinik, seit sie von ihrem Büro aus die Regie übernommen hatte, noch nie so gut ging wie heute. Sie war an Effektivität nicht zu überbieten und ihre eingebrachten Sparmaßnahmen hatten zu keiner Zeit einen Qualitätsverlust bei der Patientenbetreuung zur Folge gehabt. Unter ihrer Federführung war es nie mehr zu Zahlungsrückständen gekommen, weder bei den Ausgaben noch bei den Einnahmen. Ihre Buchführung und Lagerbestandshaltung würde sich zur Legendenbildung eignen, denn es existierte nicht ein herrenloser Reißnagel, keine ledige Büroklammer und kein überzähliges Handtuch im Haus. Allerdings hatte sie die Verwaltungsgeschäfte für die Klinik so despotisch konstruiert, dass ohne ihr Wissen nicht einmal ein Bleistift den Besitzer wechseln konnte. Alexander von Drach dachte mit Grausen an den GAU, welcher dann eintreten würde, wenn Sieglinde sich nur für ein paar Tage krank meldete, was bisher, gottlob, noch nicht geschehen war.

Offensichtlich hatte sie, kaum dass sie ihre Stelle als Chefsekretärin angetreten hatte, ihn zwischen ihre Beine gelockt und nur zu willig war er ihrer Einladung gefolgt. Er nickte mit dem Kopf, als müsste er von sich selbst eine Bestätigung einholen. Und dass sie schlau war, ja clever, vielleicht auch gerissen, davon ging er sowieso aus. Die Frage war bloß, ob sie jetzt das Spiel durchschaute, das er begonnen hatte zu spielen. Ob sie es durchschaute, ob sie es begriff, und ob sie es mitspielen würde.

In diesem Augenblick klopfte es an die Verbindungstür zwischen Sieglindes und seinem Büro. Bevor er die Erlaubnis zum Betreten gab, blickte er auf die Armbanduhr. Zwanzig Minuten. Zwanzig Minuten waren die Bullen bei Sieglinde gewesen. Dann ging die Tür auf und die Polizisten betraten den Raum. Durch die offene Tür sah Alexander hinüber in ihr Büro

229

und direkt in Sieglindes katzenartige Augen. Die Signale darin waren eindeutig: Sie durchschaute nicht nur sein Spiel und sie würde es nicht nur mitspielen. Sie würde es bestimmen.

Linda Germann und Jens Melzer nahmen, nach Alexander von Drachs einladenden Handzeichen, auf zwei kunstlederbezogenen Besuchersesseln gegenüber dem Schreibtisch Herrn von Drachs Platz. Der Schreibtisch war aus anthrazitfarbenem Stahl mit einer getönten Glasplatte. In die Glasplatte war eine moderne Haustechnikanlage integriert. Außer einem Laptop gab es keine Gegenstände auf der Tischplatte, sowie es im gesamten Büro keine weiteren Möbel wie z.B. Regale für Ordner oder Ständer für Garderobe gab. Das Büro strahlte Kälte aus, was vielleicht sogar im Sinne des Benutzers lag. Sieglindes Büro hingegen quoll vor Regalen und Ablageflächen, die selbst die Fenstersimse einnahmen, nur so über. Die Aufgabenverteilung in diesem Haus schien klar geregelt zu sein.

Ohne Umschweife kam Herr von Drach zum Thema: „Wenn Sie bitte so freundlich sein wollen, Ihre Fragen gleich zu stellen." Er schielte auf seine Uhr am Handgelenk. Kein Billigprodukt, wie Linda Germann konstatierte und registrierte auf ihrer eigenen Uhr, dass es dreizehn Uhr fünfzig war. Sie lagen gut in der Zeit. Aber Herr von Drach sprach weiter. „Eigentlich hätte ich heute in Cannobio, dem Standort meiner nächsten Klinik, sein sollen und ich habe vor, unmittelbar nach diesem Verhör, das es doch wohl ist, nach dort zu fahren. Und ich sage Ihnen im Voraus, dass ich über Ihre Verfahrensweise sehr ungehalten bin, sodass ich geneigt bin, mich an entsprechender Stelle über Sie zu beschweren. Und wenn es nicht triftige Gründe sind, wegen derer Sie mich hier zurückhalten, werde ich Sie sogar zum Schadenersatz heranziehen. Also bitte." Angespannt auf der Kante seines Bürosessels sitzend und die Hände wie zum Gebet gefaltet, schaute er die Polizisten abwechselnd in Erwartungshaltung an.

Bevor Jens Melzer antwortete, schickte er seinerseits einen raschen Blick zu Linda, die sich weit in ihrem Sessel zurückgelehnt hatte. „Zunächst: Es ist kein Verhör, Herr von Drach", sagte Jens Melzer dann, seine Augen dabei wieder auf den Klinikchef richtend, „sondern nur eine Befragung. Das ist ein Unterschied. Wir verzichten bei einer Befragung zum Beispiel auf die Belehrungsformel Ihrer Rechte betreffend, wie sie bei einer Vernehmung Pflicht ist. Dennoch sahen wir es heute für angebracht, Sie und Frau Borchers, Ihre Sekretärin, individuell zu befragen, und wie sich erwiesen hat, nicht ergebnislos, um es mal so auszudrücken. Des Weiteren dürfen Sie getrost davon ausgehen, dass wir in der Lage sind, zwischen triftigen und nicht triftigen Gründen zu unterscheiden. Und glauben Sie mir, Herr von Drach: Einen noch triftigeren Grund als den heutigen lässt sich schwerlich finden."

Am hüpfenden Adamsapfel Herrn von Drachs erkannte Melzer, dass diese Eröffnung für sein Gegenüber zumindest ein Grund zum Schlucken war, und auch das Spiel seiner Hände mochte für einen geübten Interviewer Bände sprechen.

„Ach was", stutzte Alexander von Drach erstaunt. „Inwiefern, wenn man fragen darf?"

„Frau Borchers Erinnerung." Das war Linda Germanns Stimme. Linda hatte sich jetzt artig hingesetzt und einen Notizblock auf den Knien liegen, in den sie eifrig schrieb.

„Ja, Frau Borchers hat sich nach einigem Überlegen an den Ablauf des zehnten und elften Juli erinnert." Jens Melzer hatte wieder übernommen. „Sie war zuerst, wie Sie ja wissen, der Meinung gewesen, Sie hätten am fraglichen Samstag gemeinsam in das Hotel Alessandro eingecheckt. Dass dem so nicht gewesen sein kann, ist ihr leider erst später eingefallen, und auch das erst, nachdem Herr Danilo Mastrangelo vom Hotel *Alessandro* in Cannobio etwas anderes behauptet hat."

Alexanders Sitzhaltung auf dem Sessel wurde immer riskanter. Gleich würde er vom Stuhl rutschen, dachte Linda Germann. Bevor es so weit kommen sollte, wandte sie sich an Herrn von Drach. „Frau Borchers hat im Grunde nur das bestätigt, was uns Herr Danilo Mastrangelo vom Hotel Alessandro gestern am Telefon bereits mitgeteilt hat. Dass Sie, Herr von Drach, erst am Sonntagmorgen gegen vier Uhr im Hotel eingetroffen sind. Sie, Herr von Drach, hätten also Zeit gehabt, Ihre Frau Margarete in Hohenterzen zu ermorden. Denn wo Sie zur Tatzeit gewesen sind, haben Sie uns bisher nicht gesagt."

Genau das hatte er erwartet. Er als Tatverdächtiger. Tut mir leid, Danilo, dachte er, aber du bist ein Idiot. Stattdessen fragte er, was Frau Borchers denn für eine Auskunft auf die Frage nach seinem Verbleib gegeben hätte, die sie, die Polizei, ihr ja wohl gestellt haben werden.

„Haben wir", schnappte Jens Melzer knapp. „Sie wusste es nicht. Sie hat im Gegenteil uns gefragt, was wir glauben würden, in welchem Verhältnis Herr von Drach und sie eigentlich ständen. Wörtlich hat sie gesagt – äh, Linda, würdest du es Herrn von Drach einmal vorlesen?"

231

Linda beeilte sich, in ihrem Notizblock zurück zu blättern und die entsprechende Stelle zu finden. „Sie sagte: <Was glauben Sie eigentlich, in welchem Verhältnis Herr von Drach und ich stehen? Meinen Sie, es schickt sich für eine Angestellte, ihren Chef zu fragen, wo er seine Zeit verbringt?> Das waren ihre Worte."

Gutes Mädchen, dachte Alexander, und ein stilles Lächeln umkräuselte seine Lippen. Hast dich schön herausgebrunzt, du Biest.

„Nach Auskunft von Herrn Danilo Mastrangelo", insistierte Melzer, „haben Sie aber schon ein besonderes Verhältnis zu Ihrer Sekretärin. Schließlich haben Sie die Tage in Cannobio gemeinsam in einer Suite verbracht."

Du kommst mir gerade geschissen, du junger Schnösel. Alexander von Drach setzte sich mit einem Schub seiner Arme voll in seinen Sessel zurück, schlug die Beine übereinander und wurde beinahe förmlich: „Welcher Art die Sparmaßnahmen unseres Unternehmens sind, Herr Melzer, dürfen Sie schon getrost uns überlassen. Wenn es mir passt, schlafe ich auch zu dritt und zu viert in einem Bett, wenn ich dadurch Kosten sparen kann. Nehmen Sie das geflissentlich zu Ihrer Kenntnis."

„Sie haben uns jetzt aber immer noch nicht erzählt, wo Sie die fragliche Zeit, für die Sie kein Alibi haben, verbracht haben." Linda hatte Herrn von Drach Zurechtweisung überhört.

„Sie suchen bei mir nach dem Falschen." Alexander legte die Fingerspitzen der Hände zusammen und bildete ein Dreieck nach. Diese Geste benutzte er oft, wenn er zu einem Referat oder zu einem Monolog ansetzen wollte. Er hielt sich jetzt aber zurück. „Welches Motiv sollte ich denn gehabt haben, meine Frau umzubringen?"

„Gute Frage, Herr von Drach." Jens Melzer nickte anerkennend mit dem Kopf. „Eifersucht ist ein starkes Motiv, meinen Sie nicht? Sie erfuhren ja spätestens durch unsere Ermittlungen, dass Ihre Frau ein Verhältnis mit einem anderen Mann hatte! Möglich, dass Sie es ja vorher schon wussten. Ja? Nein? Nächstes Motiv: Um selbst für eine eigene Beziehung frei zu sein, auch wenn Sie mit Frau Borchers nach eigenen Worten keine haben! Noch ein Motiv: Um zu verhindern, dass sich Ihre Frau mit der Klinik in Hohenterzen selbstständig machen wollte! Dass sie Ihr kleines Imperium, die Arbeit Ihres Lebens, zerstören wollte! Das sind alles Motive, die durchaus auf Sie zutreffen können. Und ich halte jedes Einzelne davon für ausreichend triftig, um Sie hier festzuhalten, Herr von Drach! Und zu guter Letzt haben Sie selbst durch ihr irreführendes, von Frau Borchers untermauertes und mitgetragenes falsches Alibi dafür gesorgt, dass Sie heute das sind, was Sie sind: nämlich verdächtig."

Alexander von Drach schwieg. Er drehte den Kopf und schaute aus dem Fenster. Dieser Polizist hatte von seiner Arbeit als Arzt und Manager, von seinen Zielen, von seinen Plänen keine Ahnung. Und doch kam er hierher in sein Haus und nahm sich die Frechheit heraus, ihm diverse Motive vor den Latz zu knallen. Und wenn er, Alexander von Drach, auf seine Frechheiten keine plausible Antwort gab, dann zückt dieser Lümmel die Handschellen und führt ihn in eine Zelle ab. Wie er das verabscheute.

Er stand aus dem Sessel auf und begab sich zur Fensterfront, durch die er einen grandiosen Ausblick auf den Tegernsee und das Karwendelgebirge hatte. Er schob die Hände in die Hosentaschen seines Anzugs und ballte sie zu Fäusten. In seinem Kopf spielte sich ein Film im Zeitraffer über alle seine Leistungen ab. Er schüttelte unmerklich den Kopf. Die Zähne mahlten und die Kiefermuskeln bildeten scharfe Stränge aus. Die Adern an seinem Hals pumpten massig Blut in sein geschultes und präzise arbeitendes Gehirn. Dabei hatte er nur eine einzige Wahl, dessen war er sich bewusst. Es war die in dieser Wahl beheimatete Gemeinheit, welche ihn erzittern ließ. Die Niedertracht. Die Respektlosigkeit. Es war die Wut darüber, sich entblößen zu müssen und die Angst davor, als unzulänglich zu gelten. Es war der Hass auf diese jungen Leute, die sein Reich besudelten. Die seine Antwort in einen lächerlichen Notizblock schrieben und dann wieder lachend und vergnügt nach Hause fuhren. Die sich lustig über ihn machen würden.

Ein Kopfschmerz zuckte wie ein Blitz durch das Gehirn und eine Ohnmacht verdunkelte seinen Blick.

„Also gut", sprach er nach einer Minute mit entrüstet zitternder Stimme. „Also gut. Ich war bei einem Patientenbesuch. Eine ehemalige Patientin dieser Klinik. In Lindau. Wie vertraulich behandeln Sie diese Information?"

„Sollte sie der Wahrheit entsprechen, wird nichts davon an die Öffentlichkeit gelangen."

Linda Germann war schreibbereit. „Haben Sie Namen und Adresse, bitte?"

*

Die Polizisten hatten das Gebäude verlassen. Alexander von Drach saß regungslos und schier berstend vor Zorn an seinem Schreibtisch. Die gegenüberliegende Tür öffnete sich und Sieglinde betrat sein Büro. Lächelnd

233

und beschwingt schlenderte sie um den Schreibtisch herum und setzte sich schräg neben ihm auf die Glasplatte. Mit einem Finger drückte sie demonstrativ auf eine Taste der in der Glasplatte integrierten Haustechnikanlage, die auch mit einer Sprechanlage für alle Räume, besonders aber für ihr Büro ausgestattet war.

„Jetzt kann ich ja wieder ausschalten, mein lieber Alexander. Überaus praktisch, diese Geräte, wenn man sie zu bedienen weiß."

Alexander von Drach kapierte nicht. „Du hast …?"

„Ja, hab ich", fiel sie ihm schnippisch ins Wort. „Mitgehört. Und zwar alles. Findest du nicht, dass wir beide uns mal über die zukünftige Leitung der Klinik in Hohenterzen unterhalten sollten?"

<Morgen>, dachte Alexander von Drach in Erinnerung an den letzten Satz eines Sketches des genialen Komikers Loriot, in dem es beim Streit eines Ehepaares um weichgekochte Eier ging, <morgen bringe ich sie um>.

10. Oktober 2021
Gengenbach/Endingen am Kaiserstuhl

Seit Dienstag dieser Woche zeigte sich der Herbst von seiner allerbesten Seite. Die badische Version des *Indian Summer* brauchte mit dem Original aus den USA, und dort vornehmlich in den Neuenglandstaaten, keinen Vergleich zu scheuen. Die Weinberge und Rebenhänge konkurrierten mit den Mischwäldern im Farbenrausch. Die klare und trockene Luft lud Abertausende von Spaziergängern dazu ein, durch die überschäumende Natur zu wandeln, und manch ein Schönwetter-Biker genoss auf seiner Maschine einen letzten Ritt über die Straßen der Umgebung, bevor er sie für den Winter in der Garage einmottete.

Edgar Schaaf zählte sich zwar nicht zum Kreis der reinen Schönwetter-Biker, aber auch er hatte am Vormittag die Harley aus der Remise geholt und war mit Melanie auf dem Sozius in den Schwarzwald gedonnert. „Müller" und „Lydia" waren eher nicht so erpicht darauf gewesen, das Haus bewachen zu müssen, doch Edgar war mit den beiden Hunden bereits am frühen Morgen ausreichend und erschöpfend auf den Feldern gewesen. Der

Herbst an sich musste für die Hunde bestimmt eine ganz besondere Herausforderung darstellen, denn in dem gefallenen Laub der Bäume und Hecken ließ es sich vortrefflich schnüffeln und es barg besondere Düfte, wie es sie eben nur in dieser Jahreszeit geben konnte; von gefallen Nüssen, Zapfen und Eckern und faulendem Obst bis zu den Pilzen.

Melanie hatte sich seit dem Sommer zu einer begeisterten Beifahrerin entwickelt. Ihrer verständlichen Phobie, welche sie bis dahin vor dem Fahren auf einem Motorrad gehabt hatte, war Edgar mit viel Verständnis begegnet. Er hatte sie nie dazu gedrängt, sich hinter ihn auf den Bock zu setzen. Er hatte ihr nur vermitteln können, was ihm eine Tour auf der Maschine wert war und was sie ihm bedeutete: Freude, Entspannung, Erholung, Gelassenheit, Ruhe. Nachdem Melanie zum ersten Mal hinter ihm Platz genommen hatte und mit ihm gemütlich über die Straßen ihrer Heimat gebullert war, hatte sie Vertrauen in seine Art des Fahrens gewonnen und schon beim zweiten Mal keine Furcht mehr gezeigt, sondern Genuss daraus ziehen können. Später hielten sie nur noch Geschäfte oder wichtige Termine davon ab, mit Edgar auf ihrer Harley (Melanie nannte sie sogar „unsere" Harley) zu fahren.

Drei Tage lang, von Dienstag bis Donnerstag, hatte sich Edgar hauptsächlich um den Ausbau des Kellers zur Galerie gekümmert. Nicht dass die Zeit drängte, die Eröffnungsausstellung sollte ja erst im Dezember stattfinden, aber er wollte ja auch nicht unter Druck geraten. Druck war etwas, was er unbedingt vermeiden wollte.

So hatte er im Vorfeld bereits bei einer ortsansässigen Schreinerei angeklopft, der er den Auftrag für die Fenster der zukünftigen Galerie in Aussicht stellte, und verfuhr durch ähnliche Vorgehensweise mit einer Elektroinstallationsfirma aus dem Ort. Wegen notwendiger sanitärer Anlagen hatte er mit einer diesbezüglich erfahrenen Firma aus Hausach im Kinzigtal um einen Besichtigungstermin am Dienstag gebeten. So traf es sich, dass zufällig alle angesprochenen Firmen am gleichen Tag zur fast gleichen Zeit bei Edgar Schaaf an der Haustür ihre Aufwartung machten.

Der Schreiner sah in der Ausbesserung der Fenster überhaupt keine Probleme. Mit dem Elektromeister diskutierte Schaaf ausführlich die geplanten Varianten der Raumbeleuchtung zum einen und der speziellen Wandbestrahlung für die Ausstellungsobjekte zum anderen. Dort, wo die kleine Bühne ihren Platz im Raum finden sollte, mussten ebenfalls elektrische Anschlüsse und eine Bühnenbeleuchtung installiert werden. Der

Elektriker machte sich eifrig eine Skizze. Schwieriger war es, mit dem Sanitärinstallateur eine Lösung für einen abgetrennten Toilettenbereich zu finden. Melanie hatte auf jeden Fall die Benutzung der privaten Toiletten im Erdgeschoss des Hauses ausgeschlossen und auch für einen extra Anbau neben dem Kellereingang ihre Zustimmung verweigert. Die Notwendigkeit musste also im Kellergewölbe selber platziert werden, und es bot sich dafür praktischerweise nur die eine Ecke an, in welcher ohnehin schon die Abflüsse aus den oberen Etagen hindurch führten und wo auch die innere Kellertür lag, durch die man zur Treppe im Türmchen gelangte. Allerdings erforderte dies das Vorhandensein eines Raumes, der erst errichtet werden musste. Der Handwerker versicherte aber, dass er über entsprechendes Personal in seiner Firma verfüge. Edgar Schaaf und der Klempner einigten sich auf die Einrichtung von zwei Toilettenkabinen und einem Waschbecken in einem zu bauenden Raum, der nicht mehr als fünf Quadratmeter an Fläche haben sollte.

Bereits am Tag darauf, also am Mittwoch, hatten die Arbeiten im Keller begonnen. Edgar Schaaf umriss die Ausmaße der Bühne mit Kreide auf den Sandsteinplatten des Fußbodens und bestimmte für den Elektriker die Positionen der Steckdosen und der Scheinwerferanlage, weil er auch an die mögliche Verwendung von Mikrofon und Verstärkeranlagen dachte. Vor seinem inneren Auge nahm die Galerie immer mehr Gestalt an und er konnte ruhigen Gewissens die Handwerker in ihrem Metier allein lassen.

*

Noch am späteren Dienstagnachmittag waren Melanie und er in gespannter Erwartung mit dem Bus nach Ortenberg gefahren. Melanie hatte ihr ungefähres Kommen telefonisch bei Frau Brassova angekündigt und sicherheitshalber gefragt, ob sie ihre Hunde mitbringen könnten.

<Kein Problem>, hatte Frau Brassova durchs Telefon gepiepst, <bringen Sie nur mit, was Ihnen lieb und teuer ist.>

„Müller" und „Lydia" waren in den vergangenen Tagen nicht gerade verwöhnt worden, weshalb sie den kleinen Ausflug außer der Reihe sichtlich genossen. Busfahren war zwar nicht halb so aufregend wie Bahnfahren, aber immerhin war es etwas anderes als immer die bekannte Runde über die Felder. Im Ort Ortenberg waren sie alle ausgestiegen und zu Fuß den Berg, auf dem das Schloss Ortenberg thront, gemütlich hinauf gestapft. Hier waren, im Gegensatz zu anderen Landstrichen des Badener Landes, die

236

Weinberge im Herbst nicht geschlossen. Man konnte ungehindert jeden Weg benutzen und es verstand sich von selbst, dass man keine Trauben von den Rebstöcken stahl. Vielleicht hatte man andernorts schlechte Erfahrungen gemacht.

Über eine geschwungene Auffahrt erreichte man das beeindruckende Haupttor zum Schloss. Es gab eine Klingel an der Seite des Tores und, wie Edgar Schaaf mit geübtem Auge feststellte, eine Überwachungskamera, die den Eingangsbereich vor dem Tor erfasste.

Melanie war überrascht, als sich neben dem großen Haupttor eine kleinere Tür öffnete und die zierliche Person erschien, die sie von gestern aus ihrem Geschäft in Gengenbach kannte: Frau Brassova selbst, und genau so rot. Melanies erster Gedanke war, ob die Frau keine Bediensteten für solche Angelegenheiten hatte, verscheuchte diesen aber sogleich, als sie die freundlichen Blicke von Frau Brassova trafen.

„Herzlich willkommen, Sie beide. Herzlich willkommen, Herr Schaaf. Sie sehen genau so aus, wie ich Sie mir vorgestellt habe, und glauben Sie mir, ich hab mir eine ganze Menge vorgestellt." Frau Brassova streckte Edgar Schaaf ihre winzige Hand entgegen und strahlte ihn mit kaum unterdrückter Schwärmerei an.

„Willkommen, Melanie. Ich darf Sie doch so nennen? Ihr Name gefällt mir so gut. Mann, haben Sie einen Mann."

Sie umarmte Melanie wie eine alte Freundin und drückte ihr Haupt innig an deren Brust.

„Kommen Sie herein. Sind das Ihre Hunde? Das ist ja ein schönes Paar, wie Sie übrigens auch. Lassen Sie sie einfach im Hof laufen. Sie können nirgendwo hin. Ich meine, sie können nicht verloren gehen."

Sie ließ Melanie, Edgar und die Hunde durch die Tür passieren, verriegelte das Türschloss und folgte ihnen auf dem Fuß.

„Ich schließe immer ab, wissen Sie", erklärte sie mit ihrer Mädchenstimme. „Es kommt viel Gesindel den Berg hoch, verstehen Sie? Besonders abends, wenn kein Personal mehr da ist, fühle ich mich einfach sicherer."

Sie standen in dem weitläufigen, unübersichtlichen Schlosshof, der im Eingangsbereich von verschiedenen Gebäuden gesäumt war. Edgar Schaaf schaute sich beeindruckt um. Er hatte zwar im Internet die Schlossanlage anhand von Fotos und Plänen betrachten können, war von den tatsächlichen Ausmaßen nun doch überrascht. „Müller" und „Lydia" hatten sich inzwischen ungeachtet dessen auf Entdeckungsreise getrollt.

„Frau Brassova ..."

„Tamara. Nennen Sie mich einfach Tamara, Melanie. Bitte. Und Sie auch, Edgar. Bitte."

„Also gut, Tamara. Vielen Dank, dass Sie sich Zeit für uns und unser Anliegen nehmen." Melanie suchte nach Edgars Hand und unterstrich mit der Geste, dass sie in beider Interesse sprach. „Sie haben ganz spontan Ihre Hilfe angeboten und ehrlich gesagt sind wir sehr erleichtert darüber, dass uns das so unverhofft in den Schoß gefallen ist."

„Nun", trällerte Tamara Brassova fröhlich los, „ganz uneigennützig handele ich nicht. Ich will das Schloss", und dabei beschrieb sie mit einer ausholenden Armbewegung einen umfassenden Bogen in der Luft, „für solche oder ähnliche Anlässe bekannt machen. Ich möchte es öffnen. Nicht dass ich es nötig habe, damit Geld verdienen zu wollen, nein. Geld habe ich genug. Ich möchte nur nicht, dass das Schloss in üblen Ruf gerät. Das Schloss nicht, und ich nicht. Dass dafür Gefahr besteht, weiß ich sehr wohl. Man redet ja schon von dem Schloss mit seinem russischen Drachen. So möchte ich nicht gesehen und nicht verstanden werden. Zudem denke ich, dass es schade wäre, wenn so ein schönes Anwesen für die Allgemeinheit unzugänglich bleiben würde. Dazu scheinen mir Anlässe wie der Ihrige geradezu geeignet zu sein, die düsteren Wolken über Schloss Ortenberg zu vertreiben. So gesehen helfen Sie mir bei meinem Anliegen. Da ich es Ihnen angeboten habe, ist es für Sie natürlich gratis. Ich zeige Ihnen jetzt gerne die Räumlichkeiten, wo ich mir Ihr Fest vorstelle. Wenn Sie mir also folgen wollen?" Sie drehte sich um und schritt Melanie und Edgar über eine schräge Auffahrt zum Hauptgebäude und dort zu einer Treppe voran, die vom Hof aufwärts zu einer kunstvoll verzierten Tür führte.

„Im Sommer", sprach Tamara während des Gehens, „bei schönem Wetter, kann man selbstverständlich im Hof die Feste abhalten. Jetzt schlage ich den großen Saal vor, der früher, bevor ich Eigentümerin geworden bin, der Speisesaal der Jugendherberge war. Ich habe ihn zu einem Ritter- oder Festsaal umbauen lassen. Alles natürlich unter Einhaltung strengster Auflagen vom deutschen Denkmalschutz."

Melanie und Edgar waren sehr angetan gewesen. Der Raum, also der Rittersaal, war groß genug, um auch eine noch zahlreichere Gesellschaft als die ihrige bequem unterbringen zu können. Frau Brassova hatte vorgeführt, wo die Küche bzw. der Cateringservice arbeiten würde, ohne den stilvollen Rahmen des Festsaales zu stören. In einer hellen Ecke, diagonal zwischen zwei hohen Fenstern, stand ein imposanter Schreibtisch aus honigfarbenem Holz und mit filigranen Intarsien verziert, der für die standesamtliche

Zeremonie prädestiniert schien. Für Bestuhlung und Dekoration hatte sie bereits eine Reihe von Vorschlägen von einem professionellen Veranstalter vorbereiten lassen und Melanie und Edgar als Ansichtsmappe zur Auswahl präsentiert. Ebenso was die Menüauswahl anbetraf. Natürlich bot sich der Service derart flexibel an, auch kundeneigene Vorstellungen zu berücksichtigen. Nachdem sie mit Frau Brassova die räumlichen Gegebenheiten und die logistischen Anforderungen besprochen hatten, begaben sie sich zurück auf den Hof. Dort steuerte Frau Brassova auf das zweiflüglige Tor eines Nebengebäudes zu, öffnete dieses und zeigte Melanie und Edgar ihr Prachtstück: Einen wunderschönen Rolls Royce Silver Shadow, mit dem sie das Hochzeitspaar von ihrem Zuhause ins Schloss chauffieren lassen wollte. Dem war aber noch nicht genug. Die größte Überraschung folgte nämlich, als sie sich von Tamara Brassova verabschiedeten.

„Edgar, Sie haben bis jetzt kaum ein Wort gesprochen. Sind Sie immer so schweigsam?" Frau Brassova strahlte ihn an.

„Nein", gestand Edgar. „Ich bin nur ziemlich beeindruckt. Das alles erscheint mir vielleicht doch eine Nummer zu pompös, wenn ich ehrlich sein soll."

„Zu pompös, Edgar?" Frau Brassova lachte heiter und glockenhell, als hätte sie einen wirklich guten Witz gehört. „Da sollten Sie mal die Feste in meiner Heimat erleben. Nein, ich will Sie nicht beschämen. Aber hatte ich nicht schon erwähnt, dass es für Sie gratis sein wird?" Sagte Tamara Brassova, als sei es das Selbstverständlichste auf der Welt.

„Müller" und „Lydia" jagten durch die Rebgassen den Berg hinunter. Edgar rief ihnen hinterher, sie sollen langsam machen, aber sie hörten nicht auf ihn. Melanie und er gingen Arm in Arm, sprachlos. Erst zu Hause, in ihrem Gengenbacher Haus, umgekleidet in die Wohlfühlklamotten, einen Rotwein auf dem Tisch, hatten sie die Sprache wieder gefunden. Melanie spielte am Band, das Edgars Haare im Nacken zusammen hielt. Edgar schüttelte, immer noch ungläubig, den Kopf.

„Unglaublich. Melanie, unglaublich. Können wir das überhaupt annehmen?"

Sie hatte den Knoten geöffnet und sein Haar aufgefächert.

„Von einem Freund würde ich es annehmen. Und ich glaube, dass Tamara nicht nur eine Möglichkeit für die Vermarktung ihres Schlosses sucht, sondern wahrscheinlich auch eine Freundin oder Freunde für sich. Das, meine ich, können wir in Zukunft für sie sein. Freunde. Und Freunde, das weißt du selbst, sind unbezahlbar."

Edgar nickte gedankenverloren.

„Da magst du recht haben, meine Liebe. Also lassen wir es laufen?"

„Ja, Edgar. Genau. Lassen wir es laufen."

*

Sie fuhren das Simonswäldertal hinunter.

Im neu eröffneten Restaurant Vogesenblick außerhalb von Furtwangen, unterhalb des Brend, einem beliebten Aussichtsberg bei Gutenbach, hatten sie vor einer halben Stunde ein spätes Mittagessen eingenommen. Auf dem Parkplatz vor dem Restaurant waren Dutzende von schweren Motorrädern gestanden. Alles, was mindestens zwei Räder hatte, schien unterwegs zu sein, natürlich auch etliche Fahrradfahrer.

Im engen, bewaldeten Tal war die Luft merklich kühler als im Sonnenschein auf der Höhe. Die Straße war sehr kurvenreich. Edgar fuhr vorsichtig, weil er zum ersten Mal diese Strecke aus dem Schwarzwald nahm und weil er gegen die südwestliche Sonne blicken musste. Einige Verrückte überholten ihn in halsbrecherischem Tempo. Edgar verstand diese Hasardeure nicht. Sie gefährdeten nicht nur sich, sondern auch andere. Er spürte, dass Melanie auf dem Sozius nervös geworden war. Mit der Kupplungshand griff er nach hinten und streichelte ihren Unterschenkel. Ganz ruhig, sollte das heißen. Zur Bestätigung drückte Melanie zweimal seine Schultern.

Auf der Fahrt durch Obersimonswald meinte Edgar, dass mit dem Motorrad etwas nicht in Ordnung sei und reduzierte die Geschwindigkeit auf 40 kmh. Der Motor klang zwar rund, aber in den Händen hatte er ein blödes Gefühl. Sicherheitshalber beschleunigte er sein Tempo nicht, als er am Ortsausgangsschild vorbeifuhr, sondern achtete mit äußerster Wachsamkeit auf die Maschine. Das blöde Gefühl blieb und verstärkte sich weiter, anstatt nachzulassen. Kurz darauf merkte er, dass das Motorrad mit der Vordergabel wie auf Eiern hin und her schwankte. Seifig, wie Edgar meinte, und bremste mit dem Hinterrad auf Schrittgeschwindigkeit. Vor dem Ortseingang von Simonswald entdeckte er auf der rechten Straßenseite eine lange Parkbucht mit einer Bushaltestelle. Dort steuerte er hin, hielt an und stellte den Motor ab.

„Scheiße", fluchte Edgar leise, sodass Melanie es nicht hören konnte.

„Was ist, Edgar? Warum halten wir an?" Melanie schwang ihr rechtes Bein über das Hinterrad und stieg ab.

„Mist ist", reagierte er mit reduziertem Schaum. „Mist. Wir haben einen Platten."

„Platten? Hat es deswegen so geschlingert?"

„Ja, mein Engel. Ich schätze, unser Ausflug ist hier und für heute zu Ende." Edgar zog den Helm ab, stopfte die Lederhandschuhe hinein und hängte ihn an den Lenker.

„Ist dir das schon einmal passiert?" Auch Melanie entledigte sich ihres Kopfschutzes. „Ich meine, was passiert jetzt?"

Edgar ging ein paar Schritte zur Seite und lehnte sich mit dem Rücken an das Wartehäuschen der Bushaltestelle. Er kramte in einer Seitentasche der Lederjacke und fingerte eine Schachtel Zigaretten heraus. Er rauchte normalerweise nicht in Melanies Gegenwart, obwohl sie wusste, dass er dann und wann rauchte. Jetzt hielt er es aber für angebracht, mit irgendwas Profanem seinen Frust zu übertünchen. Tja, was passiert jetzt? Wenn er darauf nur eine plausible Antwort parat hätte. Er zündete die Zigarette an. Sofort stieg ihm der Rauch in die Augen, weshalb er blinzeln musste.

„Zuerst mal bin ich froh, dass wir abseits der Straße stehen und die Maschine nicht noch weit zu schieben brauchen. Und dann muss ich überlegen, wie wir am besten hier weg kommen. Ob wir mit dem Taxi heimfahren und ich mich morgen um das Motorrad kümmere, oder ob ich hier eine Motorradwerkstatt finde, die vielleicht ..."

Seine letzten Worte verstand Melanie nicht mehr, denn in dem Augenblick donnerte eine Kavalkade von etwa 25 Bikern auf den Parkplatz und stoppte in Höhe von Edgars abgestellter Maschine. Alle, bis auf einen, hockten mehr oder weniger entspannt auf dröhnenden Harleys und waren durch die Bank mit den gleichen Lederjacken bekleidet. Der eine ohne Harley thronte auf einem Trike. Melanie las auf dem Rücken eines der Biker den Namen *Borderliners*. Der Lärm war höllisch, weil alle auf den Motorrädern sitzen blieben und ständig am Gasgriff drehten. Die Gang sah richtig gefährlich aus: Typen mit meist langen Haaren, einige andere wohl mit Glatzen unter den Helmen, unrasiert die Gesichter und die Augen versteckt hinter schwarzen Sonnenbrillen. Halt, es gab eine Ausnahme. Ein Gesicht stach mit definitiv weiblichen Zügen aus der Masse der Kerle heraus.

Endlich bequemte sich einer, von seinem Bock zu steigen. Er gab den anderen nur ein kurzes Handzeichen, und augenblicklich kehrte Ruhe ein. Der Typ, beinahe zwei Meter groß, kam näher, ging vor Edgars Maschine in

241

die Knie und schaute sich dessen Malheur mit dem Vorderreifen an. Dann richtete er sich wieder auf.

„Schönes Motorrad, Respekt. Pech gehabt, wie?"

Edgar und Melanie nickten nur dazu und scharrten hilflos mit den Stiefeln über den Asphalt, als müssten sie sich für ihr Dilemma entschuldigen.

„Und jetzt? Was ist? Jetzt wollt ihr mit dem Bus weiterfahren, oder was ist?" Der Typ wandte sich bei den Worten beifallheischend zu seinen Kumpels um. Wie auf Kommando folgte der in Form eines 25fachen höhnischen Gelächters auf den Fuß. Wieder eine Handbewegung, und das Gelächter erlosch sofort. Der Typ dirigierte die Bande wie einen Knabenchor.

„Ähm, Entschuldigung. War'n kleiner Scherz. Wir sind vom MC *Borderliners* aus Endingen. Mein Name ist Jonny. Ich bin der *President* von dem Haufen", sagte der Typ und deutete dabei mit dem Daumen über die Schulter.

„Habt ihr schon etwas wegen der Panne unternommen?"

„Nein", erwiderte Edgar. „Wir stehen erst seit ein paar Minuten hier. Die Sache ist eben erst passiert."

„Okay. Hört zu", meinte der Jonny. „Wir sind immer mit einem Pannenwagen unterwegs. Das ist der Pickup, der gerade dort hinten auf den Parkplatz einbiegt." Jonny hatte sich halb umgedreht und zeigte mit ausgestrecktem Arm auf einen knallroten Ford, der sich langsam näherte. „Wir sind heute glücklicherweise von einer Panne verschont geblieben. Will sagen, dass uns so eine Scheiße auch schon passiert ist. Deswegen ja der Pickup. Wenn ihr wollt, laden wir euer Bike auf die Ladefläche von dem Pickup, dann fahren wir gemeinsam nach Endingen zu unserem Vereinsheim. Dort haben wir eine Werkstatt für solche Fälle. Unser Herbie wird deine Karre schon flicken. Nicht wahr, Herbie?" Jonny drehte sich und schaute zu dem Mann, der auf dem Trike saß. Der winkte lässig mit einer Hand zurück.

„Herbie hat wirkliches Pech gehabt. Bein ab, wenn ihr wisst, was ich meine. Also bringt Herbie Respekt entgegen, wenn ihr mit ihm in der Werkstatt seid. Ich meine, natürlich nur, wenn ihr wollt. Altes Bikergesetz. Man hilft sich. Ihr versteht?"

Melanie schaute nur rasch in Edgars Gesicht, kannte seine Antwort aber schon im Voraus.

„Das Angebot nehmen wir gerne an. Nicht wahr, Melanie? Dann haben wir heute noch die Chance, nach Hause zu kommen."

„Ja, sicher ist das so", bestätigte Jonny, steckte zwei Finger in den Mund, stieß einen gellenden Pfiff aus und winkte dem Fahrer im Ford-Pickup mit dem Arm.

Mit vereinten Kräften war Edgars Harley bald über eine schräge Alu-Rampe auf die Ladefläche des Pickup geschoben und festgezurrt.

„Ihr fahrt einfach mit dem Pickup hinter uns her. Wir sehen uns dann wieder in Endingen in unserem Club. Alles okay?"

Melanie und Edgar murmelten ein „okay", streckten einen Daumen in die Höh und stiegen auf der Beifahrerseite des Ford ein.

„Hallo", sagte der langhaarige Typ hinter dem Lenkrad. „Ich bin der Stefan."

Stefan schien über die unerwartete Gesellschaft nicht unerfreut zu sein, denn er zeigte sich sogleich von der unterhaltsamen Seite. Melanie und Edgar stellten fest, dass auch er die Club-Jacke der *Borderliners* trug. Der Pickup verfügte über eine durchgehende Sitzbank, sodass alle drei Personen in einer Reihe nebeneinander saßen. Melanie hatte in der Mitte, Edgar direkt neben der Beifahrertür Platz genommen.

„Es ist die letzte Club-Ausfahrt für diese Saison", berichtete Stefan freimütig. „Das heißt nicht, dass dann alle *Members* ihre Maschine für den Winter einmotten. Nur als *Borderliners* sind wir heute zum letzten Mal auf der Straße."

„Hast du auch ein Motorrad oder fährst du immer mit dem Pickup?" Edgar hatte die gängige Duzform unter den Bikern übernommen.

„Immerhin trägst du das Logo der *Borderliners* auf dem Rücken."

„Klar hab ich eine eigene Maschine. Eine Heritage Springer. Wirst sie nachher beim Clubhaus sehen. Wir wechseln einander ab. Mal fährt der eine, dann der andere den Pickup. Heute hat es halt mich erwischt. Jonny hat es so durchgesetzt, und ich finde es okay so. Tatsächlich hatten wir bei unseren Ausflügen schon die ein oder andere Panne, auch mal einen leichten Unfall, und da ist es praktisch, wenn wir gleich unseren Besenwagen dabei haben. Und heute ist es euer Glück, wie du siehst." Stefan grinste breit.

Die Fahrt ging über Teningen, Bahlingen und Riegel nach Endingen. Als sie durch den Ort Endingen hindurch gefahren waren, bemerkte Edgar eine schwere Asphaltiermaschine neben der Straße. Von da an befuhren sie, Edgar schätzte die Strecke auf einen starken Kilometer, einen befestigten

Sandweg, bis Stefan hinter einem flachen Gebäude anhielt. Durch die Windschutzscheibe erkannte Edgar die Anlage einer Minigolfbahn.

„So, Herrschaften", verkündete Stefan und schaltete den Motor aus. „Hier sind wir. Das Clubhaus der *Borderliners*".

Melanie und Edgar stiegen aus und gingen um das flache Gebäude herum. In Reih und Glied standen die 25 Motorräder vor dem Haupteingang. Die meisten der Biker hatten bereits die Helme abgezogen. Einige zündeten sich Zigaretten an. Melanie suchte die Frau unter den Männern und entdeckte sie neben Jonny, wie sie mit gespreizten Fingern durch die derangierten Haare strich. Der Mann, der Herbie genannt wurde, stieg schwerfällig von seinem Trike. Er kam sofort direkt auf Melanie und Edgar zugehumpelt.

„Hör zu", schnaufte er schwer. „Wir laden dein Motorrad gleich ab und schieben es in die Werkstatt dort drüben." Herbie nickte mit dem Kopf in die gemeinte Richtung. „Dann sehen wir gleich, wie wir euch wieder auf die Sprünge helfen können." Sein Lächeln wirkte gequält.

„Ist gut, Herbie. Ich darf doch Herbie sagen, oder?"

„Klar, Mann. Bist doch einer von uns."

Melanie und Edgar gingen wieder um das Vereinsheim herum zum Pickup, gefolgt von Jonny und der Frau, die Jonny als seine Lebensgefährtin vorstellte. Sie hieß Rita und war etwa von gleicher Größe und Statur wie Melanie.

Stefan hatte unterdessen die Zurrgurte von Edgars Harley gelöst. Nach einer Minute stand das Motorrad auf dem Boden und Edgar schob es mit Melanie gemeinsam in die Werkstatt neben dem Vereinsheim. Edgar erkannte sofort, dass die Werkstatt den Vergleich mit einer Vertragswerkstatt nicht zu scheuen brauchte. Im Augenblick befand sich keine andere Maschine darin, lediglich am hinteren Ende des Raumes entdeckte er, von einer Hebebühne teilweise verdeckt, den Torso eines schweren Motorrades.

Herbie saß schon gebeugt auf einem Schemel. Er betrachtete das Vorderrad nur oberflächlich. Dann fiel seine Diagnose schlicht aber drastisch aus.

„Das Beste wird sein", keuchte er, nachdem er sich aus sitzender Haltung wieder erhoben hatte, „wir wechseln das Vorderrad komplett aus. Dann brauchen wir nichts zu flicken und nichts zu vulkanisieren. Räder in deiner Größe haben wir hier zur Genüge. Was meinst du?"

„Ja, denk ich auch so." Edgar war froh darüber, dass Herbie so pragmatisch veranlagt war. „Dann sind wir in zehn Minuten fertig, meinst du nicht?"

„Logo. Aber bei allem Respekt – ihr bleibt doch noch ein paar Minuten?"

So geschah es dann auch. Innert kürzester Zeit hatten Herbie und Edgar ein fast identisches Rad montiert und die Maschine zu den anderen vor das Vereinsheim gestellt.

„Welches ist denn die Maschine von Stefan, wenn ich fragen darf?"

„Das ist die Springer dort drüben." Herbie zeigte mit dem Kinn ans Ende der Reihe. Dort funkelte wirklich eine chromblitzende Harley. Edgar stapfte hinüber und betrachtete sich das Gerät. Es handelte sich um einen Nachbau, wie er sogleich sah. Das war keine Original-Maschine. Trotzdem gefiel sie ihm ausnehmend gut. Er umrundete das Motorrad und nickte anerkennend mit dem Kopf. Sehr schön.

Dann stiefelte er an der Reihe der anderen Motorräder vorbei und erreichte das Trike, vor dem er wieder auf Herbie stieß. Edgar wusste um die Aversionen der Biker gegen Trikes. Es musste einen besonderen Grund haben, dass Herbie ein Trike fuhr. Aber er wollte nicht unsensibel sein und Herbie gezielt anquatschen. Es war dieser dann selbst, der ihm auf dem Weg ins Vereinsheim von seinem Unfall erzählte. Edgar legte ihm verständnisvoll eine Hand auf die Schulter.

Als Edgar das Lokal betrat, schlossen Melanie und diese Rita gerade die Tür zur Toilette hinter sich. Melanie winkte ihm kurz über die Schulter zu.

Edgar begab sich zur Theke, hinter der Jonny Bier zapfte.

„Ein Bier?" Jonny schaute Edgar fragend an.

„Nein, lieber nicht", lächelte Edgar entschuldigend. „Ich will ja noch fahren. Mach mir ein Spezi."

„Verstehe", nickte Jonny. „Alles okay mit deinem Bike?"

Edgar nickte ebenfalls. „Klasse Service. Respekt. Danke auch für die Hilfe. Ich werde mich bei Gelegenheit revanchieren, okay?"

„Kein Problem, Mann. Gäste sind bei uns immer willkommen."

„Das glaub ich gern." Edgar nahm das Getränk entgegen. „Ich schau mir euren Schuppen mal näher an."

Edgar schlenderte durch das Lokal. An den Tischen hatten sich Gruppen gebildet. Es gab wohl in der Vereinsstruktur unterschiedliche Interessensgemeinschaften. Mochten sie im Sattel wohl alle hinter dem gleichen *President* herfahren – so rotteten sie sich, sobald die Maschinen abgestellt waren, nach Stand und Dünkel zusammen. Manchen Männern stach die Arroganz förmlich aus dem Gesicht, während anderen eher der Sinn nach simpler Geselligkeit unterstellt werden konnte. Edgar unterschied die Hauptgruppen hauptsächlich an der Haartracht. Die Arroganten waren durch die Bank glatzköpfig oder kurzgeschoren und bekannten sich nur durch die unrasierten Gesichter zu einer Idee oder Bewegung, welcher sie sonst von Montag bis Freitag gefälligst die kalte Schulter zeigten. Die anderen trugen ihre Haare lang und waren vollbärtig und betrachteten sich und ihre überzeugte Lebenseinstellung als seligmachendes Modell, was sie ebenfalls in die Nähe einer Art von Überheblichkeit rückte. In beiden Gruppen wollte Edgar nicht sein. Dass er von der äußeren Erscheinung eher der zweiten Gruppe angehörte, änderte nichts an seiner Einschätzung.

Indessen, auf seinem Gang durch das Lokal unbeachtet, betrachtete er die Geräte, die zum Zeitvertreib aufgestellt waren. Er warf eine Münze in die Jukebox und drückte die Buchstaben für „Sunshine of your love" von *Cream,* einer Platte aus den 60ern des vergangenen Jahrhunderts.

Melanie war von der Toilette zurück. Sie hatte sich an der Theke eine Cola geholt und stand jetzt neben Edgar.

„Alles Platten aus unserem Teenagerleben." Sie hakte sich bei ihm unter. „Sieh mal da: <Bakerstreet> von *Gerry Rafferty.*"

Edgar zeigte mit einem Finger auf einen anderen Titel: „<When I'm dead and gone> von *McGuinnes Flint.* Die erste Band, die eine Mandoline eingesetzt hatte."

„Zu der Zeit waren wir noch jung, Edgar." Melanie seufzte melancholisch.

„Ich bin der Ansicht, dass wir das heute noch sind", meinte Edgar und legte liebevoll einen Arm um ihre Schultern.

Sie gingen zwei Meter weiter. In einer Vitrine an der Wand hingen Fotografien, vermutlich aus dem Vereinsleben. Einige Fotos zeigten die Club-Mitglieder bei der Fahrt auf irgendeiner Straße; andere Fotos alleine die Parade aufgestellter Motorräder. Dann zeigten Fotos die Mitglieder ohne Motorräder, als Gruppenbilder, vor dem Clubhaus in Szene gesetzt. Bilder von befreundeten Clubs; Bilder aus dem Vereinsheim; Einzelbilder von Personen bei einer Club-Fete.

Melanie spürte plötzlich, wie sich die Haltung Edgars versteifte; hörte, dass er den Atem anhielt.

„Was ist? Was hast du?" Melanie zog ihn am Ärmel seiner Jacke und schaute ihn besorgt an.

„Es ist nichts", beruhigte er sie. „Es ist was mit dem Foto. Ich weiß nicht genau."

Er drehte sich um, sein Blick streifte suchend durch das Lokal.

„Warte mal bitte hier, Liebling. Bin gleich wieder da."

Er ging quer durch das Lokal auf die Theke zu. Er beugte sich zu Jonny und bat ihn, kurz mit ihm zu kommen. Jonny folge Edgar im Schlepptau. Bei Melanie und der Vitrine angekommen, zeigte Edgar mit dem Finger auf ein Bild: „Wer ist das da? Der Große mit dem langen Haar und dem Vollbart, der mit dem Halstuch?"

Jonnys Gesicht näherte sich dem Glas der Vitrine.

„Warum fragst du?" Er studierte die Fotografie.

„Ich frage mich", antwortete Edgar sachlich, „ob ich den Mann irgendwoher kenne."

„Ob du ihn kennst oder nicht, musst du wissen. Ich zum Beispiel kenne jede Menge Leute, die auf keinem Foto verewigt sind." Edgar hörte die Abweisung aus Jonnys Stimme.

„Kann es sein", blieb Edgar unbeeindruckt, aber hartnäckig „dass er kein eigenes Motorrad fährt? Hier im Lokal ist er auf jeden Fall nicht."

„Er kann auch schlecht hier sein. Er liegt seit drei Monaten im Koma in der Klinik, weil irgendein Idiot ihn beinahe umgebracht hat."

„ …?" Edgar verstand es blendend, mit typisch italienischen Armbewegungen seine Ahnungslosigkeit zu demonstrieren.

„Komm mit!" Das klang nach einer unmissverständlichen Aufforderung. Nach einem Befehl. Jonny strebte mit wehenden Haaren dem Ausgang zu. Edgar und Melanie bemühten sich, Anschluss zu halten. Jonny verließ das Lokal und stürmte zur Werkstatt. Edgar registrierte nebenbei, dass die Bäume immer längere Schatten warfen. Es würde bald Zeit sein, nach Hause aufzubrechen. Jonny winkte sie in die Garage und deutete mit ausgestrecktem Arm in den hinteren Teil der Werkstatt.

„Dort ist es passiert", sprach er erregt. „Dort bei der Hebebühne. Rolli lag unter dem alten kaputten Motorrad, das er auf der Hebebühne hatte. Ein Idiot muss unbemerkt in die Werkstatt gekommen sein. Er hat Rolli mit einem schweren Werkzeugschlüssel den Schädel eingeschlagen und die Hebebühne mit dem Motorrad auf seine Brust fallen lassen. Man kann noch den Blutfleck am Boden erkennen, siehst du? Das Motorrad auf der Hebebühne war Rolli seins. 400 kg sind da auf ihn geknallt. Er wollte es reparieren. Er hatte kein eigenes Motorrad. Das dort hat er kurz vor dem Verbrechen gekauft." Jonnys Atem flog, als wäre auf der Flucht. Vielleicht war er das auch; auf der Flucht vor der Erinnerung.

„Rolli, sagst du?" Edgar zeigte Betroffenheit.

247

„Rolli, ja. Rolf, wenn du willst. Rolf Hofstetter." Jonnys Augen blickten auf den Boden und huschten dort gehetzt hin und her, als müsste er in der Sekunde eine Entscheidung über Leben und Tod treffen.

„Es tut mir leid, Jonny", sagte Edgar beschwichtigend. „Den Namen kenne ich nicht. Bestimmt habe ich mich getäuscht. Aber danke für deine Freundlichkeit."

Melanie und Edgar verabschiedeten sich wenig später von Jonny und seinen Leuten von den *Borderliners*. Sie bestiegen ihre Harley mit dem neuen Vorderrad. Hinter den Bergen des Kaiserstuhls verschwand langsam die Sonne. Jonny und Rita waren zum Winken mit auf den Vorplatz gekommen.

Melanie stieß Edgar einen Finger in die Rippen. „Du hast doch was, Edgar. Mach mir doch nichts vor."

Edgar hob mit einem Finger ihr Gesicht an, schaute ihr intensiv in die Augen und raunte ihr ohne die Lippen zu bewegen zu: „Natürlich hab ich was, meine Liebe. Ich zeig es dir, wenn wir daheim sind. Jetzt wink´ aber schön und halte dich gut an mir fest. Ich bin selber sehr gespannt, ob meine grauen Zellen noch gut funktionieren oder nicht."

Dann drehte er den Zündschlüssel und das vertraute Bollern des Motors ertönte. Er drückte mit der linken Stiefelspitze den ersten Gang ein, ließ die Kupplung kommen. Er lenkte das Motorrad auf den Sandweg. Die Sonne strahlte nun schräg zwischen den Bäumen hindurch. Der Wechsel zwischen Licht und Schatten flimmerte in den Augen. Schwarz, weiß, schwarz, weiß, schwarz weiß. Es erinnerte ihn an Bilder, die er im Kopf gespeichert hatte. Bilder aus einer Zeitung des vergangenen Sommers, zum Beispiel. Und Bilder, die er erst kürzlich im Polizeirevier in Hohenterzen gesehen hatte, zum Beispiel. Bilder von einem Halstuch. Er erinnerte sich an das Muster. Und an die Farben. Sie waren schwarz, weiß, schwarz weiß, schwarz, weiß.

Kapitel 4

10. Oktober 2021
Hohenterzen

Roman Teichmann lag auf der Couch in seinem Wohnzimmer.

Mit dem Daumen der linken Hand prüfte er den Puls an seinem rechten Handgelenk. Seit Wochen registrierte er einen Ruhepuls von um die hundertzwanzig pro Minute. Er wusste, dass dieser Wert viel zu hoch war und ahnte, dass auch die Blutdruckwerte sich in ähnlich hohem Bereich befänden. Argwöhnisch verfolgte er die Meldungen seines Körpers, war jedoch viel zu inkonsequent, dagegen etwas zu tun. Er vertraute auf die in vielen Jahren sportlichen Lebens erworbene Konstitution und beschwichtigte jeden inneren Zweifel an seiner gesundheitlichen Verfassung gebetsmühlen-artig mit dem Versprechen, dass er ab morgen oder übermorgen aufhören würde. Aufhören zu saufen. Aufhören zu rauchen.

Letztmalig es sich vorgenommen hatte er gestern. Am Samstag.

Und heute hatte er noch nichts getrunken, bis auf den einen doppelten Whisky, um den Kater zu besiegen. Ein doppelter Whisky gilt ja nicht als Trinken, das muss ja wohl jeder so sehen, nicht wahr? Zum Trinken braucht es dann schon mehr.

Und geraucht hatte er heute auch noch nicht viel. Ja, er war auf dem besten Weg, die Sucht in den Griff zu bekommen.

Vor dem doppelten Whisky war es ihm miserabel gegangen. Kotzübel war ihm gewesen und er war die ersten zwei Stunden nicht vom Klo herunter gekommen. Besser gesagt, er war zur Sicherheit gleich auf der Schüssel sitzen geblieben, weil, wenn er sich hingelegt hatte, sich alles gedreht hatte oder, wenn er stand oder ging, ihm die Beine den Dienst versagen wollten. Er hatte gefroren und seine Hände hatten gezittert und er hatte sich nicht entscheiden können, ob er feste Nahrung zu sich nehmen sollte oder nicht. Er hatte die Unordnung in der Wohnung gesehen und das Vorhaben, das er gestern nach dem Telefonanruf gefasst hatte, nämlich aufzuräumen, nicht in Angriff nehmen können. Ergo hatte er sich den Doppelten verordnet, und schon sah die Welt wieder ganz anders aus. Ihn wunderte, dass er nicht gleich auf diese Idee gekommen war.

Er schaute auf die Uhr. Es war erst halb drei und er hatte also noch eine Menge Zeit. Er rechnete. Viereinhalb Stunden hatte er noch. Na also, es funktioniert ja. Es war ja nicht schwer, die Zeit bis neunzehn Uhr auszurechnen. Ob er nicht versuchen sollte, sich noch etwas besser zu fühlen? Gib mir eine halbe Stunde, dann ist für heute Schluss. Dann hab ich noch drei Stunden, nein Quatsch, noch vier Stunden. Vier Stunden sind viel. Naja, ich werde ja sehen, wie gut es mir nachher geht.

Ich schenk´ mir einen Einfachen ein. Muss ja nicht gleich übertreiben. Einen Einfachen. Den trink ich, und noch einen Kleinen. Gut, dann ist es so viel wie ein Doppelter, aber es rechnet sich anders, und rechnen kann ich ja noch, hab ich ja gesehen. Und ich fühl mich echt besser. Echt besser. Ich kann es auch buchstabieren. Be e es es e er. Besser. Genau.

Roman fühlte sich gut. Er hatte das Gefühl, dass heute ein neues Leben beginnen würde.

Ab heute Abend, um genau zu sein. Ab neunzehn Uhr. Sie hatte am Telefon gesagt, um neunzehn Uhr würde sie kommen.

Er begab sich ins Badezimmer und betrachtete sich im Spiegel. Die Haare waren gewachsen.

Kein Wunder, war er seit mindestens drei Monaten nicht mehr beim Friseur gewesen. An den Haaren konnte er heute nichts ändern. Natürlich würde er sich duschen und föhnen. Am Bart musste er Hand anlegen. Das sah er ein. Er würde mit einer Schere die Barthaare sauber und gepflegt abschneiden. Eine Rasur hielt er für zu aufwändig. Er gefiel sich mit Vollbart. Es hatte etwas Männliches, und das konnte bei einem weiblichen Besuch ja nicht verkehrt sein.
Aber er hatte ja noch Zeit.

Er streunte ins Wohnzimmer zurück. Der Whisky bewirkte wahre Wunder. Er könnte springen vor Leichtigkeit.

Wenn er alle leeren Flaschen und Dosen in der ganzen Wohnung nehmen und in einer Ecke zusammenstellen würde, böte das einen ordentlichen Anblick. Er konnte sie wohl schwerlich vor die Tür werfen. Ihm gefiel die Variante mit dem Eck. Doch halt, ihm fiel noch etwas Passenderes ein. Er würde alle Flaschen in die Badewanne legen und dann den Duschvorhang zuziehen. Das war noch perfekter als die Sache mit der Ecke. Die Ecke musste für was anderes herhalten. Und zwar für die Fertigmenu-

Verpackungen. Und darüber würde er ein Betttuch hängen. Toll. Er fing gleich mit der Arbeit an.

Die Idioten von der Kurverwaltung hatten ihm die Entlassungspapiere geschickt. Wann war das gleich nochmal gewesen? Vor zwei Wochen? Ja, das musste zeitlich hinhauen. Vor zwei Wochen. Gekündigt auf Ende Oktober. Er hatte sofort dort angerufen und die dumme Gans von der Personalabteilung zur Schnecke gemacht. Oh Mann, hatte er die angepinkelt. Die passte in keinen Schuhkarton mehr. Die wollten, dass er ihnen die Papiere unterschrieben zurück sandte. Das hatte er selbstredend nicht getan. Holt Euch die gefälligst selber, hatte er gewütet. Schickt jemanden vorbei. Durch den Briefeinwurfschlitz in der Haustür hatte er ihnen die Papiere gegeben, hatte nicht mal die Tür für sie geöffnet. Ein Roman Teichmann öffnet keine Türen für Arschlöcher. Die konnten ihn doch kreuzweise.

Er ging ja nicht mehr aus der Wohnung. Ging allerhöchstens bis zum Briefkasten. Der Weg zum Briefkasten war relativ sicher. Alles, was er brauchte, bestellte er per e-Mail im Supermarkt und ließ es sich bringen. Das klappte wunderbar. Und die Polizisten wachten über ihn. Täglich, immer um die gleiche Zeit, rief Herr Hirt vom Polizeirevier Hohenterzen bei ihm an und fragte, ob er noch am Leben sei. <Jawolll, Herr General, melde gehorsamst, dass ich noch lebe>. Jeden Tag um fünf. Manchmal fuhr der Streifenwagen vorbei, manchmal parkierte er ein paar Minuten vor dem Haus, in dem seine Wohnung lag. In die Wohnung selbst, wegen einem Verhör, kamen die Polizisten schon lange nicht mehr. Aber der Mörder, der auch ihn umbringen wollte, war noch immer auf freiem Fuß. Die Schlappschwänze von Bullen waren halt echte Nullen.

Das war sein einziges Problem. Und solange der Killer frei herumlief, blieb er in seiner Wohnung. Später würde er dann über seinen Anwalt eine Klage gegen die Polizei anstrengen, durch deren Versagen er seinen Job verloren hatte. Und wegen Schmerzensgeld. Und wegen Verdienstausfall. Verklagen. Vor Gericht zerren. Blamieren. Die Presse verständigen.

Nein, er hatte noch ein weiteres Problem. Gut, noch war es kein echtes, aber es würde sich zu einem Problem auswachsen, wenn nicht bald etwas geschah. Der Müll. Langsam aber sicher erstickte er in Müll. Er hätte zwar den Müll in die entsprechenden Tonnen, die zum Haus gehörten, stopfen können, aber dann hätte er auf die Straße gemusst. Und er wusste zu genau, dass der Mörder nur darauf wartete. So sah er sich gezwungen, den Müll links und rechts seiner Wege in der Wohnung zu stapeln. Noch hielt es sich in Grenzen. Wie gesagt, noch genügte es, alles in einer Ecke zu stapeln und mit einem großen Tuch zu verhängen, aber wann würde es nicht mehr genügen? Die Bullen sollten sich gefälligst beeilen.

Es ging schneller, als er gedacht hatte. Die Badewanne war mit leeren Dosen und Flaschen schon voll. Die restlichen stellte er in der Küche auf die Arbeitsfläche und deckte alte Zeitungen darüber. Den Verpackungsmüll stapelte er ebenfalls in der Küche aufeinander und schloss die Küchentür zu. Hier brauchte niemand rein.

Wieder ein Kontrollblick auf die Uhr. Kontrolle musste sein. Wer die Kontrolle hat, der ist überlegen. Es war kurz nach drei. Soviel Zeit übrig? Kann also alles nicht so schlimm sein, wie befürchtet. Er kehrte ins Wohnzimmer zurück, setzte sich auf die Couch. Ob er für den Abend noch etwas bestellen sollte? Seit langem hatten Supermärkte täglich rund um die Uhr geöffnet. Eine Flasche Sekt vielleicht oder einen Rotwein? Irgendwas zu knabbern? Kluger Bursche. Das macht sich bestimmt gut.

Er öffnete den Deckel seines Laptop, gab die e-Mail-Adresse vom Supermarkt ein und bestellte aus einem Prospekt eine Flasche Sekt, eine Flasche Rotwein, eine Flasche Cognac und eine Mischung Salzgebäck. Frauen, dessen war er sicher, zogen Cognac einem Whisky vor. Das würde sicher Eindruck schinden bei der Dame. Was heißt hier Dame? Er gluckste vor freudiger Erregung.

Die Herausforderung, sich das Aussehen der Frau mühsam durch die eigene Phantasie vorstellen zu müssen, war ihm, gottlob, bequemerweise erlassen worden. Die tiefe, kehlige Stimme am Telefon ließ nämlich keinen anderen Schluss zu als den einen, dass es sich bei der Person um die amerikanische Sängerin <Cher> handeln musste. Nicht gerade in Persona herself, aber vielleicht doch gleichwertig identisch. Dieses Bild vor Augen, schenkte er sich, da er immer noch empfand, reichlich Zeit zur Verfügung zu haben, einen weiteren Whisky ein.

<Cher>. Und er. Verdammt, wenn das kein Indiz war dafür, dass es bergauf ging?

Er stand von der Couch auf, kniete sich vor seiner Musiksammlung im Phonoschrank nieder und kramte zwischen alten LPs und CDs herum. Er meinte sich zu erinnern, dass er <Cher> auf irgendeinem Tonträger haben müsste. Vielleicht unter den Samplern? Die Ungeduld erfasste ihn, und kurzerhand auch sein Jähzorn, weil er nicht gleich mit dem ersten Handgriff das Gesuchte entdeckte. Er schleuderte Platten und CDs hinter sich, allein, er fand <Sie> nicht. Verflucht. Vor Wut und Enttäuschung rot im Gesicht richtete er sich auf und stand unschlüssig da. Die angerichtete Unordnung berührte ihn nicht im Geringsten. Wie hieß der eine Song von <Ihr> gleich nochmal? Plötzlich hatte er die Melodie im Kopf, spielte sie sich vor. Entzückt lauschte er in sich hinein. Dann hatte er es: <Gypsies, Tramps and Thieves> hieß der Titel. Gleich kam er zum Refrain, und den sang er laut mit: <Gypsies, Tramps and Thieves, lalalalalala......>, weiter kannte er den Text nicht. Er war in Englisch nie gut gewesen. Jetzt wieder der Refrain: <Gypsies, Tramps and Thieves, lalalalalala>. Klasse, echte Klasse. In seinem Kopf sah er <Cher>.

Er fing an zu tanzen, schloss die Augen, drehte sich im Kreis und sang immer wieder laut den Refrain. Er versuchte, seine Stimme kehlig klingen zu lassen: <Gypsies, Tramps and ...> er trat auf die Hülle einer der CDs, die verstreut am Boden lagen; es knackte laut, als sie zerbrach, und er erwachte aus seinem Taumel. Verwundert schaute er sich um. Urplötzlich ließ er sich kraftlos auf die Couch fallen. Von einer Sekunde auf die andere packte ihn eine arge Sehnsucht. Er fing an zu schluchzen, und je mehr und je stärker er schluchzte, desto tiefer versank er in Selbstmitleid. Selbstbeweihräuchernd und triefend vor Seelenschmalz verknüpfte er dieses mit der Einsamkeit, in der er sich gefangen wähnte, und fühlte sich wie in einem Labyrinth, aus dem es kein Entrinnen gab.

Nach einigen Minuten Aufenthalts in dieser Abwärtsspirale tauchte vor seinem trüben Blick sein Retter auf. Er fokussierte ihn mit einem Auge und schätzte die Entfernung, bis er sicher war, ihn mit einem Griff zu erreichen. Er gab seinem Arm und seiner Hand die erforderlichen Befehle, ließ die Befehle ausführen, und hatte Erfolg. Jetzt konnte er sich aufsetzen. Es war nicht gut, wenn man im Liegen trank. Diesmal trank er direkt aus der Flasche.

Wieder fiel ihm die Unordnung im Zimmer auf. Was soll's. Jetzt war er ja nicht mehr allein, und der Retter stellte ihn sofort, das spürte er, wieder in ein positives Licht.

Soll <Sie> doch kommen. Er hatte keine Angst vor einer Frau: Auch nicht, wenn sie <Cher> hieß. Die hat, wie alle anderen, auch nur siebenunddreißig Grad.

Es war vor zwei Tagen gewesen, am Freitag.

Die bestellte Lieferung vom Supermarkt war eingetroffen und er war im Flur gestanden und hatte die Ware in Empfang genommen, als das Telefon

253

geklingelt hatte. Automatisch hatte er einen Blick auf die Armbanduhr geworfen. Dreizehn Uhr. Die Polizei konnte es der Tageszeit nach nicht sein, die rief für gewöhnlich erst später an. Eilig hatte er Whisky und Bierdosen und Fertigmenüs hinter die Eingangstür gestellt, dem Kurier die Nase vor der Tür zugeschlagen, ohne diesem, wie sonst immer, ein Trinkgeld zu geben. Die Ware an sich konnte er, wenn er wollte, bargeldlos bezahlen.

Dann war er in das Wohnzimmer geeilt und hatte das Telefon abgenommen, ohne nach der Nummer auf dem Display zu schauen. Hallo, hatte er sich atemlos gemeldet.

Schon bei den ersten gesprochenen Worten hatte er gewusst, dass er die Person am anderen Ende der Leitung vorher noch nie gesehen oder getroffen hatte. Die Person hatte sich für die Störung entschuldigt und gefragt, ob er der Skilehrer Roman Teichmann sei. Perplex ob dieser unerwarteten Frage, war ihm sekundenlang gar nichts eingefallen. Er wusste nur, dass er ab sofort höllisch aufpassen musste um herauszuhören, ob die Person männlichen oder weiblichen Geschlechts sei, denn die Stimme klang ziemlich tief. Dann hatte er gerade noch ein „Ja" als Antwort über die Lippen gebracht, was sich aber eher wie eine Frage als wie eine Bestätigung angehört haben musste, weswegen er ein „Wer will das wissen?" hinterher geschoben hatte.

Die Person hatte sich als Lucia vorgestellt. Lucia aus einem Ort in der Nähe von Triest in Norditalien. Unternehmerin der Branche Bekleidungsindustrie. In einem wahren Wortschwall hatte sie ihm erklärt, dass sie momentan beruflich in Basel sei und die Gelegenheit nutzen wolle, für ihren Urlaub im Schwarzwald im Dezember einen privaten Skilehrer zu engagieren.

„Nun, was halten Sie davon?", war ihre abschließende Frage gewesen.

„Nein!", hatte seine ebenso kurze wie ablehnende Antwort gelautet.

Nachdem er die Supermarktware in der Küche verstaut und eine Flasche Whisky mit ins Wohnzimmer genommen hatte, waren ihm diese Lucia und ihr Anliegen nicht mehr aus dem Kopf gewichen. Was hatte diese Lady da gefaselt? Privatunterricht? Von ihm als Skilehrer?

Mit der Flasche in der Hand war er ruhelos im Zimmer auf und ab getrottet. Dann hatte er innegehalten und die Rufnummer im Telefonspeicher geprüft. Es war eine ausländische Nummer gewesen. Eine Schweizer Nummer? Möglich, aber ungewiss. Das Internet würde es ihm sagen. Nach wenigen Minuten hatte er durch ein paar Mouse-Klicks herausgefunden, dass es sich bei der Nummer um einen öffentlichen Telekommunikationsanschluss in einem Basler Hotel handelte. Aber er hatte „nein" gesagt, und er hatte wohl auch „nein" gemeint. Oder etwa nicht?

Teichmann hatte an diesem Freitag keine weiteren Ambitionen mehr gehabt. Er hatte zwar sarkastisch „nein" gesagt, als um Punkt fünf Uhr Herr Hirt von der Polizei Hohenterzen angefragt hatte, ob er noch am Leben sei, dafür aber kräftig „ja", solange er sich mit seinem Freund Whisky unterhalten hatte, und jenes war, sorry, ein längeres Gespräch gewesen.

Am Samstag, er lag noch immer gewissermaßen im Saufkoma, war er zur Unzeit rücksichtslos aus dem Schlaf geweckt worden. Wieder klingelte das Telefon und wieder war es gegen dreizehn Uhr. Unwirsch drehte er sich auf der Couch um und wartete, bis das nervende Klingeln aufhörte. Einfach ignorieren. Nur zwei Minuten später wiederholte sich das Spiel. Diesmal hielt das Klingeln an.

Er fuhr wild aus der liegenden in die sitzende Position. Zu schnell. In seinem Kopf begann sich alles zu drehen. Er musste sich am Couchtisch festhalten und warten, bis sein Blick klar wurde. Auf dem Display des Telefons entzifferte er eine Nummer mit Schweizer Vorwahl. Oh Scheiße. Lass doch klingeln.

„Hallo", krächzte er in den Hörer.

„Guten Tag, Herr Teichmann. Lucia am Apparat."

Da war sie wieder. Diese Person. Diese Stimme.

<Was wollen Sie eigentlich von mir>, hatte er schnauzen wollen.

<Lassen Sie mich in Ruhe>, hatte er bellen wollen wie ein bissiger Hund. Konnte man sowas nicht an Stelle eines Freizeichens installieren lassen? Vorsicht vor dem bissigen Hund? Gute Idee. Er würde einen entsprechenden Vorschlag an seinen Telefonanbieter mailen.

Teichmann war unbequem auf der Kante der Couch gehockt. Mit einem Kontrollblick hatte er festgestellt, dass auf dem Tisch nur eine leere Whiskyflasche stand. Den Hörer in der Hand, hatte er sich mühsam hochgehievt und war dann in die Küche gestolpert, wo er die vollen Flaschen stehen hatte. Nicht im Kühlschrank, nein. Er mochte keinen kalten Whisky, und auch kein Eis im Glas. Kälte, war seine Meinung, killt den Geschmack. Eis verwässert den Whisky. Er klemmte den Hörer zwischen Ohr und Schulter und schraubte den Deckel von einer Flasche.

„Moment", nuschelte er, „bin grad im Bad."

Ging die doch einen feuchten Kehricht an, wo ich bin und was ich tu. Er setzte die Flasche an den Mund und ließ die goldene Flüssigkeit wie Wasser in den Mund und in die Kehle rinnen.

Der Whisky spülte zwischen die Zähne, als wäre er beim Zähneputzen. In weniger als fünf Sekunden war er <up to date>.

„So, jetzt bin ich für Sie da." Wie ein Schwelbrand fraß sich das Wohlgefühl durch seinen Körper. „Erzählen Sie nochmal, was genau Sie von mir wollen." Das hörte sich doch sicher so an, als hätte er die Situation im Griff, als wäre er Herr der Lage.

„Nun, wie ich gestern schon sagte", rollte die Stimme tief und gurrend aus dem Hörer in sein Ohr, „suche ich für meinen Urlaub im Dezember einen guten, privaten Skilehrer. Das sind Sie doch, Herr Teichmann. Ein Skilehrer. Oder nicht?"

Er war misstrauisch. Woher hatte diese Person ihr Wissen? Seine Telefonnummer? Fieberhaft überlegte er hin und her. Er strauchelte am Wort <privat>. Wieso privat? Er arbeitete nicht privat. Er war Angestellter der Kurverwaltung. Okay, ihm war gekündigt worden, aber das konnte ja wohl noch nicht an die Öffentlichkeit gedrungen sein. Oder doch?

„Ich arbeite nicht privat", legte er vorsichtig Veto ein. „Ich bin unter Vertrag beschäftigt."

„Aber doch nicht vierundzwanzig Stunden am Tag", kam das Echo zurück. „Ich würde Sie natürlich nur während Ihrer Freizeit in Anspruch nehmen. Den Tarif bestimmen Sie."

Er erkannte den Köder sofort. Geld. Das war unverhohlen eindeutig.

Schlagartig war er sich seiner Abhängigkeit bewusst. Der Ekel davor und die Wut darüber trieben ihm Tränen in die Augen. Scheiß Geld. Wie er es hasste, ihm hinterherlaufen zu müssen, und wie schäbig fühlte er sich angesichts der Gier, die ihn unumwunden packte. Hatte diese Anruferin eventuell eine Ahnung davon?

„Woher ..."

„Ich dachte mir, dass Sie das fragen würden", ertönte ihre warme Stimme weich wie Hohenterzens größte Kirchenglocke. „Eine meiner Freundinnen hat bei Ihnen schon einen Skikurs besucht und sie war ja sowas von hingerissen von Ihnen. Leonora, erinnern Sie sich an sie?"

Er erinnerte sich an gar nichts. Womöglich hatte er -zig Damen mit dem gleichen Namen in seinen Kursen gehabt, womöglich auch gar keine. Ein Allerweltsname. Aber er antwortete vage: „Leonora, sagen Sie? Ich glaube,

256

es war mal eine Frau mit dem Namen dabei. Ja, doch, ich bin mir fast sicher. Auch Italienerin?"

„Nein", kam die Stimme prompt und stimmsicher zurück. „Leonora ist Deutsche."

<Was soll's>, dachte er. <Ich kann es nicht nachprüfen>. Und seine Gedanken gingen in die nächste Zukunft. Ab November würde er ohne Arbeit sein. Arbeitslos. Er verfügte zwar über ein paar Rücklagen, welche jedoch nicht so üppig waren, dass er sich damit für den Rest seiner Zeit auf die faule Haut würde legen können. Wie sollte es weitergehen? Im Prinzip war er dieser Lucia dankbar, dass sie ihn gerade jetzt auf ein Thema stieß, das er früher oder später sowieso auf die Tagesordnung hätte schreiben müssen. Sie, Lucia, hatte von <privat> gesprochen. War das ein Weg für ihn? Selbstständigkeit?

„Herr Teichmann", sie unterbrach ihn in seinen Gedanken, in seinem Schweigen. „Herr Teichmann, was ich unbedingt im Vorab abgeklärt haben will: die Ausrüstung. Ich habe einen Wintersportkatalog. Ich möchte, dass Sie mich dahingehend beraten, welche Modelle an Skiern, Schuhen, Stöcken und Kleidung ich kaufen soll. Nicht, dass ich erst im Dezember losrasen muss, um mich adäquat auszurüsten und um dann ärgerlicherweise feststellen zu müssen, dass das beste Equipment ausverkauft ist. Sie sind der Fachmann. Verstehen Sie, was ich meine?"

„Natürlich verstehe ich Sie. Ihre Vorgehensweise ist vorbildlich", hörte er sich sagen, als würde er neben sich stehen und sich selbst reden hören. Frauenversteher. Ja, das konnte er. Nicht umsonst war er der <König vom Feldberg>.

„Tja", wurde die Stimme tiefer und konkreter. „Leider bin ich nur noch bis Sonntag in Basel. Anschließend reise ich nach Italien zurück und bin bis zu meinem Urlaub nicht mehr abkömmlich. Würden Sie mich wegen des Problems unterstützen und mich empfangen? Ich könnte gegen neunzehn Uhr morgen Abend bei Ihnen sein. Ich bringe den Katalog mit. Es dauert auch bestimmt nicht lange. Na?"

Letztlich war es genau dieses <Na?> gewesen, mit dem sie ihn gekriegt hatte. <Na?>

„Abgemacht", hörte er den Typ neben sich, der er selbst war, sagen. „Abgemacht. Neunzehn Uhr. Sie wissen, wo ich wohne?"

„Ja!"

Dann war das Gespräch zu Ende.

257

Und jetzt lief er in der Wohnung herum wie ein nervöser Teenager vor seinem ersten Rendezvous. Gestern Nachmittag und abends hatte er noch ziemlich kräftig seine Zukunft begossen, oder was auch immer. Euphorie und Zweifel waren eine Zeitlang miteinander im Clinch gelegen und hatten beide um die Vormachtstellung gerungen. Er hatte krampfhaft versucht, immer wieder, sich auf die angenehme Seite der Unbedenklichkeit zu schlagen, und es wäre ihm wahrscheinlich auch gelungen, wäre da nicht ständig die störende Frage aufgetaucht, woher diese Lucia wissen konnte, wo er wohne. <Sie wissen, wo ich wohne?> <Ja!>

Gerade jetzt, da er wieder auf die Uhr schaute, erschien diese Frage wieder. Er schüttelte den Kopf. Was mach ich mir den Kopf wirr? Ich werde sie einfach danach fragen, dann weiß ich es.

Sechzehn Uhr. Die Zeit klebte. Sollte er sich hinlegen und schlafen? Aber er hatte keine Lust.

Er schaltete den Fernseher ein. Die Telenovelas verschmutzten nun auch sonntags die Programme. Er suchte einen Sportsender, fand Eurosport, wo Fußballspiele der WM in Russland wiederholt wurden. Legte sich auf die Couch.

Er durfte nicht mehr trinken. Keinen Whisky mehr. Er dachte an die Alkoholfahne. Die würde sie, <Cher>, abschrecken. Er stand auf und ging in die Küche. Hatte er nicht noch Wodka irgendwo? Ja, doch. Dort. Komm her, du. Wodka in einer Plastikflasche. Wodka riecht nicht. Das wusste er von früher. Wodka schmeckte ihm nicht so wie Whisky, darum trank er weniger davon, aber er wollte sich unbedingt gut fühlen, wenn <Sie> kam.

Er sollte was essen. Wie lange schon hatte er nichts mehr gegessen? Keine Ahnung, war auch egal. Jetzt wollte er etwas essen. Jetzt, verflucht! <Kann ich nicht essen, wann ich will? Kann ich doch.> Seine eigene Unbeherrschtheit schüchterte ihn ein, beschämte ihn. Er stand auf, holte eine Tüte Kartoffelchips aus dem Küchenschrank. Setzte sich wieder auf die Couch, riss die Tüte auf. Heißa, Sapradi, wie die Chips durch die Gegend flogen. <Heit is zinfti>, rief er aus, wischte mit einer Hand die Chips, die auf dem Tisch gelandet waren, in die andere Hand, stopfte sie in den Mund, kaute mit vollen Backen. Nachspülen. Das passt. Chips und Wodka. Zischend entlud sich ein Rülpser: <Brrrsssscccchhhh>.

Jetzt spielten zwei andere Mannschaften Fußball im Fernsehen.

Er legt sich hin, sagt nochmal <heit is zinfti>, und dämmert dahin. Schläft ein.

Wird aus dem Schlaf gerissen. Wo ist er? Ah, das Telefon klingelt. Ist es Sie?

Meldet sich. „Hallo <Cher>." Es ist Hirt von der Polizei. Siebzehn Uhr. „Arschloch." Legt auf. Jawohl, Arschloch. Schläft wieder ein.

Wacht auf. Blick auf die Uhr. Zehn vor neunzehn Uhr. Ups, hoppla, höchste Eisenbahn. Wie seh ich aus? Schnell ins Bad. Schnell mit Zahnpasta gurgeln. Haucht in die hohle Hand, riecht mit der Nase: alles bestens, kein Alkoholdunst. Mögen <Chers> nicht. Mögen alle Weiber nicht. Weiber.

Es wird neunzehn Uhr. Warten. Wodka. Riecht man nicht.

Halt, Fernsehgerät ausschalten. Mögen Weiber nicht. Weiber wollen immer und ständig alles in Ordnung. Warten. Wodka. Warten.

Wodkaflasche wegstellen. Sieht schlecht aus, wenn Schnaps auf dem Tisch. Mögen W ..., hatten wir schon. Wo bleibt Sie denn? Es ist neunzehn Uhr fünfzehn oder so. Oder kommt Sie nicht?

Scheißweiber. Kann ich ja wieder Whisky holen.

Jetzt ist er sturzbesoffen.

Er wankt in die Küche wie ein Untoter über den Friedhof, holt die Whiskyflasche. Trinkt Whisky. Es läutet an der Tür. Wer ist denn das? Cher?

Schaut auf die Uhr. So spät noch?

Er torkelt an die Haustür, reißt sie auf. Vor ihm steht eine Frau. Das ist nicht <Cher>, verdammt! <Cher> sieht vollkommen anders aus. Weiß er doch. Kennt doch <Cher>.

„Herr Teichmann?"

Er hat die Stimme schon mal gehört. Sie klingt wie die von <Cher>. Tief und kehlig. Die Frau hat er noch nie gesehen, kennt sie nicht.

„Herr Teichmann?"

Doch, es ist <Cher>. Muss sie sein. Klar. <Bin doch nicht verrückt, oder was?>

Sie hat einen hellen Trenchcoat an. Sie hat einen Schal um ihren Kopf gewickelt. Oder ist es ein Kopftuch? An einem Schulterriemen baumelt eine dunkle Handtasche. Hat sie Hosen unter dem Trenchcoat? Warum trägt sie eine Sonnenbrille, wo es gleich dunkel ist? Komisch. Sind Weiber so? Egal.

Ihre linke Hand qualmt. Warum qualmt ihre Hand? Zigarette, klar. Zigarette. In der linken Hand glimmt eine Zigarette. In der rechten Hand hält sie etwas anderes. Kann es nicht erkennen. Beugt sich vor. Aha. Und obwohl er nun deutlich sieht und es auch realisiert, dass die Frau in der rechten Hand eine Pistole hält und damit auf ihn zielt, gibt er bereitwillig Antwort.

„Cher?" Er lächelt blödsinnig.
Dann schießt <Cher>.

15. Oktober 2021
Rovinj (Kroatien)

Die Wellen schlugen in wiederkehrendem Rhythmus gegen die Bootswände.

Schaap, schappschapp; schaap, schappschapp; schaap ...

Nur wer jahrelang zur See gefahren war, konnte diese Geräusche überhören und ausblenden. Das Schiff rollte um seine eigene Mitte. Der Dieselmotor war abgestellt. Schon seit Stunden.

Dino saß auf den Planken des Decks und lehnte mit dem Rücken am Steven des Bugs. Dort waren die Rollbewegungen am stärksten zu spüren, aber das machte ihm nichts aus. Er rauchte die x-te filterlose Zigarette.

Es war Nacht. Halb drei Uhr. Er und sein Boot befanden sich weit draußen auf dem adriatischen Meer, genau an der Grenze zwischen zwei Wettersystemen. Nach Osten zu und über dem Festland des Balkans war der Himmel wolkenlos und sternenübersät. Die Temperatur war sehr kühl. Von Westen her, aus Richtung Italien, lag eine dicke Nebelsuppe auf dem Wasser, und die Luft war merklich wärmer. Die Nebelwand schien sich nicht zu bewegen, verharrte, soweit er sehen konnte, seit Stunden in gleicher Position. Man hätte einen Kinofilm darauf projizieren können. Oder eine Lasershow. Er meinte, wenn er beide Arme ausstreckte, die unterschiedlichen Temperaturen an den Händen zu spüren: Links wärmer, rechts kühler, oder umgekehrt, je nachdem, in welche Richtung sein Schiff sich gerade gedreht hatte. Seltsam, dass es trotz dieser gegensätzlichen Wetterfronten so unheimlich windstill war und blieb. Sehr seltsam und außergewöhnlich. Die See war vielleicht etwas unruhiger als sonst und kabbelig, aber das war's dann schon. Er hatte schon Stürme wegen geringerer Unterschiede erlebt.

Er brauchte keinen Kompass. Er kannte die östliche Adriaküste bis beinahe zum Ionischen Meer wie seine Westentasche, und das wollte schon einiges heißen. In seiner Sturm- und Drangzeit war er gelegentlich sehr weit entlang der Dalmatischen Inselwelt Richtung Süden gekommen, ohne dabei feste Ziele gehabt zu haben. Mag es seinem seefahrerischen Talent geschuldet gewesen sein oder seinem latent vorhandenen Entdeckerdrang – die <Bretter, die die Welt bedeuten> lagen für ihn auf jeden Fall auf einem Bootsdeck anstatt auf einer Theaterbühne.

Drei volle Tage hatte er auf der Insel zugebracht, wo er Sie zum ersten Mal gesehen hatte. Dienstag, Mittwoch und Donnerstag. Am späten Montagabend war er mit dem Boot aus dem Hafen zu dem kleinen Anlegeplatz auf der Insel gefahren, hatte das Boot dort festgezurrt. Nur mit einer Packung Trockenbrot, einigen Wurstkonserven, doch mit sechs Flaschen Whisky ausgestattet, hatte er sich auf dem kleinen Sandstrand eingerichtet. Nachts schlief er in seinem Schlafsack unter einer Decke nahe bei dem Felsen, an den er Sie angelehnt aufgefunden hatte, Sie mit Stacheln eines Seeigels im Fuß, damals vor mehr als zwei Jahren. Es herrschte überwiegend mildes Wetter. Er wusste, dass er um diese Jahreszeit keine unliebsamen Besucher zu befürchten brauchte. Kein anderes Boot würde sich hierher verirren.

Tagsüber und abends hatte er hauptsächlich Whisky getrunken. Viel Whisky. Die meiste Zeit war er im Sand gesessen, die Arme auf die angewinkelten Knie gestützt. Unzählige Zentner Sand waren ihm durch die Finger gerieselt, als er, eine Flasche Whisky stets griffbereit, seinen Gedanken nachhing. Drei Tage lang.

Den ersten Tag hatte er seinen Tränen freien Lauf gelassen. Manchmal, wenn er es vor Schmerz nicht mehr auszuhalten glaubte, war er auf den Felsen geklettert und hatte laut übers Meer geheult, die Fäuste gegen die Brust schlagend oder sich die Haare raufend. Dann war er stundenlang wieder im Sand gesessen und hatte still geweint, den Kopf zwischen den Knien. In der Nacht hatte er erschöpft tief und traumlos geschlafen.

Der zweite Tag war der Tag der Vorwürfe, der Rechenschaft und der Wut. Er redete und schrie laut, führte Gespräche mit dem Anwalt seiner Rechte, entwarf und verwarf mit ihm Strategien, erklärte die Logik seiner Weltanschauung, kämpfte im Kreuzzug seiner Überzeugung für sein Seelenheil. An diesem Tag war der Alkoholkonsum am höchsten. Er erlebte Visionen, wähnte sich in einem Strafprozess. Einmal fiel er

261

bettelnd vor seinem Richter auf die Knie, ein andermal focht er mit Hieben, Stichen und Finten gegen seine Ankläger. Wie wahnsinnig tobte er über den Sand als befände er sich vor einem Tribunal, gebärdete sich wie irr, nahm Positionen von Ankläger, Verteidiger und Richter ein, stellte sich den Kreuzverhören und hielt flammende und leidenschaftliche Plädoyers an die Geschworenen. In dieser Nacht schlief er kaum. Er wälzte sich schweißgebadet in seinem Schlafsack hin und her. In kurzen Schlafphasen träumte er von quälenden Verfolgungen und sehr detaillierten Ausschnitten von Hieronymus Boschs Gemälde „Das jüngste Gericht".

Am dritten Tag fand er Ruhe und Einkehr. Er stieg nackt ins Wasser und wusch sich. Bei dieser Handlung kam ihm der Gedanke, dass diese Waschung etwas Symbolisches sein könnte. Also begann er sehr konzentriert und in sich gekehrt den Körper mit Sand einzureiben und diesen danach mit Meerwasser abzuspülen. In der Tat bildete er sich ein, auf diese Weise auch eine innere Reinigung vorzunehmen. Mehr sogar. Er sagte sich, dass er durch dieses Ritual eine Taufe an sich ausübte. Eine Taufe, die ihn nun als Märtyrer und Reinen erhobenen Hauptes auch vor den Schöpfer treten ließ; als der Hohepriester seiner selbst, als der Hüter und Wächter seines erbauten Tempels aus Kälte und Eis. Als ein kühler Hauch seine Stirn streifte, ahnte er, dass seine Zeit nicht mehr fern war. Nicht heute, aber bald. Er atmete tief ein und wunderte sich nicht.

Endlich nahm er auch etwas des mitgebrachten Brotes und der Wurst zu sich. Er erkannte, dass die Insel nicht länger sein Ort war, es nie mehr sein würde. So wie es Sie nicht mehr gab, würde es auch diesen Ort nicht mehr für ihn geben. Er hatte hier nichts mehr zu suchen. Gleichwohl harrte er bis zum Abend auf der Insel aus und nahm für sich Abschied. Er trank zwar weiterhin vom Whisky, aber eher so, wie ein Priester seinen Messwein trinken würde: mit Andacht. Schließlich fand er die Kraft und den Willen, dem Platz für immer den Rücken zu kehren und tat dies, indem er gemessenen Schrittes zu seinem Boot ging.

Er war eine dreiviertel Stunde lang von der kleinen Insel aus, die nun nicht mehr ihre Insel war, immer gegen Süd-Westen gefahren, bis er auf die Nebelfront gestoßen war. Sein Vater hatte ihm einst beigebracht, wie man sich auf dem Meer ohne Kompass nach den Sternen richtet, und genau so hatte er es getan. Das war nicht schwer, wenn man die Sternbilder kannte.

Dino war nicht zum Fischen hier. Wozu auch. Das Restaurant war geschlossen, die Touristensaison vorüber, einen Fischmarkt gab es nicht mehr.

Gründe hatte er genug, um gerade in dieser Nacht, zu dieser Stunde hier zu sein. Keiner davon hieß Arbeit, keiner hieß Fisch.

Er war hier, weil dies der einzige Ort auf der Welt war, der ihm vertraut war. Nirgendwo sonst fühlte er sich sicherer und aufgehobener als auf seinem Schiff draußen auf dem Meer.

Er war ein Teil des Schiffes. Oder umgekehrt. Das Schiff war ein Teil von ihm. Sie waren aus dem gleichen Holz geschnitzt. Hätte er das ebenso behaupten können, wenn er ein Plastikboot besessen hätte? Wohl kaum. Auf diesen Planken war er schon als Kind herumgerutscht, als Vater ihn im Hafen zum Spielen mit an Deck genommen hatte. Auf diesem Deck hatte er das Laufen gelernt, indem er sich an der hölzernen Reling hochgezogen hatte und dann auf eigenen Füßen stand. Vater hatte ihn nach der Schule zum ersten Mal mit hinaus auf See genommen, und obwohl sein Vater ein hart arbeitender und auch hart erziehender Mann gewesen war, hatten all seine Träume damals davon gehandelt, neben seinem Vater auf dem Boot zu stehen. Der Geruch des Holzes, das Nageln des Dieselmotors, das Stinken der Fische, die Bewegungen des Schiffes – all das war ihm in Fleisch und Blut übergegangen, ohne dass er es je bemerkt hätte. Es geschah einfach und natürlich wie das Schlagen des Herzens und das Atmen der Lungen. Er war nie so vermessen gewesen, von anderen Menschen dafür Verständnis zu verlangen. Wer es nicht selbst so erlebt oder mitgemacht hatte wie er, konnte niemals wissen, niemals verstehen, wovon er sprach, wenn er davon spräche. Darum sprach er auch nie darüber. Es war seins.

Er war hier, weil er hier unsichtbar war. Wenn er allein sein Boot bestieg, ob zur Arbeit oder nicht, dann beging er den einzigartigen und wertvollen Schritt, der ihn von aller übrigen Welt trennte. Er betrat sein Königreich, in dem er von König über Diener bis zu Leibeigenen alles in Personalunion darstellte. Keine Mächte der Erde konnten ihm gebieten, außer Wellen und Winde. Wenn er den Kai und den Hafen hinter sich gelassen hatte, dann galten allein, soweit seine Augen reichten, nur sein Wort und sein Mut, um sein eigenes Leben zu bestimmen. Wenn gelegentlich, was selten vorkam, sich Gäste zu einer Ausflugsfahrt oder Helfer für den Fischfang mit an Bord befanden, übernahm er selbstverständlich Verantwortung auch für andere. Meistens versuchte er allerdings solche Arrangements zu vermeiden, denn er wollte nicht ständig dem Spannungsverhältnis zwischen dem, was er anderen und dem, was er sich selbst zutraute, ausgesetzt sein. Diese Unterschiede zu setzen und diese Selbsteinschätzung innezuhaben, befähigten ihn zum einen zu außergewöhnlichen, seemännischen Leistungen, zum anderen zu einem pragmatischen Demutsempfinden. Nirgendwo in seiner bekannten Welt konnte er isolierter, ausgegrenzter und einsamer sein als auf seinem Boot. Selbst Gott würde Mühe haben ihn zu finden, wenn er erstmal das Festland aus den Augen verloren hatte.

Unsichtbarkeit bedeutete für ihn, dass kein Blick auf ihm ruhte, kein Auge ihn verfolgte, und er damit weder Empfänger für Schuld noch Zielscheibe für Spott sein konnte. Sie bedeutete ihm sogar so viel, als rettende Logik, dass Unsichtbare, also Nichtexistierende, zu keinen Taten fähig waren. Zu keinen guten, und zu keinen bösen Taten. Und er hatte Recht. Wenn er hier war wo er jetzt war, war er unsichtbar, war er rein.

Er war hier, weil hier der einzige Ort war, an dem er denken konnte.

Er zündete sich eine neue Zigarette an. Das Boot rollte. Schaap, schappschapp; schaap …

Er war vor seiner Mutter geflohen. Die mit ihrer Trauermiene. Die mit der Madonnenmaske. Die mit dem schuldzuweisenden Schweigen. Er kannte sich aus mit dieser Art von Schweigen: Es sagte mehr als tausend Worte. Nichtssagen war vorsätzliches Verletzen, war wohlüberlegte Folter. Die besten aller Folterknechte waren Mütter. Verlassene Mütter. Einsame Mütter.

Und er, so war es nun einmal, hatte sie verlassen. Hatte sie einsam und unverstanden allein gelassen. Und er war schuld daran, dass auch seine Schwester sie verlassen hatte. Dann war sie noch einsamer gewesen. So einsam, dass sie fast unsichtbar war. Aber Mütter sind nie ganz unsichtbar. Können nie ganz unsichtbar sein, weil sie sonst nicht dieses strafende Schweigen pflegen könnten. Dieses leidende Anklagen. Und wie sie es ausüben. Mit welcher Durchtriebenheit sie es ausüben. Und mit welcher Berechnung. Weil sie wissen, dass sie trotz allem geliebt werden. Schließlich haben sie ja Leben geschenkt. Ja Leben. Geschenkt.

Nicht ein Sterbenswörtchen hatte sie zu ihm gesagt, nachdem er letzte Woche nach Hause gekommen war.

Nur angeschaut hatte sie ihn. Mit diesem Mutterblick.

Und geschwiegen hatte sie. Mit diesem Mutterschweigen.

Tagelang. Nächtelang.

Er hatte es nicht mehr ertragen können, hatte nicht mehr denken können. Darum hatte er sich unsichtbar gemacht, hatte sein Boot bestiegen und war aufs Meer gefahren. Auf sein Meer.

Seit Stunden saß er auf den Planken, den Rücken am Steven. Vorne am Bug. Um den Hals trug er den seidenen Schal, der einmal ihrer gewesen war. Margaretes.

Schaap, schappschapp; schaap, schappschapp; schaap ...

Als er zurück nach Hause gekommen war, letzte Woche, mit dem <Fiat Rondo> seines Schwagers, war er sehr müde gewesen. Erschöpft und ausgebrannt. Der Kopf hatte ihm gebrummt, die Augen gebrannt. Er hatte wieder im gleichen Hotel am Rande Bellinzonas übernachtet. Wieder war er auf dem Balkon gesessen, hatte den teuren Whisky getrunken, hatte zu viel geraucht. Er hätte es sich ja denken können, aber es war ihm egal gewesen.

Kopfschmerzen und brennende Augen. Aber keinen Beinaheunfall auf der Autobahn diesmal.

Er war direkt in die Werkstatt seines Schwagers gefahren, hatte das Auto vollgetankt abgegeben. Dann war er zu Fuß durch die Altstadt nach Hause gegangen, ohne sich irgendwo aufzuhalten, auch nicht am Hafen oder in seinem Stamm-Café. Und Mutter? Mutter war auf ihrem Stuhl vor dem Eingang gesessen, als wäre sie, seit er im Sommer aus dem Haus gegangen war um nach Deutschland zu fahren, zwischendurch nie aufgestanden. Die Leidgeprüfte. Die über den Tod hinaus Wartende.

Er verjagte die wiederkehrenden Gedanken.

Wollte er wirklich denken? War es dafür nicht einfach zu spät? Und wenn er doch denken wollte, konstruktiv, angenommen es gelänge ihm, an was sollte er dann denken? An die Zukunft? An die Vergangenheit? An sich? Er zündete sich eine weitere Zigarette an, blies den Rauch des ersten Zuges durch die Nasenlöcher.

An die Zukunft denken, hieße, einen Plan zu machen. Oder Pläne zu schmieden. Man brauchte einen Plan oder Pläne, um zu wissen, in welche Richtung man steuern würde. Oder man könnte es zumindest versuchen. Und wenn es einem nicht gelang, so hatte man wenigstens eine Absicht verfolgt; hatte einen Sinn darin gesehen, mit seinem Leben auf ein Ziel zuzusteuern. Ob es gute oder schlechte Pläne waren, war dabei zweitrangig. Wichtig war nur, dass man sie hatte.

An die Vergangenheit zu denken, bedeutete, Erlebtes und Ereignisse Revue passieren zu lassen. Zu rekapitulieren. Im Nachhinein zu bewerten.

Sich konfrontieren zu lassen mit eigenem Handeln oder Unterlassen. An in der Vergangenheit Geschehenem ließ sich später nichts mehr ändern. Aber man musste dazu stehen, denn wenn man dies nicht tat, verleugnete man seine eigene Daseinsberechtigung, seine Existenz; stellte sich als selbstbestimmendes Wesen in Frage. Höchststrafe für einen Menschen, der sich doch erst durch autonomes Handeln als solcher erkennt. Und war er das nicht mehr? Ein Mensch?

In seinem Zimmer, das über dem Restaurant lag und aus dessen Fenster er auf den Hafen und weit bis aufs Meer schauen konnte, hatte er einen Tag nach der Rückkehr aus Deutschland Margaretes Laptop hochgefahren und in ihm nach Gemeinsamkeiten mit ihr gesucht. Er wusste, dass sie sämtliche Fotos, die beide von sich gemacht hatten, von ihrer Digitalkamera auf den Computer überspielt hatte. Manchmal durfte er ihr dabei zusehen. Aber so sehr er auch in den einschlägigen Dateien herumgestöbert hatte, war es ihm nicht gelungen, eine Spur von ihnen zu finden. Etwas, an das er sich hätte klammern oder halten können. Es war, als hätte es Margarete und ihn nie gegeben. Als hätten sie nie eine gemeinsame Zeit gehabt. Der sichtbare Nachweis für eine Vergangenheit fehlte. Sie war im wahrsten Sinne des Wortes ausgelöscht.

Dafür waren ihm aus dem alten Laptop, den er aus Ralf Großbauers Wohnung hatte verschwinden lassen, sofort die Beweise der Schande entgegengesprungen: Gestochen scharfe Pornoaufnahmen jener Szenen, deren Zeuge er geworden war, als er Großbauer beim heimlichen Fotografieren beobachtet hatte. Jene Beweise, die ihm der Unglücksrabe später in der Kneipe zwar bierselig, aber mit unverhohlener Schadenfreude präsentiert hatte. Beweise der Schmach, die er zuerst und ebenso auf dem Speicherchip von Großbauers Kamera entdeckt und die er deswegen, wie den Laptop, an sich genommen hatte. Beweise. Beweise.

Wofür? Um sich damit zu quälen? Mit schweinischen Bildern von ihr und diesem anderen Mann? Oder um sich zu rechtfertigen für das, was er auf Grund derer hatte tun müssen? War es so? Dass er es hatte tun müssen? Hätte es einen anderen Weg gegeben? Und wenn ja, warum hatte er ihn dann nicht gefunden?

Dino stand von seinem Platz am Bug-Steven auf. Er spürte jetzt doch die Kühle der Nacht.

Er reckte seine Glieder und balancierte geschickt die Bewegungen des Bootes aus. Ohne sich an der Reling abzustützen, blieb er stehen und schnupperte mit der Nase in die Nacht, wie ein Wolf, der in der Wildnis

266

einen fernen Geruch aufnimmt, von dem er nicht weiß, ob er zur Natur oder zur Beute gehört. Es lag eine Veränderung in der Luft, die er wahrnehmen, aber nicht deuten konnte. Er schritt die wenigen Meter zum Steuerhaus. Er hatte in einem Fach an der inneren Rückwand, wo auch zwei kurze Bootshaken steckten, eine Flasche Schnaps stehen. Die öffnete er und trank daraus einen kräftigen Schluck. Einer der Bootshaken war ein Relikt aus Großvaters Zeiten. Sein Vater hatte ihn von Großvater übernommen, und Vater hatte ihn behandelt wie eine Reliquie. Das Besondere an ihm war die Spitze auf einem sonst gewöhnlichen Holzstiel. Der Bootshaken war ungefähr ein Meter fünfzig lang. An einer Seite der Spitze war ein geschärfter Haken, der dem Utensil den Namen verlieh. Auf der gegenüberliegenden Seite eine Axtklinge. Die Spitze selbst sah aus wie ein aufgesetztes Bajonett. Im Ganzen war das Gerät einer mittelalterlichen Hellebarde am ähnlichsten. Er nahm eine alte, wattierte Jacke von einem Nagel, zog sie über seinen dicken, wollenen Pullover und stapfte zurück zum Bug. Noch konnte er im Osten, über dem dalmatinischen Hochland, keine Anzeichen der Morgendämmerung entdecken.

Er hatte keine Ahnung, was er in naher oder ferner Zukunft tun würde. Er hatte nicht die Spur eines Plans. Weiterhin als Fischer zu arbeiten, allein und ohne Hilfe auf dem Boot, schien ihm so abwegig zu sein, wie es ihm früher unvorstellbar war, es nicht zu tun. Die Faszination war dahin. Dabei war es die einzige Sache auf der Welt, von der er wirklich etwas verstand, in der er wirklich gut war. Aber für wen noch? Für das Restaurant? Für Mutter? Seine Schwester hatte schon manches Mal den Fisch vom Großhändler gekauft, um den Betrieb am Laufen halten zu können. Und für sich? Es laugte ihn mehr und mehr aus, sowohl nachts als Fischer auf die See zu fahren als auch nachmittags bei seinem Schwager in der Autowerkstatt zu helfen. Er konnte sich aber auch nicht vorstellen, von morgens früh bis abends spät unter den Autos fremder Leute herum zu kriechen und ständig ölverschmierte Hände nach Hause zu bringen.

Was konnte er tun? Von seinen Ersparnissen konnte er nicht leben, denn er hatte kaum noch welche. Sein letzter Aufenthalt in Deutschland war ihm teurer zu stehen gekommen als er erwartet hatte.

Pläne hatte er schon gehabt. Es konnte niemand behaupten, es hätte keine gegeben.

Große Pläne. Schöne Pläne. Das war aber alles vorher. Bevor er im Sommer nach Deutschland gereist war. Die Pläne waren so deutlich

267

gewesen, dass er sie in Bildern in seinem Kopf hatte betrachten können, wie in einem privaten Fotoalbum. Hochglanzbilder von einem weißen Haus in einem grünen Garten. Ein Sonnensitzplatz unter blühenden Bougainvilleen. Eine glückliche Familie mit strahlenden Gesichtern. Im Hafen eine weiße Jacht. Die Frau und er gaben ein schönes Paar. Wie sehr er sie geliebt hatte. Auch sie hatte ihn geliebt. Davon war er überzeugt. Und es waren nicht etwa irgendwelche Hirngespinste gewesen, nein. So hatte es tatsächlich ausgesehen. Alles war da. Der Weg war geebnet. Oder schien es nur so? Nein, er hatte nie daran gezweifelt und er hatte genau gewusst, dass sie es schaffen würden. Sie und er.

Von all dem war jetzt nichts mehr da. War ausgelöscht. Im wahrsten Sinne des Wortes. All die schönen Bilder. Ausgelöscht.

Er hatte niemals geglaubt, dass er zu solch einem Zorn hatte fähig sein können. Ein weißer, greller, brennendheißer Zorn. Er war geblendet gewesen, wie ein im Mittelalter durch ein glühendes Schwert Geblendeter. Zorn war es gewesen. Keine Wut. Darauf wollte er Wert legen. Zorn, wie er es sah, berechtigte zur Handlung, zu welcher auch immer. Wut dagegen nicht. Er empfand Zorn als etwas Heiliges. Als ein Sakrament. Von Gott gegeben. Wut war Schwäche. Wut war menschlich.

Er hatte sich durch den Zorn seines Stolzes beraubt. Das hatte er aber im Voraus gewusst und er hatte es glasklar in Kauf genommen. Ihm war auch bewusst gewesen, dass er den Verlust des Stolzes würde ersetzen müssen. Nicht in der Form, dass er irgendwem eine Leistung oder etwas Materielles schuldig geworden wäre, sondern der Ersatz musste in ihm direkt stattfinden; in seiner Seele, in seinen Gefühlen, in seinem Gebaren, in seinem Charakter. Sehr bald schon hatte sich ihm die Eiseskälte als adäquater Ersatz angeboten, und er war mit der Lösung bis heute zufrieden. Mit nichts anderem konnte er den Fragen und dem Spott seiner Kollegen, den Gemeinheiten seiner Erinnerungen und der Missachtung und dem Schweigen seiner Mutter, besser Paroli bieten als mit Eiseskälte. Er hielt die Vereinbarung, <Zorn> gegen <Eiseskälte>, für einen guten Tausch.

Er hatte sich, gleich seines Stolzes, ebenso seiner Zukunft beraubt. Der hellen und heiteren Zukunft. Die mit den bunten Bildern und den glücklichen Menschen. Die mit der Jacht im Hafen. Die mit der schönen Frau. Seiner einzigen Zukunft, denn für eine verlorene Zukunft war kein Ersatz vorgesehen. Es würde immer nur ein <Es war> geben, nie wieder ein <Es wird>. Dort, wo für seine Zukunft Raum gewesen war, sollten für

268

ewig zwei Dinge stehen: Eine Frage ohne Antwort, und ein Schmerz ohne Linderung. Doch auch damit war er im Grunde seines Herzens einverstanden. Was wollte er auch mit einer Zukunft anfangen, die nicht mit Ihr, seiner Frau, sein würde? Da waren ihm die Aussichten auf nachtschwarze Trostlosigkeit und bitterschmeckende Einsamkeit lieber. An verlogene Beteuerungen und schleimerische Versprechungen von scheinheiligen Leuten, die ihm bald jovial auf die Schultern klopfen und hinter vorgehaltener Hand „Kopf hoch, `s wird schon wieder" zuraunen, wollte er erst gar nicht denken. Darauf war er schon gar nicht erpicht. Solche Leute, war er überzeugt, sind die wahren Totengräber, die selbst um eines Mannes Ehre keinen Bogen machen. Denn die hatte er behalten. Die Ehre.

Stolz und Zukunft zu verlieren, schien denkbar. Aber nie die Ehre. Und ist die Mannesehre nicht höher einzuschätzen als jedes andere Gut?

Schon von Kindesbeinen hatte ihn sein Vater darauf gedrillt. Niederlagen waren erlaubt. Aber keine Tränen. Ein Junge, ein Mann, musste wieder aufstehen. Er durfte alles verlieren, aber niemals seine Ehre.

Und war er nicht ehrenvoller aus Deutschland wieder zurückgekommen? Hatte er nicht getan, was ein Mann tun musste, um seine Ehre zu behalten? Hatte er nicht Schmerzen ausgehalten? Leid ertragen? Waren nicht seine Gefühle in den Dreck getreten worden? Durfte ein Mann sich das gefallen lassen? Sein Stolz war mit Schande besudelt, war zu einer Dirne geworden. Seine Zukunft war zu einer Farce verkommen; zu einem Modell, das weniger galt als ein zweifelhafter Moment tierischer Geilheit. Durfte er sich das gefallen lassen? War denn eines einfachen Fischers Traum so wenig wert, dass man ihn derart beschmutzen durfte?

Er dachte mit Schaudern an all das, was er hatte mit ansehen müssen. Wie ihm schwarz vor Augen geworden war und wie sich in einer einzigen Sekunde Stolz und Zukunft in eine Hölle für die Ewigkeit verkehrt hatten.

Er merkte allmählich, dass sein Körper vom dauernden Sitzen steif wurde, insbesondere der Rücken. Die Morgenkälte und die Feuchtigkeit drangen jetzt auch durch die dicke Jacke. Bevor er aufstand, um ins Steuerhaus zu gehen, wollte er noch einmal den Namen der Frau aussprechen, die er so sehr geliebt hatte: „Margarete", flüsterte er und schwor sich mit dem gleichen Atemzug, dass ihr Namen fortan nie wieder über seine Lippen kommen würde.

269

Im Steuerhaus griff er zu der Schnapsflasche und nahm einen Schluck, um sich innerlich zu erwärmen, wohl wissend, dass der Effekt von kurzer Dauer und trügerisch sein würde. Er lachte auf, schüttelte den Kopf über sich selbst. Naiver Trottel. Was focht es ihn an, ob es in seinem Leben noch etwas gäbe, das von Wichtigkeit oder Belang sein würde? Der Zug war abgefahren.

Er ging wieder aufs Deck hinaus. An der Steuerbordseite wanderte er, beide Hände in den Jackentaschen, nach achtern zum Heck und wieder zurück zum Bug. Hin und her. Wieder steckte er sich eine Zigarette an und behielt sie im Mundwinkel. Die Nebelbank hatte sich kaum verändert, stand noch immer wie gemauert. Die Sterne am Himmel waren weitergezogen, aber er war sich seiner Position auf der See absolut sicher. Er kannte das Spiel.

Dann begann sich der östliche Horizont sehr behutsam zu verfärben, als trüge ein Maler nur mit dem dünnsten aller Pinsel eine geringe Kolorierung auf. Gleichzeitig fing die Nebelwand direkt neben dem Boot an zu fluoreszieren, Nordlichtern in den Farbtönen nicht unähnlich, als liefen strahlende, radioaktive Reaktionen in ihrem Innern ab. Das Leuchten wurde stärker, je breiter der Silberstreif über dem Horizont des dalmatinischen Hochlandes wurde. Die Dämmerung hatte begonnen, der Morgen lag nicht mehr fern.

Dino betrachtete dieses Naturschauspiel gelassen und kalt. Früher war er regelrecht besessen davon gewesen, und um es selber zu erleben, hatte er manche Stunde länger auf dem Wasser zugebracht als notwendig. Heute sagte es ihm nichts, bedeutete es ihm nichts. Das Empfinden für Erhabenheit war verödet, für Wunder nicht empfänglich. Er nahm es lediglich als Aufforderung, den Dieselmotor seines Bootes anzuwerfen. Ansonsten war es in seinem Inneren tot.

Er fuhr nur mit halber Kraft. So lief das Holzboot am effektivsten. Es schob sich sanft durch das Wasser. Die Bugwelle teilte sich perfekt und glitt seufzend am Rumpf entlang. Kein sprühender Schaum, kein klatschendes Geräusch störte die Harmonie. Wehmütig erkannte Dino, wie sehr das Boot und der Umgang damit ihm ans Herz gewachsen, seine elementare Bestimmung war. In dieser einsamsten aller Stunden begriff er, dass er sich nie von seinem Boot trennen würde. Es war eine Ahnung, die ihn befiel und so wie er deren Botschaft verstanden hatte, wusste er nun, dass, wenn er und das Boot sich trennen mussten, er tot sein würde.

270

Unwillkürlich lächelte er über diese Erkenntnis und war nicht im Geringsten von deren Endgültigkeit überrascht. Er war bereit.

Nach einer halben Stunde Fahrt tauchten die ersten Lichter von Rovinj über dem Bug des Schiffes auf. Wie oft er sich schon auf diesen Anblick gefreut hatte, vermochte er nicht zu beziffern. Hunderte Male. Tausende Male. Heute war es deswegen nur ein Mal von vielen, indes war er sich überhaupt nicht sicher, ob es für ihn ein nächstes Mal geben würde.

So wie er einzelne, prägnante Häuser der Stadt ausmachen konnte, schweiften seine Gedanken zu Sophia. <Mach es richtig>, hatte sie zu ihm gesagt. <Mach es richtig>.

Und wie <richtig> er es gemacht hatte. So <richtig>, dass sie es für erforderlich gehalten hatte, zu seinem eigenen Schutz zu ihm nach Deutschland zu kommen. Sie hatte ihn sofort verstanden, nachdem sie nur einen Blick in seine Augen geworfen, auf sein Gesicht gerichtet hatte. Zu seinem Schutz war sie gekommen und hatte ihn befreit von der Pein, erlöst von der Qual. Sie hatte ihm die Hand gereicht, damit er den Weg verlassen konnte, den er als Racheengel eingeschlagen hatte, den er bereit gewesen war bis zum Ende zu gehen, bis zum bitteren Ende. Sie hatte ihn in die Arme genommen, hatte ihn festgehalten, während er an ihrer Schulter geweint hatte, sie hatte ihn mit Worten getröstet und ihn beruhigt. <Es ist gut>, hatte sie zu ihm gesagt. Immer wieder <es ist gut>.

Und dann, obwohl sie noch nichts von dem wusste, was er bis zu ihrem Kommen in Deutschland getan hatte, hatte sie ihm <Du hast es richtig gemacht> gesagt. Sie hatte es gesagt. Nicht Dunja, die Frau seines Cousins. Nicht Branco, sein Cousin. Die hatten Angst vor ihm gehabt. Aber sie hatte zu ihm gehalten. Sophia.

Es war ihm natürlich klar gewesen, dass Sophia nicht einfach von sich aus die Reise auf sich genommen hatte. Dunja und Branco waren es, die Alarm geschlagen hatten. Er hatte deren panische Angst ja gespürt und mitbekommen, wie der Umgang mit ihnen von Tag zu Tag verkrampfter geworden war. Zum Schluss waren sie ihm aus dem Weg gegangen, hatten sich verleugnet oder fadenscheinige Ausreden vorgeschoben, um nicht mit ihm reden oder im gleichen Raum sein zu müssen. Er hatte gehört, wie hinter seinem Rücken getuschelt worden war. Hatte ihre verstohlenen Blicke, die verdeckten Gesten bemerkt. Und ihre Angst. Er hatte sie riechen können, ihre Angst. Und ihre Hoffnung. Er hatte sie gespürt, wie man einen ersten Frühlingswind spürt, der das Ende des Winters bringt.

271

Die Hoffnung, dass für sie ein Albtraum zu Ende gehen würde, wenn endlich Sophia einträfe. Als er an dem Abend vor elf Tagen Sophia dann erblickte und sie ihn in die Arme nahm, war aber auch von ihm eine Last abgefallen, ein Ende erreicht.

Sie hatten sich eingeschlossen in Sophias Zimmer in Brancos Haus in Schönau im Schwarzwald. Und er hatte der Schwester, den Kopf auf ihren Schenkeln, das Gesicht in ihrem Schoß, alles erzählt, was es zu erzählen gab. Sie hatte zugehört. Ruhig zugehört, egal, wie lang er für seinen Bericht, oder war es eine Beichte, gebraucht hatte. Sie hatte ihm dabei den Kopf gestreichelt, die Haare. <Du hast es richtig gemacht,> hatte sie gemurmelt, wie eine Litanei, ein Mantra. Und dann hatte sie ihm befohlen, am nächsten Tag nach Kroatien, nach Hause zu fahren. Für Sophia war es eine Bitte. Für ihn war es ein Befehl. <Fahr nach Hause, Charles>, hatte sie still zu ihm gesagt. <Du fährst nach Hause!>

<Und du?>, hatte er sie gefragt und dabei den Kopf von ihren Schenkeln erhoben und sie angeschaut. <Ich bleibe hier>, war ihre Antwort gewesen. <Ich bleibe hier. Und die Pistole auch.>

Ach Soph, Soph. Könnte er sich eine bessere Schwester vorstellen? Niemals. Sie war die einzige, die ihn immer verstanden hatte. Immer.

Jetzt fuhr er in den Hafen ein. Der Himmel über der Stadt trug die Farbe von antikem Silber.

Würde er das Boot behalten? Die Hafenmeisterei drängte darauf, alle Liegeplätze vermieten zu wollen. Dort, wo die Reichen ihre Protzboote liegen hatten, im nahegelegenen Jachthafen, zahlten die Bootseigentümer heute schon horrende Preise. Unter dreitausend Euro bekam man dort nicht mal mehr einen Poller für ein Ruderboot an der Kaimauer. Nun war der Fischereihafen an der Reihe. Die Stadt brauchte Geld. Aber wer fischte noch? Außer ihm keiner. Die ehemaligen Fischerboote wurden, sobald ein paar Sitzbänke drauf montiert waren, wie Vergnügungsboote angesehen und sollten zur Kasse gebeten werden. Dann würde auch sein Liegeplatz in der Nähe des Restaurants dran kommen. Soviel Geld konnte er nicht aufbringen und nie im Leben würde er sich dafür hergeben, Touristen auf die Inseln zu karren.

Er steuerte auf die Kaimauer zu. Das war ein einfaches Manöver. Das beherrschte er im Schlaf. Der Motor nagelte nur leise, aber so, dass sich die Schiffsschraube noch drehte. Er blickte über den Kai zu seinem Haus, suchte unter der gestreiften Markise die Eingangstür. Wie vertraut ihm das alles war. Sollte es zu Ende sein?

272

Aus Gewohnheit suchte er nach der Mutter, die immer neben der Eingangstür auf ihrem Stuhl wartete. Immer. Ja, dort saß sie. Und im gleichen Augenblick wusste er, nach was es in der Nacht draußen auf dem Meer gerochen hatte. Es hatte nach dem ersten Schnee gerochen.

Er legte an, sprang mit dem Festmachertampen auf die Kaimauer und warf die Schlinge über seinen Poller. Aus den Augenwinkeln sah er, dass Mutter näher kam. Komisch. Sie war ihm noch nie entgegen gekommen. Wieso jetzt? Er wandte ihr den Kopf zu.

Doch nein, das war nicht Mutter. Jetzt erkannte er sie genau.

Es war Sophia, die auf ihn gewartet hatte.

11. Oktober 2021
Gengenbach/Großflughafen Lahr (Schw.)/Hohenterzen

Über Nacht hatte sich die Großwetterlage geändert.

Gestern noch unter einem weiten blauen Himmel von West-Frankreich bis zum Ural gelegen, präsentierte sich das Europäische Festland nun unter einem von Süden nach Norden heranziehenden Wolkenfeld. Die aus dem Süden kommenden Winde brachten mäßige Temperaturen mit. Das Sonnenlicht war gedämpft, weswegen etliche Landschaftsmaler ihre Staffeleien in die Natur schleppten, um provenzalische Effekte einfangen zu können.

Edgar Schaaf fühlte sich am Morgen dieses Tages müde. Sehr müde.

Die frühe Dusche, die Haarwäsche, die Zeitungslektüre, der Spaziergang mit „Müller" und „Lydia", die Frühstückszubereitung, - er konnte es nicht sagen und wusste nicht, warum er sich so abgeschlagen fühlte. Er kam nicht so auf Touren wie sonst. Übernahm er sich mit all dem Kram? Womit er mit <Kram> das Türmchenzimmer, die neue Galerie, die Nachforschungen im neuen Kriminalfall meinte.

Am liebsten wäre er direkt und sofort mit „Müller" zum zweiten Morgenschlaf verschwunden. Mit „Müller", dem Spätaufsteher. Zu ihm in die Hundedecke, eingerollt, Beine angezogen und die Nase zwischen die Beine gesteckt.

Beinahe hätte er die Eier vermasselt. Eier und Speck. Das, worin er es zum Experten gebracht hatte und was er normalerweise im Schlaf beherrschte.

Er spürte eine Bewegung hinter sich.

Melanie stolperte, eingehüllt in ihren Morgenmantel, die Treppe aus dem oberen Stockwerk herunter. Sie hielt sich die Hand vor die Stirn.

„Mein Gott, Edgar", nuschelte sie, „wie kannst du nur schon auf den Beinen sein?", und drückte sich neben ihn an den Küchenherd.

Er brummte nur etwas Unverständliches und schob sie, steif und ungelenk wie sie noch war, an den Esstisch und goss ihr einen Orangensaft ein.

„Setz dich, meine Liebe", versuchte er zärtlich zu sein, was ihm auch halbwegs gelang. „Es war ein langer Tag gestern."

„Ja, das war es." Melanie stützte den Kopf in ihre Hände. „Danke für das alles", und wertschätzte mit einer leichten Fingerbewegung seine Arbeit. „Aber es war auch sehr interessant. Hast du überhaupt ein Auge zugemacht?"

„Natürlich, mein Engel", nahm er sie in die Arme. „Natürlich. Danke auch für deine Hilfe. Für die Zeit, die du mit mir verbracht hast. Dafür, dass du mit mir aufgeblieben bist. Dass ich zu dir kommen durfte, als ich müde war. Dass ich nicht alleine bleiben musste."

Er war, nach der gestrigen Motorradtour, wie elektrisiert gewesen.

Praktisch vom Zeitpunkt der Reifenpanne an hatten seine Rezeptoren, anfänglich noch völlig unstrapaziert, mit zunehmender Tagesdauer aber intensiver werdend, Signale empfangen.

Niemals hätte er es erklären können, weil es dafür keine plausible Erklärung gab. Aus Erfahrung wusste er, dass es für ihn keinen Sinn machte, sich gegen dieses Phänomen zu stemmen. Es überfiel ihn, wenn es denn auftauchte, wie ein Räuber in der Nacht, nicht allerdings um ihm etwas zu stehlen, sondern zu geben. Es war nichts, das er hätte malen oder fotografieren können. Er musste nur wach genug sein, die Antennen im richtigen Moment auf Empfang zu stellen.

Wenn er selbst rationell und gewinnbringend mit seinen Intuitionen hätte umgehen können, stünde er heute nicht an dem Ort, an dem er war. Fernsehstar wär er geworden oder Hellseher, Berufsspieler oder Zukunfts-

274

deuter. Gefeiert und berühmt jedenfalls, so oder so. Dass er einer internationalen Karriere hauptsächlich widerstanden hatte, verdankte er zuerst dem Fehlen jeglicher Art von Gier und dem völligen Abhandensein von Strebertum. Zweitens dann seinem eigenen Phlegma und einer damit einhergehenden Bequemlichkeit, der er befürchtete, im erfolgreichsten aller Fälle verlustig zu gehen. Gewissen Prinzipien nämlich war er sein Leben lang treu geblieben. Als dritten Punkt schließlich, den er zwar selber als <an den Haaren herbeigezogen> nannte, führte er gern seine späte, wenngleich auch nicht minder beeinflussende Bekanntschaft mit „Müller" an. Ja, mit „Müller", dieser treuen Hundeseele. Würde man ihn nach einer konkreten Begründung hiernach fragen, würde er vermutlich ratlos die Schultern heben und als solchermaßen Ertappter beschämt erröten. Letztendlich aber war es so, dass der Hund wesentlich zu seinem seelischen Befinden und Gleichgewicht beitrug.

Und er liebte „Müller". Er liebte dessen einfaches Leben und seinen Charakter. Wenn „Müller" morgens früh an der Haustür stand und seine Augen ausdrückten <die Frühaufsteherei stinkt mir>, dann gab es keine überzeugendere Ehrlichkeit. Da konnte „Lydia" hüpfen wie sie wollte. „Müller" war zur Lüge schlicht unfähig.

Er hatte sich extra viel Zeit genommen, seine Harley gestern in der Remise abzustellen.

Extra viel Zeit. Penibel hatte er mit einem weichen Lappen alle Chrom- und Lackteile abgerieben und poliert. Erst als Melanie um die Hausecke gespäht hatte, wo er denn bliebe, war er ihrer offensichtlichen Ungeduld gefolgt und ins Haus gekommen. In seinem Kopf arbeitete es. Es arbeitete dermaßen, dass Melanie es seinem Gesicht ansah, als sie die Biker-Klamotten auszogen.

„Was ist?", hatte sie gefragt.

Edgar hatte sich nur schwadernd entschuldigt und nicht wirklich auf ihre Frage geantwortet. Er hatte die Stiefel mit den Silberschnallen ausgezogen, den Helm auf die Biker-Kommode gelegt und war wortlos die Stiege in den ersten Stock hinauf gestiegen, wo sich sein Zimmer mit dem alten Computer befand. Er hatte sofort den Computer eingeschaltet und einen dicken Ordner aufgeschlagen, und während der Computer hochfuhr, hatte er in dem Ordner geblättert.

Er hatte nach etwas gesucht, das er gelesen hatte. In der Zeitung. Deren Seiten er abgeheftet hatte, die von lokalen Kriminalfällen berichteten. Er blätterte; blätterte, vor und zurück, dann hauptsächlich zurück, und er hatte nicht bemerkt, dass Melanie hinter ihn getreten war.

„Edgar?"

Edgar antwortete nicht. Er blätterte, blätterte, zurück....September, August....

„Edgar?"

„... Juli......"Hier!", schnaufte er endlich und mischte die Blätter nochmal, wie bei einem Kartenspiel durch Daumen und Zeigefinger fächernd, vor und zurück. „Hier!"

Es schien, als hätte er Melanie noch gar nicht realisiert. Erregt schnappte er den Metallbügel des Ordners auf und nahm ein Einzelblatt heraus. „Hier! Das ist er!"

Melanie sah, dass sein Ordner unheimlich viele Seiten umfasste, dass er jedoch nur auf eine einzige davon fokussiert war.

„Edgar?", fragte sie fast flehentlich. „Was ist mit <er>?"

Endlich registrierte Edgar Schaaf, dass er nicht allein war. Einladend fasste er Melanie am Arm. „Schau dir das an", sprach er in fast gönnerhaftem Ton, als würde er als Meister einen tumben Lehrling an seiner ureigenen Weisheit teilhaben lassen. „Und dann schau dir das an."

Mit dem Finger deutete Edgar auf drei Fotografien, die er zum einen wohl aus einer Zeitung ausgeschnitten, zum anderen aus einer ihr unbekannten Quelle hatte. Das eine Foto zeigte einen Mann oder Frau, der/die eine Schusswaffe in Richtung eines mit erhobenen Händen dastehenden Mannes streckte. Das andere Bild war offensichtlich ein Radarfoto von einem Motorrad, auf dem zwei Männer/Frauen saßen. Von dem Radarfoto gab es zwei Exemplare: Von vorne geblitzt und von der Rückseite. Man konnte das Motorradkennzeichen gut lesen. FR-H 46258.

„Was ist das, Edgar?" Melanie packte ihn an einer Schulter.

„Das", lehnte er sich selbstsicher zurück, „ist ein Beweis."

Er drehte sich auf dem Bürostuhl ganz zu ihr herum und fasste sie um die Hüfte.

„Und dann geht es noch weiter. Ich weiß, wer der Räuber von dem Banküberfall in Sasbach am Rhein ist. Der Überfall war zwar missglückt, aber dennoch. Der", sagte er und deutete mit dem Finger auf die Fotos, „der war's."

„Ja welcher denn von beiden?" Melanie konnte noch nicht ganz seinen Gedankengängen folgen.

„Das Halstuch", erklärte Edgar nachsichtig. „Das Halstuch. Auf beiden Fotos ist das Halstuch identisch. Sieh mal." Er zeigte Melanie anhand der Fotos, dass die Halstücher gleich waren. Auf dem Bild von der Bank stach es genauso hervor wie auf dem Bild von der Radarkontrolle. „Zudem", sagte Edgar. „ist in Sasbach auf einem Parkplatz ein Motorradhandschuh gefunden worden, den man nicht zuordnen konnte. Und nun schau mal auf das Bild von der Radarkontrolle in Hohenterzen: Das Bild von vorne: Dem Motorradfahrer fehlt ein Handschuh. Und schau: Auf dem Sozius sitzt das gleiche Halstuch wie beim Überfall in Sasbach."

„Na gut, Edgar. Und?" Melanie ahnte die Zusammenhänge bereits, wollte sie aber bestätigt wissen.

Edgar rüttelte leicht mit dem Gesäß auf dem Schreibtischstuhl hin und her, als könnte er dadurch seinen Schlussfolgerungen mehr Esprit verleihen. Er begann verhalten: „Erinnerst du dich an die Bildergalerie im Schaukasten des Motorradclubs?"

„Was willst du mir damit sagen?" Ihre Stimme klang plötzlich erschöpft. Sie wollte heute keine Rätsel mehr lösen.

„Der Typ mit dem Halstuch ist dort der <Barkeeper>. Rolf Hofstetter heißt er. Er hat nicht nur einen misslungenen Banküberfall hinter sich, die Halstuchfotos beweisen es, sondern er hat auch ein altes, defektes Unfallmotorrad bar bezahlt. Woher hatte er das Geld, wenn der Banküberfall kläglich in die Hose ging? Oder anders gefragt: Wofür wäre das Geld bestimmt gewesen, wenn der Überfall erfolgreich verlaufen wäre? Und wie kommt es, dass Rolf Hofstetter nur kurze Zeit nach dem missglückten Bankraub auf einem Radarbild der Verkehrsüberwachung in Hohenterzen erscheint? Hat er dort nach Geldquellen gesucht? Und wenn ja, bei wem? Und warum wurde er das tragische Opfer eines mysteriösen Gewaltakts, für den es bisher keine Erklärung gibt?" Edgar schaute Melanie an, als würde sie ihn gleich wie einen Seehund im Zoo mit einem Fisch belohnen, was sie natürlich nicht tat, sondern sich kraftlos neben ihn setzte.

„Ich fürchte", seufzte Melanie entkräftet, „dass du noch mehrere offene Baustellen gefunden hast." Sie meinte dies nicht wie eine Enttäuschung sondern wie eine Vorahnung.

„Ja, allerdings", jubilierte Edgar mit plötzlich losgelöster Freude. „Ja. Ich bewundere dich, dass du es genauso siehst. Und was ist es bei dir, das du denkst?"

Melanie zuckte nur ergeben mit den Schultern und lehnte sich vertrauensvoll an seine Seite.

„Du wirst es mir sagen, Liebster. Aber ich bin so müde, dass ...“
„Selbstverständlich sag ich dir's.“ Er nahm sie verständnisvoll in den Arm.
„Komm her, meine Liebe. Es war ein langer Tag, der viel Konzentration gefordert hat. Ich bin auch sehr müde, aber ich würde heut´ nicht einschlafen können, hätte ich mich jetzt nicht überzeugt. Gell, ich bin eine Nervensäge. Ich lass dich auch gleich in Ruhe. Es sind die Schüsse.“

„Die Schüsse?“ Jetzt war ihr klar, dass sie sich auf unbekanntem Gelände bewegte, und das merkte er auch.

„Ja, die Schüsse. Und die Waffen. In Sasbach wurde mit einem Neun-Millimeter-Revolver geschossen. Das Projektil wurde zwar bis heute nicht gefunden, weil der Schuss absichtlich oder unabsichtlich durch ein hoch angebrachtes Fenster nach außen ging, aber anhand der Fotos konnte man den Waffentyp festlegen; und in Hohenterzen wurde ein gewisser Ralf Großbauer mit einer Neun-Millimeter-Waffe erschossen. Dort hat man das Projektil gefunden. Die Tatsache allein, dass in Sasbach und in Hohenterzen am gleichen Tag mit einer Neun-Millimeter-Waffe Verbrechen begangen wurden, lässt einige Schlüsse zu. Dass dabei zufällig am gleichen Tag an beiden Orten ein Mann gewesen sein soll, der über eine solche Waffe verfügt hat, - was würdest du, ungeachtet der verschiedenen Tat-Strukturen, darüber denken?“ Edgar grinste sie beifallheischend an und blätterte hektisch, aber auch vergeblich danach suchend, seine Theorien stützen zu können, in seinen Unterlagen.

Melanie wartete. Weder sein Suchen noch seine aufgesetzte Agilität mochten sie so recht überzeugen. Und weil sie anschließend nur vier Worte sprach, die allein ihrer zunehmenden Müdigkeit geschuldet waren, nämlich „ach, ich weiß nicht“, war für Edgar Schaaf das entscheidende, gewichtsbringende Molekül zur weiteren Vorgehensweise auf die richtige Waagschale gefallen. Nicht wegen des Zweifels an der Sache an sich, den Melanie vielleicht unabsichtlich und intuitiv vorbauend geäußert hatte, sondern wegen der infiltrierenden Objektivität, die so geschickt verborgen hinter den drei Worten lag: „Ich weiß nicht.“

Was Melanie unbedarft gesagt hatte, „ich weiß nicht“, war für Edgar das Credo, der Ursprung jeder Ermittlungsarbeit. Nur fügte er einen Buchstaben hinzu. Es musste heißen: „Ich weiß nichts“. Dessen musste er sich bei jedem Fall bewusst werden. „Ich weiß nichts.“ Bei null beginnen. Die Systeme auf Anfang stellen. Von anderen an der gleichen Sache beteiligten Ermittlern übernommene Erkenntnisse überprüfen. Nicht aus böswilligem Misstrauen, sondern aus gesundem Misstrauen. Zur Sicherheit. Nicht einfach übernehmen und blind vertrauen. Es ging nicht an, dass man mit *irgendwo*, mit *ungefähr* arbeitete. *Irgendwo* in Norditalien, in *irgendeinem* Hotel. Solche Ergebnisse waren keine glasklare Fakten, die einer richterlichen Untersuchung standhielten.

Es gab einen Weg, den der detektivische Verstand sich antun musste, so sehr es ihm auch wiederstreben mochte, die eigene Intelligenz zu beleidigen: Steig hinab in die Niederungen. Umgib´ dich mit Dunkelheit. Versorge dich mit Nichtwissen. Wohlgemerkt: Nichtwissen ist nicht Dummheit. Und erst wenn du dir des Nichtwissens und der Dunkelheit gewahr bist und dir die eigene Überheblichkeit und die Arroganz keine Fallen mehr stellen können, kannst du beginnen, Licht in die Finsternis zu bringen und dein Nichtwissen zu beleuchten, zu bekämpfen. Melanie hatte ihn mit seiner eigenen Nase darauf gestoßen, dass Nichtwissen der Antrieb ist für des Ermittlers wichtigste Berufseigenschaft: Neugier.

Es war nicht ausgeblieben, dass sich Edgar während seiner langen Arbeit als Ermittler, gerade wegen seiner bis zur Schmerzgrenze peniblen Art, nicht nur Freunde geschaffen und oft Kritik geerntet hatte. Er galt als eigenbrötlerisch, detailversessen, auch als barsch. Er hatte genervt mit seiner Sturheit, alles von Anfang an genau wissen zu wollen. Aber die Erfolge gaben ihm recht. „Ich weiß nichts." Bei Dienstbesprechungen im Team war sein zweiter Satz stets gewesen: „Was wissen wir?" Sein drittes Anliegen galt danach der Überprüfung dessen, was sie angeblich wussten. Der Sicherheitsgedanke. Erst wenn ein Ergebnis vor seinen Augen Bestand hatte, gab er das Okay für weitere Ermittlungen. Seinen Segen quasi.

Natürlich war es nicht *die* schwere Schockwelle, die wie eine Macht durch Edgar hindurch raste und allen überflüssigen Unrat fortspülte, der für eine klare Erkenntnis hinderlich war. Aber es war dieses Nano-Gramm in dieser Nano-Sekunde, das sein Unterbewusstsein streifte und ihm für exakt diese Zeit die Einsicht brachte, vor deren Klarheit er gestanden war und sie nicht wahrgenommen hatte, gerade so, wie man den Wald nicht vor lauter Bäumen sieht.

Edgar erinnerte sich, dass er nach den drei Worten „ich weiß nicht" gestern Abend für mehrere Sekunden sprachlos geblieben war. Die Worte an sich waren ja belanglos gewesen. Die Erkenntnis dahinter, die tiefere Bedeutung, gerade für ihn als Kriminalisten, aber kam doch einer mittelkräftigen Erschütterung gleich. Es war jetzt schon das zweite Mal, dass er durch eine Äußerung Melanies auf den richtigen Pfad gelenkt worden war. Das erste Mal war gewesen, als sie ihn, von keiner aus Zwängen verbauten Sicht behindert, auf den logischsten aller Grundsätze kriminalistischer Arbeit gestoßen hatte: der Überprüfung von Alibis. Mit einem geplatzten Alibi hatte er im Frühjahr den entscheidenden Hinweis auf den Mörder Bodo Schneider erhalten. Und heute waren es drei einfache Worte: „Ich weiß nicht."

Drei Worte, die andererseits und unterschwellig auch Unsicherheit verbreiteten.

Wie viele Jahre hatte er nun als Kommissar gearbeitet? Dreißig? Vierzig? Und wie viele Fälle hatte er gelöst? Hatte er je einen Fall gelöst, der zu seiner vollsten Überzeugung gelöst worden war? Ging es immer nur um Opfer und Täter? Um Recht und Unrecht? Schwarz und Weiß?

Bestimmt hatte er bei besonders gravierenden Fällen eine gewisse Genugtuung verspürt, wenn vom Gericht die Nachricht gekommen war, dass der Beschuldigte verurteilt worden war. Der Beschuldigte. Die Beschuldigte. Von wem beschuldigt? Von ihm? Ja, von ihm. Juristisch gesehen zwar vom Staatsanwalt, deren Hilfsbeamter er gewesen war. In Wirklichkeit aber war er es gewesen, der durch seine Arbeit zuerst Schuld von Unschuld trennen musste. Und Schuldige von Unschuldigen. War ihm das immer gelungen? So gelungen, dass er abends ruhig zu Bett gehen konnte und den Schlaf der Gerechten schlief? War er ein Gerechter?

Geständnisse, Beweise, Aussagen, Indizien, Paragrafen. Darum ging es in der Fabrik, deren Personalchef der Staatsanwalt und deren Chef der Richter war. Dabei, und damit hatte er als Kommissar zu tun, ging es nur um Menschen. Sein Bestreben war, einem oder einer etwas nachzuweisen. Sein Handwerkszeug war Ermitteln, Überwachen. Ausspionieren, Belasten, Überführen. Gehörte auch <Hinters Licht führen> dazu? Bestimmt.

Manchmal war es, wie er sich zu erinnern glaubte, zu einer Art Rudelbildung gekommen und hatte seltsame Blüten getrieben: Polizei im Großeinsatz. Razzien. Gemeinschaftliche Jagd. Konzertierte Aktionen. Gegen Rauschgiftkartelle. Gegen Räuberbanden. Gegen sogenannte Politische. Dabei war er sich stets ungemütlich vorgekommen, weil er keinen persönlichen Feind hatte ausmachen können, dem er in die Augen hätte schauen können. Er selbst war ja politisch und hatte sich gegen die Volksverdummung engagiert. Kernkraftwerk Wyhl. Er unter den Protestierenden.

Er hatte sich politisch gegen die Rechtskultur gestemmt, hatte an Demonstrationen gegen die Naziaufmärsche teilgenommen. Damals im Jahre 2013 in Rastatt, wo vierzehntausend Rechtsextreme durch die Stadt marschieren wollten und sie auf massiven Widerstand, auch auf seinen, durch die doppelte Anzahl aufgeklärter Bürger stießen. Nein, unbeteiligt und passiv am Leben war er nie gewesen. Was aber war im Laufe der Jahre mit seiner Gesinnung geschehen? Mit seinem Gefühl für Gerechtigkeit? Für Unparteilichkeit?

Hatte er sich verändert? War er im Begriff, eine Wagenburg zu bauen, um seine Pfründe zu sichern? Welche Pfründe? War dies der Augenblick, um eine Generalabrechnung vorzunehmen?

Was hatte er denn aufzuweisen?

Außer „Müller", und der war sich seiner selbst genug, nur einen Haufen Blech. Anders konnte er seine Harley wohl kaum definieren. Das Haus gehörte Melanie. Melanie gehörte sich selbst.

Kam es darauf an, was wem gehörte? Schenkte sich Melanie nicht täglich an seine fragwürdige Gestalt? An einen alternden Herrn mit langen Haaren? Konnte es nichts anderes für sie geben? Steckte dahinter eventuell ein Geheimnis, dem er noch nicht auf den Grund gekommen war? Und wenn er es ergründen sollte, wollte er es dann wirklich wissen?

Wie viel Zeit ist vergangen, seit sie diese Worte gesprochen hatte? Eine Sekunde? Eine Minute? Eine Stunde? Gott, ich weiß nicht mehr, wer und wo ich bin. Weiß nicht mehr, wer ich bin. <Ich weiß nicht.>

Wie steh ich da? Wie sehe ich aus? Bin ich noch Herr meiner selbst? Schaut sie mich an? Beobachtet sie mich? Gerade jetzt, wo ich nachdenke?

Eigentlich sehe ich es genauso wie sie. Wie Melanie. <Ich weiß nichts>.

Eindeutig erkannte er, dass er mit der <Ich-weiß-nichts-Methode> beginnen musste. Er musste zusehen, dass er jede Menge Informationen bekam, und die bekam er nur, wenn er persönlich aktiv wurde. Das hieß für ihn, dass er sich die Informationen durch Telefonieren, Befragen, Recherchieren beschaffen musste. Erst dann, wenn er sich auf dieser Seite der Arbeit auf gesicherte Fakten verlassen konnte, durfte er Eingebungen seiner <Zweiten Intelligenz>, den Intuitionen, uneingeschränkt vertrauen, vorausgesetzt natürlich, sie traten in Erscheinung. Das Ineinandergreifen und Verzahnen dieser Fähigkeiten, sowie die fallorientierte Deutung der Hinweise, führten in der Regel zum Erfolg. Aber auch hier galt der abgedroschene und dennoch richtige Spruch: Die Ausnahme bestätigt die Regel.

Wechseln oder umschalten von der einen, <Ich-weiß-nichts-Methode>, in die andere, die <Zweite Intelligenz>, funktionierte leider nicht so einfach, wie das Zappen von einem Fernsehprogramm zum nächsten, denn die Intuitionen erfolgten nach keinem Schema, waren keiner Ordnung unterlegen. Es war die Kunst, dieser <Zweiten Intelligenz> neben der gewöhnlichen, aufzehrenden Ermittlungsarbeit eine Chance zu geben. Sie nicht zu vernachlässigen, sie nicht als Auswuchs von Verrücktheit zu betrachten. Es zählte zur Kunst, ihr in sich selbst ein Zuhause, eine Wohnung, ein Auskommen zu gewähren und eine Partnerschaft einzugehen, die durchaus intim sein durfte. Edgars in vierzig Dienstjahren reichlich erworbene Routine war im Laufe seiner Pensionärszeit allerdings leicht eingerostet, weswegen er für Melanies Geistesblitze, auch wenn sie völlig irrational schienen, überaus empfänglich und dankbar war. Und morgen würde er mit der <Ich-weiß-nichts-Methode> beginnen. Er musste den Film von Anfang an anschauen und nicht erst ab der Hälfte. Ohne Anfang war eine Geschichte nichts. Wertlos. Genau. Morgen würde er anfangen. Er wusste sogar schon, wo.

„Edgar?"

Die Frage kam von ihr. Definitiv von ihr. Gestern Abend.

Wie gesagt: Sekunden? Minuten? Stunden?

"Edgar?"

„Hrmmhmm ..."

„Ist etwas mit dir, Liebling?" Melanie strich behutsam über Edgars Stirn. Sorgenvoll näherte sie sich seinem Gesicht, sah, dass er in Aufruhr war.

„Ich glaube ..." seine Stimme versagte.

„Was glaubst du, Edgar?"

„Ich glaube, dass du alles weißt", flüsterte er.

„Lass uns zu Bett gehen, Liebster. Du redest wirr."

Während ihres Frühstücks sprachen sie nicht viel miteinander. Melanies Blicke galten immer wieder der Wanduhr. Montags ging sie in der Regel einige Minuten früher in ihren Laden in der Fußgängerzone, um die Post zu bearbeiten, die vom Samstag liegen geblieben war.

„Du siehst aus, als hättest du heute was vor, Edgar, oder täusche ich mich?"

Edgar strich mit einem Stück Weißbrot die letzten Reste vom Rührei zusammen.

„Du irrst dich keineswegs, Schatz. Ich habe vor, den Stefan zu besuchen. Den, der uns gestern im Pickup mitgenommen hat."

„Wie willst du denn herausfinden, wie er heißt und wo er wohnt beziehungsweise arbeitet?" Melanie hatte von solchen Dingen nicht die geringste Ahnung.

„Nun, das ist nicht schwer", lächelte er. „Ich habe ja die Nummer von seinem Motorrad auf dem Radarfoto. Damit hole ich mir die Informationen, die ich brauche. Übrigens: Es kann sein, dass ich heute länger unterwegs bin. Das weiß ich jetzt leider noch nicht. Ich möchte die Hunde im Garten lassen und werde mit den Handwerkern sprechen, dass sie hin und wieder mal ein Auge auf sie werfen. Ist das okay für dich?"

Auf Melanies Stirn zeigten sich ein paar Sorgenfalten. „Das mit den Hunden ist okay. Ich mache mir nur Gedanken um dich. Nicht dass du dich da in eine Sache hineinziehen lässt, die gefährlich ist. Schließlich, das hast du selber gesagt, schießt da einer in der Gegend rum und tötet Menschen. Du weißt ja nicht, an wen du gerätst."

„Zunächst", beruhigte sie Edgar, „will ich es mit Stefan zu tun bekommen, und der ist ja wohl ein anständiger Rocker."

*

Stefan Springmann war mit den Gedanken nicht bei der Sache, wobei mit <Sache> seine Arbeit als Flugzeugtechniker beim Großflughafen Lahr gemeint war.

Er hatte die Tag-Schicht von acht Uhr morgens bis siebzehn Uhr und lag in den Eingeweiden einer alten Boeing 747. Wiederholt hatte er sich in dem dicken Wälzer von technischem Handbuch vergewissern müssen, dass er die richtige Reihenfolge an zu überprüfenden Systemen eingehalten hatte. Normalerweise beherrschte er sein Metier im Schlaf. Schuld an seiner Konfusion war der Telefonanruf, der ihn vor eineinhalb Stunden erreicht hatte.

Es war seit der Angelegenheit mit Rolli damals im Juli so viel Zeit vergangen, dass er vorsichtig begonnen hatte zu glauben, sie wär ein für alle Mal ausgestanden. Aus und vorbei. Es hatte ihn so beschäftigt und verfolgt, dass er keinen Tag und keine Nacht mehr ohne Sorge und Angst vor Entdeckung hatte verbringen können. Lange hatte er darüber gegrübelt, ob er sich das alles wirklich antun sollte und es nicht besser für ihn sei, geradewegs zur Polizei zu gehen und sich zu stellen. <Hört und schaut her: Ich bin's, den ihr sucht>. Irgendwie hatte er es nicht geschafft. Zum einen lag es an einer Art Scheiß-Pflichtgefühl und Vasallentreue gegenüber seinem Kumpel Rolli, zum anderen daran, dass tatsächlich Stunde um Stunde, Tag um Tag und dann Woche um Woche vergingen, ohne dass irgendjemand etwas von ihm hatte wollen. Die Hoffnung war ergo mit durchschrittener

Zeit gewachsen, sodass er seit wenigen Tagen damit zu rechnen begonnen hatte, gänzlich ungeschoren aus der Sache heraus zu kommen.

Er hätte es besser wissen müssen.

Keine Ahnung, woher der Typ seine Mobiltelefonnummer hatte. Dafür war der Anrufer zu kurz angebunden. Und schmerzlos war er obendrein.

<Spreche ich mit Stefan Springmann?>

<Ja, warum?>

<Ich muss mit dir reden. Sagen wir um zwölf Uhr in deiner Mittagspause am Meeting-Point des Ankunft-Terminals.>

Woher wusste der Typ von seiner Pause?

<Wer sind Sie und um was geht's denn?>

<Wer ich bin, wirst du sehen. Es geht um Rolf Hofstetter. Sei bitte pünktlich. Es ist wichtig.>

Ende des Gesprächs.

Zwölf Uhr war in zwanzig Minuten. Zwanzig Minuten noch voller Ungewissheit, voller Rätsel. Zwanzig Minuten voller Angst. Zwanzig Minuten aber auch noch voller Freiheit. Und danach?

Stefan Springmann erkannte den Mann sofort wieder. Er war ziemlich hoch gewachsen, trug schwarze Kleidung, einen gestutzten Vollbart und hatte das lange weiße Haar zu einem Pferdeschwanz gebunden. An einer Schulter hing eine flache Tasche. Er war erst gestern in Simonswald mit einer Frau in den von ihm gesteuerten Ford-Pickup gestiegen. Wie hieß er noch gleich?

Der Mann kam ihm zwei Schritte entgegen, eine Hand zur Begrüßung ausgestreckt.

„Hallo Stefan. Na, erkennst du mich?" Der Händedruck war kräftig. „Holla, feuchte Hände. Alles okay, Stefan?"

<Der Typ hat gut reden. Feuchte Hände. Wenn er mich nach meinem Arsch fragt, sage ich, dass er auf Grundeis geht>, dachte Stefan. Doch er erwiderte: „'S ist ziemlich heiß in einem Flugzeugbauch. Da kommt man bei der Arbeit schon mal ins Schwitzen, wenn's beliebt. Äh, ich hab deinen Namen vergessen, tut mir leid."

„Entschuldige, du hast recht. Ich bin Edgar. Wollen wir nach draußen gehen und uns einen Platz in einem der Cafés mit Freisitz suchen, damit wir rauchen können? Du rauchst doch, oder?" Edgar hatte sich bereits in die Richtung nach draußen gedreht.

„Ich hab mein Vesper dabei. Mittagspause, du erinnerst dich? Ich brauch was zu essen." Stefan klopfte auf einen grünen Leinenbeutel mit dem

Werbeaufdruck einer weltweit präsenten Möbelhauskette, in dem er seine Brotration verstaut hatte. „Einen Kaffee würd ich schon dazu trinken wollen. Also, geh'n wir."

Sie fanden einen freien Tisch auf einer Freiterrasse, die mit dicken Blumenkübeln aus Beton gegen den durchgehenden Verkehr abgegrenzt war. Stefan ließ sich vis-à-vis von Edgar auf einen Stuhl aus Aluminium fallen und griff sich die Vesperdose aus der Tasche.

„Also gut, Edgar. Was willst du von mir? Was gibt es so Dringendes wegen Rolli zu besprechen?" Er klappte den Deckel des Behälters auf, nahm ein mit Wurst belegtes Brot in die Hand und biss hinein. Er achtete darauf, dabei so locker und normal wie möglich zu bleiben.

Edgar hatte sich zurückgelehnt und machte eine Bedienung auf sich aufmerksam, bei der er zwei Kaffee bestellte. Dann griff er in die Umhängetasche, die er auf einem der freien Stühle am Tisch abgestellt hatte und holte daraus einen Folienordner, aus dem er wiederum drei Fotos nahm und diese kommentarlos vor Stefan auf den Tisch legte. Edgar zündete sich eine Zigarette an und lehnte sich wieder bequem zurück.

Stefans Augen waren nur ein paar Sekunden auf den Fotos hängen geblieben. Dankbar nutzte er die Zeit, die es dauerte, einen Bissen Brot durchzukauen und zu schlucken, um die Gedanken zu sortieren und die aufkeimende Panik zu unterdrücken. Er vermied den direkten Augenkontakt mit Edgar und verfolgte stattdessen mit seinem Blick den Start eines Flugzeuges, das sich in Richtung Süden, leiser und kleiner werdend, entfernte. Auf seiner Stirn glitzerten Schweißtropfen.

„Ich hab's gewusst, dass es rauskommt. Ich hab's immer gewusst", sagte er fast flüsternd, als würde er ein Geheimnis verraten und sich darüber schämen. „Schon ab der ersten Stunde."

Edgar nickte nur mit dem Kopf. „Es ist immer so. Im Prinzip weiß man es sofort, nicht wahr? Aber die Hoffnung ist ein Teufel, und man kann sich nicht dagegen wehren."

Jetzt war es an Stefans Reihe, mit dem Kopf zu nicken. Immer noch starrte er wie versonnen dem Flieger hinterher. „Ja genau", murmelte er. „Die Hoffnung ist ein Teufel. Daran hab ich mich geklammert." Für einige Sekunden trauerte er der entschwundenen Hoffnung nach.

„Bist du von der Polizei?" Jetzt schaute er Edgar voll an.

Die Bedienung brachte den Kaffee. Edgar bezahlte gleich die Rechnung und nahm die eine Tasse zwischen beide Hände, während Stefan nach der anderen griff.

„Nein, ich bin nicht von der Polizei." Edgar schlürfte vorsichtig den ersten Schluck vom Tassenrand. „Aber ich werde mit der Polizei reden müssen wegen dieser Sache", sprach er hinter der Kaffeetasse hervor und deutete dabei mit dem Kinn auf die Fotos auf dem Tisch.

„Ich möchte aber, dass du mir davon erzählst."

Ein zynisches Grinsen verzog Stefans Gesicht und er schüttelte leicht mit dem Kopf, als fiele ihm gerade eine unglaubliche Geschichte ein.

„Ich hatte nicht die geringste Ahnung", begann er, und schilderte Edgar den Ablauf jenes Nachmittags mit Rolli bis zu dem Zeitpunkt, an dem dieser in Hohenterzen von seinem Motorrad gestiegen war. „Er hatte gesagt, dass er zu seiner Mutter ginge. Und weg war er. Dann hab ich ihn erst wieder an der Generalversammlung der *Borderliners* gesehen, an der er Herbies Unfall-Bike gekauft hat. Verstehst du? Vorher war er ein armer Schnorrer, und plötzlich legt er, oh Wunder, auf einmal sechstausend Euro auf den Tisch. Komisch war das schon, als er seine Mutter erwähnte. Von der hatte er vorher nämlich noch nie was gesagt. Ich hatte immer geglaubt, er hätte gar keine, und auch sein Spruch, dass er <bis jetzt auch nicht gewusst hätte, dass er eine Mutter hat> war seltsam."

„Ich hatte bis jetzt noch keine Zeit gehabt nachzuforschen, wo dieser Rolli überhaupt wohnt." Edgar hatte Stefan, ohne ihn zu unterbrechen, aufmerksam zugehört. „Ich bin ja auch erst gestern Abend hinter die Zusammenhänge gekommen. Du kennst ihn vermutlich schon eine Weile und kannst mir dabei helfen, eine Lücke zu schließen."

„Rolli wohnt bei seinem Vater in Endingen. Robert Gabler heißt er. Soviel ich weiß, ist er Frührentner." Stefan wirkte, als wäre eine Last von ihm gefallen.

Edgar stutzte. „Moment", hob er Obacht fordernd einen Zeigefinger. „Im Zeitungsbericht über den Mordversuch an Rolli bei euch auf dem MC-Gelände steht ein anderer Name: Hofstetter heißt er da."

Stefan lächelte nachsichtig. „Ja, der Rolli heißt Hofstetter. Sein Vater heißt aber Gabler."

„Dann", folgerte Edgar, „heißt seine Mutter wohl Hofstetter?"

Stefan zuckte, Unwissenheit signalisierend, mit den Schultern.

„Hör zu, Stefan. Wie gesagt, bin ich nicht von der Polizei. Ich rate dir aber, dich am besten noch heute bei der Polizei zu melden und eine Aussage zu machen. Hier im Flughafen hat es doch bestimmt Polizei. Schieb es nicht zu lange auf. Dir kann ja eigentlich nichts passieren. Ich werde mich auf jeden

Fall heute noch mit der Polizei in Verbindung setzen, und dann solltest du bereits deine Aussage protokolliert haben. Du verstehst, was ich meine?"

Stefan nickte. „Okay. Ich werde mich heute noch von dem Albtraum erlösen", versprach er.

Edgar Schaaf stand auf und reichte Stefan Springmann die Hand. „Danke für deine Offenheit. Eine Frage noch. Hat Rolli jemals die Namen Margarete von Drach, Roman Teichmann oder Ralf Großbauer erwähnt?"

Stefan Springmann schüttelte verneinend den Kopf. „So dicke Freunde waren wir nun doch nicht. Warum sollte er auch, wo er mir nicht mal die Existenz seiner Mutter preisgegeben hatte?"

„Naja", seufzte Edgar leicht enttäuscht, „wär auch zu schön gewesen. Sind alles Namen aus Hohenterzen."

„Tut mir leid, Edgar. Von dort hab ich außer einem Strafzettel nichts weiter mitbekommen."

Es war kurz vor ein Uhr mittags, als Edgar Schaaf den Großflughafen Lahr per Breisgau-S-Bahn in Richtung Freiburg (Brsg.) verließ. Er überlegte, ob er zunächst Jens Melzer in Neustadt über den Stand der Dinge um Rolf Hofstetter einweihen sollte, kam dann aber zu der Einsicht, zuerst mit den Kollegen aus Freiburg reden zu müssen, die den missglückten Banküberfall in Sasbach und den Mordversuch an Hofstetter bearbeiteten. Nach einigen Minuten in der Warteschleife bekam er den leitenden Ermittler im Mordversuchsfall ans Mobiltelefon und verabredete sich mit ihm auf dreiviertel zwei im Polizeipräsidium.

Im Zugwaggon herrschten eisige Kühlschranktemperaturen, während die Luft außerhalb unter einer grauen Wolkendecke, die von Süden her über das Land geschoben wurde, vor Hitze zu schmelzen drohte. Beides waren nicht gerade vorteilhafte Voraussetzungen für messerscharfe Analysen. Dennoch verspürte Edgar eine vorsichtig optimistische Spannung, die ihm ein Kribbeln auf der Kopfhaut verursachte. Er kannte ähnliche Signale aus seiner aktiven Zeit bei der Kripo in Offenburg, und meistens war eingetroffen, dass die Ermittlungen in einem ungelösten Fall zu einer Wendung, in eine neue Richtung, zu einer Beschleunigung und manchmal auch zu einer Lösung geführt hatten. Er wusste, dass er keine zu hohen Erwartungen an sich und an die neuen Fakten stellen durfte, fühlte sich trotzdem ein bisschen nervös wie ein Schauspieler mit Lampenfieber vor dem Auftritt. Dieser Tag hatte das Zeug dazu, ein entscheidender Tag zu werden. Dessen war sich Edgar ganz sicher.

Die Eingangshalle des Polizeipräsidiums Freiburg wirkte auf ihn wie die Lounge eines Fünf-Sterne-Hotels. Er sah auf den ersten Blick, dass hier edle Materialien verbaut worden waren. Er meldete sich an der Rezeption, zu der er über glänzenden bunten Marmor schritt. Er wurde angewiesen, in einer Sitzgruppe aus kühlem Leder Platz zu nehmen. Während er wartete, hatte er Gelegenheit, sich in der riesigen Halle umzuschauen. In der Richtung zu den Aufzügen, es gab gleich drei davon nebeneinander, sah er begrünte Inseln mit glucksenden Wasserspielen. Es fehlten neben den Aufzügen nur die livrierten Liftboys, und die Ähnlichkeit mit einer Luxusabsteige wäre perfekt gewesen. Hier, dachte Schaaf, ist nicht der Zweck das Maß aller Dinge, sondern Geld.

Aus dem mittleren der Aufzüge kam ein schlanker Mann gesetzteren Alters auf ihn zu. Schon von weitem streckte er die Hand zur Begrüßung aus und strahlte über das ganze Gesicht.

„Edgar Schaaf!" rief er. „Ich wollte meinen Ohren nicht trauen, als du vorhin am Telefon deinen Namen gesagt hast. So viel hab ich von dir gehört, aber nie haben wir uns getroffen. Grüß dich. Wilhelm Henckel mein Name. Aber du sagst am besten Willy. Alle hier sagen Willy zu mir." Er schüttelte Edgar kräftig die Hand. „Komm, wir gehen in mein Büro. Ich habe gehört, du bist in Pension?"

„Ja, seit beinahe drei Jahren", erwiderte Edgar. „Stimmt, Willy. Auch dein Name ist mir früher ein paar Mal zu Ohren gekommen. Schon komisch, dass wir uns nie gesehen haben. Soweit liegen Freiburg und Offenburg doch nicht voneinander entfernt, oder?"

Henckel führte Edgar zum mittleren Aufzug.

„Ich bin echt gespannt darauf, wie dein Büro aussieht", sagte Edgar.

„Ach, du meinst wegen der Eingangshalle? Die Büros sind funktionell und einfach und praktisch eingerichtet. Aber wir haben alles, was man als Polizist so braucht. Du wirst sehen."

Er drückte auf den Knopf für die fünfte Etage.

Henckels Büro lag dem Aufzug direkt gegenüber. Im Prinzip bestand die gesamte Etage, außer dem Fußboden und der Decke und den notwendigen Stützpfeilern, aus Glas. Ob es von Vorteil und für die Arbeitsmoral förderlich war, von jedem Standpunkt aus direkt in alle Räume blicken zu können, war eine Frage für sich. Zweifellos aber hatte man durch die von Boden bis Decke verglasten Fensterfronten einen wunderbaren Ausblick über die Dächer von Freiburg, wenn man das Glück hatte, in einem der höher gelegenen Büros beschäftigt zu sein.

Edgar wartete, bis Henckel sich hinter seinem Schreibtisch niedergelassen hatte und setzte sich dann auf einen dünnbeinigen Stahlrohrstuhl mit Hartplastiksitzfläche.

„Willst du einen Kaffee oder ein Wasser?", fragte Henckel um Gastlichkeit bemüht.

„Einen Kaffee würd' ich nicht abschlagen", bedankte sich Edgar. „Ich hoffe dabei, dass er besser ist als der in Konstanz." Edgar erzählte Willy, durch welchen Anlass er vor nicht allzu langer Zeit im Polizeipräsidium Konstanz Gelegenheit hatte, in den Genuss des angeblich schlechtesten Kaffees der Welt zu gelangen.

„Stimmt", bestätigte Willy Henckel, „ich habe davon in der Zeitung gelesen. Ich meine von der Aufklärung der Fälle um Peter Seibelt und Bodo Schneider, nicht von der Qualität des Kaffees, haha. Und du hast dabei tatkräftig mitgewirkt, wie ich mittlerweile weiß. Große Sache für dich, Edgar, oder nicht?"

„Naja, es war eine Menge Glück dabei, verstehst du, und es ist schon tragisch, wenn du erfährst, dass Leute, die du von klein auf kennst und mit denen du in die Schule gegangen bist, Opfer und Täter sind. Das war nicht einfach zu verkraften. Deswegen bin ich aber nicht hier." Edgar wühlte in seiner Umhängetasche herum und zog die Fotos heraus und legte sie vor Henckel so auf den Tisch, wie er es zwei Stunden zuvor schon bei Stefan Springmann getan hatte. „Ich ermittle auf privater Basis in dem Mordfall an Margarete von Drach aus Hohenterzen. Besser gesagt: Ihre Tochter hat mich engagiert. Du hast davon bestimmt gehört. Jens Melzer in Neustadt bearbeitet die Sache und steckt wohl ein wenig in der Sackgasse. Einerlei. Im Zuge der Nachforschungen und eher zufällig bin ich darauf gestoßen", sagte er und wies auf die Fotos. „Das ist euer Mann vom Banküberfall in Sasbach. Der mit dem karierten Halstuch. Vor etwas mehr als einer Stunde hab ich mit dem Fahrer des Motorrads gesprochen. Er hat mir die Verwick-lung in den Überfall bestätigt, beteuert aber glaubhaft, unwissentlich in die Sache hineingezogen worden zu sein. Aus Angst um seinen Arbeitsplatz hat er sich bis jetzt nicht angezeigt. Er wird sich aber heute bei der Polizei am Flughafen Lahr stellen und eine Aussage zu Protokoll geben."

Henckel nahm die Fotos in die Hand. „Schön und gut", meinte er erstaunt, „aber wie heißt nun dieser Mann mit dem Halstuch?"

„Tja", schnippte Edgar mit Daumen und Zeigefinger. „Das ist euer Opfer vom Motorrad-Club *Borderliners* aus Endingen. Rolf Hofstetter."

Willy Henckel und Edgar Schaaf saßen in einem zivilen Polizeiauto Richtung Kaiserstuhl. Der schnelleren Verbindung wegen hatten sie zwischen Freiburg Mitte und Riegel die Autobahn A5 benutzt. In wenigen Minuten würden sie Endingen am Kaiserstuhl erreichen.

„Du bestätigst also, der Rolf Hofstetter wohnt bei seinem Vater, der Frühpensionär ist?"

„Ja, Edgar. Rolf hat eine eigene Wohnung mit separatem Eingang im Haus seines Vaters. Sein Name ist Robert Gabler."

„Das hat mir der Stefan Springmann schon gesagt", erinnerte sich Edgar. „Biegt man nicht da vorne nach Endingen ab? Ja, gell. Ich bin ja erst gestern die gleiche Strecke gefahren. Was mich noch interessieren würde: Weiß man was über Rolf Hofstetters Mutter? Nach der hat er ja wohl seinen Namen, wenn er nicht den seines Vaters trägt."

Henckel zuckte mit den Schultern. „Gabler hat gesagt, die Mutter sei gestorben. Mehr weiß ich leider auch nicht."

Sie erreichten den Ortsrand von Endingen und fuhren langsam in die Ortschaft hinein. Henckel steuerte das Fahrzeug routiniert in den Hof eines Hauses direkt an der Durchgangsstraße. Er kannte die Örtlichkeit bereits von seinem letzten Besuch im Zuge der Ermittlungen im Fall Rolf Hofstetter.

„Hier wohnen sie. Gabler und Hofstetter. Vater und Sohn."

Sie stiegen aus. Edgar schaute aufmerksam in die Runde, bevor er Henckel zum Hauseingang folgte. Henckel klingelte an der Haustür. Nach einigen Sekunden öffnete ein hochgewachsener, hagerer Mann mit vollem grauem Haar und einem fragenden Blick in den Augen.

„Ja, was gibt's? Es ist doch nichts mit Rolf im Krankenhaus passiert?"

„Guten Tag, Herr Gabler", antwortete Henckel. „Das ist Edgar Schaaf von der Kripo Offenburg. Können wir hineingehen? Wir müssen mit Ihnen reden."

Mehr perplex als mit Absicht trat Gabler zwei Schritte von der Tür zurück und machte den beiden Männern den Weg in den Hausflur frei. Gabler ging ihnen ins Wohnzimmer voraus, wo er mitten im Raum stehen blieb und sich zu Henckel und Schaaf umdrehte und sie weiterhin fragend anschaute.

„Setzen Sie sich, Herr Gabler", forderte Henckel den Mann mit einem Lächeln auf.

Umständlich quetschte sich Gabler auf eine Eckbank. Henckel und Schaaf zogen zwei Stühle unter dem Tisch hervor und setzten sich ihm gegenüber.

„Wie geht's Ihrem Sohn, Herr Gabler?", eröffnete Henckel das Gespräch, obwohl er nur zu genau darüber informiert war, wie es Rolf Hofstetter ging.

290

Gabler knetete seine Hände. „Er kann halt immer noch nicht reden, obwohl er aus dem Koma erwacht ist." Es klang wie eine Entschuldigung. „Immer noch nicht reden."

„Verstehe", sagte Henckel. „Dabei wäre es doch von so enormer Wichtigkeit, dass er *reden* könnte, um bei Ihrer Wortwahl zu bleiben. Oder meinten Sie eher *singen*?"

Gablers Adamsapfel vollführte einen sichtbaren Hupf.

„Jetzt weiß ich nicht, wie Sie das meinen, Herr ... Herr ..." Gablers Blicke irrten zwischen den beiden Polizisten hin und her.

„Henckel. Henckel und Herr Schaaf", kam ihm Henckel zu Hilfe. „Wir haben uns erlaubt", fuhr er dann fort, „bevor wir in Freiburg losgefahren sind, uns über Sie etwas zu erkundigen, Herr Gabler. Edgar, würdest du Herrn Gabler mal die Fotos zeigen?"

Er wartete, bis Edgar die erwähnten Fotos aus seiner Tasche geholt und vor Gabler auf den Tisch gelegt hatte.

„Wie wir festgestellt haben, sind Sie unter anderem Mitglied im hiesigen Schützenverein. Stimmt das?"

Gablers Haltung versteifte sich, und während er die Hände vom Tisch auf seine Oberschenkel legte, nickte er stumm mit dem Kopf. Jetzt ist es raus, dachte er, und gleichzeitig stieg ihm das Blut in den Kopf und Schweiß trat auf seine Oberlippe.

„Sie sind", Henckel kaute konzentriert auf jedem einzelnen Wort, als würde von ihm verlangt, die Betriebsanleitung für einen Schraubendreher in finnischer Sprache vorzulesen, „als Besitzer einer Faustfeuerwaffe eingetragen. Genauer: einer Smith&Wesson. Wenn Sie hier mal auf das eine Foto schauen wollen, Herr Gabler. Was Sie auf dem Bild sehen, ist eine Smith&Wesson. Haben Sie Ihre Waffe beim Schützenverein unter Verschluss oder haben Sie sie hier zu Hause? In beiden Fällen müssen wir Sie darum bitten, uns die Waffe zu zeigen."

Jetzt hatte Gablers Gesicht die Farbe einer reifen Tomate angenommen. Deutlich sichtbar arbeiteten die Kiefermuskeln. Seine Lippen bildeten einen dünnen Strich. Er nahm die Hände wieder von den Schenkeln, stützte die Ellenbogen auf die Tischplatte und legte die Stirn auf die gefalteten Hände.

„Herr Gabler?" Henckels Stimme klang unschuldig wie eine Kinderfrage.

In Gablers Körper war eine leichte Bewegung festzustellen. Der Oberkörper wankte, als befände sich Gabler in einem tranceähnlichen Zustand. Dann stieß er einen tiefen Seufzer aus und erhob sich schwerfällig, mit den Armen sowohl sein ganzes Gewicht stützend wie auch symbolisch die Last seines Kummers tragend. Mit hängenden Schultern durchquerte er wortlos das Wohnzimmer, ging durch eine Tür in einen Nebenraum, und kehrte nach einer halben Minute mit einer flachen Holzkiste in den Händen an den Wohnzimmertisch zurück. Behutsam stellte er die Kiste auf den Tisch und öffnete den Deckel.

„Ich weiß es seit dem Tag, an dem es in der Zeitung stand."

Henckel und Schaaf starrten beide auf das hölzerne Etui vor ihnen und speziell auf die Waffe, die, in roten Samt gebettet, vor ihnen lag. Eine schöne Waffe für den, der beim Anblick von Waffen überhaupt an Schönheit denken konnte. Eine Waffe zum Töten für alle anderen, die darin nichts weiter als ihren verfluchten Zweck erkannten. Für Schaaf war es schon immer ein Rätsel gewesen, was es war, das Leute dazu trieb, solche Mordwerkzeuge zu Hause aufbewahren zu wollen. Verstehen konnte er es schon zweimal nicht. Ihm waren solche Menschen einfach suspekt und hätte sich niemals auf eine Diskussion über das Für und Wider von Waffen in privaten Händen eingelassen. Es gab für ihn letztendlich kein sinnmachendes Für, so wenig wie eine Notwendigkeit.

„Sie hatten den Revolver nicht eingeschlossen, Herr Gabler, vermute ich da richtig?" Es war Edgar Schaaf, der die Frage stellte.

Gabler trat wieder um den Tisch herum und klemmte sich auf den vorherigen Platz hinter den Tisch. „Sie war in meinem Schreibtisch. Ja, nicht verschlossen. Ich konnte ja nicht wissen, dass … ich konnte ja nicht …"

„Nein, nein!" Edgar unterbrach Gablers Gestotter und verneinte auch mit erhobenem Zeigefinger. „Sie wissen, dass Sie es wissen mussten, Herr Gabler. Keine Ausrede. Wenn es so ist, wie Sie es wissen und wir es vermuten, handelten Sie grob fahrlässig, ist das klar?"

Sogar Henckel schaute von dem Revolver auf, als er die Schärfe in Edgars Zurechtweisung hörte. „Damit tragen Sie praktisch Mitschuld an dem Verbrechen, denn Sie haben die Tat ja erst begünstigt. Wieso wissen Sie eigentlich, dass es Ihr Sohn war und niemand anderer?"

Gabler schniefte durch die Nase. „Das Bild in der Zeitung." Eingeschüchtert deutete er kurz auf das eine Foto. „Schließlich kenne ich sein Halstuch und meinen Revolver." Er wurde wieder sicherer. „Zudem hatte ich an der Waffe gerochen, dass aus ihr geschossen worden war, und es fehlte eine Patrone. In der Zeitung war gestanden, dass nur ein Schuss abgegeben worden war, der niemand verletzte und …"

„<Nur> ist gut, Mann." Edgar zeigte saure Miene. „Es war genau ein Schuss zu viel, und ein Streifschuss ist und bleibt eine Verletzung, behaupte ich, und Sie können von Glück reden, dass niemand getötet wurde. Sind Sie überhaupt sicher, dass nur eine Patrone fehlt?" Er drehte sich von Gabler weg und zu Henckel hin. „Auf, Willy, sag dein Sprüchlein."

„Ja, Herr Gabler", ließ sich der nicht zweimal bitten. „Wir müssen die Waffe beschlagnahmen. Sie kommt in die Kriminaltechnische Untersuchung. Natürlich erhalten Sie eine Bestätigung von mir. Es wird auch überprüft, ob möglicherweise noch andere Verbrechen mit dieser Waffe begangen worden sind."

„Wieso andere Verbrechen?" Gabler wollte sich entrüsten. „Der Revolver ist nagelneu, direkt ab Werk. Wie sollte er dann an anderen Verbrechen beteiligt gewesen sein?"

„Sagt Ihnen der Name Ralf Großbauer etwas?"

Gablers Gesicht verriet seine Ahnungslosigkeit auch ohne Worte.

„Bedeutet Ihre Miene, dass nein? Nun, ganz so nagelneu ist das gute Stück ja nicht mehr, wie wir nun zur Genüge wissen, nicht wahr?", polterte Edgar kalt. „Halten Sie sich also zurück, Herr Gabler. Noch eine andere Frage. Ich habe erfahren, dass Rolf, Ihr Sohn, kurz vor dem versuchten Mord an ihm für viel bares Geld ein Unfallmotorrad beim Motorrad-Club Endingen bezahlt hat. Da er keiner geregelten Arbeit nachzugehen scheint, also die Frage, woher das Geld stammte. Bekam er es von Ihnen und wenn nicht, wissen Sie von wem sonst? Von der Bank in Sasbach hatte er es jedenfalls nicht. Wir überlegen uns nämlich, ob das Geld das Motiv für den Mordanschlag auf ihn war."

Gabler schien sich zu schämen. „Ich kann es nicht sagen, woher er das Geld hatte. Ich weiß es nicht."

„Gut, kann sein. Eine weitere Frage. Da Ihr Sohn ja nicht Ihren Familiennamen trägt, ist es wohl der Nachname seiner Mutter. Mein Kollege sagte mir, dass Sie bei der Befragung nach dem Verbrechen an Ihrem Sohn ausgesagt haben, seine Mutter, Frau Hofstetter, sei gestorben. Aha, Sie nicken. Stefan Springmann, Rolfs Kumpel vom Motorrad-Club, hat mir versichert, dass er mit seinem Motorrad am neunten Juli 2011 Ihren Sohn nach Hohenterzen gefahren hat, angeblich zu seiner Mutter. Wie passt denn das zusammen? Seine Mutter ist tot, und doch fährt er hin?"

„Ich weiß nicht, wie das zusammenhängt. Rolf ist immerhin erwachsen und kann tun und lassen was er will, oder nicht? Er ist mir keine Rechenschaft schuldig." Gabler meinte, wenn er sich dumm stellen würde, ginge dieser Kelch an ihm vorüber. Er verschränkte die Arme vor der Brust und senkte den Schädel zur Abwehr weiterer Angriffe. Edgar dagegen suchte mit den Augen an der Zimmerdecke nach seinem Geduldsfaden. Er schien ihn gefunden zu haben, denn er lächelte entspannt, als er zur nächsten Attacke ansetzte, und als er sprach, klang es beinahe wie das süße Werben um eine Geliebte.

„Ihre letzte Antwort, Herr Gabler, ich will es mal in der Fußballersprache ausdrücken, war ein grobes Foul im Strafraum. Der Schiedsrichter zeigt auf den Elfmeterpunkt. Sie stehen im Tor. Ich laufe an und schieße. Welchen Vornamen trägt Rolfs Mutter … Herr Gabler, ich laufe bereits. Welchen Vornamen …?"

„Margarete?" Gabler meinte wohl, er befände sich in einem Ratespiel für Dummies.

„ … Nicht Sie schießen, Herr Gabler, ich schieße. Sie stehen doch im Tor. Sehr gut, Herr Gabler, also Margarete. Und jetzt sehen Sie, dass ich am Ball angekommen bin. Ich schwinge das Bein, schieße, der Ball fliegt …Frau Hofstetter hieß schon lange nicht mehr Hofstetter, sondern von Drach, und als solche wurde sie am Abend des zehnten Juli in ihrem Haus in Hohenterzen ermordet. Genau einen Tag, nachdem Ihr Sohn sie angeblich besucht hat. Und übrigens ist genau an dem Freitag, an dem ihr Sohn bei seiner Mutter war, und ich sage jetzt nicht mehr angeblich, ein gewisser Ralf Großbauer unweit des Hauses ihrer ehemaligen Lebensgefährtin mit einer Neun-Millimeter-Waffe erschossen worden. Zudem kann man Ihre perfide Aussage, Rollis Mutter sei gestorben, durchaus als Behinderung polizeilicher Ermittlungen betrachten. Natürlich ist sie gestorben. Nämlich ermordet. Und Sie glaubten wohl, wir von der Polizei seien aus Dummbach. Wo liegt nun der Ball, Herr Gabler?"

„Wie, der Ball?" Gabler begriff es nicht.

„Na, hab ich recht oder hab ich recht? Liegt der Ball im Tor oder nicht?"

Gabler nickte belämmert mit dem Kopf.

„Dann", beugte sich Edgar zu Gabler hin über den Tisch, „dann steht es eins zu null für mich."

Henckel spielte den guten Polizisten und schickte Edgar nach draußen vor die Tür.

„Rauch mal eine. Hast ja den armen Herrn Gabler ganz erschreckt."

Und dann quetschte Henckel den Rest aus Gabler heraus. Wie das damals war, mit Margaretes Studium, mit ihrer Schwangerschaft, mit der Abmachung, dem Schweigen, dem Verschweigen, mit ihren Karriereplänen und mit seiner Frühpensionierung. Dass auch Rolf, ihr Sohn, so gut wie nie nach seiner Mutter gefragt hatte, weil ja Gitte, Gablers Lebensgefährtin, praktisch für Rolf die Mutterrolle übernommen hatte und dass er zu dem Fall, Rolf sei einen Tag vor Margaretes Tod bei seiner Mutter gewesen, wirklich keine Angaben machen konnte, sowie er sich auch nicht erklären konnte, wie Rolf an den neuen Namen und Wohnort Margarete von Drachs gekommen war. Das wisse Rolf allein, wie Gabler abschloss, aber der könne …

„… halt immer noch nicht reden. Das erwähnten Sie bereits. Äh, haben Sie eventuell ein aktuelles Foto Ihres Sohnes? Das wär lieb. Vielen Dank, Herr Gabler. Wir sehen uns ganz bestimmt wieder."

„Du hast ja überhaupt nichts verlernt, seit du in Pension bist", sagte Henckel zu Edgar, als sie sich auf der Rückfahrt ins Polizeipräsidium Freiburg befanden.

„Wie meinst du das?", fragte Edgar, der auf dem Beifahrersitz saß.

„Na hör mal. Du bist dem Gabler doch ganz schön auf die Zehen getreten. Genauso hätte ich mir immer einen Partnerermittler gewünscht. Ich glaube, wir beide wären ein gutes Team gewesen."

Edgar sinnierte einige Sekunden über diese Worte nach, bevor er antwortete.

„Du magst recht haben, Willy, aber ich hatte stets Wert auf Unabhängigkeit gelegt. Versteh´ das nicht falsch. Manchmal ist es unumgänglich, Fälle in Teamarbeit zu lösen, allein um der wahnsinnigen Informationsflut Herr zu werden. Aber entscheiden, in welche Richtung die Ermittlungen gehen, muss man allein. Du kennst das bestimmt aus eigener Erfahrung, dass du Akten mit nach Hause genommen hast und in endlosen Nachtstunden nach einem roten Faden gesucht hast, der sich verflixt noch mal nicht zeigen wollte. Ich war, vielleicht aus diesem Grund, auch nie verheiratet. Und? Bist du´s?"

„Ich war´s. Ist schon lange her. Meine Ex hatte einfach kein Verständnis für meine Arbeit, und wie du sagst, ist unsere Arbeit ein echter Liebeskiller. Wahrscheinlich lag es an mir, dass die Ehe in die Brüche ging. Ich konnte und wollte einfach nicht anders arbeiten. Man sollte für die Kriminalpolizisten ein Zölibat einführen. Das wär´s."

Edgar schmunzelte über diesen Vorschlag. Sie näherten sich der Stadtmitte.

„Hör zu", sagte Edgar zu Willy Henckel, zum aktuellen Fall zurückkehrend. „Du übergibst den Revolver deinem Kollegen Wasserfeind. Der soll sich darum kümmern, ob diese Waffe auch zu dem Mord an diesem Fotografen Großbauer passt. Vielleicht findet er ja noch ein paar Fingerabdrücke. Für Schmauchspuren an Hofstetters Händen, ich meine den Sohn, wird es jetzt wohl zu spät sein. Und mach ihm ein bisschen Dampf unterm Hintern."

„Du verlangst", grinste Henckel, „dass ich dem Teufel die goldenen Haare stehle."

„Mach dich an seine Großmutter 'ran, dann hast du bestimmt Erfolg."

Edgar saß allein in der Kantine des Polizeipräsidiums Freiburg, die sich in der obersten Etage des Gebäudes befand. Bei entsprechendem Wetter musste die Aussicht hier oben bestimmt großartig sein. Um diese Nachmittagsstunde hatte sich der Himmel jedoch eingetrübt und ließ die Aussicht nur erahnen. Über den Dächern Freiburgs hing ein hochangereichertes Wasser-Sauerstoff-Gemisch, das außerdem, wie unter dem Deckel eines überhitzten Kochtopfes, unter ansteigendem Druck stand. Ein Funke würde genügen, dachte Edgar, und der Schwarzwald wird uns allen um die Ohren fliegen. In den vollklimatisierten Räumen des Polizeigebäudes war davon jedoch nichts zu spüren.

Er hatte das einzige noch zur Verfügung stehende warme Menü vor sich stehen, davon aber nur die Hälfte gegessen. Linseneintopf mit Würstchen. Er konnte sich an bessere Varianten erinnern, aber so war es nun mal dort, wo für den äußeren Glanz fast alles, für das leibliche Wohl aber fast nichts investiert wurde. Allerdings, musste er eingestehen, war er von der üblichen Verpflegungszeit am Mittag eine ganze Ecke lang weg.

Er war Henckel zuliebe noch ins Büro des gewöhnlich übellaunigen Kriminaltechnikers Wasserfeind gefolgt. Persönlich hatte er *Condor* erst einmal gesehen, sonst aber nie mit ihm zu tun gehabt. *Condor* war für den Bereich Offenburg nicht zuständig, und bei dem einen Mal war es ohnehin nur um einen Fall gegangen, bei dem sich zu Beginn die Kriminalabteilungen um die geografische Zuständigkeit gestritten hatten. Schließlich war die Kompetenz nach Freiburg gefallen.

Condor Wasserfeind war heute aber sehr umgänglich. Fast euphorisch hatte er den Revolver in Empfang genommen und unerwartet jovial die schnellstmögliche Abklärung versprochen. <In spätestens drei Stunden kannst du Bescheid haben>. Sie hatten sich auf Handyverständigung geeinigt und die Telefonnummern getauscht.

Jetzt war es kurz vor siebzehn Uhr und Edgar dachte bereits daran, mit der nächsten Zugverbindung nach Hause nach Gengenbach zu fahren. Er schob das Tablett mit den Menüresten zur Entsorgung auf ein Förderband nahe der

Küche, holte sich an der Theke einen Kaffee und war unterwegs zu seinem Tisch, als sein Handy klingelte. Nanu, so schnell, *Condor*? Er sah aber an der Nummer auf dem Display, dass es nicht die Nummer Wasserfeinds war.

„Franz Hirt hier. Hohenterzen. Hallo Edgar, pass auf, zwei Dinge sind passiert. Erstens: Roman Teichmann ist tot. Ermordet. Wir haben ihn vor einer halben Stunde gefunden. Ja, tot. Ich hatte heute etwas früher den Kontrollanruf bei ihm gemacht, aber er hat sich nicht gemeldet. Darum hab ich die Streife vorbeigeschickt. Die haben ihn dann in seiner Wohnung gefunden. Melzer und seine Assistentin aus Neustadt sind schon hier. Der Wasserfeind kommt mit seiner Technikmannschaft und dem Gerichtsmediziner aus Freiburg her. Von ihm weiß ich, dass du grade in Freiburg bist. *Condor* nimmt dich mit, wenn du willst.

Zweitens: die Verkäuferin vom Blumenladen ....wie meinst du? ... Ja, die von der Tankstelle in Hohenterzen ... also sie kann sich erinnern, wer den Gerbera-Blumenstrauß im Juli gekauft hat. Ja, das Mädel war so lange in Urlaub. Sie sagt, dass ihr Freund meint, es sei ein gewisser *Tschatto* gewesen. Was? Keine Ahnung wie man das schreibt. *Tschatto* mit zwei <t> oder mit einem <t> ... mir persönlich sagt das nichts. Also, wenn du Lust hast, sehen wir uns heute noch. Bis dann."

Hirt hatte aufgelegt.

Plötzlich spürte Edgar den Puls der Zeit. Automatisch schaute er auf seine Breitling-Armbanduhr. Fünf Uhr. Wenn er jetzt mit *Condor* und seinen Leuten nach Hohenterzen führe, würde er Melanie Bescheid sagen müssen. Und da sein Interesse an dem Fall längst geweckt worden war und es ihn förmlich in den Fingern kribbelte, wählte er die Nummer in ihrem Geschäft. Als er dort nach mehreren Freizeichen keine Antwort erhielt, wählte er ihre Handynummer.

„Hallo Edgar, wo steckst du?"

Er erklärte ihr, wo er sich gerade befand und was er vorhatte, zu unternehmen. „Ich weiß nicht, wie lange ich brauchen werde, Liebling. Vielleicht übernachte ich sogar irgendwo in Hohenterzen. Ich rufe dich auf jeden Fall noch einmal an. Ich habe dich im Geschäft zu erreichen versucht. Bist du schon zu Hause?"

„Ja und nein, Edgar. Ich hab heute früher zugemacht, weil ich die Hunde nicht so lange allein lassen wollte. Jetzt bin ich gerade mit ihnen auf unserer Tour über die Felder. Deine Idee mit den Handwerkern, dass sie nach den Hunden schauen sollen, war zwar gut, aber ich wollte sicherheitshalber

297

daheim sein, bevor die Feierabend machen. Hast du zur Not wenigstens eine Zahnbürste dabei?"

„Nein, dummerweise nicht, aber soweit ich die Lage von hier überblicken kann, werde ich heute Abend noch ein Gespräch mit einer Zeugin führen, die an einer Tankstelle arbeitet. Dort gibt es das Nötigste ja zu kaufen. Vielleicht reicht es mir aber auch zu dir nach Hause."

„Ja, Edgar, das wär schön. Aber mach nur das, was du denkst tun zu müssen, gell? Ich weiß doch, wie wichtig das für dich ist. Irgendwie hast du das heute Morgen ja schon geahnt, wenn ich mich nicht irre. Stimmt doch, oder nicht?"

„Ja, Schatz. Es lag einfach in der Luft, und leider bin ich immer noch sensibel genug, die Zeichen zu empfangen."

„Nicht, Edgar. Nicht <leider>. Für mich ist das in Ordnung, genau wie für dich meine Arbeit in Ordnung ist. Schau, wir beide haben so ein großes Glück, dass wir einander gefunden haben. Unser Leben hat doch gerade erst begonnen. Unser gemeinsames Leben. Wir haben gesagt, dass wir es miteinander teilen, und trotzdem jeder weitestgehend autonom bleibt. Ich finde, das macht unsere Liebe erst aus, macht sie stark. Ich liebe dich, mein Großer."

„Ich liebe dich, meine Schöne. Du hast recht. Also ich melde mich wieder bei dir."

Condor Wasserfeind war nicht mehr so gut gelaunt wie noch am Nachmittag. Vielleicht lag es daran, dass er heute wieder mal keinen pünktlichen Feierabend bekommen würde. Daran aber müsste er sich auf Grund seiner vielen Dienstjahre längst gewöhnt haben. So war das nun mal bei der Polizei, und Teams, die in Schichten rund um die Uhr zur Verfügung standen, hatte es noch selten gegeben. In einigen großen Städten wie Berlin, Hamburg oder München gab es sogenannte Kriminal-Dauerdienste, aber auch nur für die Ermittler. Die Leute von der Technik wurden im besseren Fall in Bereitschaftsdienste eingeteilt, im schlechteren wurden sie rigoros aus den Betten geklingelt. Das mochte ein Grund dafür sein, dass die meisten von den Leuten recht griesgrämig waren. Wasserfeind war da keine Ausnahme.

Edgar sprach ihn deswegen, sobald sie das Stadtgebiet Freiburg hinter sich gelassen hatten und sich in Höhe von Kirchzarten befanden, auf sein Hobby, die Gleitschirmfliegerei an. Dankbar nahm *Condor* das Thema auf und schwelgte bald erzählerisch in blumigen Erlebnissen. Seine Schilderungen im Ohr und seinen nackten, hageren Schädel mit der ausgeprägten Hakennase auf dem dürren Hals vor Augen, konnte Edgar mit Leichtigkeit assoziieren, woher Wasserfeind den Beinamen *Condor* hatte.

„Im Übrigen, Edgar: Ich bin stolz auf meinen Spitznamen. Wenn du jemals über mich reden solltest, musst du es nicht hinter vorgehaltener Hand tun, wenn du weißt, was ich meine. Ich fühle mich irgendwie durch den Namen *Condor* geadelt."

Im Fond des Dienstwagens, in dessen Laderaum alles Mögliche an technischem Gerät mitgeführt wurde, hatte der Gerichtsmediziner Platz genommen, ein untersetzter Mann mit gescheiteltem, fettigem Haar und einem hässlichen Oberlippenbart. Während der ganzen Fahrt hatte er nicht ein Wort zur Unterhaltung beigesteuert. Vielleicht war er früher schon zu oft bei Wasserfeind zu den jeweiligen Tatorten mitgefahren, so dass er dessen Flugrouten und Luftabenteuer auswendig kennen musste.

Sie trafen kurz nach achtzehn Uhr vor dem Tatort in Hohenterzen ein. Wasserfeind und der Arzt, dessen Namen Edgar nicht richtig verstanden hatte, begaben sich schnurstracks in das Gebäude. Die Kollegen der uniformierten Polizei hatten den Tatort so gut es ging mit Plastikbändern abgesperrt. Franz Hirt pendelte vor der Abgrenzung auf und ab und hielt die üblichen Gaffer auf Distanz. Innerhalb der abgesperrten Zone entdeckte Edgar Jens Melzer und Linda Germann, die nebeneinander standen und dem Techniker und dem Arzt hinterher schauten. Edgar gesellte sich zu ihnen. Er wusste, dass der unmittelbare Tatort für alle anderen so lange gesperrt war, bis Wasserfeind ihn für weitere Ermittlungen freigab.

Edgar räusperte sich lautstark, um sich bemerkbar zu machen. Melzer und Germann drehten sich um und erkannten den alten Kommissar sofort wieder.

„Hallo, Herr Schaaf. Das ist ja eine Überraschung!", rief Linda Germann aus und schüttelte ihm herzhaft die Hand.

„Ja, hallo", meldete auch Melzer sein Erkennen an. „Was tun denn Sie um diese Zeit an diesem Ort, Herr Schaaf?"

„Tja, Linda, Jens, das ist eine längere Geschichte. Ich denke, dass ich noch Gelegenheit bekommen werde, sie euch zu erzählen. Es werden, so hoffe ich, für euch einige interessante Sachen dabei sein. Wisst ihr schon, wie es passiert ist?"

„Er wurde erschossen, und so wie´s ausschaut, aus nächster Nähe", erwiderte Jens Melzer. „Ein Schuss, soweit ich gesehen habe. In der Wohnung sieht´s übrigens grauselig aus. Überall leere Flaschen und

299

Bierdosen und Verpackungsmüll. Der Teichmann muss total neben der Rolle gewesen sein."

Direkt vor der Eingangstür zu Teichmanns Wohnung stand ein kleines weißes Täfelchen mit der Kennziffer eins am Boden.

„Ist das dort die erste Spur?" Edgar zeigte auf die Markierung.

„Möglich", nickte Linda. „Es liegt eine Zigarettenkippe dort. Muss nichts bedeuten, aber schön wär´s."

Zwei Männer vom Rettungsdienst schlüpften mit einem Aluminiumsarg unter dem Plastikband durch und warteten dann vor der Tür, um den Toten aufladen und wegbringen zu können. Noch aber war der Doktor mit dem Leichnam nicht fertig. Melzer ging zu den beiden und erklärte ihnen, dass auch er noch einen Blick auf den Toten werfen wollte, bevor dieser in die gerichtsmedizinische Abteilung der Uni-Klinik Freiburg eingeliefert wurde.

Nach fünf Minuten trat der Arzt aus der Wohnung und steuerte auf Melzer, Germann und Schaaf zu.

„Ein Schuss direkt in die Brust. Gestorben ist er wahrscheinlich am hohen Blutverlust. Das Herz wurde nicht verletzt. Todeseintrittszeit? Vierundzwanzig Stunden, also gestern Abend, plus-minus eine Stunde, aber eher plus. Den Rest wieder morgen …"

„… per Video-Konferenz", unterbrach Melzer den Mediziner. „Danke, Herr Doktor – wie ist doch gleich Ihr Name?"

Der Arzt zeigte einen genervten Gesichtsausdruck. „Doktor Kleinschmidt, wenn´s recht ist. Die Leiche ist dann freigegeben."

„Danke, Herr Doktor Kleinschmidt", verbeugte sich Melzer leicht. „´s geht doch."

Jens Melzer, Linda Germann und Edgar Schaaf betraten die Wohnung. Der Tote lag der Länge nach im Hausflur auf dem Rücken. Auf seiner Brust hatte sich ein dunkelbrauner Fleck aus geronnenem Blut gebildet. Unter dem Rücken hatte sich eine große Blutlache ausgebreitet, die beinahe wie flüssiger Teer aussah. Da gab es nicht viel zu rätseln, zu eindeutig war die Todesursache. Durchschuss. Das bedeutete, dass Wasserfeind das Projektil, aus dem man Rückschlüsse ziehen konnte, in der Wohnung finden würde.

„Dürfen wir rein?", rief Melzer aus dem Flur ins Wohnzimmer, in dem Wasserfeind arbeitete.

„Ja, ihr könnt rein", war die Antwort. „Aber nichts anfassen. Außer im Flur. Dort sind wir fertig. Das Projektil haben wir sichergestellt."

Edgar besah sich das Tohuwabohu. Die Badewanne war randvoll mit leeren Schnaps- und Weinflaschen. In der Küche stapelten sich zerdrückte Bierdosen und Aluminiumschalen von Fertigmenüs. Der Wohnzimmerboden war übersät mit CDs und Kartoffelchips. Ein Aschenbecher quoll über mit Kippen. Es stank nach kaltem Rauch und schalem Alkoholdunst.

Die Qualität der Möbel, der Stereo-Anlage und des Computers im Wohnzimmer deuteten darauf hin, dass Teichmann einmal bessere Zeiten gekannt haben musste. Darauf wiesen auch die Sportgeräte hin, die in einer Ecke des geräumigen Flurs lagen oder standen: Teure Ski, mehrere Tennis-Schläger und ein kostspieliges Fahrrad der Kultmarke <Einhorn>. An allen Teilen waren viele Carbonfasern verbacken worden.

Edgar beendete seine Rundumsicht und öffnete im Flur einen Schuh-schrank. Die Leiche war inzwischen abtransportiert worden. Er nahm jedes einzelne Paar in die Hand und besah sie sich. Feinste Ware von den besten Firmen. Als Letztes interessierte er sich für ein Paar knöchelhohe Sportschu-he. Er drehte sie um und inspizierte die Schuhsohlen. Zwischen den Vertiefungen des Profils glitzerte es leicht. Er stand auf und hielt die Sohlen näher ans Licht. Es waren Glassplitter, die sich in die Sohlen eingetreten hatten. Er rief Melzer, der am nächsten stand.

„Jens, schau mal."

Melzer begutachtete die Sohlen genau und brummelte etwas, das sich wie eine Zustimmung anhörte.

„Gib die Schuhe mal dem Wasserfeind. Er soll untersuchen, was das für Splitter sind. Das musst du machen. Ich bin ja praktisch <out of order> hier. Da war doch was mit einem Einbruch in das von-Drach'sche Haus, wenn ich mich recht erinnere."

„Da wird er aber wieder schimpfen, der Wasserfeind, wenn ich ihm sowas bringe", stöhnte Melzer.

„Hey, Junge", munterte ihn Edgar mit einem Klaps auf den Oberarm auf. „Du bist hier der Chef. Sag ihm das."

*

Edgar Schaaf saß in einem der neuen IC-XL-Züge der Bahn zwischen Freiburg und Offenburg. Melzer hatte sich angeboten, ihn mit dem Dienstwagen von Hohenterzen zum Freiburger Hbf zu fahren. Er würde so

301

in Offenburg noch die letzte Regionalbahn nach Gengenbach erreichen. Es war zweiundzwanzig Uhr dreißig.

Er hatte seinen i-Pod eingeschaltet und hörte über Kopfhörer eine Uraltaufnahme von *Genesis*. Es handelte sich um *Foxtrott*, wohl die beste Platte der Gruppe. Sie stammte aus der Zeit, als Peter Gabriel noch Lead-Sänger war und Phil Collins am Schlagzeug saß. Besonders den Schlagzeugpart in *Supper's Ready* fand er genial.

Melanie hatte sich riesig gefreut, als er ihr am Telefon mitgeteilt hatte, dass er heute noch nach Hause kommen würde. Sie würde so lange aufbleiben und auf ihn warten.

Edgar lehnte sich bequem in den Sitz zurück, schloss die Augen und ließ die Musik auf sich wirken. Wer ihn so beobachtete, konnte ein Lächeln auf seinen Lippen sehen.

Es war ein guter Tag gewesen. Und ein guter Abend.

Melzer und Germann als auch er selbst waren mit ihrer Tatortbesichtigung bald fertig. Sie erkannten schnell, dass in Teichmanns Räumen keine relevanten Hinweise versteckt waren und dass nur Wasserfeind in dem Chaos etwas finden könnte, wenn es noch etwas zu finden gäbe. Dass, wie es manchmal war, der Raum selbst eine Geschichte zu erzählen hatte, die mit Technik nicht aufzuspüren war, betraf Teichmanns Wohnung nicht. Hier versank alles in Unrat.

Eigentlich warteten sie nur noch auf den Staatsanwalt, und zu diesem Zweck begaben sie sich vor die Tür. Edgar zündete sich eine Zigarette an. Sie sahen, dass sich die Menge der Schaulustigen noch vergrößert hatte. Franz Hirt hielt aber tapfer Stellung und gesellte sich zu ihnen, als einer seiner <jungen Hüpfer> von der Streife seinen Posten einnahm.

„Können wir nachher noch zu der Tankstelle fahren? Du weißt schon, Franz. Wegen *Tschatto*. Oder hat die Blumenverkäuferin heute keinen Dienst?"

Melzer stutzte. „*Tschatto*? Verheimlicht ihr mir da was, von dem ich nichts weiß? Oder, Linda, hast du schon was von einem *Tschatto* gehört?"

Linda schüttelte verneinend den Kopf, und Franz Hirt trippelte ein wenig unbehaglich von einem Bein aufs andere.

„Ich hätt es dir nachher schon noch gesagt", faselte er händeringend, „es hat sich bis jetzt halt nur nicht ergeben, weißt du?"

„Aha, aber Edgar weiß es. Hat es sich da vielleicht anders ergeben?", blaffte Melzer misstrauisch zurück.

Edgar sah ein, dass er Hirt unterstützen musste.

„Er hat es mir am Telefon gesagt, Jens. Grad als er den Wasserfeind in Freiburg angerufen hat. Ich stand dort rein zufällig daneben. Und zudem hab ich dir vorhin schon angedeutet, dass ich Neuigkeiten für euch hab. Da gehört das mit dazu."

Dann war der Staatsanwalt gekommen, und Melzer und Germann begaben sich mit ihm zum Tatort.

„Wie heißt der Staatsanwalt?", wollte Edgar von Franz Hirt wissen.

„Das ist Ruprecht Herzig, auch aus Freiburg. Mit seiner Bowlingkugel auf den Schultern ist er nicht zu verwechseln. Danke übrigens für deine Hilfe eben. Die Blumenverkäuferin hat heute Spätschicht. Sie weiß Bescheid, dass ihr kommt."

Der IC-XL würde bald in Offenburg eintreffen. Edgar machte sich bereit zum Umsteigen.

Die Dämmerung hatte zum letzten Schritt in die Nacht angesetzt. Die Tankstelle war hell erleuchtet, als Melzer, Germann und Edgar dort vorfuhren. Die grellen Farben der Reklameleuchten schmerzten in den Augen. Es trieben sich eine Menge junger Leute bei der Tankstelle herum; alle noch im Teenager-Alter; alle mehr oder weniger alkoholisiert. Die Tankstelle versorgte sie mit allem, was besoffen macht, denn immer einer von ihnen war mindestens achtzehn Jahre alt, legitimiert also zum Einkauf von Schnaps und Bier. Es war ein landesweites Übel und nicht in den Griff zu kriegen.

Die Blumenverkäuferin war eine junge Frau von einundzwanzig Jahren. Sie stand hinter der Kasse, als sie geschlossen zwischen den Regalen den Verkaufsraum durchquerten. Sie trug ein blaues Sweat-Shirt mit dem Logo des Tankstellenbetreibers auf der Brust. Sobald sie ihrer gewahr wurde, rief sie über die Schulter nach einer Vertretung, die auch sogleich erschien, ebenso jung und mit dem gleichen Shirt. Ein hübsches Mädchen, dachte Edgar, und fragte sich automatisch, wie diese jungen Frauen diesen Job durchhalten konnten, denn die Tankstellen mit ihrem umfassenden Warenangebot und den ganztägigen Öffnungszeiten waren in den letzten Jahren an die Spitze der meistüberfallenen Geschäfte gerückt, und zwar für lange Zeit uneinholbar. Dafür war die Struktur der Tankstellen für potentielle Räuber einfach zu ideal und verlockend: Sie lagen in der Regel verkehrsgünstig, was Anfahrts- und Fluchtwege erleichterte; sie waren nur

303

mit wenig Personal besetzt; und nachts sammelte sich immer eine Menge Geld in der Kasse an.

Das Mädchen hatte sie in einen Raum hinter der Kasse gebeten, der wohl der Lagerraum für all die Waren war. Auf zwei Seiten war er vollgestellt mit Paletten unterschiedlichster Artikel. Am hinteren Ende saß ein junger Mann an einem weißen Resopal-Tisch. Er stand auf und blickte ihnen gespannt entgegen.

„Das ist mein Freund", erklärte das Mädchen. „Er war dabei, als der Mann den Blumenstrauß gekauft hatte. Er wusste auch, dass es *Tschatto* war."

„Wann war denn das, als der Mann bei Ihnen im Geschäft war?", fragte Melzer.

„Es war an einem Samstagabend, so gegen neun Uhr abends. Mein Freund war hier und hat darauf gewartet, dass ich Feierabend haben würde. Bei Spätschicht haben wir um zweiundzwanzig Uhr Feierabend und die Nachtschicht übernimmt." Unsicher suchte das Mädchen nach der Hand ihres Freundes.

„Und er hat nur die Blumen gekauft, oder sonst noch etwas anderes?"

„Er hatte noch getankt, aber sonst war das alles."

„Interessant. Und hat er vielleicht mit Karte bezahlt oder bar?"

„Er hatte bar bezahlt."

„Schade. Haben Sie vielleicht gesehen, was er für ein Auto gefahren hat?" Kopfschütteln von beiden jungen Leuten.

„Und er sah also aus wie *Tschatto*?" Edgar lächelte die beiden an.

„Mein Freund sagte das. Mir sagte der Name gar nichts. Ich weiß nur, dass er groß und schlank war, richtig schwarzes Haar hatte, so halblang, und einen dünnen Schnauzbart trug. Ludo, also mein Freund, sagte dann hinterher, dass der genauso aussehen würde wie *Tschatto*." Sie sah bei den letzten Worten auf ihren Freund.

Ludo, der junge Mann, hatte bemerkt, dass seine Freundin jetzt ihm die Rolle übertragen hatte. Edgar seinerseits lenkte seine Aufmerksamkeit nun auf ihn.

„Mein Vater hatte früher eine Videothek in Hohenterzen. Daher kenne ich den Typen. Es gab mal einen Westernfilm, und auf dem Video-Cover ist genau der Mann abgebildet. Der Film heißt ... hieß ... irgendwas mit diesem Namen. <*Tschattos* Jagd> oder <*Tschattos* Grenze> oder so ähnlich. Es kann auch sein, dass der Name anders geschrieben wurde. Aber der Kerl war das, ich schwör's." Dabei hielt er tatsächlich eine Hand mit drei gespreizten Fingern in die Höhe.

Edgar lächelte. „Schwören brauchen Sie deswegen nicht gleich, Ludo. Sie sagten <Vater hatte eine Videothek>. Heißt das, die hat er heute dann nicht mehr?"

Der Junge schüttelte den Kopf. „Sagen Sie mal, in welcher Welt leben Sie denn? Heute hat man doch keine Videos mehr. Das ganze läuft doch billiger und schneller über Download. Er ist pleite gegangen. Hat es zu lange nicht kapieren wollen, dass er auf das falsche Pferd gesetzt hat, mein Vater."

Edgar ließ sich gerne belehren. Aus seiner Umhängetasche holte er die Fotosammlung, die er in Hirts Polizeiposten kopiert hatte. Er blätterte, bis er das entsprechende Bild gefunden hatte. Es war eine Aufnahme von Frau von Drachs Beerdigung, und zwar eine von den anwesenden Trauergästen bei der Beisetzung des Sarges auf dem Friedhof. Er hielt den zwei jungen Leuten das Foto direkt vor die Augen.

„Sehen Sie sich das Foto genau an, und sagen Sie mir dann, ob Ihnen von den Leuten jemand bekannt vorkommt."

Die beiden starrten zusammen auf das Bild, und fast gleichzeitig flüsterten sie einander zu: „Das ist er."

Edgar beugte sich mit dem Oberkörper leicht nach vorne.

„Wie bitte? Sagten Sie etwas? Sprechen Sie lauter, damit wir es verstehen können."

Sie schauten sich kurz an, und das Mädchen sagte dann bestimmt:

„Das ist er. Das ist der Mann, der bei mir die Blumen gekauft hat. Er steht da hinten auf dem Bild." Sie zeigte mit dem Finger auf ein Gesicht.

Edgar drehte das Blatt um, zeigte selber auf das Gesicht, und fragte:

„Das ist er?"

Das Mädchen und der Junge nickten gleichzeitig, als würden sie dafür von einer Jury einen Preis zugesprochen bekommen. Edgar wandte sich Melzer und Germann zu, zeigte mit dem Finger auf das Gesicht und sagte: „Das ist er."

Die Regionalbahn nach Gengenbach wartete in Offenburg auf einen verspäteten ICE, um Anschlussreisende aufzunehmen. Es störte ihn nicht. Er hatte in der 1. Klasse einen Platz gefunden und war in glücklicher Stimmung, denn er würde Melanie heute noch in die Arme schließen.

Franz Hirt hatte die Kollegen Germann, Melzer und Schaaf nach dem Besuch der Tankstelle in sein Privathaus am Rande von Hohenterzen eingeladen. Es war einundzwanzig Uhr zehn. Sie saßen um den Wohnzimmertisch. Hirts Frau Ursula hatte ihnen Kaffee und Plätzchen auf den Tisch gestellt, hielt sich jedoch im Hintergrund. Edgar berichtete von den Ergebnissen seiner Ermittlungen um Rolf Hofstetter. Dass der nach einem Mordanschlag schwerverletzt im Krankenhaus Liegende der mutmaßliche Bankräuber von Sasbach war und dass der Selbige am gleichen Tag des Banküberfalls, ob gelungen oder nicht sei dahingestellt, auf einem Radarfoto in Hohenterzen zu sehen ist. Noch unterschlug Edgar aber ganz bewusst die allerneueste Errungenschaft seiner Ermittlungen um Rolf Hofstetter. So debattierten sie vorerst die Frage, ob Rolf Hofstetter der Mörder von Ralf Großbauer sein konnte. Ob es Verbindungen zwischen den beiden gab oder geben könnte und wie sich daraus eventuell ein Motiv ableiten ließe. Schließlich hatte man sich aufs Abwarten geeinigt. Den entscheidenden Punkt würde Wasserfeind mit der Untersuchung von Gablers Revolver zu liefern haben. Allgemein war man sich indes einig, dass dieser Tag den Hohenterzener Fällen nicht nur neuen Schwung, sondern möglicherweise einen Durchbruch gebracht hatte. Wie der Mord an Teichmann dabei noch einzufädeln war, blieb vorerst in der Schwebe. Auch hier musste Wasserfeind am morgigen Tag die Spurenanalyse auf den Tisch legen. Dass er aber im weiteren Sinne zu den Ermittlungen um Frau von Drach und Ralf Großbauer zählte, war allen klar. Das konnte einfach kein Zufall sein.

Und endlich hatte man ein Gesicht. Das Gesicht eines unbekannten Mannes. Vielleicht auch eines völlig unbeteiligten Mannes, der nur rein zufällig einen Blumenstrauß gleicher Machart an dem Tag gekauft hatte, an dem Frau von Drach ermordet worden war, und der rein zufällig unter den Trauergästen auftauchte, weil er sowieso immer an den Beerdigungen in Hohenterzen teilnimmt. Alles konnte möglich sein. Keiner der anwesenden Polizisten in Hirts Haus wollte aber so recht an solche Zufälle glauben. Sie wussten natürlich, dass es aus kriminalistischer Sicht gefährlich verführerisch war, einer so offensichtlich einladenden Spur blindlings zu folgen. Die Möglichkeit einer Sackgasse bestand insofern dann am meisten, wenn sich alle Kräfte und Energien auf einen Punkt versteiften und den Fokus auf nur ein Ziel richteten. Angesichts des Wirrwarrs in den Hohenterzener Fällen, dass man nämlich mehreren Personen eine Täterschaft zuschreiben, aber nicht nachweisen konnte, kam ihnen das neue Gesicht des *Tschatto* gerade recht. Noch aber stand hinter dem Unbekannten ein dickes Fragezeichen.

Wie sollten sie vorgehen, um dem Phantom Namen und Adresse zuordnen zu können, und hernach eventuell ein Leben, wie immer es auch aussehen mochte?

Nach einiger Diskussion verständigten sie sich darauf, nicht mit der Zielscheibe auf den Pfeil zu schießen, wie Edgar es ausdrückte, oder anders gesagt, das Fell des Bären zuerst zu verteilen. Sie sagten sich, dass, wenn diese Spur sich als eine heiße Spur herauskristallisieren sollte, eine diskrete und feinfühlige Suche den meisten Erfolg verspräche. Wenn sie gleich zu Beginn mit lautem Getöse lospreschen würden, könnten sie den Bären erschrecken und ihn in die Flucht schlagen, bevor sie ihn überhaupt gesehen hätten. Sie einigten sich darum darauf, dass Edgar sich morgen zum einen um den Titel des Videofilms kümmern sollte, um der Erinnerung Ludos an den Westernfilm einen Bezug zu geben, zum anderen sich in Gengenbach mit Regina von Drach, der Tochter der ermordeten Margarete, in Verbindung zu setzen und ihr das Foto des neuen Gesichts *Tschatto* zu zeigen. Linda würde das Gesicht aus dem Beerdigungsfoto vergrößern und an die Polizeidienststellen in Tegernsee, Göttingen und in Bad Krozingen mailen mit der Auflage, Alexander von Drach beziehungsweise Justus von Drach wie auch Margarete von Drachs Eltern mit dem Foto zu konfrontieren und sie zu fragen, ob ihnen die Person bekannt sei. Hirt würde aus den gleichen Gründen das Foto Frau Rühe von der Rezeption der Klinik *An den Bächen* zeigen. Vielleicht war der Mann ja einer der Patienten des Hauses und hatte, wie einige andere Patienten auch, der Leiterin die Letzte Ehre erwiesen. Erst nach negativen Rückmeldungen aus Gengenbach, Tegernsee, Göttingen, Bad Krozingen und Hohenterzen sollte Melzer nach Absprache mit dem Staatsanwalt dafür sorgen, dass mit dem vergrößerten Bild eine landesweite Suche, vorerst nur als Zeuge, nach dem Mann in die Wege geleitet wurde.

„Ähem, Leute", übernahm Edgar wieder das Wort, „es gibt da noch was, das mir aufgefallen ist. In deinen Polizeiberichten, Franz, habe ich nämlich eine Vermisstenanzeige entdeckt. Ihr erinnert euch? Jordanka. Ehrlich gesagt haben dabei in meinem Oberstübchen die Alarmglocken geläutet. Jordanka Simerenko; Wohnort Hohenterzen; gearbeitet fünfzig Meter von Frau von Drachs Haus entfernt; als vermisst geltend nur vier Tage vor Frau von Drachs Ermordung. Franz, kannst du mal beim Hotel *Lärchenhof* vorbei und dort unsere beiden Fotos zeigen? Wär meiner Ansicht nach ein Versuch wert und außerdem ein unbedingtes Muss. Machst du das, wenn du zu Frau Rühe gehst? Liegt ja auf dem Weg." Edgar zwinkerte Franz Hirt mit einem Auge verschwörerisch zu. Hirt wurde rot und heiß im Gesicht, aber er hatte Edgar verstanden.

Melzer hingegen fühlte sich wie ein Pennäler. Warum sah *er* solche Zusammenhänge nicht? Diese Vermisstenmeldung war schließlich auch über seinen Schreibtisch gelaufen. Er war der Auffassung gewesen, dass sich derartige Fälle von ganz allein auflösen würden. Es war nun einmal kein Kind, das verschwunden war. Entweder die vermisste Person wurde gefunden oder meldete sich zurück, oder sie blieb eben vermisst. Was sollte es da zu ermitteln geben? Er konnte es einfach nicht begreifen, nein falsch, er kapierte es genau in dem Augenblick, als Edgar die mögliche Verbindung angesprochen hatte. Er begriff nur nicht, dass er selber nicht darauf gestoßen war, und Linda übrigens genauso wenig. Auch sie ließ konsterniert ihren Kopf nach vorne auf die Tischplatte fallen und murmelte „Scheiße, Scheiße, gequirlte Scheiße." Und wäre es nicht Edgar gewesen, der den Überblick behalten hatte, sondern ein anderer, eventuell sogar ein Kollege, es wäre wie eine schlecht zu verdauende Schmach. So aber fragte Edgar, gespielt verwundert: „Ups, habe ich was Falsches gesagt?"

Dann trank man zufrieden Kaffee und lobte Frau Hirts Plätzchen. Als sie dann wieder auf den aktuellen Mord an Roman Teichmann zu sprechen kamen, merkten sie, dass sich der Gesprächskreis geschlossen hatte. Es war Edgar zuzuschreiben, der über Teichmann wieder den Faden zu Frau von Drach gefunden hatte und eine scheinbar überflüssige Frage in den Raum stellte: „Wie lautet eigentlich der Mädchenname der Frau von Drach? Kann mir das jemand sagen?"

Jens Melzer und Linda Germann schauten sich verwundert an. Franz Hirt guckte nach seiner Frau, welche bedauernd die Schultern hob.

„Wir dachten, das wüsstest du längst", meinte Melzer. „Aber ist das so wichtig? Also die Eltern in Bad Krozingen heißen Grether. Linda und ich waren am Mittwoch nach dem Mord bei ihnen und haben ihnen die traurige Nachricht überbracht."

Edgar schaute reihum jedem Einzelnen ins Gesicht.

„Grether sagst du?" Einen kurzen Moment wirkte er belustigt wie ein Quizmaster im Fernsehen. „Weißt du das genau?"

„Es stand wenigstens so auf dem Türschild und wir haben die Leute auch so angeredet, und ich hatte nicht das Gefühl, dass wir uns missverstehen würden. Grether. Nicht wahr, Linda?"

Linda nickte.

Wieder blitzte bei Edgar der Schalk aus den Augenwinkeln. „Na gut", zeigte er sich dann nachsichtig großzügig. „Gewöhnt euch an den Namen Hofstetter. Hoppla? Macht die Mäuler zu. Ja, Hofstetter. Die Mutter von Margarete, also Frau Grether, war vor ihrer Ehe mit Herrn Grether mit einem

Herrn Hofstetter verheiratet. Der Mann ist leider schon verstorben. Herr Grether ist also nicht Margaretes Vater. Und um die Verwirrung und das Labyrinth komplett zu machen: Rolf Hofstetter ist Frau Margarete von Drachs uneheliches erstgeborenes Kind. Das haben wir heute …"

„Ja, weißt du denn, was du damit sagst? Hast du eine Ahnung, was das bedeutet?" Melzer war elektrisiert vom Stuhl aufgesprungen.

„Sitzt der Kerl seelenruhig in unserem Kreis, bastelt in aller Gemütsruhe an seiner Bombe, und lässt sie dann unangekündigt platzen."

Edgar grinste verschmitzt. „Aber sicher weiß ich das. Regina von Drach hat einen Halbbruder, Alexander von Drach hat einen Stiefsohn. Beide haben ein Motiv, Rolf Hofstetter an den Kragen gehen zu wollen. Ich sage nur Erbschaft. Rolf hat ein Motiv für den Mord an seiner Mutter. Habgier. Viele schöne neue Gründe für ein Verbrechen, und somit eine ganz schöne neue Menge Arbeit. Wusste Regina von Drach von Rolfs Existenz? Oder Ihr Vater? Trotzdem meine Bitte an euch: eins nach dem anderen recherchieren. Wir geben uns Mühe, jetzt nicht in Hektik zu verfallen."

„Gibt es ein aktuelles Foto von Rolf Hofstetter? Wir könnten das doch gleich mit dem anderen von *Tschatto* wegmailen."

„Haben wir. Sein Vater hat uns ein Foto mitgegeben." Henckel hatte tatsächlich daran gedacht, Gabler um ein Foto zu bitten. „Aber macht das nicht zusammen in einem Aufwasch. Bei Hofstetter handelt es sich immerhin um einen Verwandten. Fahrt da aus Pietätsgründen selber zu Alexander von Drach nach Tegernsee. Macht euch die Mühe. Ich übernehme wieder Regina von Drach."

Sie nahmen es ihm nicht übel, dass er bei dieser Bitte fordernd mit dem Kugelschreiber auf die Tischplatte geklopft hatte, hielten seinen Beharrlichkeit aber leichtfertig für eigensinnige Erbsenzählerei. Melzer deutete deswegen mit der Hand auch nur nachlässig Zustimmung an, was Edgar sichtlich missfiel.

„Melzer", mahnte Edgar ihn persönlich, „ich meine es, wie ich es sag'. Nicht irgendwas, irgendwie, irgendwo und ungefähr. Die Sache ist zu wichtig. Präzision, bitte."

Als er dessen Kehlkopf hoch- und runterhüpfen sah, wusste er, dass die Botschaft angekommen war.

Nachdem sie sich von Frau Hirt und Franz Hirt verabschiedet hatten, waren Melzer, Germann und Schaaf gemeinsam nach Freiburg zum Bahnhof gefahren, wo Schaaf ausgestiegen und in den nächsten Zug nach Offenburg gestiegen war.

Es war gegen dreiundzwanzig Uhr dreißig.

Der Regionalexpress von Offenburg nach Konstanz fuhr in den Bahnhof Gengenbach ein. Edgar war der einzige Fahrgast, der aus dem Zug ausstieg. Im Schein einer Bahnsteiglaterne sah er sie stehen. Melanie. Sie hatte „Müller" und „Lydia" mitgebracht. Er ging auf sie zu. Sie rührte sich nicht von der Stelle. Dann nahm er sie behutsam in die Arme. Er spürte ihr Beben an seiner Brust.

„Melanie."

Sie hob den Kopf und sah zu ihm auf.

„Edgar."

12. Oktober 2021
Neustadt (Schw.)

Sie wussten beide, dass sie zu spät dran waren, und beide hatten deswegen ein schlechtes Gewissen. Als es Zeit gewesen wäre, die Tür zu ihrem Büro in der ersten Etage des Polizeireviers Neustadt aufzuschließen und ihren Dienst zu beginnen, befanden sie sich erst wenige Autominuten außerhalb Freiburgs. Beide schwiegen. Es gab nichts zu sagen, beziehungsweise beide wussten nicht, was sie hätten sagen sollen. Was passiert war, war passiert, und der Respekt vor dem Übermächtigen fesselte all ihre Gedanken und lähmte ihre Zungen. Jeder fühlte Schuld, jeder rang verzweifelt nach einer Erklärung; wenn auch nicht, was bemerkenswert einstimmig war, nach einer Entschuldigung.

Sie blickten starr geradeaus, als wären ihre Köpfe an die Nackenstützen geschraubt.

Melzer hatte eine <Mine>, das sagenhafte Speichermedium in Form eines biegsamen, bleistiftdicken und, für besonders große Datenmengen, beliebig verlängerbaren Kunstglasstabes, in das Abspielgerät des Elektro-Mercedes geschoben und irgendeine wüste Musik mit hartem Beat laut gedreht, und

Linda hatte prompt auf den Aus-Knopf gedrückt. Nicht, dass sie keine Musik mochte, aber hämmernde Rhythmen konnte sie jetzt am allerwenigsten gebrauchen. Melzer atmete hörbar aus, blieb aber still.

Die Reifen quietschten, als er mit rasanter Geschwindigkeit im letzten Augenblick die Ausfahrt nach Kirchzarten nahm, anstatt geradeaus Richtung Hohenterzen weiterzufahren.

Hinter ihm erscholl empört und verzerrt die Hupe eines Lieferwagens. Melzer zeigte ihm den bösen Finger. Linda saß fernerhin stocksteif wie schockgefrostet auf dem Beifahrersitz. Rollsplitt spritzte unter den blockierten Rädern auf, als Melzer forsch auf das Bremspedal trat und der Wagen am Bahnhof neben einem Kiosk abrupt zum Stehen kam. Er stieg aus und kam kurz darauf mit zwei Bechern Kaffee und zwei Laugenbrezeln zum Auto zurück. Er klopfte an das Fenster der Beifahrertür. Surrend versank die Scheibe in der Tür, und er reichte Linda wortlos das heiße Getränk und die Tüte mit den Brezeln. Dann ging er um das Auto herum und setzte sich, seinen Kaffee vorsichtig in den Händen haltend, hinter das Lenkrad.

„Wenn ich morgens keinen Kaffee habe, bin ich nur ein halber Mensch", sagte er als Allgemeinplatz zum Frontfenster hinaus und schlürfte mit spitzen Lippen den Kaffee. „Gibst du mir mal eine Brezel, bitte?"

Linda gab ihm eine Brezel aus der Papiertüte.

„Danke. Wir hätten frühstücken sollen", meinte Melzer und biss herzhaft in die Brezel. Mit vollen Backen kauend sprach er weiter.

„Die Zeit hätten wir uns nehmen sollen. Wenn wir nicht im Büro sind, dann sind wir eben bei einer Ermittlung. Aber so fluchtartig raus aus dem Bett und rein in die Klamotten und nix essen und so …, das ist nichts für mich. Tut mir leid, dass ich verschlafen habe und dann so panisch davongerast bin."

Linda hatte ihren Kaffeebecher zwischen die Füße gestellt. Sie schaute aus dem Seitenfenster, als sie sprach.

„Das muss dir nicht leid tun, Jens. Das kann jedem mal passieren. Ich hab ja auch verschlafen. Ich hätte ja auch aufstehen müssen. Aber das ist es nicht."

„Nein, das ist es nicht", flüsterte er.

*

Sie hatten nicht gewartet, bis Edgar Schaaf in den Zug nach Offenburg gestiegen war.

311

Stattdessen hatten sie Melzers Dienstwagen in der Nähe des Bahnhofes abgestellt und in einer Seitenstraße auf Lindas Vorschlag eine Crêperie betreten, um zu später Stunde ihren Hunger zu stillen. Seit der Mittagszeit hatten sie, von Frau Hirts Plätzchen in Hohenterzen abgesehen, nichts mehr gegessen. Es waren kaum Gäste in dem Lokal, weswegen sie einen freien Tisch in einer Ecke ausgesucht hatten.

„Sind wir noch im Dienst, oder sind wir noch im Dienst?" Melzer ließ sich erschöpft auf den Stuhl fallen und fuhr sich mit einer Hand fahrig über die Augen.

„Nein, wir sind nicht mehr im Dienst", erwiderte Linda, nicht minder müde.

„Dann lass uns mal einen süffigen Wein bestellen", meinte Melzer und winkte dem Kellner, der wartend an der Theke lümmelte.

Als der Wein auf dem Tisch stand und sie den ersten Schluck getrunken hatten, fragte Linda vorsichtig: „Ist es dir nicht unangenehm, jetzt noch in Freiburg zu sitzen? Du musst ja immerhin noch nach Neustadt fahren."

„Meinst du wegen des Weins?" Melzer deutete mit dem Finger auf die Flasche.

„Das nebenbei auch, ja", nickte sie.

Er blickte kurz auf die Armbanduhr.

„So spät ist es ja noch nicht, und ein Gläschen zum Essen wird ja nicht schaden, oder?"

„Null Komma null Promille, und keine Toleranz, das weißt du ja."

Er seufzte zustimmend. „Und du? Wie kommst du morgen früh nach Neustadt? Dein Dienstwagen steht schön einsam vor dem Büro."

„Mist, ja, hab auch schon dran gedacht. Wird mir wohl die Bahn nicht erspart bleiben. Das heißt früh aufstehen." Sie verzog sauer die Miene.

Melzer nahm die Speisekarte in die Hände und las die Angebote. Er konnte sich nicht auf Anhieb entscheiden. Wollte er Crêpe gezuckert oder gesalzen? Er blickte über den Rand der Karte zu Linda. Was wird sie wahrscheinlich nehmen? Was ist sie für ein Typ?

Er betrachtete aufmerksam ihr Gesicht, bewunderte ihren glatten Teint. Hatte er sie bis dato nur rein objektiv als gutaussehend empfunden, spürte er in dieser Minute, wie ihre ungekünstelte Schönheit von ihm Besitz ergriff. Jetzt, da sie ihm gegenüber saß und kein anderer Gedanke die Atmosphäre störte. Er fühlte sich plötzlich eigenartig berührt. Eine tonnenschwere Süße floss wie dicker Sirup in sein Gemüt. Er träumte von etwas, das er längst in seinen tiefsten Kellern vergessen und begraben glaubte, und verfing sich dabei im seidenweichen Gewebe seiner Sehnsucht, die sich zu leisten er im kalten und nüchternen Betrieb, den sein Beruf mit sich brachte, seit vielen Jahren nicht mehr getraut oder gegönnt hatte. Er hatte sich selbst mittlerweile als abgestumpft genug gewähnt, sodass ihm solche sentimentalen Verirrungen nebensächlich oder gar hinderlich erschienen.

Seit seines Abiturs und Beginn des Jurastudiums hatte er sich auf die Karriere konzentriert. Keine Gefühle, hieß sein Memento, und bis heute war er damit gut gefahren. Kaum in einem anderen Job war Sachlichkeit mehr gefragt als in dem, den er mit bestem Wissen und Gewissen versuchte korrekt auszuüben. Kriminalkommissar. Da tat es der Arbeit einfach nicht gut, wenn man sich nebenher mit privatem Scheiß beschäftigen musste. Nicht umsonst und nicht selten waren viele der guten, älteren Kommissare an sich als soziale Mitbürger quasi untauglich. Seltsame Käuze, komische Sonderlinge, verschrobene Querköpfe und unbeliebte, unfreundliche Grantler traf man häufig unter ihnen. Siehe *Condor* Wasserfeind. Wollte er so werden? Konnte er so ein verkorkstes Gütesiegel gar für erstrebenswert halten? Er wollte gut sein, keine Frage. Er fühlte sich als Berufener. Wie zeigte er sich nach außen? Wie wurde er als Kommissar wahrgenommen? Wie sah ihn zum Beispiel Linda? Oder wie beurteilte ihn Edgar Schaaf? Hatte er nicht erst heute eine deftige Blamage einstecken müssen?

Ludger Ernst, sein Ex-Kollege, der so früh das Handtuch geschmissen hatte, musste rasch erkannt haben, dass er zu einem einsamen Denker, zu einem fähigen Ermittler, nicht taugte. Ihm hatten Neid und Eifersucht früh den Wind aus den Segeln genommen. Vielleicht war sogar Linda der Auslöser gewesen, indem er sie nicht haben, sie nicht erreichen konnte. Nicht erreichen durfte? War Melzer selbst und unbewusst derjenige gewesen, der Ludger den Saft abgedreht hatte, indem er Linda für sich beansprucht hatte? Beanspruchen? War das so? Hatten sie sich wie Wölfe um die beste Keule gestritten und Ludger hatte kneifen müssen, weil er, Jens Melzer, das Alphatier war?

Melzer meinte, dass sich in Lindas Gesicht etwas bewegte. Er stellte seinen Blick schärfer. Ja, ihre Lippen bewegten sich.

„Jeeehens!"

„Hm?"

„Sag mal, wo bist du denn? Guckst durch mich hindurch und hörst mich nicht?"

„Äh pardon", stotterte er rasch. „Ich war grad in Gedanken ..."

„Ja, das hab ich gemerkt. Der Kellner wartet auf die Bestellung. Was willst du essen?"

Tatsächlich stand der Kellner neben ihnen am Tisch. Blindlings entschied er sich für Crêpe mit Pilzen.

„Zweimal Crêpe mit Pilzen", notierte der Kellner. „Sehr wohl."

„Nein", reklamierte Melzer. „Ich ess doch keine zwei!"

„Aber ich esse doch auch eine mit Pilzen, Jens", sagte Linda beschwichtigend und legte aus einem fürsorglichen Reflex heraus ihre Hand auf seine Hand. „Ist schon in Ordnung", sagte sie zu dem Kellner. „Danke."

Der Kellner verzog sich.

Ihre Hand blieb.

Melzers Ohren wurden mit zunehmender Dauer, je länger die Hand auf seiner Hand lag, immer heißer, und er wusste nicht, wie er mit der Situation umgehen sollte. Aus irgendwelchen hausbackenen und spießbürgerlichen Gründen war ihm die Berührung unangenehm. Eine verlogene, verkorkste und verklemmte Einstellung piesackte ihn und drängte ihn scheinheilig dazu, diese Unanständigkeit sofort zu beenden. Das wohlige Kribbeln hingegen, das von der Hand armaufwärts über Hals und Hinterkopf bis zu den Haarwurzeln stieg, sprach ganz andere Bände und erfasste die arglose Berührung als Aufruf zur inneren Revolution. Kübelweise ausgeschüttetes Adrenalin ließ sein Herz schneller schlagen, den Atem beschleunigen und Schweiß austreten. Die unter seiner Handfläche sich bildende Schweißpfütze, schätzte er, würde ihn verraten, weshalb er seine Hand ebenso liegen ließ.

So verging fast eine ganze Minute, die er in einem Gefühlschaos zubrachte, bis Linda ihre Hand wieder von seiner nahm. Die Blicke allerdings, die sich danach in beider Augen trafen und dort wie Kletten ineinander verhakten, trafen sie punktgenau an den verwundbarsten Stellen ihrer Seelen, lange bevor sie sich einer bewussten Empfindung klar waren.

Es war der Kellner, der ihnen vorübergehend Erlösung in Form von dampfenden Crêpes brachte.

Sie aßen schweigend und peinlich darauf bedacht, sich möglichst wenig anzusehen. Im Prinzip verhielten sie sich wie zwei zufällig zusammentreffende Fremde von unterschiedlichen Sternen, wenigstens was den äußeren Anschein hatte. Innerlich jedoch tobten in beiden gewaltige Schlachten, deren Heftigkeit sie bis ins Mark erschütterte. Die Funktion des Essens diente deswegen als willkommenes Manöver, dem Schlachtengetümmel zu entkommen und sie aßen und tranken darum auch viel zu schnell. Melzer übernahm die Rechnung auf sein Spesenkonto. Sie verließen das Restaurant. Jens wandte sich zielorientiert in Richtung Parkplatz seines Dienstwagens.

„Jens", sagte Linda, und ihre Stimme klang wie ein Hilferuf aus weiter Ferne. Sie war stehen geblieben und hielt ihn am Ärmel seiner Jacke fest. Sie atmete heftig, als wäre sie eben schnell gelaufen. Er blieb stehen. Linda trat vor ihn hin, hob ihre Arme und legte beide Hände auf seine Brust.

„Jens, bitte fahr heut' nicht mehr nach Neustadt." Sie senkte ihren Kopf und bettete das Gesicht zwischen beide Hände.

„Aber Linda ..."

„Bitte lass mich heute Nacht nicht allein." Sie sprach leise, und ihr Flehen überschwemmte ihn wie die Brandung einen Stein am Meer. Er hob beide Arme und umfasste ihre Schultern. Zum ersten Mal roch er ihre Haare und meinte, eine Spur von Zimt feststellen zu können.

„Linda, ich ..." Er war so hilflos.

„Bitte, Jens. Mach es mir nicht so schwer. Lass' nicht zu, dass ich mich schämen muss. Komm' mit zu mir. Ich habe heute zum ersten Mal einen Toten gesehen. Ich wohne nicht weit von hier. Lass' mich nicht allein." Sie hatte ihr Gesicht zu ihm erhoben und er sah Tränen in den Augen.

Sie waren nebeneinander ein paar Straßenzüge gegangen, zuerst steif und auf Abstand bedacht. Dann war er es, der ihre Hand in seine genommen hatte, wofür sie ihn dankbar anlächelte. Ihre Wohnung befand sich in einer Altbausiedlung, oberster Stock. Es waren zwei Zimmer mit einer kleinen Küche. Melzer schaute sich nicht zu interessiert, aber auch nicht zu diskret um. Noch immer bewegte er sich roboterhaft künstlich. Als er umständlich festzustellen versuchte, wo er diese Nacht verbringen sollte, wurde er von Minute zu Minute nervöser, denn die Couch im Wohnzimmer fiel, da zu kurz, als Schlafgelegenheit aus. Sie hatte ihm das Schlafzimmer gezeigt, und ihm schwante allmählich, dass er bei ihr schlafen würde. Er brauchte Luft. Von der Küche aus ging eine Glastür hinaus auf einen kleinen Balkon. Er trat hinaus.

„Willst du noch etwas trinken?" Sie war neben ihn getreten.

„Ich glaube", schnaufte er mit flachem Atem, „ich könnte einen harten Drink vertragen."

„Okay", lächelte sie. „Komm´ rein und such dir was aus. Es ist Cognac und Whisky da. Ich hol´ uns zwei Gläser."

Es war nach Mitternacht, als sie ihre Drinks getrunken hatten. Es ließ sich nicht länger aufschieben. Linda ging ins Bad, während er unruhig auf dem Sofa hin und her rutschte. Sie kam in einem Bademantel zurück, sagte, welche Zahnbürste er benutzen könne und dass das Bad nun frei sei, und verschwand im Schlafzimmer.

Melzer nahm sich viel Zeit zum Zähneputzen. Einen Bademantel für sich fand er nicht. Er zog sich bis auf den Slip aus, löschte das Licht und betrat das Schlafzimmer. Eine Nachttischlampe spendete gedämpftes Licht. Linda saß, mit dem Rücken am Kopfteil, aufrecht auf einer Seite des Bettes und schaute ihm ernst lächelnd entgegen.

„Komm zu mir, Jens", sagte sie mit warmer Stimme, und lupfte die Bettdecke an. Jens zog seinen Slip aus.

*

Linda war noch unterwegs zum Bäcker und zum Supermarkt in Neustadt, als Jens den Computer einschaltete. Es war kein Kaffee mehr im Büro vorhanden und beide hatten Verlangen nach etwas Herzhaftem geäußert. Es war viertel nach neun Uhr. Bis zur Video-Konferenz mit Wasserfeind und dem Doktor blieb noch Zeit.

Er hörte den Anrufbeantworter ab. Es waren drei Nachrichten drauf. Die ersten zwei waren Jux-Botschaften von allem Anschein nach betrunkenen Jugendlichen. Im Hintergrund hatte laute Musik geplärrt und war unverständliches Gejohle zu hören. Es war die Telefonnummer des Jugendzentrums von Neustadt. Die dritte Nachricht kam von Franz Hirt in Hohenterzen. Er hatte Frau Rühe von der Klinik bereits das vergrößerte Foto des gewissen *Tschatto* gezeigt und gemeldet, dass es sich nicht um einen der Klinikpatienten handeln würde. In Gedanken hakte Melzer diesen Punkt ab. Um bis zur Video-Konferenz nicht ganz untätig zu sein, fertigte er selber einige Vergrößerungen der Bildvorlage mit dem Konterfei *Tschattos* an, scannte eine davon in den Computer und schrieb dazu eine e-Mail mit entsprechender Anfrage, Anweisung und Bitte um rascheste Rückmeldung der jeweiligen Ergebnisse und sandte sie an die Polizeistellen in Göttingen, Tegernsee und Bad Krozingen. Das wäre eigentlich Lindas Aufgabe gewesen, aber er hatte ja die Zeit, und sie war ja gerade nicht da.

316

Ob er wollte oder nicht, er musste an gestern Abend, oder besser ausgedrückt, an heute Nacht denken. <Komm zu mir>, hatte sie gesagt und die Bettdecke gehoben. Er hatte gesehen, dass sie nackt war. Nackt und schön. Nackt und Frau. Und er hatte in ihre Augen geschaut und darin die Geschenke entdeckt, die sie für ihn bereit hatte: Vertrauen, Wärme, Liebe. Er hatte aber noch anderes in ihren Augen gefunden: Unsicherheit und Angst. Unsicherheit darüber, nicht wegen ihres Wesens, nicht wegen ihrer Persönlichkeit begehrt zu werden, sondern nur wegen ihrer Schönheit. Angst davor, nicht glaubhaft vermitteln zu können, dass auch sie ein ganz normales Mädchen mit Wünschen und Sehnsüchten ist, und kein steriles, unantastbares Modegeschöpf. Angst davor, reduziert zu werden auf ihr Geschlecht, und nur als Trophäe in eines Mannes Potenzkatalog zu erscheinen, ohne ihre Fähigkeiten gewürdigt zu haben oder ihren Wert zu schätzen. Er hatte ihre Furcht davor gespürt, in seinen Augen nur reine Geilheit zu finden; um seine Mundwinkel nur den hämischen Zug der Überlegenheit, der Macht und der Gewalt spielen zu sehen. Er hatte die Sorge in ihr gespürt, als Fleischobjekt herhalten zu müssen, betatscht und begrapscht und in Pose gestellt für seine lüsternen, leckenden, zuckenden Phantasien. Das alles hatte er wie ein sensibler Seismograph registriert – und hatte ihr ruhig ins Gesicht gesehen. Vielleicht, hatte er gehofft, sah auch sie in ihm einen Mann, dem beim Anblick einer schönen Frau nicht gleich der Geifer aus dem Mund tropft. Vielleicht sah sie, dass er, zwar eindeutig erregt, aber ebenso zitternd und unsicher war wie sie selbst. Und irgendwie mussten sie beide erkannt haben, dass sie sich nur gehen zu lassen brauchten, um es zu erfahren. Dass ihre untrügliche Menschenkenntnis, in dem Moment, wo beide in gleichem Maß über sie verfügten, sie nicht enttäuschen würde. Sie waren zueinander gesunken, ineinander versunken, und wurden von unsichtbarer Hand geführt, von übereinstimmenden Wünschen gelenkt und von bejahender Hingabe begleitet. Kein Augenblick lief auch je nur Gefahr, sich in den unakzeptablen Bereich eines <Neins> zu verirren. Es war jederzeit eine wunderbare Schwere, eine gehörige Tiefe, eine begrüßte Last zwischen ihnen und ein bedeutendes Verzweifeln im Wissen, dass dem Wunsch nach Unendlichkeit nicht entsprochen werden würde. Das aber war das Schönste von allem: Dass sie der Wunsch nach Unendlichkeit vereinte und dass sie darüber mit einem Lächeln auf den Lippen in den Schlaf gesunken waren.

Und verschlafen hatten.

Erschrocken waren sie aus dem Schlaf gerissen worden. Hatten sich erschrocken angestarrt. Hatten sich erschrocken, um nicht zu sagen entsetzt, wiedererkannt und waren, ohne Dusche, ohne Frühstück und ohne Kaffee und ohne Verarbeitung der Nacht wie Flüchtlinge aus dem Haus, zum Auto und aus der Stadt gerast. Steif und sprachlos. Kopflos.

Er richtete den Computer für die Video-Konferenz ein.

Linda kam mit frischem Kaffee und frischen Wurstsemmeln, füllte die Kaffeemaschine. Er beobachtete sie beim Hantieren an der Kaffeemaschine. Sah ihren Rücken. Sah, wie ihre Hände zitterten, ihre Schultern bebten. Er stand auf, ging langsam auf sie zu.

„Linda?"

Sie hielt inne, blieb mit dem Rücken zu ihm stehen. Er berührte ihre Schultern.

„Linda?"

Sie drehte sich um. Sie schaute ihm direkt ins Gesicht. In diesem Moment wusste er es.

„Ich liebe dich, Linda."

Sie nickte ernst.

„Ja", sagte sie. „Ich liebe dich auch."

Dann umarmten sie sich, und ihr Kuss trug sie auf federleichten Schwingen davon in eine andere Welt.

„Was, zum Teufel, treibt ihr denn da?" Es war die Stimme Wasserfeinds, die aus dem Laptop auf Melzers Schreibtisch krächzte. Er hatte die Video-Konferenz begonnen und über die Bildschirmkamera in ihr Büro geschaut. Wie von der Tarantel gestochen fuhren Linda und Jens auseinander. Verlegen eilte Jens an den Schreibtisch. Linda begab sich außerhalb des Kamerabereichs. Der Bildschirm flackerte kurz, dann teilte sich das Bild und auf der anderen Hälfte erschien der Kopf Dr. Kleinschmidts.

„Stell dir vor, Doc, in Neustadt haben sie noch Zeit zum Knutschen." Wasserfeind musste natürlich gleich mit seiner Beobachtung hausieren gehen.

„Guten Morgen allerseits", begrüßte Jens die anderen erzwungen locker. <Wenn das nur mal keine Komplikationen mit sich bringt>, dachte er.

„Ich fang an", drängte sich Kleinschmidt vor. „Hab' nachher noch einen Termin. Zum Todeszeitpunkt. Präzise zwischen neunzehn und zwanzig Uhr am Sonntag. Ursache: hoher Blutverlust. Das Projektil hat das Herz nicht getroffen, dafür aber die Wirbelsäule zerstört. Teichmann hatte sehr viel Alkohol im Blut. Vier Komma drei Promille. Unter Umständen wär er daran gestorben, aber die Kugel war schneller. Den genauen Bericht schick ich per Mail. Servus. Und viel Spaß beim Knutschen."

„Moment", hakte Melzer rasch nach. „Ich hab noch eine Frage. Gibt es an der Leiche irgendwelche andere Spuren? Spuren, die auf einen Kampf hindeuten könnten oder typische Abwehrspuren? Kratzer? Fremdsubstanzen unter den Fingernägeln? Ist der Fundort der Leiche auch der Tatort?"

Kleinschmidts Gesicht verdüsterte sich zusehends. Unwirsch knurrte er durch den Äther: „Wenn es derlei Spuren geben würde, hätte ich das gesagt, verflucht. Stehlen Sie mir nicht meine Zeit."

„Jetzt hören Sie mir mal zu, Herr Doktor Kleinschmidt. Ich bin der leitende Ermittler in diesem verdammten Fall. Ich entscheide, welche Informationen für die Lösung des Falles relevant sind und welche nicht. Wenn ich Ihnen eine konkrete Frage stelle, dann erwarte ich von Ihnen auch eine präzise Antwort in verdammt anständiger Form, ist das klar? Wenn ich nach all dem suchen müsste, was Sie belieben nicht zu sagen, dann würden Sie meine verdammte Zeit stehlen. Oder muss ich erst eine verdammte Dienstaufsichtsbeschwerde vom Zaun brechen? Ich wiederhole gerne ..."

„Jetzt hör sich mal einer diesen aufgeblasenen Ochsenfrosch an. *Condor*, das ist unser Kreuz und unser Untergang, wenn wir uns mit solch verdammten Lümmeln tagaus tagein rumschlagen müssen. Was sagst du denn dazu, hm?" Der Kopf Kleinschmidts glich einer überreifen Aubergine.

„Jetzt sag ihm halt, was er wissen will, Doc." Wasserfeind rollte demonstrativ mit den Augen und schlug einen versöhnlichen und diplomatischen Ton an. „Der Fall ist nicht einfach, glaub mir. Da ist es nicht unbedingt von Vorteil, sich gegenseitig auf die Zehen zu steigen."

Melzer sah Kleinschmidt deutlich an, welche Anstrengungen es dem Mediziner bereitet, zurückzurudern. Dann aber bellte er: „Nein, es gab keine weitere andere Spuren. Guten Tag."

Das Bild wurde wieder zum Vollbild, und Wasserfeind glotzte allein daraus hervor.

„So schnell geht's bei mir heute nicht. Hast gestern gute Arbeit gemacht, Melzer. Die Glassplitter von Teichmanns Schuhen sind tatsächlich aus dem gleichen Glas wie die Scherben aus dem Haus der Frau von Drach. Jetzt hast du möglicherweise ein neues Problem. Vielleicht ist der Teichmann, wenn er denn der Einbrecher war, ja doch auch der Mörder. Aber das ist gottseidank nicht meine Aufgabe, es festzustellen.

An der Kippe, die vor der Haustür gefunden wurde, konnten wir eine ausreichend gute DNA für einen allfälligen Vergleich sicherstellen. Das wird bestimmt mal interessant. Aber von den bis jetzt vorhandenen und bekannten DNA-Spuren ist nichts Ähnliches dabei. Leider.

Die Fingerabdrücke in der Wohnung sind ausschließlich von Teichmann selbst. An den Menü-Verpackungen und Flaschen sind auch verschiedene Abdrücke zu finden, aber die dürften wahrscheinlich zu den Leuten vom Supermarkt gehören. Werden wir noch konkret abgleichen. An der Haustürglocke sind unterschiedliche Fingerabdrücke. Keine von Teichmann, na klar, wer klingelt schon bei sich selbst? Aber auch hier viel Arbeit zum Abgleichen. Wir versuchen unser Glück.

Das Projektil, mit dem Teichmann getötet worden ist, ist zu Neunundneunzig Komma neun Prozent aus derselben Waffe abgefeuert worden wie der bei Großbauer verwendeten. Mit dem von Henckel und Schaaf beschlagnahmten Revolver aus Endingen ist nicht auf Großbauer und Teichmann geschossen worden. Definitiv. Tja, und das wär's auch schon."

Melzer bemerkte, dass Linda mitgehört und mitgeschrieben hatte.

„Teichmann hatte doch einen Computer in seiner Wohnung. Habt ihr darauf was gefunden, das ..."

„Gut, dass du danach fragst", unterbrach Wasserfeind. „Hätt' ich doch beinahe übersehen. Die letzten Einträge auf dem PC waren bis auf zwei Ausnahmen alles Bestellungen beim Supermarkt in Hohenterzen. Fertigmenüs, Bier und Schnäpse. Die Ausnahmen: Er hatte einen Schmähbrief an die Kurverwaltung Hohenterzen geschrieben wegen seiner Kündigung, diesen aber nicht abgeschickt. Und dann hat er im Internet nach einer Telefonnummer gesucht. Die Nummer wird uns aber nicht weiterhelfen. Es handelt sich um einen öffentlichen Anschluss in einem Basler Hotel in der Schweiz."

„Und sein Telefon?"

„Lässt wohl nicht locker, was?" Wasserfeind grinste amüsiert. „Auf dem Telefon haben wir jede Menge eingehende Anrufe. Bis auf zwei Nummern stammen alle vom Polizeirevier Hohenterzen. Das sind wahrscheinlich Hirts Kontrollanrufe, täglich und immer um die gleiche Zeit. Ein ausgehender Anruf an die Nummer der Kurverwaltung am vierundzwanzigsten September. Und jetzt kommt's: Zwei eingehende Anrufe von einem öffentlichen Fernsprecher in einem Basler Hotel, und zwar einer vom Freitag letzter Woche und einer vom Samstag letzter Woche. Übrigens die Nummer, nach der Teichmann im Netz gesucht hatte. Hast du sonst noch Fragen, Melzer, oder bist du zu sehr anderweitig beschäftigt? Kleiner Scherz am Rande, hahaha. Keine Sorge, was ich gesehen habe, bleibt unter uns. Scheinst ja ein recht passabler Mann zu sein. Hör zu, wie ich das immer gehandhabt habe: Dienst ist Dienst und Schnaps ist Schnaps. Guter Rat eines erfahrenen Kollegen und, ach ja: Gute Wahl, Melzer, gratuliere. Alles und mehr per e-Mail. Also dann bis nächstes Mal."

Melzer bedankte sich höflich und rot anlaufend bei Wasserfeind, blickte entschuldigend zu Linda, bestätigte die Ergebnisse und sagte, dass er keine Fragen mehr habe und schloss die Konferenz.

Linda schaute von ihrem Notizblock auf. Sie hatte die hauptsächlichen Punkte in Stichworten erfasst. So bestimmt auftretend hatte sie Melzer während der vergangenen gemeinsamen Arbeitsmonate noch nie erlebt. Heimlich dachte sie, dass aus ihm vielleicht doch noch ein guter Detektiv werden könnte. Sie hatte aber eine andere Idee.

„Wir haben mit den heutigen Ergebnissen doch schon eine ganze Menge an Informationen."

Sie stand auf, durchquerte das Büro der Länge nach und sprach im Takt ihrer Schritte. „Mir fällte es schwer, die Daten und die Reihenfolge der Ereignisse immer wieder schlüssig aus dem Gedächtnis zu holen. Weiß nicht, wie dir das ergeht. Was hältst du davon, wenn ich für uns da drüben an der Wand eine große Grafik zusammenstelle, auf der man alles, also Ereignisse, Daten, Fotos, Spuren, Beweise und so weiter auf einen Blick ablesen und sich bildlich vorstellen kann? Es würde mir auch keine Mühe bereiten und du darfst mich auch gerne verbessern. Übrigens: Gut gebrüllt, Löwe. Knrrrrrr."

Sie war vor ihm stehen geblieben und schaute ihn herausfordernd, aber strahlend an.

Melzer hockte etwas zusammengesunken auf seinem Stuhl. Seine Begeisterung hielt sich in Grenzen. Fairerweise und anstandshalber, weil er nicht selber auf die Idee gekommen war, meinte er ausweichend: „Na, meinetwegen mach."

Linda wurde noch etwas frecher, machte noch einen kleinen provozieren-den Schritt vorwärts und stellte sich etwas breitbeinig grade so vor ihn hin, dass seine Nase fast ihren Bauch berührte. In einem glücklichen Anflug von Frivolität hob sie ihr T-Shirt, packte ihn am Hinterkopf und drückte sein Gesicht gegen ihren nackten Bauch. „Ach ja, Herr Melzer", raunte sie anzüglich mit gespielt heißer, erotischer Stimme: „Eine – wirklich – gute - Wahl."

12. Oktober 2021
Gengenbach

„Sehen Sie", sagte der Elektroinstallateur am Dienstagmorgen zu Melanie und Edgar. „Hier ist der Verputz herausgebrochen." Mit seinem aufgeklappten Metermaß zeigte er auf eine circa halb quadratmetergroße Fläche im Gewölbekeller. Es war zehn Uhr.

„Es kann sein, dass noch mehr von dem Verputz abblättert. Wahrscheinlich sogar, um es besser zu sagen, und wenn er erst von der Decke fällt, ist Gefahr im Verzug, was Sie sich sicher vorstellen können, aber nicht vorstellen wollen."

Betroffen und ratlos betrachteten Melanie und Edgar das Malheur. Melanie hatte ihren Laden *Aquarelle und Poesie* in der Stadt kurzfristig einer Aushilfe überlassen. Seit sie sich dazu entschlossen hatte, mit den Aquarellen vom Taubergießen, welche ihr Herr Fischer aus Ringsheim letzte Woche zur Begutachtung im Laden gelassen hatte, eine eigene kleine Vernissage zu veranstalten, kümmerte sich hauptsächlich eine vertraute junge Aushilfskraft um den Warenverkauf im Laden. Nur bei Anfragen nach den anspruchsvollen Lyrikbänden von Walter Hardtwald, mit den Grafiken und Illustrationen von Stephen Marquart, schaltete sie sich persönlich ein. Es bedurfte doch einiger Sachkenntnis, den Kunden die Werke der Künstler näher zu bringen, und die hatte nur sie. Morgen, Mittwoch, würde sie Herrn Fischer mit ihrem Vorhaben wegen der Ausstellung der Bilder seiner Frau konfrontieren und ihm, anhand einer detaillierten Liste, ihre preislichen Vorstellungen und Möglichkeiten anbieten.

Vorab beschäftigte sie sich am meisten mit der Auswahl der Rahmen. Einige Motive wirkten sogar ganz ohne Rahmen besser als mit. Aber auch hier musste sie mit Fischer letztlich zusammenarbeiten.

„Was schlagen Sie vor?" Edgar war zu der Stelle an der Wand gegangen und krümelte mit dem Zeigefinger weiteren Putz ab. „Ich sehe: Wir haben ein Problem."

„Wenn Sie meinen Rat wollen, Herr Köninger", - Edgar ließ den verbalen Fauxpas großzügig und unkorrigiert durch – „schauen Sie sich an, was drunter rauskommt. Sehen Sie? Schönstes und bestes Mauerwerk. Wunderbare Backsteine. Einer wie der andere. Und bestens verfugt. Sehen

Sie? Hier." Der Handwerker fuhr begeistert mit einer Hand über das Gemäuer.

„So sieht wahrscheinlich das gesamte Gewölbe aus. Wenn Sie das alles freilegen, dann bekommt das Gewölbe erst einen einzigartigen Charakter. So etwas finden Sie hier im Badischen Land sonst nicht mehr."

„Moment", schaltete sich Melanie ein. „Sie meinen, wir sollen im ganzen Keller den Verputz entfernen?" Wenn sie, wie jetzt, die Fäuste in die Hüfte stemmte, konnte sie ganz schön autoritär aussehen, um nicht zu sagen <tough>.

„Oh, entschuldigen Sie, Frau Köninger, ´s ist nur ein Vorschlag. Das verpflichtet Sie zu nichts." Der Elektriker hatte intuitiv einen Schritt mehr Abstand hingelegt.

„Aber Sie machen diese Arbeit nicht, oder?" Wäre der Mann nur einen halben Meter näher gestanden, hätte Melanie ihn vermutlich mit dem Zeigefinger erstochen.

„Mal langsam." Edgar nahm den Faden in die Hand. „Wo der Mann recht hat, hat er recht. Dass uns hier die Decke auf den Kopf fällt, wenn –zig Leute im Keller gerade eine Ausstellung besuchen, darf ja wohl nicht sein. Wer solche Arbeiten ausführt, das weiß ich. Da ist doch die Baufirma Güdüler von den türkischen Zwillingsbrüdern neben dem Bahnhof. Und zugegeben, Melanie, würde mir so ein schönes Backsteingewölbe besser gefallen als das stereotype Weiß überall."

„Aber denk doch an den ganzen Dreck, Edgar."

„Aber ja doch, Schatz. Ich versprech dir, dass ich mich aus dem Dreck raushalten werde. Es wird nicht wieder so werden wie vor Monaten in unserem Wohnzimmer."

Melanie nagte auf ihrer Unterlippe und ließ ihre Blicke zwischen Edgar und dem Elektriker hin und her wandern. Dann warf sie plötzlich Arme und Hände in die Höh und stöhnte: „Grrrr, Mannsbilder!"

Eine viertel Stunde später, Melanie und Edgar saßen bei einem kleinen zweiten Frühstück, stellte sie die Frage: „Was ist los mit dir, Edgar? Denkst du an die Galerie und das Problem mit dem Verputz, was es kostet, oder beschäftigt dich etwas anderes?"

Edgar war in der Tat mit den Gedanken auf einer anderen Baustelle.

„Nein nein, Schatz, die Galerie macht mir keine Sorgen. Im Gegenteil. Über die neue Perspektive bin ich, wie ich schon sagte, richtig froh. Eigentlich ist es exakt das, was ich mir vorgestellt habe, es aber nicht erklären konnte. Jetzt kann ich's." Melanie sah an seiner Mimik, dass er nach einem Vergleich suchte. „Wie ein Bildhauer, der eine Skulptur schaffen will, und vom Stein soeben erfahren hat, welche Figur in ihm steckt. Ich kann jetzt die fertige Galerie, deine Galerie, vor Augen sehen. Der Elektriker hat recht. Dieses Backsteingewölbe wird einmalig werden und von großer Bedeutung sein."

Er wedelte mit der Hand in der Luft herum, als würde er das Gesagte wie eine Kreideschrift von einer imaginären Tafel wischen. „Das ist es aber nicht, was mich beschäftigt." Er nahm einen Schluck Kaffee.

„Du hast entweder eine tolle Beobachtungsgabe, oder du kennst mich mittlerweile schon so gut. Mir geht die Sache mit der Frau von Drach nicht aus dem Kopf."

„Frau von Drach? Ja was soll mit der denn nicht stimmen?"

„Genau das frag ich mich auch. Pass' auf." Melanies Mundwinkel umspielte ein leichtes Lächeln, als sie ihn dieses <Pass' auf> sagen hörte. Sie wusste im Voraus, dass er sogleich seine Sitzposition verändern und die Hände zum Reden benutzen würde, und so geschah es auch. Er setzte sich breitbeinig derart hin, dass seine Ellenbogen auf den Knien ruhten und er mit den Händen locker aus dem Handgelenkt gestikulieren konnte.

„Die hat mir ein paar Geheimnisse zu viel, und das beginnt schon mit ihrer Vergangenheit. Warum, zum Beispiel, haben ihre Eltern den zwei jungen Polizisten aus Neustadt, Melzer und Germann, nicht mehr von ihrer Tochter erzählt, als die ihnen die Nachricht vom Tod der Tochter überbrachten? Dass sie nicht ihre gemeinsame Tochter ist, sondern dass sie ein Kind aus einer früheren Ehe oder Partnerschaft Frau Grethers sein muss? Melzer und Germann, die Schnarchnasen, haben natürlich auch nicht danach gefragt und vielleicht standen die alten Leute einfach unter Schock. Ich mein das mit den <Schnarchnasen> übrigens nicht böse, es sind nette junge Leute. Weiter. Warum hatte Frau von Drach ihren eigenen Eltern, ihrem Ehemann Alexander und ihrer Tochter Regina die Existenz ihres Sohnes Rolf verschwiegen? Hat das einen Grund und wenn ja, welchen? Wie sieht es mit der Ehe Frau von Drachs aus? Sie hatte nachgewiesenermaßen einen Liebhaber. Gab es noch andere Männer? War ihr Ehemann über ihre Liebschaft informiert? Wie sind die Vermögensverhältnisse der von Drachs? Gibt es gemeinsame Konten oder wirtschaftet jeder für sich? Wie hoch ist das Vermögen? Wer ist Erbe? Gibt es ein Testament? Wer ist begünstigt? Wie passt Rolf Hofstetter dazu? Und Herr Gabler, Rolfs Vater? Sind hier Motive beheimatet? Du siehst, man kann Frage an Frage reihen, ohne zu einem Ende zu kommen. Ich will mir, bevor ich mich heute Nachmittag mit Regina von Drach treffen werde, all die Ungereimtheiten bei einem Spaziergang mit „Müller" und „Lydia" durch den Kopf gehen lassen. Wir, also die Polizei und ich, sind zwar ein Stück weiter mit unserem Puzzle gekommen, aber soweit, dass die Teile wie von selbst zusammenfinden, sind wir halt noch nicht. Es fehlen noch zu viele Teile, um schon ein Bild zu erkennen. Wann gehst du übrigens wieder in deinen Laden?"

„Ich bleibe bis nach dem Mittag hier, mein Lieber. Aber ehrlich, Edgar, du willst doch das ganze komplexe Verfahren nicht alleine auseinander klamüsern?"

„War das eine Frage oder eine Feststellung?"

„Beides. Und sag mir nicht, es läuft auf dasselbe hinaus."

„Weißt du, ich fungiere in diesem Fall eher wie ein Privatschnüffler, und besonders im Verhältnis zu Melzer und Germann ein bisschen wie deren Doktorvater. Ich verliere mal hier einen Ratschlag, gebe mal dort einen Tipp, grad wie es so meine eigene Art ist. Du kennst mich ja." Bei diesen Worten war er aufgestanden, um den Tisch gelaufen, und hatte sich regelrecht an Melanies Seite geworfen.

„Natürlich kenn´ ich dich. Aber denk bitte dran: Auch Ratschläge sind Schläge."

„Peng! Das hat gesessen." Er ließ sich, direkt ins Herz getroffen, an ihren Busen sinken.

„Was mir gerade in den Sinn kommt: Sagt dir der Name *Tschatto* etwas?"

„In welchem Zusammenhang, du Schmeichler?" Sie strich ihm sanft übers Haar.

„Alter Wildwest-Film? Wir haben auf einem Foto das Gesicht eines Mannes gefunden, der möglicherweise mit dem Mord an Frau von Drach etwas zu tun hat. Er soll, so behauptet wenigstens der Freund einer Blumenverkäuferin, diesem *Tschatto* ähnlich sehen."

„Jack Palance", kam es wie aus der Pistole geschossen aus Melanies Mund.

„Jack wie?"

„Palance. Es war einer der letzten Filme, wenn nicht sogar der letzte, in dem er mitgewirkt hat. Jack Palance war neben John Wayne wohl einer der größten Western-Darsteller vor der Jahrtausendwende."

„Na toll, und was hat der mit *Tschatto* zu tun?"

„Der Film heißt *Chatos Land* mit Charles Bronson in der Titelrolle. Zur Handlung: Ein Indianer erschießt einen Weißen in einem Saloon und

325

flüchtet. Jack Palance spielt den Anführer der Verfolger. Ziemlich brutaler Film, wenn ich mich recht erinnere."

„Ich bin beeindruckt, Melanie. Warte, ich zeig dir das Bild. Ich hole es rasch aus meiner Tasche." Edgar hievte sich aus dem Sessel und brachte ihr die Vergrößerung des Bildes.

„Das ist es."

Melanie schaute kurz. „Das ist *Chato*, wie er leibt und lebt."

„Soll ich mir die Mühe machen und zur Sicherheit im Internet suchen?"

„Das ist nicht nötig, Edgar. Genau so sieht *Chato* im Film aus."

„ Sollten wir uns nicht mal bei einer dieser Quiz-Shows melden und Millionen abkassieren? Bei deinem Wissen?"

„Sag mir lieber, ob du mich nachher zum Mittagessen in die Stadt ausführst, du Schnüffler."

„Müller" und „Lydia" tobten über den Hochwasserschutzdamm der Kinzig. Edgar hatte diesmal eine andere Route als die übliche gewählt. Die Kinzig, auf der vor hundert Jahren noch Holz geflößt wurde, war ein längst gezähmter Fluss. Auf ihrem Weg vom Schwarzwald bis zum Rhein wurde ihr unterwegs so viel Wasser abgezweigt, dass die Mündungswassermenge bei Kehl geradezu lächerlich gering war. Die Hunde indes interessierte das wenig. Wasserratten waren sie beide, und Edgar schaute nur staunend dabei zu, wie sie sich übermütig gebärdeten. Er war noch nie in die Verlegenheit geraten, sich wegen der Hunde bei jemandem entschuldigen zu müssen. Die Floskeln: <Keine Angst, er beißt nicht>, oder <Das macht mein Hund sonst nicht>, hörte er nur von anderen, weshalb ihm die Spaziergänge mit „Müller" und „Lydia" zu einer liebgewonnenen Verpflichtung geworden waren. Sie waren ihm mittlerweile wichtiger geworden als zum Beispiel das Polieren seiner Harley Davidson.

Edgar war kein Mensch, der, wäre er ein Pferd, auf der Rennbahn immer nur an vorderster Stelle galoppieren wollte. Er wusste aus Erfahrung anderer, dass solches Verhalten stets Leichen am Rande der Rennbahn hinterlassen würde. Für die Fähigkeit, sich rückbesinnen zu können, war er sehr dankbar, und er betrachtete diese Rekapitulationen keineswegs als Schwäche, sondern als Kontrolle seines eigenen Handelns. Selbstlos, ja fast demütig, unterwarf er sich einem angeborenen Kritikmechanismus, dem er neben positiven Ergebnissen nicht scheute, auch negative Auswüchse seiner Arbeit beizuordnen. Wo nötig, führte er sich selbst an die Grundsätze seiner Weltanschauung zurück. Es war sein Geschichtslehrer, der ihm einst den Rat gegeben hatte: <Gib jedem Menschen eine Chance>. Er hatte sich oft gewünscht, dass sein Vater die Aufgabe übernommen hätte, ihm solch kluge Worte zu sagen, aber dazu war sein Vater aufgrund seiner Ansichten nicht fähig gewesen. Überhaupt war das Verhältnis zwischen ihm und Vater eine ganz eigene, besondere Geschichte gewesen. Es gab viel zu viel, das nicht gesagt, und viel zu viel, das vergiftet ausgesprochen worden war. Völkerhass war der Zankapfel, der ihn von Vater für immer trennte. Einen Holocaust-Leugner als Vater zu haben, hatte Edgar lange Zeit vor große emotionale Probleme gestellt. Das Wechselbad zwischen glühendem Hass und unerklärlicher Liebe, zwischen Bewunderung und Verachtung, blieb ihm bis heute als unabweisbares Erbe erhalten.

„Müller" und „Lydia" standen bis zum Bauch im Wasser. „Müller" stieß sich ab und ließ sich vom Strom des Wassers treiben. Edgar erkannte an seinem Grinsgesicht, dass es ihm Freude bereitete.

Edgar fragte sich, wie das alles zusammenhing? Denn dass es irgendwie zusammenhing, stand für ihn außer Frage. Er versuchte, sich Frau von Drach als Mensch vorzustellen, und sah bald ein, dass es Makulatur war. Wenn er ihren Tag in drei Abschnitte einteilte, waren zwei Drittel überschaubar und relativ sicher nachvollziehbar, und zwar ein Drittel, das mit Arbeit belegt war, und ein Drittel mit Schlaf. Das übrige Drittel galt dem Privatleben Frau von Drachs, und darüber war ihm so gut wie nichts bekannt. Er hatte bislang nur ein Foto von der toten Frau von Drach gesehen. Physiognomische Eindeutigkeiten blieben ihm deshalb verwehrt. Er wagte nicht einmal zu entscheiden, ob er sie für attraktiv hielt oder eher nicht. Für ihn hatte sie ein Schablonengesicht, in das andere alles interpretieren, sie selbst aber nichts ausdrücken konnte.

Aus irgendeinem Grund erinnerte er sich an das schneereiche Frühjahr. In dem Laden des Mushers in Hausach, in dem er für die Hunde Schneeschuhe gekauft hatte, lagen in einer Vitrine sogenannte <Nuggets> aus Gold. Gold, erbsengroß. Angeblich vom Klondike.

Er dachte an Eheringe und dass sie etwas besonderes sein sollten. Warum nicht gehämmertes Gold aus Alaska?

Als es Zeit war umzukehren, pfiff er nach den Hunden. Sie schüttelten die Nässe aus ihrem Fell und kehrten auf der Stelle um, ohne von ihm Notiz zu nehmen. Gute Hunde.

Sie trug eine hellblaue Schürze mit dunkelblauem Kragen. Regina von Drach ging neben Edgar im Park des Sanatoriums her. Er fand es etwas befremdlich, sich auf dem Gebiet von Melanies Ex-Mann zu bewegen. Regina schwitzte auf der Nase. Sie steuerten auf eine Sitzbank zu und setzten sich. Edgar steckte die Hand in seine Umhängetasche und zog zwei Papierblätter hervor; Kopien der Fotos von *Chato* und Rolf.

„Ich kenne keinen von beiden." Regina von Drach starrte auf die Bilder.

Edgar konzentrierte sich auf ihr Gesicht. „Einer davon ist dein Bruder."

Ein Eichhörnchen huschte über den Rasen auf der anderen Seite des Kiesweges und kletterte am nächsten Baumstamm empor. Regina folgte dem Tier mit den Blicken, bis es im Geäst verschwunden war. Edgar fand, dass ihr Gesicht seltsam entspannt wirkte. Erlöst irgendwie.

„Er heißt Rolf Hofstetter."

Regina lächelte wie <Mona Lisa>.

„Wieso hab ich immer gewusst, dass das eines Tages eintreffen würde?" Sie schaute immer noch hinauf in die Krone des Baumes. „Dass ich einen Bruder oder eine Schwester haben würde? Wieso hab ich das immer gewusst?"

„Eigentlich gibt es nichts, das wir nicht wissen", antwortete Edgar. „Vieles bleibt uns einfach nur verborgen. Aber es ist in uns und meistens fehlt uns nur der Schlüssel dazu."

Regina schaute ihn jetzt direkt an.

„Wieso habe ich das Gefühl, dass Sie dieser Schlüssel sind?"

„Du."

„Wie?"

„Wir waren bereits beim <du>. Erinnerst du dich?"

„Ja. Also: dass du dieser Schlüssel bist."

„So ist's recht."

14. Oktober 2021
Universitätsklinik Freiburg

Das Zelt, erinnerte sich Rolli, stand auf einer kargen Wiese außerhalb der Ortschaft Salernes im Zentrum des Département Var in Süd-Frankreich. Sein Vater lag, abgefüllt mit einem Liter Rotwein, schnarchend auf seiner Seite im Zelt. Er hatte bereits in dem kleinen Restaurant, in dem sie zu Abend gegessen hatten, dem Wein kräftig zugesprochen, und als er beim Bezahlen der Rechnung eine Flasche Wein extra bestellt hatte, war der Ablauf des Abends im Vorhinein schon vorgegeben. An ihrem Campingplatz angekommen, hatte er nur noch aus der Flasche getrunken; das Aufstellen des Zeltes hatte er Gitte und ihm überlassen. Der Simpel.

Es war ein kleines Zelt. Ausgelegt für maximal drei Personen.

Wie alt war er damals gewesen? Zehn Jahre? Elf Jahre?

In Aix-en-Provence waren sie mit den Fahrrädern gestartet. Zunächst den kulinarischen Reisevorschlägen des englischen Schriftstellers Peter Mayle folgend, waren sie quer durch die südöstliche Ecke Frankreichs geradelt und hatten als Ziel Nizza an der Côte d'Azur. Obwohl die Route topografisch recht anstrengend war, hatten sie die ersten Etappen während der ersten halben Woche noch in guter Stimmung absolviert. Als dann der Mistral einsetzte und sie sehr mit Gegenwind zu kämpfen gehabt hatten, war ihnen, und besonders Vater, die gute Laune immer mehr abhandengekommen. Gitte, die hervorragend französisch sprach und auch mit den provencalischen Sprachidiomen zurechtkam, hatte einen Einheimischen nach der erfahrungsgemäßen Dauer des Mistrals gefragt. Drei, sechs oder neun Tage hatte dieser nach einer alten Faustregel präzise geantwortet. Daraufhin hatte Vater nur noch mehr gemault und war nun ständig darum besorgt, dass ihm der Vorrat an Rotwein nicht ausging. Dabei war die Idee mit der Fahrradtour durch Frankreich fast allein auf seinem Mist gewachsen.

Die Sonne war längst untergegangen und es mochte auf Mitternacht zugegangen sein, als er aus irgendeinem Grund wach geworden war. Eine Hand lag auf seiner Brust. Er brauchte einige Sekunden um sich zurechtzufinden. Die Zikaden hatten ihr Abendkonzert beendet. Er lag nah an der Zeltwand. Gitte lag immer in der Mitte. Es musste also Gittes Hand sein. Sein Vater schnarchte laut. Sie deutete ihm an, nach draußen zu wollen.

Er schälte sich aus seinem Schlafsack und befreite sich aus der Umklammerung einer Wolldecke, die breit genug für alle drei war. Gitte hatte den Innenraum bereits verlassen. Der Reißverschluss des Zelteingangs war offen.

Kühle Luft strömte in das Zelt und verdrängte Vaters Alkoholdunst. Er schlüpfte hinaus in die Nacht und sah Gitte.

Sie lag auf einer Decke, die sie aus dem Zelt mitgenommen hatte und schaute ihm entgegen. Mit einer zweiten Decke hatte sie sich zugedeckt. Er schlüpfte zu ihr und kuschelte sich an ihren warmen Körper. Und dann begann sie, ihm die Sternbilder zu erklären, die er vorher noch nie so deutlich und klar gesehen hatte. Er lag in ihrer Armbeuge, das Gesicht nah an ihrer Brust, und rührte sich nicht. Sie sprach leise von den Sternen. Sie sprach davon, wie die Sterne Einfluss hätten auf alles Leben der Welt, und wie machtlos der Mensch dagegen sei.

So atmete er ihre Haut, die wie frische Milch roch, und wusste fortan, was die Ursache seiner Träume gewesen war, wenn er morgens mit nassem Schniedel und feuchter Hose aufwachte.

Die Nächte davor, als sie ständig in freier Natur campiert hatten, hatte er Gitte auch schon gerochen, aber anders. Meistens war zwischen Gitte und Vater irgendein Gerangel voraus gegangen, und dann war unter der Decke im Zelt dieser undefinierbare Duft entstanden, der ihm verwirrend in die Nase gestiegen war. Der Duft, dem er erst viele Jahre später, als er beinahe erwachsen geworden war, wiederbegegnen sollte.

In jener Nacht mit Gitte, unter dem Sternenhimmel Südfrankreichs, war in ihm aber der zarte Samen einer Sehnsucht gepflanzt worden, die ihn sein Leben lang in tiefe Konflikte stürzen sollte. Denn er liebte Gitte von Stund' an heiß und innig, und durfte ihr aus Loyalität gegenüber seinem Vater nicht folgen. Zwischen verbotenem Verlangen nach Gitte und Vatertreue hin und her gerissen, fand sich Rolli mit zunehmender Dauer in seiner unglücklichen Rolle als Verlierer in der Welt. Und selbst, als er aus freien Stücken sich dazu entschlossen hatte, dem Hickhack um seine Person und dem Schmerz auf der Krankenhausbahre zu entfliehen, war er gescheitert, weil seine ureigene Entscheidung, der Welt für immer den Rücken kehren zu wollen, ignoriert worden war.

Rolli fühlte sich betrogen. Ja, betrogen, und er haderte mit sich im Einpersonen-Dialog, wobei er sich gelegentlich, meist spöttisch, in der Dritten Person ansprach. Sein bewusstes Leben lang schon übte er sich in Rede und Widerrede, erprobt in unzählig verbrachten Stunden nach Zurechtweisungen seines Vaters, der, wo immer er auch war, seine Weltanschauungen selbst gegen belegbare Argumente störrisch und uneinsichtig verbreitete. Aufgewachsen war Rolli mit dem Prädikat, dumm zu sein. Sein Vater war diesbezüglich ein ignorantes Arschloch und hatte

330

sich nie die Bohne um Toleranz gekümmert. Anerkennung einer Leistung oder ein Lob wären ihm nie in den Sinn gekommen. Rolli vermutete, dass es mit seines Vaters eigener Biografie zu tun hatte. Nie aber hätte er die Frechheit besessen, seinen Vater ob seiner Vergangenheit zu befragen. Eine solche Nähe herauszufordern war für ihn genauso undenkbar wie die Frage nach Vaters Sexualleben. Dass der es mit Gitte trieb, versuchte Rolli mit allerlei Ausflüchten zu verstehen. Wie sonst sollte er eifersüchtigen Gedanken, Vater zu ermorden, entkommen?

Er hatte das Syndrom mit dem lockenden Licht am Ende des Tunnels, das den Eintritt in den Himmel versprach, nicht erlebt. Er hatte darüber gelesen. Nahtoderlebnis wurde es genannt. Verdammte Kacke, er hatte, als ihm dieses Monster mit einem Schraubenschlüssel auf den Kopf geschlagen und die Motorrad-Hebebühne der Garage auf den Brustkorb gesenkt hatte, einen verdammten Anspruch auf einen angemessenen Tod gehabt. Anspruch, jawohl! Tod und Licht. Ja was nun? Tod? Licht?

Es war sein Dilemma, von Beginn an. Warum musste alles immer so bedeutungsvoll, so endgültig sein? Tod machte einsam. Licht war schmerzhaft.

Er wusste genau, was in seinem Kopf ablaufen würde, und er hasste den Prozess bereits, bevor er begonnen und bevor er sie gehört hatte: Die Stimme seines inneren Nörglers, jenes klugscheißerischen Arschlochs, das ihn, wann immer nur ein Anlass bestand, mit stichelnden Fragen piesackte. In seinem Fleisch steckte ohnehin der Stachel einer ewigen Unzufriedenheit. Im Prinzip brauchte er seinen Vater für die eigene Demütigung gar nicht, denn Peiniger von Rolli himself war er allein. Spötter seines Verhaltens im täglichen Ablauf, Zyniker betreffend seines Lebens sowieso. Mit Sarkasmus fühlte er sich so verwandt wie ein Maler mit seinem Gemälde, wie ein Poet mit seinem Gedicht. Nichts war so, wie er es wollte, und je länger er darüber nachdachte, wurde alles umso unvollkommener, umso zweifelhafter und verlorener.

Er hatte seine Sternenreise nicht wegen zu wenig Endgültigkeit vorzeitig abgebrochen. Er hatte sterben wollen. Ehrlich. Zu behaupten, er hätte keinen Willen dafür gehabt, war unfair. So viel Endgültigkeit wie er als Ballast dabei gehabt hatte, hatten wohl noch nicht viele vor ihm vorzuweisen gehabt. War er nicht am Ende des Weltalls gewesen? Bibbernd und schlotternd?

Ja, aber wie sollte er das beweisen? Einen Fahrtenschreiber für solche Zwecke gab es leider nicht. Und wieso überhaupt gab es das Gewäsch von

331

zu wenig Endgültigkeit? Wer stellte so dämliche, entwürdigende Fragen? Ihm fiel ein, dass er das selber war.

Ein ordentlicher Heldentod war ihm verweigert worden. So, jetzt ist es raus. Er sollte den Lohn für seine Kühnheit nicht erhalten. So war es doch.

Was heißt denn, den Eingang zum Tunnel hatte er nirgendwo entdeckt? Und er hatte nirgendwo einen Engel gesehen? Ja braucht man neuerdings noch einen Schutzmann, um den Eingang zum Tunnel zu finden? Wo er doch groß wie ein Scheunentor sei, der Eingang, wie er mal gelesen hatte. Und Gitte, die es wert gewesen wäre ihn zu begleiten? Na, die war nicht zur rechten Zeit am richtigen Ort gewesen. Man durfte ihr deswegen keinen Vorwurf machen. Obwohl, wie sonst sollen Märchen enden, wenn nicht Hand in Hand mit dem geliebten Menschen dem Sonnenuntergang entgegen gehen? In seinem Fall halt in einen Tunnel?

So eine Tunnelfahrt muss man halt schon vorher anmelden. Im Prinzip ist es wie auf dem Jahrmarkt: Man geht ans Kassenhäuschen und kauft einen Chip für das Karussell oder die Geisterbahn. Ach, hat er nicht? Nicht angemeldet, der Herr? Keinen Chip gekauft, der Herr? Und macht dann hier so einen Aufstand, dass wir einen Riesenaufwand haben? Alles Besserwisser, diese Fettärsche, die ihre Hintern auf seine Kosten in miefende Polstersessel drücken. Wie er sie hasste. Sein Vater besaß eine Musik-Aufnahme von Klaus Hoffmann mit dem Titel „Die Mutlosen". Genauso, wie in dem Chanson besungen, waren sie, die Schleimer und Heuchler seiner Persönlichkeit. Falschausgaben. Falschspieler. Feiglinge.

Keiner war da, der ihm geholfen hätte. Keiner, der gesagt hätte: da lang, Rolli. Dann wäre nämlich er es endlich gewesen, der Gitte den Himmel, den wahren Himmel, seinen Himmel gezeigt und präsentiert hätte. Stolz wäre sie auf ihn gewesen. Oder nicht?

Hatte er echt danach gesucht? Nach dem Tod? Sein Vater hatte einmal zu ihm gesagt, er sei zu dumm zum Milchholen. War er sogar zu dumm zum Sterben? Sollte das für immer sein Handicap sein?

Wie, verdammt, dachte er, sollte ein Leben, falls er es dennoch vor sich hätte, ohne Gitte aussehen? Gab es eine Wahrheit, die er mit seinem Vater zu klären hatte? Eine Wahrheit, die klarstellte, dass er Gitte liebte?

Seine Schmerzen traten schockwellenartig in regelmäßigen Abständen auf. Dann verlor er jeweils seinen Willen, die Löcher in seiner Erinnerung, was mit ihm geschehen war, schließen zu können, und seine ganze Aufmerksamkeit wurde von der Suche nach einem Ausweg vor den Schmerzen in

Anspruch genommen. Stiche waren es in seinem Kopf. Vor denen wollte er fliehen, fliehen, irgendwohin. Aber es gab kein Irgendwo mehr für ihn. Mit der Erinnerung war es so eine Sache. Oft hatte er ziemlich viele Teile des Puzzles zusammen und konnte einige Details deutlich erkennen. Es konnte aber auch passieren, dass, wenn er nach einer neuen Schmerzwelle versuchte, das bereits erarbeitete Bild zu reproduzieren, ihm die Erinnerungsfähigkeit versagte und er mühsam von Neuem beginnen musste. Das wirkte auf ihn beängstigend.

Die Schmerzen in seiner Brust waren erträglich. Das war eine Sache, mit der er sich arrangieren konnte. Nicht aber die Stiche im Kopf. Die waren eine Qual.

Er hörte ein Geräusch. Oh ja, hören konnte er gut. Manchmal hatte er das Gefühl, jemand würde in seinem Kopf Posaune spielen. Doch, mit den Ohren war alles in Ordnung. Nur dass er Posaunenmusik nicht mochte. Ach ja, das Geräusch. Er beschloss, mal kurz nach draußen zu schauen.

Oh Scheiße, dachte er, als er seine Augen aufschlug und zuerst Gitte sah, und dann eine dieser grässlichen rotäugigen Krähen im grünen Mantel, und dann einen großen schwarzen Mann mit silbrigem langem Haar und gestutztem Vollbart, und dann noch einige andere Personen, die um sein Bett herumstanden, als würden sie auf den nächsten Bus warten.
Er hörte eine Stimme, die sagte: „Medizinisch gesehen ist er vernehmungsfähig."
Oh Scheiße, dachte er. Die warten nicht auf den Bus.

13. Oktober 2021
Freiburg (Brsg.)

Linda liebte Salate. Deswegen holte sie die grünen Blätter eines Salatkopfes bald aus dem Wasserbad, um nicht sämtliche Vitamine mit dem Wasser auszuwaschen. Auf der Gasflamme ihres Küchenherdes brutzelten klein geschnittene Zwiebeln in heißem Öl. Gleich würde sie Hühnchenfleisch in Streifen dazu geben und sie kross braten, um sie später unter den Salat zu mischen.

Sie hatte auf einem freien Tag bestanden. Wann, wenn nicht jetzt?

Sie trug eine Jeans-Hose für Schwangere. Ihre Schwester hatte sie ihr geschenkt, nachdem sie ihr erstes Kind zur Welt gebracht hatte, und Linda schätzte die lockere Weite um den Bauch. So war sie nun mal: Unkompliziert, praktisch, bequem.

Linda fühlte sich ganz als Frau mit allen Attributen und hatte keine Probleme, eine solche zu sein, aber gelegentlich beneidete sie ihre Schwester um ihre Rolle als Mutter. Irgendwie spürte sie, dass nicht nur ihre Gedanken, sondern auch ihr Körper darauf warteten, erfüllt zu werden. Was das genau beinhaltete, war sie sich nicht so sicher. Aber sie war bereit.

Ihr Vater war Polizist gewesen. Ein guter Polizist, wie er sagte, der nichts mit *Stasi* in der ehemaligen DDR zu tun gehabt hatte. Sie mochte das glauben, denn sie hatte keinerlei Anlass, an ihrem Vorbild zu zweifeln. Sie war ohnehin erst nach dem Fall des Eisernen Vorhangs zur Welt gekommen. Er hatte seine Uniform mit Stolz getragen. Zuerst als Volkspolizist in der DDR, und nach der Wende sozusagen als gesamtdeutscher Polizeibeamter. Jedes Mal, wenn er vom Dienst nach Hause gekommen war und seine Tochter sah, hatte er ihr die Dienstmütze auf die blonden Haare gesetzt.

Das Abitur hatte sie mit der Traumnote „Eins" abgeschlossen. Sie hatte sich zwar für das Jura-Studium entschieden, wollte sich aber unbedingt in die praktische Arbeit der Polizei einbringen. Klassisches Juristenleben konnte sie sich als Lebensaufgabe nicht vorstellen. Was sie zum Leben brauchte, waren Menschen, und keine Paragrafen. Ihr Vater wollte das lieber anders sehen, aber als sie sich endgültig für den Polizeidienst entschieden hatte, mutierte er zu ihrem größten Förderer.

Sie dachte an Jens. Sie dachte an die Nacht mit ihm, als sie mit ihm geschlafen hatte. Komisches Wort: <Mit ihm geschlafen>. Dabei war sie hellwach gewesen.

Bereits in der ersten Sekunde ihrer Begegnung hatte sie geahnt, dass Jens der Mann ihres Lebens sein würde, hatte die Wahrheit aber immer wie eine ungeliebte Pflicht vor sich her geschoben, etwa so, wie sie ständig neue Ausreden dafür erfand, die schmutzigen Fenster ihrer Wohnung nicht putzen zu müssen.

Es war sie, die es gewollt hatte. Ihn gewollt hatte. Nicht provoziert, nicht initiiert. Gewollt.

Seit über einem Jahr war sie Single. Sie hatte eine Beziehung hinter sich, in der sie ständig nur reaktiv gewesen war und nicht, wie sie sich das

334

gewünscht hatte, aktiv. Sie hatte geglaubt, dass sie mit der Zeit die selbstgefällige, gestylte Schönheit ihres Partners in ungekünstelte Wohlgefälligkeit, in Natürlichkeit umwandeln könnte. Denn schön war er. Ein Bild von einem Mann. Ein Adonis. Ziemlich bald indes war ihr aufgefallen, dass er ob seines Aussehens selbst die Werbetrommel in eigener Sache nur zu gut zu rühren verstand und sie als Frau nur als Dienstleisterin benutzte, was von sexuellen bis zu haushälterischen Tätigkeiten alles einschloss. Sie erinnerte sich an sein blödes Gesicht, als sie ihn aus der Wohnung geschmissen hatte: So schön, so dämlich, so uninteressant.

Ihr *gutes Aussehen* bedeutete ihr nichts, was für andere Frauen, die nicht die Vorzüge einer angeborenen Schönheit besaßen, schwer nachvollziehbar war.

Einmal hatte sie sich für Aktmalerei zur Verfügung gestellt, in einem Kurs der Volkshochschule in Riesa, wo sie geboren war. Ein sabbernder, von speicheltriefender Geilheit befallener Teilnehmer hatte angegeben, ihren Brustumfang messen zu müssen, und hatte sich tatsächlich mit einem Maßband ihrer Sitzposition genähert. Mit einem Tritt auf seinen Bauch hatte sie ihn wirkungsvoll seiner besonderen Arbeitstaktik beraubt, sich ihren Bademantel angezogen und die übrigen Kursteilnehmer mit großen Augen und gezücktem Bleistift zurückgelassen.

Sie hatte sich nie dazu verführen lassen, auch nicht in den schwierigen Jahren der Pubertät, irgendwelchen Idolen, jedem Modetrend nacheifern und nachstreben zu müssen. Sie war perfekt. Krankhaftes Suchen nach Unvollständigkeit war ihr zuwider. Sie hatte sich in ihrer Seele ein Haus, eine Wohnung eingerichtet, in das oder die sie sich zurückziehen konnte, wenn sie das wollte, und das war ihr wertvoller als jedes Kompliment oder jeder registrierte neidische Blick.

Seit sie den Mut gefasst hatte, Jens zu bitten, mit ihr in die Wohnung zu kommen und sie miteinander geschlafen hatten, fragte sie sich, ob es richtig gewesen war. Es war guter Sex mit ihm gewesen, denn sie hatte den Akt selbst genossen, als wäre sie eine große Wüste, die sich nach Regen sehnt. Und doch hatte sie gleichzeitig gemeint, dass es in diesem Augenblick vielleicht nicht die beste Idee war, an Jens die Kontrolle zu verlieren. Der Anblick des toten Mannes, wie er erschossen auf dem Rücken in seinem Hausflur lag, hatte sie wahrscheinlich tiefer getroffen als sie erwartet hatte. Für den Wunsch, die folgende Nacht nicht allein verbringen zu wollen, war Jens die einzige akzeptable Möglichkeit gewesen. Musste sie ihn dafür gleich lieben? Wäre er damit einverstanden gewesen, über die Nacht einfach neben ihr zu liegen und ihre zitternde Hand zu halten? Ihr hätte es vollauf genügt, das wusste sie. Warum hatte sie es dann nicht einfach probiert? Um vor ihm nicht als prüde dazustehen? Hatte sie solche Attribute nicht längst abgelegt und war sie nicht längst erhaben darüber? Oder war es, salopp gesprochen, einfach mal wieder Zeit für Sex? Ein Jahr, nachdem sie ihren letzten Mann vor die Tür gesetzt hatte? Hatte sie das denn nötig, und falls ja, sah man es ihr schon von weitem an? Und wenn schon: Konnte sie nicht selbst ganz allein bestimmen, wann und mit wem sie ins Bett ging? Das war doch wohl ihre Entscheidung, nicht wahr? Was war los mit ihr? Fragen, die sie beschäftigten.

Gedanken an Jens waren ihr überhaupt nicht unangenehm. Sie mochte seine unperfekte Art.

Es kam immer öfter vor, dass sie sich dabei ertappte, gerade an ihn zu denken. Dass er es in seinem Beruf schwer hatte, wusste sie, genau wie sie wusste, dass in ihm kein brillanter Ermittler heranwuchs. Aber das störte sie nicht. Dadurch sah sie ihn genötigt, Kompromisse einzugehen, Gespräche und Unterstützung zu suchen und Hilfe zu akzeptieren, was ihn für sie menschlicher und zugänglicher machte. Und sie sah, dass er bereit war, zu lernen.

Ihre Erschütterung nach der ziemlich spontan verbrachten Nacht mit Jens kam nicht von ganz ungefähr. Es war das erste Mal überhaupt, dass sie es war, die einen Mann in ihre Wohnung eingeladen hatte. Im Hinterkopf hatte sie ein unangenehmes Erlebnis mit einem Mann, der sich nach einem feuchtfröhlichen Abend in einer Diskothek in Riesa mit anderen Freunden in ihre Wohnung begab und partout nach offiziellem Ende der Party nicht mehr gehen wollte. Er war einfach sitzen geblieben, nachdem die anderen sich alle verabschiedet hatten. Er hatte nicht schlecht ausgesehen und sie hatte ihn zu voreilig in die engere Wahl eines Freundeskreises aufgenommen. Morgens um zwei, vor Erschöpfung war sie fast umgefallen, war er aufdringlich geworden und hatte versucht, ihr die Kleider vom Leib zu reißen. Weil sie ihm einen spitzen Bleistift an die Kehle stoßen konnte, hatte er geschockt die Lust an ihr verloren und war für immer aus ihrem Leben verschwunden, allerdings nicht ohne über sie diverse Gerüchte wegen Prüderie und Frigidität in der Stadt zu verbreiten.

Ihre Erwartungshaltung, dass sich Jens ähnlich blöd wie der damalige Spinner verhalten könnte, hatte sich gottseidank nicht erfüllt. Wenigstens ein Pluspunkt für die männliche Spezies. Gerade deswegen hatte sie sich am folgenden Morgen sehr reserviert gegenüber ihm verhalten. Ihre Gedanken hatten hauptsächlich ihr selbst gegolten, ihrem Leben, und der Möglichkeit, ihm darin einen Platz zu gewähren.

Als sie vierzehn Jahre alt gewesen war, hatte sie sich zum ersten Mal dafür entschieden, ihre Courage einzusetzen. Ziel jeglichen Spotts und aller Arten sogenannten Mobbings war ein pickelgesichtiger Junge mit abstehenden Ohren aus ihrer Klasse. Kein anderes Mädchen hätte sich für diesen Jungen interessiert, kein anderer Junge wollte ihn zum Freund oder in seiner Clique sehen. Eines Tages hatte sie ihre Schultasche auf die Bank neben seinem Platz geknallt und bestimmt, dass das ab sofort ihr Platz sei. Widerspruch hatte sie nicht geduldet. Jeder bösen Zunge raubte sie mit ihrem überlegenen Lächeln die Schärfe und es störte sie nicht im Ansatz, wenn beste Freundinnen über sie die Nase rümpften und das Maul zerrissen. Sie tat es nicht aus Mitleid, nicht aus Kalkül, sondern um einem Menschen zu helfen, Freunde zu gewinnen und für sich selbst einen verlässlichen Freund zu finden. Demonstrativ suchte sie seine Nähe, zeigte sich mit ihm an allen Plätzen und besuchte mit ihm alle wichtigen Events der Schule. Ob er je die Reinheit und die Unschuld ihrer Angebote begriffen hatte, konnte sie in echt nie erfahren. Es hatte sie einiges an Überredungskunst gekostet, ihn von ihrer Philosophie zu überzeugen und ihn als wahren Freund aufzubauen. Augenscheinlich hatte er es langsam kapiert und er hatte hernach die Auftritte an ihrer Seite stets genossen. Er war an ihrer Seite gewachsen, hatte es hinnehmen können, dass sie ihn als Freund wollte und nicht als das, was er nicht sein konnte. Den Unterschied zu erkennen war seine größte Leistung und der legere Umgang damit seine bedeutsamste Erfahrung. Darüber hinaus waren sie echte Freunde ihr Leben lang geblieben, wichtiger als jede inszenierte Umarmung, denkwürdiger als jeder vorgetäuschte Kuss.

Inwieweit jenes damalige Verhalten für ihre Zukunft prägend sein konnte, wusste sie nicht, aber wann immer sie vor die Wahl gestellt werden würde, sich entweder zwischen dem Underdog oder dem Winner entscheiden zu müssen, käme sie damit in keine Gewissensnot. Und weil sie schon gleich gar nicht in die Nähe einer Auswahl kam, war es gut. Sie war einfach so.

Sie dachte an diesen seltsamen, schwarzen Mann. Den mit dem Pferdeschwanz. Edgar. Sie dachte an den Eindruck, den er bei ihr hinterlassen hatte. Nichts Persönliches, denn dafür war er ihr zu alt und zu fremd. Sie ahnte, dass er sein Leben an ganz bestimmten Grundsätzen festgemacht hatte und nichts das Innere und den Kern dieser Zone stören oder gefährden konnte. Aber es war etwas Nachhaltiges, das Linda nicht verborgen geblieben war. Was verband sie damit? Stellte sie Vergleiche an zwischen

337

Jens und ihm? Suchte sie insgeheim nach Qualität? Nach Vorbildern? Vorbilder für wen? Für Jens? Wollte sie den Fehler begehen, Jens mit diesem Edgar auf eine Stufe zu stellen? Ihm eine Ikone vor die Nase zu setzen, zu der er aufblicken und beten sollte? Oder wünschte sie sich für ihre eigene kriminalistische Karriere einen Mentor, einen Lehrer wie Edgar, aus dessen Erfahrungsschatz sie sammeln konnte? Aus dessen Sicherheit sie ihre Sicherheit gewinnen konnte? War sie selbst diejenige, um die es ging, wenn sie von Nachhaltigkeit und Souveränität sprach und sich wünschte, beides zu haben?

Die Zwiebeln im Öl waren braun. Sie drehte das Gas zurück. Das gewürzte Fleisch wartete darauf, angebraten zu werden. Sie stellte einen flachen Teller auf ihren Esstisch. Die Schüssel für den Salat stand bereit. Als sie die Fleischstreifen in das heiße Fett schütten wollte, erklang die Haustürglocke. Sie nahm den Hörer der Gegensprechanlage ab. „Ja?"

„Hallo, Linda. Ich bin's. Jens."

Da war sie wieder, die Frage: <Musste sie ihn denn gleich lieben?> Müssen nicht.

Sie tat es freiwillig und drückte auf den Türöffner.

14. Oktober 2021
Universitätsklinik Freiburg

Gitte saß auf der Kante seines Bettes und hielt seine Hand. Er spürte ihre Wärme wie ein Versprechen in sich fließen. Gitte ist da. Nur für dich.

Seinen Vater konnte er unter den umstehenden Leuten nicht entdecken.

Einer der Männer, der sich mit Namen und Dienstausweis vorgestellt und dessen Namen er sofort wieder vergessen hatte, weil er ihn nicht interessierte, hatte ihm drei Computerausdrucke mit Fotos gezeigt. Alle drei Aufnahmen waren Rolli zur Genüge bekannt, und da er ja nicht ausgesprochen blöd war, war sein einziger Kommentar ein kurzes Kopfnicken gewesen. Was sollte er auch leugnen, denn es war eindeutig er, der auf den Fotos zu sehen war. Es machte keinen Sinn, wegen eventueller Erkennbarkeit oder Nichterkennbarkeit mit den Typen zu verhandeln. Er war's, und damit basta. Gitte drückte seine Hand. Er wollte ihr nicht sagen, dass sie ihm Schmerzen bereitete.

„Wie lange dauert's noch?", fragte sie den Mann mit den Fotos. „Er ist müde."

„Nur noch ein paar Minuten", erwiderte Henckel. „Wir wollen schließlich auch seinen Fast-Mörder fassen, oder meinen Sie nicht?" Henckel wandte sich wieder direkt an Rolli.

„Schildern Sie uns doch bitte den genauen Hergang in der Garage des Motorrad-Clubs am zwanzigsten Juli dieses Jahres, sofern Sie sich erinnern können." Henckel hatte ein aufmunterndes Lächeln produzieren können.

Rolli ließ sich mit der Antwort Zeit. Im Hintergrund stand ein Mann in einem grünen Kittel an der Glastür zu seinem Krankenzimmer. Krähe. Neben diesem saß an einem kleinen Tisch ein anderer Mann, der mit einem Laptop beschäftigt war. Und dann stand neben dem, der die Fragen stellte, dieser hochgewachsene, schwarzgekleidete Mann mit kurzgeschnittenem weißgrauem Vollbart und langem, weißem Pferdeschwanz.

„Ich lag unter meinem Motorrad, hatte die Maschine mit der hydraulischen Hebebühne hochgebockt. Ich wollte den Rahmen nach Rissstellen oder Stauchungen absuchen. Es war ja die Unfallmaschine von Herbie."

„Waren Sie allein in der Werkstatt oder war sonst noch jemand anwesend?"

„Nur Jonny war noch da, aber der war im Gastraum. Es war ja vormittags, da ist gewöhnlich nichts los. Die ersten *Members* kommen erst nachmittags oder abends."

„*Members*?"

Der mit dem Vollbart und dem Pferdeschwanz erklärte dem Fragesteller leise, was *Members* sind.

„Aha, Sie waren also allein in der Werkstatt. Jonny, das ist Ihr Chef?"

Rolli verzog den Mund zu einem spöttischen Lächeln.

„Jonny ist der *President*."

Wieder steckten die beiden Männer die Köpfe zusammen und flüsterten miteinander.

„Okay, Herr Hofstetter. Was passierte dann weiter?"

„Es kam jemand in die Werkstatt und ich dachte, dass es Jonny sei. Wer sollte es auch sonst um diese Zeit sein, oder? Ich schau also gar nicht nach, sondern betrachte weiter den Rahmen von meiner Maschine. Plötzlich hör ich ein Zischen, als wenn Luft aus einem Reifen entweichen würde. Aber es war gar kein Reifen, sondern die Hydraulik von der Hebebühne, und die

339

kracht auf meine Brust und drückt mir die Rippen ein. Ich bekomme keine Luft mehr. Und dann seh´ ich einen Typen über mir stehen mit einem großen Drehmomentschlüssel in der Hand. Er holt aus und schlägt mir auf den Schädel. Und dann war es dunkel."

„Dunkel."

Rolli nickte leicht mit dem verbundenen Kopf. Er suchte erneut Blickkontakt mit Gitte. Er fand ihn, und ihr beruhigendes Lächeln spendete ihm Zuversicht.

„Haben Sie den Mann erkannt, Herr Hofstetter, oder würden Sie ihn wiedererkennen? Könnten Sie ihn beschreiben?" Henckel, der bislang alle Fragen gestellt hatte, drehte sich zu seinem Kollegen mit dem Laptop um. Dem Mann im grünen Kittel, der an der Tür stand, raunte er kurz zu, dass sie gleich fertig seien.

„Hab´ den Typ nie gesehen. Aber sein Gesicht werde ich nie wieder vergessen." Bei diesen Worten schien es in Rollis Augen zu blitzen. Da war also Widerstand im Spiel, oder besser gesagt, Lebenswille. Ein gutes Zeichen.

„Wir werden nachher, mit Ihrer Unterstützung, ein Phantombild erstellen. Der Kollege mit dem Laptop hat ein entsprechendes Programm auf der Festplatte. Sie werden uns damit hoffentlich entscheidend bei der Suche nach dem Täter behilflich sein können. Vorerst will aber Herr Schaaf hier neben mir noch zwei drei Fragen an Sie richten. Sie müssen die Fragen nicht beantworten, denn er ist kein Polizist, sondern Privatdetektiv, der im Auftrag Ihrer Schwester handelt. Sind Sie damit …"

„Schwester?" Rolli versuchte instinktiv, sich im Bett aufzusetzen, was ihm aber nicht gelang. „Was zum Teufel faseln Sie da von einer Schwester? Ich hab doch keine …"

„Sie heißt Regina von Drach." Es war Edgar Schaaf, der das Gespräch übernahm. „Beruhigen Sie sich, Herr Hofstetter. Sie ist die Tochter Ihrer Mutter mit ihrem Ehemann Alexander von Drach. Im Übrigen wusste auch Regina nichts davon, dass sie in Ihnen einen Bruder hat. Sie hat mich jedenfalls beauftragt, die ungeklärten Umstände des Todes Ihrer beider Mutter zu untersuchen. Deswegen bin ich hier. Denn Sie, Herr Hofstetter, hatten Ihre Mutter ja einen Tag vor ihrer Ermordung besucht. Stimmt das?"

In Rollis Hirn arbeitete es, aber er schwieg. Edgar Schaaf sprach weiter.

„Sie hatten an jenem Tag versucht, sich auf der Bank in Sasbach am Rhein Geld zu verschaffen. Wie wir wissen, hat die Bank das Geld behalten. Ihr Freund Stefan Springmann hat Sie dann auf Ihren Wunsch nach Hohenterzen gefahren. Zu Ihrer Mutter, wie wir annehmen. Sind Sie dorthin gefahren, um sich bei Ihrer Mutter Geld zu holen?"

Gitte schüttelte Rollis Hand. „Nun red´ schon, Rolli", hauchte sie mit unendlich geduldiger Stimme. Aber es war Schaaf, der redete.

„Sechstausend Euro hat Herbies Unfallmaschine gekostet. Soviel Geld, wie Sie nie vorher besaßen. Woher hatten Sie die Summe?"

Rollis Brustkorb hob und senkte sich angestrengt. Der Mann im Krähenkostüm trat an Rollis Bett, kontrollierte den Puls. „Er darf sich nicht aufregen. Ich breche sofort ab, wenn ..."

„Noch eine Minute, bitte. Es ist wichtig. Wir haben schon so viel Zeit verloren." Die Krähe hörte die natürliche Autorität aus Schaafs Stimme. Beeindruckt, wenn nicht sogar eingeschüchtert, zog er sich von Rollis Lager wieder zurück. „Keine Aufregung", flehte er.

„Ist Ihnen der Name Ralf Großbauer geläufig, Herr Hofstetter?"

„Was soll denn das jetzt?" Rolli schien verwirrt. Großbauer? Was wollte der Mann bloß von ihm?

„Ich helfe Ihnen gerne auf die Sprünge. Ralf Großbauer ist an genau dem Abend, als Sie, Herr Hofstetter, in Besitz eines Neun-Millimeter-Revolvers, in Hohenterzen waren, mit eben einem solchen Neun-Millimeter-Revolver ermordet worden. Erschossen."

„Erschossen?" Rolli probierte wieder krampfhaft, fast vehement, seine Lage auf dem Bett zu verändern. Gitte hielt ihn sanft zurück. „Halt, he, halt. Also gut. Es stimmt. Ich war an jenem Abend bei meiner Mutter in Hohenterzen und habe sie um Geld gebeten. Sie hat mir auch welches gegeben. Zehntausend Euro, um genau zu sein. Mit einem Mord an einem Großbauer habe ich nichts zu tun. Mit Banküberfall ja, aber nichts mit Mord. Das müssen Sie mir glauben." Rollis Augen flogen panisch zwischen Gitte und Schaaf hin und her. Im

„Gibt es denn Zeugen dafür, dass Sie bei Ihrer Mutter und nur bei Ihrer Mutter waren?"

„Meine Mutter natürlich. Aber die ist ja jetzt tot." In Rollis Stimme lag Verzweiflung. „Ich hab´ bei ihr übernachtet und bin erst am nächsten Morgen mit dem Zug nach Endingen gefahren."

„Na, das beweist natürlich nichts. Was machen wir denn nun?" Schaaf schöpfte in gekünstelter Absicht tief Luft. „Ach, ganz nebenbei. Wo hatte Ihre Mutter denn das Geld? Sie wird es ja nicht gerade in ihrer Geldbörse mit sich herumgetragen haben."

„Aus dem Tresor." Die Antwort kam zu patzig, um falsch zu sein.

„Tresor?" Schaaf schärfte seine Sinne. „Es gibt keinen Tresor, Herr Hofstetter. Sie lügen."

„Es gibt einen Tresor", empörte sich Rolli. „Man kann ein Element der Wohnwand im Wohnzimmer verschieben. Dahinter." Jetzt triumphierte er. „Übrigens hat sie mir sogar die Erpresserfotos und das Erpressungsschreiben gezeigt und mich gefragt, ob ich damit was zu tun hätte."

„Erpresserfotos? Schreiben? Sie meinen, Ihre Mutter wurde erpresst?"

„Und ob."

„Und? Wissen Sie von wem?"

„Woher soll ich das denn wissen?"

Henckel hieß nun den Kollegen von der Personenerkennung, an Rollis Bett zu kommen. Dann zogen er und Schaaf sich auf den Flur des Krankenhauses zurück, während Rolli versuchte, seiner Erinnerung ein Gesicht zu geben.

„Ich staune immer mehr über dich, Edgar. Auf deinen Schachzug mit dem Revolver und Großbauer wäre ich nicht gekommen." Henckel schmunzelte.

„War ja auch nicht ganz fair, den armen Kerl so hinters Licht zu führen. Er konnte ja nicht wissen, dass wir bereits wissen, dass sein Revolver nicht die Tatwaffe an Großbauer war. Aber manchmal heiligt der Zweck die Mittel. Dermaßen in die Enge getrieben und vor die Wahl gestellt entscheiden sich die meisten Befragten für das kleinere Übel, also für die Wahrheit." Edgar sehnte sich nach einer Zigarette, konnte im Klinikflur aber nicht rauchen. Er steckte sich eine Kippe trocken zwischen die Lippen.

„Stimmt. Du musst mit Melzer unbedingt nochmal in das Haus der von Drachs. Der Mord ist ja sein Fall. Dass der Wasserfeind den Tresor nicht gefunden hat, wundert mich."

„Dass ich ihn nicht gefunden habe, wundert mich auch", gab Schaaf zu bedenken. „Schließlich war ich ja ebenfalls in der Wohnung. Hinter den Möbeln haben wir beide wohl nicht nachgeschaut."

„So wird es sein", meinte Henckel, und tätschelte ihm nachsichtig die Schulter.

Durch die Glastür zu Rollis Krankenzimmer sahen sie, wie der Kollege auf dem Laptop nach Angaben von Hofstetter arbeitete. Dann schien er fertig zu sein und erhob sich. Er kam mit geöffnetem Deckel und flimmerndem Monitor zu ihnen auf den Flur.

„Fertig?", fragte Henckel.

„Yes", grinste der Kollege.

„Na dann lass mal sehen", meinte Henckel und drehte den Laptop so, dass auch Schaaf das Phantombild sehen konnte. Das Ergebnis war der Hammer, und Edgar murmelte leise: „Laus mich der Affe."

Kapitel 5

15. Oktober 2021
Gengenbach

Die Hunde mussten vor Melanies Geschäft *Aquarelle und Poesie* in der Altstadt Gengenbachs warten, während Edgar zu Melanie in den Laden hineingegangen war. Er hatte mit den beiden am späten Vormittag eine größere Runde gedreht: Zuerst über die Felder und dann über den Kinzigdeich zurück, wo sie Gelegenheit hatten, sich im flachen Wasser des Flusses den von den unbefestigten Wegen aufgesammelten gröbsten Dreck aus dem Fell zu spülen. Erst zu Hause würden sie einer gründlichen Reinigung mit lauwarmem Wasser unterzogen werden.

Melanie hatte ihn darum gebeten, zur Mittagszeit bei ihr vorbei zu schauen, weil sie wegen der Taubergießen-Aquarelle, die ihr Georg Fischer vergangene Woche zur Begutachtung überlassen hatte, seinen Rat brauchte. <Jetzt, wo du mal einen Tag daheim bist>, hatte sie schmunzelnd zu ihm gesagt, was nichts weiter als ein kleiner Hinweis auf seine sich häufenden Ausflüge im Zuge seiner Ermittlungen sein sollte. Er hatte glücklich gegrinst und sie schwungvoll umarmt. <Dein Mann ist halt ein gefragter Detektiv, mein Schatz>, hatte er gefeixt und ihr mit seinem Bart eine wohlige Gänsehaut an Hals und Nacken produziert.

Vorgestern war Herr Fischer, wie verabredet, wieder bei ihr gewesen, und Melanie hatte sich seiner gefühlvoll angenommen. Sie hatte ihm ausdrücklich für das ihr entgegengebrachte Vertrauen gedankt und ihm in warmen Worten die Bedeutung der Gemälde seiner verstorbenen Frau erklärt.

Melanie hatte vorgeschlagen, mit seinem Einverständnis, die Bilder einer breiten Öffentlichkeit durch eine Vernissage in ihrem Geschäft bekannt zu machen. Eine Ausstellung, hatte sie nachgebessert, als sie gewahr worden war, dass er mit dem Begriff <Vernissage> nicht viel hatte anfangen können. Sie hatte ihm ihre Vorstellungen von der Ausstellung praktisch unterbreitet, indem sie einzelne Bilder an die Wände gehalten und ihn gebeten hatte sich vorzustellen wie es sei, wenn alle siebzehn Gemälde über den Raum verteilt an den Wänden zu sehen wären. Herr Fischer war über die Maßen beeindruckt und Melanie war sich nicht ganz sicher gewesen, ob es bei ihm mit der Vorstellung so richtig funktioniert hatte. Doch hatte er zugestimmt und gemeint, sie würde das schon richtig machen.

Sie hatte auf der Rückseite jedes Gemäldes den von der Künstlerin gewählten Titel mit Ortsangaben und Fertigungsdaten gefunden. In Anbetracht der Tatsache, dass es das Taubergießen aus Gründen des Hochwasserschutzes nicht mehr gab, ein kostbares Vermächtnis für Forscher und Wissenschaftler, für Heimatschützer und Historiker, für alle Menschen, die sich für ihre Umwelt interessierten. Georg Fischer hatte Melanie, als sie ihm gegenüber von den geschätzten Mindestwerten gesprochen hatte, um einen Stuhl gebeten, damit er nicht umfalle. Sie hatte ihm eine gefertigte Liste vorgelegt, auf der sie jedem einzelnen Bild einen von ihr kalkulierten Wert zugewiesen hatte. Die kleineren Bilder begannen bei Tausendachthundert Euro, die größeren endeten bei viertausendzweihundert Euro. <Das sind die Werte, die ich den Werken zuschreibe>, hatte sie erklärt. Der Mindestpreis. Was aber der Kaufpreis für einen Kunstliebhaber oder einen Käufer sein soll, hatte sie ihm nahegelegt, möge er entscheiden.

Herr Fischer hatte sich das jedoch nicht zugetraut, war schweißgebadet wieder aufgestanden und hatte sie darum gebeten, diese Angelegenheit für ihn zu übernehmen. Dann hatte er sie noch gefragt, ob sie zufällig einen Schnaps im Laden hätte, denn den bräuchte er jetzt nach so viel Aufregung. Zufällig hatte sie einen Schnaps, und weil ihr danach gewesen war, hatte sie gleich einen mitgetrunken. Sobald der Termin für die Ausstellung feststehen würde, sollte Herr Fischer wieder von Melanie hören.

Melanies Plan war, diese Vernissage in ziemlich naher Zukunft zu platzieren, und sie brauchte Edgar in diesem Fall wegen seines gesunden Gespürs für das Machbare. Er sollte ihr Ratgeber sein für den abzusteckenden Preisrahmen und für ihre eigene Gewinnspanne, aber auch für die Auswahl der Gemälde, die sie in einen Ankündigungsprospekt aufnehmen konnte. Auch bei der Ausgestaltung des Prospekttextes wollte sie sich lieber auf sein Urteil stützen. Danach, so hatte sie vor, würde sie eine entsprechende Anzeige in der Zeitung schalten und zur Vernissage selbst nebst Stammkunden, bekannten und befreundeten Künstlern und Honoratioren der Stadt auch die Presse einladen. Natürlich musste das alles von Herrn Fischer autorisiert werden, aber daran hatte sie eigentlich keine Zweifel.

Sie erkannte am Geräusch der Türglocke, dass *er* in ihr Reich gekommen war. Ihr Edgar. Sie sauste aus ihrem Büro, um den Verkaufstresen herum, direkt in seine Arme und an seine Brust.

Edgar fing sie gerührt auf und grub seine Nase in ihr fülliges Haar, das nach einem Hauch von Sanddorn duftete. Er gestand Melanie natürlich zu, dass sie mit ihrem kleinen Seitenhieb auf seine Fehlzeiten daheim nicht ganz unrecht hatte. Schließlich war er am Montag den ganzen Tag, am Dienstag und auch am Donnerstag im Fall von Drach absent gewesen, und schon morgen, Samstag, würde er in gleicher Sache wieder weg sein. Er hatte Handwerker im Haus und da war es einfach nicht so toll, denen nicht auf die Finger schauen zu können, obwohl er bisher keinen Anlass zu Beanstandungen gehabt hätte. Melanie verstand es gottseidank prächtig, ihre leise Kritik in ein buntes Kostüm voller Neckerei zu kleiden.

Er würde sich in Hohenterzen mit Regina von Drach, mit Franz Hirt, *Condor* Wasserfeind, Melzer und Germann treffen, um im Haus von Margarete von Drach nach dem Tresor zu suchen. Er hatte diesen Termin heute Morgen, noch bevor er mit „Müller" und „Lydia" auf Tour gegangen war, telefonisch aus dem Boden gestampft. Wasserfeind hatte zwar gemotzt, dass Schaaf dieser Sondereinsatz wegen Überstunden teuer zu stehen kommen würde, aber dass es sich bei der Drohung nur um Schaumschlägerei handeln konnte, war sowohl Wasserfeind als auch Edgar klar. Wasserfeind müsste so oder so ausrücken, falls der Tresor tatsächlich gefunden werden würde.

Die gestrige Einladung Kommissar Henckels aus Freiburg, an der Vernehmung Rolf Hofstetters teilnehmen zu können, war recht unerwartet und kurzfristig beim gemeinsamen Frühstück mit Melanie eingetrudelt. Er musste Melanie dabei wohl fragend und bittend angeschaut haben, schuldbewusst wie „Müller", der wieder mal beim Zerkauen ihrer Lieblingspantoffeln erwischt worden war, doch sie hatte als Zeichen dafür, dass sie sich geschlagen gab, bloß ihre Arme ausgebreitet und gesagt, er möge zusehen, wenigstens gesund wieder nach Hause zu kommen. Resignation sieht anders aus, hatte er gedacht, weswegen die Kurve auf der grafischen Darstellung seines schlechten Gewissens ziemlich flach geblieben war. Er wusste, dass er bei Melanie mit großem Verständnis rechnen konnte. Ohne dieses Vertrauen wären seine kriminalistischen Eskapaden gar nicht möglich gewesen.

Melanie zeigte ihm die siebzehn Aquarelle, und Edgar erkannte, auch ohne besondere Kenntnisse in diesem Kunstbereich, dass es sich um außergewöhnlich gute Arbeiten handelte. Er war deswegen überhaupt nicht überrascht oder düpiert, als Melanie ihm die Liste mit ihren Wertanalysen vorlegte. Sie war es, die den Sachverstand besaß, und völlig selbstverständlich fügte er Gemälde und Wert zusammen. Wie das Amen in der Kirche, bestätigte er, obwohl er keiner Glaubensrichtung angehörte.

„Hol´ doch bitte die Hunde rein, Edgar. Ich schließe den Laden für heute Nachmittag. Dann haben wir Zeit, hier in Ruhe alles zu besprechen."

„Weißt du was? Wenn das so ist, hole ich uns Baguette, Käse und einen billigen Rotwein; dann veranstalten wir einen provenzalischen Nachmittag, ein Picknick inmitten von echter Kunst, und stellen uns Olivenhaine, gelbe Weizenfelder, Lavendelfelder und van Gogh einfach vor."

Melanie hielt in ihrer Bewegung inne und schaute ihn verklärt an.

„Du bist der liebste und beste Mann auf der Welt, Edgar. Du triffst den richtigen Ton immer im richtigen Moment. Ja komm, lass uns einen romantischen Nachmittag gestalten, gerade so, wie du eben erzählt hast."

Edgar nahm ihren Kopf in beide Hände und küsste sie sanft auf die Stirn.

„Weil ich dich liebe, Melanie. Weil ich dich liebe."

„Und ich dich, Edgar."

Arm in Arm spazierten sie nach sechzehn Uhr aus der Stadt Richtung Süden. „Müller" und „Lydia" liefen bereits weit vor ihnen über die Felder. Edgar blieb stehen und machte Melanie auf den Himmel aufmerksam. Weiße Wolken fuhren über ihn wie eine Armada Schiffe mit geblähten Segeln über das Meer. Es wehte ein anhaltender, angenehmer Wind, der in Freigeistern ein unstetes Gefühl von Sehnsucht erwecken mochte, genau wie eine innere Unruhe die letzten noch verbliebenen Vogelschwärme zu ihrem Flug in wärmere Gefilde drängte. Wegen des heißen Sommers waren viele Vogelarten länger als gewöhnlich an ihren Sommerbrutplätzen geblieben. Ob das ein gutes oder ein schlechtes Omen war? Wieder ein Hinweis mehr auf die drohende Klimakatastrophe?

In den heutigen Radio-Nachrichten war zu hören gewesen, dass ein seltsames Wetterphänomen über dem Süden Europas beobachtet wurde. Während in Spanien und Italien außergewöhnlich hohe Temperaturen, begleitet von schwülwarmer Luft, verzeichnet wurden, hatte es über der gesamten Balkanhalbinsel einen für diese Jahreszeit harten und frühen Wintereinbruch gegeben. Eisglätte und Schneefälle hatten den Verkehr in weiten Teilen der Vielvölkerregion bis zu den griechischen Inseln der Ägäis lahmgelegt. Die Grenze zwischen den beiden Wetterextremen verlief exakt über dem Gebiet des Adriatischen Meeres. Sämtliche Fährverbindungen zwischen dem Italienischen Stiefel und den Balkanstaaten sowie Griechenland waren wegen heftiger Stürme unterbrochen.

Melanie grübelte über der Idee, die ihr Edgar in den Kopf gesetzt hatte. Die Idee hatte einen modernen Namen: <Bus.page>. Man verstand unter <Bus.page> die Weiterentwicklung der früheren <Homepage>, die zwar immer noch Bestandteil des WWW's war, im Normalfall aber nur noch für private Adressen zur Verfügung stand. Konzerne, Firmen und Geschäfte aller Art, darunter zum Beispiel auch solche wie Kirchen, soziale Einrichtungen, das Gaststättengewerbe, Tourismusverbände, Schulen und Universitäten, Ämter, trugen sich unter <Bus.page> ein.

Ihren Laden, und damit sich und ihr Konzept, über dieses Medium weltweit vorstellen zu können, klang verlockend. Aber bliebe sie dann noch so unabhängig, wie sie es bevorzugte? Herrin ihrer selbst? Würde das Netz nicht so viel mehr an Wünschen an sie stellen als sie fähig war zu erfüllen? Würde man ihre Handschrift dann noch erkennen? Würde das, was bei ihr jetzt noch als exklusiv gehandelt wurde, sich diesen Status noch verdienen, wenn es überall auf der Welt zu haben war? Einmaligkeit? Ihr Laden galt als Geheimtipp unter Kennern und Künstlern, ein ungeschriebenes Prädikat, auf das sie sehr stolz war; ein Etikett, das sie nicht zu drucken brauchte. Sollte sie das auf Kosten von Masse aufs Spiel setzen?

Irgendwie verband sie ihr gewachsenes Projekt mit ihrem persönlichen Stil, mit ihrem Gesicht. Damit bewarb sie ihre Kunst und ihre Künstler. Mit diesem Gesicht stellte sie sich anderen Menschen vor, aber auch vor ihre Ware. Sie schätzte es, auf den Straßen Gengenbachs und den Orten der näheren Umgebung erkannt und begrüßt zu werden, und sie wusste, dass man ihr Gesicht dann nicht nur als das der Frau Köninger, sondern auch als das der Frau Köninger mit *„Aquarelle und Poesie"* in der Gengenbacher Altstadt erkannte.

Sie war im gewissen Sinne eine Institution und ein bisschen auch ein Original. Sollte sie wirklich den Versuch wagen, das alles einer Welt ohne Profil, Leuten ohne echten Geruch, Käufern ohne gesprochene Sprache, preiszugeben? Sie wusste genau, dass sie eben das nicht wollte, um keinen Preis der Welt. Zudem hatte sie keine Ahnung davon, wie man zum einen eine <Bus.page> einrichtet, zum anderen wie Geschäfte auf diese Art abliefen. Edgar meinte, dass sie das alles erlernen könnte, aber, dessen war sie sich sicher und, je länger sie darüber nachdachte umso mehr: Sie wollte es nicht.

„Ich will es nicht, Edgar." Sie schob ihre Hand in seine Jackentasche und schaute zu ihm auf. „Schlimm? Bin ich deswegen altmodisch, unmodern oder hinter dem Mond daheim?"

„Gott bewahre, nein. Kein Problem, Liebes. Entscheiden tust du. Du weißt immerhin, dass es diese Art der Geschäftsführung gibt. Ich an deiner Stelle würde es auch nicht wollen. Zuviel Privates ginge verloren. Der morgendliche Weg von zu Hause in das Geschäft und der Weg abends wieder zurück wäre für immer ein anderer. Es wäre immer noch ein Weg, aber nicht mehr der gleiche. Die Identität mit deinem Lebenswerk wäre dahin. Nein, ich würde es nicht wollen. Ich hatte gewusst, dass du dich so entscheiden wirst." Er drückte zur Bekräftigung leicht ihre Hand in seiner Jackentasche.

Nach einer halben Stunde näherten sie sich ihrem Haus. Aus der Rundbogenöffnung der Kellertür quoll eine dicke Staubwolke. In der Garteneinfahrt parkte ein leichter Lastwagen der Baufirma „Güdüler". Während im Gewölbekeller der Innenverputz entfernt wurde, ruhten die Arbeiten des Schreiners, des Elektrikers und des Klempners wegen der Staubentwicklung.

Einer der Zwillingsbrüder Güdüler tauchte soeben wie ein orientalischer Flaschengeist aus der Staubwolke auf. Es war unmöglich zu bestimmen, welcher der beiden es war. Ahmet oder Mehmet? Der Mann war dermaßen mit feinstem Staub bedeckt, als hätte er im Keller <zwei Ster Mehl gehackt>, wie man nonsens-mäßig zu scherzen pflegte. Als er Melanie und Edgar den Garten betreten sah, klopfte er den Dreck von den Kleidern und aus den Haaren und begrüßte die beiden.

„Schöne Arbeit, schöner Keller, viel Staub."

„Haben Sie denn keine Schutzkleidung?"

„Mein Bruder hat die Schutzbrille und den Atemschutz. Er arbeitet. Ich schaue." Er grinste breit und fröhlich über das ganze Gesicht, wobei dort, wo seine Haut Falten schlug, Staub abbröckelte. „Wollen Sie sehen?"

„Nein, nein, nicht jetzt. Wir schauen später, wenn sich der Staub gelegt hat. Sagen Sie uns Bescheid, wenn Sie Feierabend machen."

„Ah, Feierabend? Feierabend machen wir jetzt. Sie können gleich schauen. Fünf Minuten."

Melanie und Edgar verbrachten die fünf Minuten, indem sie einen Rundgang ums Haus machten. „Müller" und „Lydia" indes warteten vor der Haustür, denn für sie war Fressenszeit.

Der Staub hatte sich danach wirklich gelegt, sodass sie den Keller betreten konnten, ohne gepudert zu werden. Im Keller fanden sie eine fahrbare Arbeitsplattform vor, auf welcher einer der Brüder gerade dabei war, den Hochdruckschlauch eines Pressluftwerkzeuges aufzurollen. Er hatte tatsächlich eine Schutzbrille auf der Stirn und einen Atemschutz um den

Hals. Edgar konnte nur hoffen, dass der Bursche die Utensilien auch wirklich benutzte. Mit einem Rundumblick stellte er fest, dass die zwei Brüder an einem einzigen Tag den Verputz der gesamten Kellerdecke abgetragen hatten. Die Backsteine und die Mörtelfugen waren sichtbar. Die Decke mit den Rundbögen sah großartig aus.

„Morgen machen wir die Wände", sagte der Bruder, der ihnen in den Keller vorausgegangen war. „Morgen werden wir fertig." Er wandte sich dem Mann auf dem Gerüst zu. „Gell, Ahmet, morgen wird's fertig?", rief er seinem Bruder zu, der zur Bestätigung nur mit der Hand winkte und dann von der Arbeitsplattform herunterkletterte. „Morgen fertig", sagte er nochmal und deutete mit dem Daumen hinter sich.

Dass <morgen> ein Samstag sein würde, schien die Güdüler-Zwillinge nicht zu stören. Hauptsache <morgen fertig>, und Edgar sollte es recht sein.

Die Hunde lagen satt und zufrieden auf ihrer Wohlfühldecke. Melanie hatte sich ins Badezimmer zurückgezogen. Edgar stand in der Küche und rührte an einer Sahnesauce mit feinem Speck und frischen Pilzen für ein Nudelmenü. Vorher hatte er rasch die Zutaten für eine Salatsauce bereitgestellt. Grüner Blattsalat war bereits gewaschen und tropfte in einem Sieb ab. Eine Flasche Gewürztraminer stand geöffnet auf dem Esstisch. Edgar liebte das Hantieren in der Küche. Während seiner langen Junggesellenzeit hatte er, außer für das Frühstück, nie solch einen Aufwand ums Essen getrieben. Seit er mit Melanie unter einem Dach wohnte, fand er jedoch immer mehr Freude und Interesse am Kochen.

Melanie kam von oben aus dem Bad in die Küche herunter und umschlang ihn von hinten. Sie trug bequeme Jeans und einen Kaschmirpullover.

„Mmmh, wie gut das duftet", seufzte sie und drückte sich an seinen Rücken. „Es ist an der Zeit, dass ich mal wieder etwas Anständiges zu essen bekomme, sonst musst du mich eines Tages wegen Hungers gestorben begraben."

„Du meinst bestimmt", erwiderte er, weiter in der Sauce rührend, „dass du nichts zu essen bekommen hast, weil ich nie zu Hause war. Aber keine Sorge. Wenn ich feststellen sollte, dass du deswegen nur ein Gramm weniger auf den Rippen haben solltest, werfe ich sofort allen anderen Krempel hin und bekoche dich von früh bis spät."

„Versprochen?"

Edgar drehte sich um und schlang seinerseits die Arme um sie.

„Versprochen. Großes Ehrenwort."

„Und wie, bitteschön, willst du feststellen, ob ich mehr oder weniger Gramm auf den Rippen habe? Auch dazu braucht es, glaub ich, deine Anwesenheit im Haus."

„Ja verflixt, damit hast du recht. Nicht nur im Haus, sondern auch in deinem Bett. Findest du, dass ich dort in letzter Zeit hauptsächlich durch Abwesenheit geglänzt habe?"

„Naja", setzte Melanie ihre Schmollschnute auf, „wenn du versprichst, die liegengebliebenen Rückstände nachzusitzen und aufzuarbeiten, brauchst du dir um eine Versetzung in die nächste Klasse keine Sorgen zu machen. Es ist nämlich wie in der Schule, weißt du?"

„Oh oh, mir schwant Schlimmes. In der Schule musste ich viele Strafarbeiten schreiben und oft nachsitzen. Aber zum Schluss habe ich das Pensum geschafft und die Prüfung bestanden."

„Wenn das so ist, mein Lieber, dann kannst du heute Nacht alles auf einen Wisch erledigen. Strafarbeit und Prüfung."

„Und warum grinst du so, wenn ich fragen darf?"

„Weil ich die Prüferin bin."

„Du?"

„Ja. Und weil ich mich freue."

Er hatte sie von der Mithilfe beim Abwasch entbunden und sie stattdessen auf das Kuschelsofa geschickt. Er wusste, dass sie ihn bei der Arbeit beobachtete und dass sie dabei glücklich war. Ihr Lächeln war der Beweis. Die traute Zweisamkeit war ihr höchstes und wertvollstes Gut. Die Freude, den anderen zu sehen und dadurch eine innere Bestätigung für die Richtigkeit des Vertrauens zu empfinden, begann schon mit dem frühen Morgen, setzte sich durch den Tag fort und endete mit dem Beginn des Schlafs. Die Gewissheit, dass der andere genauso empfand wie man selbst, entledigte sie jeglicher Frage nach dem Sinn einer Partnerschaft und ersparte ihnen die Suche nach Antworten, an deren Wahrheitsgehalt sie nur zweifeln würden, wenn sie sie denn bekämen. Nein, ihre Antworten waren sie selbst, und wie sie selbst waren, gaben sie sich dem anderen. Es gab durchaus eine Suche bei ihnen, aber es war die Suche mit garantierter Erfolgsquote: die Suche nach der gegenseitigen Berührung; die Suche nach des anderen Hand; die Suche nach des anderen Blick; die Suche nach dem Glück, um es dem anderen zu schenken. Gemeinsam die Sekunde, die Minute erleben, bewusst mit ihm, bewusst mit ihr, in einem Atem, in einer Berührung, in einem Sinn und in einem Sein, das war ihre Art zu lieben. Keinen Verlust zu spüren, wenn er diese ihr gab, und sich reich zu fühlen, wenn von ihr er diese erhielt. Aus Sekunden und Minuten wurden Stunden, und daraus wurden Tage, und ihr Füreinandersein wankte in keinem noch so starken Wind. Die Aussicht auf Wochen und Monate, auch auf Jahre, machte sie nicht bang oder vermochte sie zu erschrecken, denn die Freude darauf war ihr Lohn, war ihr eigenes Geschenk.

Ja, Melanie beobachte ihn und lächelte dabei, wie er es geahnt hatte. Er löste den Gummi aus seinem Pferdeschwanz, fächerte das Haar auseinander, ging zu ihr und setzte sich an ihre Seite. Sie hatte ihn nicht einen Moment aus den Augen gelassen, verfolgte jede seiner Bewegungen. Ihre Augen waren groß und leuchtend, und ihr Gesicht war wunderschön.

Melanie strahlte vor Glück. Sie liebte diesen großen Mann mit dem langen Haar und sie spürte das Gewicht dieser Wahrheit wie einen eisernen Anker auf dem Grund ihres tiefsten Sees. Er war der, mit dem sie gehen würde, und keine Macht der Welt würde sie daran hindern können.

Sie wusste, dass er es wusste, dass sie ihn beobachtete. Sie erkannte es an seinem gestelzten und zwanghaften Bemühen, dem Tun und den Bewegungen unbedingt etwas Unverkrampftes zu verleihen, was ihm jedoch auf ganzer Linie misslang. Die Höhepunkte seiner Darbietungen waren stets die zum Pfeifen gespitzten Lippen, ohne dass je ein Ton über sie gekommen wäre. Er war ein miserabler Schauspieler und dabei so linkisch, dass eine ungewollte Slapstick-Einlage nur eine Frage der Zeit sein konnte. Diese sich im Voraus bildlich vorzustellen, löste in Melanie einen Lachanfall aus, den sie nur durch äußerste Beherrschung zu unterdrücken vermochte. Gleichwohl steckte ihr der Lacher in der Kehle und etwas tiefer schien das Zwerchfell vor Zuckungen bersten zu wollen.

„Hast du dich verschluckt?"

„Hm, hm, nein", gluckste sie mit gepresstem Atem, und dann brach sich der Lacher doch Bahn. Losgelassen und hell wie eine Glocke drang er wie eine Erlösung aus ihrem Hals, und sie warf sich an seine Brust und wollte nicht mehr aufhören zu kichern.

„Du bist so knuddelig anzuschauen, Edgar", stöhnte sie, „dass ich dich fressen könnte vor Glück."

„Aha, sieh mal einer an. Man findet mich also knuddelig. Und was, bittschön, bewegt dich zu dieser Erkenntnis?"

„Ach, nichts und alles. Ich sehe dich nur so wahnsinnig gern. Ich könnte dir stundenlang zuschauen."

„Bin ich etwa lustig? Findest du mich komisch?"

„Und wie, Edgar." Melanie blickte ihm verliebt in die Augen. „Nicht so wie du meinst, was lustig oder komisch sei. Es ist so natürlich, so verschmitzt und so freundlich, was in dir steckt. So lieb. Und völlig ungekünstelt. Ich könnte mir niemals vorstellen, dass Kinder vor dir weglaufen würden, weil du groß und ernst aussiehst. Du bist ein Gewinner-typ. Du gewinnst Vertrauen, du gewinnst Herzen, weil du bist wie du bist. Du bist ein Segen für die Menschheit."

„Das ist ja superspannend, Liebling. Komm´ und erzähl´ weiter. Ich möchte den Kerl auch gern kennenlernen."

„Ach du veräppelst mich, Edgar. Dabei mein ich es ernst."

„Ja ja, ist ja gut. Aber Schluss jetzt mit den Lobhudeleien. Danach fühle ich mich immer wie ein Ausstellungsstück im Museum, über das man hinterher redet. Apropos Museum. Frag doch bitte den Herrn Fischer, ob er dir ein Foto von seiner verstorbenen Frau mitbringen kann. Man sollte die Künstlerin im Prospekt abbilden. Und bei der Vernissage würde eine Vergrößerung des Fotos einen Bezug zu den Gemälden herstellen. Ein Porträt der Künstlerin, oder was meinst du?"

„Genau das ist es, was mir noch im Kopf herumgeschwirrt war: Ein Foto von der Künstlerin. Danke, Edgar, dass du mich daran erinnerst. Huch, ich bin einfach hin und weg. Findest du nicht auch, dass wir ein tolles Team sind? Das ist doch gerade wieder der beste Beweis dafür. Du denkst einfach mit, und was ich vergessen hab, weißt du."

„Ohne Zweifel sind wir das, mein Engel. Du hast mir bei meinen Recherchen ja auch schon wertvolle Tipps gegeben, und ohne dich stünde ich mit meinen Ermittlungen auf verlorenem Posten. Ja, wir sind ein prima Team und ich danke dir herzlich für dein Verständnis."

„Oh, dieses Verständnis." Melanie setzte sich aufrecht hin und hielt ihm schulmeisterlich den erhobenen Zeigefinger vor die Nase. „Gut, dass du darauf kommst. Dieses sogenannte Verständnis bekommt man nicht einfach so nachgeschmissen. Und schon gar nicht bekommt man es für ein schnelles <Dankeschön> zwischen zwei Schluck Wein. Dafür muss man schon etwas leisten, mein Guter. Eine Gegenleistung erbringen, zum Beispiel. Wie sieht es in deinen Vorstellungen denn so mit Angeboten aus, hm? Und komm mir nicht mit etwas, das ich für Geld auch kaufen könnte."

„Donnerwetter aber auch bist du heute sowas von geschäftsmäßig egoistisch. Ich hatte an einen gemütlichen Abend gedacht und vielleicht noch an eine Flasche Wein …"

Melanie trommelte ungeduldig mit den Fingern auf den Tisch. „Soso."

„Ja genau. Oder, wie wir eingangs schon angedeutet hatten, na, du weißt schon, mit den Grammen auf den Rippen …"

„Überredet!"

„Was? Wie?"

„Überredet. Großartige Idee. Du", und dabei stieß sie ihren Zeigefinger auf seine Brust, „du greifst dir jetzt drei Dinge. Zuerst deinen Mut, denn den wirst du brauchen. Zweitens den Wein, denn den werden wir nötig haben. Und drittens packst du mich, denn mich musst du lieben. Alles trägst du nach oben in mein Zimmer. Und hallo: ich habe viel, viel, sehr viel Verständnis für dich gehabt, und für morgen verlangst du ja auch wieder welches."

„Melanie?"

„Nix Melanie. Abmarsch."

16. Oktober 2021
Gengenbach/Hohenterzen

Es stand auf der Titelseite der Zeitung. <Wintereinbruch auf dem Balkan. Schwere Sturmschäden an Kroatiens Adriaküste>. Im Artikel war zu lesen, dass orkanartige Sturmböen in vielen Orten Dächer abgedeckt, Bäume und Strommasten umgerissen hatten.

Die Schifffahrt auf der Adria wurde aus Sicherheitsgründen eingestellt. In vielen Häfen seien Boote entweder gekentert oder an Land geworfen worden. Die Schäden seien im Moment noch nicht absehbar. Der Flughafen Zagreb wurde vorsichtshalber geschlossen. Bei immer noch anhaltenden starken Sturmwinden und hohem Seegang ist eine Besserung der Verhältnisse an den Küsten noch nicht absehbar. Im Binnenland wurden viele Landesstraßen wegen Schneeverwehungen gesperrt. Der Eisenbahnverkehr musste wegen vereister Oberleitungen ebenfalls eingestellt werden.

Kräftiger Wind pumpte riesige Mengen subtropisch warmer und feuchter Luft aus Südfrankreich durch die Burgundische Pforte ins Rheintal, schnellziehende, graue Wolken als Ballast. Aber es regnete nicht.

Edgar Schaaf hatte beim Anblick der eiligen Wolken morgens um halb sechs ein ungutes Gefühl gehabt. Selbst die Hunde hatten unruhiger als sonst gewirkt und waren nur widerwillig über die Feldwege getrottet. Diese Wolken und die zu dieser Jahreszeit so unpassend warme Temperatur von vierundzwanzig Grad bargen ein empfundenes, gewisses Unheilpotential, ohne dass das einer wissenschaftlichen Untersuchung im krassesten aller Fälle standgehalten hätte. Vielleicht, hatte Edgar gedacht, ist <Unheil> nicht der passende Begriff. Vielleicht ist nur mit meinem Biorhythmus etwas nicht in Ordnung, weswegen ich so viel Energie aufwenden muss, um die Ruhe zu bewahren. Ruhe und Übersicht. Aber es liegt was in der Luft, und wenn es auch nur meine gewaltgebremste Ungeduld ist. Dieser hektische Wolkenflug macht mich total kirre im Kopf.

Oder ist es das Testosteron in meinem Körper? Mein lieber Scholli, Melanie und ich haben heute Nacht ja aneinander rumgeschraubt wie zwei Junge. Und so nebenbei noch eine Flasche Wein vertilgt. Mann oh Mann. Sie und ich. Wir sind schon zwei verrückte Nummern.

Edgar hatte den Film von ihr und ihm und von dieser Nacht noch einmal im Kopf abspielen lassen und war gedankenverloren in einen Feldweg abgebogen, den die Hunde noch nie gelaufen waren. „Müller" und „Lydia" waren stehengeblieben, wie sie es immer taten, wenn sie ohne Aufforderung neues Terrain erkunden sollten. Erst als er ihnen fast auf die Pfoten getreten war, war er aus seinen Träumen aufgewacht und hatte seinen Irrweg erkannt.

Um sechs Uhr war er mit den Hunden wieder zu Hause angekommen, hatte geduscht und dann die Zeitung gelesen. Gleich würde er das Frühstück bereiten, aber hinter das Geheimnis, das sich hinter seiner nervösen Einstellung verbarg, war er noch immer nicht gekommen. Da nutzten auch die unzähligen Blicke nach der Uhrzeit nichts.

Einst hatte er gelesen, dass der Anblick schnellziehender Wolken Einfluss auf das normale Zeitgefühl von Menschen hätte und zu der irrtümlichen Einschätzung verleite, dass die Zeit schneller vorbeiging. Genau gegen dieses Syndrom schien er jetzt zu kämpfen, jedoch mit wenig Erfolg. Er tänzelte in der Küche herum und fühlte sich aufgeregt wie ein Rennpferd vor dem Start aus der Box. Ihm in diesem Zustand nur bedingt gedrosselter Erregung frische, rohe Eier in die Hände zu geben, war für den Augenblick sicher nicht die beste Idee, um seinen aufgeladenen Reaktor herunterzufahren, weswegen ihm der erste Versuch, Ei gegen Pfanne, kräftig danebenging. Nur die Hälfte von Eidotter und Eiweiß landeten in der Pfanne, und was nicht neben die Gasflamme gefallen war, verbrutzelte am Pfannenrand zu einer schwarzen Kruste. Die nachfolgende Unmutsäußerung musste im oberen Stock vernommen worden sein, denn von dort scholl die besorgte Frage herunter, ob bei ihm alles in Ordnung sei. Derart ungünstig abgelenkt, hatte er die Konzentration für den vernünftigen Einsatz des Salzstreuers verloren. Oh süße Melanie, wenn du wüsstest.

Das Frühstück war relativ wortkarg verlaufen. Melanie schien irgendwie auf einer Wolke mit einer ziemlich hohen Nummer zu schweben. Ihre glückselig verschleierten Augen weilten im ständigen Nirgendwo und wegen ihres geheimnisvollen Dauerlächelns wäre garantiert sie es gewesen, die Leonardo da Vinci gemalt hätte, anstatt jener anderen Frau. Edgar würde darauf wetten.

Überhaupt schienen ihr einige andere Sinne abhandengekommen zu sein, denn sie zeigte weder auf den Geruch von verbrannten wie auch auf den Geschmack von versalzenen Eiern, noch auf die verkohlten Toastbrotscheiben eine Reaktion. Kommentarlos hatte sie ihm gegenübergesessen und gelächelt. Er hatte wirklich kein Händchen für ein perfektes Frühstück an diesem Morgen besessen, schämte sich seiner Unzulänglichkeit jedoch nur so lange, bis er in ihren Augen zu erkennen glaubte, Gnade gefunden zu haben.

Als die Minute des Abschieds für seinen Ausflug nach Hohenterzen kam und er sie innig umarmte, dünkte sie ihn leicht wie eine Feder, und feenhaft entrückt hauchte sie ihm einen Kuss auf den Mund. „Pass auf dich auf, mein Lieber. Ich warte auf dich." Sie blieb unter der Haustür stehen und winkte ihm nach, und als er, „Müller" und „Lydia" an den Leinen, um die Ecke bog und noch einmal zurückschaute, sah er sie immer noch lächeln.

Er hatte sich dafür entschieden, die Hunde mit nach Hohenterzen zu nehmen. Melanie würde weiter mit den Vorbereitungen für die Vernissage beschäftigt sein, und die Tiere den Güdüler-Brüdern unter Aufsicht zu stellen wollte er nicht wagen, hatten diese im Keller mit dem Abtragen des Verputzes genug zu tun.

Wasserfeind hatte ihm angeboten, ihn ab Freiburg in seinem Dienstfahrzeug mit nach Hohenterzen zu nehmen, aber weil dieser unter einer Hundehaar-Allergie litt, hatte sich das Thema erübrigt. <Wir sehen uns dann im Haus von Margarete von Drach, aber lass die Hunde draußen, sonst haben wir ein Problem>, hatte Wasserfeind geäußert.

Während Edgar in der ersten Klasse von Gengenbach über Offenburg und Freiburg Richtung Hohenterzen fuhr, fand er Muße, seine Gedanken schweifen zu lassen. „Müller" und „Lydia" erwiesen sich als ideale Reisepartner und verhielten sich sehr pflegeleicht. Er dachte an die erste Begegnung mit Melanie vor ungefähr einem Jahr. Es war ebenfalls in einem Zug und ebenfalls war er wegen Ermittlungen unterwegs gewesen. Ob sie sich kennengelernt hätten, wenn er sich nicht in einen Kriminalfall hätte einspannen lassen? Oder wenn er „Müller" nicht gehabt hätte? Wohl kaum. Wahrscheinlich würde er in seiner alten Wohnung in der Stadt sitzen und das Fernsehprogramm von morgens bis abends durchzappen. Oder wie sah er sich? Er verschob den Gedanken, denn es war ja alles anders gekommen. Es gab nichts aus der Vergangenheit, dem er nachtrauern müsste. Es machte keinen Sinn, über etwas zu philosophieren, das nie geschehen war. Er hatte es richtig gemacht. „Müller" aus dem Tierheim zu holen war die beste Entscheidung seines Lebens gewesen.

Als er noch als Polizist aktiv war, hatte er als der „Einsame" gegolten. Als der „Schweigsame". Praktisch ein Mensch ohne soziale Kontakte, ohne Netz. Unter den Kollegen hatte er einen Ruf genossen, mit dem er nicht gerade hausieren konnte. Seine Methoden waren oft unorthodox und fragwürdig. Beliebtheit hatte er sich dadurch nicht erworben. Achtung hatte er genossen, doch keine Kollegialität. Man ging ihm, wo es möglich war, aus dem Weg. Private Kontakte hatte es nicht gegeben. Durch seine Direktheit und die Art, Dinge ungefärbt und unverfälscht beim Namen zu nennen, hatte er sich keine Freunde gemacht, weder unter den Mitarbeitern noch unter anderen Involvierten, die zwangsläufig an der Polizeiarbeit beteiligt werden mussten, wie Staatsanwälte, Politiker, Verwaltungsbeamte, um nur einige zu nennen. Gab es außer seiner kriminalistischen Erfolgsquote etwas, worauf er stolz zurückblicken konnte?

Er hegte eine unterschwellige Scheu vor dieser Frage und war bestrebt, schnell den Mantel des Vergessens darüber zu decken. Vielleicht war er ein potentieller Kandidat für einen Psychologen, und vielleicht fürchtete er sich vor dem Licht, das man dort auf seine Persönlichkeit werfen könnte. Nicht, dass er verborgene Leichen im Keller hätte, nein, denn rechtschaffen war er sein Leben lang gewesen. Er schreckte eher davor zurück, jene karge Wüste in sich, jene freudlose Ödnis offenbaren zu müssen, die er so viele Jahre kultiviert hatte. Bilder eines mürrischen unnahbaren Eigenbrötlers, dem Leben außerhalb des Berufs eine lästige Pflicht anstatt geschenkter Genuss war. Gut, er war mit dem Motorrad durch den Westen der USA gefahren. Das hatte ihm schon gefallen. Aber er war allein gewesen. Und auch in Schweden war er allein gewesen. Immer allein. In der Tat spürte er bei diesen Gedanken einen fröstelnden Schauer am ganzen Körper. Schnell weg also damit.

Er schaute aus dem Zugfenster. Heute führte er ein Leben, das man wirklich Leben nennen konnte. Mit Melanie. Und er fragte sich, wie er je hatte ein anderes Leben führen können. Er musste bei Gelegenheit unbedingt mit ihr darüber sprechen, bevor er sich einem Psychologen anvertraute, und dann war er eventuell auch nicht mehr nötig, der Seelenklempner. Ja, das musste er: mit Melanie darüber reden.

Hohenterzens Bahnhof liegt auf über achthundert Metern Höhe. Der Zug fuhr durchs Höllental und mitten in die Wolken hinein. Es war ungewöhnlich warm und als Edgar mit „Müller" und „Lydia" in Hohenterzen aus dem klimatisierten Abteil stieg, meinte er eine dampfende Waschküche zu betreten. Er kaufte am Kiosk des Bahnhofs eine Brezel und zwei Flaschen Stilles Mineralwasser. Er goss sich ein wenig des Wassers in die hohle Hand und ließ die Hunde daraus schlabbern. Danach spazierten sie durch den Ortskern in Richtung der Klinik *An den Bächen*. Dort oder im Garten von Margarete von Drachs Haus würde er bestimmt eine Möglichkeit finden, um die Hunde etwas ausreichender zu versorgen.

Als er mit den Hunden in die Straße zur Klinik und Margarete von Drachs Haus einbog, sah er bereits das kleine Elektro-Auto von Regina von Drach und das E-Mercedes-Cabrio von Melzer hintereinander vor dem Haus stehen. Wasserfeind aus Freiburg schien noch nicht da zu sein und auch Franz Hirts alter VW-Streifenwagen fehlte noch.

Edgar traf die bereits Anwesenden in Margaretes Haus. Auch Linda Germann war mit von der Partie, die sich sofort begeistert mit „Müller" und „Lydia" vertraut machte. Sie führte die Hunde durch die Wohnung und ließ sie über die Terrasse in den Garten, während Edgar einen Suppenteller aus der Küche besorgte und ihn mit Wasser gefüllt auf die Terrasse stellte.

„Tja, Leute", sagte er, „wir warten eigentlich nur noch auf Wasserfeind und Hirt. Solange die nicht da sind, wollen, können und dürfen wir nicht beginnen."

Melzer meldete sich zu Wort: „Wir müssen noch auf jemanden warten, ohne den wir nicht beginnen können: Alexander von Drach hat sein Kommen angekündigt."

Regina von Drach horchte überrascht auf. „Mein Vater? Er kommt hierher? Davon hat er gestern am Telefon nichts erwähnt. Na, das kann heiter werden, denn dann ist sein Schatten nicht weit entfernt."

„Sein Schatten?" Edgar fragte wie abwesend, weil er in Gedanken bei dem ominösen Tresor und seinem vergeblichen Bemühen von vor rund zwei Wochen im Beisein Regina von Drachs war, eben solch ein entscheidendes Detail wie den Tresor aufzuspüren. Das Signal war nicht gekommen, obwohl alle Voraussetzungen dafür gegeben waren. Der Tresor war da, und er, Edgar, war da. Hatte er versagt?

„Sieglinde Borchers", hörte er Reginas Stimme. „Seine Sekretärin."

„Ach stimmt. Du hast schon mal von ihr gesprochen. Sie will sich vielleicht ihr zukünftiges Arbeitsfeld ansehen. Oder was meinst du?"

„Ja also ..."

In diesem Moment betrat ein asketisch wirkender, kahlköpfiger Mann in feinem anthrazitfarbenem Business-Zwirn den Wohnraum, gefolgt von einer attraktiven blonden Frau in farblich gleichem Outfit, die sich besitzergreifend umschaute.

„... Papa?"

„Hallo, meine Kleine. Schön dich zu sehen." Der Mann umarmte Regina von Drach herzlich, kam aber gleich zur Sache. „Was ist es, was dieser Mann von dir erklärt haben will?" Er wandte sich Edgar zu und taxierte ihn ob dessen legerer Kleidung und der für einen Mann seines Alters unmöglichen Haartracht geringschätzig. Sein Tonfall fiel seiner Beurteilung entsprechend herablassend aus. „Alexander von Drach. Guten Tag. Und wer, bitte, sind Sie?"

„Guten Tag, Herr von Drach", deutete Edgar lächelnd eine leichte Verbeugung an. „Edgar Schaaf ist mein Name."

„Ach ja? Und was haben Sie neben Herrn Melzer und Frau Germann hier zu suchen?"

„Papa, es ist ..."

„Dich habe ich nicht gefragt, meine Süße. Ich warte auf die Erklärung dieses Herrn ... wie war noch mal der Name?"

„Papa, Herr Schaaf ist ..."

„Kind, ..."

„Ich habe ihn engagiert, Papa. Herr Schaaf ist Privatdetektiv und hilft, den Mord an Mama aufzuklären."

Alexander von Drach blieb der Mund offen stehen. Er schnappte zweimal nach Luft.

„Wie ... wie ... Privatdetektiv? ... Ich verstehe nicht ... wie kannst du ... Sie sind ..."

Edgar blieb gelassen. In diesem Augenblick war er eine Insel auf dem hohen Meer. „Ihre Tochter hatte die Bitte an mich getragen, die Hintergründe des tragischen Todes Ihrer Frau aufdecken zu helfen, Herr von Drach. Sie hat mich engagiert, bezahlt mir wöchentlich fünfhundert Euro plus Spesen, und wir sind schon einige Schritte weiter gekommen." Die Lüge über das angebliche Honorar kam ihm über die Lippen wie einem Massenmörder ein Unschuldsbekenntnis. Es reizte ihn, diesen unfreundlichen Mann zu brüskieren.

Alexander von Drachs Mundöffnung näherte sich der Gefahr einer Maulsperre. Sieglinde, die von dem Gespräch lediglich die Zahl fünfhundert gehört hatte, wähnte einen Ausverkauf ihres Spekulationsobjekts. „Fünfhundert Euro, für was und für wen?", mischte sie sich hektisch ein. „Geht es hier um Geld, noch bevor der Tresor geöffnet ist?"

Edgar lächelte sie treuherzig an.

„Fünfhundert Euro sind mein Tarif. Für Sie allerdings nicht wöchentlich, sondern pro Tag. Wenn Sie mich und meine Fähigkeiten irgendwie und irgendwann in Anspruch nehmen wollen, dann rufen Sie mich an. Sie werden sehen, dass ich der Günstigste und dennoch der Beste in meinem Metier bin." Edgar streckte Sieglinde eine Visitenkarte entgegen, die er für genau solche Effekte aus Spaß vor einiger Zeit an einem Automaten hatte drucken lassen.

Glücklicherweise mischten sich nun Jens Melzer und Linda Germann unter das Empfangskomitee für die Neuankömmlinge, was die aufkeimende Aggression einigermaßen zu dämpfen schien. Und kurz danach betrat auch Wasserfeind das Wohnzimmer, und Alexander von Drach erkannte in Wasserfeind wenigstens vom äußeren Erscheinungsbild her einen Gleichgesinnten.

Melzer, der offiziell als leitender Ermittler galt, mahnte die anderen Anwesenden schließlich zur Aufmerksamkeit. Er erinnerte mit einigen Worten an die Aussage Rolf Hofstetters, dass ein Tresor in dieser Wohnung vorhanden sei, aus dem ihm seine Mutter zehntausend Euro übergeben habe. Regina und Alexander von Drach schauten sich bei Erwähnung des Namens Rolf Hofstetter befremdlich an. Sieglindes Augen verengten sich hingegen. Sie fürchtete bereits, es neben Regina von Drach mit einem weiteren sowohl unverhofften als auch unerwünschten Konkurrenten um die Pfründe zu tun zu bekommen, die sie allein für sich, und ausnahmslos allein für sich, ausersehen hatte: Die Klinik *An den Bächen*. Als Geschäftsführerin würde sie beginnen, als Inhaberin würde sie enden. Mindestens.

360

„Da Rolf Hofstetter eine ziemlich genaue Lagebezeichnung für den Tresor beschrieben hat, schlage ich vor, dass Herr Wasserfeind als technischer Leiter der Kripo jetzt tätig wird. Herr Wasserfeind, bitte."

Die Aufgabe war leicht. Es gab eigentlich nur ein Segment in der Wohnzimmerwohnwand, das für eine Verdeckung eines Tresors beziehungsweise für eine Verschiebung in Frage kam.

Wasserfeind trat sogleich an die richtige Stelle und mit geringem Kraftaufwand versetzte er das entsprechende rechteckige Element. Nach nur einigen Zentimetern der Seitwärtsbewegung wurden die Ränder eines Mauereinbaus dahinter sichtbar. Eine halbe Minute später lag der in die Außenwand eingelassene Tresor in vollem Umfang sichtbar vor der achtköpfigen Menschengruppe. Man hätte eine Stecknadel fallen hören. *Condor* Wasserfeinds lapidare Frage, wer den Tresor denn nun öffnen werde oder könne, traf die anderen wie ein kalter Wasserguss. Er indes grinste teuflisch, denn er hatte sein Aas gefunden. Er weidete sich an den Gesichtern der vor ihm stehenden Protagonisten. In den Mienen von Alexander von Drach und Sieglinde Borchers sah er Entsetzen, Enttäuschung bei Regina von Drach, Verwunderung bei Jens Melzer und Linda Germann, und Unzufriedenheit bei Edgar Schaaf. Oh ja, das war so ganz nach Wasserfeinds Geschmack. Beinahe lasziv langsam griff er in seine Jackentasche, fand sein Handy und wählte eine Kurznummer: „Komm´ herein", tönte er überheblich, als würde er einen Weltstar ansagen.

Der Typ, der hereinkam, offensichtlich ein Mitarbeiter Wasserfeinds, der vom Aussehen her sein Klon sein musste, trug einen Aluminiumkoffer in der Hand, aus dem er ein kompaktes Gerät packte und vor die Wohnwand stellte.

„Das hier", trat Wasserfeind großspurig neben das Gerät und legte eine Hand darauf, als wolle er einen Staubsauger verkaufen, „ist <Outwit>. <Outwit> kommt aus dem Englischen und heißt auf Deutsch <überlisten>. Nichts anderes haben wir im Prinzip mit dem Tresor vor. Wir überlisten ihn. Technisch gesehen ist es ein Induktions-Simulator. Mehr oder weniger beeinflussen wir die tresoreigenen elektronischen Schaltungen durch externe bewegliche Magnetfelder. Ihr werdet sehen, es ist ganz einfach. Man kann dieses Gerät übrigens nicht im freien Handel erwerben, hahaha. Wär ja noch schöner."

Mit behänden Griffen verstellte er an dem Gerät einen Aufsetzrahmen, bis er mit den Abmessungen des Tresors übereinstimmte. Dann stülpte er dieses

Gerät über den Tresor, wo es mittels Magneten an dessen Stahlrahmen fixiert wurde.

Der Tresor verfügte über eine elektronisch-mechanische Sicherung. Wasserfeind unterbrach die hauseigene Stromzufuhr zum Tresor und schaltete gleichzeitig das mitgebrachte Gerät an. Eine Digitalanzeige begann zu rattern, und gelegentlich stoppte sie bei einer Zahl. Dann drückte Wasserfeind auf eine Taste, und die Anzeige ratterte weiter zur nächsten Zahl. Nach etwa einer halben Minute war diese Anwendung beendet. Der alte Nummerncode war neutralisiert, aber nicht zur Öffnung bereit. Wasserfeind entspannte sich. Jetzt war es an der Reihe, eine neue beliebige Nummer zu programmieren; eine Geheimnummer, die keine war. Durch Wiederholung der Nummer wurde die Verschlussvorrichtung des Tresors entsperrt und er konnte geöffnet werden. Wasserfeind verbeugte sich vor seinem Werk so affig, als hätte er soeben im Varieté eine Jungfrau zersägt. Edgar fand es nur peinlich und vermerkte im Geiste ein paar Abstriche an der Wertschätzung Wasserfeinds. So ein Gehabe war absolut unterste Stufe für ihn. Das ging nicht.

Aber da war er. Da stand er offen. Margarete von Drachs Tresor.

Edgar ahnte, dass jetzt der emotionale Teil des Falles Margarete von Drach begann und, wäre er ein Leichtathlet, er eben die Zielkurve in Angriff genommen hatte. Er beobachtete, wie Jens Melzer die erste Anspannung überwunden hatte und zum geöffneten Tresor hintrat.

„Wagen Sie es nicht, Hand an den Tresor meiner Frau zu legen." Alexander von Drachs Worte schwebten eiskalt im Raum wie ein amerikanischer Blizzard über Montana.

Melzer blieb stehen und drehte sich langsam um hundertachtzig Grad. Es zuckte um seine Augen. Auf seiner Stirn bildete sich Gewölk. Gleich würde Thor den Hammer schwingen.

„Da drin ist nichts", sagte er mühsam beherrscht, „was Ihnen gehört. Erst wenn ich und der Staatsanwalt entscheiden, dass irgendetwas von hier nicht mehr für die Aufklärung des Mordes an Ihrer Frau von Belang ist, dürfen Sie darüber entscheiden, Herr von Drach. Solang lassen Sie uns bitte einfach unsere Arbeit tun."

<Na gut, wenigstens ein Hämmerchen>, dachte Edgar.

Sieglinde zischte Alexander energisch von der Seite an. Regina von Drach hob verwundert, auch entrüstet, beide Augenbrauen.

Linda Germann versuchte, die aufgeladene Stimmung zu beruhigen.

„Sie wissen es doch, Herr von Drach, Frau Borchers, wie unsere Arbeit funktioniert. Nichts wird verloren gehen. Herr Melzer hat recht. Das Sichern des Tresorinhalts hat Vorrang vor Ihren privaten Interessen. Wir wollen Ihre Beweggründe keineswegs schmälern. Aber es ist eine Mordermittlung, immer noch, und da wird das Interesse der Staatsanwaltschaft und der Polizei höher gestellt als der Schutz des Einzelnen. Und wenn ich richtig vermute, wird es Ihnen um den Schutz der Privatsphäre gehen. Sie müssen und können jedoch auf unsere Diskretion vertrauen."

„Aber Sie haben keinen Durchsuchungsbefehl." Sieglinde motzte trotzig.

„Nein", lächelte Linda, „denn es ist hier ein Tatort, und da brauchen wir keinen Durchsuchungsbefehl. Ich zeig´ Ihnen gerne im Polizeigesetz, wo das verankert ist."

„Und dieser Privatschnüffler?" Bei Sieglinde wirkte ausgestoßenes Adrenalin wie Wasser auf eine Mühle. „Diskretion? Der rennt doch zum nächsten Schmierenreporter …"

„Dank dieses <Privatschnüfflers>, wie Sie sagen, wissen wir überhaupt erst, dass es einen Tresor in diesem Haus gibt, Frau Borchers. Oder haben Sie ein persönliches Interesse daran, dass die Ermittlungen am Mordfall Margarete von Drach nicht zu Ende kommen?" Linda Germann stand so ruhig und kontrolliert, ein Lächeln auf den Lippen, in der Mitte des Wohnzimmers wie ein Turm in der Schlacht. Melzer betrachtete Linda, als sei sie der leibhaftiggewordene Engel Gabriel mit dem Feuerschwert, der diese Sieglinde gleich aus dem Paradies treiben würde. Auch Wasserfeind wähnte sich in einem Bildungskurs für angehende Top-Manager, und Alexander von Drach stellte sich Szenarien vor, was passieren würde, wenn er diese Frau bei der Polizei abwerben und für seine Interessen gewinnen könnte.

Dagegen schielte Edgar nach den Hunden. Sie lagen einträchtig neben dem Wasserteller auf der Terrasse. <Wenn das hier so weitergeht>, dachte er, <kann es ja heiter werden>. Er ging zur Terrassentür und öffnete sie. Warme, aber frische Luft strömte herein. Vielleicht war das nötig. Und dann erschien, leicht verspätet und irgendwie gehetzt, endlich Franz Hirt.

15. Oktober 2021
Rovinj (Kroatien)

Es war bereits der vierte Morgen, an dem Sophia auf ihren Bruder wartete.

Sie wartete genau auf dem Stuhl vor ihrem Restaurant, auf dem für gewöhnlich ihre Mutter zu sitzen pflegte.

Am späten Montagnachmittag war sie von ihrem Cousin Branco von Schönau im Wiesental zum Züricher Flughafen gefahren worden, von wo sie in der letzten Maschine nach Zagreb einen Platz hatte buchen können. Ihr Mann hatte sie in der Nacht am Flughafen Zagreb abgeholt und nach Hause gebracht. Die Stimmung bei Branco und Dunja in Schönau war nach Dinos Abreise sofort besser geworden und die beiden waren, wie auch ihre Tochter, sehr erleichtert gewesen, als Dino ins Auto gestiegen und endgültig abgereist war. Nun, da Sophia ihrerseits wieder zu Hause war, blieb ihr Bruder während dreier Tage und vier Nächten unauffindbar.

Von Mutter hatte sie auf die Frage nach Dinos Verbleib eine verbitterte Antwort erhalten.

<Finde sein Boot, dann findest du auch deinen Bruder>, hatte sie kryptisch gemurmelt und war umgehend wieder in brütendes Schweigen verfallen. Oder was war es, das Mutter umtrieb?

Am ersten Morgen war Sophia früh aus dem Haus in der Altstadt und zum Restaurant am Hafen gegangen. Ihr Mann hatte im Halbschlaf unverständlich gemurrt, aber sie hatte darauf nicht reagiert. Sie war vor ihre Mutter getreten, die vor dem Restaurant auf ihrem Stuhl sitzend eingenickt war, und hatte zu ihr gesagt: „Geh ins Haus, Mutter. Ich warte." Und als Mutter keine Anstalten getroffen hatte sich zu regen, hatte sie laut befohlen: „Geh!"

Dann war sie bis zur Mittagszeit an Mutters Stelle auf dem Stuhl gehockt und hatte wartend übers Meer geschaut.

Am zweiten Morgen hatte ihr Mann versucht, etwas heftiger zu protestieren, aber sie hatte ihm keine Antwort gegeben. Und wieder hatte sie ihre Mutter von dem Stuhl aufgescheucht und ins Haus geschickt, um sich anschließend selbst bis zur Mittagszeit den Hintern auf dem Stuhl breit zu sitzen.

Am dritten Morgen ihres Wartens blieb ihr Mann stumm und drehte sich im Bett demonstrativ auf die andere Seite. Mutter stand, als sie Sophia über den Platz am Hafen kommen sah, von alleine auf und überließ ihr mit Bittermiene den Stuhl. Sophia wartete, aber kein Boot mit ihrem Bruder an Bord lief in den Hafen ein.

Sophia weigerte sich zu glauben, dass ihrem Bruder etwas zugestoßen sein könnte. Wie sonst hätte sie das Warten rechtfertigen wollen? Sie wusste, dass er irgendwo dort draußen auf dem Meer war. Doch das <Wie> zerrte an ihren Nerven. In welcher innerlichen Verfassung befand er sich dort, wo er war? Sie kannte schließlich seine verwundbare Seele und die Gefahren, die in den dunklen Winkeln auf ihn lauern konnten und die gerade jetzt, nach diesem Trauma in Deutschland, noch düsterer sein mussten als jemals zuvor. Aber auch er musste um sie wissen, um ihre persönliche Götterdämmerung. Oder nicht? Hatte er denn nicht verstanden, warum sie ihn <gerettet> hatte? Hatte er ihr <Opfer> auf die leichte Schulter genommen? Sie wollte soweit nicht denken, beziehungsweise wollte den Stachel im Fleisch nicht wieder berühren. Aber es war zu spät, denn der Stachel war gesetzt und reizte sie permanent auch dann, wenn sie sich alle Mühe gab, ihn zu ignorieren. Sie wurde ihn nicht los am Nachmittag und nicht am Abend, und in der Nacht konnte sie nicht schlafen, weswegen sie schon kurz nach Mitternacht die steile Gasse zum Hafen hinab lief und sich vor dem Restaurant auf den Stuhl setzte. Mutter hatte zischend auf dem Absatz kehrt gemacht, als sie ihren Warteplatz bereits morgens um drei Uhr besetzt gesehen hatte.

Am vierten Morgen saß Sophia fröstelnd auf dem Stuhl und in ihrer Brust breitete sich mit fortschreitender Wartezeit ein gesunder Egoismus aus. Die anfängliche Sorge um ihren Bruder wandelte sich schleichend in Wut und Unverständnis. Vier Nächte, zitierte sie sich ins Gedächtnis, wartete sie mittlerweile auf ihn, und sie sah es als seine verdammte Pflicht und Anständigkeit an, sie hier nicht auf dem Grillrost braten zu lassen. Er musste doch wissen, und wenn nicht das, dann zumindest spüren, dass sie es nicht verdient hatte, so von ihm behandelt zu werden. Nicht sie, die vor ihm und hinter ihm stets alle Hindernisse und Abfälle zur Seite oder weggeräumt hatte. Natürlich war er traumatisiert. Natürlich stand er unter Schock. Natürlich brauchte er Verständnis und Zuwendung. Aber sie, Sophia, selber kein Übermensch, brauchte das alles auch. Ihr Mann konnte ihr nicht etwas geben, von was er nichts wusste. Er war ein lieber Kerl, rund und glücklich und unbedarft wie ein Baby. Von Mutter hatte sie noch nie etwas erwarten dürfen und durfte es jetzt erst recht nicht. Dino war und blieb der Einzige, mit dem sie einen Pakt schließen, mit dem sie ein Geheimnis hüten und teilen konnte. Er war der, dem sie sich nah und verbunden, mit dem sie sich verschworen fühlte. Hatte sie ihn über all die Jahre vielleicht zu sehr beschützt? Hatte sie sich seiner zu viel angenommen? Hatte sie ihm zu viel Verantwortung abgenommen? Brauchte er sie möglicherweise nicht mehr?

365

Begann er sich sogar von ihr abzunabeln? Wollte er sie am Ende gar nicht mehr? Sie? Seine Schwester? Seine Soph? Und wenn ja, sollte sie dann nicht stolz auf ihn sein?

Sie hatte nicht bemerkt, wie sich der Himmel verändert hatte. Zuerst sah sie nur die Silhouette eines Bootes vor schwefelgelbem Hintergrund. Das Bild war surreal. Gleichzeitig mit dem Wechsel der Farbe von schwefelgelb in schmiergrün erkannte sie das Boot ihres Bruders. Es steuerte auf den Kai zu. Sophia erhob sich vom Stuhl. Dann fiel plötzlich der Luftdruck abrupt ins Bodenlose, sodass es in ihren Ohren knackte. Irgendwo hoch über ihr krümmten sich Stürme jaulend im Schmerz. War das ein Menetekel? Ihr Bruder sprang vom Boot auf den Kai und warf ein Tau über seinen Poller. Ja, er war es eindeutig. Er lebte. Ein freudiger Schauer durchströmte sie.

Er sprang zurück an Deck. Hatte er sie nicht erkannt? Wollte er sie gar nicht sehen?

Erst ging sie auf ihn zu. Dann lief sie. Was bildet der sich ein?

Jetzt traf die erste gewaltige Bö den Hafen.

Lagen da Netze und Kisten. Wahllos griff sie danach, schleuderte sie aufs Deck und sprang hinterher. <Kehr um! Kehr um und fahr hinaus und tu das, was ein Fischer tun muss, du verdammter Idiot. Kehr um und bleib draußen, wenn du so große Sehnsucht danach hast.>

Sobald sie ihm die Worte entgegen geschleudert hatte, taten sie ihr leid. Sie schaute in sein Gesicht und sah, dass er keine Schuld in sich trug. Sie wollte sagen <es tut mir leid, Dino>, wollte ihn in die Arme schließen und ihn trösten, ihn um Verzeihung bitten, aber sie kam nicht mehr dazu. Das Boot wurde zuerst wie von Geisterhand nach unten gezogen, dann in die Höhe geschleudert. Dann knallte das Boot mit dem Bugsteven auf den Kai. Sie verlor das Gleichgewicht und stürzte …

*

Wie schön sie war. Und doch auch wie leidend. Ihr Gesicht war so rein und klar wie das der Mutter Maria mit dem Leichnam ihres Sohnes, der Mutter Maria Michelangelos im Vatikan in Rom, der vollendetsten künstlerischen Darstellung menschlichen Leids in Verbindung mit Ästhetik überhaupt. Der **Pieta**.

Er hatte die **Pieta** *gesehen. Es war vor dem Vielländerkrieg in Jugoslawien gewesen. Ein Schulausflug. Bei ihrem Anblick hatte er geweint. Nicht wegen allgemeiner Anerkennung von Michelangelos Werk,*

sondern weil es seiner Meinung nach Michelangelo genial gelungen war,
dem Leid eine Schönheit zu geben. Ein Gesicht.
Daran erinnerte er sich, als er Sophia im Hafen auf sich zukommen sah.
Seine Schwester. Seine Soph.
Er war wieder vom Kai auf das Bootsdeck gestiegen.
Als sie nur noch wenige Meter von seinem Boot entfernt war, war sie
plötzlich zur Furie geworden. Hatte auf dem Pier liegende Netze gepackt
und herumliegende Fischkörbe, hatte sie auf sein Boot geschleudert, war
an Deck gesprungen, schäumend und furchterregend in ihrer Rage.
<Kehr um>, hatte sie ihn angeschrien. <Kehr um und fahr hinaus und
tu das, was ein Fischer tun muss, du verdammter Idiot. Kehr um und bleib
draußen, wenn du so große Sehnsucht danach hast.>
Ja, so hatte sie geschrien und gewütet, und dabei hatte sie doch die
Schönheit ihres Gesichtes und das Leid darin nicht verloren. Wie hätte sie
beides auch verlieren können? Jeder Mensch musste sich vor ihrer
Schönheit noch verneigen, selbst wenn sie in Raserei oder Götterzorn
ausbrechen würde. Er hatte die steile Zornesfalte zwischen ihren
Augenbrauen wohl entdeckt, den Speichel ihrer Wut in ihren Mundwin-
keln wirklich gesehen, doch auch die Tränen auf ihren Wangen bemerkt.
Und noch etwas war in ihrem Gesicht zu lesen: Verzweiflung. Und noch
etwas: Angst. Aber nichts vermochte ihre Schönheit zu entstellen. Nicht
bei ihr. Nicht bei Soph.
Aber warum sie geschrien und getobt hatte, war ihm zunächst völlig
unverständlich. Ihr Zornesausdruck wollte so gar nicht zu ihrem
tränennassen Gesicht, zu den verquollenen Augen passen. Sollte sie um
ihn geweint haben? Hatte sie Angst um ihn gehabt? Er war doch nur ein
paar Tage weg gewesen. Draußen auf dem Meer, in seinem <Wohnzim-
mer>. Hatte sie eventuell auf ihn gewartet? Und wenn ja, wie lange?
Woher hätte er auch wissen sollen, dass sie gerade an dem Abend aus
Deutschland nach Kroatien zurückkehrte, an dem er mit seinem Boot zu
der kleinen Insel gefahren war? Woher auch?
Die Situation im Hafen von Rovinj änderte sich meteorologisch plötzlich
dramatisch. Aus dem bleigrauen Himmel war eine pissfarbene Kloake
entstanden. Eine aus Nordosten ablandig einfallende, orkanartige
Windböe drückte die Boote tief ins Wasser. Der Wasserspiegel im Hafen
senkte sich mit einem traurigen Seufzen um einen halben Meter. Eine
gigantische Kraft sog das Hafenwasser ins Meer hinaus, als würde Neptun
tief einatmen. Das dauerte gerade mal ein paar Sekunden. Auch das Deck

seines Bootes wurde zuerst nach unten gezogen, sodass die Kaimauer hoch über ihm aufragte. Dann schwappte das Meer in das Hafenbecken zurück und spülte hoch über die Kaimauer. Neptun atmete nicht aus, sondern hustete. Das Boot wurde jetzt in die Höhe katapultiert wie bei einem Tsunami. Er glaubte, über die Häuser der Stadt getragen zu werden. Es gab einen fürchterlichen Stoß, als das Boot mit dem Vordersteven auf die Kaimauer knallte. Alles schwankte. Dann rutschte das Boot wieder zurück. Noch ein Stoß. Das Boot rammte mit der Steuerbordseite an die Mauer. Wieder strömte das Meer aus dem Hafen hinaus, und kam wieder zurück. Nicht mehr so stark, nicht mehr so hoch. Nicht wie bei einem Sturm auf See, denn den hätte er irgendwie, wenn er sein Boot <am Zügel> gehabt hätte, abreiten können. Dieser Sturm, wenn es denn einer war, war etwas anderes. So etwas hatte er noch nie erlebt. Nachteil: Er lag am Pier fest und konnte nirgendwohin ausweichen, wie er es auf dem Meer gekonnt hätte. Er hatte bereits beim ersten Stoß den Halt unter den Füßen verloren, und auch Soph sah er stürzen. Gleichzeitig wehte dünnes Granulat aus furztrockenen Eiskristallen über die Stadt. Im Hafenbecken begann das Wasser schwarz zu werden wie halbflüssiges Bitumen, kabbelte unrhythmisch und schwerfällig zwischen den Kaimauern. Das Wasser schrie vor Schmerz und Qual. Er konnte es hören. Soviel Druck hält kein Mensch und kein Element aus. Er nicht und das Wasser nicht. Und Soph? Seine Soph? Er konnte sie nirgendwo entdecken. Heilige Mutter Gottes, du einzige Pieta in Rom, mach, dass es ihr gut geht. Mach, dass es ihr gut geht.

Und meiner Mutter? Meiner leiblichen Mutter, der ewig Wartenden? Der Mutter mit dem schuldzuweisenden Muttergesicht? Ja, auch der, meinetwegen. Mach, dass es auch ihr gut geht. Ja schnell.

Aber zuerst meiner Schwester. Meiner Soph.

Bootsbeschläge schlugen klirrend an die Masten oder Aufbauten. Kälte machte sich schlagartig breit. Von einer Sekunde auf die andere sanken die Temperaturen um mehrere Grade. Wer im Hafengelände zu tun hatte, streifte sich eine Jacke oder Pullover über oder blieb wie erstarrt stehen, richtete einen unwissenden Blick gen Himmel, aus dem es wie verrückt stöberte. Die Farbe hatte von pissgelb in giftgrün gewechselt. Wind und Eiskristalle fegten aus Nordost wie aus einem Windkanal gepresst waagerecht daher, stachen in die Haut wie Nadelgeschosse. Wer die Augen nicht schützte, drohte zu erblinden. Vor der Hafenmole draußen türmten sich aufgepeitschte Wasser zu bösartigen Ungetümen und

Angreifern für kleine Schiffe auf. Und dann begann ein zunächst nur leise vernehmbares, aber stetig zunehmendes Brausen über dem Meer. Es musste die Ankündigung der Apokalypse sein. War Armageddon nahe? Für eine Sekunde hielt das Inferno inne. Ach, da bist du ja, Soph. Oh, meine Soph. Gottseidank, du lebst. Du lebst. Soph? Was ist los mit dir? Warum sagst du nichts? Soph? Warte, ich halte deinen Kopf. Warte. Gleich liegst du bequem. Was ist denn das? Soph? Ist das Blut? Mein Gott, du blutest ja. Dann orgelte der Sturm wieder los und die Hölle öffnete sich.

16. Oktober 2021
Hohenterzen

Franz Hirt saß am Wohnzimmertisch in Margarete von Drachs Haus und zählte Geld, argwöhnisch beäugt von Sieglinde Borchers. Diese hätte sich, wie's schien, am liebsten auf die gebündelten Geldscheine gestürzt und sie an sich gerissen. Hirt hatte aber, sobald er die Scheine aus dem Tresor von Wasserfeind entgegengenommen hatte, unmissverständlich erklärt, dass der gesamte Inhalt des Tresors in den Gewahrsam der Staatsanwaltschaft übergehen würde, und zwar so lange, bis es von deren Seite eine anderslautende Order gäbe.

Sieglindes Gesicht wäre geeignet gewesen, mehrere Güterzüge zum Entgleisen zu bringen.

Melzer ergänzte, dass das Geld ohnehin in die Erbschaftsmasse fließen würde und die Familie entweder die Eröffnung eines Testaments abwarten oder, bei Fehlen eines solchen, sich auf die gesetzliche Erbfolge einlassen müsste. Aus Sieglindes Mund war ein Geräusch ertönt, das dem Zischen einer Schlange nicht unähnlich war.

Franz Hirt zählte viel Geld. Er war bei einer Summe von fünfundsiebzigtausend Euro angelangt, und blickte auf noch mindestens die gleiche Menge ungezählter Scheine. Warum, fragte nicht nur er sich, hatte Margarete von Drach so viel Bargeld in ihrem Haus?

369

Viel brisanter als das Geld allerdings war für die Versammelten, Sieglinde Borchers einmal ausgenommen, der übrige Inhalt des Tresors. Zum einen holte Wasserfeind mit seinen gummibehandschuhten Fingern eine <Mine> hervor, zum anderen einen braunen Umschlag im Format DIN-A4. Die <Mine> gab er direkt in einen verschließbaren Plastikbeutel. Die Auswertung des Speichermediums würde Melzer später in Hirts Büro an dessen Laptop vornehmen. Den braunen Umschlag versenkte er ebenfalls in einer Schutzhülle, bevor er dem Umschlag den Inhalt entnahm. Die drei Blätter, die zum Vorschein kamen, steckte er ebenso akribisch einzeln in je eine Hülle, um sie dann Melzer zur Begutachtung zu überreichen.

„Fingerabdrücke", war sein lakonischer Kommentar dazu.

„Das ist ja ein Ding", entfuhr es Melzer, als er die Drohung auf einem der Blätter gelesen hatte, und rezitierte den Text für die anderen Anwesenden nochmal. „Hunderttausend Euro, oder die Fotos gehen an die Presse und an Ihren Mann. Weitere Anweisungen folgen."

Die Fotos zeigten Margarete von Drach und Roman Teichmann in sehr verfänglichen Situationen. Einmal Teichmann mit heruntergelassener Hose mit Margarete von Drach, die sich vor ihm kniend um sein Geschlechtsteil kümmerte, wobei Teichmanns Blick in Richtung Kamera gerichtet war. Das andere Mal Margarete von Drach und Teichmann nackt beim Geschlechtsverkehr im Bett.

„Das ist ja ein Ding", wiederholte sich Melzer. „Tatsächlich Erpressung. Das hätte ich nicht gedacht. Haben Sie davon gewusst, Herr von Drach?"

„Sind Sie verrückt, nein", entrüstete sich dieser. „Das ist ja widerlich."

„Widerlich hin oder her. Das ist eine Frage der Einstellung, und gerade Ihnen nehme ich diese Ansicht nicht ab, Herr von Drach. Für Sie wäre es zwar das ideale Motiv gewesen, Ihre Frau umzubringen. Eifersucht ist nun mal ein sehr starkes Motiv. Aber Sie scheinen es mit der ehelichen Treue selbst nicht so genau genommen zu haben, wenn ich nicht irre, und deswegen glaube ich persönlich auch nicht, dass Sie aus Eifersucht gehandelt haben könnten. Den Moralapostel, den Sie hier zum Besten geben, können Sie sich allerdings sparen. Ich denke da zum Beispiel nur an Ihre Alibigeberin. Beten Sie darum, dass diese bei ihrer Aussage bleibt, sonst kehren Sie rascher in den Kreis der Verdächtigen zurück, als Ihnen lieb ist."

„Touché", flüsterte Linda Germann in Edgar Schaafs Ohr. Es schien eines ihrer Lieblingsworte zu sein. Dieser nickte anerkennend und sah sich nach Regina von Drach um. Er sah sie verlegen hinter ihrem Vater stehen, der nach Luft schnappte.

„Ferner glaube ich", fuhr Melzer ungerührt fort, „dass aus dem Foto, auf dem Teichmann in die Kamera zu blicken scheint, sein Gesicht vergrößert und als Warnung in seinen Briefkasten geworfen wurde. Ihr erinnert euch an das Bild mit dem Loch auf seiner Stirn? Wir werden das prüfen. Weiter. Wir wissen natürlich nicht, wann Margarete von Drach diesen Erpresserbrief erhalten hat und ob sie vielleicht deswegen eine so große Menge Bargeld in ihrem Tresor aufbewahrt hat. Wir gehen mal davon aus, dass das Geld schon drin war, als Rolf Hofstetter an jenem Freitag seine Mutter besucht hatte und angeblich zehntausend Euro von ihr erhalten hatte. Wussten eigentlich Sie, Herr von Drach, dass Ihre Frau einen unehelichen Sohn hatte?"

„Nein, davon wusste ich nichts." Auf Alexander von Drachs Glatze perlte der Schweiß. „Aber eines weiß ich, Herr Melzer. Nämlich dass ich gegen Sie eine Beschwerde führen werde. Ihr Arbeitsstil und die Art und Weise, wie Sie mit Betroffenen und Geschädigten umspringen, zeugt von jedem Fehlen an Fingerspitzengefühl. Immerhin befindet sich meine leibliche Tochter hier im Raum, und Sie wissen nichts Besseres zu tun, als mich vor ihr in ein schlechtes Licht zu stellen. Sie verbreiten in einem Maße Indiskretionen über mich und mein Privatleben, die über Ihre Kompetenzen hinausgehen. Merken Sie sich: Für alle, ob verdächtig oder nicht, gilt das oberste Prinzip der Unschuldsvermutung und somit jede Vermeidung rufschädigender Äußerungen. Was Sie hier veranstalten, ist unprofessionell, Herr Melzer. Nur dass wir uns darüber im Klaren sind."

„Parade." Diesmal war es Edgar, der Linda ins Ohr flüsterte. Linda seufzte schwer. Fieberhaft suchte sie nach einem Ventil, mit dem sie den aufgestauten Druck ablassen konnte.

„Könnte dieser Rolf Hofstetter eventuell der Erpresser sein?"

„Möglich, aber ich vermute nicht." Toll. Edgar Schaaf kam ihr zu Hilfe. „Ich sehe nicht, warum er das hätte tun sollen. Der Anlass des Besuchs bei seiner Mutter waren die zehntausend Euro für ein Motorrad. Das hätte er nicht getan, wenn er eine Option auf hunderttausend Euro gehabt hätte. Zudem hat Hofstetter selbst den Hinweis auf einen Erpresserbrief im Tresor gegeben. Nein, ich denke, wir sollten uns bei der Suche nach einem Erpresser in andere Richtungen orientieren."

„Hundertfünfundvierzigtausend Euro." Die allgemeine Aufmerksamkeit wandte sich Franz Hirt zu, der mit Geldzählen fertig war. Unter griesgrämiger Beobachtung Sieglindes packte er das Geld in eine Plastikbox und versiegelte diese unter den Augen Wasserfeinds mit einem Dienstsiegel. „So.

Jetzt hab ich noch eine Überraschung für euch." Hirt richtete sich wichtigtuerisch zu seiner vollen Größe auf.

„Melzer, du rufst am besten gleich mal Staatsanwalt Herzig an. Edgar, dich dürfte es auch interessieren. Ich glaube, wir haben ihn."

„Wir haben ihn?", fragte Melzer verwirrt.

„Wen haben wir?", staunte Edgar perplex.

„Den Täter. Den Mörder." Franz Hirt sonnte sich im Glanz seines Triumphs. „Wir haben ihn. Wir kennen seinen Namen und wir wissen, wo er wohnt. Tjaha, da staunt ihr, was?"

„Wie … was …"

„Edgars Tipp." Hirt zeigte mit dem Finger auf Schaaf. „Dein Tipp mit dem Hotel *Lärchenhof.* Heut′ früh, bevor ich hierher kam, war ich dort und hab denen an der Rezeption das Foto von *Chato* gezeigt. Und stellt euch vor, man konnte sich an ihn erinnern. Er war im Juli mehrere Tage lang Gast im Hotel. Und zwar genau vom ersten Juli bis elften Juli. Na, läuten jetzt die Glocken? Er hatte sich mit Namen und Adresse ins Melderegister eingetragen. Wie praktisch, gell?"

„Okay, Hirt, okay." Melzer zwang sich zur Ruhe. „Jetzt mal ganz behutsam. Du hast also unser Fahndungsfoto den Leuten vom Hotel dort drüben gezeigt, und man konnte sich an den Mann erinnern? Er steht mit Name und Adresse im Melderegister des Hotels?"

„So ist es", prahlte Hirt unter Grinsen.

„Okay, Hirt, abgesehen von der Frage, warum du erst jetzt mit dieser Nachricht herausrückst, werden wir nachher sofort zum Hotel *Lärchenhof* gehen und uns von der Richtigkeit deiner Ermittlung überzeugen. Wenn dem dann wirklich so ist, werden wir auf der Stelle Ruprecht Herzig verständigen und einen Haftbefehl nebst Hausdurchsuchung für die eingetragene Adresse beantragen. Ist das richtig so, Hirt?"

„Ja!", beeilte sich Hirt zu versichern.

„Edgar? Was sagst du dazu?"

Edgar sagte erstmal gar nichts. Ein heißer Zorn raste aus seinem Magen unter die Schädeldecke und am liebsten hätte er losgepoltert. Doch bevor alle Pferde mit ihm durchgingen, konnte er sich bremsen und einkriegen. Halt und stopp, befahl er seinem Schaum, der über den Rand seiner Geduld zu drängen drohte. Er durfte nicht den Fehler machen, zwischen Franz Hirt und sich selbst Vergleiche herzustellen. Die Voraussetzungen beider waren zum einen völlig andere, zum anderen durfte er Hirt hier vor versammelter Mannschaft nicht bloßstellen oder beschämen oder komplett zur Schnecke machen. Melzer hatte seine Verwunderung ob dieser verspäteten Neuigkeiten ja bereits anklingen lassen. Trotzdem, lieber Franz, bei allem Respekt, und Edgars Gedanken richteten sich nun an Hirt persönlich, sowas kannst du echt nicht bringen. Du weißt seit Stunden von entscheidenden Neuigkeiten und zählst erst in aller Ruhe Geld, bevor du mit der brisanten Nachricht rausrückst, auch wenn du erst damit warten wolltest, bis wir alle versammelt sind. Das geht so nicht, auch wenn ich nicht mehr weisungsbefugt bin.

Edgars Empörung geriet langsam wieder in ruhigeres Fahrwasser. Dass dem altem Hasen so ein Lapsus passieren musste. Aber der Franz war halt kein Kriminaler und ist es aus solchen Gründen vielleicht auch besser nicht geworden.

Darum stimmte Edgar Melzer zu: „Ja, nix wie hin zum *Lärchenhof.* Diese Sache muss sofort in trockene Tücher, und wir wollen keine weitere Zeit mehr verlieren." Diesen letzten Seitenhieb auf Hirt konnte sich Edgar dann doch nicht verkneifen, und als er sah, wie diesem die Röte ins Gesicht stieg, wusste er, dass die Botschaft angekommen war. „Ich denke", fuhr er fort, „dass der Erpresser nicht gleich der Mörder ist. Warum sollte er die Kuh schlachten, die er melken will? Sei's drum. Die <Mine> aus Frau von Drachs Tresor können wir auch später noch auswerten. Einen Rat an alle vorweg: Begriffe wie Mörder und Täter werden im Beisein Dritter nicht verwendet."

„Und wann können wir über den Inhalt des Tresors verfügen?" Sieglinde konnte es nicht lassen. „Und was hat es mit diesem ominösen und wundersam aufgetauchten Sohn Margaretes auf sich? Würde sich irgendeiner bitte die Mühe machen, uns Unwissende aufzuklären?"

„Wenden Sie sich ruhig an mich", flötete Linda Germann süffisant. „Wie Sie soeben mitbekommen haben werden, haben meine Kollegen jetzt anderes zu tun."

16. Oktober 2021
Schönau im Wiesental/Hohenterzen

Die Kohorten der Polizei fielen über Branco Gabrics Familie und Haus her wie ein Schwarm Geier über ein Stück Aas. Besonders einer unter ihnen, den sie zu allem Übel auch noch <Condor> riefen, versinnbildlichte durch sein äußeres Erscheinungsbild den dem Tierreich entnommenen Vergleich. Es war am frühen Nachmittag, als Branco mit Dunja zu einem Nickerchen im Bett lag.

Ruprecht Herzig, der kugelköpfige Staatsanwalt, hatte es sich nicht nehmen lassen, zur Verhaftung *Chatos* persönlich vor Ort zu sein. Weder er noch Jens Melzer hatten anhand des Fahndungsfotos den geringsten Zweifel, dass es sich bei Branco Gabric nicht um den Gesuchten handeln könnte. Zu eindeutig stimmten die primären Merkmale sowohl mit dem Foto als auch mit Hofstetters Täterbeschreibung und seines Phantombildes überein. Branco war *Chato*.

Wasserfeind und seine Leute stellten das Haus auf den Kopf. Es entging ihnen nichts.

Die im Haus vorgefundenen Computer wurden beschlagnahmt; einschließlich der Computer von Brancos Kindern. Fingerabdrücke wurden nicht nur von den Familienmitgliedern, sondern von fast allen Gegenständen des täglichen Gebrauchs genommen, ob es nun Zahnbürsten, Kosmetikartikel, Küchenutensilien oder Lichtschalter waren. Von allen Familienmitgliedern wurden Speichel- und Haarproben verlangt; aus allen Betten Haare und Schuppen gesichert; aus allen Kämmen und Bürsten Proben gezogen. Im Hof des Hauses stand Wasserfeinds mobiles Labor, ein Gefährt von der Größe eines mittleren Reisebusses. Es erlaubte ihm, Spuren sofort und direkt vor Ort zu bearbeiten. Fingerabdrücke konnten sofort online mit der zentralen Datenbank des BKA abgeglichen werden. DNA-Analysen dauerten geringfügig länger und hatten den Nachteil, dass sie zusätzlich von einem unabhängigen Labor gegengeprüft werden mussten. Für eine erste Tendenzbestimmung war die rasche DNA-Analyse im mobilen Labor aus Gründen der Zeitersparnis jedoch von unschätzbarem Wert. Total wichtig war für Wasserfeind der eingebaute Schusskanal. Es war eigentlich nicht mehr als ein langes, mit Watte und Styropor ausgekleidetes Rohr. Man feuerte aus einer Waffe ein Geschoss in dieses Rohr hinein und konnte das Geschoss unversehrt, aber mit den Merkmalen der Waffe versehen, irgendwo auf der Länge des Rohres wiederfinden. Durch Reibung und

Drehung im Lauf eines Gewehres oder einer Pistole erzeugte Spuren auf einem Geschoss waren so einzigartig wie die Fingerabdrücke eines Menschen. Man musste nur noch mit anderen Geschossen vergleichen, ob sie aus der gleichen Waffe abgefeuert worden waren oder nicht. Selten war die Konstellation für Wasserfeind besser als an diesem Tag. Denn es war eine Waffe gefunden worden, und es gab eine Menge Daten aus früheren Fällen, die sich mit dem Schussbild dieser Waffe vergleichen ließen. Er war in seinem Element. Wasserfeind hütete dieses Mobil und dessen Qualitäten wie seinen Augapfel, und er hatte es extra für diesen Fall nach Schönau beordert.

Es war einer von Wasserfeinds Leuten gewesen, der nach ungefähr einer halben Stunde in Brancos Garage auf eine Pistole <Beretta> Modell 92 gestoßen war. In Minutenschnelle hatte Wasserfeind die Fingerspuren auf der Pistole extrahiert. Kein Zweifel, keine Kritik an seiner Arbeit sollte ihm dazwischen kommen. Darin war er eigen. Es waren Spuren von Brancos Fingern an der Pistole, und von keinem anderen. Anhand der ballistischen Vergleiche und der Spuren auf der Waffe handelte es sich bei dieser um die, mit der Ralf Großbauer und Roman Teichmann erschossen worden waren. Staatsanwalt Herzig selbst erklärte Branco für verhaftet und klärte ihn über seine Rechte auf. Mit Blaulicht wurde Branco Gabric von Jens Melzer nach Neustadt (Schw.) gefahren und dort vorläufig in einer Zelle des Polizeireviers eingesperrt.

Edgar Schaaf war entgegen seiner ersten Absicht nicht mit nach Schönau gefahren, sondern wegen „Müller" und „Lydia" bei Franz Hirt in Hohenterzen geblieben. Er hatte es Linda nicht zumuten wollen, während seiner Abwesenheit auf die Hunde aufzupassen. Nicht, dass sie es nicht gekonnt hätte, aber es war er, der sich dafür entschieden hatte, die Hunde mitzunehmen, ergo musste er auch für sie sorgen. So und nicht anders war es nun mal.

Es war im Hotel *Lärchenhof* exakt so abgelaufen wie Franz Hirt es erzählt hatte. Der Mann auf dem Fahndungsfoto, den sie *Chato* nannten, konnte eindeutig als Gast des Hauses identifiziert werden. Man konnte den Polizisten sogar das Zimmer zeigen, welches vom ersten Juli bis zum elften Juli von Branco Gabric belegt gewesen war. Ein Zimmer, von welchem der Gast einen ausgezeichneten Blick auf Margarete von Drachs Haus hatte. Gabric hatte sich nach Auskunft des Portiers an der Rezeption mit seiner Identitätskarte ausgewiesen. Verwertbare forensische Spuren gab es in dem

Zimmer zu ihrem Leidwesen keine mehr; das Reinigungspersonal des Hotels arbeitete zu gründlich.

Daraufhin hatten sich Jens Melzer und Wasserfeind mit Staatsanwalt Ruprecht Herzig, der sein Kommen zugesagt hatte, verabredet, um sich mit ihm und dem angeforderten Verstärkungspersonal aus Freiburg direkt in Schönau zu treffen.

Alexander von Drach äußerte sich dahingehend, dass er sich mit Sieglinde Borchers und seiner Tochter Regina zu vertraulichen Gesprächen noch für einige Zeit im Haus seiner verstorbenen Frau aufhalten wolle und verabschiedete sich von Linda Germann, Franz Hirt und Edgar Schaaf. Letztere drei trafen sich gegen elf Uhr im Hohenterzener Revier zu gemeinsamen Erörterungen wieder. Mit dabei führten sie die <Mine> aus Margarete von Drachs Tresor.

Franz Hirt sorgte unterdessen für das leibliche Wohl, indem er einen seiner Streifenpolizisten hieß, telefonisch vorbestellte Pizzen aus einer Pizzeria nebst Getränken ins Revier zu liefern.

Die Pause kam ihnen gelegen. Franz Hirt meldete sich obligatorisch bei seiner zuckerkranken Frau, Edgar Schaaf sich liebevoll bei Melanie in Gengenbach, und Linda Germann war mit ihren Gedanken bei Jens Melzer in Schönau.

„Na, Franz", beendete Edgar Schaaf den gemütlichen Teil im Polizeirevier, „jetzt wird der Vermisstenfall Jordanka Simerenko plötzlich sehr interessant, meinst du nicht? Es müsste schon mit dem Teufel zugehen, wenn es zwischen ihrem Verschwinden und den Mordfällen hier keinen Zusammenhang gäbe. Sei mir nicht böse wegen meiner kleinen Bemerkung von vorhin. Es sollte kein Rüffel sein, aber …

„Lass´ gut sein, Edgar", schnaufte Franz Hirt. „Du hattest ja Recht. Ich habe da wirklich nur praktisch gedacht, tut mir leid. Im Fall Jordanka magst du recht haben", entgegnete Franz Hirt. „Aber es muss ja nicht zwangsläufig so sein."

„Nein, <müssen> muss gar nichts."

Die <Mine> barg über weite Strecken rein geschäftliche Daten, als es dabei um finanzielle Bewegungen im Ausgabe- wie im Einnahmebereich ging. Edgar Schaaf staunte, um welch erkleckliche Summen es sich handelte. Es fanden sich auch statistische Erhebungen in Zahlen und Grafiken, die sich auf den demografischen Wandel Deutschlands und Europas stützten, sowie auf Prognosen, was speziell Migranten an Zuwachspotential im Gesund-

heitsbereich hergaben. Ferner gab es massig viele Seiten mit wissenschaft-
lich psychologischen Abhandlungen und Beschreibungen über sämtliche
Nachfolgeerscheinungen von Krankheiten aller Art und wie sie auf die
Psyche der Menschen wirken. Den meisten Platz nahmen Themen
esoterischer Natur ein. Dieses Land zu beackern barg für die Autoren eine
schier unbegrenzte Zahl an Möglichkeiten, die Nöte von kranken Menschen
auszunutzen, sie zu verleiten, zu verführen, ihnen Glauben und Hoffnung zu
geben, um sie hernach entweder sich selbst zu überlassen oder an einen
weiteren Propheten zu verweisen, der ihnen seinerseits die alleinig
seligmachende, heilbringende Philosophie versprach. Edgar Schaaf
erschienen solche Artikel dubios und durchsichtig, jedoch mit einem
gefährlichen Potential ausgerüstet, das für Menschen, die sich auf der Suche
nach dem letzten Strohhalm befanden, verheerende Folgen nach sich ziehen
musste. Einige dieser esoterischen Artikel schienen von Margarete von
Drach selbst verfasst, wenn man das Kürzel MvD unter den Abhandlungen
als Urheberschaft deutete. Gegenüber anderen Ergüssen dieses Genres fand
Edgar die   Abhandlungen Frau von Drachs als ehrlich, überzeugend,
mitfühlend und in ihrer Aussagekraft absolut kompetent. Private Einträge in
Form eines Tagebuches oder Ähnlichem waren allerdings keine zu finden.

Anhand der Musikdateien konnte man eine Vorliebe Margarete von
Drachs für italienische Opern erkennen. Zeitgemäße Aufzeichnungen
hingegen waren auf wenige Aufnahmen von sogenannten Rock-Balladen im
Stile von Kuschelrock reduziert.

Zu finden waren eine Serie von Fotos und eingescannter Ansichtskarten,
wobei es ab dem Jahre 2020 für die Ermittler interessant wurde. Dann
nämlich tauchten Bilder auf mit einem südländischen Hintergrund, was hieß:
Blau das Meer und ewig die Sonne. Und dann sah man Margarete von Drach
auf einem Pier sitzend, Margarete von Drach vor einem südlichen
Stadtpanorama, Margarete von Drach mit Sand und Meer und Felsen.
Lächelnd. Margarete lächelte in die Kamera. Die Kamera, die wer in den
Händen hielt? Frage. Gute Frage.

Dann folgten Bilder mit Margarete und einem südländisch aussehenden
Mann. Lächelnd. Beide. Und: Der südländische Mann sieht aus wie *Chato*.
Andere Serie, immer noch Jahr 2020: Margarete vor einem karstigen
Gebirge, das Edgar Schaaf stark an die Winnetou-Filme aus den sechziger
Jahren des vorigen Jahrhunderts erinnerte, mit Pierre Brice und Lex Barker
in den Hauptrollen. Margarete mit *Chato* vor einer überwältigenden
Seenlandschaft, die Edgar als die Plitwitzer Seen in Kroatien identifizierte.

Lächelnd. Neue Bilder: Margarete auf einem Boot auf dem Meer. Lächelnd. Margarete mit *Chato* auf einem Boot auf dem Meer. Beide lächelnd.

Edgar druckte intuitiv das Foto mit der Panoramaansicht der südländischen Stadt aus und reichte es Linda Germann.

„Geh doch bitte mit deinem Laptop zu Google-Earth und klappere die Küstenstädte Kroatiens ab. Fang im Süden an. Dubrovnik, Split, Rijeka und so weiter. Schau, ob du die Stadt hier findest."

Er gönnte sich eine kleine Zigarettenpause vor dem Revier. Waren sie der Lösung nah? Würden sie heute den Durchbruch schaffen? Auf seiner Stirn bildete sich seine Skeptikerfalte. Etwas hielt ihn davon ab, siegessicher zu sein. Er drückte die Zigarette aus und betrat wieder das Revier.

„Es ist Rovinj", wedelte Linda mit dem ausgedruckten Stadtpanorama in der Luft herum.

„Wie heißt das?"

„Rovinj. Frag mich nicht, wie man es ausspricht. Aber es ist zweifelsfrei Rovinj."

<Sag ihr ein Lob>, riet ihm eine innere Stimme. „Gut gemacht, Linda. Gute Arbeit."

Er beschäftigte sich weiter mit den gespeicherten Fotos aus der <Mine>. Wieder andere Bilder:

Margarete in einem Hof, ein gedeckter Tisch im Hintergrund. Margerete trägt einen dicken Pullover und hat die Arme fröstelnd um ihren Oberkörper geschlungen. Aber sie lächelt.

Margarete mit *Chato* und *einer* unbekannten Frau und Kindern, ein Junge und ein Mädchen, vor einem gedeckten Tisch. Alle dick eingemummelt. Alle lachen. Es muss Winter sein. Der Junge hält Feuerwerksraketen in die Höhe. War es an Silvester?

Noch ein Foto: Margarete mit *Chato* und mit *zwei* unbekannten Frauen und Kindern vor einem gedeckten Tisch. Alle lachen noch mehr.

Dann kam das letzte Foto. Margarete mit *Chato* und *zwei* unbekannten Frauen und Kindern und *noch einem Chato* vor einem gedeckten Tisch. Alle lachen und prosten sich mit Gläsern zu. Danach kam nichts mehr.

Sah er plötzlich doppelt? Zwei Mal *Chato*? Zwillinge oder was?

Edgar griff zum Telefonhörer und wählte Melzers Nummer in Neustadt (Schw.). Er hörte, wie die Rufumleitung vom Festnetzanschluss zu Melzers Handy arbeitete. Vermutlich war Jens noch unterwegs. Nach einigen Freizeichen meldete sich Jens Melzer.

„Ja, Jens, Edgar Schaaf hier. Hör´ zu. ..."

378

Kapitel 6

20. Oktober 2021
Rovinj (Kroatien)

Sie standen morgens um neun Uhr zu fünft am Ende des Piers des ehemaligen Fischereihafens von Rovinj. Im Hafenbecken malochte das Wasser unter gebändigter Kraft, wie ein wilder Amur-Tiger, den man in einen Käfig eingesperrt hatte. Hinter dem Pier und der angrenzenden Mole, draußen auf dem Meer, regierte der Teufel. Seit Tagen schon.

Die <Bora> hatte in der Früh des fünfzehnten Oktobers eingesetzt, und seither malträtierte sie die Küste Kroatiens ununterbrochen, mal schwächer, mal stärker. Ihre Kraft war unbändig. Unter ihrer Gewalt blieb nichts übrig außer nacktem Fels und den Gebeten der Einheimischen, dass sie endlich Ruhe geben möge. Die <Bora> aber war gehörlos.

Es waren Linda Germann und Jens Melzer, Melanie Köninger und Edgar Schaaf, sowie ein ziviler Beamter des Kriminalamtes Rovinjs, die sich auf dem Pier befanden. Melzer war der Einzige, der ein Fernglas dabei hatte. Sie hatten an der Tür des Restaurants geklopft und durch die dunklen Fensterscheiben gespäht. Im Haus hatte sich nichts geregt, keine Reaktion. Die Stühle im Restaurant waren aufgestuhlt. Dann hatten die fünf sich zur Beobachtung auf den Pier zurückgezogen.

Eine Bö fiel ein. Alle Boote im Hafen neigten sich zur Seite. Bootsrümpfe stießen aneinander, Wanten schlugen gegen Masten aus Aluminium, verursachten klappernd und scheppernd eine beständige Hintergrundmusik. Luftblasengeschwängerte Wühlungen sorgten im Hafenwasser für Unruhe. Ein Platz hässlicher Geräusche. Es war kein Ort, an dem man freiwillig sein mochte.

„Es gibt nichts dort drüben. Keine Bewegung", sagte Melzer, das Fernglas vor den Augen.

„Was sollen wir tun?"

Eine Frage, auf die er zu gern eine Antwort bekommen hätte.

Ihr Hiersein beruhte auf Vermutungen, auf Verdacht, auf Nichts. Sie hatten die Aussage einer Frau, die, in die Enge getrieben, diesen Ort genannt hatte. Und nun?

Sie hatten keine Beweise, mit denen sie die örtliche Polizei zum Handeln hätten animieren können. Sie hatten nichts als eine Theorie, und mit der allein standen sie momentan auf ziemlich verlorenem Posten. Ihr Posten war der Pier im Hafen von Rovinj. Der Zivilbeamte des Kriminalamtes war im Amtshilfeverfahren wahrscheinlich nur deshalb abgestellt worden um aufzupassen, dass diese Deutschen keinen Unfug veranstalteten.

Dabei wäre alles so einfach gewesen, wenn Edgar Schaaf nicht diesen Doppelgänger auf dem Foto ausgemacht hätte. Sie hatten die Tatwaffe identifiziert, sie hatten die Fingerabdrücke Branco Gabrics auf der Waffe, und sie hatten seinen Namen und Adresse im Melderegister des Hotels *Lärchenhof* in Hohenterzen gefunden. Die Leute von der Rezeption des Hotels *Lärchenhof* hätten bei einer Gegenüberstellung Stein und Bein geschworen, dass niemand anderer als Branco Gabric derjenige gewesen war, der im Juli ein Zimmer mit Ausblick auf das <von Drachsche Haus> gebucht hatte. Stein und Bein, jawohl. Und dann kam dieser Schaaf und vermasselte alles. Okay, irgendwann hätten sie auch für Branco ein Motiv gefunden. Latent geil ist schließlich jeder Mann, oder nicht? Und eine Margarete von Drach sah nun mal nicht so hässlich aus, dass einer sie von der Bettkante stoßen würde, oder? Glückliche Familie hin oder her. Aber ein Kriminalfall ist auch dann nicht gelöst, wenn man aus einem Verdächtigen einen Schuldigen konstruiert hat, und der wahre Täter noch auf freiem Fuß ist. Verdammt aber auch, Schaaf.

Sie hatten keinen Plan. Nie wurde ihnen das drastischer bewusst als in diesen Minuten auf dem Pier. Sie hatten nicht mal Argumente, nicht mal eine Überzeugung. Außer Edgar himself, natürlich, aber einen Plan hatte auch der nicht. Sie hatten nur eine Hoffnung, und zwar die, dass er es sein musste. Der Doppelgänger. Ein Foto kann ja angeblich nicht lügen, und es war zweifellos so, dass auf dem entscheidenden Foto zwei Männer abgebildet waren, die zwar nicht aussahen wie ein Ei dem anderen, aber sehr sehr ähnlich. Es durfte ihnen keine Fehleinschätzung unterlaufen. Und kein Fehlgriff. Keine Blamage. Denn so sollte das Endergebnis aussehen: Zugriff. Aber wo war er? Wo war dieser Doppelgänger? Dieser Dino?

<Nicht mein Mann Branco war es. Es war sein Cousin.>
Verdammte Scheiße, warum war alles so umständlich?

Endlich hatten sie einen Täter, und dann soll er es nicht gewesen sein? Drei Tage hatte es gedauert, bis Dunja den Mund aufgemacht hatte. Drei Tage, in denen sie allein gewesen war. Drei Tage, in denen sie ihren Mann in der Untersuchungshaft besucht hatte. Er hatte ja nichts gesagt. Er hatte geschwiegen, ihr Mann. Vermaledeite Mannesehre. Beschissene Sippentreue. Beim Vögeln quer durch alle Lande interessierte sie ja auch keine Sippe. Dabei hatte es keine eindeutigeren Spuren zu seinen Lasten gegeben als seine Fingerabdrücke auf der Mordwaffe, als seine Ähnlichkeit mit dem Fahndungsfoto.

„Mach endlich dein Maul auf", hatte sie ihn im Gefängnis beschworen. „Denk an mich und unsere Kinder."

Als die Polizeibeamten sich dann tatsächlich mit ihren Fragen an ihre Kinder herangemacht hatten, war es ihr zu viel geworden, war ihr der Kragen geplatzt. Nicht auch noch ihre Kinder mit in die Geschichte hineinziehen. Die hatten ja überhaupt nichts mit der Sache zu tun. Liebe und Familie standen über Blutsverwandtschaft. Über Sippentreue.

„Dino", hatte sie gesagt. „Sophia", hatte sie gesagt. „Das sind Ihre Leute. Und lassen Sie uns in Ruhe."

Daraufhin hatte Branco endlich sein stoisches Schweigen gebrochen; hatte bestätigt, was seine Frau beteuerte. Er hatte Namen und Adressen genannt. Dino und Sophia waren die Leute, auf die es ankam. Er löste das Rätsel um die Fingerspuren auf der Pistole. Sophia hatte ihm, bevor er sie nach Zürich an den Flughafen gefahren hatte, die Pistole gegeben. <Es ist Dinos Waffe>, hatte sie gesagt. <Ich kann sie nicht mit ins Flugzeug nehmen. Versteck´ sie bei dir.> Das hatte er getan. Es war immerhin sein Bruder, oder? Sophia musste vorher alle Spuren, die auf ihren Bruder oder auf sie hätten hinweisen können, abgewischt haben.

Dino. Sophia.

Die Markise über dem Restaurant war eingerollt. Tische und Stühle auf der Terrasse waren mit Planen abgedeckt. Hier würde in diesem Jahr kein Gast mehr einen Fisch essen.

„Aus der Pistole", hatte Wasserfeind gesagt, „wurden Ralf Großbauer und Roman Teichmann erschossen. Findet das Schwein."

Melzer war entrüstet gewesen, als Edgar Schaaf ihm einen anderen Täter präsentiert hatte.

„Du hast keinen Beweis", hatte er ihm erwidert, und hatte sich wiederholt: „Keinen Beweis. Den Beweis hab ich, nämlich seine Fingerabdrücke auf der Tatwaffe. Wasserfeind kann es dir bestätigen."

„Yes, du hast recht", hatte Edgar geantwortet. „Die verfluchten Fingerabdrücke. Denk einfach nach. Warum sollte Branco so etwas tun? Er ist glücklich verheiratet, hat Kinder … eine Geliebte passt nicht in sein Lebensmodell."

„Aber warum leugnet er nicht? Branco schweigt. Ludwig Ganghofer: <Das Schweigen im Walde>, wenn du mir folgen kannst. Er schweigt bei jeder Befragung. Er leugnet einfach nicht. Das macht ihn doch umso verdächtiger."

„Ja und nein. Er redet nicht, weil er wirklich nichts damit zu tun hat. Und er kann nichts zugeben, was er wirklich nicht war, nur um dir einen Gefallen zu tun. Das würdest du doch nicht anders machen. Zudem, und das sollten wir nicht außer Acht lassen, müssen wir sicher mit einem gewissen Ehrenkodex rechnen. Menschen anderer Kultur …"

„Weißt du was, Edgar Schaaf? Leck mich …"

„Kommt ziemlich spät, dein Anliegen, Jens. Halt einfach Augen und Ohren offen, dann wirst du schon rechtzeitig erfahren, was Sache ist. Sehr wichtig für deine Persönlichkeitsentwicklung. Bring einen Unschuldigen hinter Gitter, und er wird dich jede Nacht besuchen kommen. Glaub mir."

Jens wandte sich um, um sich mit dem zivilen Polizeibeamten der örtlichen Polizei abzusprechen.

„Er, Linda und ich", verkündete er dann, „werden uns jetzt zuerst zur Wohnung seiner Schwester begeben. Sollte er nicht dort sein, gehen wir zu seinem Arbeitsplatz in der Autowerkstatt seines Schwagers. Ihr beide", wobei er auf Melanie und Edgar zeigte, „bleibt hier im Hafengebiet und meldet euch, falls irgendwas passiert, okay? Wir verständigen uns über die geliehenen Handys vom hiesigen Polizeiamt."

*

Wasserfeind hatte innerhalb kürzester Zeit echt gute Arbeit geleistet. Bereits nach einer halben Stunde Arbeit in seinem mobilen Labor hatte er die in Brancos Garage gefundene Beretta 92 als Tatwaffe im Fall Ralf Großbauer und im Fall Roman Teichmann bestimmen können. Eine weitere halbe Stunde später hatte er die Fingerabdrücke auf der Waffe und die Fingerabdrücke auf dem Erpresserbrief aus Margarete von Drachs Tresor soweit erkennungsdienstlich behandelt, dass er sie eindeutig zuordnen konnte. Auf der Pistole waren einzig und allein Branco Gabrics Fingerabdrücke nachzuweisen; auf dem Erpresserbrief nur die Fingerabdrücke von Ralf Großbauer, Margarete von Drach und von Rolf Hofstetter. Ja, auch Rolf Hofstetter hatte den Erpresserbrief in den Fingern gehabt, wie er zugegeben hatte, aber als Erpresser selbst schied er wohl aus. So ließ sich zumindest die Vermutung formulieren, dass Ralf Großbauer der Erpresser sein musste und mit Roman Teichmann insofern unter einer Decke steckte, als dass dieser sich als <Lockvogel> billigend zur Verfügung gestellt haben musste. Wieso aber beide tot waren? Diese Frage hatte auch Wasserfeind nicht beantworten können.

Wasserfeind war aber noch nicht mit seinem Latein am Ende. In aller Hektik hatte er die Ruhe und Übersicht besessen, alle bisher aus diesem Fall bekannten DNA-Spuren mit den neu hinzugekommenen aus dem Hause Gabric zu vergleichen, auch wenn jene aufs Grobe nur ein ungefähres, oberflächliches Profil hergeben konnten, eine Tendenz, wie das überwiegende Ausschlagen eines Zeigers auf einem Messgerät in eine bestimmte Richtung. Mehr als eine Prognose durfte Wasserfeind also nicht mitteilen. Forensische Sicherheit würde erst durch die Untersuchung eines unabhängigen Labors beschafft werden können. Die vorläufigen Ergebnisse jedoch waren höchst interessant gewesen. Anhand von Haaren hatte er festgestellt, dass neben Branco und seinem Sohn noch ein anderer Mann sich in dem Haus aufgehalten haben musste. Ebenfalls war für Wasserfeind ein Kamm aus dem Badezimmer des Hauses sehr aufschlussreich. Die DNA aus Haaren von jenem Kamm war identisch mit der DNA von jener Zigarettenkippe, die vor Roman Teichmanns Haustür gefunden worden war. Und es handelte sich um weibliche Haare. Wasserfeind hatte ausschließen können, dass es sich um DNA von Dunja oder deren Tochter handelte. Ergo musste sie einer anderen Frau gehören. Aber welcher?

Betrübten Herzens war Melzer, einen sicher geglaubten Aufklärungserfolg vor Augen, auf Edgar Schaafs Linie eingeschwenkt. Nachhaltig bekräftigt wurde er von Dunjas Aussage, die den Kodex durchbrochen hatte, niemals ein Familienmitglied auszuliefern. Dino und Sophia.

Und warum auch nicht? Das Foto von der Silvesterfeier 2020 zeigte in der Tat zwei Männer, die sich unheimlich ähnlich sahen, und auch Margarete von Drach war darauf zu erkennen. Eine der abgelichteten Frauen war neben Dunja selbst benannte Sophia, die Schwester Dinos.

Es war Melzer nicht leicht gefallen. Die objektive Souveränität Edgar Schaafs ging ihm auf den Keks. War es Neid? Zudem erfasste er mit Bedauern, dass Linda zu diesem langhaarigen Alten wie zu einem Guru aufsah. Oder bekam er da irgendwas in den falschen Hals? Er ärgerte sich über sich selbst. Scheiße. Scheißjob. Und doch war es das Einzige, was er konnte. Dass er jemals in seinem Leben würde Amtshilfe beantragen müssen …?

Und doch war es so. Ihm war klar, dass er ohne örtliche Unterstützung nicht einmal straffrei hinter einen Busch pinkeln durfte, sofern es dort überhaupt Büsche gab. War dort nicht alles kahl? Am Telefon behandelten ihn die Polizisten von Rovinj wie einen, der ihnen die Uniformen abfuggern wollte. Dass es überhaupt und letztendlich zu einer Absprache gekommen war, verdankte er ausgerechnet Edgar Schaafs Namen, der, aus welchem Grund auch immer, in Rovinj kein Unbekannter war. Melzer war von seinem Stuhl aufgesprungen und in seinem Büro auf und ab gegangen. <Schaaf hier, Schaaf dort>, hatte er lamentiert und war sich seiner eigenen Person nicht zufrieden. <Schaaf, Schaaf, Schaaf>.

<Jeeens>, hatte Linda ihn kopfschüttelnd kommentiert. <Jens, komm herunter und berappel dich mal wieder.>

Was zur Folge hatte, dass er <Schaaf und Linda, Schaaf und Linda> stöhnte.

Edgar Schaaf hatte andere Probleme gehabt. Wie sollte er Melanie erklären, was er vorhatte und wo er hinwollte?

Die Gebrüder Güdüler hatten ganze Arbeit geleistet. Am besten war gewesen, dass sie den abgetragenen Schutt aus dem Keller ungefragt auf einen Anhänger geladen und mitgenommen hatten. Schreiner, Elektriker und Sanitärbauer konnten ihre Arbeit fortsetzen. Zeit genug hatten sie. Eröffnung der Galerie sollte erst im Dezember sein.

Zwei Tage schlich er um Melanie herum wie ein geprügelter Hund. Spitzte ziemlich häufig die Lippen, um nie ein Liedchen zu pfeifen. Zwei Tage lang hatte sich Melanie sein Gehabe angeschaut, bevor sie gesagt hatte:

„Du gehst nirgendwo hin ohne mich."

„Melanie, ich …"

„Halt mich nicht für blöd, Edgar Schaaf. Nirgendwohin, hast du mich verstanden?"

Immer, wenn sie ihn mit vollem Namen anredete, wusste er, dass er ihr keine Kirschen anbieten durfte.

„Aber ich …"

„Edgar Schaaf, du bist ein erbärmlicher Schuft. Glaubst du, du kannst mich ein paar Tage vor unserer Hochzeit so einfach abservieren? Das würde dir so passen. Also rück raus mit der Sprache: Wo soll's hingehen?"

*

Melzer, Linda und der einheimische Kriminalpolizist entfernten sich in Richtung Altstadt. Edgar und Melanie blieben zurück.

„Ist das sein Boot?" Melanie deutete auf das einzige Holzboot im Hafen. Es lag in der linken Ecke am Pier, auf direktem Weg zu dem Restaurant.

Edgar nahm Melanie in den Arm.

„Wahrscheinlich", mutmaßte er. „Es ist das einzige Fischerboot."

Gestern Abend waren sie mit dem Bus vom Flughafen Zagreb in Rovinj angekommen. Der Flug aus Zürich war wegen der starken Winde über Kroatien sehr unruhig gewesen. Die Kälte hatte sie auf dem Marsch über das Rollfeld voll angegriffen. Es gab noch keine Passagierbusse in Zagreb, geschweige denn Fingerdocks. Daran änderte auch das einundzwanzigste Jahrhundert nichts.

Linda und Jens hatten das Zimmer im Hotel <Adlon> neben Melanie und Edgar bezogen. Edgar hatte behauptet, dass zwischen den beiden <etwas liefe>, er könne das mit Fingern greifen. Kaum dass sie ihr Zimmer betreten hatten, war eine SMS von Franz Hirt auf Edgars Handy eingetroffen: <Leichenfund durch Straßenbauarbeiter am Feldberg. Stark verwest und durch Wildtierfraß entstellt. Wasserfeind vergleicht mit meiner Haarprobe. Jordanka Simerenko>.

Edgar war nicht überrascht. Es passte ins Bild eines offensichtlich konsequenten Täters. Die Frage war nicht die, ob alles zusammenhing, sondern wie alles zusammenhing.

Es war Melanie, die ihn von den destruktiven Gedanken herunterholte. Sie war erstaunt über die Qualität des Hotelzimmers. Es war kein Zimmer im herkömmlichen Sinn, sondern eher eine Suite. Schlaf- und Wohn- und Badezimmer waren strikt voneinander getrennt und großzügig geschnitten. Vom Balkon aus genoss man einen wunderbaren Rundblick über die Häfen Rovinjs und die See. Allerdings machte der starke, kalte Wind einen längeren Aufenthalt auf dem Balkon unmöglich.

Sie bemerkte Edgars innere Unruhe, beobachtete ihn so diskret wie möglich, aber so intensiv wie nötig. Fast meinte sie, eine Schnuppernase bei ihm festzustellen. Dann wieder meinte sie, er sei Mitglied eines Rudels Wölfe, das kurz vor der Jagd auf Beute stand. Was mochte das für ein Instinkt sein, der ihn dermaßen umtrieb? War das in entfernter und restlicher Form noch menschlich?

Das Frühstück in Gesellschaft von Linda und Jens war umständlich verlaufen. Jedes erdenkliche Thema, ob wirtschaftlicher oder politischer Natur, war angesprochen worden, nur nicht das, weswegen sie alle hier vor Ort waren. Lindas Gesicht glühte vor Röte, und Melzers Bewegungen hatten etwas Absolutistisches an sich. Kein Zweifel: sie hatten …

Melanie hatte es an Lindas Augen erkannt.

Und Edgar und Melanie? Sie beobachtete ihn. Mein Gott, wie sehr sie ihn liebte, auch wenn er nur eine Semmel mit Butter bestrich. War das auch eine Art von Hingabe?

Es mochte ungefähr eine Stunde vergangen sein, seit Linda, Jens und der einheimische Polizist sich auf den Weg zu Sophias Wohnung gemacht hatten. Derweil hatte sich an der Situation im Hafen nichts geändert. Kaum dass Leute unterwegs waren. Die Touristensaison für die Stadt im Allgemeinen sowie für die Kapitäne im Hafen im Besonderen war vorbei. Nächstes Jahr wieder würden sie die Ausflugs- und Badeboote stürmen. Nächstes Jahr würde das Restaurant wieder Fisch servieren.

Aus einer Seitenstraße zum Hafen eilte ein Mann über die Hafenpromenade und sprang auf das Deck des einzigen Fischerbootes, des Holzbootes. Fieberhaft schien er an Tauen, an Tampen zu arbeiten. Flog eine armdicke Schlinge in die Luft, landete auf dem Kai. Aus allen anderen Geräuschen stach plötzlich das Nageln eines Dieselmotors hervor. Weißer Qualm stieg von dort auf, wo das Boot lag. Dann ein Kreischen, als würde tausend Katzen gleichzeitig auf den Schwanz getreten. Mit einem Tritt löste der Mann das Heck des Bootes von der Kaimauer.

Edgar entließ Melanie aus der Umarmung, schaute gespannt.

Ein grässliches Knirschen schallte über den Kai, gefolgt vom Aufheulen des Motors. Das Heck des Bootes schwang um über neunzig Grad herum. Jetzt lag nur noch der Bug des Bootes am Kai. Der Mann auf dem Boot eilte nach vorne, stieß den Bug mit dem Fuß von der Kaimauer ab. Gleich würde der Bug zum Hafenausgang zeigen.

„Dino!" konstatierte Edgar trocken. Dies war auch der Moment, in dem er loslief.

Das Boot drehte sich weiter von der Kaimauer weg. Nur die Schlinge lag noch auf dem Kai. Der Motor röhrte laut auf, das Boot driftete unter der Gewalteinwirkung nochmal nah am Kai vorbei, und fand dann freies Wasser um geradeaus zu laufen. Die armdicke Schlinge platschte hinter ihm ins Wasser.

In voller Montur hechtete Edgar ins Wasser, fand es überraschend warm, und spürte am Körper, wie sich eine raue Schlange an ihm fortbewegte. Das Tau. Die Schlinge. Er griff danach. Hielt fest. Wurde mitgerissen wie ein gestürzter Wasserskilehrling hinter seinem Schleppboot. Dann holte ihn sein Denkvermögen ein: <Prima, Edgar Schaaf. Toll gemacht, du Idiot. Und nun?>

*

Melanie war stehengeblieben. Sie hatte der Auffassungsgabe ihres Edgars nichts entgegenzusetzen gehabt. Plötzlich war er weg. Ein letztes Mal hatte sie seinen weißen Pferdeschwanz gesehen, und dann nichts mehr. Er war mit Hechtsprung im Hafenbecken verschwunden um irrwitzig etwas aufhalten zu wollen, das nicht aufzuhalten war. Genauso gut hätte er gegen eine fahrende Lokomotive anrennen können. Der erste Schock lähmte ihre Glieder. Sie verstand es nicht und wollte es nicht verstehen. In zehn Tagen sollte ihre Hochzeit sein, und der Mann, den sie heiraten wollte, veranstaltete solch einen Unsinn. Das durfte einfach nicht wahr sein.

Das Holzboot schwimmt keine acht Meter an ihr vorbei Richtung offenes Meer. Wie aus Stein gemeißelt steht sie da und starrt fassungslos hinter dem Schiff her. Dann hetzt sie zunächst auf der Kaimauer neben dem Boot her und schreit unaufhörlich wie von Sinnen: „Edgar, Edgar!"

Sie sieht, wie sein Körper neben dem Bootsrumpf im Wasser gebeutelt wird, wie er mitgeschleift wird. Sie sieht, wie er sich Hand über Hand an dem Tau näher und näher, dann höher und höher zieht. Sein Oberkörper ragt jetzt über das Wasser, mit der rechten Hand greift er nach der Reling.

<Warum lässt er nicht los, der Idiot?> Melanie rennt hinaus auf die Mole, die das Hafenbecken vom offenen Meer trennt und brüllt: „Lass doch los! Lass doch los!"

Aber er hört sie nicht. Das Boot entfernt sich immer weiter aus ihren Blicken, ihren Augen.

Melanie stoppt und hastet über Mole und Pier zurück, am Restaurant vorbei über die Hafenpromenade. An einem der Häuser blinkt ein Kreuz. Kreuz bedeutet Hilfe. In ihrer Panik verwechselt sie das leuchtend grünblinkende Reklame-Kreuz einer Apotheke mit einer Rettungsstation. Sie stürmt hinein und schreit hysterisch auf die junge Verkäuferin ein. Zuerst auf Deutsch, dann auf Englisch, dann auf Französisch. Von diesem Aufruhr alarmiert, kommt der Apotheker selbst aus einem Hinterzimmer. Er ist sich schnell im Klaren darüber, um was es sich bei Melanies wiederholten Wortexplosionen handelt, und verständigt umgehend die Hafenpolizei.

Kurze Zeit später ist ein uniformierter Beamter der Hafenpolizei zur Stelle und hört sich Melanies Geschichte an. Sorgenvoll schüttelt er den Kopf und erklärt ernüchternd, dass bei diesem Wetter kein Schiff der Hafenpolizei und kein Hubschrauber der Marine sich nach <draußen> begeben würde. Der Seegang sei für Schiffe zu stark, die Windböen für Hubschrauber zu unberechenbar.

Melanie tobt, packt den Hafenbeamten am Revers und schüttelt ihn mit all ihrer Kraft. Sie schreit auf den Mann ein, prügelt ihn, bis er seine Arme um sie werfen und sie bändigen kann. Dann sinkt Melanie auf den Boden und weint schluchzend.

*

<Dieser Diesel hat eine enorme Kraft>, dachte Edgar, während er, sich an die Schlinge klammernd, aus dem Hafen aufs offene Meer gezerrt wurde. War im Hafen das Wasser bedingt ruhig gewesen, toste es draußen auf See unkontrollierbar. Es gab überhaupt keinen Rhythmus in der Wellenabfolge. Was man sonst zum Beispiel als Segler gerne hatte, nämlich lange und berechenbare Abstände zwischen den Wellen, war an diesem Tag an diesem Ort reines Wunschdenken. Wenn man von Kreuzseen ein wenig Ahnung hatte, dann konnte man sich eine solche See vielleicht vorstellen. Aber wenn selbst Kreuzseen sich kreuzten und sich überwarfen, dann half auch fundiertes seemännisches Wissen nicht viel.

Sicher war es eine herausragende Leistung, sich als Einmaster, als Einhandsegler über alle Südpassagen wie das <Kap der guten Hoffnung> oder <Kap Hoorn> zu wagen. Aber ein Törn auf der Adria während einer

<Bora> war eine ganz andere Eliteklasse, hatte eine noch höhere Qualität. Die Winde der Bora zählen zu den stärksten weltweit.

Hand über Hand schaffte er es, sich dem Boot anzunähern. <Nie im Leben>, sagte er sich verbissen, <werde ich dieses Tau loslassen>. Dann hing er endlich an der Luv-Seite des Bootes, hatte die Reling in Griffweite. Er erholte sich kurz und warf dann den Arm nach oben, um sich hinaufzuziehen. Erster Versuch, und hatte gleich Erfolg. Erst den Arm, dann den zweiten Arm, dann den Kopf, den Oberkörper, die Beine …verflixt, warum war er so schwer?

Die Spitze des Enterhakens traf ihn in dem Moment in die linke Schulter, als er sich erschöpft auf den Rücken wälzen wollte. Er sah diesen Mann vor sich, der aussah wie ein Racheengel, und doch auch wie ein verletztes Tier. Er wusste aus Erfahrung, dass von dieser Art Gegner am wenigsten Kooperation zu erwarten war. Diese Leute hatten abgeschlossen. Fragte sich nur, wie viele sie am Leben ließen.

„Hallo", quälte Edgar aus sich heraus. „Was ist das für ein Scheiß, den du hier machst?"

Er sah ihn kurz lächeln. War da ein gewisser ironischer oder sarkastischer Zug erkennbar?

Er stöhnte, als der Mann die Spitze des Enterhakens aus seiner Schulter zog. Edgar kniff vor Schmerz die Augen zusammen. Wie der Mann ausholte und ihm mit der eisernen Spitze auf den Kopf schlug, sah er deshalb nicht mehr.

*

Melzer, Linda und der einheimische Polizist fanden Sophias Wohnung unbewohnt vor.

Falsch. Auf ihr Klingeln und Klopfen meldete sich einfach niemand. Noch verfügten sie nicht über ausreichend Gründe, um die Wohnungstür aufbrechen zu lassen. Zu Fuß stiegen sie die Altstadtstraße aufwärts bis zum Platz vor der St-Euphemia-Kirche. Rovinjs Altstadt war an sich autofrei. Der einheimische Kripo-Beamte führte sie zu einem Taxistand, von wo sie sich in einem E-Taxi zur Autowerkstatt von Sophias Mann fahren ließen, die in einem Außenbezirk der Stadt lag.

Der zeigte sich überrascht. Seines Glaubens nach hielt sich seine Frau entweder in der gemeinschaftlichen Wohnung in der Altstadt oder im Haus ihres Bruders, beziehungsweise im Restaurant auf. Allerdings, sagte er, hätte er seine Frau seit ihrer Rückkehr aus Deutschland kaum mehr gesehen. „Anfangs war sie nur nachmittags oder am Abend zu Hause. Wir achten nicht so sehr darauf. Sie ist nach ihrer Rückkehr jeden Tag sehr früh aufgestanden und weggegangen. Sie übernachtet oft in ihrem alten Mädchenzimmer über dem Restaurant. Wenn Touristensaison ist …"

„Es ist keine Touristensaison. Das Restaurant ist geschlossen", sagte Melzer.

„Tja dann weiß ich auch nicht", reagierte der Mann mit einem Schulterzucken.

„Aber sie müssen doch ein Interesse daran haben zu wissen, wo Ihre Frau ist? Sie müssen doch essen, schlafen, Wäsche waschen und so weiter?" Melzer konnte eine solche Gleichgültigkeit nicht verstehen. Es überstieg seinen Horizont. Es nutzte auch nichts, dass sich Sophias Mann als Angehöriger einer anderen ethnischen Volksgruppe outete, die er so gut wie möglich zu vertuschen versuchte. „Sie können nicht als Mensch unter lauter Affen überleben, wenn sie dauernd ein Schild bei sich tragen auf dem steht, was sie sind."

War dieser Mann nun besonders klug oder besonders durchtrieben? Für einen Automechaniker besaß er einen geradezu geschäftsschädigenden Gesichtsausdruck, denn er wirkte in seiner Undurchdringlichkeit eher wie ein Bestattungsunternehmer denn als jemand, der unter anderem vom Fahrzeughandel leben musste. Melzer wollte nicht den Fehler begehen, die Wortarmut des Mannes mit Dummheit zu verwechseln. Und doch hatte er etwas Einfältiges, Dumpfbackiges an sich, das Melzer reizte. Wurde er hier gerade verarscht?

„Sie können also nicht mit Sicherheit sagen, wo sich ihre Frau Sophia im Moment aufhält?"

„Wie ich schon sagte", zog der Mann die Worte in die Länge. „Sie ist mal da, sie ist mal dort."

„Sie sagten vorhin <Anfangs war sie nur nachmittags oder abends da>. Was meinten Sie mit <Anfangs>?"

„Nun, die letzten vier Tage zum Beispiel war sie überhaupt nicht zu Hause. Und vor den vier Tagen ging sie stets frühmorgens aus dem Haus und kam erst am späten Nachmittag zurück. Wir führen eine sehr offene Ehe, wissen Sie?"

Also doch Verarsche. Der Typ hielt ihn zum Narren. Da konnte er ethnisch anders sein, wie er wollte. Dieses Geschäft verstanden diese <Verfolgten> aus dem Effeff. Ethnisch. Das fehlte ihm noch. Melzer wollte sich jedoch

390

nicht an derartigen Fragen aufreiben. Er dachte an Linda. Für sie wäre eine solche Aussage ein Kulturschock gewesen. <Ist menschliches Leben nicht in jeder Form gleichberechtigt?>, hätte sie gefragt. Darum liebte er sie. Weil sie das Gute sah. Das Gute vertrat.

„Wenn Sie Ihre Frau also während der letzten vier Tage nicht gesehen haben, ist sie dann vielleicht bei ihrem Bruder Dino?"

Sophias Mann zuckte mit den Schultern. „Möglich, ich sagte ja bereits, dass sie ab und zu in ihrem alten Mädchenzimmer bleibt, aber dann hätte mich Dino doch nicht angelogen, als ich ihn gefragt hatte. Er hatte gesagt, dass er auch nicht wisse, wo Sophia zurzeit sei."

Melzer hatte das Gefühl, er drehe sich im Kreis. „Hat sie Freundinnen oder Bekannte, bei denen sie manchmal untertaucht?"

„Untergetaucht? Meine Frau taucht nicht unter. Sie kann machen, was ihr behagt. So ist das bei uns. Haben Sie noch weitere Fragen? Ich hab nämlich noch zu arbeiten."

„Ja, eine Frage noch", sagte Melzer. „Ihr Schwager arbeitet doch bei Ihnen. Ist er heute da?"

„Natürlich", grinste Sophias Mann überfreundlich. „Er liegt dort hinten unter dem Lastwagen. Bremsleitungsschaden."

Als Melzer sich in die genannte Richtung umdrehte, sah er gerade noch, wie ein Mann sich aus der Werkstatthalle stahl.

„Linda", reagierte er rasch. „Hinterher!"

*

Zuerst war ihm schlecht, dann schwindelte ihm. Und dann kotzte er sich auf den teuren schwarzen Pullover.

Der Boden, auf dem er saß, bewegte sich auf und ab, auf und ab, auf und ab …

Er hockte mit auf dem Rücken gebundenen Händen in einem Verschlag oder etwas Ähnlichem. Vor sich sah er die Beine eines Mannes aufragen, die in einem Oberkörper endeten, der in einen Kopf übergehen musste.

Auf und ab, auf und ab …

Ringsumher war es nass.

Alles war nass.

Auf und ab …

391

Von irgendwo her schossen bläuliche Lichtstrahlen in seinen Kopf. Er hatte schon einmal so ein Licht gesehen. Als er sechzehn oder siebzehn war. Im Kino.

Bevor der Film begann, hatte der alte Projektor solche Lichtfinger in den dunklen Zuschauersaal gestreut, gemünzt als Verheißung einer aufregenden Zukunft, als Start in ein begehrenswertes Leben. Er hatte daran geglaubt wie an eine Prophezeiung. Alles Bedeutende im Leben, hatte er sich ausgemalt, müsste ihm durch solch eine Beleuchtung angekündigt werden. Es war der puren Naivität eines zu spät Pubertierenden geschuldet. Die Ernüchterung hatte ihn später dafür schleichend und reichlich desillusioniert. Romantik hatte ihn erst sehr viel später wieder interessiert, als das Feuer seiner Drangzeit schon längst erloschen war. Er hatte sich sein Verständnis einer <Neuen Romantik> schwer erarbeiten müssen. Das Licht heute aber war das gleiche wie damals. Es schien zu flackern wie damals, als wolle es nicht ewig existieren. Galten Versprechen eventuell auch heute noch nicht für die Ewigkeit? Er nahm sich vor, nicht noch einmal auf den Trick mit dem Licht hereinzufallen. Wahrscheinlich gab es genug Dinge, die er in seinem Leben aus Zeitgründen einfach versäumt hatte. Jetzt mit dem Aufholen der Versäumnisse zu beginnen, machte keinen Sinn. Nicht in dieser Situation und auch nicht in einer anderen. Denn so sehr er sich anstrengen mochte, fiel ihm gerade nicht ein einziges Versäumnis ein. Und der Titel des damaligen Films auch nicht. War das ein gutes oder ein schlechtes Zeichen?

Boooaaaaahhh, war dieses Auf und Ab, das Hin und Her beschissen eklig. Dazu das Brausen des Sturmes.

Wie lange dauerte es schon?

War es Tag, war es Nacht? Dieses seltsame Licht kündigte vermutlich das Fegefeuer an.

„Ist es Tag oder Nacht?" Er schrie einfach los. Vermutlich hörte es sich an wie <Ieaoa?>

Die Antwort war ein Hieb mit einem harten Holz.

Holz?

Wann und wo hatte Holz schon einmal eine entscheidende Rolle in seinem Leben gespielt? Es fiel ihm wieder ein. Er hatte einmal geträumt, dass er Robin Hood sei. Robin hatte alles im Griff. Seine Mannen, seine Aufgaben, seine Visionen. Robin stand vor dem König, um mit seinem Pfeil auf eine Scheibe zu schießen. Dem Gewinner würde Mariann zur Frau gegeben. Er nahm den Bogen von der Schulter, legte den Pfeil auf den Bogen. Der

Bogen, das war die entscheidende Frage: War er aus Eibenholz? Aus Eiche? Aus Esche? Oder aus was? Verflixt, aus welchem Holz war der Bogen?

Der König schaute irritiert. Robin musste den Schießstand unverrichteter Dinge verlassen. Mariann hatte ihn ausgelacht, und seine Gesellen lachten ebenfalls. Ein anderer Bogenschütze hatte Mariann als Frau nach Hause geführt.

„Ich weiß, dass du es warst." Übersetzt hieß das etwa <ieiauea>. Der Hieb traf ihn über dem linken Auge. Verdammtes hartes Holz.

Dann fühlte er sich gepackt, umgedreht, und durch eine Luke in ein Loch gestoßen. Finsternis umfing ihn. Etwas rann ihm lauwarm hinter das Ohr und über die Schläfe. Die Dunkelheit war umfassend. Er lag in einer Pfütze aus fauligem Wasser. Mit den Händen ergriff er unter seinem Hintern grobe Steine, wie sie gern als Ballast für alte Segelboote benutzt wurden. Auch für Fischerboote der heutigen Zeit?

Mühsam versuchte er, sich aufzurichten. Die Luft roch hochschwanger nach Süße. Oder umgekehrt: Hochsüß nach schwanger. Oder schwangersüß nach hoch. Er merkte, dass er langsam seine Sinne verlor. Waren das Anzeichen von Panik? Von Kontrollverlust?

Er begann, einzelne Zehen zu kommandieren. Bald bemerkte er, dass dieses der falsche Weg war, weil sich Zehen am wenigsten kontrollieren ließen. Also zuerst die Finger. Strecken. Beugen. Einer nach dem anderen. Dann die Arme. Mist, die sind ja gebunden. Also die Finger. Strecken. Beugen. Dann die Beine. Die Wunde in der linken Schulter. Was war mit ihr? War sie tief? Das Pochen an der Stelle realisierte er als dumpfen Schmerz. Was roch hier eigentlich so eigenartig?

*

Melzer knöpfte sich noch einmal Sophias Mann vor.

„Wer war das, der soeben die Werkstatt fluchtartig verlassen hat? War das Dino?"

Der Mann glotzte ihn bloß blödsinnig an, gab keine Antwort.

„War das Sophias Bruder, der eben verschwunden ist?"

Der Kerl stellte sich dumm. Spielte ein Spiel. Das Spiel hieß: Mann ist dumm. Mann versteht nicht Frage.

Melzer richtete sich an den kroatischen Amtshilfebeamten. „Sag´ halt auch mal was, verdammt!"

Der drehte nur den Kopf zur Seite und meinte: „Hat keinen Sinn. Diese Burschen scheißen sich aus Angst vor der Polizei nicht mehr in die Hose wie früher, als Jugoslawien noch existierte."

„Warum hat Sophia Sie eigentlich geheiratet?" Melzer tippte mit dem Zeigefinger auf die Overall-Brust des Mechanikers.

Sophias Mann zuckte grinsend mit den Schultern. <Ich versteh nicht Frage.>

Melzer schaute ihm lange in die Augen. Er sah nur kalte Asche.

Als Linda durch das Werkstatttor ins Sonnenlicht trat, war sie zuerst geblendet. Sie konnte gar nichts erkennen. Die Werkstatt lag etwas außerhalb des Stadtkerns. Sie schaute sich um. Keine auffällige Person, die sich verdächtig schnell bewegte. Sie hörte ein Geräusch. Ein Automotor, der mit Gewalt auf Hochtouren gebracht wurde. Reifen quietschten. Aus einer Reihe neben der Werkstatt parkender Autos schoss ein roter Kleinwagen hervor. Linda ging einen Schritt weiter, die Augen auf das Fahrzeug gerichtet. Er steuerte direkt auf sie zu. Zehn Meter. Acht Meter. Das Auto beschleunigte, heulte kreischend. Sechs Meter, vier Meter, eine Sekunde. Linda hechtete zur Seite, rollte über die Schulter ab, knallte mit der Hüfte auf ihre Umhängetasche. Das Auto schoss an ihr vorbei, schlingerte quietschend nach rechts auf die Straße und entschwand. Sie stand benommen auf. Die Knie zitterten, das Blut verhielt sich wie ein Sturzbach und sackte in ihre Magengegend. Sie wurde kreidebleich. Was sollte sie tun? Jetzt würde sie eine Zigarette brauchen, wenn sie Raucherin wäre. Nix war wirklich so, wie es sein sollte, fluchte sie leise. Sie klopfte sich Dreck von der Jacke. Ihre Hose hatte einen Riss am Knie. Das Knie blutete. <Na toll.> Und nun?

<Nimm das Taxi, mit dem ihr hergekommen seid. Es steht noch drüben auf der anderen Straßenseite>, feixte ihr der persönliche Klugscheißer ins Ohr.

<Und Jens und der andere?>, fragte sie sich und biss sich auf die Lippen.

<Ruf' sie aus dem Taxi heraus an und sag ihnen, dass du den Kerl verfolgst, der dich um ein Haar aus dem Leben gerissen hätte.>

<Danke für den Tipp, Klugscheißer>.

<Oh, gern geschehen. Immer wieder zu Diensten.>

Sie lief zu dem wartenden Taxi, warf sich auf den Rücksitz und kommandierte auf Englisch:

„Dem roten Auto hinterher, schnell!"

Im Taxi stellte sie fest, dass das Display ihres Handys, das sie in der Tasche getragen hatte, gesprungen war. Keine Anzeige. So ein Mist. Das

Diensttelefon der kroatischen Polizei steckte natürlich in Melzers Jackentasche. Sie fluchte wieder.

Der Taxifahrer bog in eine enge Gasse ab. Ein Lieferwagen verstopfte die Fahrbahn. Sie drehte sich um und schaute durch das Rückfenster. Hinter dem Taxi war bereits ein anderes Auto aufgefahren. Sie saßen fest. Der Taxifahrer betätigte die Hupe. Dauerhupen. Der Wagenlenker hinter ihnen betätigte die Hupe. Nach endlosen fünf Minuten ging der Verkehr weiter. Kein rotes Auto weit und breit. Was sollte sie tun? Zum Hafen? „Fahren Sie zum Hafen, bitte." Sie erreichte den alten Hafen, bezahlte den Taxifahrer und stieg aus. Sie orientierte sich. Dort war das Restaurant, und dort müsste das hölzerne Fischerboot liegen – aber das Boot war weg. Sie suchte mit den Augen den Platz, die Hafenpromenade und den Kai ab. Wo waren Melanie und Edgar?

Sie konnte sie nirgends entdecken.

Schnurstracks steuerte sie auf das Restaurant zu. Neben der Eingangstür stand ein einsamer alter Stuhl. Sie hämmerte mit der Faust an die Tür. Nichts. Keine Regung, keine Bewegung.

Sie klopfte weiter an die Tür, rief <aufmachen, Polizei>. Der Erfolg war der gleiche. Sie trat mit der Schuhspitze an die Tür. Jetzt wackelte die Tür in den Scharnieren. <Aufmachen, Polizei!>

Langsam öffnete sich die Tür. Linda schob ein bisschen nach, neigte sich zur Seite um in den Raum dahinter schielen zu können. Im Dunkel des Raumes erkannte sie eine noch dunklere Treppe, auf der eine schwarzgekleidete Person gebrechlich nach oben zu ächzen schien.

Linda öffnete die Tür zur Gänze und betrat vorsichtig das Haus. Zur rechten Hand standen Tische, umgedrehte Stühle obendrauf. Sie sah eine Wirtshaustheke mit Armaturen aus mattem Stahl. Die Treppe führte ins Obergeschoss. Die schwarze Person war nicht mehr zu sehen. <Hallo>, rief Linda einmal, und begann dann die ersten Stufen der Treppe hinaufzusteigen. <Hallo>, rief sie ein zweites Mal, und nahm, alle Muskeln angespannt, Stufe um Stufe. Dann war sie oben. Die Tür des ersten Zimmers war nur angelehnt. Linda öffnete sie wachsam.

In dem Zimmer standen ein alter Schrank und ein Bett mit einem Nachttisch. In einer Ecke stand eine Gebetsbank unter einem großen Abbild der Muttergottes, das mit dem oberen Ende in das Zimmer hineinragte, als würde es schweben. Auf der Gebetsbank kniete eine alte Frau, ganz in schwarz gekleidet. <Hallo>, flüsterte Linda ein drittes Mal.

395

Linda versuchte, mit Dinos Mutter ins Gespräch zu kommen. Sie war in deren Zimmer hinter der knienden Frau vor dem Abbild der Muttergottes stehengeblieben. Aber alles, was sie empfing, war Schweigen. Bei jeder ihrer Fragen hatte sich die Alte bekreuzigt und nichts gesagt. Nichts gesagt. So, wie solche Mütter nie etwas sagen. Nur vor Linda hatte sie noch weniger gesagt als sonst, wenn sie nichts sagen würde. Einmal hatte sie sich umgedreht, wohl um zu sehen, wer ihr all diese Fragen stellte. Ihre Augen hatten gefunkelt unter ihrem Kopftuch. Ein gefährliches, ein gemeines Funkeln. Diese Frau wusste, warum sie nichts sagte. Mütter konnten so berechnend und gemein sein. Und warum? Nur weil sie allein gebären konnten?

Irgendwann, Linda schätzte nach Stunden, obwohl es sich in Wirklichkeit nur um wenige Minuten handelte, waren Melzer und der kroatische Beamte erschienen. Mit einem Taxi, das sie bestellt hatten, als sie zu ihrem Leidwesen hatten feststellen müssen, dass auf sie vor der Werkstatt kein anderes Taxi mehr wartete. Als dann fragnichtwie auch Melanie in Begleitung des Hafenmeisters den Weg in das Restaurant gefunden und Melzer den verrückten und tollkühnen Vorfall mit Edgar im Hafen hatte schildern können, hatte Melzer auf den Alarmknopf gedrückt. Plötzlich von einer natürlichen Autorität befallen, hatte er dem kroatischen Amtshilfebeamten unmissverständlich und in einer bestimmenden, doch nicht unfreundlichen Schärfe, darauf hingewiesen, was er, nota bene, unter <Amtshilfe> sich vorstellen mochte. Sobald die Sprache aber auf Edgar Schaaf kam, registrierte er nur Kopfschütteln. Nichts zu machen. Kein Polizeiboot, kein Polizeihubschrauber würde bei diesem Sturm auslaufen beziehungsweise abheben.

Melanie unterdessen taumelte, vor Sorge völlig aufgelöst, zwischen Tischen und Stühlen des Restaurants auf und ab. Uniformierte Beamte der kroatischen Polizei, die nach Melzers Aufstand mehr und mehr eintrafen, standen sich bald im Weg herum. Die Maschinerie war angelaufen. Plötzlich interessierte man sich für die Sache, aber nicht per se für sie.

Sophia war wichtig für die Polizei und Dino war wichtig für die Polizei, aber nicht, dass ihr Mann, Edgar, von einem Boot aufs offene Meer gerissen worden war. Es umgab sie eine Kakophonie von Stimmen, die eine Sprache sprachen, die sie nicht verstand. Einer rauchte eine Zigarette. Melanie schlug sie ihm aus dem Mund und fauchte ihn an, was er sich erlaube, während von Seiten der Polizei nichts unternommen wurde. Sie wusste, dass sie ihm unrecht tat, aber im Moment war ihr das egal. Er lebte, und ihr Edgar kämpfte vielleicht um sein Leben.

Melanie befand sich in einem Vakuum.

Auf einmal stand ein alter Mann im Eingang des Restaurants. Abgetragene graue Kleidung, Fünf-Tage-Bart, graue stoppelige Haare. Seine schwarzen Augen guckten wie Eierkohlen aus eingefallenen Höhlen. In den faltigen Händen zerknüllte, erwürgte er seine Mütze. Er gab Melanie ein Handzeichen, damit sie auf ihn aufmerksam werde.

„Was wollen Sie?"

„Kommen Sie", sagte er. „Kommen Sie. Ich habe ein Boot. Ich fahre Sie hinaus. Ich habe im Büro des Hafenmeisters von Ihrem Unglück gehört. Kommen Sie."

„Warum sollten Sie so etwas Verrücktes tun?"

„Ich habe meinen Sohn auf dem Meer verloren. Ich habe keine Zukunft mehr. Sie haben noch eine Zukunft, wenn Sie Ihren Mann finden. Kommen Sie."

Melanie überlegte nicht lange. In einer einsamen Entscheidung schnappte sie sich ihren Umhang und folgte dem Mann.

*

Er bewegte seinen Kopf. Wenigstens das ging.

Etwas hing ihm über den Kopf, über sein Haar. Wie ein Schleier oder so etwas. Ein Tuch? Er versuchte, es mit Pusten zu beseitigen. Es funktionierte, und auch nicht. Wenn er pustete, hob sich der Schleier, fiel dann aber wieder an den ursprünglichen Platz zurück. Ja, ein Tuch. Aber woher?

Seine Hände steckten im Wasser. Auch die Fesseln. Ging da was? Ließ sich was bewegen? Lederriemen wird er bestimmt keine verwendet haben, dachte Edgar. Leder würde sich bei Nässe dehnen, wie er aus den Büchern von Karl May wusste.

Er rutschte mit dem Hintern über die Wackersteine, wie er sie zu nennen beabsichtigt hatte. Wackersteine war ein positives Wort. Er lachte über diese Neuerfindung. Oder gab es dieses Wort schon? Irgendwo? Gab es nicht ein Märchen mit einem Wolf, in welchem von Wackersteinen die Rede war?

Mit dem Rücken stieß er an einen Widerstand. Was war das in einem Boot? Mast? Pfeiler? Schott? Er richtete seinen Oberkörper daran auf, die Hände immer noch auf dem Rücken gebunden. In seinem Gesicht spürte er etwas Ekliges. Spinnennetz? Eigentlich kein Ort für ein trockenheitsliebendes Tier, wie eine Spinne es ist. Und doch. Da war was.

Er hob den Kopf, soweit es ging, schnupperte zuerst und schlug dann die Zähne in das Unbekannte. Haare. Es waren Haare. Haare waren menschlich.

Übelkeit stieg in seinem Bauch hoch. Es würde eine Eruption …Er kotzte schneller, als er es verhindern konnte. Alles drehte sich. Sein Gleichgewichtssinn war außer Kontrolle. Der Magen rebellierte.

Lieber Gott, lass es bitte keine Haare sein. Bitte keine Haare.

Der süßliche Geruch fiel schwer auf ihn herab wie ein Wasserfall. Er erinnerte ihn an die Luft in der Pathologie des gerichtsmedizinischen Instituts in Offenburg. Wären seine Haare kurz genug gewesen, hätten sie sich vor Grausen aufgestellt. Der Dieselmotor, der sich hinter seinem Rücken befinden musste, lief auf Hochtouren, verströmte den typischen Gestank von verbranntem Öl, der sich mit der Süße vermischte. Dazu der Duft fauligen Salzwassers.

Auf und ab ging es, auf und ab. Der Diesel röhrte. Er spürte einen pelzigen Belag auf der Zunge und im Rachen.

Mit der Zeit wirkte es auf ihn hypnotisch. Minuten oder Stunden verloren ihre Bedeutung. In solch einer Situation zählte man nicht. Trotz pochender Schmerzen in der Brust dämmerte er ein.

*

Das Boot des alten Mannes, der seinen Sohn auf dem Meer verloren hatte, war ein Ausflugsboot aus Kunststoff. Es verfügte über eine geschlossene Steuerkabine mit intakten Fenstern.

Im Hafen war der Wellengang relativ minimal, dank der Wellenbrecher vor der Mole. Außerhalb des Hafens wurde das kleine Boot zum Spielball von Wasser und Wind. Und doch hielt der Mann sein Steuer in der Hand und blickte gerade nach vorne, als könne er sich dort an einer Landmarke, einer Boje, einem Leuchtturm orientieren.

„Die Richtung", schrie er zu Melanie, „ändert sich wegen des Sturmes nicht. Man darf sich nur nicht von den Wellen oder dem Wind ablenken lassen. Man muss dem Meer zeigen, wohin man will." Das Brüllen des Sturmes übertönte beinahe alle Worte.

„Und wohin wollen wir?", schrie Melanie zurück.

„Geradeaus. Geradeaus. Dorthin, wo auch Ihr Mann unterwegs ist."

„Woher wollen Sie das wissen?"

„Jeder Fischer verhält sich bei einem solchen Wetter gleich", brüllte er zurück. „Zumindest die meisten Fischer. Unbewusst, aber auch aus Erfahrung, tun alle das Gleiche. Geradeaus vor dem Wind steuern. Dem Wind vorherfahren. Man kann auch direkt gegen den Wind steuern. Wenn der Hafen in der Richtung liegt, aus welcher der Wind bläst. Niemals seitlich am Wind steuern. Das wäre der sichere Tod."

<Ich glaube nicht, dass ich wirklich hier bin>, murmelte Melanie. <Nein, ich bin nicht hier.>

*

In Dinos Zimmer über dem Restaurant hatte man mittlerweile Ralf Großbauers Kamera gefunden. Und dessen Laptop. Großbauer hatte seine Geräte mit seinem Namen versehen. Nichts weiter als eine Klebefolie mit seinem Namen. Und Margarete von Drachs Computer. Die Auswertungen begannen noch zur selben Minute auf einem Tisch im Restaurant. Melzer sah Edgar Schaafs Theorie bestätigt. Im Geiste zog er vor ihm einen nicht vorhandenen Hut.

*

Zuerst hörte plötzlich der wahnsinnige Krach des Dieselmotors auf. Unmittelbar danach wurde aus dem <Auf und ab und auf und ab> ein <Auf und ab und hin und her, und auf und ab und hin und her>. Dann ein <Kreisen> und <Rollen>. Wellen droschen von allen Seiten auf das Boot ein. Der Sturm strich über die Planken und versetzte den Rumpf in Schwingungen. Im Schiffsbauch wummerte es wie in einer Kombination aus Schlagzeug und Kontrabass. Der perfekte Resonanzkörper.

Woher ihm ausgerechnet jetzt diese dumme Erinnerung kam, konnte er nicht sagen, aber sie war plötzlich da. In einem Anflug von Zwangskaufphobie hatte er sich in den siebziger Jahren in einem Fachgeschäft in Offenburg nach dem bestmöglichen Musikwiedergabegerät erkundigt. Er hatte irgendwas von <Quadrophonie> gelesen. <Stereo> war ihm ein Begriff, aber <Quadrophonie>?

<Es ist doppelt so gut wie Stereo>, hatte der Fachberater begeistert erklärt. <Es ist, als würden Sie mitten im Orchester sitzen.> <Ich will nicht mitten im Orchester sitzen>, hatte er geantwortet, und war gegangen.

So ähnlich, dachte er nun, wie augenblicklich im Bootsrumpf wird es wohl geklungen haben, die <Quadrophonie>.

Unvermittelt öffnete sich über seinem Kopf eine viereckige Luke. Fahles Tageslicht fiel in das Dunkel, blendete trotzdem. Da waren sie wieder, die Strahlen vom Kino. <Wusste ich's doch>, dachte er, <dass es nur leere Versprechungen waren. Schau´ nur, wohin es mich gebracht hat.> Es wurde kurz wieder dunkel. Ein Mann ließ sich durch die Luke herab, kniete vor ihn hin in das faulige Wasser.

„Wer bist du? Was willst du?"

Edgar konnte trotz der diffusen Lichtverhältnisse erkennen, dass es *Chato* war.

„Du bist Dino?"

„Was spielt das für eine Rolle, wer ich bin", sagte der. „Wer bist du. Sag mir, was du willst."

„Ich bin Edgar Schaaf. Privatdetektiv. Die Tochter deiner Geliebten hat mich …"

Der Faustschlag traf ihn voll aufs linke Jochbein. Edgar stöhnte vor Schmerz.

„Ich habe keine Geliebte", sagte der Mann. „Geliebte sind etwas, das sich reiche Männer neben ihren Ehefrauen leisten. Ich hatte eine Liebe. Eine Liebe, verstehst du? Die Liebe meines Lebens. Hast du auch eine Liebste, Edgar Schaaf?"

„Ja."

„Wie bitte? Hast du auch eine Liebste?"

„Ja."

„Und? Wo ist sie jetzt? Jetzt, wo du sie brauchst?"

Edgar dachte an Melanie. Ja, wo bist du jetzt, meine Liebe? Mach dir keine Sorgen, meine Liebe. Du einzige Liebe meines Lebens. Mach dir keine Sorgen um deinen dummen Mann.

Doch er schwieg.

„Wie alt bist du?"

„Achtundsechzig"

„Wirst bald sterben mit achtundsechzig", sagte Dino ungerührt. „Mit achtundsechzig ist man doch schon ein alter Mann, oder nicht, Edgar Schaaf?"

„Mein Leben war erfüllt", sprach Edgar. „Ich kann gehen, wann ich will. Und im Gegensatz zu dir habe ich als alter Mann noch die Liebe meines

Lebens gefunden. Du, Dino, bist noch jung, und hast doch schon die Liebe deines Lebens verloren. Welch eine Enttäuschung. Welch eine Niederlage." Die Faust traf ihn an der gleichen Stelle im Gesicht. Die Haut platzte auf. Blut rann ihm in den Bart. Aber er lächelte stolz.

Dino stand auf und kletterte zur Luke hinaus. Kurz darauf kam er wieder, eine Flasche und einen Lappen in der Hand. Er tupfte Edgars Wunde mit Schnaps ab. Die Wunde brannte wie glühende Holzkohle auf der Haut. Schnaps lief ihm über die Braue ins Auge. Oh, war das ein gemeiner Schmerz.

„Wo sind wir hier?", keuchte Edgar.

„Mitten auf dem Meer", erwiderte Dino. „Mitten zwischen Kroatien und Italien."

„Erzähl", sagte Edgar und versuchte, sein linkes Auge an der Schulterspitze zu reiben, aber es war unmöglich. „Erzähl von deiner großen Liebe."

„Wer will das wirklich wissen?"

„Ich", sagte Edgar. „Wenn ich schon sterben soll, möchte ich wenigstens mit einer guten Geschichte sterben."

*

Das kleine Plastikboot des alten Mannes stampfte scheinbar aussichtslos und verloren wie ein Flaschenkorken durch die aufgewühlte Adria.

Melanie ahnte die Vergeblichkeit, aber sie war ihr hundertmal lieber als das tatenlose Warten im Restaurant. Gischtkronen auf den Wellenbergen wurden vom Sturm sofort in Sprühwasser zerstäubt. Stoisch steuerte der alte Mann geradeaus.

„Woher sprechen Sie so gut deutsch?"

Der alte Mann lächelte und in sein Gesicht stahl sich kurz ein Ausdruck, der Sehnsucht oder Zärtlichkeit ausdrücken konnte.

„Meine Mutter war Österreicherin. Sie hat sich, als ich klein war und noch nicht mit meinem Vater zur See fahren konnte, oft auf Deutsch mit mir unterhalten. Ist schon lange her, aber immer, wenn ich die Gelegenheit dazu bekomme, spreche ich es gern."

„Entschuldigen Sie meine Frage. Aber wie ist Ihr Sohn gestorben?"

Lange schwieg der Mann. Zündete sich umständlich eine filterlose Zigarette an.

„Es war ein Wetter wie heute", sagte er. „Bora."

„Was ist <Bora>?"

Er deutete mit der Kippe nach draußen.

„Das ist <Bora>. Sie ist unser Sturm. Die gibt es nur hier. Sie ist unser Kind, sie ist unser Leben, und sie ist unser Tod. Wir Fischer lernen die <Bora> eher kennen als unsere Frauen. Als Fischer sind wir mehr mit der <Bora> verheiratet als mit unseren Frauen. Und wenn unsere Frauen um die verlorenen Männer und Söhne trauern, gibt es die <Bora> immer noch."

„Aber dann müssen Sie die <Bora> ja regelrecht hassen."

„Nein", sagte der alte Mann ruhig. „Es ist wie eine Sehnsucht. Eine tiefe Liebe. In einer Gegend, wo es die <Bora> nicht gäbe, würde ich sie suchen. Und wenn ich sie nicht fände, würde ich dort nicht leben wollen."

„Und die Frauen?"

Der alte Mann zuckte gleichgültig mit den Schultern. Dann stellte er den Motor ab.

*

„Du hast Margarete nicht gekannt", begann Dino zu erzählen. Er benutzte unbewusst den Namen, den er nie wieder aussprechen wollte.

Das Holzboot dümpelte wie wild auf den Wellen, wurde hin und her geworfen. Es schien Dino nicht zu beeindrucken. Er hatte sich neben Edgar niedergelassen, trank aus der Schnapsflasche.

„Das ist meine Schwester Soph", erwähnte er beiläufig und deutete mit dem Flaschenhals auf eine pritschenähnliche Konstruktion im Schiffsbauch, unter der sie halbwegs saßen. Lange Haare von ihr hingen über den Rand der Pritsche. Ihr Körper schien mit einer Art Vorhang bedeckt zu sein, dessen Ränder ebenfalls über den Rand fielen. Ihr Körper war mit Tauen auf die Pritsche gebunden, damit er nicht herunterfallen konnte.

„Es war ein Unfall."

„Wann war das?"

Dino ließ den Kopf zwischen die Knie sinken.

„Vor ein paar Tagen. Ich weiß es nicht mehr. Es war ein Unfall." Dino wurde von einem Schluchzer ergriffen. Er trank wieder. „Ein Unfall." Vielleicht glaubte er, durch das Wiederholen des Wortes den Unfall ungeschehen machen zu können.

Daher also der süße Geruch nach Tod. Edgar blickte erschüttert in eine tief verwundete Seele. Ihm war klar, dass sein eigenes Überleben nun nur noch von seiner Besonnenheit abhing.

„Es tut mir leid", sagte Edgar.

„Ja", antwortete Dino nur.

„Du bist nach Hohenterzen gefahren."

„Ja, zu meinem Cousin nach Schönau. Am Tag darauf hab ich schon ein Zimmer im Hotel *Lärchenhof* bezogen."

„Du hast dich unter dem Namen deines Cousins ins Melderegister eingetragen. Wie hast du das gemacht? Hat er dir seinen Ausweis geliehen?"

„Nein, das hätte er niemals getan. Branco ist kein Kroate mehr. Er ist durch und durch Deutscher geworden. Wie sagt ihr? Spießbürger? Ja, aus Branco ist ein deutscher Spießbürger geworden." Dino schnaubte verächtlich. „Ich habe ihm den Ausweis aus der Brieftasche geklaut."

„Er war es aber nicht, der dich verraten hat", warf Edgar ein. „Es war seine Frau."

„Ach so?" Sein Erstaunen klang echt. „Na, die ist noch schlimmer als Branco."

„Du wolltest Margarete beobachten."

„Ja", grinste er zynisch und spukte zur Seite, „und es hatte sich gelohnt."

„Warum hast du das gemacht?"

„Weil ich ihr misstraut habe."

„Muss Liebe das tun?"

„Pass auf, was du sagst, Edgar Schaaf. Du kannst jederzeit noch eine auf die Schnauze kriegen, okay?" Er nahm die Flasche an den Hals und trank einen kräftigen Schluck.

„Okay, okay. Hab schon verstanden. Und dann?"

„Dann kam diese Russin."

„Russin?"

„Ja, Russin. Jordanka Simernochwas. Vom Hotel. Russin halt."

„Ach die. Interessant. Und weiter?"

„Weiter? Weiter? Wie was weiter? Fragt mich diese Frau, warum ich nicht drüben bei Margarete im Haus wohne wie vergangenes Jahr? Geht diese Frau das etwas an? <Kenn ich sie noch vom letzten Jahr. Als sie ständig drüben bei Frau von Drach ein und aus gingen>, sagt dieses unglückliche Mädchen."

„Und?"

„Und? Und? Kapierst du auch mal was, Schaaf? Musste natürlich weg, das Mädchen, verstehst du? Hatte mich erkannt."

„Verstehe", sagte Edgar. „Weg. Klingt logisch."

„Margarete sagte immer <gell>. Kling logisch, gell? Gell?"

Edgar nickte. „Wie hast du …? Hast du sie erschossen?"

403

„Frauen erschießt man nicht. Ich habe ihr angeboten, sie nach Feierabend nach Hause zu fahren. Sie hat geplappert ohne Ende und ohne Punkt und Komma. Sie hat nicht einmal bemerkt, dass ich in eine andere Richtung gefahren bin. Auf einem Parkplatz am Feldberg hab ich ihr dann den Hals zugedrückt, der Schwatze. Wär' ja sonst noch zu Margarete gelaufen und hätte gepetzt: <Dädädä- ach Frau von Drach – flöt-flöt –wohnt ja Ihr Freund bei uns im Hotel – hechel-hechel- seufz-seufz>, wie es die Art von solchen Weibern ist. Sie musste weg. Dort hab' ich sie auch in den Wald hinab geworfen. Am Feldberg."

*

„Warum stoppen Sie die Maschine?"

„Weiter geht's nicht", sagte der alte Mann. „Sonst sind wir in Italien."

„Ja und?"

„Wir lassen uns jetzt treiben. Er wird es genauso gemacht haben, wenn er überhaupt einen Plan gehabt hatte."

„Ich verstehe überhaupt nichts."

„Es gibt hier eine starke Strömung, die Richtung Rijeka zieht. Vorbei an den Inseln Cres und Krk, in die Kvarner Bucht."

„Und was will er da?"

„Havarie", sagte der alte Mann. „Er will die Havarie. Vor den Inseln gibt es eine Menge Untiefen. Gefährliche Klippen. Er wird dort mit seinem Boot zerschellen. Und die Versicherung wird bezahlen. Seine Mutter wird das Geld gebrauchen können."

„Woher wollen Sie das wissen?"

„Das von seiner Mutter?"

„Nein, das von der Havarie."

„Bei meinem Sohn hat die Versicherung auch bezahlt."

*

„Ralf Großbauer?" Edgar stellte die Frage, die ihm faktisch am meisten unter den Fingernägeln brannte, absichtlich hinten an. Die Frage nach den Umständen um Margaretes Tod. „Ralf Großbauer?"

Dino gluckste. Lachte. Trank einen Schluck Schnaps.

„Willst du auch einen?"

Er hielt Edgar den Flaschenhals an den Mund. Das Zeug brannte wie Feuer. Edgar bedankte sich.

„Den hab´ ich zufällig erwischt.“

„Wie zufällig? Den Schnaps oder Großbauer?“

Es setzte für Edgar wieder einen Hieb auf das Jochbein. „Du willst es echt nicht anders, was? Ich saß auf dem Balkon meines Hotelzimmers. Es war Abend. Es war ein Samstag. Ich schaute rüber zu Margaretes Haus. Sie hatte ja Herrenbesuch bekommen. Roman Teichmann, wie ich später erfahren habe. Da seh´ ich diesen Typ, Großbauer, anschleichen mit der Fotokamera in der Hand. Ich also vorsichtig rüber und beobachte, wie er durch die Terrassentür Fotos macht. Und dann auch Fotos unter der hochgehobenen Jalousie zu Margaretes Schlafzimmer durch. Natürlich habe ich mich vergewissert, welche Art Fotos er gemacht hatte. Ich schlich ihm dann hinterher. Er besuchte das Restaurant <Häusle>. Ich spendierte ihm dort ein paar Bier, und bierselig hat er mir dort die Aufnahmen auf dem Display seiner Kamera gezeigt und großartig angegeben, was er damit vorhabe. Erpressung einer Kuh, hatte er geprahlt. Kuhmelken, hatte er gesagt. Später, als er blau war, sagt man doch so bei euch, blau für betrunken, bin ich ihm gefolgt um zu erfahren, wo er wohnt.“

„Aber …“

„Halts Maul, Schnüffler. Ich hatte viel Zeit gehabt, um nachzudenken. Am Freitagmittag der Woche drauf beobachtete ich, wie dieser Großbauer einen braunen Umschlag in Margaretes Briefkasten steckte. Wahrscheinlich der Erpresserbrief. Ich hab gesehen, wie sie ihn selbst aus dem Briefkasten gezogen hat. Ich wollte Margarete am Freitagabend besuchen und sie zur Rede stellen. Aber die Dame hatte schon wieder Herrenbesuch. Ein großer langhaariger, vollbärtiger Kerl im Rockerlook. Ich sah durch die Terrassentür, wie sie ihm eine größere Summe Geld gab. Hatte der mit der Erpressung zu tun? Ich wusste es damals nicht und weiß es bis heute nicht. Aber ich wollte den Initiator der Erpressung ausschalten. Keiner nennt meine Margarete ungestraft eine Kuh. Ich ging zu Großbauers Wohnung, klingelte, und als er die Tür öffnete, erschoss ich das Schwein. Das war seine Strafe. Es ging ganz leicht. Als ich auf ihn schoss, hat er noch gegrinst. Seinen Laptop und seine Kamera nahm ich mit. Am nächsten Morgen folgte ich dem langhaarigen Affen unauffällig von Margaretes Wohnung bis nach Endingen. Ich hatte mich gewundert, dass Margarete einen Erpresser in ihrem Haus schlafen ließ, vermutete aber, dass sie unter Druck gesetzt worden war.“

„Du wusstest damals noch nicht, dass es sich dabei um ihren Sohn handelte?"

Dino sprang auf. „Du lügst", schrie er und versetzte Edgar einen Tritt in die Rippen. „Sie hat eine Tochter. Von einem Sohn hatte sie nie etwas erwähnt. Du lügst, du verfluchter Schnüffler. Du hast ja wahrlich vor nichts Achtung, was?"

Trotz Schmerzen antwortete Edgar völlig ruhig. „Auch ihr Ehemann Alexander und ihre Tochter Regina hatten keine Ahnung von einem Sohn. Er war unehelich und heißt Rolf Hofstetter. Du siehst, deine Margarete hatte ein paar Geheimnisse. Dein Bild von ihr ist vielleicht doch nicht so strahlend, wie du es wahrhaben magst."

Edgar wusste, dass seine Antwort eine Provokation für Dino sein musste. Er rechnete mit einem weiteren Gewaltausbruch und machte sich auf einen Hieb oder Tritt gefasst. Er blieb aber aus. Dafür war es das erste Mal, dass Edgar eine Unsicherheit bei Dino spürte. Einen Zweifel?

Es rumpelte und knirschte unter Edgars Hintern, als würde man ein leeres Weinfass über Kopfsteinpflaster rollen. Das Boot erzitterte wie bei einem Erdbeben, taumelte ruckartig, neigte sich bedrohlich auf die Seite.

„Was war das?"

„Bald ist es soweit." Dinos Stimme war sanft wie die eines Vaters, der seinem Kind eine Gute-Nacht-Geschichte erzählt. Er hockte sich wieder vor Edgar hin.

*

Das Boot des alten Mannes hielt sich tapfer. Seine filterlose Zigarette war erloschen. Der Stummel klebte in seinem Mundwinkel. Er hielt sich mit knochigen Händen am Steuerrad fest.

Melanie mochte das Schweigen nicht. Sie hatte das Gefühl, wenn sie schwiege, würde das Ende nahen. Sie meinte, solange sie redete, hätte sie eine Chance.

„Wie ist das nochmal mit der Versicherung? Erklären Sie's mir."

Er räusperte sich, hustete, und spuckte auf den Boden der Kabine.

„Heut' kann ich es ja sagen. Die Geschichte ist längst verjährt." Aus einer Hosentasche zog er ein Taschentuch und schnäuzte sich geräuschvoll. „Mein Sohn hatte Geldprobleme. Er hatte gerade geheiratet und ein Haus gebaut. Die Hypotheken erdrückten ihn. Er hatte mich nach Unterstützung gefragt, aber ich hatte ja selber nichts. Er fuhr mit seinem Boot raus, so wie wir heute. Er ließ sich treiben, so wie wir. Alles schien zu funktionieren. Funktionierte auch. Sein Boot lief auf ein Riff. Die Wellen warfen das Boot immer wieder auf die Felsen. Zogen es beim Zurückweichen vom Felsen weg, warfen es beim Anschwellen wieder zurück. Zogen es raus, warfen es zurück. Immer schön im Rhythmus. Bis es ganz zermalmt war. Mein Sohn muss schon beim ersten Stoß über Bord gestürzt sein. Man fand ihn total zerschmettert neben ein paar Resten seines ehemals so stolzen Bootes. Natürlich war es anders vorgesehen gewesen. Er hatte überleben wollen. Durch seinen Tod ist die Versicherungssumme aber um das Doppelte gestiegen und seine Frau war fein raus. Die Versicherung hatte sich zuerst gesträubt, weil er angeblich bei Sturmwarnung rausgefahren sein soll. Seine Kollegen haben dann für ihn Wort eingelegt und geschworen, dass er schon vor dem Sturm auf dem Meer gewesen sei. Dann hat die Versicherung gezahlt. Seine Frau ist heute wieder verheiratet. Sie hat keinen Bootsführer mehr genommen."

Melanie suchte nach einem nächsten Gesprächsstoff. Nur nicht schweigen. Schweigen ist nicht Gold. Schweigen ist das Ende. „Wie ist das mit dieser Strömung? Was hat es damit auf sich."

„Ja, die Strömung. Sie ist ein Verführer. Sie verführt die Fischer und Bootsführer." Der Alte nickte wissend mit dem Kopf. Ein weises Nicken. „Schon viele sind verführt worden." Wieder nickte er. „Im Prinzip ist es wie bei einem Bach mit Gegenströmung. Der Wind, die <Bora> drückt das Wasser aus der Bucht zwischen Venedig und Istrien nach Süden. Genauer: nach Südwesten. Die Adria ist ein langes und schmales Meer. Wie ein breiter Fluss. Die <Bora> drückt das Wasser hinaus. Wasser kann nicht stapeln, aber es türmt sich auf. Und weil Wasser die Eigenschaft besitzt, Höhenunterscheide ausgleichen zu wollen, strömt es wieder nach dort zurück, wo es einst herkam. Auf der italienischen Seite kann es nicht zurück, weil es in spitzem Winkel gegen die Küste gepresst wird. Aber auf der kroatischen Seite ist eine Menge Platz. Je nachdem, wie stark die <Bora> wütet, setzt die Rückströmung früher oder später ein, aber meistens zwischen Rijeka und Split. Und dann strömt es Richtung Kvarner Bucht und gegen die Klippen dort."

„Und was will dieser Dino erreichen? Wer wird für ihn schwören, dass er bereits vor dem Sturm auf dem Meer gewesen war? Und an wen soll die Versicherung dann bezahlen?"

„Es herrscht ein großer Zusammenhalt unter den Bootsführern. Die halten zusammen wie Pech und Schwefel. Als einziger Fischer in Rovinj genießt

Dino einen hohen Respekt bei den anderen, auch wenn sie seine Sturheit nicht mehr verstehen. Aber er ist für sie wie eine Art Denkmal. Es werden sich schon ein paar Leute finden, welche für ihn die Hand ins Feuer legen werden. Und wie ich schon gesagt habe: Wahrscheinlich wird seine Mutter die Begünstigte sein."

„Und Sie? Würden Sie auch die Hand für ihn ins Feuer legen?"

Der Alte schaute lange aus dem Fenster. Dann drehte er sich zu Melanie um und sprach mit einem unergründlichen Lächeln, das so geheimnisvoll wie die gesamte Küste Kroatiens war: „Wenn man mich fragt, schwöre ich jeden Schwur."

„Aber es gibt doch auch andere Leute, die das Gegenteil bezeugen können. Mich, zum Beispiel."

„Das", lächelte er noch ein bisschen mehr, „hat noch keiner überlebt."

*

Das Auf und Ab, Hin und Her, Kreisen und Rollen setzte sich fort. Sie schienen wieder in offenem Wasser zu sein.

„Sophia hat Teichmann erschossen."

Dino hob den Kopf. Trotz des schummrigen Lichtes meinte Edgar, Anzeichen von Trunkenheit bei ihm festzustellen.

„Hast du gehört? Deine Schwester hat Teichmann erschossen. Oder hast du es noch gar nicht gewusst?"

Dino schüttelte den Kopf. Staunen lag in seinem Blick. Und Verzweiflung.

„Sie hat ihn mit deiner Beretta erschossen. Sonntagabend. An seiner Haustür. Ihre DNA wurde an einer Zigarettenkippe vor seiner Wohnung gefunden."

„Oh, Soph", jammerte Dino. „Oh geliebte Soph. So sehr hast du mich geliebt, dass …"

Er richtete sich auf und beugte sich über den Leichnam seiner Schwester, der auf der Pritsche aufgebahrt lag. „Und du warst gekommen, um es mir zu sagen. Oh Soph, warum musste das geschehen? Das hab ich nicht gewollt. Das hab ich nicht gewollt. Warum hab ich dich allein gelassen? Warum hab ich nicht auf dich gewartet. Dann würdest du jetzt noch leben. Verzeih mir, geliebte Schwester. Verzeih mir …" Sein Schluchzen schüttelte seine Schultern, die über Sophia gebeugt waren.

Edgar hörte ihn hemmungslos weinen.

Welch ein Drama, dachte Edgar. Welch eine Tragödie. Dann schickte er ein stilles Stoßgebet zu seinem ganz persönlichen Gott.

*

Der Alte zuckte zusammen. Melanie erschrak.
„Was ist? Haben Sie etwas gesehen?"
„Ich meinte, in dieser Richtung", er zeigte mit ausgestrecktem Arm auf einen bestimmten Bereich auf dem kochenden Meer, „etwas gesehen zu haben. Vielleicht sehe ich es nochmal. Reichen Sie mir bitte das Fernglas. Es liegt unter der Sitzbank in einer Kiste. Geben Sie es mir. Schnell!"
Angestrengt schaute er durch das Glas hinaus aufs Meer. Melanie meinte, es wären mehrere Minuten vergangen, bis er wie elektrisiert mit der Hand schräg voraus zeigte und rief: „Dort, dort, ich sehe aufschießende weiße Gischt voraus. Ja dort, dort, sehen Sie, jetzt wieder, weiße Gischt. Und einen schwarzen Punkt. Ein Boot? Ein Boot? Ja, halleluja, es ist ein Boot, muss ein Boot sein."
Melanie riss ihm das Fernglas von den Augen, aus der Hand, hielt es in die Richtung, in die auch der Alte geschaut hatte. Lange sah sie nichts. Doch dann erkannte sie, was er mit Gischt gemeint hatte. Wie aus einem Geysir schoss tatsächlich eine Säule weißen, schäumenden Wassers in die Höhe. Wieder und wieder. Rhythmisch. Und dann sah sie auch den schwarzen, kleinen Punkt davor. Kein Punkt, mehr ein Fleck. Ihr Herz begann zu rasen. Und aus ihrem Mund drang sein Name: „Edgar".

*

Edgar hatte Dinos weiche, verletzliche Seite gesehen. Dass auch dieser Mann, der sich anschickte, ihn kaltblütig mit in den Tod zu reißen, ein fühlendes Herz hatte. Allerdings befreite allein diese Erkenntnis Edgar nicht aus der Gefahrenzone. Er vergegenwärtigte sich, dass dieser momentan schluchzende und wie ein Kind wimmernde Mann auch ein eiskalter Killer war, dem Menschenleben nichts bedeuteten. Seins, Edgars, eingeschlossen.
„Dino, wie war das mit Margaretes Sohn? Hatte auch er weg gemusst? Logisch?"
Das Schluchzen hörte auf. Dino wischte sich die Augen und hockte sich wieder hin wie zuvor.

409

„Er liegt im Koma, ist das richtig?"

„Nein."

„Oh, ist er gestorben? Ich weiß es nicht."

„Du weißt offenbar vieles nicht, Dino, und schlägst trotzdem um dich wie ein verletzter Tiger und zerstörst Leben und Existenzen. Nein, er ist aus dem Koma aufgewacht."

„Oh, gut. Das freut mich. Wenn er Margaretes Sohn war, ist es gut. Wenn ich damals gewusst hätte, wer er ist, hätte ich ihn natürlich nicht erschlagen."

Das Boot bewegte sich nun wie eine rollende Ellipse. Die Abwärtsbewegungen waren moderat, fast gering. Dafür wurden die Aufwärtsbewegungen zur rasanten Schleuderfahrt. Auf einem Jahrmarktkarussell wäre das vielleicht der ultimative Kracher gewesen. Nicht aber in einem engen, sargähnlichen Verschlag wie einem Bootsrumpf.

„Natürlich nicht", hatte Edgar bestätigt. Seine Blicke huschten durch den Bootsbauch, als könnten sie speziell für diese Höllenfahrt vorgesehene versteckte Haltegriffe finden.

„Ich bin ihm gefolgt. Es war Dienstag. Die Beerdigung von Margarete sollte an diesem Tag stattfinden. Er fuhr mit dem Fahrrad zu der Minigolfbahn in Endingen. Ich musste vorsichtig sein, wollte von niemandem gesehen werden. Ich stellte das Auto hundert Meter vor dem Gebäude ab, wo er zu arbeiten schien. Dann schlich ich zu Fuß weiter. Das Garagentor stand offen. Ich sah, dass es eine Werkstatt war. Ich ging hinein, hörte jemanden handwerken. Es war er. Er lag unter einem defekten Motorrad, unter einer Hebebühne. Ich kenne mich mit solchen Hebebühnen aus. Mein Schwager hat auch solche in seiner Werkstatt. Ich drückte auf das Pedal der Hydraulik. Die Bühne senkte sich auf seine Brust, quetschte ihm die Luft ab. Er versuchte zu schreien, konnte aber nicht. Ich sah einen schweren Schraubenschlüssel. Drehmomentschlüssel. Ich stand über ihm. Er starrte mich an. Dann schlug ich zweimal zu, dachte, er wär tot. Ein Erpresser wär tot, verstehst du? Wenn ich gewusst hätte, dass er der Sohn …"

Weiter kam Dino nicht.

Aus der schleudernden Aufwärtsbewegung wurde am Kulminationspunkt ein brachialer, berstender, ungeheuer abrupter Stillstand. Mit der Breitseite traf das Boot die vorstehende Felsnase einer messerscharfen Klippe. Der Fels drang durch die Bootsplanken wie ein heißes Messer durch Butter. Die Planken stülpten sich in den Innenraum des Rumpfes, brachen, zersplitterten und flogen wie Geschosse aus einer Stalinorgel durch die Luft. Der ursprünglich von Bug bis Motorraum durchgehende Innenraum des Rumpfes wurde durch den hereinragenden Fels wie durch eine Mauer in zwei Hälften geteilt.

Edgar wurde auf der einen Seite neben der eindringenden Felskante an die Innenwand des Rumpfes geschleudert und blieb für einige Sekunden dort benommen kleben wie ein mit Sand gefüllter Sack. Das Pochen in der verletzten Schulter verwandelte sich in eine blitzende Explosion. Aus seinem Hals entwich ein dumpfes, animalisches Grunzen, das tief aus den Eingeweiden zu kommen schien.

Dino hatte weniger Glück. Ihn warf es auf die Felskante, wo er sich den rechten Oberschenkel und die Schulter brach. Er rammte seitlich mit dem Kopf auf den Fels, was einen Schädelbasisbruch zur Folge hatte. In der rechten Rückenseite steckten zwei lange Holzspäne, von denen einer durch die Rippen in die Lunge gedrungen war. Er war auf der Stelle ohnmächtig.

Das Boot steckte auf der Felsnase wie die Wurst auf dem Grillspieß, drohte jedoch langsam von der Nase abzurutschen.

Edgar liegt an der Bootswand. Vorsichtig und schwer wiegt er den Kopf hin und her wie ein verwundeter Elefant. Er ist auf die linke Körperseite gestürzt. Die durch den Stich mit dem Bootshaken ohnehin lädierte Schulter schmerzt höllisch. Er will den Oberkörper bewegen, ist aber wie gelähmt. Er lauscht. Er hört das Boot sterben. Es schreit im Todeskampf. Es ächzt und knarrt und stöhnt. Oder ist er das selbst?

Durch die Luke flimmert käsiges Licht. Ist es doch eine Verheißung wert? Soll er es noch einmal wagen, daran seinen Glauben, seine Hoffnung an ein besseres Leben zu hängen? Ein einziges Mal noch?

Dann kann er die Beine bewegen. Der Oberkörper kommt mit, aber die Schulter brennt. Verdammte Arme. Verdammte Hände. Verdammter Dino. Wo ist der überhaupt? Er sieht ihn nicht.

Im fauligen Salzwasser dümpelt Dinos Schnapsflasche.

Edgar kommt auf die Knie. Die Knie schmerzen wegen der Wackersteine. Egal. Die Flasche. Die Flasche ist meine Rettung. Ohne Flasche kann ich niemals die Luke erreichen.

Mit jeder seiner Bewegungen stirbt das Boot ein bisschen mehr. Es knirscht am Fels. Es giert vom Felsen weg. Wenn es herunterfällt, bin ich verloren. Einen zweiten Aufprall überlebe ich nicht.

Edgar bekommt die Flasche in die Hände und dreht sich mit dem Rücken zum Felsen. Dabei sieht er Dino, der leblos zwischen Fels und zersplitterten Planken hängt.

Beim ersten Versuch zerspringt die Flasche am Gestein. Gut gemacht.

Die größte Scherbe legt er so an die innere Bordwand, dass er sie rückwärts mit den Händen erreichen kann. Er spürt, dass er sich am scharfen Glas ins eigene Fleisch schneidet. Egal. Nein, gut so. Wenn es Fleisch schneidet, dann schneidet es auch die Fessel. Logisch. Ach komm mir nicht mit Logik, davon hab ich heute genug gehört, und hatte kein gutes Ende genommen mit der Logik. Wie hieß das Mädchen nochmal, das <weg> musste? Jordanka, und wie noch? Simerenko. Ja, Simerenko. Okay, die kleinen grauen Zellen arbeiten wenigstens noch.

Er braucht fünf Minuten, eine Ewigkeit. Es läuft lauwarm über seine Hände. Er weiß, dass es sein Blut ist. Dann ein Ruck. Seine Hände sind frei. Endlich. Danke, du Gott.

Er torkelt zu Dino, beugt sich über ihn. Kein Lebenszeichen. Er fühlt mit der Hand an der Halsschlagader, spürt Dinos schwachen Puls. Er lebt.

Wo ist eigentlich Sophia? Wo ist der Leichnam Sophias? Die Pritsche lag auf der Seite, wo jetzt der nackte Fels ins Boot ragt. Er kann Sophia nicht entdecken. Er muss hier raus. Der Blick in die andere Hälfte des Rumpfes ist ihm verwehrt.

Er stellt sich unter die Luke, will hinauf an Deck, aber der Schmerz füllt seinen Schädel mit glühendem Stahl, wirft ihn zurück. Er fühlt, wie die Panik ihn anspringt. Wie er die Kontrolle verliert. Jetzt hat er Angst. Er zittert am ganzen Leib. Schreiend richtet er sich auf, streckt seinen rechten Arm durch die Luke. Nein, so wird es nicht klappen. Er zieht den Arm zurück, packt seinen lädierten linken Arm und streckt ihn nach oben. Beißt die Zähne zusammen. Er ächzt wie eine alte Eiche im Sturmwind. Dann den rechten Arm durch die Luke. Ja, jetzt schafft er es irgendwie hinauf und hinaus, steht schwankend auf dem schrägen Deck, das zur Seeseite abfällt. Er sieht, wie das Boot aufgespießt ist. Sieht, dass es abrutschen wird, weil unter ihm die Brandung arbeitet, ihre nassen Zungen an der Unterseite des Rumpfes lecken. Über kurz oder lang wird es ins Wasser zurückfallen und dann wieder auf die Klippe geworfen, um wieder …

Keine Zeit für Zukunftsbilder. Jetzt hängt das Boot ja noch. Jetzt.

Die Klippe ist größer, als er gedacht hat. Vielleicht so groß wie ein Einfamilienhaus.

Edgar sieht sich um auf dem schwankenden Deck. Sieht die Taue, sieht die Schlingen. Armesdick. Hektisch greift er nach der dicksten Schlinge. Ist sie lang genug?

Er springt von Deck auf den Fels. Rutscht aus. Ahhh, die Schulter. Die Schmerzen machen ihn wahnsinnig. Doch es geht. Er rappelt sich auf. Nimmt die Schlinge mit dem Tau und sucht einen brauchbaren Felsvorsprung, um den er die Schlinge legen kann, damit die Gefahr des Abrutschens vorläufig gebannt ist. Dort? Reicht das Tau? Probier's, Edgar, probier's.

Er schwitzt, er stöhnt. Er zieht, er zerrt. Er schwitzt. Es reicht, es reicht. Er wirft die Schlinge über einen Felszacken. Nein, es ist eine Zinne wie auf einer Burg. Jawohl, die Klippe ist seine Burg. Er triumphiert.

Noch eine. Eine ist nicht genug. Wieder an Deck. Nächste Schlinge. Gibt es noch eine?

Das Boot bewegt sich. Es rutscht. Edgar hält sich fest, klammert sich fest. Er beobachtet das befestigte Tau. Es spannt sich. Jetzt wird das Boot nur noch von dem stählernen Beschlag am Boot und der Felsenzinne gehalten. Hält es? Das Boot gibt ein langes Geräusch von sich, das sich anhört wie das letzte Ausatmen eines sterbenden Pferdes. Das Boot haucht seine Seele aus. Noch straffer spannt sich das Tau. Wird es das Gewicht des toten Bootes halten? Es hält. Es hält.

Da ist noch eine Schlinge. Er sucht einen anderen Beschlag an Deck. Einen stabilen. Vorne am Bug. Da ist einer. Der ist aus Stahl. Schnell, schnell, ein Tau ist vielleicht nicht genug.

Er springt wieder auf die Klippe. Rutscht nicht aus. Nicht immer rutscht Edgar aus. Nicht mit Edgar. Wirft die Schlinge über eine andere Felsnadel, die wie ein Finger in den Himmel zeigt.

Ist das der Finger seines persönlichen Schutzengels? Ist es seines Gottes Finger? Heute will er daran glauben. Nur das eine Mal noch. Er wirft die zweite Schlinge über den Felsenfinger. Ein Schrei entfährt seiner Kehle. Ein Urschrei. Er will die Arme in die Luft werfen als Zeichen des Sieges. Aber er kann nicht. Nicht nur wegen seiner linken Schulter. Sondern weil er abgekämpft ist und erschöpft. Die Kraft reicht, um sich mit dem gesunden rechten Arm auf einem Knie in gebeugter Haltung abzustützen.

Und dann ist da was. In seinem Ohr, das noch beinahe taub ist vom Lärm des Diesels, vom Brüllen des Meeres, vom Heulen des Windes.

Was ist das? Ist das ein Dieselmotor?

Edgar dreht sich in gebückter Haltung um zum Boot. Es hängt in den Tauen. Aber weiter draußen, draußen auf dem Meer, schwimmt ein kleines Boot. Was heißt schwimmt: Es schaukelt und hüpft und taucht und verschwindet und taucht wieder auf. Ein Boot. Ein weißes Boot. Es ist ein Boot. Und ja, dessen Dieselmotor läuft auf höchsten Touren. Er hört es ganz deutlich durch den stürmischen Wind.

Wie weit mag es entfernt sein? Hundert Meter? Achtzig Meter? Was will es hier? Was hat es hier verloren? Nicht näher kommen. Nicht näher kommen. Die Klippen, die Klippen.

Edgar richtet sich zu voller Größe auf. Winkt mit seinem gesunden Arm und brüllt, obwohl er weiß , dass man ihn nicht verstehen wird: „Nicht näher! Nicht näher! Weg! Weg! Weg!"

Das Boot hört nicht. Es kommt näher. Sechzig Meter. Fünfzig Meter. Vierzig Meter? Sind die wahnsinnig?

Eine Person taucht aus der Kajüte auf. Eine kleine Person. Der Wind verweht und zerzaust ihr kastanienbraunes Haar. Sie schließt die Kajütentür. Hält sich mit beiden Händen an der Reling fest. Dreißig Meter! Das dürfen die nicht. Das dürfen …

Die Person hebt ein Bein über die Reling. Was macht die da, um Himmels Willen? Hebt noch ein Bein über die Reling. Was, zum Teufel macht …

Die Person springt ins tosende und schäumende Wasser.

Edgar will das Herz stehen bleiben, als er fassungslos die Person erkennt, die springt.

Es ist Melanie. Seine Melanie.

Todesmutig klettert er seitlich vom aufgehängten Boot an der Klippe nach unten und wirft sich, ohne an die kaputte Schulter zu denken, in die Brandung um den Fels. Zieht nur mit einem Arm die Schwimmbewegung durch. Es geht. Es geht.

Er richtet sich im Wasser auf so gut er kann und sucht nach ihrem Kopf. Dort. Mitten im weißen, brodelnden Schaum. Er sieht, wie sie kämpft. Und er hört, wie sie schreit: „Edgar! Edgar!" Noch wenige Meter.

Sie schwimmen sich in die Arme. Halten einander fest. Umklammern sich. Küssen sich. Werden vom Wasser überspült. Küssen sich. Küssen sich.

Und weinen, und weinen, und weinen.

„Melanie."

„Edgar."

Gemeinsam schwimmen sie zurück zur Klippe. Doch Edgar hält plötzlich inne. Er reißt Melanie an sich. „Warte!", schreit er ihr zu. „Wir müssen warten!" „Warum?", schreit Melanie zurück. „Die Brandung", brüllt Edgar. „Wir müssen die richtige Zeit abpassen." Melanie schaut ihn an.

Edgar beobachtet die anbrandenden Wellen. Sechsmal sind sie relativ flach. Jede siebte Welle kommt von weiter her aus der Tiefe und schießt wie ein Katapult an der Klippe in die Höhe.

„Nach der siebten Welle schwimmen wir los. Sonst werden wir auf dem Felsen zerschmettert."

Melanie vertraut ihm. Sie warten paddelnd in der aufgewühlten See vor der Klippe. Edgar zählt. „... fünf, - sechs, sieben. Los! Schwimm um dein Leben." Die letzte große Welle fällt in sich zusammen, und die beiden schwimmen los. Sie erreichen den Fels und schaffen es, sich an ihm hochzuziehen. Sie klettern auf die Klippe und fallen sich in die Arme. Lassen sich nie wieder los. Nie wieder.

*

Das Boot des Alten kämpfte mit aller Kraft gegen den Sog der Brandung. Sein Dieselmotor ist stark. Er war viel zu nahe an die Klippe herangefahren. Als Seemann wusste das der Alte natürlich. Aber er hatte es für die mutige Frau gewagt, wie er noch nie vorher etwas gewagt hatte.

Er würde es schaffen. Die Distanz zwischen ihm und dem havarierten Boot auf der Klippe wurde ständig größer. Er würde es schaffen. Tolle Frau. Auch sie würde es schaffen. Der alte Mann lächelte, sodass sich hundert Falten in seinem Gesicht zeigten. Dann griff er nach dem Mikrofon des Funkgerätes, das neben seinem Steuerrad montiert war.

Kapitel 7

24. Oktober 2021
Gengenbach

Das Flugzeug aus Zagreb war mit einer kleinen Verspätung auf dem Großflughafen Lahr (Schw.) gelandet. Eine viertel Stunde benötigte es, bis es am Fingerdock angekommen war und die Passagiere das Flugzeug verlassen konnten.

Melanie und Edgar gingen hinter Jens Melzer und Linda Germann durch das Labyrinth des riesigen Flughafenkomplexes. Als sich vor ihnen die Schleuse zur Ankunftshalle öffnete, blieben Jens und Linda auf einmal stehen. Edgar schaute zwischen den beiden hindurch, was der Grund ihres Zögerns sein könnte.

Der Grund war eine kleine Ansammlung von Menschen, die ihnen mit strahlenden Gesichtern entgegen schauten. Da war der Bürgermeister von Gengenbach in vorderster Reihe, zwei üppige Blumensträuße in den Armen, unter denen seine goldene Amtskette blitzte. Seine Frau stand an seiner Seite.

Da war Regina von Drach in Begleitung ihres Vaters Alexander von Drach. Edgar erkannte Robert Gabler, neben einer Frau, die Edgar zuletzt im Krankenhaus neben dem Rolf Hofstetters Bett gesehen hatte. Ganz in Rot gekleidet und von den anderen etwas Abstand einhaltend applaudierte Tamara Brassova.

Hinter der ersten Reihe erkannte Edgar die Gesichter von Willy Henckel und Franz Hirt. Sogar die Glatze *Condor* Wasserfeinds glänzte im Licht der Hallenbeleuchtung. Ganz hinten standen zwei Mitglieder des Motorrad-Clubs Endingen, Jonny Müller und Stefan Springmann.

Plötzlich blitzte es von links und rechts. Unverkennbar lauerten dort zwei Vertreter der Presse nebst ihren Fotografen und Kameramännern wie Geier auf einen Happen Exklusivgeschichte.

<Fehlen nur noch der Pfarrer und die Blaskapelle>, dachte Edgar, und legte schützend einen Arm um Melanie.

„Fehlen nur noch der Pfarrer und die Blaskapelle", raunte Melanie ihm zu.

Der Bürgermeister machte einen gewichtigen Schritt nach vorne. „Liebe Linda Germann, lieber Jens Stelzer. Lieber Edgar und liebe Melanie. Euer Ruf und die Botschaft über eure Taten sind euch vorausgeeilt. Die Nachrichten haben sich hier förmlich überschlagen. Die Gemeinde Gengenbach und ihre Bürger haben die Nachrichten verfolgt und an euren Aktivitäten und Taten rege teilgenommen. Abends um neunzehn Uhr zur Fernseh-Nachrichtenzeit waren die Straßen leergefegt wie bei einem Fußballspiel der Nationalmannschaft oder wie früher bei einem Durbridge-Krimi. Wir heißen euch herzlich in der Heimat willkommen und laden euch zu einem kleinen Bankett im Sitzungssaal des Rathauses ein. ..."

Hier schaltete Edgar die Ohren auf Durchzug. Seine Sehnsucht galt nicht einem steifen Bankett mit Händeschütteln und Interviews und Hunderten von Fragen, sondern den Hunden „Müller" und „Lydia", die freundlicherweise bei einem von Melanies Nachbarn Aufnahme gefunden hatten. Und sie galt dem Haus im viktorianischen Stil, in welchem er mit Melanie wohnte und in dem es eine Küche gab und einen Herd, auf dem er sich liebend gerne Speckeier oder Pfannkuchen mit Ahornsirup zubereiten würde. Aber er ahnte, dass es jetzt aus mancherlei Interesse, was unter anderem Melanies als auch seine Reputation anging, nicht an der Zeit war, eigene Wünsche voran zu stellen. Also grinste er freundlich in die Menschenschar.

„... und aus diesem Grunde sind wir alle stolz auf euch. Wir sind nur das vom Gemeinderat entsandte Empfangskomitee. Auf dem Parkplatz wartet ein kleiner Bus, der uns direkt nach Gengenbach auf den Rathausplatz bringen wird. So lasst euch umarmen: Blumen für Frau Germann, Herr Stelzer, Blumen für Melanie, Edgar."

Wieso sagte eigentlich keiner der Offiziellen dem Amtsträger, dass <Stelzer> eben nicht <Stelzer>, sondern „Melzer" hieß? Der selbst aber schien es höchst gelassen zu nehmen.

Als der Bürgermeister seine kurze Rede beendet, die Blumensträuße gereicht, Hände geschüttelt und Küsschen verteilt hatte, bewegte sich die Ansammlung dem Ausgang zu. Und dort, direkt nach der Ausgangstür, wartete tatsächlich ein weiteres Spalier von uniformierten Menschen, funkelnde Instrumente zum Einsatz erhoben. Da war sie ja, die Blaskapelle.

Vor dem Rathaus in Gengenbach warteten bei sonnigem Oktoberwetter etwa zweihundertfünfzig Menschen auf die Ankunft des Komitees sowie ihrer Helden. Als zuerst Jens Melzer aus dem Bus stieg, brandete flaches Applausgeplätscher auf. Bei Linda Germann erschollen dazwischen einzelne

417

Pfiffe, die vermutlich von Herren ohne Damenbegleitung abgegeben wurden. Als Edgar Schaaf in der Bustür erschien, nahmen Applaus, Pfiffe und Rufe Ausmaße wie bei einem Pop-Star an. Und endlich zeigte sich Melanie. Die Begeisterung schwoll an zu einem Orkan und die Masse skandierte in rhythmischem Gesang <Me – la – nie, Me – la – nie, Me – la – nie.>

Melzer und Germann stiegen, in die Menge winkend, die Treppe zum Haupteingang des Rathauses empor, gefolgt von Edgar, Melanie und den Teilnehmern des Empfangskomitees, einschließlich der Reporter.

Es wurde Sekt gereicht, und nach nochmaligen Willkommensgrüßen des Bürgermeisters nahm dieser Edgar zur Seite und sagte ihm: „Ich kann mir vorstellen, dass das Alles nicht in eurem Sinne ist. Erst die Strapazen in Kroatien und nun das Brimborium hier in Gengenbach. Entschuldige vielmals, Edgar, und sag das auch Melanie. Aber alles war im Prinzip die Idee von Herrn Grillic. Du weißt doch, der Grillic, der euch mit dem Hubschrauber von der Klippe geborgen hat."

Edgar war der Name Ruslan Grillic mittlerweile bekannt. Der Mann war nicht nur Intendant des kroatischen Fernsehens, sondern einer der reichsten Männer der Welt. Sein Handelsimperium umfasste, ohne auch nur eine einzige Ware selbst herzustellen, den gesamten Globus. Sein System war im Prinzip denkbar einfach und idiotensicher. Er sorgte, ausgestattet mit einem ausgezeichneten Riecher für Geschäfte, zum Beispiel dafür, dass an gewissen Waren weltweit ein Mangel entstand, indem er die verfügbaren Waren vorher rigoros und zum Teil auch mit Verlust aufkaufte. Er nannte das <künstliche Verknappung>. Dann brachte er es durch geschickte, gezielte Werbung fertig, dass auf dem Weltmarkt exakt nach dieser Ware Begehrlichkeiten geweckt wurden. Diese Ware verkaufte er später wieder, durch sein Preisdiktat im Wert gestiegen, mit erheblichem Gewinn an die Kunden, wobei es nicht selten vorkam, dass er gerade auch an die Firmen verkaufte, von denen er sie kurz vorher erworben hatte. Das gehörte zu den Launen des Geschäfts. Begründet hatte er seinen Reichtum während der großen Balkankrise und mit den Kriegen in den neunziger Jahren als Waffenhändler, wobei es ihm keine Skrupel bereitete, die Waffen an jeden zu verkaufen, der bereit war, dafür ordentlich zu bezahlen. Er scheffelte Millionen.

Im Jahr 2017 hatte er das marode staatliche kroatische Fernsehen gekauft und privatisiert. Die Tatsache, dass er Serbe war, hatte mehr als zwanzig

Jahre nach den Kriegen keine Rolle mehr gespielt. Er hatte die Chance für ein breites Betätigungsfeld erkannt und den Beitritt Kroatiens zur EU als Sprungbrett an die Spitze der <Schraubendreher> genutzt. Er hielt die Abgaben und Gebühren benutzerfreundlich niedrig und sorgte für ein ausgezeichnet durchwachsenes Programm. Und obwohl er im Grunde genommen allein über das Programm und dessen Inhalte bestimmte, nannte er sich, was zwar reine Augenwischerei war doch von niemandem beanstandet wurde, Intendant. Mogul hätte freilich eindeutig besser gepasst, aber derart spitzfindig und haarspalterisch zu sein, schenkte er sich.

Ruslan Grillic war klug genug, in Nachrichten und Berichten alle Volksgruppen, alle Parteien, alle Generationen gleichermaßen und gleichberechtigt zu bedienen. Was er sich als Krösus allerdings leistete, waren reißerisch aufgemachte Plots über Zufälle, Unfälle, Katastrophen und Sensationen auf jedem Kontinent, an jedem Fleck des Erdballs. Zu diesem Zweck hatte er einige sogenannte <Task-Force-Trupps> engagiert und, die, ausgestattet mit dem erforderlichen Equipment, den notwendigen Visa und sehr viel Geld ständig unterwegs und auf der Suche nach quotenbringenden <Top-Shots> waren.

Als er am zwanzigsten Oktober durch einen Informanten von der halsbrecherischen Aktion Edgars im Hafen von Rovinj erfahren hatte, sah er die Kriterien für eine seiner Geschäftsphilosophien erfüllt, und das praktisch vor seiner Haustür. Er schickte eine seiner Task-Force-Einheiten los.

20.10.2021
Dreieinhalb Stunden saßen Melanie und Edgar nun schon auf der Klippe fest. Sie hatten sich in eine Erosionsspalte im Gestein der Klippe gezwängt, um sich vor dem reißenden Wind und vor der Gischt der Brandung einigermaßen zu schützen. Sie verbrachten die Zeit eng aneinander gekauert und wärmten sich durch ihre Körper. Sie hielten einander fest und spendeten sich einzig durch ihre Anwesenheit Trost.

Viele Worte wechselten sie nicht, schon gar keine, die irgendeinen Vorwurf beinhalteten.

Melanie fiel eine Zeile aus Erich Frieds Gedicht „Was es ist" ein: <Es ist, was es ist, sagt die Liebe>.

Genauso sind und denken wir, dachte sie, und versuchte, sich an weitere Zeilen aus dem Gedicht zu erinnern, aber es gelang ihr nicht. Wozu, führte sie ihre Gedanken fort, habe ich einen Laden, der sich *Aquarelle und Poesie* nennt? Wenn ich nach Hause komme, werde ich mich um Erich Fried kümmern. Wenn ich zu Hause bin. Und wenn mein Edgar zu Hause ist, na klar.

Sie konnte sich nicht an die Minute an Bord des Schiffes des alten Mannes erinnern, die ihrem Sprung ins tobende Wasser vorausgegangen war, was ihr den Impuls gegeben hatte, die Beine über die Reling zu schwingen und zu springen. Erst mit der Landung im Wasser begann ihre Erinnerung wieder einzusetzen. Und vielleicht hatte auch Edgar solch ein Blackout gehabt, als er in Rovinj per Hechtsprung hinter Dinos Boot ins Hafenbecken getaucht war.

<Wir Menschen sind schon seltsame Wesen>, dachte sie.

Edgar war jeweils nach Ablauf einer Stunde unter Melanies ängstlichen Blicken zum Boot zurückgeklettert. Er hatte ein Stück der Reling durch die Luke gesteckt und sich über sie, wie auf einer Leiter, in den Rumpf gezwängt, um nach Dinos Zustand zu schauen. Er atmet schwach, sein Puls geht regelmäßig, aber er ist nicht bei Bewusstsein, vermeldete er bei der Rückkehr.

Er konnte nichts für Dino tun. Es gab kein Verbandszeug in der Kajüte des Bootes oder etwas anderes, um Verletzte zu versorgen. Früher, hatte Edgar an ausgebrochenen Halterungen in der Kabine neben dem Steuerrad gesehen, musste das Boot mit einem Funkgerät ausgerüstet gewesen sein, aber davon gab es nichts mehr. Als er vor einer halben Stunde zum letzten Mal nach Dino schaute, hatte er versucht, an Dino vorbei in den versperrten und unzugänglichen Teil des Rumpfes zu spähen. Er meinte, Umrisse in der Größe eines menschlichen Körpers gesehen zu haben, war sich jedoch nicht sicher.

Ihr Aufenthalt auf der Klippe näherte sich vier Stunden, als aus der Ferne ein leises Brummen zu hören war. Edgar hob den Kopf aus der zusammen-gekrümmten Haltung. Es war ein Brummen. Edgar stand auf und peilte in die Runde. Das Brummen kam aus der Richtung, von der er annahm, dass sie Osten sein müsse. Es wurde stärker. Schon schälte sich aus dem verwaschenen Horizont ein fetter, schwarzer Punkt, der rasch größer wurde, und es näherte sich ein schwerer, riesiger, mausgrauer Hubschrauber. Melanie hatte sich ebenfalls aufgerichtet. Gemeinsam winkten sie, Melanie mit beiden, Edgar mit einem Arm, der Maschine zu.

Aus dem Brummen wurde ein Dröhnen, und als das Dröhnen über ihnen angekommen war, war es für sie wie ein himmlischer Chor von Engeln. Jedenfalls konnten sie dem höchst willkommenen Wunder nichts Negatives andichten. Der fliegende Koloss schwebte über ihnen, knatternd wie

Tausende Benzinrasenmäher und unwirklich wie ein von Aliens gesteuertes UFO. Lange Seile fielen vom Himmel, die vor ihren Füßen landeten und an denen zwei Engel in schwarzen Overalls und mit Helmkameras ausgerüstet scheinbar schwerelos wie Spinnen herabglitten. Während der Helikopter über ihnen stand, legten ihnen die schwarzen Engel Leibgurte an, erklärten ihnen auf Englisch die Verhaltensregeln und das Prozedere, und Sekunden später stiegen Edgar und Melanie, jeder einem der Engel aufgegurtet, hoch in den Himmel und an Bord des Hubschraubers.

Dort wurden sie einem weiteren Engel mit Overall vorgestellt, der ihnen kurze, klare Fragen stellte. <Sind noch mehr Leute auf dem Felsen? Sind noch Leute auf oder im Schiff? Wie viele? Wie viel Lebende?>

Vier Männer schwangen sich aus dem Hubschrauber nach unten, auf Anweisung des Fragestellers mit diversem Bergungsmaterial ausgerüstet. Bald darauf hievten die Elektromotoren am Ausstieg des Hubschraubers zwei der Männer empor. Sie hatten eine Bahre zwischen sich, auf der Dino festgeschnallt lag. Einige Minuten später folgten die anderen zwei Engel, die einen verschlossen Sack zwischen sich transportierten. Hatten sie tatsächlich Sophia geortet und geborgen?

Der Oberengel gab dem Pilotengel ein Zeichen mit dem Daumen. Der Helikopter legte sich leicht auf die Seite, die Ausstiegsöffnung wurde geschlossen, und die Maschine flog in die Richtung, aus der sie gekommen war, zurück. Dann vollführte der Pilot jedoch ein weiteres Richtungsmanöver, und sie flogen nach Norden.

Die Engel zogen die Helme ab. Einer der Engel war weiblich. Sie saßen links und rechts des länglichen Rumpfes und sprachen leise kroatisch miteinander. Kein Schweißtropfen stand auf ihrer Stirn, kein beschleunigter Atem war zu hören. Die Leute sahen aus, als gehörten solche gewagte Aktionen zu ihrem Standardtraining.

Der Fragesteller war ein Mann mittleren Alters. Kurzgeschnittene Haare und verwegener Gesichtsausdruck, gletschereishelle Augen. Er wandte sich an Melanie und Edgar.

„Wir sind von der <Task-Force> der Grillic-Medien-Gruppe. Herr Grillic bekam einen anonymen Hinweis über Ihre Lage und gab uns den Auftrag, Sie aus dieser Lage zu befreien. Das Militär oder die Hafenpolizei hatte alle Möglichkeiten, ob zu Wasser oder in der Luft, zu Ihrer Rettung abgelehnt. Unsere Männer sind alle mit Kameras ausgerüstet. Auch hier im Innenraum des Helikopters werden Aufnahmen von installierten Kameras gemacht. Wir brauchen Ihre Zustimmung, um von den Aufnahmen Gebrauch machen zu

421

dürfen. Herr Grillic ist Medienunternehmer und stellt die Aufnahmen für Fernsehanstalten europaweit zur Verfügung. Haben wir Ihre Erlaubnis zur Freigabe der Aufnahmen von Ihnen? Dann unterschreiben Sie bitte den vorbereiteten Text in dieser Mappe."

„Wie sind Sie an den Leichnam der toten Frau gelangt?" Edgar hatte bei seiner Unterschrift das Gefühl, dass er sie unter dem Druck einer aufgesetzten Pistole im Nacken ausführte.

„Unsere Leute haben mit einer Elektro-Kettensäge ein Loch in das Deck geschnitten. Dadurch haben wir raschen und einfachen Zugang zur Leiche bekommen. Der Rest war ein Kinderspiel." Der Mann, der ein Engel war, schnarrte wie ein das Kommandieren gewohnter Feldwebel.

„Wo bringen Sie uns hin?", wollte Melanie wissen.

„Auf direktem Weg nach Rovinj ins Krankenhaus. Das ist Ihnen doch recht?" Der Engel lächelte wärmer, als Melanie ihm zugetraut hätte. „Kann man Ihre Wunde an der Schulter mal anschauen? Ist nur prophylaktisch, Herr …?

„Edgar Schaaf."

„… Edgar Schaaf?" Zwei Reihen weißester Zähne erhellten den Innenraum des Helikopters.

Edgars Schulterwunde war erstversorgt, als der Hubschrauber, ein <Sikorsky CH-53>, auf einem baumfreien Gelände in der Nähe des Krankenhauses von Rovinj landete. Wieder liefen Kameras, als Melanie und Edgar sowie Dino und der Leichensack mit Sophia an das Krankenhauspersonal übergeben wurden. Unmittelbar danach hob der mächtige <Sikorsky CH-53> wieder ab und verschwand dröhnend am östlichen Himmel.

Melanie und Edgar hatten darauf bestanden, ein Zimmer mit zwei Betten zu bekommen.

Edgars Schulterwunde wurde gründlich gereinigt und genäht. Bei seiner Platzwunde am Jochbein genügte ein entsprechendes Pflaster. Um ein alle Farben des Regenbogens durchlaufendes Veilchen würde er nicht herumkommen. Zur Versorgung der Platzwunden auf dem Kopf, die von den Schlägen mit dem Holzschaft des Bootshakens herrührten, verweigerte er hartnäckig und eigensinnig jeden erdenklichen Eingriff, die eine Rasur der Haare erforderten. Melanie grinste über seine verstockte Haltung ebenso wie die Schwester, die ihm die Stellen dann lediglich mit einem sterilen Wunddesinfektionsmittel abtupfte. Eitle Männer.

Melanie war sehr bald wohlauf. Sie saß bereits auf Edgars Bettkante, als um sechzehn Uhr dreißig die Tür aufging und Linda Germann und Jens Melzer das Krankenzimmer betraten. Linda umarmte gerührt Melanie und Edgar herzlich. Melzer verhielt sich etwas zurückhaltender, äußerte seine Anteilnahme und Besorgnis aber ebenso glaubhaft und bewegt.

„Ihr bleibt bis morgen zur Sicherheit noch im Krankenhaus. Morgen haben wir dann Gelegenheit, ausführlich über Lindas und meinen Tag und über euern Ausflug zu sprechen. Wie ich mitgekriegt habe, ist Dino ebenfalls ins Krankenhaus eingeliefert worden? Ich kümmere mich später um einen Haftbefehl. Jetzt wollen wir aber zuerst mal tüchtig zugreifen, oder? Ihr müsst vor Hunger ja fast umkommen."

Linda öffnete in Vorfreude eine Tasche, aus der es bald verführerisch zu riechen begann. Es waren Düfte von gegrillten Hühnchen, von kalten Schnitzeln, von würzigen Würsten und von Brot. Mit einem <Plop> öffnete Melzer eine Flasche Weißwein, und dann saßen die Vier gemütlich zusammen und griffen kräftig und vergnügt zu.

24.10.2021

Sie befanden sich noch im Sitzungssaal des Rathauses, als von der Tür her ein kurzes <Wuff> ertönte. Edgar ließ den Bürgermeister stehen und Melanie düpierte Frau Tamara Brassova.

„Lydia", rief Melanie laut aus, und ihre Hündin wuselte durch die Beine der Anwesenden hindurch und warf sich vor Freude winselnd vor Melanie auf den Rücken.

„Müller" war ihr dicht auf den Fersen. Nur war „Müller" etwas kräftiger gebaut als „Lydia", und als er Edgar aus voller Fahrt ansprang, rempelte dieser an den Tisch mit den Getränken und stürzte etliche edle, gemeindeeigene Gläser zu Boden. Aber niemand war ernsthaft böse über die launige Unterbrechung, und zudem war das Paar Melanie und Edgar mit ihren Hunden längst zu einem untrennbaren Begriff in Gengenbach geworden.

Die Ankunft der Hunde war für alle ein Zeichen, die Versammlung allmählich aufzulösen.

Melzer und Germann würden sich von Wasserfeind und Henckel nach Freiburg bringen lassen. Ihren Dienst würden sie erst in drei Tagen, am Mittwoch, wieder aufnehmen. Melzer hatte alle relevanten Unterlagen aus dem Fall Margarete von Drach auf seinem Computer. Der Fall war für ihn gelöst. Wasserfeind hatte mit seiner Mannschaft für die nötige forensische Beweissicherung gesorgt. Dino Gabric würde nach seiner Genesung von einem deutschen Gericht wegen dreifachen vollendeten Mordes, wegen Anstiftung zum Mord in einem Fall und wegen versuchten Mordes in einem Fall angeklagt werden. Das Auslieferungsverfahren mit den Justizbehörden in Kroatien würde in Kürze eingeleitet werden.

Regina stand ein bisschen verloren am Rande der Gesellschaft. Ihr Vater unterhielt sich angeregt mit Tamara Brassova. Er konnte es förmlich riechen, wo Geld vorhanden war.

„Na, Regina, wie geht's weiter mit dir?"

„Oh, Edgar, entschuldige. Ich war mit meinen Gedanken gerade ganz woanders. Ich weiß gar nicht, wie ich dir und Melanie danken soll. Du hast immerhin den Mord an meiner Mutter aufgeklärt, und schuld daran bin ich."

„Du brauchst dich nicht zu bedanken, Regina. Das war doch selbstverständlich."

„Das mit der Selbstverständlichkeit sehe ich anders. Aber danke nochmal. Ich werde nach Tegernsee ziehen. Mein Vater will mich dort unter seine Fittiche nehmen und mir das Geschäft beibringen. Zudem werde ich meine Italienischkenntnisse auffrischen. Und wenn die neue Klinik in Cannobio bezugsbereit sein wird, soll ich auf Vaters Wunsch hin dort die Leitung übernehmen."

„Ist ja klasse, Regina. Und was wird aus der Klinik in Hohenterzen?"

„Die hat sich Sieglinde gekrallt. Sie braucht ja nur zu pfeifen, und mein Vater beginnt zu tanzen."

„Du magst sie nicht, gell?"

„Ach weißt du, Edgar, es ist nicht unbedingt notwendig jemanden zu mögen, um mit ihm auszukommen."

„Klug gesprochen. Ich wünsche dir alles Gute für die Zukunft. Du wirst deinen Weg schon gehen."

„Danke, Edgar, du bist lieb", sagte Regina zum Abschluss und umarmte ihn wie einen guten Freund.

„Ach so, fast hätt ich's vergessen. Wirst du am Samstag zu unserer Hochzeit kommen? Melanie und ich würden uns freuen."

„Ja, gerne, danke …"

424

„Bring ruhig noch jemand mit."
Regina errötete. „Das ... das ..."
„Wie auch immer, Regina. Komm einfach."

Als Linda und Jens sich von Melanie und Edgar verabschieden wollten, lud Melanie sie spontan zu ihrer Hochzeit in sechs Tagen auf Schloss Ortenberg ein. Beide sagten sofort erfreut zu. Melzer zog Edgar einen Schritt zur Seite und drückte ihm einen kleinen, harten Gegenstand in die Hand. Edgar schaute verstohlen nach, was es sein könnte. Es war eine kurze <Mine>. „Für dich", sagte Melzer. „Es ist die Videoaufzeichnung von Dino Gabrics Vernehmung im Krankenhaus. Ich dachte, es würde dich interessieren, nachdem Dino seine Aussage in deiner Gegenwart verweigert hatte. Danke für deine Hilfe, Edgar. Ohne dich hätten wir den Fall nie gelöst." Melzer presste Edgar aufrichtig die Hand. „Wir sehen uns also am Samstag. Danke auch dafür."

Edgar schlug ihm jovial auf den Oberarm, erwiderte jedoch nichts. Er nickte lediglich mit dem Kopf und sagte: „Tja dann." Dann nahm er „Müllers" und „Lydias" Leinen, drehte sich um, hakte Melanie unter und ging mit ihr über den Platz.

25. Oktober 2021
Gengenbach

Im ganzen Haus duftete es kräftig nach Rührei mit Speck.

Diesen Montag würden Melanie und Edgar noch nutzen, um sich von der aufregenden Reise nach Kroatien zu erholen.

„Müller" und „Lydia" hatten sich direkt rührend verhalten. Wie immer waren sie beim frühmorgendlichen Spaziergang Edgar vorausgetobt. Aber sie kehrten, wenn sie eine Strecke weit weg waren, ständig zu ihm zurück, als müssten sie sich persönlich davon überzeugen, dass <er> wirklich wieder bei ihnen war. Sie schnupperten kurz an seinem Hosenbein oder an einer seiner Hände, um dann beruhigt wieder vorwegzulaufen.

Mitten in der Nacht war Edgar schweißgebadet aufgewacht. Melanie neben ihm hatte sich besorgt erkundigt, ob alles okay mit ihm sei. Sie sagte, er hätte geschrien.

„Ich hab´ schlecht geträumt", hatte er erwidert.

„Weißt du, was an schlechten Träumen gut ist?", hatte sie gefragt und gleich selbst die Antwort mitgeliefert. „Dass, wenn man aufwacht, die Wirklichkeit anders ist."

Nachdem er mit den Hunden wieder zu Hause war, hatte er als erstes sein Ritual gepflegt. Duschen, Haare waschen, Zeitung lesen. Dann war er nochmal zu Melanie ins Bett gestiegen, um mit ihr in den Morgen zu kuscheln. Es hatte den Anschein, als hätte sie die abenteuerliche Episode in Rovinj einander noch näher gebracht.

Melanie würde nach dem Frühstück auf einen Sprung in ihrem Geschäft *Aquarelle und Poesie* nach dem Rechten sehen, dann aber bald nach Hause zurückkehren, sofern ihre Vertretung während ihrer Abwesenheit kein allzu großes Tohuwabohu angerichtet hatte, was aber nicht zu erwarten war. Sie kannte ihre Vertretung schließlich schon seit Jahren und hatte sich bisher stets auf sie verlassen können.

Edgar wollte sich in der Zeit um den Fortschritt des Umbaus der Keller-Galerie kümmern und damit fertig sein, wenn Melanie wieder daheim sein würde.

„Wollen wir heute den Spaziergang wiederholen, den du mit mir an unserem ersten gemeinsamen Tag unternommen hast? Erinnerst du dich? Mit Abschluss in der Strauß-Wirtschaft?" Edgar ergriff zärtlich Melanies Hand.

„Das ist eine gute Idee. Da komm ich gerne mit. Au fein, die Zeit nehmen wir uns."

„Weißt du, ich habe das Gefühl, als würde sich ein Kreis schließen", sagte er.

„Du bist ja doch ein Romantiker, Edgar."

„War ich doch immer", schmunzelte er. „War ich doch immer."

Am Abend hatte Edgar Melanies Laptop aus ihrem Büro geholt und die <Mine>, die er von Melzer bekommen hatte, eingeschoben. Sein uralter Laptop verfügte als modernste Version nur über drei USB-Anschlüsse und war mit den neuen <Mines> nicht kompatibel. Leider gab es auch keine

426

brauchbaren Adapter, welche die Generationenlücke unter den Computern hätten schließen können.

Bei einer Flasche Wein verfolgten sie gespannt die Aufzeichnung aus dem Krankenzimmer in Rovinj. Es war im Vorspann explizit darauf hingewiesen worden, dass sich neben den Vernehmern auch ein Arzt im Raum befände, der den Gesundheitszustand des Befragten ständig überwachte, sowie der diensthabende Staatsanwalt Rovinjs und ein Rechtsanwalt für Dino. Die Vernehmung hatte am dreiundzwanzigsten Oktober 2021 durch Jens Melzer stattgefunden. Seine Fragen waren jeweils von einem kroatischen Polizisten ins Kroatische übersetzt worden. Das verlangten die internationalen Richtlinien, damit eine Vernehmung und ein eventuelles Geständnis von einem Gericht überhaupt als verwertbar anerkannt werden konnten.

Man sah abwechselnd die Köpfe und Gesichter Jens Melzers, des Dolmetschers und Dino Gabrics, wobei man Dino beim besten Willen nicht als ihn selbst erkennen konnte. Sein Kopf war rundherum mit hellgrünen Mullbinden umwickelt nur Augen, Nase und Mund lagen frei.

Die Vernehmung erfolgte immer nach dem gleichen sich wiederholenden Schema: Jens Melzer stellte eine Frage; der kroatische Polizist übersetzte, Dino antwortete. Die Antwort wurde für das Protokoll wieder übersetzt, je nachdem in welcher Sprache Dinos Antwort ausfiel.

Edgar Schaaf hatte gehofft, er würde an Dinos Gesicht Reaktionen und Regungen erkennen können, aber zum einen vermochte das Computerbild die Atmosphäre nicht entsprechend einzufangen, zum anderen verhinderten die Verbände jeden Ausdruck von Dinos Mimik. Das änderte sich auch nicht, als Melzer erste Fragen zu den Hintergründen des Todes Jordanka Simerenkos stellte. Dinos Augen blieben blass und matt. Er wirkte müde, gleichgültig und ungerührt. Völlig desinteressiert verhielt er sich ebenfalls bei den Fragen nach Ralf Großbauer und Rolf Hofstetter. Er schilderte die Taten als zwar bedauerliche, was insbesondere Rolf Hofstetter als angeblichen Sohn Margaretes betraf, jedoch notwendige Vernichtung lästiger Parasiten. Großbauer hatte es nicht anders verdient. Die Tatsache, dass Hofstetter Geld von Margarete angenommen hatte, stellte ihn mit Großbauer auf eine Stufe und rechtfertigte seine Bestrafung. Erst als Jens Melzer sich nach der Beschaffenheit der von Großbauer produzierten Fotos und den nachfolgenden Auswirkungen auf Dino erkundigte, zeigte Dino erste Emotionen. Seine Augenlider flackerten und sein Körper spannte sich sichtlich.

„Es waren widerliche Fotos. Widerlich und unnatürlich. Sie hatten Margarete zu einer Hure gemacht. Großbauer und Teichmann. Zu einer Hure."

„Wenn Sie, Herr Gabric, an Stelle Teichmanns auf den Fotos zu sehen gewesen wären, hätten Sie dann die Fotos ebenso für widerlich gehalten? Für unnatürlich? Für mich sehen die Bilder zumindest ziemlich normal aus. Es sind Bilder von zwei Menschen, die sich einvernehmlich zum Sex getroffen haben. Was soll daran unnatürlich sein?"

Edgar sah, wie Dinos Augen plötzlich funkelten. „Du verstehst gar nichts, du deutscher Bulle. Mensch auf diesen Fotos ist nur eine, nämlich Margarete. Alle anderen, Teichmann genauso wie Großbauer, sind berechnende Schweine. Was würdest du tun, wenn du deine Freundin beim Ficken mit einem anderen erwischen würdest? Cool bleiben? Ist ja nur einvernehmlicher Sex? Du bist ein Klugscheißer, nichts weiter."

Vor Beginn der Vernehmung war auch Edgar im Krankenzimmer anwesend gewesen. Dino hatte geschworen, dass er kein Wort sagen würde, solange Edgar mit im Raum wäre. Über das Warum hatte er sich nicht geäußert. Vielleicht war es ganz einfach aus Scham vor diesem Mann, den er hatte töten wollen und der doch so besonnen und überlegen gewesen war. Aber wer konnte das wissen außer Dino selbst? Melzer hatte Edgar daraufhin nur bedauernd angeschaut. Edgar hatte verstanden und war nach draußen auf den Flur gegangen.

„Erzählen Sie von dem Samstag, an dem Sie Margarete von Drach besucht haben."

Melzer schlug nun das Kapitel auf, das im Zentrum allen Geschehens lag und Ursache für so viel Leid war. Oder lag die Ursache schon in der ersten Begegnung von Margarete und Dino? Oder schon in Dinos Geburt? Kausale Zusammenhänge? Wenn man so wollte, wären Adam und Eva die Schuldigen an allem, und vor ihnen Gott höchstpersönlich? War es nichts weiter als ein weiterer Beweis für die Erbsünde?

Blödsinn. Edgar war in Gedanken abgeschweift und schüttelte den Kopf. Er schaute zu Melanie. Hatte sie ihn beobachtet? Es schien nicht so. Sie lehnte an seiner Brust und verfolgte das Geschehen auf dem Bildschirm.

„Nachdem ich das Schwein Großbauer ausgelöscht hatte, bin ich mit seinem Fotoapparat und seinem Laptop nach Schönau gefahren. Noch in der Nacht

428

habe ich mich an Brancos Computer gesetzt und die Fotos ausgedruckt. Bei einem Foto habe ich Teichmanns Kopf vergrößert. Das brauchte ich später noch."

„Und dann?"

„Am Samstagmorgen bin ich wieder zum Hotel *Lärchenhof* gefahren und hab´ einfach gewartet bis es Abend wurde. Gegen einundzwanzig Uhr fuhr ich zur Tankstelle an der Bundesstraße und kaufte einen Strauß Blumen. Ich wusste, dass Gerbera Margaretes Lieblingsblumen sind. Dann fuhr ich zu ihrem Haus. Es muss gegen halb zehn gewesen sein. Ich klingelte an der komischen Türglocke. Margarete machte mir auf. Sie war völlig überrascht, hatte wohl am allerwenigsten mit mir gerechnet."

„Dann gingen Sie ins Haus?"

„Ja, sie war völlig perplex und ging rückwärts vor mir her ins Wohnzimmer. Sie war leicht bekleidet und hergerichtet, als würde sie noch Besuch erwarten. Sie trug Schmuck und einen Seidenschal. <Was willst du, Charles?>, hatte sie mich gefragt. Sie nannte mich wie meine Schwester Soph <Charles>, weil ich angeblich eine Ähnlichkeit mit Charles Bronson hätte.

Ich fragte sie, ob sie Besuch erwarten würde. Ich sah ihr die Lüge sofort an. <Nein, ich erwarte niemand>, hatte sie gelogen. Ich zeigte ihr die Fotos, die ich von Großbauers Kamera kopiert hatte. Sie wurde weiß und auch wütend. <Du bist das Erpresserschwein>, hatte sie mich angebrüllt."

„Aha, Margarete hatte also geglaubt, weil Sie die Fotos hatten, dass Sie der Erpresser wären?"

„Ja, genau. Und sie schrie weiter <Du Schwein, du elendes Schwein>. Ich schrie zurück, dass nicht ich, sondern sie das Schwein sei, und hielt ihr nochmal die Fotos unter die Nase. Dann wollte sie auf mich einschlagen. Ich erwischte die beiden Enden von ihrem Schal und zog zu. Schnell wurde ihr Körper schlaff und sank in sich zusammen. Ich war sehr erregt. Ich legte sie hin, nahm ihr den Schal vom Hals, steckte ihn ein. Ich durchsuchte dann im Haus alle Schubladen und Regale nach dem echten Erpresserbrief, fand ihn aber nicht. Ich war in Eile. Ihr Besuch konnte jeden Moment kommen. Deswegen hab ich wohl auch nicht sorgfältiger suchen wollen. Ihr Computer stand auf dem Schreibtisch. Vielleicht konnte ich dort was finden. Ich nahm ihn an mich. Dann löschte ich alle Lichter im Haus und verließ es durch die Haustür. Den Blumenstrauß warf ich draußen vor der Tür weg. Ich hatte keine Verwendung mehr dafür.

Ich ging wieder ins Hotel, setzte mich auf den Balkon. Ich sah, wie dieser Teichmann vergeblich an Margaretes Haustür klingelte. Er hatte eine Flasche dabei. Ich sah ihn ums Haus herumgehen. Nach einigen Minuten zog er wieder ab.

Ich checkte am Sonntagmorgen aus dem Hotel aus und fuhr nach Schönau."

„Was war mit Teichmann? Wollten Sie den nicht auch auslöschen, wie Sie es nennen?"

„Ja, ich wollte ihn auch auslöschen, dieses Schwein. Aber zuerst kam mir die übereifrige Polizei dazwischen und sperrte ihn für ein paar Tage ein. Dann ließen sie ihn wieder frei. Aber der Angsthase verließ seine Wohnung nicht mehr. Bestellte alles übers Internet bei Edeka. Ich schickte ihm darum bald eine Botschaft. Das Bild mit dem Loch in der Stirn. Da wusste er Bescheid. Er igelte sich in seiner Wohnung ein."

„Okay, Sie kamen also nicht an Teichmann ran?"

„Nein. Und dann kam meine Schwester Soph und schickte mich nach Hause, nach Rovinj."

„Und Ihre Schwester hat es dann fertig gebracht, Teichmann aus dem Haus zu locken?"

„Das weiß ich nicht. Ich habe erst durch Edgar Schaaf erfahren, dass Soph den Teichmann erschossen haben soll."

„Aber Sie haben mit Ihrer Schwester darüber gesprochen, dass Teichmann ein Schwein sei, das ausgelöscht werden muss."

„Ja."

„Und Sie haben Ihrer Schwester Teichmanns Wohnung gezeigt und ihr seine Telefonnummer gegeben."

„Ja."

„Und dass Ihre Schwester tot in Ihrem Boot gefunden wurde, führen Sie auf einen Unfall zurück?"

„Es war ein Unfall."

Edgar registrierte noch, wie Dinos Augen hernach wieder stumpf und teilnahmslos wurden, wie das Feuer in ihnen erlosch und er in einem trüben, sterbenden See versank.

Edgar ließ den PC laufen und wollte sich gerade an Melanie wenden, als diese ihn auf den Bildschirm aufmerksam machte. „Da, schau hin, das sind ja wir. Wir auf der Klippe."

Melzer hatte den Film, der am zwanzigsten Oktober europaweit in den neunzehn Uhr Nachrichten zu sehen gewesen war, ebenfalls auf die <Mine> überspielt. Der Film zeigte die gesamte Rettungsaktion mit dem Sikorsky-Hubschrauber: Wie die Retter an langen Leinen nach unten auf die Klippe schwebten, wie Melanie und Edgar nach oben in den Bauch des Helikopters gehievt wurden. Wie sie im Hubschrauber saßen und wie sie am Krankenhaus in Empfang genommen wurden.

Danach folgte eine echte Überraschung, und zwar ein Film der am einundzwanzigsten Oktober in den Abendnachrichten ausgestrahlt worden war. Es war eine perfekt hergestellte Computeranimation vom Ablauf der abenteuerlichen Stunden vor der Helikopterbergung: Beginn war Edgars Hechtsprung im Hafen von Rovinj ins Wasser. Dann die Fahrt auf Dinos Boot durch den Sturm. Die Gefangenschaft im Rumpf des Bootes. Die Havarie. Edgars Aktionen auf der Klippe, um das Boot zu sichern. Melanies Sprung ins Wasser vor der Klippe. Beider geglückter Versuch, die Klippe zu erklimmen. Ihre ungemütliche Wartezeit in der Felsspalte auf der Klippe.

Ruslan Grillic hatte keinen Aufwand gescheut, seinem Publikum eine nervenaufreibende Story zu bieten. Kein Wunder waren diese Filme zu einem Straßenfeger geworden. Edgar mochte darüber, aber mehr noch über die wahrscheinlich folgenden, nicht zu vermeidenden Nachwirkungen und Auswüchse nur den Kopf schütteln.

Das Telefon klingelte. Melanie ging ran.

„Hallo, Melanie. Hier ist Linda. Eine Frage: Dürfen Jens und ich uns an eurem Hochzeitstag offiziell verloben?"

30. Oktober 2021
Gengenbach

Edgar war nervös. Wo bleibt sie denn?

Er schaute wohl schon zum zwanzigsten Mal auf seine Breitling.

Er höchst persönlich hatte „Müller" und „Lydia" eine weiße Schleife ans Halsband gebunden.

„Müller" und „Lydia" durften an diesem Tag natürlich nicht fehlen.

Dann sah er sie die Treppe herunterkommen. Ihm blieb die Spucke weg.

Sie trug ein smaragdgrünes Kleid, das wunderbar zu ihren kastanienbraunen Haaren mit dem leichten Rotton passte. Sie war wunderschön.

Er nahm sie am Fuß der Treppe in Empfang.

„Du bist wunderschön, Melanie."

„Und du bist stattlich, Edgar Schaaf."

Von draußen erklang eine sonore Autohupe. Edgar schaute zum Fenster hinaus. In der Hofeinfahrt stand der silbergraue Rolls Royce Silver Shadow von Tamara Brassova. Der Fahrer in Livree wartete neben dem Nobelschlitten.

„Wirst du auch <Ja> sagen?", fragte Edgar höflich an.

„Wart's ab, Edgar Schaaf, wart's ab, und frag mich wieder, wenn die Zeit gekommen ist."

E n d e

Rovinj
auf Istrien, Kroatien

Eine tropfenförmige Halbinsel, darauf das Puzzle rotbrauner Ziegeldächer und der stolze, schlanke Campanile der Pfarrkirche – Rovinjs Stadtsilhouette ist sicherlich eine der malerischsten an der Adria. Doch damit nicht genug: Dichte Kiefern- und Pinienwälder säumen die Bucht, kleine und große Inselchen sprenkeln das Blau des Meeres mit grünen Tupfern und zahllose Boote ziehen ihre schäumende Bahn zwischen Hafen und Meer. Aufs 4. Jh. geht die Siedlung zurück. Ursprünglich auf einer Insel gelegen, wurde sie 1763 mit dem Festland verbunden. Zwischen dem 13. Und 18. Jh. gehörte sie zu Venedig und erhielt ihr charakteristisches Stadtbild. Unter Habsburger Herrschaft kamen zahlreiche klassizistische Bauten dazu. Rovinj ist mit seinen Hotels eines der wichtigsten Ferienziele an der istrischen Adria.
(Aus DuMont Reiseverlag Köln)

Der sogenannte „Alte Hafen" liegt direkt südlich der Halbinsel mit ihrem alten Stadtkern.
Er war früher der Fischereihafen von Rovinj und gehört heute überwiegend den Ausflugsschiffen, die in der sommerlichen Saison die Touristen an die einsamen Strände rund um Rovinj oder auf die vorgelagerten kleinen Inseln befördern.
Noch weiter südlich liegt der Jachthafen mit seiner exklusiven Marina. Hier finden sich die Segelschiffe und Motorboote privater und zahlungsfähiger Eigner. Die Kosten für einen Liegeplatz sind horrend und im Jahreseinnahmebericht des Stadtkämmerers eine feste Größe.

Nördlich der Halbinsel gibt es einen weiteren Hafen, der für große Schiffe vorgesehen ist. Hier legen Passagierschiffe, Frachtschiffe und manchmal auch Fährschiffe an.

Die Einwohnerzahl von Rovinj beträgt ungefähr 14.000.

Kroatien hat, gemessen an der Größe des Landes, eine der weltweit längsten Küstenlinien überhaupt.

Lesen Sie auch Edgar Schaafs ersten Kriminalfall

„Schaafswinter"
von Pit Ferman

(ISBN: 978-3-942157-89-6)
Auch als *eBook* erhältlich

Fünfzig Jahre, nachdem in Wasserburg eine junge Frau spurlos verschwunden war, werden dort ihre sterblichen Überreste gefunden. Über zwanzig Jahren nach deren Verschwinden war in Konstanz am Bodensee ein schrecklicher Mord an einer Frau begangen worden. In beiden Fällen hatte es ein und denselben Verdächtigen gegeben: Peter Seibelt.

Edgar Schaaf, pensionierter Kriminalkommissar, wird von der Polizei in Konstanz darum gebeten, sich aus drei Gründen mit Peter Seibelt in Verbindung zu setzen: Zum einen war Edgar Schaaf damals als Zeuge in beide Fälle involviert, zum anderen war eben jener Peter Seibelt ein guter Bekannter von ihm. Sie stammen aus demselben Dorf und sie gingen zusammen zur Schule. Und: Die Fälle sind bis heute ungelöst.

Tatsächlich zeigt sich Peter Seibelt bereit, Edgar Schaaf zu treffen, hüllt sich aber, was seine tragische Vergangenheit angeht, in Schweigen, denn ihn belastet ein weiterer Mord an einer Lebensgefährtin in Basel, nach dessen Strickmuster es für diese Tat und die Verbrechen davor nur einen Schuldigen geben kann: Bodo Wessels, ebenfalls ein früherer Schulfreund.

Edgar Schaaf, der nebenbei sein privates Glück findet, beißt sich in die Ermittlungen hinein. Dann verliert Bodo Wessels, der bisher einen langen Atem gezeigt hat, die Nerven. Sein jahrelang erfolgreiches System bricht zusammen. Er sucht sein Heil in der Flucht nach Lanzarote. Der Zufall will es, dass unterwegs ausgerechnet die Tochter eines seiner Opfer als Reisebegleitung zusteigt. Als diese das wahre Gesicht Bodo Wessels erkennt, schmiedet sie einen Plan. Bodo Wessels Weg nähert sich dem Ende.